衰与荣

柯云路改革四部曲

DECLINE
AND
THRIVE

柯云路 ◎ 著

江苏凤凰文艺出版社
JIANGSU PHOENIX LITERATURE AND
ART PUBLISHING, LTD

北京华语联合出版有限责任公司

图书在版编目（ＣＩＰ）数据

衰与荣 / 柯云路著. -- 南京：江苏凤凰文艺出版社，
2018.6
ISBN 978-7-5594-1639-1

Ⅰ. ①衰… Ⅱ. ①柯… Ⅲ. ①长篇小说 – 中国 – 当代
Ⅳ. ①I247.5

中国版本图书馆CIP数据核字（2018）第042589号

书　　　名	衰与荣	
作　　　者	柯云路	
责 任 编 辑	邹晓燕　黄孝阳	
出 版 发 行	江苏凤凰文艺出版社	
出版社地址	南京市中央路 165 号，邮编：210009	
出版社网址	http://www.jswenyi.com	
发　　　行	北京时代华语国际传媒股份有限公司　010-83670231	
印　　　刷	北京市松源印刷有限公司	
开　　　本	690×980 毫米　1/16	
印　　　张	35	
字　　　数	570 千字	
版　　　次	2018 年 6 月第 1 版　2018 年 6 月第 1 次印刷	
标 准 书 号	ISBN 978-7-5594-1639-1	
定　　　价	138.00 元	

天者，夜昼；

地者，衰荣；

人者，灭生。

上　卷

第一章

夏日的大雨像厚厚的纱幕笼罩着京都。烟雨迷茫中，京都静静地一动不动地坐落着，又像是在缓缓地不易觉察地一点点移动着。在满天铅灰色阴云中透出的暗淡天光下，可以看见那高高低低的楼群模糊的灰色剪影。

一个童话般的、被雨淹没了的世界。

白茫茫的雨幕中，迷蒙蒙的西山。故宫。天安门。电报大楼。笔直宽阔的长安街。浩浩荡荡的汽车流。除了雨，似乎听不见别的声音。红绿灯在烟雨中梦幻般闪烁着，从长安街东头到西头。成千上万的汽车尾灯闪烁着，密密匝匝地流动着。被雨笼罩的建筑工地空寂无人。一动不动的塔式起重机，水泥搅拌机，一排排小推车。被脚手架围住的半截楼房在雨中黯然沉思着。

首都剧场。戏剧海报。刚散场，人流从大门涌出来，漫上街道，东南西北地分流开来。雨雾中晃动着五颜六色的折叠伞，急匆匆的脚步……

一片宽阔的绿叶在雨中不引人注意地从树枝上飘落下来。

林虹和范丹林打着伞提着箱子在雨雾中并肩走着。他送她去电影制片厂宿舍。"你准备从此踏入电影界了？"过了好一会儿，范丹林问道。

"我想不了那么远。我现在想先拍好《白色交响曲》。"

"我可以去电影厂看你吗？"范丹林目视前方，一派军人风度。

"当然可以。"

"经常的呢？"

"你不会有那么多时间的。"林虹笑了。

范丹林沉默了，蹚着满街的雨水走着。林虹也在沉默中思忖着自己的回答，她眼里含着一丝笑意。他们在寂寥无人的车站牌下站住。

"这雨让你有什么感觉？"林虹问。

范丹林看着雨景想了想："神秘，冷静。"

"这雨让我感到清新，愉快。"林虹说。

一辆无轨电车急驶着在他们面前掠过，溅起白色的水花。

那片落叶在他们头顶上翩翩飘过。

雨扫荡着玉渊潭湖面，烟气浓雾般弥漫着，公园空寂无人。一只小船在湖中心漂着。隔着湖面，隐约可见对岸的绿树。

万红红在湖边伫立着，迷离的目光凝视着迷茫的湖面。这是十几年前她和范丹林一起散步的地方，一起游泳的地方，第一次拥吻的地方……范丹林在雨中过来了。扑朔迷离中，他不断变换着形象。这已经是一个她不认识的男人了。他高大而畸形。穿着游泳裤，黝黑的肌肤在雨水浇淋下闪闪发亮。她仰视他，感觉他的腿非常粗，下身非常阔，肩却变窄了，头也小了，不合比例了，还看见他两腿间那部位贴着游泳裤雄奇而粗野地隆起着。他俯视着她，不可捉摸地微笑着，转身一个猛子扎入湖中。他的身体如此魁梧，像一条巨大的鱼在空中划了一道弧线，偌大的湖面变成一个圆形的潭穴。他钻入潭穴中不见了。水面出现一个急速旋转的漩涡……

一片落叶在她头顶上忧郁地飘过。

雨白花花地浇着街道。顾晓鹰抱着双臂，斜伸着一条腿，很潇洒地站在饭店门口。黑色的连帽雨衣流淌着雨水。他眯起眼望着远处的十字路口。

一对又一对青年男女相挽着进进出出。他不理睬他们好奇打量的目光，也不理睬那些男人脸上流露出的优越感。他的脸上微微含着一种蔑视。他蔑视他们，他相信自己更有钱，相信自己在女人面前有更大的魅力。

赵世芬一边回头和饭店里的人说着什么，一边打开折叠伞，匆匆走出饭店门口。一见顾晓鹰，她意外地怔了一下，随即目光闪烁地笑了："你怎么找到这儿了？"

顾晓鹰戏谑地瞥了她一眼："我神通广大呗。"

“有事儿吗？”

“请你出去玩儿玩儿。”

“这么大雨去哪儿？”

“去了就知道了。”

“不行，我还要回家呢。”

“不管上哪儿，请先上车吧。”顾晓鹰很有绅士风度地一伸手。

赵世芬这才发现路边停着一辆出租车。

“走吧，你就是想回家，也可以先上车嘛。”

赵世芬犹豫了一下，快步走下台阶，和顾晓鹰一起钻入汽车。

一片宽阔的绿叶在雨中飘然下落着。

一辆灰色的小汽车在雨中疾驶着，两边掠过北京东郊的田野、村落、建筑。吴凤珠和范书鸿坐在车内，他们刚去机场送走返回法国的邓秋白夫妇。

“雨下得真叫人烦。”吴凤珠看着白糊糊的车窗外。

“雨是别离愁。送秋白走，这雨正是气氛。”范书鸿说道。

“现在几点了？”

“下午五点。”

“怎么觉得和晚上一样？”

“下雨天暗嘛。”

“这雨让我感觉到了秋天。”

“夏天最热的时候还没到呢。你没看外面的树。”一排排绿葱葱的杨树在车窗外掠过。

“这雨下得人心黯，就给我秋天的感觉嘛。”

范书鸿不说什么了，这雨也同样给了他秋天的感觉。

一片绿叶在大雨中不引人注意地飘落着。

凌海伸手把房门关上，雨声一下小了。他双手背在身后，拎着一根皮带，目光阴冷地盯着垂首站立的小兰。小兰在他的目光下微微战栗着。

“把衣服脱下来。”他低沉地命令道。

小兰身体微微震动了一下。

"听见没有？脱下来。"

小兰垂首停了半晌，驯服地把蓝上衣脱了下来。里面穿着白衬衫，下身是蓝筒裙。

"再往下脱。"

小兰头埋在胸前。

"听见没有？"

白衬衫又慢慢地脱了下来，里面是小背心。

"再脱，都脱光。听见没有？聋了？"

背心又脱掉了，上身只剩下胸罩，下身只剩下短裤衩。

"都脱光。"

小兰静静地站着，不动。

"你听见没有。"凌海压低声吼道。

过了好久，小兰才慢慢地把最后的披挂都脱了。她瑟缩地站在房间中央。

凌海背着手冷冷地打量着她，像在观看一尊石像。

苗条白净的身条有些消瘦，乳房略有些松弛地微微下垂，头发蓬乱，几道混浊的汗水沿着脖子、锁骨慢慢淌下来。瞅着那蔫奄奄的样子，那瘦样，那可怜的肩，那细脖上的青筋，就能想到她出身的低贱。就能看见她父母家那肮脏的大杂院。这肉，这皮，这骨头，贱得不值钱，脏得不成样，像块谁都可以擦一下手的破毛巾。

他心中升起一种要任意宰割这肉体的残忍。

他冷笑一声眯起眼，不动声色地扬起了皮带。

那片绿色落叶在窗外雨中眨着眼飘掠而过，留下一瞥绿色的目光。

雨是外面大下、里面小下。

春平的房子漏雨了。越漏越厉害，桌子、书架、床都滴上水了。一片忙乱之中，把隔壁那间堆放东西的"库房"打开了。把里面的自行车、什物都堆到大院的门洞里。把床、桌子都搬了过来。平平、夏平、卫华都七手八脚地帮着倒腾。

忙乱过去。春平满身泥水地看看房顶，顶棚上四处漏雨，房间里摆满了接水的脸盆、木盆，滴滴答答。乱糟糟堆在一起的东西狼藉不堪。那边的库房，尘土来不及打扫，塞放着家具，也是乱七八糟。

"就这样先凑合着住吧。"黄平平揩了下额头的汗水。

"等雨停了，修好房顶，我就把库房让出来。"春平说。

"大姐，你们干脆就先住这两间吧。"卫华说。

"别了，不要制造……麻烦了。"春平道。她原想说不要制造矛盾了，"世芬还没回来？"

"没有。"卫华看了看外面哗哗的大雨。

他没注意到有一片美丽的树叶在雨中飘落着……

父女俩站在敞开的阳台前，看着影影绰绰的一幢幢楼房和街道说话。

"小莉，看着这雨，你是什么心情啊？"顾恒背着手问。

"我？"小莉扬起头，"我特别想穿着游泳衣到雨里跑一跑，一边拼命跑一边喊，最好还和别人相互追赶着。"

"和谁追赶着？"

"不知道。"

"你追他，还是他追你呢？"

"我追他，他也追我。我拼命跑，雨浇在身上凉凉的，肯定舒服透了。"小莉的眼里漾出一丝微笑，她在瞬间的憧憬中体会着那种奔放的快乐。她真的想换上游泳衣下楼了，"爸爸，你看着这雨是什么心情？"

"我吗？"顾恒沉吟了一下，"我想起毛泽东的两句诗词，'烟雨莽苍苍，龟蛇锁大江'。"

"爸，李向南的情况怎么样了？"

"什么情况？"

"别装糊涂。他的情况是不是又复杂化了？"

"你为什么着急问这件事啊？"

"不告诉算了，我不问了。"小莉说着转身就走，"不就是四机部有个女医生揭发他了吗？他们'文化大革命'中恋爱过一阵子，李向南有一些信在她手里，现在被一些人当成了揭发材料。"

"你怎么知道的？"

"天下没有我不知道的。"

小莉丢下父亲，回到房间里换上游泳衣。她刚要下楼，在穿衣镜前照了照，犹豫了一下，又裹上一件塑料雨衣，跑下楼去了。

迎面扑来的烟雨中，一片美丽的绿叶快活地飘过。

李向南在雨中走着。

雨哗哗地下着，衣服湿淋淋地裹在身上，透心的舒服。没带雨具，索性在雨中淋个透。他高卷着裤腿，赤脚穿着凉鞋，蹚着街边湍急浑黄的流水。那水溶着夏日柏油马路的温热，暖暖地冲刷着脚面，很舒服。能感到水中砂土对皮肤的摩擦。他这样走着，又淡淡地想着什么。神思恍惚中，感觉分外敏锐。淋在身上的雨水是凉的——这让他感到高空的寒凉；在脚下的水则是温的——这让他感到天地交融后大地的温度。雨水只有吸收了大地的温热之后，才使人感到雨是夏天的。大地比天空更能储存热量，性格更稳定。气温不是比地温要变幻无常得多？天地交融，四季旋转。迎面扑来的雨迷迷蒙蒙，像大自然的沉思。

他也在沉思。

一片绿色的落叶在他眼前飘落着，左一飘，右一飘，最后款款飘落在地上。他俯身把它捡起来——它的飘落曲线有什么神妙的感觉打动了他。

这是一片宽阔的树叶，绿中微微透黄的叶柄。叶面上分布着细细的脉络，那是叶柄的分枝，是叶子的血管和骨骼。他看着这片绿叶，它那样肥厚，充满了生命。凝聚着春天的光明，又洋溢着夏天的热力。在它的顶端却有一小斑微微显露着黄色。

他慢慢捻转着叶柄在雨中走着，眼前突然变得模糊起来。

他觉得是童年的自己举着一片绿得发亮的树叶在田野上飞跑。蓝天在两边掠过。奇怪，那跑着的是自己吗？最近为什么越来越多地在梦境中看到自己的童年呢？自己现在不是在春天里，而是在暖热的夏雨中。他突然在生命深处漾起一种神秘的感觉。朦朦胧胧中涌上的思想是：雨下着，天还要变得更热；雨继续下下去，最热的天气便过去了；再下雨，再刮风，就慢慢变凉了；再有一天，突然，秋天到了……

自己怎么想到秋天了？

他被一种急快的节奏打断了沉思。

一个穿着红色游泳衣的姑娘在大雨中快活地迎面跑来，苗条的身段在白茫茫的雨雾中动人地闪动着。溅起的水花在她脚下盛开着。她右手高扬着一件半透明的蓝色塑料雨衣，旗帜一样飘动着。她一边跑一边像放风筝一样扭头朝后看着。

她和李向南几乎撞个满怀，一下站住了。

"顾小莉。"两个人都惊喜着。

"谁在后面追你？"

"没有——一个我臆想的人在追我。"小莉快活地笑着，雨水浇在她那缎子般光亮的肩上，"你怎么也淋着雨？"两个人都笑了。

"我送你一件礼物。"两个人并肩走了几步，李向南站住，把那片宽阔的树叶递给小莉。

"我也送你一件礼物。"小莉左手接过树叶，伸出右手来。她手中也捏着一片绿叶，那是片鲜嫩的小树叶。"我是刚刚捡的。"

"我是刚刚从树上摘的。"

两个人都被这神奇的巧合震慑了。为什么他们会在雨中相遇，又都用一片绿叶做礼物？"你这片树叶怎么这么嫩，像春天的叶子？"李向南接过小莉的树叶端详着。

"这是小树上刚刚长出的叶子。"小莉说。

"小树上的叶子发芽晚，可是秋天一到，它照样要和别的叶子一起飘落。生得晚并不一定落得晚。"他说。

"那我不管。我只管现在。谁像你，除了现在还要想以后；除了自己，还要想别人；除了快乐，还要想什么义务责任。累死了。"

小莉很帅气地甩抖着水淋淋的头发，水珠在雨中横扫过来，正落在李向南脸上，他眨着眼笑了，感到她的可爱。那裸露着臂膀的健美身体，被雨淋透显得更加娇嫩光润。他感到着异性的吸引。只要伸出手揽住她，她就会扑在他怀里——他能清楚地感到她身体的这种冲动——就会咯咯笑着趴在他肩上，就会闭上眼，摸索着把嘴唇送给他。然而，他没有任何动作。她越吸引他，他越感到两人间的对立。这是他的理智不能不正视的对立。"哪能都像你那样轻松。"他揶揄道，"我也考虑自己的利益，可我更愿意考虑和研究各种人的利益，研究更合理的社会的利益关系，并且关心对它的不断变革。"

小莉被这种哲言式的争论兴奋着："我一口气告诉你吧：我只考虑自己怎么看这个世界，从不考虑这个世界怎么看我。"

"可我还要考虑自己如何看自己，这个世界如何看自己。"

"我现在只考虑二十二岁时怎样生活。"

"可我，现在三十二岁，却要考虑一生。"

两个人在雨中相互凝视着。

第二章

夜晚是最有家庭气氛的。

顾恒照例是一个人仰坐大沙发，平伸双臂搭在沙发背上。他在一切有可能的地方都这样，这样坐才舒服，才自在，才符合他那从容大度的气魄，才能更好地向四面散发他那魁梧身体的烘烘热度。他不断啊哈着和妻子儿女谈笑。

电话铃响了。

是赵宽定的。景立贞拿起话筒，拖腔拖调地把这点报告出来了："噢，是宽定啊，听出来了，赵宽定的声音我还是能听出来的。你还是想找老顾？想找他谈谈？"景立贞一边拉扯着，给顾恒思考对策的时间，一边转过头用目光请示着顾恒。

顾恒蹙着眉犹豫了一瞬，微微摆了一下手。

"这两天老顾还是一直没回来啊，他在开会，住在会上了。你的事我早就和他说了……对，那天我就说了，老顾很关心你。他这两天见到你们省的领导，会见到的，肯定会提到你的事。放心好了……是，他当然不会不管。至于怎么管，你就更该放心了。你放放心心回东北去好了。"

景立贞挂上电话，回到沙发旁坐下。"唉，这个赵宽定真能烦死人。一天几次电话，连着几天了。"她用那和她身体一样干瘦干练的声音说道，察看着顾恒的表情。他还是平伸双臂略垂双眼，脸上没什么表情。又转了一下口气，"不过，也亏得他在'文化大革命'中抢救你。"

"噢……"顾恒有了反应。

"可他这事实在是难管。武斗，炸楼，当时情况乱，他是造反派头儿，说不清是不是他策划的。现在有人要弄到他头上，怎么说得清呢？"

顾恒皱着眉叹了口气："你们说这事该怎么办？"

"爸，我劝你少掺和这事。避避嫌。要不，对你形象没好处。"小莉快嘴利舌地插过话来。

"一点都不管？"顾恒蹙眉若有所思，似乎不能接受这个意见。

"你管得了吗？越管越麻烦。"小莉又道。

"这种事，管得了也不要管，对自己没什么好处。"顾晓鹰是一种不屑的口气。

"如果管得了，还是应该管管。"小莉反驳道。

"应该什么？'文化大革命'中他们抢救你，也是出于政治利益，有什么可感谢的。这个世界上只有利益的联盟，从没有可欠的人情。"顾晓鹰一副冷蔑的神情。

"我不是说感谢。对自己有过恩德、好处的人，你都要有所报。知恩必报。这种为人处世的形象对于政治家很重要。要不，这辈子怎么得人心哪？"

"你不是说管了对爸爸形象没好处吗？"

"我指的是另一个形象：政治形象，那是更重要的形象。要服从那个形象。要不，一个省委书记去替一个造反派头头说情，政治上还能腾达吗？"

小莉的话向来是犀利透彻的。

"好了，不要争了。"顾恒摆了一下手，打断儿女的争论，"这事咱们不谈了。还是谈点轻松的吧。嗳，"他又想起什么，转头对景立贞说，"昨天你不是说赵宽定的事情又有些恶化？"

"我听东北来的人说的，可能马上就要逮捕赵宽定。"

"赵宽定本人知道吗？"

"不知道吧，他以为这次能拖过去呢。"

"他也是历史的牺牲品啊。"顾恒感叹道。

大门外有人敲门——不是摁门铃，顾晓鹰立刻敏感地站起来："有人找我。"他走出去，令人蹊跷地把客厅门在身后随手拉上了。

顾恒投去怀疑的一瞥。

医院病房里，雪亮的灯光下，赵宽定正坐在妻子的病床旁。他这次来北京，既是为了找顾恒，也是为了陪妻子来看病。原怀疑是癌症，后查明是子宫瘤，便做了摘除手术。

"你老是把事情往好了想。"刚做完手术不久的妻子面色苍白，躺在床上忧心忡忡地说道。

"不要紧，你放心。我不是刚和景大姐又打了电话，她非常热情。"赵宽定习惯性地伸出大拇指朝后连连指着，面带炫耀地说："她已经和老顾说了，老顾能不管我吗？你放心，他绝对不是不想见我，他在中央开会，太忙。'文化大革命'中不是我舍着命把他抢出来藏起来，他早被打死了。我在他心目中分量还是重的。那二百块钱，还是老顾托景大姐给我的。收别人钱不好？知道。可他们硬要给，你一定不收会伤人的。老顾是很重感情的。他替我说上两句话，估计省里就不会弄我了。你放宽心吧。这二百块钱，好好给你买点营养品。"

妻子李淑贤是个小学教师，她看着丈夫勉强笑了笑。这些年跟着他担够了心，也受够了苦。"不用。还是买点布给孩子做衣裳吧，记着给妈也买几尺。剩下的，留着还债吧……"

听见大门开了，客厅里便停止了谈话。听见有人放轻了脚步走进顾晓鹰的房间，隐约听见一个女人压低的说话声，又听见房门关上的声响。

顾恒皱起了眉头："晓鹰最近表现怎么样？"

"什么表现？"景立贞明知故问。

顾恒不满地盯了妻子一眼："他还领姑娘回来过夜吗？"

"没有。"

"还是和姑娘们鬼混？"

"他还没结婚，总要谈情说爱吧。"

"什么谈情说爱，让他不要胡搞。"

"这事管不了。又不能强迫他结婚。"

"那就不要这样拈花惹草的。"

"年纪轻轻的不让他和女人来往，会出……毛病的。"

"什么毛病？"顾恒瞪眼了。

"爸爸，你和妈妈讲话怎么这样不平等？"小莉在一旁嗔道。只有她不怕父亲。

"你什么时候管过孩子？还不都是我管？"景立贞唠叨了一句，站起身，"我去看看。"

她敲响了顾晓鹰的门。听见里面床板咯吱咯吱响，又一阵慌乱的轻微响动，顾晓鹰神情不自然地打开房门："什么事？"屋里有个姑娘坐在床上，此时抬起头露出涨红的脸："阿姨。"她显得有些不好意思。"啊，你来了？"景立贞笑笑，"看电视吗？想看电视就过来。晓鹰，有时间过去和爸爸说说话。"她是告诉儿子，顾恒已经知道他把姑娘领到家里来了，一定不要留姑娘在家里过夜。儿子胆很大。有的时候，夜深等家里人都睡了，悄悄打开大门，领着姑娘溜进他的房间，以为家里人都不知道。第二天天不亮就又悄悄开门把姑娘送走。景立贞过去都装作不知道。

没过太久，顾晓鹰大大方方领着姑娘来到客厅。

"伯伯，阿姨。"姑娘甜甜地叫着。

顾恒一见，立刻和蔼地笑了。因为缺乏思想准备，他的微笑竟然有一丝局促："你是……康小娜吗？"听说姑娘在歌舞团，顾恒依稀回忆起几个月前妻子说过，儿子和一个叫康小娜的舞蹈演员"恋爱"。

"我叫柳小青。"姑娘答道。

"噢。"顾恒点点头，一方面感到自己有些唐突，一方面又感到极大地不快。他不禁又瞥了儿子一眼。

顾晓鹰和柳小青在客厅里坐了一会儿，便送她下楼。

"那个康小娜是谁，你和她到底什么关系？"柳小青不高兴地追问道。

两个人在路边的树影下并肩走着。"没什么关系。"顾晓鹰不耐烦地说，"我不是告诉过你了，她老缠着我，我根本不想理她。"

"你对我真好吗？"

"怎么不真好。"顾晓鹰搂过姑娘来吻了一下。

"就不是真好。"柳小青嗔恼地推开他，她感到了这个吻的随便和敷衍。

刚才在房间里，顾晓鹰已经把火热的欲望发泄了。他现在有些厌倦，像他每次占有了一个女性之后一样。然而，姑娘娇嗔地推搡又激起他一些热情，他准备再送她一程。

看着儿子送姑娘走了，顾恒又皱起了眉头："又换了一个对象？他要换多少？"儿子这样搞女人，他不仅厌恶，而且还有一种类似仇恨的敌视。

景立贞叹道，"康小娜是小市民出身，她看上的是咱们这个高干家庭，贪慕虚荣。人品不好。"

顾恒蹙着眉看了看身旁的小莉，她正满不在乎地啜着冰镇汽水，看着电视。"小莉，你要发表什么看法呀？"

"我？我觉得这些女人太贱。"这表明了她对柳小青这类姑娘的看法？"这个世界上男人也太贪。"这似乎又表明了她对哥哥的看法？"不过，我对这一切都无所谓。人人都有自己的自由，别人无权干涉。"这表明她自己的哲学？

康小娜趴在床上，头探在床外呕吐着，两眼已哭红。屋里灯光昏黄，为了省电只点着十五瓦的小灯泡。母亲坐在身边，不知如何是好地看着她："哭管啥用，你为啥不早告诉妈？他就这样扔下你不管了？不行，到法院告他。"

康小娜慢慢摇了摇头。

她不能告他，她也无法告他。她还要和他结婚。她眼前又浮现出景立贞的面孔。虽然她从这张面孔中能隐约感到一点不善，但她不愿细想自己的感觉。她只相信景立贞说的话。她相信景立贞能管住顾晓鹰，只要找到景立贞就好办。

苏健敲门进来了。"小娜，你不是要看《农村医疗手册》吗？我拿来了。"他说，"你要查什么？哪儿不舒服？"

"我随便翻翻，你放这儿吧。"康小娜无力地说道。

"小莉，你和李向南到底什么关系啊？今天也该和爸爸好好谈谈了。"景立贞把话题引到女儿身上。

"我不是说过了，自己的自由，别人无权干涉。"小莉站起来走到电视机前，挨个按着钮，换着频道。

顾恒看着小莉脸上露出微笑，女儿的一言一行在他眼里都是可爱的："小莉，你敢不敢坦率谈谈啊，你不喜欢坦率吗？"

"我喜欢他。"小莉又回到沙发旁，扑腾坐下，抓过一把瓜子。

"喜欢？"

"喜欢就是爱，我爱他。"

顾恒看着女儿问道："你准备和他生活在一起吗？认真考虑过吗？"

"干吗什么事都要这么认真那么认真。"

"他比你大十来岁。"景立贞在一旁插话道。

"我不管那些。"

"这些不要多管，"顾恒不满地打断妻子，"这都不是重要的。"

"爸爸，你同意我和他好吗？"小莉挑战似的盯着父亲。

"我还不清楚情况啊。"

"你不是挺赏识他吗？"

"赏识当然是很赏识，不过……"

"不过什么，他的情况复杂化了，是吗？那是有人造谣诬蔑。连我不高兴了，都会说他的坏话。"

"现在的情况倒不完全是造谣诬蔑。"

"又是说四机部的女医生手里抓的那些信吧？爸，我告诉你，我现在把你这些年写给我的信整一整，摘引上一些话，也足够写一堆揭发你的材料了。"

"爸爸考虑的不是这些，我是想让你找个稳重一点的，最好是搞科学技术的。"

"那还不明白？找一个规矩的，可靠的，万分保险的。他一辈子听女儿的话，不会让女儿上当，最好还是孤儿。这样，女儿就能留在你身边，是不是？第一，你怕我有风险；第二，怕我离开你们。我说的一针见血吧？"

顾恒说："爸爸这样考虑也是为你好嘛。"

"什么为我好？这是做父母的自私。"

"你和爸爸怎么讲话？"景立贞生气了。

"就是嘛，你们的考虑就是和我不一样嘛。"

顾晓鹰回来了，他也介入了这场争论："我可不是嫉妒他，我觉得你找这么一个人不合适。"

"他比你好得多。"小莉不甘示弱。

"找我这样的当然更不合适，我承认。可找他也不合适，他这个人不善。"

"我不想找个善疙瘩。我是为自己找对象，又不是为你们找对象。"小莉说着扑哧笑了，"再说，什么事情还没发生呢，我根本没有说要和李向南结婚，你们就这样着急，你们急什么呀？"

顾恒愣了一下，仰身开怀地笑了："我们知道你是有头脑的，我们也是关心你嘛。"

小莉讥讽地哼了一声："我真奇怪，这个世界上的人关心起别人来，从来都不能从别人的角度来考虑，那叫什么关心？那不过是在关心的幌子下侵占别人的心理空间。"

"谁要侵占你的心理空间啊？"顾恒和悦地说。

"你，妈妈，哥哥，都想侵占。照理说，咱们四个人，各坐各的座位，相互基本等距离，每个人以自己为圆心画个圆，互不侵犯就对了。人人都需要生存空间。"小莉站起来走到顾恒面前，挺着身子紧挨着顾恒脸站住，顾恒不由得往后仰了仰，"别人要这么逼近你，你自在吗？有压迫感吧？每个人都要有自己的生存空间，起码不能小于一米。心理空间也一样，谁都有自己的一块，不要去侵占别人的。我受不了那种压迫。"

"我们对你还有压迫？"顾恒笑得更和蔼了。

"当然，我感觉到了，连颜色都看到了。"

"颜色？"

你们奇怪了？我说的是真的。爸爸，你给我什么感觉知道吗？热烘烘的，体积很大，像个大锅炉，不太烫，颜色是黄的，不，是褐色的，不，带点红，还有点发亮。天冷的时候你挺暖的；热的时候要老被你暖烘烘的包围着，就觉得不够自在，不够清爽。就像春天被太阳晒着一样，身上发困，懒洋洋的，倒挺舒服。可我有时不愿意这样暖烘，我要到早晨的冷空气里跑啊，喊啊，那样无拘无束，那样痛快。对了，就像那天我到大雨里去跑一样。那是我对热空气包围的反抗。我要放任个性，要畅快。我自己的身体就挺热的，我不愿意还在一个暖烘烘的地方发困。我需要在冷空气里发热发光。把所有的汗毛孔都张开，那样我才舒服。

还有你，妈妈。你给我什么感觉？是一棵没什么枝叶的干硬的老树，发灰，发黑，都是棱角，到处扎人，到处训人。我不愿意被扎。你别不高兴。我不愿意靠你太近，从小就不愿意，我一听你管我就烦。

还有你，哥哥。你给我的感觉是……你别笑，是一只红眼睛的黄狗熊。就是嘛。我不是骂你。好多年前我和你扳过腕子，觉得你有劲，现在还觉得你浑身有劲。我觉得和你不相干。离远看，你挺好玩，我喜欢你；离近了，你那狗熊毛扎人。我不喜欢和你太近，可也不愿意看不见你。

反正我是愿意一个人在一起。

我从上小学时就有一个感觉，只要我和一个人好，你们三个人就都反对我。哥，小时候你就老不让我和男孩儿一起玩，说怕他们欺负我，对吧？我做过一个梦，对了，想起来了，好像还不止做过一遍呢。我梦见前面有个男人，他看着我笑，朝我招手，我高高兴兴地跑过去。你们都出来反对我。妈，你是站在我后面，拉我，把我拉到你身后；爸爸和哥哥是站在我前面挡住我，不让我跑过去。

现在这个梦就在我眼前晃动，好像昨晚刚又做过⋯⋯

小莉带有神秘色彩的话，她的梦幻的眼睛和声音，触动了其他三人生命深处的神秘直觉，一瞬间，一家人似乎都陷入了梦幻般的恍惚中。他们突然感到整个世界只有他们四个人：父亲，母亲，儿子，女儿。每个人和其他三个人都处在特殊的关系中。每个人身后都隐约闪现着一个图腾似的形象：一个很大的锅炉，一株干硬带刺的老树，一只红眼睛的黄狗熊，还有，一个快活的小木偶。四个人构成一个童话世界。

顾恒在恍惚中感到了与儿子的排斥、对抗，与妻子的若即若离，觉得自己有着某种引力，牵引着女儿，而女儿在离心飞出。

顾晓鹰感觉到：自己就是父亲母亲的生命合成的。父亲的体格，热力，那男人的体魄，母亲那干辣，都孕化在自己的生命里了。发现了这一点，只是更增加了对父亲的敌视。然而理智告诉他：他还必须依仗和利用父亲。他只对小莉有亲切感。他从小喜欢她。

景立贞觉得自己确实是株无枝叶的老树，丈夫是锅炉？儿子像狗熊？她不知道。女儿在眼前跳来跳去。女儿长得像自己。小时候发现这一点，她高兴，现在发现这一点，她不高兴⋯⋯

神思恍惚只是一瞬间的事情。小莉不知去哪儿了，顾晓鹰也离开客厅了，现在只剩下顾恒和景立贞。夫妻开始了两人间才有的谈话。他们经常要在这种悠闲的气氛中进行最严肃的谈话。分析是非，权衡利害。大事小事说个遍，最后还是说到顾晓鹰这儿。景立贞把自己局里技术处长曹玉林介绍的三个姑娘说了一下。一个是新任要职的某领导的女儿，一个是已离休的部长的女儿，一个是大学教授的女儿。

"他还用你帮着介绍吗？这已经够眼花的了。"顾恒不满地说。

"找不到合适的，可不是眼花？帮他找着称心如意的，就不眼花了。"

顾恒沉默不语。

"我倾向于……"景立贞欲言又止。

"找个知识分子家庭的好些吧，少些政治瓜葛。"顾恒说道。

"那……"

"你看着办吧。"顾恒又道。在家庭内，他也是遵循"大权独揽，小权分散"的方针。很多事情他都交给景立贞去管，管好了，可以称赞；管得不好，可以批评，事情也有个回旋余地。

景立贞多年来也善于理解和配合丈夫了。

因为有了小莉的那番话，和妻子这样邻近坐着，顾恒感到有些不舒服。人要从生理、心理上仔细感觉起周围的人来，哪怕是最亲近的人，也会生出一些别扭。他赶不走女儿的比喻，一株直挺挺的老树总在眼前浮现。

"成猛到底和你谈了些什么？"景立贞问。

"问问省里情况，我不是说过了。"

"还有什么重要情况？"

"重要的情况也不一定都告诉你嘛。"

景立贞看了丈夫一眼，想说什么没说，她知道丈夫的脾气。很多话只有夫妻间才说，但有的话顾恒在夫妻间也是不说的。

顾恒一个人来到阳台上，背着手眺望北京夏日的夜景。

天是深蓝黑色。远近灯光闪烁的黑魆魆的楼群、街道似乎也是蓝黑的。像一个点缀着珠宝的世界。他又想到成猛让他两年后准备担任更重要工作的话了。他想象着将来掌管的权力和工作。他感到自己背在身后的一双大手的沉甸甸的重量和气派。

他把双手扶到了阳台栏杆上，左右分开撑着。这一动作立刻改变了他与阳台下世界的关系。刚才背着手，他与阳台下这个蓝黑的世界有点超脱，他悠闲淡泊；而现在这样是俯瞰了，是要"入世"了，有了一种要改变这个世界、支配这个世界的行动意识。两种姿势，两种不同的心理状态。有意思。他要慎重考虑成猛的全部指示，把他的每句话都翻来覆去琢磨几遍，要郑重而慎重地行事。

成猛正在家中教孙子小军军下围棋，小军军的对手是秘书安晋玉。

"顾恒下午送来一份总结材料。"年轻的秘书恭敬地说道。

成猛并不经心地噢了一声，表示听见了，也可能表示现在不想听，目光仍盯在棋盘上，用手指着："军军，你看，咱们往这儿放个子儿好不好？"

第三章

李向南和顾恒一握手，两个人就都再一次感到了对方的性格力量。

这是一个看着很舒服的年轻人，黑瘦的脸上铁青的络腮胡，穿着十分简朴，举止既谦谨尊敬，又自然随便。他一见自己就露出了由衷的高兴。那是年轻人见到赏识自己的首长时才有的神情。这都让顾恒感到舒服。他不喜欢奶油小生，也不喜欢那些张张狂狂的年轻人。眼前这位年轻人无疑是知道在自己的位置上该扮演什么样的角色的。然而，小莉真的要嫁给他？这个结局又未免太不自然。奇怪，怎么会有"生硬"的感觉？

眼前的省委书记是魁梧的，风趣的。他握手既热情有力，又随便豪爽，握完便甩开，充分表现着他对力量的把握和自信。他的笑声洪亮，目光透着犀利。景立贞神情冷淡地站在他身后。小莉也出现了，调皮地冲父亲的脊背努着嘴。自己一瞬间就感到了进行这次谈话所承受的心理负荷，这负荷，在他准备这次谈话时已不止一次地承受过了。

"来，你坐那儿，我坐这儿，摆出一个面对面的阵势。发扬咱们过去说话的风格。知无不言，言无不尽，入木三分，方是好汉。"顾恒打着手势风趣豪爽地说道。

两个人在书房里坐下了。这里气氛雅静，薄薄的紫色纱窗帘淡化着上午明朗的光亮。一大壁书，很大的写字台，沙发，茶几上是绿茸茸的盆景。

"我寄到县里的回信，你收到了吗？"顾恒仰靠着，很舒服地摩挲着沙发光滑的木扶手问道。一见到李向南，以往几次谈话的记忆就唤起了他愉快的兴奋感。想到能和这个年轻人进行那种在一般场合不宜进行的深入谈话，自己能敞开展露在一般场合必须含蓄的政治智慧，能得到对方完全的理解和年轻人特有的赞许，他就感到一种渴望。那是他的享受。

他之所以喜欢李向南，就是从喜欢与他谈话开始的。他很少遇到像李向南这样称心的谈话对象。

"收到了，您的信给了我很大鼓舞。"李向南略含拘谨地回答道，"您这样支持我，我更得好好干了。"

"不，李向南，在你被人弹劾的时候，在你特别需要顾恒这个省委书记做靠山、支持你的时候，你最好不要给我戴高帽子。你再给我多戴高帽子，我也不能承担无保留保你的义务。对不对啊？"

只这一句话，顾恒就感到自己一下子便摆脱了在平常需要维持的含蓄威严的首长形象，进入了坦率谈话的兴奋中。要不，那种"首长"的腔调就会随着相应的神态一下出来了：我想，我还是理解年轻人的，能为你们铺路，我是很高兴的。你干的确实不错，有影响。但正因为有影响，所以，有人要求全责备你……

省委书记这样坦率，李向南有些缺乏思想准备："是，我理解这一点。"他仍有些拘谨。

"理解什么？"

"我觉得在这种时候，我不需要对您说好话。但是……"

小莉刚刚送来两杯冰镇橘子水，现在又找了个理由进来了："再给你们两份冰激凌。"她转身作走状，但仍站在那儿注意地听着。

"小莉，你不要在这儿了，爸爸要和向南谈点严肃的事情。"顾恒说。

"我可以给我们县委书记当参谋嘛。"小莉调皮地一噘嘴，走了。

"但是，顾书记，我想说的是：我不需要和您多谈我目前的处境。"李向南接着说道："我相信，如果条件允许，您一定会支持我的。像我这样一个年轻人，有些棱角，一般来说是很不容易得到上级的理解的。遇到您是我很大的幸运。您对我的理解经常逼着我超水平地发挥自己的能力。即使因为客观原因，这次您不能保护住我，我对您也是终生感激的。"

"这不是感谢不感谢的问题。"景立贞插话道。她把一个刚接到的电话记录送进书房给顾恒，似乎还忘了拿什么东西，要走未走。（她怎么老遗忘啊？刚才是过来拿眼镜盒中的揩镜绒，却把花镜又忘在这儿，这次是请示顾恒如何回电话的，又差点忘了问。）"党的工作嘛，有什么感谢的？"

"立贞……"顾恒不满了。

景立贞怔愣了一下，不快地走了。

"向南，应该说，我对你的帮助支持还是不够的。"顾恒说道，"不过，我这句也是套话。"他不满意地摆了一下手，"还是来入木三分的吧。我还算是个政治家，掌管着一个省，你也算是个政治家，掌管着一个县。你是个出色的县委书记，但你在我整个棋盘上只是一个棋子。当然这个棋子有些特殊，我赏识你，提拔了你。你的失败，就等于我用人政策的失败。仅从这点，只要能保住你，我就总要尽力嘛。更何况我们有共同的改革事业。所以，终生感谢之类的话大可不必说。你今天不管讲什么，即使是很真实的话，无疑会带有一个明确的目的性，对吧？当然，如果我没有力量保住你，那我也就只好暂且放一放了。我要考虑我的全盘棋嘛。"

"所以，"李向南镇定地说道，"我今天来，只是想和您谈谈对全省工作的几点建议。"

"噢？"顾恒眼睛一亮，他有些意外。

"另外，我想把自己写的一份材料请您看看。"

"什么材料？"

李向南垂着眼睛略犹豫了一下，抬起头："我的一份札记——《中国的社会主义》。"

"啊，李向南。"顾恒突然指着对方大声笑了："你这可是做了充分考虑吧？你想用这个出奇的方针来赢得省委书记的好感，是不是？"

李向南不作解释地笑笑。

"在一般情况下，你这个方针可以说是相当聪明。即使我现在非常明白你的目的，我也还是被你出奇的方针所打动了。啊？我坦率承认：我对你要谈的全省工作建议和对中国的社会主义的思考是感兴趣的。但我还要揭穿你：你今天来找我谈话，全部背景就是你在被弹劾，要化解这个危机。要不，你的一切改革抱负都无法施展。所以，你的一切言辞都有这个目的性。你越隐蔽，越机智，我警惕性也就越大。"顾恒声音洪亮地笑着，很有气魄地挥了一下手："所以，我劝你还是拿出最笨拙的方法来和我谈，那对于我恰恰是最聪明的方法。直截了当地把你的目的，你的难言之隐，你想如何包围我的心计，都说出来。"

第一次受到顾恒的犀利剖析，李向南不能不被这种风格所征服。自己刚进屋时那种忍辱负重的悲壮感一下显得矫情可笑了。"那你给我一支烟吧。"他很干脆地一伸手，不客气地说。

"我的烟可是很缺的，家里对我是限量供应的，只能给你一支。"

"因为你在这儿抽烟，所以我也要抽烟。我首先要在心理上获得与你一样的平等感。"李向南嚓地把烟点着了。

景立贞有着一种被排除在外的不快感。小莉根本不理睬自己的不满，毫无顾忌地出入书房，对李向南献殷勤，更让她恼火。然而，她现在不能发作。她坐在卧室里心不在焉地翻看着一些卡片，都是顾恒阅读史书时做的卡片。

这是《韩非子》一书的卡片。

如欲以宽缓之政，治急世之民，犹无辔策而御悍马，此不知之患也。

是以赏莫如厚而信，使民利之；罚莫如重而必，使民畏之；法莫如一而固，使民知之。

故明主之吏，宰相必起于州部，猛将必发于卒伍。夫有功者必赏，则爵禄厚而愈劝；迁官袭级，则官职大而愈治。夫爵禄劝而官职治，王之道也。

智术之士必远而明察；不明察，不能烛私。能法之士必强毅而劲直；不劲直，不能矫奸。

凡说之难：在知所说之心，可以吾说当之。所说出于为名高者也，而说之以厚利，则见下节而遇卑贱，必弃远矣。所说出于厚利者也，而说之以名高，则见无心而远事情，必不收矣。所说阴为厚利而显为名高者也，而说之以名高，则阳收其身而实疏之；说之以厚利，则阴用其言，显弃其身矣。此不可不察也。

抱法处势则治；背法去势则乱。

"说真格的，对于今天的谈话，我确实是做了充分准备的。昨天晚上我还用活页纸写了好几页要点。"李向南狠狠地抽了几口烟以后，坦率地开了头。

"能不能如实披露啊？"顾恒眼睛一亮，"我现在特别想知道，一个聪明的部下在和我谈话时心计用到什么深度。"

"我相信，一个部下，无论他是个正直的事业家，还是个弄权的小人，他们在和顶头上司谈话时都要用点心思的。和您这样的领导谈话更要费点心思。"

顾恒快活地哈哈大笑了："你这恭维恰到好处。"

"我在准备和您谈话的过程中，甚至运用了我的系统论、系统工程学知识。"

"这很有意思嘛，咱俩这谈话真是国际水平的。"顾恒的兴致越来越高。

"我找您谈话，谈话的发展方向不单是咱们两个人决定的，因为咱们不是孤立的两个人，当然，您的背景比我大。所以，我的第一个考虑是：我和您处在一个大的社会政治系统中。您作为一个高级领导，您的地位，您的处境，您的多方面联系，您的考虑，（在这里，他省去了一个词：'您的利益'。）我都应替您想到。说真话，顾书记，我在思考时，不得不把所知道的有关您的全部情况都想一遍。"李向南笑了笑，"您是省委书记，您的下属们其实都在尽可能地了解您的情况。我在省委机关待过，对您的情况也是了解一些的。"

"好，坦率。一个为官的要知道部下都在千方百计地研究自己，这才能免除许多危险。对不对？不要把底下的人都看得那么简单。你们呢，也要明白，我也在研究你们。上下之间都在研究。好，继续讲。"

"从中的系统讲，在省里，您是省委书记，我是县委书记，我在县里引起的冲突，在地委引起的矛盾——地委书记就反对我，在省里，有支持我的，也有反对我的，您处在整个干部队伍的包围中，您考虑对我的态度时，必然要考虑这个全局。"

"讲得深刻。"

"从小的系统讲……"李向南犹豫了。

"不许闪烁其词。"

"坦率说吧，我是在您家里谈话。一踏进您家，这个系统就不是咱们两个人。像您这样明智的首长，到底在多大程度上能不受家人的影响呢？"李向南略有些不安地赔了赔笑。

"讲得好哇。"顾恒很痛快地说道，同时在心中赶走了倏忽一闪的不快。

"和您谈话的方针我定了几条。"

"好，谈谈。"

"第一，我来找您，绝不诉苦，绝不提让您为难的要求。第二，我要表明：即使您不能保护我，我也将绝无任何怨言——这也是我的真实思想。第三个方针，在这种时候，我恰恰应表现出：我不是只关心自己的命运，我更多的是关心整个事业、大的形势。而且，我仍要——这是我非常坦率地交代了（诚恳而幽默地）——让您感到我对您、对你们是非常有用的，为您所需要的。"

"嗯，接下去。"

"所以，我今天来，恰恰要少说自己，少来求援，而应该谈谈您最感兴趣的全省工作，这也算投您所好吧。并且，我还应该比平常谈得更开阔，从一个省谈到全国，这就是我的方针。"

"还有。"

"只有这样的方针，从道义上讲，符合我的人格，从情感上讲，也符合我的心态，而从策略上讲，"李向南笑了笑，"我才能得到您进一步的理解和好感。这也最符合我目前要化解个人政治危机的利益。"

"好哇，我都被你绕到系统论里去了。"顾恒用手指点着李向南朗声说道，"今天，我们应当得到一个真理：任何一个人都比我们平常了解的更复杂。还有一个真理：当人们把最深层的考虑都暴露出来后，反而显得简单了，可信了，有趣了。对不对？如果，我今天不用难眩以伪的方针打开谈话的局面，会是什么结果？"顾恒风趣地说道，站起来背着手在屋里踱了两步，"平常，我们的很多智慧，都是用来掩饰自己的真实思想和去猜测别人的真实动机了。"

李向南在和父亲谈话。小莉一直有一种兴奋感，还有一种要承担点什么的跃跃欲动，还有一种暖融融的亲切感。她能觉出爸爸是喜欢李向南的。谈话在家里进行真好。她发现自己非常愿意结婚，小孩儿过家家似的有个小家庭。这个感觉是那么模糊，完全是未来、未定的事情，但正因为如此，它才美好，打动人。

父亲每次见她进来，眼里就露出一丝审视，打量着李向南和她有没有感情交流。她不管。她只要在书房里停留一分钟，她就活跃了气氛，她就使自己也使整个书房变得暖洋洋的。她确实感到自己上下左右有一个大光团，她就是一个橘红色的大灯笼。

只有经过门厅和母亲正好打照面时，她的情绪才稍有破坏。母亲打量她的目光中含着不满。母亲像黑色的老树，刺棘总是划破她橘红色的大光团。

她今天发现：她特别喜欢李向南的性格。她喜欢他和她一样有热力；她又喜欢他不像她那样疯狂、躁动。他是沉稳持重的，不动声色的，和她完全不一样。

一样又不一样。

她突然眼睛一亮，拍手了。她发现了一个伟大的真理：一个女人恰恰喜欢一个和自己最一样又最不一样的男人。只有"一样"，两个人处在一个平面内，才有可能相交；只有"不一样"，两个人性格正好凸凹相对，才能结合，才能长短相补，给对方提供新意。她用这个真理检验自己熟悉的一对对幸福的夫妻，情人，无不如此。两个人相爱，必有非常相同的地方，那是他们结合的基础；同时又必有他们相异的地方，那同样是他们牢固结合的基础。

太精彩了。她就要找一个与自己最相同又最不相同的男人。

她轻声唱着歌从这个房间走到那个房间，连哥哥的房间（他不在）她都要去。她就要到处发散自己的快乐。一分钟不发泄她就要憋死。她发现，不同的房间也有不同的颜色，爸爸的书房是灰蓝色的；她的房间是橘红的，还有点色彩缤纷；妈妈的房间是灰黑的；门厅呢，是空白的，没有颜色，她走进来，带来一团橘红，母亲走进来，则带进一束黑色。母亲的光团浓而小，不放射，像一个圆柱体，随着她的身体移动……

"全省工作建议，《中国的社会主义》的札记这些我都感兴趣，但我们后面谈。我现在感兴趣的是你李向南的命运。怎么样，正符合你的目的吧？"顾恒幽默地说道，"我们客观分析一下，这个事情能不能化解，如何化解。关于这件事的背景，你目前了解多少？"

"情况是这样，"李向南如实说道，"现在搞我的人，主要不是省里、县里的了，而是北京的。我写过的文章，我在古陵的做法，都比较硬了一点，引起一些人的反感；另外，直接触及的是一些同代人的嫉妒。这两方面结合起来，就形成了一个比较可怕的背景。这次他们是抓住了机会。现在他们手里还抓着我过去写给一个女同学的信。"

"材料我看到了，有你写的信的影印件。"

"我信中说话当然很随便，对国政大策品头论足，口气可能也有些大，所以他们攻击我有野心。"

顾恒点了点头："谁让你在古陵干得那样突出呢？那么多记者吹你。"停了一会儿，他又半感叹半幽默地说，"蔑视领导人？一般地说，年轻人不蔑视老年人，这个社会是不会有前途的。别看你总说我深刻，对你有启发，内心里你肯定自信比我强。这你不用解释。"

"现在关键是我对这些信无法解释。如果像您这样理解我，就可以说：这个年轻人有见解，有抱负。但在另一些人眼里，就可能是有野心，狂妄。"

"信本来没什么，但想整你，就成了口实。"顾恒说道，"凭这些信并不能给你定什么性，却可以造成对你的坏印象。有时候印象是完全可以决定一个人命运的。……你打算怎么办？"

"不知道。"

"我认为最好的办法，第一，是我不为你解释，因为解释不了；第二，你也不作任何解释；第三，听其自然。你要有退一步的思想准备。我可能要把你在省里的工作调一调，一段时间内不提拔你。你也夹起尾巴。让事情冷下来。慢慢再想办法。"

"一个人，有问题没问题被审查上两三年，不了了之，最后把一生做事的机会就给埋葬了。"

"事情不一定那么悲观。有时候，有我们看不到的危险；可有的时候，又可能有我们想不到的机会。还有一个办法，就是看看能否找到人为你说话。"

"很难。"李向南蹙着眉想了想，说道，"我父亲也不会帮忙。"他停顿了一下，"我现在唯一的方法是：把《中国的社会主义》的札记写成文章，作为条陈送上去。"

"这个札记我先看看吧。"顾恒略沉吟了一下，心中筹划着如何帮助这个有为的年轻人渡过难关，"你要有思想准备：有的时候，要证明自己，要挽回形象，靠多做事情不一定有用。"

景立贞进来了："老顾，你的电话。"

成猛的秘书安晋玉来的电话。"你送来的那份工作总结收到了，我会及时提醒成猛同志注意的。"安晋玉在电话中说。

"啊，谢谢你。"顾恒立刻表示了感谢，而且非常适当地表示了对这位小秘书不该遗忘的亲热，"小安，以后有时间可以到我们省里去走走看看嘛。走不开？等有机会嘛。你去的时候，我给你安排一下。"

他必须对这种大人物身边的小秘书用朋友似的口气说一两句亲热话。你若轻视他们，刺激了这种人的自尊心——这是很多人易有的疏忽——那是非常愚蠢的。

景立贞漫不经心地翻看着《老子》的卡片。

持而盈之，不如其已；
揣而锐之，不可长保。
金玉满堂，莫之能守；
富贵而骄，自遗其咎。
功遂身退，天之道也。

宠辱若惊，贵大患若身。
何谓宠辱若惊？宠为下，得之若惊，失之若惊，是谓宠辱若惊。
何谓贵大患若身？吾所以有大患者，为吾有身，及吾无身，吾有何患？
故贵以身为天下，若可寄天下；爱以身为天下，若可托天下。
……

第四章

《白色交响曲》摄制组召开第一次全体成员会。

七八十号人把电影厂小会议厅塞得满满腾腾。说笑声盛不下了，便从敞开的一扇扇大玻璃窗往外散溢。座位排排朝前，但人们坐落全无方向，这一群，那一堆，更有三三两两，小团小簇。女人们交头攒脑，叽叽喳喳；男人们有的蹲在椅上，有的坐在椅背上，喷着唾沫星，打着手势，或打逗起哄，或捧腹大笑。

副导演钟小鲁善于扮演一个被拥戴的管家，笑嘻嘻地招呼着几个年轻人抬来一个保温桶，拿来一摞玻璃杯，一袋袋茶叶，给众人沏茶。

编剧刘言——一个特别喜欢在电影界厮混的作家——坐在人群中和女演员们说笑着，时或很有风度地点着头，时或仰起脸显得极为愉快地一笑，同时顺手梳理一下头发。他总感觉前后左右的人都在注意他，因此，言谈举止总含表演性。

童伟也来了。他在离林虹和几个年轻女演员都较近的地方坐着，右手抱肘，左手撑着下巴，目光深沉地凝视前方，像雕像一样全然不为周围喧闹所动，似乎在想另一个世界的事情。

导演胡正强站在讲台旁。因为有求于众人，他脸上赔着笑，同时放松身体，使自己伟岸的身材显得谦谨一些。他又一次向下按了按双手："大伙儿是不是静一静？"

没人理他。

站在他身旁的钟小鲁笑着冲众人拍拍手："哥们儿，开会吧。"

男人们——多是搞灯光、布景的工人们——挥着手嚷道："不行，你们就这么着开头啊。就这么空口白话，又让我们给你们卖命？拍出好片子，你们露脸得奖，跟我们有何干系。我们不吃这一套。"

"先下下雨，下阵雨再说。"几个脚跷到椅背上的男人们嚷道。

胡正强笑笑，从口袋里掏出几盒"大中华"，同钟小鲁一起向满会议厅的男人们抛着烟，白色的"雨点"东南西北地纷飞着。

"行了吧？可以开会了吧？"胡正强不抽烟，但经常要自掏腰包下下雨。

"光下雨不行，头次会，好比农村秋收开镰，不打打牙祭哪儿行啊。"

"光下雨买哄不了我们，请吃饭。"

"请吃饭今儿可来不及，先欠上。这会儿先请请冷饮。"

胡正强又笑了，从口袋里掏出几张"大团结"，扭头对摄影师张宝琨说："给大伙儿每人买份冰激凌，买瓶汽水。"

人心有尽，满屋的哄闹声算是静落下来。

胡正强开始主持会议："今天是咱们第一次全体会。本厂的，大伙儿相互熟悉。外借来的演员，也都陆陆续续来些天了，也已经相互认识，不用多介绍。这位是咱们的编剧刘言，大家都认识，他今天也来参加我们的会——"

刘言手高举过头，很轻柔地向大伙儿致意。

"——另外，这位童伟，小说家，是我和小鲁请来的顾问——"

童伟只是将二指略举到腮边，表示不屑介绍地摆了一下。

"——今天主要给大家介绍的就是咱们这部片子的女主角，林虹，"他转头对坐在第一排最边上的林虹说道，"你站起来一下。"

林虹站了起来，一下成了众人注视的中心。

其实，消息灵通的人从昨天起就从不同的角度、不同的距离认准了她，今天她一到会场就开始打量她、议论她了。

她是走谁的门子来的？是不是电影局哪位局长的门子？不一定。胡正强别的能交易，这部片子他是准备得奖的，配角可以交易一下，主角不可行。那可说不定。嗳，是不是刘言的关系？刘言管屁用。好像和钟小鲁有一手，没看昨天她来，钟小鲁冒着雨接，像小吹辈儿，跑上跑下帮她搬东西。说不定是冯厂长的门子？谁知道和谁有关系。可能都有关系。看她那德行，一脸傲气。她气质还可以。听说试镜头还不错……

"咱们前几天，万事俱备，只欠女主角没最后落实。结果是踏破铁鞋无觅处，得来全不费工夫。"胡正强搓着手笑笑。每当他很正经地说上句带些幽默的话时，他都要这样拘谨地搓搓手，似乎幽默不是他的专长，"我们找到了林虹。咱们摄制组一切就绪了，又要开始练了。噢，林虹，只有你对大家还陌生。你是主角，是我们众星捧月的月亮。月亮总该认识认识大伙儿，我给你逐个介绍一下。"

这是钟小鲁，不介绍她也知道。胖乎乎的圆脸上布满络腮胡，宽宽的黑框眼镜后面总是含笑的目光像三四十摄氏度的温吞水，融融地漫过来。只有当你较长久地注视他时，那目光才会露出一丝闪烁，稍纵即逝地透出一点他那敦厚形象中所没有的东西。

这是摄影师张宝琨，也在胡正强家中见过。这个黑瘦精干的年轻人眼里总是露着要奉承人的亲热。那目光和他的身体一样，干瘪细弱，时断时续。

这是刘言了，也不用介绍。黑，黄，瘦，眼角放着桃花纹——据面相学说，那是有桃花运的标志。本来很大的眼睛，笑成两条明亮的细线。目光甜腻腻的，水波般一圈一圈地过来，闪露着对女人的兴趣。等你稍一凝视，那目光中就有了不自然和做作。

童伟的目光像两道笔直的灰色光束射过来。这束光不嚣张，不耀眼。它很充实，很稳定。在含蓄中送过来隐隐的力度：对对方的洞察，对本人的自信，还有准备随时对一切问题做出回答的行动意识。他的目光大概可以使一个纸风车缓缓转动起来。

这位，是她要认识的了：制片主任尧光明。他站起来了，油头光亮，衣服笔挺。他双手贴裤线，朝她微微鞠了个躬。他对谁似乎都要做这样的习惯性动作，像是在舞台上对观众频频谢幕。他的脸白胖光润，一双眼睛水亮汪汪，漂亮得像女人，也因此让人腻味。他的目光像两朵花一样向四面散射，不出几厘米似乎就照不见什么了。

这一位，是这部片子中给自己配戏的男主角，常家。个子不矮，但显得文弱酥软，没个挺拔劲儿。鼻头有些发红。此时他笑着点了点头，神态似乎既潇洒又拘谨。目光中有股咳嗽糖浆的味儿，甜得不对劲。一副自以为美男子的矜持矫揉。在电影中和这样的人相爱，未免太难了。……

男人们的目光不管是黄的、红的、亮的、暗的、灰的；也不管是烫的、温的、凉的；苍老的、年轻的；裸露的、遮掩的；辛辣的、腥气的、甜的、涩的、酸的、麻的；也不管是迟钝的、锐利的——像爪子一样抓人的，像刀子一样剥人衣服的，像毛刷子一样刷你皮肤的：那其中都多少含着对女人的欲望。这许多目光照在她脸上，身上，有的湿润，有的干燥，有的光滑，有的粗糙，划来划去地揉搓着她。然而，被男人注视，并不完全是难受的事情。

难以忍受的是女性的注视。她们在怎样地打量自己啊。

这位因介绍而站起来的叫卞洁琼。一位有着坎坷身世的演员。三十多岁，小身量，瓜子脸。在银幕上是个贤淑妩媚的形象。在生活中却时时显出刻薄和小市民气。听说为在《白色交响曲》中担任主角，她曾上上下下拼命活动过，最后只得到一个配角。她的眉细细的，眼睛一闪一闪的，发出的光很细很凉。自己一直感觉到这一闪一闪的凉意。

这位，大声说笑着站起来的叫罗莎。二十年前中国很有名的女明星。她媚丽的形象曾风靡中国。现在五十岁了，人老珠黄，脸皮松皱耷拉，但还穿着极花的连衣裙，一派风骚地描着眉眼。回想起过去她在银幕上的动人形象，简直不敢相信这是同一个人。自己为她感到人生的惆怅。然而更多的是一种不舒服，好像见到一个人脸上长着个茄子般大的紫色瘤子一样。时间居然把那样动人的形象变成这样。看她却浑然不觉，从一进会议厅就左顾右盼，和一切男人包括比她年轻得多的男人打情逗笑，自以为仍是人们瞩目的中心人物。其实男人们只是应酬一下而已。她也多次打量着自己，目光是研究的，脸上的笑容因此都凝固了。

现在站起来的是一位年轻的女演员，陈美霞。二十六七岁，个子不算高，皮肤有些黑，头发黑亮，一双火热的大眼睛，南国风韵。她早就在打量自己。目光中虽然含着明显的嫉妒，仍可以看出小康人家的善良。有些人的嫉妒把恶意加在对象身上，有些人的嫉妒只是把折磨加在自己身上。她就是后一种人。她打量自己时，似乎想到本人的什么境遇，常常垂下眼，心神恍惚。

这位负责化妆的年轻女性，弓晓艳，苗条娇小，浑身放射着压抑不住的性感。她的每个动作都是燃烧的。走起路来步态充满弹性，头发和裙子飘飘洒洒，拖着一股热风。当她坐下后，便上下左右地打量自己。完全是女人看女人的目光。偶尔，又像一个男人在看一个女人。她的审视挑剔都是热辣辣的，被她注视时，感到自己的身体显得太凉了，不够紧张饱满；腿脚都不够弹性。真是奇怪的感觉。

在众人目光的焦点上站着不是很自在的。

会议厅门开了，进来两张笑脸。厂长冯鉴一，一个矮瘦的老头儿，含着威仪的笑脸；副厂长郑笑文，一个乐呵呵的中年胖子。啊，我们来看看摄制组的同志们。和众人一一握手。当然，要先和童伟、刘言这样的客人握手，然后和林虹等主要演员握手。和年轻女演员握手，时间总要长些。人们早已站起来，也都早已鼓过掌。

"怎么样，信心百倍吧？"冯鉴一看着胡正强问道。他能够感到郑笑文在身后胖乎乎地站定，背着手东张西望着，也知道这位导演正是自己的对手郑笑文最赏识的人。正因为如此，自己踏进这个摄制组更显得坦然随便。

"大家都有信心。"胡正强尊敬地答道。正因为他和郑笑文亲近，与冯厂长疏远，所以他才尤其要尊重这位冯厂长。

"好，大家坐好，下面我简单地谈谈总体规划。"

两位厂长走了，总算让胡正强轻松了点儿。没有比当面包夹心更难受的了。会场是静了下来，虽然还带着嗡嗡声。下午的阳光一大窗一大窗地照进来。"咱们这部片子总算要开张了，我和大家一样高兴。"难啊，当导演荣耀，威风，创造一切，指使一切，在银幕上恣意安排他的世界。当了导演的人差不多都不愿退下来，没有比电影这块骨头啃起来更费力也更难丢弃的了。要是个艺术家，又要是个社会活动家，组织家。这几十号人好张罗吗？钟小鲁笑呵呵地坐在一旁。为什么要让他当副导演？在艺术上自己并不有求于他。但他神通广大，能疏通上层。一部片子若遭到责难，他可以到首长家出出入入，叔叔阿姨地一叫，便可大事化小，小事化了。这位卞洁琼，是冯鉴一推荐来的，想当主角。她哪儿胜任？安排个配角也不尽人意。可得罪得起她吗？半夜冯鉴一家的灯窗上映过她拉窗帘的身影。那位，花大姐似的罗莎，自我感觉好得让人无可奈何。已经在拍着一个戏了，又要求到这部戏里来。敢不用她吗？她老头是电影局的领导。自己这个导演像绳结头，伸出千百根绳线和上下左右相连。谁牵一牵他，他都要动一动，又不能一个方向动得太多。往前动多了，后面的绳线能拉脱他的后脑壳，往后动多了，前面的线绳能拽掉他脸面。他只能处在众多拉力的平衡点上。五个正副厂长的关系都需平衡。和其他导演的关系呢，同行相嫉，争本子，争演员，争评奖，天然矛盾，但也要考虑平衡。事情复杂，多层次的。

用钟小鲁虽联络了上层，可钟小鲁是冯厂长的心腹之患，用了他便加深了冯鉴一对自己的不满。本来，刘言编剧，自己直接找他商谈本子，简捷且方便，可文学编辑室一定要安插进一个责任编辑来，你能反对吗？不让人挣责编费？请童伟当顾问，主要是因为他在评论界有鼓动力。一个顾问头衔，换来与评论界的联盟……

　　会开得热烈。不管多少矛盾，毕竟要开始一件有声有色的事情，人心兴奋。胡正强向来话不多，却善于调动大家积极性。刘言也讲了话——他是从不放过讲话机会的——摆着手势，翻来覆去地表示对这部片子充满希望。钟小鲁则是一把胡正强讲话的要点概括一遍，二把众人讲话要点肯定一遍。他永远处世周到，广得人心。他一讲话，人人高兴。

　　童伟也应邀讲了话。放下二郎腿，好像刚从沉思中反应过来，看看胡正强，略想想，便从容而言了。这部电影为什么能成为一部有价值的影片，并不在于愿望，在于它的条件。那就是本子所提供的艺术基础、艺术空间（一、二、三、四），导演提供的艺术思想、艺术色调（又是一、二、三、四），演员提供的艺术表演、艺术个性（同样是一、二、三、四）。这部影片必将在中国电影史上写下一页——经他一分析，人人感到了这一点。导演为此将奠定他在导演史上的地位；摄影完全可能在摄影史上独树一帜，编剧将因此成为大剧作家。

　　至于演员，特别是对扮演女主角的林虹，他讲了："这两天我和正强、小鲁不止一次兴奋地谈道：我们这部片子的演员阵容好，没有一个角色是勉强的。特别是女主角。"他停顿了一下，"林虹虽然是第一次上银幕，但我以一个艺术家的直感——请允许我自认为是艺术家——相信：她将是中国当代最杰出的女演员。"

　　他又略作停顿。这样一个非常的断言引起了震动和刺激。卞洁琼觉得有点透不过气来。罗莎眼睛一眨一眨地看着林虹，感到自己心理失了平衡。林虹在瞬间静默中感到了巨大难堪和压力，她憎恶童伟这样讲话。弓晓艳满心酸楚地看看童伟又看看林虹，她是童伟的情人，她不允许童伟如此偏爱另一个女性。钟小鲁则低下头抽烟，他为童伟难堪。想和林虹和缓关系，也不是这个办法啊。

　　唯有童伟镇定自若。

　　"我们之间只有一次短短的对话，但她给我的印象如此之深，可以说是前所未有的。"他幽默地笑了笑，这是一个男人这样讲到一个女人时必要的幽默，"我是个评论家，我对自己的讲话从来都是郑重的。我没有必要恭维林虹这样一个首次踏入影坛的新演员，也没有必要将自己的声誉随便抵押给一个毫无依据的断言。"

"我想进一步指出的是：这部影片的一多半戏在女主角身上。我同意正强同志开头说的众星捧月这个词。我们都应该认识这一点。从导演，到摄影，到所有演员，都要围绕女主角来考虑。现代电影界是讲究明星的。没有明星的电影是没有号召力的电影，不推出新明星的电影是不会成为有广泛影响力的电影的。所以我建议，从现在开始，我们就可以在舆论上做些文章，先声夺人，把我们的新明星逐渐推出去……"

他眼前浮现出这样的想象：

小放映厅。刚看完林虹一场戏的样片，人们纷纷称道着。刘言也来了，一脸感动地说："演得太好了，我真没想到这么好，我一直是噙着泪看的。"林虹只是微笑着。钟小鲁也走过来了，很关心地看着林虹，说道："你这段戏有创造。你设计的几个动作也很有表现力。""胡导演，你说呢？"林虹却转过头向着胡正强。"你自我感觉如何？"胡正强问。林虹笑了笑："我没太大把握。"胡正强搓着手称赞道："我很满意。"他回过头看了看自己，"你征求一下咱们童顾问的意见。"

林虹转过头打量了他一眼，没说什么。他神情冷峻地慢慢走上两步，说道："我以为，你应该比这演得更好。"

林虹问："怎么叫更好？"

他微微笑了笑："你刚才在戏中和男主角也有这样一句话：'怎么叫更好？'我觉得，你和我说这句话时的表情，比在电影中好多了。"他微垂着眼帘，目光阴郁地盯视着林虹，准备接受她的反诘。

林虹却轻轻地一笑，没再说什么。

"你接受他的意见？"胡正强笑着问。

林虹看了看他，然后转向胡正强："那你首先应该使男主角能像他那样说话。"

——一个昼梦，简直像将要发生的故事……

作为化妆师，弓晓艳当然要说两句。她把她那瀑布般的黑发甩到前面来，用手玩弄着，笑着说："我一定把大家打扮得好好的，符合导演的要求。我一定为大家服务好。除了化妆，平时谁要理发，我也都义务包了。……"

卞洁琼也该讲话。她讲话总在心理上预先支出太多，及至开口，那种做作，那转来转去的开场白，让所有人都不自在："我没什么太多说的。胡导演、钟导演，还有刘老师、童老师都讲得挺好的。我一定努力把自己的戏演好。我虽然演过两部电影了，而且还担任过一次主角，但这次安排我当配角，给新演员配戏，我没意见。我觉得我这个角色也很重要，我要努力争取使这个角色发光……"

陈美霞扬起黑亮的眼睛，笑了笑："我虽然年纪不大，但已经演了四五部片子了。我一直苦恼的是：没有机会演比较重要的角色。这次，我担任的又是一个很次要的角色。我一定毫无怨言，努力把她演好，在表演上争取对自己有点突破……"

罗莎当然要讲话了，她左臂架在椅背上，侧过身来，右手在空中转圈舞着，声音响亮，抑扬顿挫："说众星捧月，根据这个本子的情况看，有道理。该捧就捧一捧。我是老演员了，就该捧捧年轻演员。可月亮不光是占一个位置，它自己得发光亮。它自己不亮，再捧也不行。你不要怕我这老演员，名演员，没什么了不起，我心甘情愿给你配戏。可你自己要争气。年轻演员要严格要求自己，要刻苦钻研角色。头一次上电影，要集中精力演戏，少掺杂私心杂念，要多听导演和大家的指导……"

这个林虹，真是幸运儿。凭什么一步登天成为明星？哼，也就是轮廓还可以，皮肤可是太苍白，整个人一点都不滋润。自己二十多年前是多么光彩夺目啊。（她眯起眼，目光恍惚地凝视着回忆。她的脸占满了整个银幕，她正仰头梳理着长长的黑发，眼睛里波光般闪露着憧憬未来的光辉……）比起自己，林虹差多了，一点不性感。这样的人就能当明星，真是人种退化。怎么现在漂亮人这么少？自己只要再年轻二十岁，化化妆，能把她们都比下去。腰身稍有些胖，拼命节食，已经瘦下来。脸上皱纹多一些，可以化妆弥补。世上真有返老还童的药就好了，她愿意出一千块、一万块去购买。（她抹上重返青春的美容霜，脸上又漾出明媚。她披着珍珠纱做成的拖地长裙，在一个风度翩翩的美男子陪伴下款款地走上阳台。阳台被辉煌的灯光照亮着，阳台下是翘首待望的人山人海。看到她，人们顿时沸腾欢呼。五彩缤纷的礼花升上天空。她微笑着对欢呼的人海慢慢招手……）

　　林虹从第一排站起来，双手慢慢卷着一张报纸，非常谦虚甚至显得有些惴惴不安地说了几句最简单因而也是最得体的话："我第一次演电影，压力很大。希望胡导演、钟导演，诸位老师多帮助我。"

　　一瞬间，她又一次感到了（这两天多次感到）：自己踏入了一个大名利场。

第五章

夏日晚饭后是热闹的，电影厂的招待所更不例外。

一幢三层的红砖楼房，楼门正中，左右走廊，一个个单间。一楼住着本厂单身的演员和职工，二楼住着外借来的演员，三楼稍稍静些，住着各地请来的作者。此刻房门大多敞开着。男人们站在各自门口，一边撩起背心扇着汗淋淋的前胸后背，一边与邻近门口的人说笑着；女人们叽叽喳喳地商议着结伙去哪儿散步；盥洗间里，最后吃完饭的人哼着小调叮叮当当地敲着碗筷勺；不知是哪个男高音在走廊里引吭高歌，楼上楼下都回荡着歌声，及至高不上去了，变一个尖细的假嗓音，又跌八度落下来，引起一片哄笑。

一层楼的门厅里哄哄笑笑地围着一群人，你想演电影？你能演吗？你叫什么名字？你知道现在是冬天还是夏天？你爸爸是男的还是女的？

人圈中站着个十七八岁的姑娘，很白净的脸上始终露着痴迷的微笑。她转来转去看着周围的人，一本正经地回答着人们的问题。我从小就想演电影，当演员多光荣啊。我想得课也上不下去了，所以老师就不让我上课了。我要当大明星。我知道现在是夏天，不是冬天。你们骗不了我。我爸爸是男的，我知道。我不找你们，我要找导演。我叫胡芳芳……

胡芳芳是个有点精神病的姑娘，半年多来，她几乎每天都要来电影厂，最初人们怜悯她，后来便也拿她取笑逗乐。

"我就是张导演。"一个脸上疙疙瘩瘩的汉子恶作剧地忍住笑，双手交叉抱着肚腹，故作正经地说道，"不信你可以问大家。你唱个歌给我听，再跳个舞，看看你能不能当演员。"

"你真是导演？"胡芳芳睁大眼看着他，"你要选个会唱歌跳舞的演员？"

"是，我要拍个音乐舞蹈片。"

"你骗我……电影叫什么名字？"姑娘将信将疑。

"这个……嗯，要保密。不过，你既然很有诚意，可以告诉你，叫《白色交响曲》。这个片子现在就缺一个女主角，要能歌善舞的。"

姑娘疑惑地看看周围人群，人们都忍俊不禁地要笑，她摇头了："你骗我……"

"那就算了。"那位"张导演"佯装生气地一挥手，"我再到别处去挑选。"

"张导演，你别走，我唱。"姑娘着急了。

"你唱吧。""张导演"转过身，稍带不耐烦地说。

"我光唱就行了吧？"姑娘小心地央求道。

"唱完再跳。"冷酷的回答。

"在这儿跳？"姑娘为难地看了看围观的杂乱人群。

"对，在这儿跳。"更为冷酷的回答。

人群水泄不通地围拢了。女人们头挨头，用一种兴奋又多少有些不安的目光看着姑娘，这样参与对一个姑娘的玩耍，她们终有些不安。男人的目光扫描着姑娘白嫩的手臂，裙子下的小腿。对这样一个精神不正常的姑娘，尽可以放肆地打量。这姑娘像没筋骨的嫩豆腐，出奇的白。有人被挤在圈中，心含愤懑，这样戏弄一个姑娘，太下作了，真该把人群赶散。起码自己该挤出人群，表示一点抗议，他的身体已经有这动作了，而且感到左右人们的身体立刻配合着准备填补自己的空间了，然而，他到底没动，还是在人群中观看着。

"那我唱了？"姑娘说道。

罗莎对化妆总是不满意，化妆师弓晓艳在她身旁转来转去地忙碌着，她坐在镜子前一百次地摇着头。这是怎么化的妆？脸上贴来贴去贴了半天，还没显出点儿光润来。给我化妆有什么难的，不就是把脸化得光润点？我的身材、脸型轮廓，样样都还是一流的。她不耐烦了，自己也上着手，同时始终滔滔不绝地和身后的人说着话。

你们年轻演员有一个优势，那就是年轻。可除了这一条，其他就都是劣势。

你们要谦虚，要努力学习，要有自知之明。你们各方面的修养都还差得远。当电影明星不是那么容易的。表演艺术是门最深奥的艺术。懂吗？……

她总算基本满意了，总算说了声"OK"。总算用手轻轻按着脸，大声笑着转过了头。

怎么样？还可以吧？再把灯光打上，完全像个三十岁的人吧？像二十多岁？那不需要。这个角色就是三十岁，我不敢化得更年轻了，那样就不符合角色了。哈哈哈，好了，弓晓艳，你可以给小秀整发型了。要是化妆技术再高明些，我还要和你们争争角色呢。

这是青年女演员矢菊秀的单人房间，林虹正坐在床上看罗莎化妆。矢菊秀——一个十八岁的舞蹈演员正坐在桌前对着镜子卷头发。今天晚上摄影棚内有罗莎和矢菊秀的戏，一部已恢拍完的片子：《青春》。

林虹脸上浮着淡淡的微笑。这位昔日的电影明星真才是没自知之明呢。这就像三十岁的人了？自吹身段好，是减了肥，体重下来了，可老架子还在，整个一个松松垮垮的腰身，毫无年轻女人的柔美线条。那张脸就像戴了假面具，笑起来粉几乎要一斑斑往下掉。头发上了不少油，表面很黑亮，可内里显出枯老。手才难看呢，皱皱的全是老皮了，能拍特写吗？女人的年轻，就在身段，在脸，在头发，在手。这四样，你哪样像呢？整个是用油、用粉、用薄膜、用服装，再用灯光、用摄影技巧、用各种手段包起来的。艺术搞成这样，有些令人作呕了……

弓晓艳在罗莎身边左转右旋，时进时退。她能感到天气的热，自己身体的热，罗莎身体的热。罗莎周身散着一股子五十岁妇人的汗味儿，还有香水的幽香。她的额头眼角都皱皱的，耳朵也皱了，让人想到一片枯叶，一件老朽的雕刻。不过，耳朵就顾不上化妆了。人是从额头、眼角、耳轮开始老，还有就是脖颈正面。人恰恰是从那些最惹人汒目的部位开始老。看她的后脖颈倒还显得平滑。还有，脸也太长了，这无法化妆。她实实在在感到罗莎的老，并不在于她的多皱，而在于她的"干燥"。一挨近这位老明星，就感到她身体的干燥。她对比感到的是自己的滋润：自己灵巧的手指是汗津滋润的，抹一把脸上的汗，自己的脸是汗津滋润的，自己的身体上上下下也是汗津滋润的。噢，对罗莎衰老的感觉，还在于"松弛"。自己是绷紧的。

给矢菊秀整发型了，一下子便感到小矢的年轻。她周身散溢着青春的气息，像朝阳下灿烂的花圃；潮湿的芬芳蒸发上来，浓郁醉人。她的头发少有的油黑滋润，披在肩上波浪起伏，不用加工就是美发。她的皮肤润泽光洁。眼角、耳轮、额头、脖颈正面，这一切最易衰老的部位都经得住细看和抚摸。她的手指玉脂般闪闪发光，这样的手指向你戳点，能使你迷得发颤；戳点一下黑夜，黑夜会融化；戳点一下多刺的仙人掌，仙人掌会开花；摘一片绿叶，绿叶会晶莹闪亮。从她领口可以看见乳罩上方一抹羊脂般的胸脯，使你禁不住想用手轻轻摸一下。如果自己是男人，真会动情呢。她又注意到了她的耳朵，晶莹的，娇嫩的，在灯光下半透明的，含着生命的汁液和光泽。她止不住又扭头看了看罗莎的耳朵，真丑陋。没有比年轻的耳朵更表现年轻的，也没有比年老的耳朵更表现年老的。耳朵是生命之树的一片独叶。

她的目光不由自主地转向林虹。来，林虹，我看看你的耳朵。她索性走上去。我不干什么，我善于看耳相，算命。林虹的耳朵恰如她二十八岁的年龄，而且还恰如她的体型、外貌——耳朵还缩影着外貌，这又是自己的一个发现——白皙，冷静，美丽，但没有小矢那般鲜嫩了。它有点苍白，有点平淡，还有点严肃——一个奇怪的感觉。

自己的耳朵呢？自己以后可以研究研究各种人的耳相……

矢菊秀端坐在镜前端详着自己，既高兴又不好意思。她冲自己眨眨眼，打量着自己有些调皮的样子，便愈加调皮地挤眼。她对着镜子暗自羞赧，便愈加羞赧。她垂下眼不看自己，凝视着眼前。化妆师正很舒服地梳理着她的头发。她感到镜中的自己也在垂着眼微笑。她微微摇了摇头，严肃地抬起脸，便迎面看到了一个严肃的自己。她凝视着自己。她发现不能同时注视自己的两只眼睛。她只能使目光蒙眬散射，才能整个地凝视自己。她知道自己漂亮，为此，她幸福，她骄傲，她也不好意思——好像在人群中穿着太出众一样。

楼道里闹嚷什么呢？叫好声，鼓掌声。

"好，菊秀，该去摄影棚了。林虹，你也去看我们拍戏吧？应该增加点经验。"罗莎哗哗啦啦，拉椅子，拍打衣裳，双手按脸，站了起来。

胡芳芳接连跳了几个舞，已经面红气喘了。"行了吗，张导演？"她擦着汗问。

"算了吧，别耍人家了。"几个女性声音不高地说着。"不行，再让她跳一个，来个窝腰的。"一个小伙子大声嚷道。

"对，你再跳一个最好的。""张导演"端着架子神情严厉地说道，"刚才那几个还不能最后确定你的水平。你要加点儿柔软的形体动作，对，比如窝腰，要往后窝到地，啊？"

"我歇会儿再跳，行吗？"

"不行，这点儿苦都吃不了哪成？"

"让我先喝点水吧？"

"跳完再喝。"

"我窝腰……"

"咋这么啰唆？"

她接着跳。有人叫好，起哄；有人眼睛发红，身子发热；姑娘们有些不安地窃窃低语着。她仰起脸，一点点往后窝腰，两手向后探着地。她没有舞蹈演员身体的弹性，她身子绵软，没筋骨似的，一点点软下去。手撑着地了。"张导演"命令她继续下腰。她的裙子花一样张开，花蕊般露出她的大腿，她的短短的上衣翘起来，滑下去，露出一抹白净的肚皮。发红的目光也开始有些尴尬闪烁了。

她眼里的世界颠倒了。人们头朝下，脚朝上，各种各样的眼睛，密麻麻的，闪闪发亮，像水族馆里隔着玻璃看到的鱼群，都是小鱼。鱼群倏溜溜地游动着，变成无数短短的横线，天旋地转。她头碰地，扑通，瘫倒了。

人们纷纷嚷着：算了，算了，别耍人家了。摔坏没有？头碰破了，出血了，快上点药。

我不要紧。张导演，我行吗？

你这还不行，回去再锻炼锻炼，以后再争取。

呼呼啦啦，鱼群都游散了，一楼门厅里没几秒钟就变得清静。你们别走啊，我到底行不行？……面前只剩下四个人，都是女人。

"你回家吧。"林虹关心地对她说。

"不，我要演电影。"

"……他们骗你呢。"

"你们才骗我。"

"她神经病，别理她了。"罗莎在一旁不耐烦了。

"你才神经病呢。"

让我回家？我不回家。我要找导演。电影厂里我熟悉。我自己就能找着。

直筒筒的楼道，她呆呆地、迟疑地往里走。上边，一个细长的长方形；下边，也是一个细长的长方形；左边墙是长方形；右边墙也是长方形。一洞洞门紧闭着。四条长方形延伸到尽头，对面，远远的是一个正方形。她一步步朝那正方形走过去，每次走到那儿就算到了头。然后再上二层楼，三层楼。上下左右的长方形在变短，前面的正方形在变大。一个可怕的东西（不过是个大衣架）立在一个门口，它狰狞地晃动着，像条大章鱼——银幕上，一条巨大的章鱼遮天盖地迎面扑来，一条条蛇形腕足向她盘旋伸来。她恐惧了。她要转身。她不能转，她要当演员。

林虹被刚进楼的钟小鲁叫住，他给她送煤油炉来了。不想吃食堂就自己做，楼里的厨房只有两个煤气灶，很难挤上用——他笑着说。我先领你在厂里各处转转，熟悉熟悉。摄影棚待会儿再去。去了也一时开拍不了呢，还要准备一阵。那个精神病——林虹担心地看着那个叫胡芳芳的小姑娘怯疑疑的背影——不用管她。对精神病的过分关心只会给他们造成痛苦。他们有他们的思维方式，让他们按他们的追求行动就是给他们幸福。就像让咱们按咱们的方式自由行动一样。不同思维方式的人不要互相干涉。要是精神病患者硬性干涉你，你受得了吗？你干涉她也一样，她也受不了。

"你这算什么哲学？不干涉可以，可不该捉弄人家啊。"林虹说。刚才那一幕实在是太丑恶了。

"我这是自由哲学。"钟小鲁搭讪地笑笑，把煤油炉放在桌子上。

这是二层楼上林虹和卞洁琼合住的房间，两床，两桌，两椅。

"钟小鲁。"走廊里有人喊。

"好，来了。"钟小鲁应声出去，一会儿便呼噜噜领进一帮子扛着相机、闪光灯的人。"他们都是摄影记者。这位是《大众电影》的，这位是《中外银幕》的，这位是《电影晚报》的，这位是咱们厂的。我把他们联系来的，给你照相。"钟小鲁介绍完，又解释地一笑，"我们总要为我们的明星宣扬一下。"

林虹并不窘促，但稍感猝然。

被这么雪亮的灯光照着，被这么多镜头注视着，这就是她现在也是今后的地位。她既感到兴奋，又隐隐地厌恶。她生性不喜欢被人窥视，而现在，众目睽睽，她的一切都将被公开展览，这和在古陵农村的清寂生活反差太强烈了。

耀眼的镁光灯还在视网膜上残留着暗红的印象，刚刚拉上房门，楼道里的大声喧闹又把钟小鲁引了过去。三个四川作者，一个年长，两个年轻，合作改编一个电影剧本，因为一个细节上的争论闹得面红耳赤。年轻的，三十来岁的一个叫智彬，二十多岁的一个叫肖建，两人一条战线，指着年长的，"你这纯粹是小家子气。女人气。"年长的，五十来岁，叫曲哲夫，胖胖的戴个眼镜。平时绵善温和，敦厚长者，现在也涨红了脖筋："让我执笔，我就是这样写。你们根本就不懂电影。"

钟小鲁最善于劝架，他温乎乎地说道："又开内战了？有意见不会从容点儿谈？这么热的天，也不怕中暑？"又敦厚地笑笑，"老曲还没吃饭吧？行了，智彬，肖建，你们先到外面凉快凉快，让老曲吃饭吧。饭早打回来了吧？"

"劝散是劝架的最好办法，散了便也不吵了，不散再劝也没用。"钟小鲁对跟着他一块儿下楼的林虹解说着。

"钟小鲁。"随着后面很急很重的脚步声，又有人在追着叫。

钟小鲁停住，转身招呼："洪军，今天就走？"他愿意更多的人喊他，找他——在他陪伴林虹时。

追上来的是位个子不高的军人，二十七八岁的样子。他满身负重，前背后扛，一脸愤怒。

我今天不走怎么着？你们厂通知我，再不走，明天开始收住宿费，一天十块。赶我走，给新来的作者腾房间。电影厂真不是东西，诓人来的时候，说得天花乱坠，又是信邀，又是电催，最后是人请。我放下小说来改剧本。改了第一稿，不行，又改第二稿，还不行，还要我改。我想了想，已经耗三个月了，不要前功尽弃，又改第三稿。导演还是通不过。我为它花了四个月时间了，总不能丢掉吧，行，咬咬牙再改。可改来改去，导演也不来了，找都找不见了。他又去外地抓别的本子了。一个导演手里同时抓四五个本子。我们这些小作者任他们扒拉，任他们涮。我出来六个月，什么也没搞成，回去怎么交代？连老婆都没脸见。她左一封信祝我成功，右一封信相信我成功，见了面我说什么？我本想另写一个本子，无论如何搞成一个再回部队。可这儿撵开我了，真他妈无情无义。

（让他马上走？厂里通知的？看着招待所的小服务员，他愣了。你总不能老住在我们这儿啊，我们这里是专为改剧本的作者留的房间。他难道不是被请来改剧本的吗？谁让你们通知的？这你就不用问了，你自己不自觉，厂领导又不好当面和你说，只好我们说了。他立在那儿，嘴唇都气麻了。一辈子没受过这种侮辱……）

"你别在意这些。电影厂乱哄哄的，处理事情难免不周到。"钟小鲁息事宁人地笑笑，"你现在去哪儿？机场？厂里派车了吗？让你在办公楼门口等？我送你过去，来，我帮你提两件。林虹，咱们先送送洪军。"

一出招待所，大门外两株大梧桐树，树下几条长椅，聚着一群乘凉的人。两条相对的长椅，一条上坐的全是男的，十几双拖鞋排在地上，十几双赤脚抱膝抱腿地踏在椅上，唾沫星子满天飞，争说着北京城里的一次车祸。另一条椅子上全是女的，大睁着眼惊惊乍乍地听着男人们讲述，时而还叽喳两句。还有一条长椅，斜着伸向一边，坐的有男有女，正听一位头发银白的长者讲述明清宫廷史。一个一脸络腮胡的俊伟男子正在一旁嗨嗨呵呵地练着拳，旁边戳着两个小伙子，搭着肩膀指点评说。

"这是招待所的露天沙龙，每天晚上都一群人。你要和大家合群，晚上没事也在这儿坐坐。"钟小鲁对林虹介绍道。

林虹只感到经过人群时受到的打量。又是各种颜色的目光，像节日夜空的无数道探照灯，密集交叉，千变万化地出现着数不清的三角形。人类世界中的空间，大概都要被交叉的目光所占满。

——哟，《白色交响曲》就是她主演？也不怎么漂亮嘛。是呀，她人不怎么漂亮，可她上镜头，你就没办法，占便宜。你还没看过她试镜头的样片？女演员们交头接耳地议论着——

林荫路上的人越来越多，大人摇着扇子，小孩吃着冰棍，笑语喧哗地流向一个大厅门口。"这是小放映厅，今天在这儿放一部样片。你要感兴趣，咱们一会儿可以去看看。"钟小鲁说。

林虹摇了摇头，她现在顾不上这些。

办公楼到了，钟小鲁放下行李，掏出手绢擦汗。见办公楼前空荡无人，钟小鲁问："车呢？""他们让我到这儿等。"洪军答。

左张右望。又左张右望。一辆上海牌小轿车急驰而来。

前门下来一个健壮的中年女导演，赫赫有名：彦均。她从后门接下来一男一女，连同箱子，行李袋。男的三十来岁，个儿不高，很壮，发际很高，戴着眼镜，很有些男人的魅力。女的二十多一点，挺挺拔拔，兴奋又略有些拘谨。

几问几答就明白了：这是又接来的两个作者，共同为彦均改一个电影本子。就是这辆车负责再把洪军送去机场。"那你辛苦了。"钟小鲁笑着递过烟。

"'心'苦命不苦。"司机开了个玩笑。

洪军和刚来的青年作家居然认识。他叫杜正光。

"杜正光，你们来改什么剧本？"

"名字还没定呢。她叫石英，是我大学同学。和我一块儿改。你怎么，今天走？剧本通过了？"杜正光满面春风介绍着同来的姑娘。

"我？"洪军脸上抽搐了一下，"再也不和电影厂打交道了。祝你们交好运吧，别让我的晦气冲了你们。"

轿车开走了。彦均领着新来的两位作者去见厂长。钟小鲁准备领着林虹继续转转。智彬和肖建又找来了，钟小鲁刚才还为他们劝过架。

"钟小鲁，我们找你有重要事。"

两个人决定甩掉曲哲夫，单干。三人合搞的剧本，越看越没成功的可能，让曲哲夫一人去磨吧，他们挂着合作的名，随便提点意见就行了。他们暗地里要另开新的天地。智彬有想象力，有辩才，有鼓动力，滔滔不绝地一说，肖建便立刻响应——他年轻，有热气，是横竖都不顾的胆子，总追随着智彬。这两天他们早已想出七八个电影构思，准备在电影厂八面出击，遍地开花：和所有的导演联系，兜售他们的构思。谁要哪个构思就给他搞哪个，几个人要几个，就同时搞几个，几个人同要一个，就脚踏几只船。电影厂的行情他们吃透了。上不上哪部电影，关键在导演。而一个导演手里总是同时抓着几个作者，几个本子，他们也反其道行之，手里同时抓几个导演。

他们先找钟小鲁。知道他拍完《白色交响曲》就可能独立执导，知道他在厂里上下通达，把一个最对他口味的构思抛了出来。知青题材，情节洗练，深刻别致。钟小鲁听着，很快眼睛亮了，他看了看站在稍远处等他的林虹，说道："今晚我要陪林虹在厂里转转，明天咱们找个时间详细谈。"

"这个题材拍出来肯定轰动。你靠这个片子打响，肯定能树起新一代导演的旗帜。"智彬接着鼓动道。

"你如果愿意拍，可以参加我们编剧，咱们三人合作搞。你又当导演，又当编剧。"肖建挥着细长的胳膊在一旁补充道。这是他们事先商定的方针：用联合编剧换取钟小鲁上这部片子的决心。

第一步不错，钟小鲁已动心，再接再厉，捕捉第二个、第三个目标。两个人来到宿舍楼。这个单元住着两个导演。一个住三楼，一个住一楼。先找哪个？肖建问。先上三楼，智彬说。与各位导演要单线联系，找这位不要让那位知道。先找一楼的，谈完了，人家送出来，你再想上三楼，就太麻烦了，要到外面转一圈再悄悄回来。

三楼是李导演家，一个目光炯炯的中年人，家里还有几位客人，厂内的编辑、摄影师，在云山雾罩地闲聊。他们不便亮出主题，只好陪着闲聊了一会儿便告辞了。李导演，你留步，留步。他们一再劝阻着送客出门又欲送客下楼的主人。

"那你们走好，有空再来。"李导演站在楼梯口热情告别。

"请回吧。"他们下到二楼，放慢步子，听见上面李导演关了门，这才下到一楼，敲开了一扇门。

导演彦均家。她不在，家里除了她的孩子外，坐着外来的一男一女。

"这不是杜正光吗？"智彬一下认出来。

"是你，智彬。还有你，肖建。哥们儿，你们怎么来的？"杜正光十分高兴地站起来。都是文学界的熟识，杜正光介绍了石英。

"我们刚到，彦导演领我们来的。她刚出去接个电话。你们找彦导演啥事？"

他们自然不露真话，只说是没事来这里闲坐坐。他们明显感到的是：杜正光是他们的对手。看来，今天和彦导演也暂不能兜售构思了，很难把杜正光等走。是否先去另一个导演家？

你问电影厂的情况？我们来到不到一个月，埋头改剧本，没认识几个人。他们一边敷衍着杜正光又提出的问题，一边说笑着告辞。

杜正光这个人精得很，一上来就套咱们情况。他现在正红，电影厂买他的账。也未必，电影厂可不管这一套，本子不合他们需要，一样甩你。那个石英和杜正光什么关系？有一手吧？没问题，一眼就看出来了。杜正光凭自己那点名气，搞个姑娘有什么难的？

两个人说着又敲响了一扇门。对这位导演如何进攻，他们已商量好了。

林虹一边转一边感到电影厂真是五光十色。不过，对这一切她都不很适应，甚至不很喜欢。但同时，她又很感兴趣。生活就是这样。

　　摄影棚内正在拍摄罗莎的戏：她是个年轻的歌舞演员，刚演完节目到后台来，人们纷纷拥上来为她成功的表演祝贺，一个英俊的年轻人捧着一束鲜花站在人群后面。她感激地和祝贺的人们纷纷握手，然后分开人群走向年轻人。她伸手接过那束鲜花，含情地凝视着他微笑。她感到自己年轻，自己美丽，自己多情，自己幸福，自己容光照人……

　　林虹和钟小鲁站在旁观的人群中看着罗莎的表演，隔着两三个人头，林虹看到并肩地站在一起的童伟和弓晓艳，还听到他们两人小声地对话。

　　"太肉麻了，让人恶心。"童伟压低声说道。

　　"那你为什么还来看？"

　　"我是想看……"童伟看了看那边正准备上戏的矢菊秀，欲言又止地改了口，"你来的。"

　　"谁知道你看谁？"弓晓艳感觉到什么，扭头扫了一眼，和林虹的目光对视了一下。童伟随着弓晓艳的目光也发现了林虹，他很含蓄地看了她一眼。

　　罗莎的戏完了，休息片刻。摄影棚内顿时轻松热闹起来。

　　"怎么样，诸位提提意见？"罗莎带着角色的光荣心理，满面春风地走向人群。

　　演得相当好。肯定非常成功。时隔二十年，你将再一次征服观众。人们赞誉着她。她高兴得满脸放光。谢谢你们。太过奖了。你们对我鼓励太大了。

　　"特别是你将再一次征服男性观众。"刘言一股子文人酸气地说道。

　　"那我能征服你吗？"罗莎也风情流荡地开着玩笑。

　　"已经征服了。"

　　众人大笑。

　　"来来。"罗莎一搂刘言肩膀，叫着摄影师，"给我们俩拍个情人照。"

　　一片哄笑声中，罗莎又走到童伟跟前："大批评家，我的表演在你这儿能通过吗？"

　　"很不错，我很感动。"童伟煞有介事地点着头，一句一顿地说道。他只有这样绷着嘴，才能克制住对这个老女人的反感，她身上散发的浓烈粉香熏得他想吐。

他感到有目光在注视自己，扭过头与林虹的目光对视了。

胡芳芳走完一层走廊，走二层。走完二层又走三层。然后下楼。又来到另一幢楼。她一个单元一个单元一层一层地慢慢走着。她对着每一个门立一会儿。她要找导演。她要当演员。

第六章

因为要出国，黄公愚情致又兴。东方艺术协会自然应该每天给他派车来，他让夏平陪同着，满北京地逛商店，准备出国物品。

先要服装。王府井百货大楼，东安市场，西单商场，出国人员服务部，各大服装店，都走遍了。我要出国，他笑呵呵地隔着柜台对年轻的女售货员说明道。对方冷淡地瞟他一眼。他不在意。老人嘛，有涵养。左等右等，总算把衣服拿来了。他要的是西服。试一件不合适，试两件还不行，要第三件，飞来了白眼。要第四件，自己早已嗫嚅，售货员也再不过来了。他恼了，心中骂了，可还是靠柜台等着。两边的人汹汹嚷嚷，左右涌动着，他东倾西歪地站不稳。嗳，年轻人怎么瞎挤？夏平站在后面护他，身单力薄也护不住。等够了，挤够了，冷脸看够了，汗流够了，挤出人群来，一无所获。满肚火，再去另一家。

这西服就不考虑老人的身材？怎么没有一件合适的？

买不着，做。大服装店来不及，最少要等一个月。到小店，也满腾腾的。托人，总算行了。有些事靠人情，什么世风？小不忍则乱大谋，放下原则性，搞点儿灵活性。简陋拥挤的小门面内，裁缝拉开皮尺上上下下量他身体了，他挺起胸腹，老干部的风度又来了。我这是准备出国，可能还要担任代表团比较负责的职务吧，服装要讲究些，要不外国人看笑话，这可是个外交礼仪问题啊。

一步顺利步步顺利。买箱子，要结实的，漂亮的，带轱辘的，要拿得到国际上去。买衬衫，要多几件，到了外国要天天换衬衫，一天不换就要让外国人笑话的，要不同颜色、不同款式，要不，你换了也看不出来。买领带，也要多几条，要各种颜色，那是进口货？一条二十多块钱？这么贵？贵，也买，要一条红的，红的人显年轻。买电剃刀，要日本的，质量好，不出故障，出了国，胡子要天天刮，保持崭新的精神面貌。还要买点小礼品：檀香木折扇，蜡染桌布，剪纸，中国风景名胜的明信片，瓷的小佛像。到外国人家里做客，要给主人送礼物的。这些东西不贵，但有民族色彩，据说西方人最喜欢。

爸爸，你买得太多了，不是说准备少量小礼品就行了吗？夏平说。

你知道什么，我在团里的地位肯定比较显著，到了外国，都来请我去做客，不够应付怎么办？嗳，夏平，你的服装准备好了吗？肯定要让你陪我出国的。

东西差不多齐全了，西服也做好了，高高兴兴在家里一次次试穿。上衣笔挺，裤子笔挺。提起上衣的双肩来抖一抖，再松手，沉沉地落在身上，直直地往下垂，更笔挺了。提起裤腰来，往上抻一抻，裤子刷刷地直线向下。人挺拔了吧？崭新放光了吧？再把胡子刮光，爸爸更显年轻了吧？人们可能以为才五十多岁呢。

夏平在身旁服侍着，帮他翻着领子，打着领带。不用，我自己能打。他兴致勃勃地要显示自己的年轻敏捷。但还是让女儿打了。女儿帮他打领带，他一动不动地站着，有着当首长的舒服感，当家长的舒服感。这是两种不同又极相似的感觉。还有一种小孩子被母亲抚弄的舒服感。夏平的手纤细耐心，碰着他的脖颈，让他感到无微不至照顾的舒适。

你们看怎么样？他对着在客厅里看电视的几个儿女说道，把身子转来转去。还是西服漂亮吧？谁说西方文明不好？西方的科学技术就比中国发达得多。西方比中国富裕得多。小汽车旧了，漆皮擦破了，开到垃圾堆一扔，衣服、电器设备过时了，也一扔。哪像咱们，喝完酒，吃完罐头，空瓶空罐，都要留着用，他一指窗台上一溜排放的几个罐头瓶——那里装着白糖、红糖。咱们现在落后得多。你们看，爸爸买了电剃刀，问，有没有备用刀片？没有。那刀片磨秃了呢？磨秃了？在外国就把电剃刀扔了，再换一个。咱们这思想就跟不上现代文明。所以要出国参观参观，学习学习。外国很文明，有很多讲究。吃饭时不能出声。小华，像你那样吃饭吧唧吧唧响可不行。你别瞪眼。知道不文明了，就改掉。还有，吃完饭不能剔牙。牙里塞了东西怎么办？用手捂上嘴剔。爸爸，就你能剔牙，吃完饭能剔半个钟头。平平说。从今后我就养成习惯，不剔了。外国冷饮多，我用冷饮漱漱口就行了……

"黄老。"协会的联络部主任雷彤林不知何时来了，甜乎乎地笑着，进入了客厅。

啊，有什么事？

"关于出国的事情，您不是一定要让女儿陪同出国吗？"

是。这是我提的条件。

"您讲过，这是让您出国的先决条件。和有关领导部门反映了，经过研究，这很难做到。另外，考虑到这次出国行程比较紧张，活动量也比较大，您身体可能很难顶下来……"

所以我一定要让夏平陪同。要不，我这次就不能去。

"明白您的意思。所以，他们经过反复研究，为了照顾黄老您的健康，慎重起见，这次出国，决定暂不安排您去了，安排一位年纪轻些的同志去。等明年，外国代表团来中国回访时，再安排您参加交流活动。"

什么？……

要陪同父亲出国，夏平自己也需做些准备。出国一定要裙子。女人在正式外交场合绝不能像她这样穿裤子。于是，连买带做，添了几条裙子。要有点儿民族风格，平平等鼓动道。于是，做了两件旗袍。上衣，毛衣，鞋袜，也都五颜六色逐一添置。该烫头发，平平说，春平说，姐妹们一起说。于是，她第一次去理发馆烫发。她完全是不得已地、被动地做着这一切。披着波浪般的鬈发回来了，正好，旗袍也做好送来了，快试。姐妹们一起撺掇着。她淡淡地一笑，不愿扫她们的兴，听凭她们七手八脚围上来摆弄着给自己穿好了，装扮好了。真漂亮。太漂亮了。姐妹们像一朵花开放一样拍着手从自己身边四散开，又拍着手围着她转着，观览着，惊叹着。快认不出你了，二姐。平平高兴地嚷着。快，到镜子前照照。你自己看看。

有什么看的？她还不知道自己？干瘦，憔悴，身材单薄，再打扮也是那灰样子。平平，你闹什么呀。她脚底下站不住，被硬推到穿衣镜前。只是随便的一瞥，但目光停住了。镜子里出现的不是自己。谁，这么漂亮？很面熟又很面生。吃惊地直愣愣地盯视着。一片恍惚，犹如梦境。她认识，这是自己，是夏平，头发是刚烫的，旗袍是刚做的，后面站的是平平。

是自己。她清醒了，平静了，镜面不再波光晃动了。穿着打扮能起这么大作用，这是她第一次发现。这么说，她还是好看的。当然，她也看出了自己的缺陷：脸色不好，人显瘦。衣服是衣服，剥去衣服还是自己。

二姐，你该练习练习出国访问了。平平笑着说。

这怎么练习？

就穿上这一身，我陪你去天坛公园，那儿每星期天都有个"英语世界"，你可以去那儿验一验你的英语水平。

她拗不过平平。星期天上午，她又像被推着一样跟平平来到天坛公园。

封建皇帝祭天之处，自然规模巨大。占地四千亩，是故宫的三倍。中国现存的最大坛庙建筑。她们从西门进，笔直的大道，直通前面的祈年殿和圜丘坛——一千米远处的绿荫后殿亭掩映。大道两旁古柏苍苍，浓荫蔽天。儿童运动场阳光灿烂，土黄草青，滑梯，翘板，转椅，秋千，孩子们笑闹嬉戏着。含笑旁观的是一对对幸福的家长。

到了。平平说。

几株参天古柏布下几亩浓荫，蠕动着一大片喧嘈嘈的人群。越走近，噪声越大。最后，便被这噪声淹没了。真是个英语世界。成百上千的人聚在这里，别无他事，就是来说英语。有老年，有中年，青年最多，许多大学生。和你说，和他说，左右说，前后说，走着说，打着手势说，翻着书说，风趣地说，认真地说，潇洒地说，矜持地说，一圈一圈地说，两个两个地说，男的和男的说，女的和女的说，男的和女的说，女的和男的说，流畅地说，结巴地说，自信地说，怯懦地说，微笑含情地说，神情严谨地说，交换对手地说，固定对手地说。四面有不少围观的人，有人干脆深入到圈里，目不暇接地左顾右盼着。及至有人上前礼貌地用英语与之交谈时，他们便脸一红，连忙摇手。

"你好。"一位戴着眼镜的男青年上来热情地对平平用英语说。

"你好。"平平也连忙用英语回答（英语，是这个"世界"中的唯一通用语言）。因为噪声如潮，在这里讲话必须大声。

"你头一次来吗？"对方的英语很流利。

"我来过。她是头一次来，我姐姐。她要出国，我陪她来感受一下英语世界。"黄平平也用流利的英语回答。

"您去哪个国家？"男青年转向夏平，也许是夏平比较年长，也许是夏平穿戴漂亮，也许是她要出国，小伙子对她尊称"您"。

"噢，"夏平猝不及防，脸红了，连忙用英语回答，"美国，加拿大。"

"是攻硕士、博士吗？自费还是公费？"

"不，不，是陪我父亲出国访问。"

"是什么代表团？您英语讲得很好。"

"讲得不好。我今天就是随便看看。"夏平用英语窘促地答道，转头对平平用中文小声道，"咱们走吧。"她已经出汗了。

"好，对不起，再见。"年轻人礼貌地告别，又回头看了平平一眼。

"二姐，你怎么了？"平平拉住夏平，"这就是让你训练一下嘛。"

"我不行……"

"什么不行。你的英语不是挺棒吗？比我棒多了。"

"你们好，可以和你们交谈吗？"一个礼貌的、有些沙哑的声音。英语。这是一位四十来岁的中年男性，偏瘦，个子较高，穿着简朴，一股子谦谨的知识分子气。

"请和她交谈吧，她英语好。"平平用英语答道，同时，坚决地把夏平推到前面。

"您好。"看见盛装典雅的夏平，那个男人更显局促。他随着平平的目光低头看到了自己手中印有"环球出版社"字样的笔记本，连忙用英语解释道："我是做编辑工作的，搞点笔译。英语会话很差，大概很难和您对等交谈。您若嫌我水平低，可以淘汰我，另换对手。"

夏平一直被自己的窘促困扰着，一路上是因为自己的打扮引人注目而窘促，现在是为进入这样的交际场合而窘促，眼下遇到一位比自己还窘促的人，倒稍稍放松了一些。她对这位忠厚老实的中年人颇有好感。"这里都是水平对等的会话吗？"她笑了笑，指着密匝匝的人群用英文问道。两人的英语会话由此正式开始。

"我发现，人人都愿意找比自己更强一些的人交谈，可人人又都不愿意与比自己差的人交谈，所以谈来谈去，最后总是水平差不多的人在一起谈。这就是英语世界里的对等结合律。"

"对等结合律，你发现的定理？"夏平问。自己倒是适合与这位中年男性交谈，没压力，这也是相互对等吧？

"这种结合律，社会生活中到处可见。最典型的就是结婚找对象。"

"结婚找对象？"

"都想找更好的，都不愿找更差的，可结合是两相情愿的事情，所以找来找去，最后总是对等的结合。"

"对等的衡量标准是什么呢？"夏平微笑着问道。她用认真的好奇来掩饰这个话题引起的不自然。

"衡量标准有多方面：年龄，相貌，身体，经济状况，政治地位，家庭，文化程度，思想，性格，才能，风度，总之是综合的，又常常是模糊的。"

"我看不一定，有很多婚姻并不对等。"平平忍不住插话道，她对这个话题很感兴趣。

"是，那是有各种原因的。有的，原来是对等的，或者表面对等，经过一段演变，又不对等了。"

"不对等了怎么办？"平平有意克制住自己，夏平只好又接了过来。

"不对等，总会产生婚姻的不稳定状态。有的不对等，可以因为感情原因、道德原因、子女问题予以忽略，弥补双方间的裂痕。有的不对等，则是难以维持下去的。我的英语说得不好，不知表达清了没有？"

"表达清了。什么样的不对等是难以维持下去的呢？"

对方有些难言地停顿了一下："比如，双方文化程度相差太大，思想感情不合，毫无共同语言。"

"那您的家庭想必是对等的？"平平又调皮地插进话来。

"我？……咱们不谈这个吧。"

姐妹俩离开了"英语世界"，一路上还余兴未已。二姐，你今天的表演成功极了，又大方又流畅。这怎么叫表演啊？夏平笑了，目光恍惚地凝视着眼前。二姐，你又想什么呢？我在想刚才的"英语世界"呢，挺有意思的，人与人之间特别亲切。那你下星期天还可以来。看有没有时间吧。那位编辑挺神的，一说话脸就红，不知道他叫什么。他的名字？我后来问他了。他叫什么？

羊士奇。

黄公愚气得两眼发直，两腿发抖，被夏平扶着慢慢在沙发上坐下。爸爸，您想开点儿。春平、夏平给他捶着背劝说着。好一会儿，他长长地出了一口气，僵直的脊背松下来，眼珠会转动了。他的手颤抖着抬起来：把电视关掉。这进口电视关了它。今后不看它了。中国人不稀罕洋货。

电视关了，屋里清静些。他喘着，夏平端来了水，他下巴抖抖地喝了几口，水流湿了衣服。过了好一会儿，他清醒了一些，眼前也清晰了一些，他先看见了夏平，披着新烫的头发。

咱们不去了，夏平。再让爸爸去，爸爸也不去了。出国有多大意思？毛主席很少出国，都是全世界各国首脑来中国拜见他，这才是大国领袖。中国人要有中国人的气派。唐朝哪个皇帝去国外访问过？中国，中国，就是中央之国。我有那时间去美国跑，不如在家里研究点学问。夏平，你也不用烫头发穿高跟鞋了，活受罪，还是穿平底鞋舒服。平平——他又看见平平了，你也不用辛苦了，家还是交给夏平管吧，夏平有经验。夏平，还是你替爸爸管这个家，爸爸把大权都交给你了。

嗯。夏平点点头。这些年来，她第一次对接受这个任务有了一丝不情愿。她感到了心中这一丝不情愿。为什么？有了什么变化？"英语世界"黑压压的人群又在眼前蠕动起来。

平平，你这两天把账目结一下，还都交给夏平吧。

嗳。平平答道。如卸了重担一般，她身上一下轻松了许多。又可以骑着自行车满北京跑了。

黄公愚还要继续发号施令，这样才能顺一顺自己的气。他又看见雷彤林了。其实，年轻人刚才也一直手忙脚乱地照顾他。

彤林，你能理解我讲话的精神吗？我们中国人是最有骨气、最有尊严的。不要妄自菲薄，不要看着外国眼热。美国有什么看头？才二百年历史。我们有两千多年统一的历史。有四千多年的文明史。你看唐朝，中国有多么发达富裕？那时的建筑多么辉煌。丝绸瓷器简直是琳琅满天下。那时美国人干什么呢？说不定还在森林里披兽皮呢。火药、指南针、造纸、印刷术，中国的四大发明。没有这四大发明，他们哪儿来的登月火箭？——全世界一片黑暗。中华民族刚健有为，崇德利用。谁有我们伟大？我们"临大节而不可夺"，"富贵不能淫，贫贱不能移，威武不能屈"，"贵而不骄，胜而不悖，贤而能下，刚而能忍"。谁有我们品格高尚？我们不过是"自知不自见，自爱不自贵"而已。

我刚才讲的那些话能听懂吗？那都是曾子、孟子、诸葛亮、老子，我们这些老先人的训导。中国古文化渊博得很。随便拿出点来就能淹了他们。"钱财如粪土，仁义值千金。"中国是仁义之国。

协会里今天干什么呢？开会？开什么会？全体会？不行，我要去会上讲讲。

给大家讲讲国际、国内形势。黄公愚说着就往起站。

爸爸，您身体不行。夏平连忙劝阻。雷彤林也跟着劝说：黄老，您有什么指示，我帮您去传达吧。

不行，你传达不了，我要当面和同志们讲。顶顶重要的讲话。

说走就一定走，谁劝也不行。小轿车就在院门口，上了车就开。几条马路一穿，几个红绿灯一过，呜呜呜一阵急驰，就到了协会。雷彤林千小心万小心地搀扶着，颤颤巍巍跨过朱红大门的高门槛，进了大院。这里原是清朝一个王府，里外几个院，现在成了东方艺术协会。朝南的正房布置成会议室，听见里面议论纷纷。嘎吱一声，他推门而进，烟雾弥漫中转圈围坐的六七十号人都吃惊地抬起眼。

黄老，您怎么来了？协会副主席魏炎正在主持会议，忙站起来迎候。

你们不是讨论形势吗？我有些话要对大家谈谈。

您有话要谈？啊，那……您就先谈吧。

我们现在讲开放，越开放越要加强民族自尊心。不要以为西方什么都好。中国好东西有的是。中国有文化，他们没文化。美国人自己也承认他们有科技没文化。中国，就拿烹调来说，那就凝聚着悠久的文化。色形味香，成龙配套，典雅多姿。要美术有美术，色彩配得多好，要造型有造型，那雕花你们见过没有？要诗意有诗意，要音乐有音乐，那一道道菜上来，就像一首交响乐，起承转合，荤素交替，有序曲，有高潮，有尾声，和谐得很。他们的烹调何其单调，何其贫乏。牛肉烧熟了洒点盐而已。简直是文化白丁做的饭。《资治通鉴》讲"明鉴所以照形，古事所以知今"。古代的历史可以用来指导今天。我们有多少古代历史？多得很。多得用不完。他们有多少？微乎其微，可怜得很。我们现在不该比他们更聪明，更强盛？西方军事家现在才研究《孙子兵法》，还不知道他们研究得懂不？日本人——昨天《参考消息》一条报道——现在研究《三国》，指导企业管理，这说明什么？财富都在中国。我们眼睛要盯着自己的国宝。啊，不要花了眼往别人那儿看。……

"是你？"她惊呆了。

"是我。"他凝视着她。

冬平万万没想到他会来。星期天家里乱糟糟的，令人心烦如麻。她只能独自躲在房间里，懒散地翻着书。她又无意地打开了《小岛》。有人找你。夏平过来告诉她。谁呀？我懒得见。一个男的，他认识你。夏平有点意味地一笑。男的我更不想见了，就说我不在。她在床上翻了个身。然而来客却跟着出现在门口。她坐了起来。

几秒钟的定格过去了。夏平也退出了。两个人该说点什么了。"进来，请坐吧。"她下意识地用手梳理了一下头发，笑了笑。竟是极平常的客套话。

他——陈晓时，她少女时爱过的第一个人，进来了。他显得比十年前更好看了——三十岁的男人常常比二十岁时好看，奇怪。那时，他是个插队生，边幅不修，穿一条皱巴巴的裤子，一双旧球鞋，总是热烈慷慨地谈思想。现在成熟了，还有文质彬彬的学生气，但脸廓的线条有力一些了，眉毛浓黑，眼睛深沉，的确良衬衣袖子挽到手腕上，既潇洒又质朴。

"我坐得离你远点儿呢，还是近点儿？"陈晓时左右看了看，笑着问道。

"愿意坐哪儿就坐哪儿吧。"冬平也笑了，她没想到重逢会这样轻松。

"那我当然坐得离你近点儿。"陈晓时在冬平床上面对着她随便坐下。冬平略往后让了让，他往后一靠，把胳膊肘放在身后的床档上。两人之间立刻形成了一个极亲近融洽的格局。陈晓时坦率地凝视着她。冬平笑了笑，不好意思地垂下眼帘。

陈晓时突然止不住笑了起来。

"你笑什么？"冬平抬起眼看着他问。

"笑我写的小说呢。"陈晓时一指冬平手中翻开的刊物：《小岛》。

"有什么可笑的？"

"笑我矫情——我想起我写的作者题记了。"

冬平又把她早已能背诵的作者题记扫了一眼：

哲人启示：一个男人不应该时隔多年后再去重见自己年轻时爱过的姑娘。失望会打碎你全部美好的记忆，而给你带来极不愉快甚至嫌恶的印象。

我却要在"小岛"中寻觅她……

"为什么？"她垂下眼问。

"坦率说吧，我现在还来寻觅你，恰恰是因为觉得我不会失望。"陈晓时说着又笑起来，"可我偏偏写了那样一段题记，真有些矫情。"

冬平笑了，"这启示对吗？"

"一般是对的。我不止一次体验过那种失望。"

"……你年轻时爱过不止一个姑娘？"

"是。"他停顿了一下，"在你之后。"

"你真坦率。"

"我现在最受不了的是虚伪，包括自己的。"

"你从来很坦率的。"冬平温柔地说，含着十年前的友情。

"几千年的礼义传统，造成中国因袭的国民性就是虚伪、矫情的，谁也不能完全摆脱它的影响。"

"那你现在为什么没有失望？"冬平问。

"因为你还年轻，漂亮。"

冬平笑了："你真有意思。"

"你知道我为什么会有这么大热情写这篇小说吗？"陈晓时指着《小岛》。

冬平摇了摇头。

"因为爱情，因为我一直还爱着你。"

冬平不语。

"为什么我还爱着你，你知道吗？"

冬平微微摇了摇头。

"有一个原因，就是十年前是你拒绝了我，而不是我拒绝了你。"

冬平习惯不了这种谈话风格，她一时不知自己该如何反应。

"如果是今天见到你以后再写这篇小说，大概就写不出来了。"

"为什么？"

"因为我发现你现在爱我了，你承认吗？所以，我对你的感情就平息多了。"

"你这心理学家坏透了。"

"我不是坏，是对虚伪矫情厌恶透了。你看看这本刊物上封二的题词。"

冬平将刊物翻到封二，上面是几位作家的亲笔题词。有的潇洒，有的拙朴，有的苍劲，有的清秀。"什么'我讴歌生活，生活没有歌是寂寞的'，什么'净化读者的灵魂，先净化自己的灵魂'，装腔作势，我看了肉麻。"

"你不会也题一句？"

"我要题，就这样一句：没有比作家的虚伪矫情更让人厌恶的。"

冬平看着他，笑了："你爱人、孩子也都在北京吗？"

"你这问法真聪明。"

冬平脸一红："怎么聪明了？"

"你自己知道。你本来是想问：你现在有爱人吗？"

冬平脸更红了，眨着眼低头微笑。

陈晓时凝视着她："你真可爱。"

冬平没有言语。

"好，说说我的简况。我有妻子，她在北京，是报社编辑。对我很好。一个孩子，很可爱。"

冬平不自然地笑笑："啊……那你挺好的……"

陈晓时诚恳地说："我不想利用你现在的软弱，你还是骄傲点好。人容易轻视轻易得到的东西。"

"你是在给我做人生咨询吧？"

"我就是在对你咨询。冬平，告诉你，我已经开办了中国第一家人生咨询所。"

"我听说了。"

"有时间，你可以和夏平一起去看看我的咨询所。"夏平是他中学时的同学。

"先给我二姐咨询一下吧，我们找她一起聊聊好吗？"

"好的。"

"你对我还有什么咨询？"冬平站起来，准备走。

"详细的慢慢再说，眼下第一条……"

冬平站住，听着。陈晓时脸上的笑也收住了。过了几秒钟，他走过来，亲热地一拉她的胳膊肘："走吧，你很聪明，可你又最傻。"

他讲演完了。我们一定要反对崇洋媚外。他讲演完了。外国没什么了不起。他讲演完了。是完了。我们中国地大物博，文化悠久，要挺起胸当中国人。我们要建设第二个中唐盛世，让他们四面八方来朝拜我们。他讲演完了。

他颤颤巍巍的，在雷彤林搀扶下迈出会议室大门——古建筑的条条高门槛。除了魏炎陪他走到院里，并没有任何人送他，也没有人为他的讲话鼓掌。他们都被自己的讲话震撼了，所以都不知所措了。你们该受受震撼了。要不，糊糊涂涂不清醒。

他讲演完了。他上了车，车在马路上风驰电掣，雷彤林在一旁说着什么，可他什么都没听见。他讲演完了？一条条马路扑面而来，左一拐，右一拐，左右掠过着数不清的车和人，数不清的建筑，它们太快了，都失了原形，变成一条条飞箭般向后掠动的直线，让人眼花缭乱。他讲演完了？

车怎么停了？自己怎么又进了一个院子？夏平怎么迎出来了？是到家了。进客厅了。可他的讲演还没完。

雷彤林走了。夏平，夏平。你去哪儿了？你怎么也走了？做饭？吃饭有什么要紧？你们都过来。客厅里没有一个人？像春天的田野，升起袅袅缭绕的空气，桌子，椅子，沙发，茶几，暖壶，挂历上漂亮的女演员，都一并在眼前晃动起来，空中画满大大小小的圆圈。他身子飘起来，奇异的感觉，进入大彻大悟的境界了？他睁大眼，面前是人山人海。千万只手在挥动。他们在听他讲话。

同志们，我的话你们听得清吗？中国古时候有句成语，叫"点石成金"，还有一个成语，叫"渐入佳境"，这个懂吗？不懂？要懂。好好去领会。还有一个，叫"多难兴邦"。这个好懂了吧？还有一个更重要，"堤溃蚁穴"。你们懂吗？"百寻之宝，焚于分寸之飙；千丈之陂，溃于一蚁之穴"。我们要"鹤立鸡群"。明白吗？这又是一个成语。中国文化悠久，光成语就能把美国淹了。他们翻译得过来吗？他们翻译不了，电子计算机也不行。"风烛残年"，这个成语我们不要，送给他们。我们要"安如泰山"，"老当益壮"。《诗经》说，"高山仰止，景行行止"，宋人讲，"不可自暴、自弃、自屈"，三国诸葛孔明讲，"志当存高远"。懂吗？有谁比我们伟大？你们安静点儿。我的话还没讲完。……

爸爸，您怎么了？夏平闻声赶来，看着他，惊恐万状。

他僵直地立着，两眼呆呆地看着远处，嘴巴还不停地嗫嚅着，夏平一扶他，便慢慢瘫倒在藤椅上。

第七章

  星期一早晨，静了半夜的黄家大院又响起赵世芬的骂声："管我去哪儿呢，我值夜班去了，怎么了，你不信？不信去饭店调查。我就是没值夜班你管得着吗？我跳舞去了，跳了通宵。我有这自由。怎么，不许呀？"她在拥挤不堪的小屋里摔摔打打地骂嚷着。

  卫华坐在床上垂着头，硬顶着这倾盆大雨夹冰雹。他通宵没睡，眼睛已熬红。

  "你是不是去中东街？"过了好一会儿，在赵世芬跳骂的间歇中，他低着头又问了一句。这是他问的第二句话。第一句话是："你这一夜到底上哪儿了？"

  赵世芬这次愣了一下，眼睛眨着直直地看着他。三秒钟一过，她又气势汹汹地嚷开了："你管得着吗？我去中东街、中西街、南街、北街，我愿意去哪儿就去哪儿。"因为感到自己声音有些气虚，不壮，她索性扯开了脸："我就是去中东街了。咋了？我跳完舞到别人家过夜去了。你还想说什么？ 说我和别人胡搞是不是？就算我胡搞了，你想咋？咱们离婚。我早就想离婚了，离。趁早离。……"

  卫华头垂得更低了，下巴要贴着前胸了，看着衬衫第三个纽扣，目光变得模糊了。此刻，倾盆大雨不是砸在脑顶而是砸在后脑勺了。脊背被砸透淋酥，他像一条被吃光肉的鱼，只剩下连头的一根脊骨，栽在海边的沙滩上，垂着头在风雨中孤零零地摆动着。

  满院子的人都屏着气静听赵世芬的高声叫骂。

  春平和曾立波，因为房漏，搬到隔壁放什物的空屋里住，只和卫华夫妇的住房隔一墙，听得格外清楚。隔壁乒乒乓乓摔打东西的声音响得震耳。两人看着震得往下掉灰的墙相觑无言。"是不是去劝劝？"春平低声说。"这次哪能劝？"曾立波摇了摇手。春平不说什么了。赵世芬昨晚的事太不像话了。

秋平和梁志祥站在自己房间的窗前，隔着纱窗看着院子对面卫华的房间，静默不语地听着。赵世芬的骂声越来越泼，整个院子的窗户似乎都在震裂。秋平垂下目光看着自己的鼻尖。无论如何不能在这里住下去了。再难，也要想法儿搬出去。

小华上中班晚睡晚起，也被骂声吵醒。他睡眼惺忪地开门探出头想嚷一声，一听赵世芬今天的骂语不对，便愣了会儿，砰地把房门又关上了。

黄公愚昨天折腾了一天，晚上才神志清醒过来，吃了药睡下了，早早就被吵醒。这是怎么了？家里又出什么乱子了？他走到窗前想喊夏平，但满院子被赵世芬的骂嚷声统治着，他喊不出，张不开嘴。

祁阿姨买菜去了。冬平早起出去溜达。夏平、平平并肩站在窗前听着。为照顾父亲，夏平昨天熬到后半夜，此刻一副茫然无措的神情——家中出了这等丑事，太丢人了。平平绷着几百根神经，紧张地谛听对面传来的声响。是她最先了解到这件事，又把情况告诉了大哥。

早晨五点钟，天上布着铁青的阴云，街上一片青灰色，如冷调子的画。黄平平领着卫华骑车到了中东街，在一幢楼前停住，两辆车放在一边僻处。就是这套房子，黄平平指着一层的一个窗户。拉着窗帘，黑着灯。一幢幢楼都在黎明前沉睡。远处传来洒水车叮叮当当的声音。许久，那个窗户灯亮了，天蓝色窗帘上影影绰绰晃动着两个人的身影，似乎能听见一男一女压低的嬉笑声。旁边一扇小窗的灯也亮了，大概是厨房。听见水龙头哗哗放水的声响。又不知过了多久，听见关门开门的声音。黄平平拉着卫华闪到一垛青砖后面。这时天已明了，周围有人行走，一个五十来岁的妇女怀疑地回头扫了他们几眼，提着篮子一跛一跛地走远了。单元门嘎啦啦一响，出来一个男的，卫华认得：是顾晓鹰。只见他左右张望了一下，回头打了个榧子。甩着头发步伐匆匆地出来一个漂亮女性，脸一照，是赵世芬。卫华的血一下涌上脸。看见顾晓鹰涎着脸凑在赵世芬耳边说了句什么，赵世芬哼地撇了一下嘴。顾晓鹰笑了，伸手在赵世芬脸上拧了一下，扬手轻轻说了句拜拜，两个人便一东一西分开走了。

黄平平推卫华，让他赶上去堵住赵世芬。卫华两腿发软，不敢。那咱们先回。

黄平平说着就同卫华骑上了车……

一个房间里在骂，几个窗户里在听。四合院内却空荡无人——没有人到院子里来，任凭骂声回响。

"这个家我早待够了。"赵世芬骂够了，女儿也醒了，哭了，她便料理着女儿，出出进进到了院子里。各屋的门过了一会儿才陆陆续续打开，人们装做什么都没发生的样子开始了早晨的忙碌。

所有的人都不说话，都垂着眼来来往往忙自己的事，都不敢正视赵世芬。倒像他们做了见不得人的事似的。唯有赵世芬趾高气扬、脚底生风地进进出出着，想进厨房就进厨房，想用水管就用水管，想摔门就摔门，想泼水就当院泼水，想骂两句就骂两句，人们都躲让着她。我就是这样。不想过就离婚。我什么都不怕。这辈子啥都见过。盯梢？哼，下毒、捅刀子都吓不住我。我对得起你们黄家。你们黄家给过我什么好儿？哼，都不敢正眼看我，我敢正眼看你们。

看着他们一个个垂眼避让的怯劲儿，她心中生出一种恶来。她看不起他们。她要让他们难受难受。她旁若无人地端着盆，水龙头开得哗哗响。刷牙漱口，水喷得呼呼啦啦。她想怎么着就怎么着。你们从此就不要抬起头来。怕我，不愿沾我，我走到哪儿你们就得让到哪儿。你们是河边的草，脚到哪儿，你们就往两边倒到哪儿。

儿媳做下这等丑事，儿子这等窝囊，这家是再不成家了。黄公愚气得胸口直堵。吃过早饭，儿女们纷纷走了。夏平呢，叫了也不马上来，越来越不像话了。刚要再张嘴，夏平已在面前。你忙什么呢，一早晨也不见你？他怒气往二女儿头上发。

"这不是来了吗？"夏平温和地说，她开始收拾父亲的卧室和客厅，"爸爸，我想明天开始上班了。"

"什么？"黄公愚如雷轰顶，"那，那，那这个家，谁管？"他看着女儿，嘴哆嗦着。夏平在北京图书馆工作，差不多一直请着假在家里。

夏平叠完被子，拍松枕头，抻平床单，又整理着父亲乱放的衣裳，一件件挂进大衣柜，忙个不停，没理会他。

黄公愚嘴的哆嗦由上至下传到手，传到腿："是不是没出成国，就不高兴了？"他看到了大衣柜里挂的西服。

夏平又从里屋忙到客厅，收拾着茶杯、药瓶和零七碎八。"没有。"过了好一会儿，她才顾上似的答道。

"那你为啥不愿在家里了？是不是爸爸脾气不好？爸爸以后不发脾气了。"黄公愚抖抖地跟到客厅，直直地盯着女儿。他平时对夏平太粗暴了。如果夏平去上班，这个大院早晚就是马蜂窝，白天就是没声没响的大空院。祁阿姨再一上街买菜，他只能面对一个冷冷清清、与世隔绝的世界。每一扇门都紧闭着，每一扇窗都呆呆地睁着冷眼。他和谁说话？要喝水呢，吃药呢，要找书呢，研墨呢，要商量事情呢？举目无人。此刻，他才真正感到了二女儿的重要。没有她，他会像段干木头在死寂中朽掉。

"你为啥不愿在家里了？"他呆呆地盯着女儿。女儿的一双手那么细敏，那么优美，那么有节奏——像是弹钢琴，流水般在房间里移动着。移到哪儿，哪儿的脏乱就化为整洁。床被收拾得那么舒服，桌子被收拾得那么舒服，沙发被收拾得那么舒服。他就像是那床，那桌，那沙发。他躺在那儿，任凭女儿在他身上收拾。他感到女儿绵软善良的双手在他身上移动着，那么熨帖。他迷迷糊糊地躺在了床上，他昏厥了。女儿在一旁守着，照料着，她的手摸着他额头的温度……女儿收拾完了，转过身来。

他一惊，迷雾，眼前一片清晰。

"爸爸，难道我应该总这样待在家里吗？"女儿看了他一眼，拿起空暖壶去对面厨房了。

夏平走了，他扶着门框呆望着，院子里白光刺眼，背后客厅里阴凉沁着脊背。房子太老了。他此刻站在光明与黑暗的分界面上，人被一分为二。他的脸、前胸、肚皮，是白的、热的；他的后脑勺、脊背、臀部都是黑的，凉的。

赵世芬骂嚷完了，忙乎完了，打扮完了，把小薇侍弄完了，便送她去托儿所。她漂漂亮亮，牵着又干净又惹人爱的女儿走在街上，心情顿时开朗。污糟糟的院子被她甩在身后，你们愿烦愿恼就烦就恼吧，她要快乐。外面阳光灿烂，街刚洒过水，走着舒畅。行人都横过目光来打量，男人看她的脸，看她的胸，女人看她的衣服，看她的发式，还看她的女儿。她的女儿是好女儿。多白，多漂亮。跟妈妈再见。她俯下身，在托儿所门口和女儿告别。妈妈再见。女儿在她脸上亲了一下，招着小手。阿姨站在女儿身后冲她微笑着。

好好听阿姨话。她嘱咐着女儿，这也是对阿姨微笑的回报。她一边走一边高兴，脸上漾起春风，脚底下有着弹性。她，作为漂亮的女性，作为体面的母亲受到了尊敬。突然，她脚步涩滞了。早晨和顾晓鹰分手的情景，与卫华吵闹的情景都浮在眼前。"破鞋"这个词，连同一双双女人的白眼都闪现出来。那叽叽喳喳的交头接耳就在身后，她边走边回了一下头，胡同里白花花的墙壁，一个人也没有。白墙上一方小黑板，粉笔写着：开展模范家庭评比活动。

模范家庭？呸。她快步朝前走。那叽叽喳喳的议论如跟在身后，如无数把尖锐的小刀。她又哼了一声，心中生出狠毒来，也立刻有了一把刀。黑刀脊，白刀刃。她的刀更快。她觉得那刀把在她心里，刀越长越大，刀刃划着寒光闪闪的弧形。她什么都不怕。她绷紧嘴，两排牙齿轻轻咬住。她的牙也是锋利的。她可以用牙、用手、用心中的刀去咬、去撕、去杀。谁家的一只小猫上来纠缠她的脚，她轻轻一踢，就连滚带爬到一边去了。

她到了饭馆。今天她轮休，可以不来。但今儿发工资。她爱钱，不愿隔夜领。和男的女的都笑着打完招呼，收起钱包，她便闪着身躲着四处的油腻上了街。

真该换个单位，不知顾晓鹰会不会真帮这个忙。调动了工作，又怎么着？和卫华离婚？卫华会提出离婚吗？她提？和顾晓鹰的事儿张扬开，她会是什么名声？不离婚卫华不敢张扬。女儿又怎么办？

她调到高级宾馆管业务，不，调到文艺单位。每天像机关干部似的看看书报，聊聊天，拿着红的、黄的、绿的门票去参加各种舞会、宴会、招待会。坐着小车，像顾晓鹰领她去的那样。她不必在小饭馆受烟熏油呛了，她可以里里外外一身水亮，可以上下班不再换衣服，她不必再担心身上的油烟味儿在舞会上暴露自己的身份。她会到处受到男人的青睐，到处接到他们的邀请——当然都是北京饭店、莫斯科餐厅、全聚德烤鸭店这样的高级地方，和他们舞到深夜，然后……

然后去过夜？她又回想起昨夜和顾晓鹰的厮混。婚前，她有过男人。婚后，她还是第一次和别的男人这样。男人和男人都一样——她想到以前和自己有过关系的一个个男人了。男人和男人又都不一样。卫华那又笨又拙的劲儿，她一想起来就厌恶。顾晓鹰可是个老手，那情景一想起来就让人脸红，顾晓鹰的大脸盘，血红的眼角，刺鼻的气息，又都扑上面来。胡渣扎着她的脸，她左右躲着——此刻一边走一边还躲了一下。

她又轻轻哼了一声，微微一丝冷笑。顾晓鹰也外强中干，这么着那么着，可也并没有什么实力。她比他强。她比男人强。她可以应付不止一个男人。她不想再死守着卫华了。她的欲望被顾晓鹰撩惹了起来，像一盆点着了的酒精，翻腾着青红色的火焰。这些年她太亏了。

又下了无轨，甘家口商场。马路斜对面一群红楼，机械部宿舍区。她不看门牌号，左拐右弯，噔噔噔上楼，摁响了一家门铃。哟，你来了。开门一见惊喜拍手的是她中学同学韦荷清。苗条，瘦小，水灵灵的瓜子脸，比赵世芬整小一号。两人见面无比亲热，手拉手进客厅，又进卧室，面对面在软软的弹簧床上坐下，颤着，说笑着，糖果瓜子，一盘盘端到床上，地下铺着古朴图案的地毯。

"你的情况怎么样？"韦荷清小雀似的嗑着瓜子，眼睛看着她关心地问。她和赵世芬同病相怜，也是因为出身不好，嫁了一个出身好的丑丈夫。她现在正闹离婚，住在父母家里。

赵世芬犹豫了一下，把昨夜的事说了。

"好，早该走出这一步。这不就扯开脸了？最好逼着他主动提离婚。你不是舍不得孩子吗？他主动提你就能把孩子争到手了。"

赵世芬眨着眼睛看着，听着，想着，不说话。哪有这么简单。她想的可多多了。眼前这位同学聪明是聪明，说考大学就考上了，说拿文凭不费力就拿到了。跳舞，外语，都帅，可在这人事上，她心里少着弯呢。自己拿不定主意，来找她，可找了她，又明白：还得靠自己。说了一堆话，看了一堆漂亮衣服，啧啧赞叹了一番，留下一盘瓜果皮，她起身告辞了。不在这儿吃饭？不吃了，我还有事。是不是又有约会？就算是吧。小一号的她开心地笑着，大一号的她随便笑笑。

她来到百万庄。时间到了，她左右张望着。不耐烦了。焦急了。叭地把头发甩到前面，用手捋着，又翘首朝远处张望。再不来，她就走。回头，顾晓鹰正迎面走来。一边走，一边用手绢擦着脸。

"你怎么了？"她吃惊地瞪大眼。

顾晓鹰的手绢上全是血，轻轻在鼻子下方一下下按着。鼻孔里塞着一小团被血染红的纸。

"流鼻血了？"

"不是。"顾晓鹰说着把手绢拿下来，重新折叠一下。准备再擦。

他的上唇血淋淋地裂着一道口子。

秋平和梁志祥领着四岁的女儿玲玲一踏进婆婆住的大杂院，满眼便堵上了脏乱狭陋，像劈面而立的一座垃圾山。他们硬着头皮往前走。秋平心中不动摇，她和梁志祥商量了，看看能不能搬到婆家住一阵，再找房子。

走过一截烂砖墙夹人胳膊肘的窄通道，迎面一家挡住。矮房，低檐，小门——破汽车上拆下的一个旧铁门，门前横一条臭水沟。往右，又一个破院门，一个小四合院，塞罐头鱼般住着七八家。七八间烂厨房占满了院。他们往左。拐来拐去，绕过多少家，踮着脚，跨过一片片污水，低着头，钻过一根根晾衣绳。稍微开朗一些，几间房围着一棵老榆树。

"咋今儿有空儿来了？"婆婆正在门口弯着腰生炉子，浓烟滚滚，喜不迭地拍着身上的灰迎上来，"早起火就灭了，这会儿才得空儿生它。"

"今天是我的夜班，志祥的礼拜。"秋平拘谨地笑笑，"玲玲，快叫奶奶。"

"哟，玲玲也来啦？"公公也闻声出来了。一个退休工人，秃顶老头儿。他笑呵呵地蹲下身抱起玲玲，回头喊道："娟子，聋了，你哥你嫂来了。"

出来的是妹子梁秀娟，二十三四岁，高高挑挑的，俊得像个演员。"哥。嫂。"她叫了一声，便拍拍手逗着把玲玲从父亲怀里抱过来。

儿子媳妇一回来，便是梁家的大喜庆。老头儿乐，老婆儿乐，大着嗓门在院里就说开了，笑开了，吆喝开了，敲锣打鼓开了一台戏。这阵儿工作忙不？你爸爸身体好不？一直想去看看他，又怕搅了他的工作和休息，他时间宝贵——我们知道，嗳，娟子他妈，咱们今儿买下肉了吗？——这是老头儿说的。你们这么长时间没来，可把我想坏喽。这些天我想找你们，有正经事儿和你们商量。家里都好吧？好？甭问，我也知道好。我们不是去过一回？自家独院，干干净净，又是一家子文化人，能不和美吗？哪像这大杂院。你们连脚都迈不进来吧？——这是老太婆的话。秀娟是逗玲玲，玲玲是咯咯地笑，志祥和秋平是左右看着，不知先回答哪位老人的话好。

老榆树下几家都开了门，小院里热闹开了。梁大叔，儿子儿媳回来了？男男女女都亮着嗓门招呼着。都知道梁家的儿子有能耐，娶了高干家的女儿。知道不：独门独院。

梁老头满脸放红光，冲匹面啊啊啊地点着头。这就是他一辈子的风光。"来，玲玲，"他从女儿手里又接过孙女，让她面向大伙儿，"给大爷大叔们唱个歌，外语的。"

玲玲看了看人群，转身趴到爷爷肩上。她不唱。

人们仍然七嘴八舌赞叹开了：几岁啦？四岁？都会唱外国歌了？什么？会说上百句外语了？真聪明。看人家的孩子教育得多好。你不看什么家庭环境，没法儿比。

梁老头像喝了半斤白干儿，红光满面："是是，是这理儿。啥环境培养啥孩子。那不假。她姥爷家独门独院，横宽竖敞，又是专管文化的，那家里的书比咱们几十家加一块儿还多得没法儿比，熏也把孩子熏出来了。"

满院热闹。唯有秋平和梁志祥不安。他们看着家里唯一的一间房前加盖的低檐小房，相视了一下。来之前商量了又商量，决定要下这间堆煤放杂物的小房，收拾一下搬来住。怎么和家里说？就说厂里要盖新宿舍了，他们想分一套，可有了住房厂里就不分，所以先搬到这小房来住，装个没房的样儿。可现在，看着满院红火劲儿，她和他都觉得嘴难张啊。

戏渐渐散了，他们进屋里坐下。这是间东房，前面有树，又盖了小房，所以挺暗；墙后边是另一个院子的排水沟，所以又阴潮。婆婆把火料理好了，进来陪儿子、媳妇说话，叫女儿去做饭。"我换件衣服就去做。"秀娟说着搬过梯子，一级级爬上自家钉的木板阁楼——她就在那儿睡。看着秀娟爬上阁楼，脱下鞋，小心翼翼地钻了进去，秋平感到有重物压在胸口。她哪能张得开嘴。他们不是没想到过张嘴的难，但真到这儿了，发现天大的决心也不够用。两个人不禁交换了一下目光。

瞅着女儿去做饭了，做婆婆的拉过板凳和儿媳坐近了说话。

女儿年龄不小了，可还没找下合适的婆家。模样长得不错，瞄上她的小伙儿成群，她也看上过一两个，但做妈的都不同意。说啥她也要让女儿找个高干的婆家。"你们家来往的都是这些人，我们哪儿攀得上。你想法儿给娟子介绍一个……"

这是她早就想对儿媳说的话了。

下午三点四十五分。

春平正在办公室给曾立波打电话，还不时注意着外面有没有人。"我今天和处长说了，他说那间办公室虽然空着，但他没权力借给我，要和局有关领导请示。你那儿呢？""我这儿简单。从明天开始，我每天晚上在办公室里搭个行军床就可以了。"

午睡中的黄公愚正在做梦。一条条领带变成圆圈在空中一个个向他套来，他害怕，躲着，夏平在空中俯瞰着他，身边出现一个云梯，他抓住它，想去夏平那儿，可两腿发软，上了几级就要往下坠，身子轻飘飘的，扑通一声响，他醒了，脊背上有冷汗。

夏平面前打开着一本英语书，她陷入遐想，"英语世界"，羊士奇，星期天……朦朦胧胧中眼前轻轻掠过的是 一条马路，两个人的四条腿在走路，是一男一女，肯定是并着肩，背景是花岗岩砌成的围墙。院子里突然扑通一声响。

秋平和梁志祥在东单公园树荫下的长椅上坐着，沉默发呆。躺在秋平怀里的玲玲已睡着。阳光白热，绿树蔫头奄脑，假山昏昏恍恍，无风。树荫下是一摊摊下棋、打扑克的人，一对对谈恋爱的人，一个个躺在草地上睡觉的人。婆家他们已是体体面面告了辞，黄家大院他们现在不想回去，只有在这儿安静。

冬平在游泳池边坐着，身子向后斜着，目光恍惚，太阳晒着她修长美丽的两条腿，微黑的皮肤烫热发亮，两只大脚趾心不在焉地对在一起，来回摩擦着。池水半蓝半绿地荡漾着，一个胖胖的漂亮女人在水中一挣一挣地露着头，抖着头发，喷着水，一手抓住游泳池边，一手搂在一个男人的肩膀上，那个男人很英俊，扭头和她说笑着，他肩臂的肌肉发达，皮肤黝黑闪光。

平平咔嚓锁上自行车，取下后座夹的书包，抬头看看门牌，走进一个大杂院。她将进行一组重要采访。她边走边看了一下表，三点四十五分。由院里的拥挤脏乱，又想起自家的院子，想到自己要搞的"家庭改革"了。她不禁一笑，徒劳无益。人们做很多事就和自己的家庭管理改革一样，强求，不符合历史规律。这个大家庭将会怎么样呢？

小华一边在刨床上干活，一边神志恍惚地想着电大补考的事。物理不及格。还有哪门不及格，不知道。明年呢，脑汁似乎都耗干了。自个儿现在就觉得脑袋里脑浆是干涸的，干得发空，敲一敲，肯定咚咚响。啥时才能熬出来。

卫华在职工学校的教研组里坐着发呆。赵世芬吵着，骂着，瞪着眼，甩着头发，摔着门，在他眼前晃来晃去。一座斜着脸的大楼，楼前一级级台阶，几排小轿车，一个留着仁丹胡的中年男人站在台阶下等人，一朵花，一摊牛粪，赵世芬拂动的黑发，丰满的胸，凌乱叠印着，一本《水浒》。

赵世芬在街上匆匆走着。这么热，这么多人，这么多橱窗，满眼是五颜六色，满耳是嗡嗡嘈嘈，她快步朝前走，左右碰着人的胳膊，她不管，她要快点往前走，她嫌所有的人走得慢，碍事儿。

三点四十五分，祁阿姨刚看了客厅里柜子上的大座钟，要往外走，一下绊在门槛上，扑通一声很重地摔倒了。她身子麻木，爬不起来了。

三点四十五分，小薇在托儿所午睡起来，坐在小桌上玩积木。她把积木往木盒里收。怎么装也装不下。她一次次倒出来重装。眼前是个谜一般的花花世界。
阿姨，为啥积木装不进去了？
因为你装错了。

第八章

阳台上的花盆里开了一朵奇异的花，像蝴蝶张开的翅膀：两瓣，南边一瓣是红的，北边一瓣是蓝的。子午线又把每瓣一分为二：一半紫红一半橘红，一半深蓝一半天蓝。

范书鸿看着，久久不敢相信自己的眼睛，清晨的阳光像千万片金箔交错闪亮，被撕碎了的蛋青色黎明斑驳陆离，他眼前迷迷蒙蒙，白烟袅袅，气氛神秘。

这是什么预兆？

昨晚，历史研究所党委副书记白贵德与一位女秘书一同陪着个陌生的年轻人来到他家。"范老，晚上还没休息？"高颧骨凸额头的白贵德用他那沙哑的嗓音大声说道。

范书鸿正在堆积如山的夹子上拱出一点空儿看稿，闻声连忙站起，摘掉眼镜，笑着招呼："老白，你来了？"他感到事必非常，白贵德从未来过，同时想到那朵红蓝两瓣的花。

党委副书记嘛，当然应该经常来。不过，知道范老在家忙于学术研究，平时还是少打扰的好。你们这些老知识分子我是理解的，物质条件多艰苦你们都不在乎，你们最需要的是时间，保证你们的时间是首要的。啊？不过今天，范老，看来要打扰您一下，有重要事情。"这位是市外事办的显纪民。"他介绍道。

年轻人左右看看："范老，您居住条件很拥挤啊。"

"是啊，老同志德高望重，对个人困难很少提。而我们的有些领导同志对他们关心太不够。范老的住房问题我在所里提了几回也解决不了。好了，范老能忍受这条件，我们也应该能习惯。来来来，咱们就这样挤着坐吧，来个促膝谈心。"白贵德反客为主地招呼道。

三个来客在一片拥挤中分别坐在椅子上、床上。白贵德坐下得随便，显纪民坐下得平和，女秘书坐下得拘谨。

来自外事办的年轻人拉开文件夹看了看，说明了主题：有位西德著名记者，叫希恩斯，想来采访范书鸿："他认识您。您去德国参加世界三大宗教史讨论会时，他见过您。"

范书鸿点了点头。

"我这次来，只是把一些基本情况介绍一下，使您大致有个底儿。"年轻人对范书鸿很尊敬，同时带有职业的优越感和熟谙业务的自信，尤其显得平和稳重，不慌不忙。

"关于这位记者的背景情况是这样的：希恩斯今年四十三岁，来过中国访问，'文化大革命'中和'文化大革命'后各来过一次。他的妻子有一半中国血统。希恩斯本人的政治态度，主要说他对中国的态度，不属于那种特别友好的，用咱们通俗的说法，"显纪民笑了笑，从表情到话语都卸了两秒钟官腔，露出一丝年轻人的随便劲儿来，"不是亲华派，但也不是对中国怀有敌意的，比较中立。当然也有偏见，那是属于他的西方资本主义的世界观和看问题的角度和咱们不一样。"

"他这次来中国，有一个多方面的采访计划，要找几位知名学者，包括您，着重想了解的是中国知识分子现状。这些方面范老当然可以畅所欲言。"年轻人温和地笑了笑，"我们的态度就是实事求是。既充分肯定我们各方面的进步、成绩，同时也不讳言我们某些方面的不足。"

"你光说好话，别人也不相信嘛。"白贵德呵呵呵笑着，添了一句。

年轻人感到这话添得并不自然，他脸上浮着宽容的微笑，等白贵德难听的笑声过去，又从容地接着说道："要有思想准备的是，他可能会提一些比较棘手的问题。据我们了解，希恩斯提问题的角度往往比较刁。当然，范老是有经验的。比如，他会问到您对很多问题的看法，涉及国际国内各方面政策，政治，外交。您是历史学家，还可能问到您对'文革'的评价，对毛泽东等一些人物的评价，您研究过宗教，又可能问到宗教政策问题，如问：你们允不允许外国传教士来中国传教？等等。凡是这类问题，我们可以坦诚谈出自己的看法，但在原则上，要和我们党和国家的大政方针保持一致。”

范书鸿点点头，他懂这个。

“另外还会问到许多情况，如知识分子目前的生活、工作、待遇等等。这些嘛，我们当然也是实事求是，以诚待人，不说假话。但是，”年轻的外事干部又卸了两秒钟官腔，近人情地笑了笑，“不说假话，并不等于任何真话都可以无限制地说，总要有所选择吧，咱们平时人与人相处，话说几分也要看对象嘛。”

“总之，要让对方形成一个全面的看法嘛，哈哈哈。”白贵德又添着话。

范丹妮陪母亲从外面散步回来，听见最后的谈话。爸，要干什么？接受德国记者采访？“以诚待人，不说假话？这就是句假话。国与国之间，人与人之间没有不说假话的。”

显纪民不介意地笑了笑。有了范丹妮这样一个言辞讥诮的女性出场，他倒不适宜像刚才那样一味官腔了。

“在哪儿接待？”范丹妮问。

“啊，”显纪民瞅着范书鸿，“对方有个要求，希望来您家中采访，看看您的生活情况。”

“我这家……”范书鸿为难地左右看看。

“您居住条件是差一些，应该想办法收拾一下。”显纪民上下左右看了看。

“咱们就这样让他们看，以诚待人嘛。”范丹妮说。

“主要是考虑国际影响。”显纪民温和地赔着笑。

白贵德很决断地站起来，说道：“范老的住房问题，所里立刻想办法解决，我早就想解决了。这次正好借东风。”

那朵红蓝两瓣的奇花。

她还活什么劲？胡正强，让他得意去吧。文倩岚，让她撑着脸，厚颜无耻地去做贤妻吧。自己就是想喝酒。接连几天到小酒店要上两碟菜喝酒。

他又来了，一个比她小十多岁的大学毕业生，诸生华。在她身边坐下，关心地看着她：你怎么了，借酒浇愁？不怕喝醉？我？中国人死都不怕，还怕醉？她斜睨着眼睃着他，怪样地笑着。我送你回去吧？不用。她挥了挥手。这位年轻人向她献殷勤许久了，她对他不感兴趣：年轻人性饥渴，想找个女人睡睡觉而已。

别再喝了，明天我陪你喝，好吗？一人不喝酒，两人不赌钱嘛。年轻的骑士劝道。她直愣愣地看了他一会儿，垂下头，任他扶着站起来，东摇西摆地走了。周围的世界在跳舞。

像是回到了她暂时借住下的一间单人宿舍。他扶她躺下。她要水喝，他端来，还没喝就吐开了，哇哇的酸辣一地。年轻的骑士皱了皱眉，拿来扫帚拖布收拾了。然后扶她喝水，漱口，用温言抚慰她，接着又用手抚慰她，她的头发、肩背被熨着，她晕乎乎地感受着。大概是到了后半夜，远处，谁家的钟咚地敲了一下，悠悠的。诸生华对她有了进一步的温存，他拥抱着她，亲吻着，呼吸也急促起来。灯早已熄了。她察觉了，推他，不要，我不要，你起开。他起身走到脸盆架旁，拿毛巾擦了擦脸，又挨着她躺下。两个人睡了。她只记得一窗清凉的月光。那月光便入了她的梦。一个冷清透明又寂静无声的世界。所有的人、物都静止不动，像舞台上的布景。

她梦见到了前门，那儿有一个从未见过的大音乐厅。外观无比华丽堂皇。要上演柴可夫斯基的音乐会。她高兴极了。这不是胡正强的音乐会吗。两个年轻女人买了两张票便往里走，她也立刻拉开钱夹拿出钱买了两张票。她比她们钱多，这是她一时涌上的优越感。她独自拿着两张票走进音乐厅。里面却很破陋。她沿着很陡的下坡台阶往前排走着，感到一种恐惧，周围影影绰绰，蓝蓝绿绿，看不分明，来到舞台前她回过身，音乐厅内找不到一个合适座位。前两排坐着一些灰头灰脸的人，衣衫破旧，表情呆板。有两三个空位。她坐下了。始终没有注意过台上，也没听到音乐，只关心着台下的观众。演出将结束时，一个男人上台报幕，下面将演唱一支颂歌，歌颂一位伟人，因为他快死了。她正奇怪，却已散场。人呼啦呼啦往外走。外面很黑。很快人散尽，街上冷清，空无一人。她看见一个人骑着摩托，带着一辆自行车，便叫住她。回过头却是林虹。她从林虹手中要过自行车来骑，车却坏了，骑不动。她恐惧地想叫，却变成呻吟，她醒了。你怎么了？年轻的骑士又抚慰着她。她翻转身紧紧搂住他啜泣了。

第二天，第三天，第四天，都是他陪着她。上公园，去影院，进饭馆，入舞厅，回房间，两人同居着。年轻的骑士如饥似渴，在她身上倾泻着，弄得她也渐渐有了亢奋。身体发暖，脸颊发热，如葡萄酒半醉，却感到他日趋凉淡。每天来的时间短了，隔日才来了，来了三言两语便告辞了，开始忙于学问了，后来，便杳无音信了。一打听，他已出国深造了。

她失神地坐了半晌，明白这是遗弃，又一步步去小酒店喝酒。耳边分明又响起孟立才阴狠的笑声："你现在是最不值钱的廉价货，谁都可以尝一口就吐掉的贱货。"

这一天她醉得厉害。她的自传体小说被编辑部退了回来：《大海中没有我的停泊点》。她没有停泊点。她被浪冲来冲去。她是一条残破的小舟。她被打得粉碎，再无生路。

她在酒店里吐了，周围都是嫌厌的目光。她回到单人宿舍又吐了。五脏六腑都吐了出来，这是她的肝，红艳艳的，连着绿胆，那是她的心，跳着，还滴着血，那是她的胃，脾，肠，一摊，五颜六色，鲜血汪汪。痛苦到极点了，活不下去了。她睡死过去了。

从中午睡到天黑，又到天亮。她梦中经历了一个世纪，醒了，看见窗外朗朗的阳光。她喝了几口水，又昏恍恍睡去，到中午，再醒来，看着窗外一树绿荫，感到一点饥饿。她懒懒地起来，收拾了地上的污秽，洗了脸，刷了牙，开始清醒，淡忽忽掠过脑海的是：今天该换什么衣服？及至换了衣服，坐在镜前慢慢梳妆打扮时，一边抚摸着脸上的皱纹一边想：那篇退回的小说稿该托谁推荐到另一个编辑部？

她站了起来，拿起皮夹倦倦地伸手拉门，又站住。目光恍然地露出一丝自嘲。她发现：人痛苦来痛苦去，最后却还是照旧地、平平常常地生活。

德国记者一周以后来。一周便是七天。白贵德与历史研究所党委紧急开会，紧急行动。外国记者采访，外电一报道，反馈回来，上层领导一批示，如此落实知识分子政策就该撤职、处分、通报了。这个程序，他们晓得。

每一天时间都是宝贵的，工作要有效率。范书鸿原是三室一厅，"文化大革命"中搬进锅炉管道工王满成一家，占去了一间。只要把这间房腾出来，问题就解决了。第二天上午立刻研究决定：拨出一套两室一厅，分配给王满成。白贵德亲自找他谈话：所里很关心你的住房困难，现在总算解决了。你回去马上就搬。今明两天内搬完。王满成点着头走了。

中午，听完丈夫传达，张海花眼睛一转：好。我还没想招儿呢，外国记者倒自己来了。咋说？两室一厅到手了吧。干啥事儿心软不得，要是前一阵听你的，顶多一间半，哪来这两室一厅。房子在哪儿？东直门外？不要。咱们要前三门这块儿的，你们所里有。东直门外的房子没前三门的好，又远。不敢张嘴？你就说东直门外孩子上学太远，老婆上班太远，说我身体不好。

下午，王满成又低着头来到研究所，半晌把话说了。白贵德愣了。他们不想搬？又半晌，王满成又说了一句：要是前三门这一块儿就行。

白贵德一眼便看明白了：是老婆在背后指使这个老实疙瘩。他放下脸：王满成，给你交个底儿，这次要不是外国记者采访范老，还给你挤不出这套房子呢。不搬，过了这机会，这房子就没了。另外，这外事任务，国际影响，政治责任，你负得起吗？有啥困难，搬过去再慢慢解决。

王满成当下就打电话向内掌柜汇报。张海花斩钉截铁：有责任也不该咱们负。你来个嘴上软，心里硬，不搬，看他们怎么办？王满成犹豫着：要是连这一套也没了呢，那不就鸡飞蛋打了？张海花举着话筒翻着眼珠想了又想，咬了咬牙：豁出去了，就押这宝了。不给前三门的不搬。

白贵德这次真火了。好哇，利用这机会来要高价，岂有此理。你们不搬算了，东直门外这一套所里也收回了，你们还在老地方住吧。

王满成心里打着颤，但到最后，他不知为啥也铁了心：白书记，那我们就不搬了，还是挤着住吧。说着低头走了。

白贵德气坏了。一天时间就这样毫无进展地过去了。前三门的房子已然全分出去，只剩一套，他掌握着。有用场。哪能给王满成？他在办公室里走来走去，晚上回到家又筹划了一夜。第二天，翻过一页台历，歪着脸咬了咬牙，又拿起电话把王满成叫来。

王满成终于得到了前三门两室一厅的钥匙。张海花从厂里叫来十几号人，两辆卡车，一天，就把家搬走了。

当晚，白贵德亲自到范书鸿家来视察，看了看已搬空的房子，从上到下。墙壁白灰斑驳，污渍片片，到处是钉子，被糨糊粘得撕不下来的花纸。他皱着眉。

这我们自己打扫一下就可以了。范书鸿说。看着十几年后又回到自己手中的房子，他又高兴又有些感慨。恍恍惚惚，犹如隔世。

不，这不行。白贵德回头吩咐同来的行政科长：把房顶、墙壁整个粉刷一下，再用油漆刷一圈墙裙，天蓝色的。地面也不行，来不及了？想办法铺一层地板革吧。要快。明天一天之内完成。有困难？克服。这是政治任务，已经是两天过去了。

第三天，楼上楼下，叮叮当当，行政科长领着工人跑上跑下，跑进跑出，汽车喇叭嘀嘀响。晚上，静下来。那间空房白是白，蓝是蓝，一片崭新刷亮。范书鸿看着漂亮洁净的塑料地面，简直不敢踏进去了。

第四天，行政科长又领着几个人帮助倒腾家具。多了一间大房，门厅、厨房、厕所、卫生间又都变为独家使用，空间多了一倍。可以把东西匀开了。但问题又出来了：这两年因住房拥挤，范书鸿已把一些书柜、写字台"精兵简政"卖了。能倒腾过来的多是一捆捆的书，这像什么样？想办法买两件家具吧？范书鸿和吴凤珠商量着。

这哪儿来得及？白贵德一听汇报又作了指示。于是，历史所会议室的一套沙发被拉到了范书鸿家，又有一个大写字台、两个书柜也运来了。算是借给范老的吧。

第五天，忙累了一天的范书鸿一家刚刚起来，白贵德又笑呵呵地背着手来了：还有什么困难吗？困难似乎没有，但他仍然对布置不满意，对陪同干部又作了一系列具体指示。

一天之内，三室一厅的普通电灯都换成了富丽堂皇的乳白色莲花大吊灯。门厅里还装了壁灯，电铃也装上了。原有的两间套房，自然布置成卧室，王满成搬出的这一间，布置成范书鸿的书房兼会客室。沙发、茶几、书柜自不必说，又从所里的花房搬来几盆花，绿幽幽青翠翠地摆设上，挂上了一幅竖轴山水画：烟雨黄山。那原是所里会议室的。好不气派。

白书记工作既果断又过细。第六天，他发现一个重大细节：范书鸿家还没电话。这在国际上太说不过去了。电话不是说安就能安上的。没关系。范家楼下住着历史所的一个党委委员，把他的电话拆了，移到范书鸿家便可。优先照顾高级知识分子，会成典范。还有什么困难？白贵德再次亲临视察，背着手在门厅里左右看着。

有。想买冰箱一直买不到，招待起外国客人有困难。范丹林说道。他自然懂得"借东风"。

怎么不早说？白贵德转过脸来。冰箱时下是紧俏货，有钱也难买。这难不住他，有整个党委领导的力量呢。下午，雪花牌冰箱就运来了，钱当然是个人付。同时还运来一盆青山秀水的盆景。行政科长搓着手：白书记说，放在你们门厅里。

第七天，也就是最后一天，楼道里开始打扫卫生，自行车通通搬走。楼外也有人在打扫，坏了几年的单元门和楼梯窗户也在赶着修理。范书鸿全家则忙于采购烟酒菜肴，准备明天招待外国客人的家宴了。

这时，刚装上的电话响了，白贵德打来的。

范老啊，我们这两天又专门讨论了您的入党申请。您的组织问题，我想会很快解决的。这是您几十年来的要求。现在，您个人要做的，是再写一份入党申请书。过去您是写过，而且不止一次。我知道。但，以前申请书中的有些话，您了解，由于政治形势的变化，现在已不适用了……

范书鸿放下电话，疲倦地坐下了。

红蓝两瓣的花。

怎么，要发展你入党了？吴凤珠瞪大眼问。她感受到强烈的刺激。她入党的事呢？

万红红得精神病了。

听到姐姐带来的这个消息，范丹林直直地站住了。好一会儿，他转过身，一言不发走到窗前，双手插在裤兜里，皱着眉笔挺直立地看着楼下。

丹林，你帮阿姨收拾鱼呀，别袖手旁观嘛。母亲在背后唠叨。不用，让弟弟想事情吧，我忙就可以了。保姆连忙说道。丹林，你是不是去看看她？她母亲舍不得她住精神病院，就在家守着她呢。丹妮说着。去看谁，万红红？怎么了，精神病？那有什么可看的。血统论的牺牲品，那几年，她们一家差点没把丹林弄成精神病。母亲又唠叨着，丹林，你怎么不帮忙啊？明天要请外国客人。

"我没时间。"范丹林转过身，不耐烦地递出一句，然后，目不斜视径直出去了。听见很闷的关门声。

他漫无目的地走了一阵，然后，水果店，百货店，书店，副食店，随着人流进进出出，不知买什么，提了满满一网兜，上了无轨电车。

傍晚，火车在一个山脚小站停了。他们一起插队的十几个知青都下来活动。这是冬闲到山里修筑三线工程回来。范丹林与一个卖鸡蛋的老农民蹲着聊天。他喜欢社会调查，竟没听见开车铃，车开了，他听见喊声，才转身站起来，是万红红站在车门口挥手喊。他赶不上了，后边的车门一个个都已关上，车速也越来越快。只见万红红从前面跳下车，扬着手跑来了。

"你怎么也下来了？"

"不能把你一个人丢在这儿啊。"她快活地说，被一冬寒风吹红的脸绽开笑容。

两个人沿着铁路一夜步行三十多里到了县城。一路上，他们不知夜黑山险不停地聊着，冻得受不住了就跑一程，然后搂紧着往前走。两边的山黑魆魆的。寒风在夜空呼啸，星星冷得哆嗦。铁路阴森地闪着青光，枯草从头顶飞过，沙砾打得脸疼。他们聊着，他只听见她的笑声，感到她身体的温度……

他一级级上着楼梯，最后一级，熟悉的门。他在门口立了好一会儿，终于抬手轻轻敲门。门开了，是万红红的母亲何慕贤。她扫了一眼他手里提的东西。

"我来看看万红红。"范丹林说道。

"不用了，她有病。"

"我知道，我……"

"不用了。"

"那把这东西……"

"也不用了，谢谢你的好意。"

门关上了。他垂下眼想了想，把一网兜东西轻轻放在门边，下了楼。他在楼下来回走着，不时抬头看看三楼上万红红房间的窗户。

万红红听见了刚才母亲开门和说话的声音："妈，谁来了？"

"一个走错门的。"

"妈，是不是范丹林来了？"

"不是。"

"我不信，是范丹林。他现在肯定还在门口站着呢。"万红红说着从床上起来。

"就算是他，也早走了。"

"不，他就在门口，我觉着了。"万红红趿拉着拖鞋往门口走。何慕贤不放心地跟上来。门打开了，没有人。

"你这不是看见了，哪儿有人？"

"我就是觉着了嘛。"万红红眼睁睁地指着眼前的空气，"这不是他站在这儿，右手提着东西？"

何慕贤感到恐惧："红红，回屋去吧，那是你的错觉。"

"不是错觉，他在这儿站过。他手里提着东西，他后来走了，把东西就放在这门口了。"万红红一下僵住了，何慕贤的目光也一下冻住了。随着女儿的手指，她看见在门边的那一网兜东西。

做母亲的感到发瘆："他是来过，走了。"

"不，他就在楼下走来走去。"万红红说着急步回到房间，拉开窗帘。

"红红，他知道你身体不大好，早走远了，不会在楼下的。"何慕贤忙赶过来。然而，当她站在女儿身后往窗下一望，惊呆了。范丹林正在楼下走来走去，树荫时断时续地遮着他身影。时钟停了，万籁俱寂，何慕贤连自己的心跳也听不见了。

万红红咬着嘴唇，下巴打着战。做母亲的感到了女儿的激动。

"要不要妈妈请他上来？"她小心地问。

万红红一动不动，过了几秒钟，猛然把窗帘拉上："不要，我不要，我要死。"

"红红……"

"我就是要死。"

"你听妈妈说……"

"就是你要我死。"

"妈妈想要你活得好好的……"

"就是你们要我死，你们不要在这儿，我不要。"

"好，那妈妈出去，你好好休息。"何慕贤看了看早已钉死的窗户，拉上房门，到隔壁房间去了。

房间里空无他人了。窗帘把日光也遮暗了，范丹林肯定还在楼下走来走去。一个自天而垂的巨大钟摆形如铁锹，在摆来摆去。她荡秋千一样攀在了钟摆上，手抱"锹把"脚踏"锹头"，一南一北，一北一南，楼群在左右反复倾斜着，马路、立交桥在反复倾斜着，整个北京城在来来回回倾斜着，圆形的地平线来来回回倾斜着，变成无数的椭圆。她头晕了，天地云雾在眼前掠来掠去，风声在耳边呼呼作响。她越摆越高入了云端，要被甩出去了，身子一阵阵发飘，脊背一阵阵冷汗。她紧紧抱住钟摆闭上了眼，风声越响，身子越飘，已分不清南北，钟摆一搂粗，又硬又凉，是铜的？是橡胶的？她用力搂着，云中可能有雷电，钟摆上有麻麻的电感传到身上。她哆嗦着，这一下甩到九霄云外了。她手脱了，抛物线自高空急速坠落，湿漉漉的云雾自下而上急速扫过她的脸。下面是大地了，是高耸的千楼万厦，像林立的剑丛戳向她，飞速地接近，一下摔在上面了，粉身碎骨了，她啊地大叫了一声。

"红红，你怎么了？"母亲闻声进来。

她直愣愣地看着前面。粉身碎骨的她变成千万块美丽的血肉向四面飞散着，整个城市都被炸碎了，在宇宙里缤纷横飞着。

我已经死了，我已经摔碎了，你们也死了，这个世界都炸碎了，要等待重新组合了。过一百多亿年，又有一个新的太阳系，再过四十亿年，又有一个新的地球，再过一百万年，又有新的人类社会。

我没有说胡话。你们才是神经病。你们所有人都在胡说八道。你们的脸在假笑，你们的嘴在说假话，你们假装着握手，你们没有说过一句真话。我过去和你们一样。现在我清醒了，我这样轻松极了，想睡就睡，想吃就吃，想骂就骂。

人们都怕她，都哄她，都由着她发脾气，都看她脸色，她不用看别人脸色，（这是多轻松的事情。）不用回答别人的问题，（这又能卸掉多沉重的负担。）不用解释自己的任何言行举止，一个人每天为这数不清的解释，有多么劳累紧张。为什么要笑，为什么皱眉，为什么脸色郁恼，为什么眼里看不见人，为什么穿这件衣服，为什么不想看电影，为什么这样看他，为什么那样看她，为什么和他一块儿走不和她一块儿走，为什么又为什么。现在都不用回答了。她这一下如释重负。她要松开捆了多少年的绳索，任意伸展自己的身心。

妈妈，干你的事去吧。我刚才有点幻觉，见有个大钟摆在天地间摆。现在清醒了。我神经很正常。只要你们别缠我。你们成天有数不清的问题问我，十几年来，把我问烦了。你们以后少管我，我就不会歇斯底里了。我现在比一般人更清醒。我就是怕你们问，在家里问，到班上问，从小问，大了还问，口头问，书面问，问题多得没完没了。你们管我呢，我想怎样就怎样。

可能有人看我可笑，我还看你们可笑。你们人人都在忙碌，都在钻营。有多大意思？就说你吧，妈妈，几十年来你扮演了一个多可笑的角色？你和爸爸每天晚上研究形势，研究人事关系，研究对策，不就为那点地位？哼，你也承认？十几年前，你把范丹林关在门外，今年你又一而再地写信请他来，不是势利眼？你仔细看看自己，像小老鼠一样跑来跑去，不可怜、可悲、可笑吗？

好了，是妈妈不好，妈妈糊涂。

所有的人都糊涂。她突然感到什么，急忙走到窗前拉开了窗帘。

范丹林走完最后一个来回，手插在裤兜里站住，似乎在想什么。停了一会儿，没再转身，略低着头朝远处走了。

忙了一天，总算一切准备就绪，只等明天西德记者希恩斯来访。范书鸿松了一口气，刚坐下，电话来了，是历史所党委办公室来的。因为希恩斯患病，未能来中国，他这次访华计划取消了。对范书鸿的采访自然也取消了。

听了这个消息，全家人一时都静得没话了，相视着，心理休克了。

"这倒好，白白给咱们解决了房子问题。"过了好一会儿，范丹妮打破静默讽刺地说。

"那你的党籍问题呢？"又过了好一会儿，吴凤珠问。

范书鸿也莫名其妙地笑了笑，他第一次感到心中有了讽刺的冷意。

这时，有人敲门。是住在楼上的邻居，四十多岁的一位中年女性，与吴凤珠同在心理研究所工作。她礼貌地笑了笑："老岳让我告诉您，今天所里开会研究，已正式批准您的退休申请，明天他们来家里看您。"

我什么时候提出过退休申请？吴凤珠的手哆嗦起来。

有关退休的一些具体手续，为照顾您的身体，所里也会专门派人来家里办。

再没别的事了？

没了。

这就是说，她要退休了，入党根本无望了。

来客拉门走了。吴凤珠心慌头晕，天旋地转，倒在了众人急伸上来的手臂里。

红蓝两瓣的花，还在阳台上浴着黄昏静静地开着。

第九章

　　苏健走了，门帘外是一方昏糊糊的黑夜。看着苏健的身影隐隐约约出了院子，康小娜又趴在床头呕吐了两口。

　　"你到底打算咋着哇？"母亲坐在旁边忧愁地问。

　　她能咋着？这六七天她不知是如何度过的。她一天天等着，以为顾晓鹰会来看她，没来。她去找他，连他的几个朋友都说不见他踪迹。妊娠反应一天天厉害了。她下了下决心，打电话找到景立贞。景立贞一听说是她，立刻在电话中和蔼地问："是不是刚从医院回来啊？"她嗫嚅着："我……还没去呢。""噢，那就抓紧去吧。这生理规律你也是知道的，宜早不宜迟嘛。""顾晓鹰他……""他没去你那儿？我也不知他忙什么。你先去医院吧，我见了他，一定让他去看你。"

　　她几乎就想软下来一个人去医院了，但她没去。她不能这样白白地去，那就更拿不住顾晓鹰了。

　　她到处找他。

　　晚上，民族文化宫灯火辉煌，大喷水池落珠缤纷，豪华的小轿车排排光亮，司机的手悠闲地搭在车窗上。一对对青年男女相挽着，欢声笑语地汇成人流，涌上一级级台阶，奔赴舞厅。她在这衣裙鲜亮的人流中左右张望着。"小姐，你跳舞吗？"一个温软的声音问。她摇摇头。她挪着步站住脚。终于看见顾晓鹰了。他正挽着一个艳妆的姑娘走来，极漂亮的连衣裙。她感到心跳，感到屈辱，感到愤怒，又感到自己可怜。她咽了一口唾沫，迎着人流挡住了他。

　　顾晓鹰愣了："你要干什么？"及至反应过来，松开相挽的舞伴，和她小声嘀咕了几句，便同康小娜走到旁边稍稍僻静处。"你跳舞吗？"他言不由衷地问。"让我好找。"她眼泪直想往下掉。"去医院了吗？""没有，我找你有事。""什么事？要去医院，约个时间，我陪你去。""去完医院呢？"她问。现在，只要顾晓鹰答应流产以后再结婚，她也接受。"去了医院再说嘛。"顾晓鹰连假承诺都做不出来。"你就这样什么都不算数了？"她略微提高了声音。顾晓鹰回头看了看，自己的舞伴正冷着脸不耐烦地在原地转来转去，他也不耐烦了，拉开钱包："要多少钱？""我不要钱。""那你要什么？"他压低的声音中露出凶狠。"我要你一句明白话。""要没有呢？""那我就自杀。""别再吓唬人了，要死就死去吧。我不怕，你也死不了。"顾晓鹰说着转身就走，走了两步又回来："你哪天去了医院，给我个信儿，我再来看你。"他挽着舞伴随着人流进入富丽堂皇的民族文化宫，她孤零零地站在外面。……

不，她从床上爬起来，趿拉着拖鞋下了地。你要干啥？母亲问。我去打个电话。

院门口有公用电话，她拨到了顾晓鹰家。通了。喂，哪一位？一听声音，正是她要找的景立贞。"阿姨，我是小娜。"她委屈得要哭出来。电话里停了两秒钟，传来回答："你找谁？……不，不，我不姓景，你打错电话了。"咔嚓。她愣了。没打错呀？那不明明是景立贞的声音吗？她突然明白了什么，心头一阵哆嗦。她想了想，照旧拨了电话号码，通了，半天才有人接："我是他家保姆，家里人都不在。"电话挂断了。她呆呆地放下电话。看电话的瘦老头在一旁摇着扇子，上下看着她。

夜很深了，母亲熬不住，早已倒在床上睡了。康小娜斜在自己的小床上，倚着黑污污的红漆方桌一动不动。要想的，她都想过了；要做的，也都做了。

桌上放着她已经写好的两封信。

她第一次知道夜有这么静，静得耳鸣。她的头脑蒙蒙茫茫，像夜一样广大。一个无声的大海。她在沉下去，越深越黑。海的深处，一切都寂静不动。四周许多黑魆魆的影子。像礁石，像山，像树，像海带。

黑黑的海退下去，朦胧中又浮出眼前的景象。昏暗的灯光，小屋，床头一堆粘好的相角。母亲就是一天到晚地粘啊粘啊。相角一只只纷纷扬扬落下，堆一点点变大。大得像山了，自己高高地立在上面。母亲在山下看她。她在山上看母亲。相角山松塌了，她陷落下来，被掩埋了，透不过气来，想呕吐。她终于刨了出来，看见了天，但又发现母亲被埋在了里面，已经死了。

她用力睁眼，母亲还在昏黄的灯光下睡着。

她凝视着母亲衰老的身躯，眼睛慢慢潮湿了。她慢慢收回目光，硬了硬心，站了起来。小窗外，天已微微泛明。她把信放到口袋里，把自己的钱包轻轻放在母亲枕边，那里是她的全部积蓄。然后，在母亲身旁站了一会儿，使劲擦了擦眼睛，轻轻开门出了家。

她第一次知道院子的大门这般沉重，也第一次看到天未明时街道这样冷清。像是这个世界上的人都死了，只剩她一个人在空巷里行走。凄清的路灯移动着她的影子。脚步声打破寂静，到处都有回声。浓浓的黑墨一滴滴落在一张极大的白纸上。

刷，扑通，刷，扑通，两封信丢进了路边邮筒里。信筒咧着嘴，忠厚地注视着她，她转身走了。急匆匆的脚步声在灰蒙蒙的寂静中划出迤迤逦逦的轨迹。

护城河到了，她立住了。天已微明，露出一抹严峻的铁青。楼群还是灰蒙蒙的。烟雾一层层在眼前浮荡，白色的，青色的，灰色的。烟雾下，河水浊浊地流着。夏季雨多，水很大，河岸潮湿，一片片青草，一堆堆瓦砾垃圾。马路上有了汽车疾驰而过的声音。几辆自行车在东面远远的立交桥上骑过，像慢慢移动的剪影。

这条河曾是她童年游戏的地方。苏健赤着脚，脖子上歪系着红领巾的样子在她眼前浮现，他在冲她挥手笑。现在，她将在这里结束自己的一生——她要跳河自杀。

不知为什么，她此刻没有悲痛，只是不知从哪儿走下河岸更好。自杀就这样平平常常？她高一脚低一脚沿着之字形小路往下走时，似乎觉得自己是要下到水边站一站，玩一玩。

给苏健的信，可能今天下午他就收到了。他会难过吗？她知道他爱她，可她已经不准备活了。他是好人。希望他能帮助照顾自己的母亲。她给母亲的信也在一个信封里，母亲不识字，就由他念给她。亲爱的妈妈，就算您白养活了我。我知道我死得糊涂，可我只能走这一步了。原谅女儿吧。她站在水边，眼里涌上泪水。

给顾晓鹰的信，他最晚明天也能收到了。他肯定会大惊失色。他万万没想到她真的走出这一步。他害怕了，怕承担责任。他可能会后悔万分。为什么这么蠢，把小娜逼到死路上。他会捶自己头吗？景立贞会冲儿子瞪眼吗？他们一家会陷入极大混乱。当初不该那样对待康小娜。顾晓鹰不该在民族宫前那样羞辱她，景立贞不该不接电话。你们好好后悔吧，来不及了。顾恒一定会训斥他们。她这样想着，眼泪又涌上来。为了他们的后悔，为了他们的害怕，她死也是值得的。

她站在了投河的位置上，任泪水模糊着视线。这段河水并不是最深的，淹不没她怎么办？但她不愿再换地方；河岸上，似乎有人在议论：那个姑娘打算干啥？应该躲开他们。但她不想再躲了。咬咬牙，闭上眼，应该头冲前扎猛子一样投水。她扑出去，在离地的一瞬间，她突然害怕了，但已收不住了，落入水中。她扑腾着，挣扎着，一口一口喝着水，她现在才知道：她不想死。有人从河岸飞跑下来，扑入水中，她在一闪中看见：那是苏健。

黄昏时分，因为是星期日，大杂院内一片吵闹。康小娜双手搭在胸前，静静地躺在家中，早晨自杀未遂，却造成了流产。这时，她脸色苍白，既疲倦又麻木。

苏健沉默地坐在一旁看护着她，母亲刚刚出去了。

"你还没收到我的信吧？"康小娜小声问道。

苏健看了看她，没有表示。

"我和顾晓鹰……"

"我收到信了。"苏健阴沉地说了一句。

康小娜不言语了，她在信中已把一切都说明了。屋里是一片晦暗。"今天早晨你怎么知道我要去护城河？"过了好一会儿，她低声问。

苏健俯身坐在那儿一动不动。

"你一直在跟着我？"她转过头尽力笑了笑。

苏健沉默着。

她看着他，好一会儿。"你生我气了？"她又小声问。

又是半晌沉默。

"苏健……"

"你到底打算怎么办？"苏健没有抬头，低沉问道。

她仰望着屋顶微微地摇了摇头。顾晓鹰什么时候能收到信，他会后悔吗？如果知道她没死，他会来看她吗？提着点心，拿着一束鲜花，顾晓鹰朝她走来……

她眨了眨眼，苏健在阴暗中一动不动地等她的回答。

"你能不能去……去找找他？"她小心地问。

沉默了几秒钟，挪了一下脚，苏健仍低着头，简单地答道："行。"

"如果找见他，就……"就什么呢？她还不清楚。

"要不要揍他一顿？"苏健从牙齿缝里声不大地说道。

"不……"

苏健冷冷地瞥了一下康小娜，和她的目光相遇了，他更阴沉地垂下眼。

"你去揍他干吗？……他人多势大，你会吃亏的。"康小娜说。

"我不怕。"

"你……"

"让我找他干什么，你就说吧。"苏健略微撑起一点身子。

"也不知道他收到我的信没有？"

"把你现在的情况告诉他，是吧？"

"嗯。"

"我能办到，是不是还要他来看你？"

"也不知他会不会来？"

苏健盯了康小娜一眼，冷冷地站起来："他应该来吧。"

楼上那几扇是顾晓鹰家的灯窗。他在楼下一排柏墙边来回走着。他已冒充顾晓鹰的同学打过电话，知道顾晓鹰还没回来。他要在这儿等见他。夜越来越深，街灯越来越冷清，车辆越来越稀少。他来来回回地走着。他是男子汉，他感到自己的凶狠，像块很大的铸铁，四肢都是钢筋，牙关像台钳一样强硬有力。但他只能这样一来一回地走着，等着，完成一个他所爱的姑娘交给他的使他感到耻辱的任务。

他用步子丈量着两根电线杆之间的距离。再等十个来回，再等二十个来回，再等……已是后半夜了，他还这样机械地走着。他在黑暗潮湿的土地上用脚步播种着仇恨，每一步落地都有实实在在的仇恨从脚底注入大地。

一个男人对另一个男人的仇恨。

一个住大杂院的男人对另一个住豪华居室的男人的仇恨。

夜是那么静，没有人干扰他。正是这播种仇恨的节奏，使他不知疲倦地来回走着。大地是黑色的、冰凉的，他的仇恨也是黑色、冰凉的。如钢一样阴森，又如铅液一样沉重地注入大地。

天亮了，顾晓鹰还没来。

他又等到上班时间，还没等见。他思忖了一下，终于离开了，坐车来到他早已考虑要来的地方。

十五层楼上的一套普通公寓，米黄色的门上钉着一块不大的方牌子：

人生咨询所

他犹豫再三，推门进去了。

这是一套三居室。很小的门厅，三间房门半掩着，听见里面不高的说话声。厨房门敞开着，明晃晃的玻璃窗，给门厅里照了光亮。门厅里一张小二屉桌，靠里一把椅子，靠外一个方凳，桌上是一小架像医院病历一样的牛皮纸袋。贴墙一条能坐五六人的长椅。像一个小医院的儿科门诊。

右边房门大开了，走出一个三十来岁的女子，像护士，又像小学教师。"你是来咨询的吗？"她问。

"是。"

"请坐。"她在二屉桌里面的椅子上坐下，指着方凳说道。

他小心地坐下了。

来咨询的人不多，厨房里又分明堆着锅碗瓶罐等生活用品，这多少使他去了一些敬畏神秘的紧张心理，同时又多少有些失望。就这么简单的地方？

"你要咨询什么？"对方拿起笔，抽出一个"病历袋"，那上面印着"咨询记录"四个字。

"我……"

"很难说，是吗？"她温和地一笑，并不意外。

"是。"

"是为你呢，还是为别人咨询？"

"嗯……"

"也很难说？是为一个与你有关的人，是吗？"

"……是。"

"是爱情方面的事，还是其他方面的？"

"就你开始说的那个方面。"

对方善良地笑了笑："与你有关的人是个女性吧？"

"是。"

"你叫什么名字？你的名字，你的事情，我们绝对为你保密。你没看那上面写着呢。"墙上贴着一张《咨询条例》，一二三四五六七。"如果你实在不愿说真名，化名也可以。什么？苏健？苏联的苏，健康的健，多大年纪？在哪儿工作？不说具体单位也可以，干什么工作？工人。好。"她在一张活页纸上迅速记完最后几个字，拿过一叠发票来："请交咨询费。"

"噢。"苏健松了一口气，连忙左右摸着掏钱。

"如果没带，不要紧，我可以给你垫上。"

"不不，我带着呢。"

"你拿上咨询记录上二号房去。"她收了钱，开了发票，一指迎面那间房。

苏健这才发现，从左到右三个房门上分别贴着纸牌子："咨询一室"，"咨询二室"，"咨询三室"。"我……想找陈大夫。"他有些困窘地说。

"陈大夫？"

"就是陈晓时大夫，我一定要找他。"

"你也看到报上文章了？"对方一笑。

"是。我还听别人说过。"

"那你等一会儿到三号去吧。噢，里面完了，你进去吧。"

从右边那间房子里低头走出一位脸色憔悴的知识妇女。她瞥了苏健一眼，对那位管"挂号"的"护士"说道："下星期我还想来找陈老师，可以预约吗？"

"可以。"

苏健一边往里走，一边学会了"陈老师"这个称呼。

温和地提问，局促地回答，几个来回，最基本的情况算是断断续续讲完了。陈晓时在活页纸上简单记录着。苏健掏出手绢擦了擦脸上的汗，最困难的劲儿过去了。

房间不大，北面是阳台，东面是窗，因为楼高，都是天光。可以看见对面一幢同样高的楼。这位"陈老师"看来很年轻，最多不过三十出头。南方人，样子很聪明，很善良。只是白大褂白帽子增加了威严感，像医院的大夫。听他问话，就知道他有水平。陈晓时放下笔，看着眼前的小伙子微微笑了笑。年轻人很忠厚，但并不懦弱。"你还是很爱她，是吧？"他和蔼地问。

苏健咬住嘴唇，点了一下头。

"你是想知道：她应该怎么办，是吗？"

"是。"

"你的原则是：为了她的幸福——譬如，她和那个顾晓鹰结婚能幸福的话——你愿意做任何事情，对吧？"

"是。可顾晓鹰……"

"但顾晓鹰，你觉得不会和她结婚，即使和她结婚，也只会虐待她，对吧？"

"是。"

陈晓时看着这个内在有点倔强的小伙子微笑了，因为他能对对方有所帮助，因为他对自己的咨询能力充分自信。"那你有什么问题先要问吗？"他靠到椅子上，隔着桌子看着对方，越发显得年长耐心。

眼前依稀浮出自己年幼时在上海郊区农村爬树的情景……

"顾晓鹰会和她结婚吗？"停了一会儿，苏健问。

"不会。你的感觉是对的。"

"如果她告诉他想自杀呢？"

"她没有勇气自杀，顾晓鹰会看透这一点的。"

"她要上法院告他呢？"

"她不会。而且她也无法告。你想想，她告他什么呢？"

"那她应该怎么办？"

"她应该彻底认识自己，认识顾晓鹰，彻底清醒。看来她现在做不到这一点。"

苏健低着头沉默了，陈老师讲得是对的。

"那和她讲呢？"他又问。

"由谁和她讲？"

"……要是您和她讲呢？"

"我会考虑如何对她讲的，但讲话有时未必能一下解决问题。她的心理……"稍一停顿，"你知道她为什么会看中顾晓鹰，又一定要和他这样的人结婚吗？"

"知道。"好一会儿，苏健回答。

"小苏，你现在需要咨询的不是她应该怎么办，而是你应该怎么办，知道吗？"

"……"

"其实，这也是你今天来这儿的真正目的。"

"我……"

"你仔细想想，会同意我的话的。"温和的微笑。

"她让我帮她去找顾晓鹰。"苏健说。

"你会去的，对吧？"

"是。"

"你也应该去。"

苏健疑惑地看了陈晓时一眼。

"你把康小娜的情况都告诉顾晓鹰，顾晓鹰说什么，什么态度，你回来再如实告诉她。"

"往下呢？"

"往下，大概她还会想去找顾晓鹰。"

"再往下呢？"

"小苏，你要明白：只有顾晓鹰能真正教育她。"

苏健咬住嘴，低下头沉默了。

"现在，我要问你一个问题，"陈晓时说，"如果康小娜以后嫁给你，你对她的感情会变吗？"

"不会。"

"听我说完。我是说，你现在仍很爱她，可一旦结了婚，你可能会发现自己不能原谅她曾经失身于顾晓鹰，曾那样卑贱地想依附顾晓鹰，也不能原谅她曾这样伤害你的自尊心，你会变得很粗暴。你想想，在心里想想会不会这样？"

想。

"你要好好想想。这是为你和她的未来想。自己的感情，自己一想就知道。"

"我不会粗暴的。"

"敢担保吗？"

"我只会心里憋闷，咬着牙去劈一堆劈柴，但不会对她粗暴的。"

"为什么？"

"我会觉得她还是挺好的。"

陈晓时凝视着苏健，停顿了一会儿："你还会觉得找到她这样一个妻子是很不容易的吗？"他问，这一问题很关键。

"……是。"

陈晓时又观察着对方，停顿了一会儿："她如果对你还看不起呢？"

"……我不知道。"

"好了，"陈晓时温和地笑了笑，"你现在愿意听我的咨询意见吗？"

"愿意。"苏健抬起了头。

"我的原则是既从你的人生利益考虑，也从康小娜的人生利益考虑，好吗？"

"好。"

"第一，从今天起，你对康小娜完全以朋友相待，还像过去一样关心她。她有什么困难，你可以帮助她。她要找顾晓鹰，也可以帮助她。大大方方。但你从今天起，不要再爱她了。不要再因为爱她有任何痛苦和心情不开朗了。你明白吗？"

苏健看了看陈晓时，又垂下眼。

"也就是，从今天起你必须让康小娜知道，你只是想做她一个平常意义上的好朋友。知道吗？这样可以使你们之间的关系放松下来，明朗起来。要不，你老是沉着脸，多小家子气？"

苏健没有言语。

"第二，我刚才不是问过你，现在有人给你介绍对象——已经介绍好几个了，是吧？你不要都一口回绝。你可以磊磊落落地去征求康小娜的意见。你们不是好朋友？让她帮你抉择。"

苏健抬起头，不解地看了看陈晓时。

"第三，你刚才告诉我，已经报考上电大了。你要努力提高自己的文化，争取两年内拿到文凭。咬咬牙，不管多难。另外，你要改变一下你现在的性格，要在半年内学会跳舞。对，最好成为一个跳舞能手。做不到吗？这是我给你的咨询，如果相信，就应去做。"

"第四，从今天起，你要进一步培养自己作为一个男子汉的宽厚胸怀。如果有一天，你和一个康小娜这样身世经历的女人组成家庭，你一定要能容忍、原谅她的过去。新时代的男人，要有新时代男人的美德。"

"记住了吧？四点。噢，还有，如果能够，你可以介绍她来这里。我的咨询完了。"

苏健眨着眼，看着陈晓时。

"不明白吗？"陈晓时问。

苏健看着他，目光中没有明白之意。

"你先去这样做，感到点什么，明白点什么，再来找我。"

苏健在朦朦胧胧中忽然领悟到什么。

"怕你记不住，我给你写了一张卡片，只有你能看懂。"陈晓时把一张刚写好的硬卡片递给对方，几行极简单的字：

一，做好朋友；二，征求意见；三，电大，跳舞；四，宽容胸怀。

小伙子走了——一个不错的小伙子。他走到阳台上稍稍站一站，扩扩胸。天地真开阔。下面是京都纵横的街道，楼群，立交桥，缓缓滚动的汽车流。星星点点，小镜子似的反射着阳光。

他从来喜欢登高俯瞰。眼前又隐约浮现出童年时在乡下爬大树的情景。每当他这样临高鸟瞰，还有给别人做人生咨询时，为何总浮现出童年爬树的情景？这在心理上有何联系？但他不愿在阳台上站得太久了，因为，他隐隐感到自己的"恐高症"又泛上来：他怕自己会失去控制跳下去。明知不会，但这种强迫观念还在作祟。

自己懂心理学，可有时也未必能完全解决自己的心理问题。

自己的"恐高症"何时开始的？好几年前的事了。一次，与女朋友（后来与她分了手）激烈争吵，当时他怒不可遏，嚷道：你再这样不讲理，我就从楼上跳下去了。从此，他便真有了这种似乎想要跳下去的恐高症。

根据心理学分析，那次争吵诱发了童年时什么精神创伤呢？

听说自己很小时——五岁前不止一次睡觉时从床上摔下来，摔得很重很疼，受惊大哭。是这？清楚了根源，恐高症理应消失。为何还未消失？

他发现：人在非常的精神状态中，如歇斯底里，神情恍惚，半睡眠状态，梦幻，醉酒，愤怒、颠痴、病态时，喊出的话，无论是真话假话，还是半真半假的话，往往会在心理上变为事实。说怕什么，以后也真怕什么。想干什么，以后就真想干什么。

好了，不想这些了，咨询室内又来人了。

夏平和冬平说好今天来，为何还未来呢？

有时间好好回忆一下童年时爬树的情景，在心理上分析一下……

苏健把顾晓鹰堵住了。没想到从咨询所刚来到顾晓鹰家楼下，就碰见他从楼里出来。"咱们到那边说点事儿，行吗？"苏健一指离路稍远的树荫下。

"你要干吗？"顾晓鹰充满戒意地问，他认出了这个在康小娜家院里遇到过的小伙子，也感到了对方深含的敌意，"有话就在这儿说吧。"

"我不想在人多的地方说。"苏健压抑着自己的仇恨。

"光明正大，怕什么？"顾晓鹰左右看了看行人，后退了一步，保持着警惕。

"是有关康小娜的事。"苏健从牙齿缝里说道。

"那在这儿说也不怕。"

"你没收到她的信？"

"没有。"他刚回家，拿到康小娜的一封信，揣在口袋里还未来得及拆开。

"康小娜昨天早晨跳河自杀了，你知道吗？"苏健狠狠地盯着他。

顾晓鹰一下惊呆了，脸上掠过恐惧的表情。他从口袋里掏出信拆开看了，脸变得煞白：这一下完了，逼出人命了，怎么也要进法院了。一辈子就毁在这一步上，太粗心大意了。怎么办？给康小娜家一笔钱了这事儿行不行？三千块够吗？五千块？一万块？钱可以想办法借。千万别进法院。这小伙子肯定不放过自己，肯定要送自己进法院。怎么办？

原来也是个孬种。苏健冷冷地看着对方："咱们还是站在路边谈？"

顾晓鹰老老实实地跟他来到了树荫下。"她死了？"他失魂落魄地问。

"你以为呢？"

顾晓鹰呆呆地看着前面，几秒钟没说话。"我一直是准备和她结婚的，没想到她……"

"她自杀了，你才这样说。她要没自杀呢？"

"没自杀，我也是这样说。"

"要是她现在还活着呢？"

顾晓鹰抬眼看了苏健一下。

"要是她想自杀，后来没自杀成呢？"苏健冷冷地打量着顾晓鹰。

顾晓鹰听出了什么，他看着苏健，迅速判断着。

"我可以告诉你，她现在还活着。"

"她没自杀？"

"有人把她救了。"

"是她让你来找我？"

"是。"

"她有什么话？"

"你应该明白。"

顾晓鹰左手摸着下巴，原地思索开了，他抬起眼："你叫苏健吧？"

"你问这有什么相关？"

"苏健，我和你商量个事儿。"

"商量什么？"

"我看你……我看你挺喜欢她的，她也告诉过我。"

"怎么了？"

"你要她吧，我把她让给你了。"

"让？"

"我可以再给你两千块钱。"

"两千块？"

"三千块行吗？"

"好大的价钱，这就是你开的价？"苏健劈手一把抓住顾晓鹰，拽了过来。

"你要干什么？"顾晓鹰感到了对方的愤怒，也感到了对方手臂的有力。
自己不是对手。

"我要你的好价钱。"苏健劈面一拳打了过去。

第十章

　　他要做中国未来的政治家。没有人真正了解他这一抱负。他也绝不暴露这一"野心"。那是很危险的。他也只有在最冷静思考时，才正视自己这一深藏的心理。

　　此刻，夜深人静，全家人似乎都睡了。他独坐灯下，面对着墙上并挂的中国地图、世界地图（他喜欢挂这两幅图），桌上的一大摞中国史书，一沓活页纸，才真正进入自己潜在内心的角色，才从自己的坐姿中，从自己蹙眉思索的神情中，从自己深谋远虑的目光中，感觉到自己作为一个政治家而有的胸怀气势。他伸出钢筋般黑瘦有力的手紧紧一握，慢而有力地收回来，似乎扭转了乾坤。

　　《目前的形势和我们的任务、策略》

　　——他在活页纸上写下这个大题目。他无论是考虑全国的事情，一个省的事情，一个县的事情，一群人的事情，还是考虑自己一个人的事情，都必先写下这个标题，才能展开思路。一个国家、政党、集团，一个人（男人，女人，伟人，凡人，政治家，外交家，军事家，做买卖的小贩，谈恋爱的年轻人……）不就要每时每刻研究自己的形势、任务、策略吗？谁不考虑自己的处境、要干什么、用什么手段呢？他不过是更自觉更彻底而已。他现在要通盘分析一下自己的处境，制定完整的对策。

　　每遇复杂情况，他就要这样全面清理一下思想；就要翻看一些理论书、历史书。特别是中国史书——他盯着桌上那一摞书——尤其能使他头脑清醒。

　　Σ：总论

　　——他在总标题下写下第一个小标题。在具体分析之前，先要确定自己的出发点。他抽出《古文观止》上册慢慢翻动着。《邹忌讽齐王纳谏》，《唐雎不辱使命》，《李斯谏逐客书》，《孔子世家赞》，《屈原列传》，他停了停，诸葛亮《前出师表》，《后出师表》，他又停了停。飘忽忽有什么感想，屈原，诸葛亮，自己？他没多想。这些文章此刻不对他思路。

又抽过《古文观止》下册。一下翻到明代方孝孺的《深虑论》，头一句话（那上面有自己划过的红铅笔道）便吸引了他："虑天下者，常图其所难，而忽其所易，备其所可畏，而遗其所不疑。然而祸常发于所忽之中，而乱常起于不足疑之事。"他目光停留片刻。古人的政治辩证法触动了他，思想开始活动。

他又往前翻，宋代苏洵的《心术》。"为将之道，当心治心。泰山崩于前而色不变，麋鹿兴于左而目不瞬，然后可以制利害，可以待敌。"这开头一句便又触动他。这篇文章，他过去读过几遍。他按照自己划过红笔道的字句往下读，"故士常蓄其怒，怀其欲而不尽。怒不尽则有余勇，欲不尽则有余贪。故虽并天下而士不厌兵。此黄帝之所以七十战而兵不殆也。""凡将欲智而严，凡士欲愚。智则不可测，严则不可犯，故士皆委己而听命，夫安得不愚。""凡主将之道，知理而后可以举兵，知势而后可以加兵，知节而后可以用兵。知理则不屈，知势则不沮，知节则不穷。"毛泽东的"有理、有利、有节"的六字策略方针是不是从这儿脱化出来的呢？"见小利不动，见小患不避。小利小患，不足以辱吾技也。夫然后有以支大利大患。夫唯养技而自爱者，无敌于天下。故一忍可以支百勇，一静可以制百动。"

知理、知势、知节。

见小利不动，见小患不避。然后可以支大利大患。

一忍可以支百勇，一静可以制百动！

——他在自己的"总论"下，写下这三行字。

自己现在的理、势、节在哪儿呢？自己的小利小患、大利大患又都是什么呢？一忍可以支百勇。忍字所含蓄的策略太丰富了。

又有苏轼的《刑赏忠厚之至论》。"有一善，从而赏之。""有一不善，从而罚之。""其言忧而不伤，威而不怒，慈爱而能断，恻然有哀怜无辜之心，故孔子犹有取焉。""罪疑唯轻，功疑唯重。"

然后是《论范增》。"汉用陈平计，间疏楚君臣。项羽疑范增与汉有私，稍夺其权。增大怒曰: 天下事大定矣，君王自为之。愿赐骸骨归卒伍。归未至彭城，疽发背死。" "人必先疑也，而后谗入之。"

先疑而后谗入。深刻。范增之类的贤能常常毁于一谗。政治是残忍的。那么别人谗自己呢？自己有哪些地方使得某些上层领导先已有疑了呢？或已有疑的基础了呢？太露锋芒？

又苏轼的《留侯论》。留侯，乃张良也。"古之所谓豪杰之士，必有过人之节。人情有所不能忍者，匹夫见辱，拔剑而起，挺身而斗，此不足为勇也。天下有大勇者，卒然临之而不惊，无故加之而不怒。此其所挟持者甚大，其志甚远也。" "观夫高祖之所以胜，项籍之所以败者，在能忍与不能忍之间而已矣。项籍唯不能忍，是以百战百胜而轻用其锋。高祖忍之，养其全锋而待其弊，此子房教之也。"

要"忍小忿而就大谋"。

不可"才有余而度量不足"。

苏轼的《贾谊论》更深刻。"非才之难，所以自用者实难。"有才能并不难，能使用自己的才能却是很难的。如何使用自己的才能，是更高的艺术。"惜乎贾生王者之佐，而不能自用其才也。"书中有注：贾谊，洛阳人，年二十余，文帝召以为博士，一岁中至大中大夫。天子议以为贾生任公卿之位，绛灌之属尽害之，乃短贾生。帝于是疏之。出为长沙王太傅。后召对宣室，拜为梁王太傅。因上疏曰，臣窃惟今之事势，可为痛哭者一，可为流涕者二，可为长太息者六。帝虽纳其言，而终不见用。卒以自伤哭泣而死，年三十三。这位洛阳书生，真可谓"志大而量小，才有余而识不足也。"苏轼论道："夫君子所取者远，则必有所待。所就者大，则必有所忍。古之贤人，皆负可致之才，而卒不能行其万一者，未必皆时君之罪，或者其自取也。"

对政治的论述还有比这更透彻的吗？

接着是《晁错论》，同理。这位谏请汉景帝削诸侯郡县、加强中央集权的出色政治家，遭谗而后被景帝斩。血腥的古代政治。"天下悲错之以忠而受祸，不知错有以取之也。"晁错因忠诚而被害？其实是他自取的。他没看清政治，不成熟。"古之立大事者，不唯有超世之才，亦必有坚忍不拔之志。"像晁错这样，"欲求非常之功，则无务为自全之计。"是难免要粉身碎骨的。

自己有"超世之才"吗？或许有。"坚忍不拔之志"呢？还有，欲求非常之功，有无"自全之计"呢？他眯起眼，闭紧嘴。残忍的历史使他心中生出冷酷，冷酷的心理使他绷紧的嘴唇含着一个冷蔑的嘲笑。头脑应该绝对清醒。现代政治虽然在现代社会条件下进行，但复杂性是同样的。窗外，黑魆魆的房顶上是暗黑的天空。

他在"总论"中又写下了：

只有治国的才能胆识而没有处世的复杂头脑是注定要失败的。

要有坚忍不拔之志。

要有高度的理智。

要有前所未有的忍受力，克制力，控制力。

要吃透中国政治情势。

要做一个真正适应中国国情的政治家。

星期天傍晚，网球场上四个人在双打。张老与他的小秘书邢笠一方，张老的儿子张克平与靳一峰一方。奔跑，击球，喊叫，打完最后一个球，四个人汗气腾腾地走到场边。

"还是我们赢了嘛，啊？反败为胜。"张老高兴地笑了，他个子不高，穿着白网球鞋，白运动短裤，白背心，头发略有些花白，兴致勃勃。"祥光，你不打打？"他接过董祥光递来的毛巾，很有力地擦着脸上头上的汗，那动作绝不像老年人。

"我不会。"

"不会可以学嘛。"张老声音洪亮地笑了，又擦了擦手，放下毛巾，接过蒲扇，在椅子上坐下，"噢，你刚才说什么？你们省里准备提拔那个李……向南当省委副书记，分管农业？"他没忘记打网球前的话题。

"我已经和顾恒同志谈过，他早有这个考虑。"这位圆头胖脸的省委组织部副部长谦逊地汇报道。

"这个年轻人怎么样？我记得今年春天看过他写的一份研究报告《关于当前国民经济发展的几个战略问题》，是他写的吧？那份研究报告写得还不错嘛。"

"是。"靳一峰在一旁笑着应和道，他每星期天同张老一起打网球，"您当时还批过十六个字。"

"张老，您上次不是提洪克宽同志去我们省里当主管农业的副书记？"董祥光小心地提醒道。

"噢。"张老想起来了，洪克宽是过去华北局的一个干部，"我不过是随便提议一下，不一定要照办嘛。"他又转头问靳一峰："你对李向南印象怎么样？"

"算是个人才吧。"靳一峰答道，他没有提李向南到自己家并与加拿大记者谈话一事，"在基层再锻炼一下，会是不错的吧。"

"他在古陵县就干得不错嘛，报上那份报道我看了。不过，叫什么'新星'，题目不好。你们觉得呢？"

"是。"靳一峰、董祥光都应道。

"还有，从你们省里来的那份内参我也看了，大概多是些诬蔑不实之词吧。年轻人一露头角，就有这种奏本，不是好现象。"张老很健谈，不停地打手势，"不过，年轻人遇遇挫折没坏处。苏东坡的《留侯论》中不是讲：'深折其少年刚锐之气，使之忍小忿而就大谋'吗？"

"是是。"

"你们说呢？"张老把目光转向儿子和秘书，"你们年轻人会同意我的观点吧？"

"是。"

"你那个政策研究室也可以把李向南要来嘛，"张老对靳一峰说，"这样的年轻人应该大胆使用，委以重任。"

"是。"靳一峰点点头。

两个年轻人，胖胖的张克平与瘦瘦的邢笠相互交换了一下目光。

（一）关于"揭发材料"

——他在"总论"下面写下了第一个需分析的具体问题。自己正处于政治危机：那份刚到北京就听到的"内参"；才听到的又一份"揭发材料"。"内参"的内容他已知道，多是捏造，好驳。他在心中已不知有理有据地驳斥了多少遍，但这份"揭发材料"就有威胁了。几个有职有权的年轻人整的，已经送往上层领导手中，其中还摘引了他本人的一些信件。

那是他写给一个叫梁君的女同学的。他们曾经恋爱，后又分了手。

她到底交出了他的哪些信件？是一两封还是许多封，甚至还加上口头揭发？两天来，这个悬念一直折磨着他。要判断这些，就先要知道：她因为什么揭发他呢？这是一个百思不得其解的问题——不明确性对人的巨大折磨，但现在却要分析。

他在纸上列出各种可能性：

（1）因为恨他？（恨什么？恨他和她最终分了手？不是她要分的吗？——他想。）

（2）因为她被人利用？（被哪些人，嫉恨自己的？将可能的人一一想到。）

（3）因为她丈夫的原因？（这可能吗？似乎很难想象。她丈夫似乎是……谁的秘书，和自己并无什么仇隙。）

（4）因为她真的认为自己就是"野心家"、"坏人"，需要揭发出来？（这也没太大可能呀，她根本没有那么极左教条。）

（5）因为她把他的信丢失在别人手里了？（这种偶然性就太难预料了……）

（6）因为别人抓住她的把柄讹诈她？

（7）因为"组织上"给她施加的压力？（这也不可能，组织上怎么知道她过去和自己的关系？会想到去找她调查？有可能。那份"内参"上不是说他搞过几个女人吗？按照这"线索"，调查组就可能寻到她和他的关系。）

（8）因为……

什么声音？客厅里电话响了？半夜了，谁来的电话？院里其他房间都黑着灯，他朦胧中有预感，赶紧穿过院子来到客厅，拿起电话。

"我找李向南。你是李向南？我是小莉呀。"是她，没预感错。

"谁的电话啊？"隔壁父亲的卧室传来苍哑的声音，老人被吵醒了。

"是找我的。"他赶紧捂住话筒答道。

"向南，我见到那份揭发材料了。我爸爸这儿也有一份，打印的。我刚发现。要不要我给你偷出来？不行？这样吧，我拿相机给你偷拍一份吧？"

这真是一瞬间的巨大犹豫。人一生中许多至关重要的抉择都要在这样的一瞬间做出。他一眼就"看"到了自己"总论"中写的条条了：要有高度的理性，要有高度的控制力，要做一个适应中国国情的政治家。他不能做任何有潜在危险的事情。一定要"非礼勿行"，谨慎再三。如果小莉此举真被别人知道，或者以后小莉一旦和自己闹翻，咬自己，不是好玩的。更重要的，自己原本就坦坦荡荡，无须搞任何小动作。

"不要。"他平静地回答。

"为什么？"

"不需要嘛，"他笑了笑，"你好好睡觉吧。"

他回到房间，看到自己列出的十几条。梁君因为什么要"揭发"自己？……所有的似乎都不大可能，所有的又都不能排除。太复杂了。而在事实上很可能只是因为一个极简单的原因。

邢笠简直要爆炸了，在屋里来来回回走着。"你为什么瞒着我？"他冲妻子吼着。

梁君低着头哭了。

刚才邢笠找衣服，在箱底无意中发现一个小红木匣。"这里放的什么？"他问。"噢，那是我插队时的药箱。"梁君一惊，连忙答道，她没说假话。邢笠顺手要打开，梁君脸色一下变了，拿了过去，放在身后："你别看了。""为什么？"邢笠起疑了，"那里放的是什么？""没什么。""那为什么不让我看？"邢笠上来就夺。"我不让你看嘛。"梁君竭力想半开玩笑地搪塞开，看到邢笠真要夺过去看，她急了，紧紧抱住木匣。

木匣最终还是被邢笠夺了过去，打开了。

是一堆信。邢笠一封封看着，脸变了颜色。都是李向南写给梁君的，按时间顺序编号珍存着，还有李向南的一张四寸照片。好一个男子汉样。

梁君坐在一旁垂着头。

"我没瞒你，我和他过去……你又不是不知道……"她说。

"我是知道。可你为啥还保存着他的信和照片？"做丈夫的妒火烈焰般上窜着。

"把它们都撕了还不行吗？"

"你撕，当着我面撕。"

梁君咬咬牙，拿起一封信撕着。

"先撕这照片。"

梁君哆嗦了一下，低着头一下一下慢慢把照片撕碎了，眼泪流了下来。

"你还难过。"邢笠更火了。

"我不撕了，你撕吧。"梁君趴在床上哭了。

"哼，我才不撕呢，我留着它们还有用呢。"邢笠突然毒上心来。

（二）自己有哪些可能被揭发的"薄弱环节"

——他在纸上又写下了第二个小标题。对梁君揭发自己的起因无从判断，他只能从最坏处作准备：设想她以最敌视的态度，对他进行"最全面"（以至添枝加叶）的揭发。

又需列清单：

（1）"文革"中当过校"文革"副主任？（其间都干过什么？一一想。并无任何劣迹。后来不是下台了吗？他想着，对这一条作了排除。）

（2）插队期间？

（3）"国家资本主义"？（自己在给梁君的信中讲过，中国是社会主义，但需要搞些国家资本主义。）

（4）"社会主义也有经济危机"？（他是这样认为的。虽然这种危机同资本主义危机有不同，但无疑也是危机。五十年代末期不是经济危机？比例失调不是经济危机？）

（5）对某些政策的评论？（仔细想想自己私下的谈话。一条条想。最"出格"的、可能被整材料的有哪些？）

……

他一口气写了七十点。梁君可能揭发的方面都涉及了，还扩大到更大范围：自己的一切"薄弱环节"。在省调研室工作，上大学，到古陵当县委书记，在北京的联络，写过的文章，发表过的言论……他有些出汗了。挨整时自审，危险丛生。

（71）"有野心"？

（72）"生活作风"？（他把和自己有过各种程度感情交往的女性逐个想了一遍。真荒诞啊。任何一个人如果被如此审查，都会不成样子。他感到了耻辱。）

还有什么？是否初中、小学时的事都要检查一下？搞政治，若不想平庸混世、顺时升迁，就要这样准备经受"磨"和"炼"？

他心中突然浮现起一件事——在一片迷雾后面，那是他始终不敢在心中正视的往事。小学时，一个叫"胖墩"的同学趁老师不在，溜进办公室，把还没判过的期末试卷上的错误改正了。此后，自己和另外两个同学经常拿这件事吓唬胖墩。胖墩本来有些呆痴，后来有些精神不正常了。上中学以后，听说胖墩（他没考上中学）精神失常了。他至今能回忆起吓唬胖墩时自己心中那狡猾的恶意：

我去告老师，你偷改卷子。看着胖墩惊恐的模样，他就感到智力上的优越和抓住对方弱点的快感。他一次又一次地吓唬对方——只要两个人一闹矛盾——凭此征服了这个比自己有力气的对手。

每每忆及此事，他有一种无法排遣的犯罪感，感到自己很坏。他总是很快地打断自己的回忆，那成了潜藏在内心的疚悔。

而这真正的罪过却不会有人知道，也不会被用来整成"材料"。

好了，还是继续考虑眼前的题目吧。七十多点了。如果知道别人在哪几个点上搞自己，问题就简单多了。军事上，在漫长的防线上预断敌人的进攻点，从而配备自己的兵力，向来是件困难而又重要的事情。敌人的进攻往往只在一点，两点，但估计中却可能是几十点。未知向来使简单的事情复杂化……

一群人围着一桌酒席，杯盘狼藉。

"我看这份材料就不错。"凌海喝得两眼发红，把一份打印材料撂在众人面前，"后面这些附件不用了。"

"就这么两点就行了？"邢笠拿起材料翻了翻。

"要致人命的，一点就够，两点还少？"凌海又仰脖干了一杯，"你们谁送上去？"

"我不能送……"

"你当然不能出面，这材料里有你老婆，你得回避。"

"我想办法送上去吧。"张老的儿子张克平沉吟了一下，说道。

"让你老子送？"

"不，我也不让他看。你们别管我怎么送上去，保证送上去就行了。"

"这份材料……"邢笠又有些犹豫。

"蠢蛋。"凌海骂道，"他'文革'中组织批斗会，这一条不够？还有，野心勃勃，自以为最高决策者，满嘴狂言，这一条不够？这两条，能打倒就把他打倒了，打不倒，剩下的材料还可以用其他方式、其他渠道再上嘛。"

一群人沉吟着，给最高层领导一人送一份，毕竟不是开玩笑。

"就这样吧。"不知是谁说，"搞不成再说。"

"你们真废物，天下最容易的事莫过于搞掉一个人了。最最容易的事就是罗织罪名，懂吗？再加一句：最、最、最——容易的事，就是搞掉一个像他这样露锋芒的人了。"凌海不耐烦地说。"依我看，所谓政治就是斗争。你们不是都搞政治吗？政治上的成功不在于你干这干那，而在于战胜对手。斗倒一个，战胜一个，进一步。战胜全部对手，就是最后胜利。"

邢笠等人警惕地看了凌海一眼。

凌海今天喝多了，有些露凶相："你们回去好好看看中国几千年历史，白纸黑字写的什么？不就是争权夺利，一朝天子一朝臣吗？"

（三）自己目前的处境

——后半夜三点了，他又写下了第三个小标题。夏夜的闷热已经过去，窗户流进微凉的空气，很静。隔着院子都能听见向东说梦话的声音。

虽然并不能完全确定"揭发材料"如何"揭发"自己，但他已有大致的感觉。他们一定是在最狠处下刀子。一个人总要时刻估量自己的处境，要尽可能全面、深刻。在这种时候，最好的方法是跳出自己的主观角度，站在其他人的立场上来看自己。这叫"由彼观己"。只有最透彻的政治家、军事家、外交家——或许还应包括企业家——才懂得这样做。"由己观彼"是容易做到的，那是人人在做的。而"由彼观己"就很难了，是和人们习惯的方向相反的事情。

高众一筹的聪明，恰恰就在能破习惯而思而行吧？

这个世界是为那些按习惯生活的人设计的，它总把大多数不按习惯生活的人罚下场，但偶尔又给个别不按习惯生活的人以最高奖赏，所以总有各种勇敢的冒险家。

（1）顾恒对自己什么态度？

（2）靳一峰？（就要这样一个个因素地估计下去。）

（3）成猛呢？（最重要的。）

（4）省里各派力量对自己将采取什么态度？

（5）县里支持自己的干部会不会为自己呼吁？（在北京这盘大棋上，那是个很微弱的力量。）

（6）县里老百姓？（是更微弱的因素了，北京绝对听不到他们的声音。他们也还根本不懂得自觉推举自己的利益代理人。）

（7）那些搞自己的同代人？（他已经多少知道他们都有谁了。）

（8）新闻界呢？

（9）国务院体改委？（自己过去给他们写过政策建议报告。他们对自己的命运有多大发言权？）

（10）父亲？（他在上层的联系能用吗？）

（11）自己在北京的所有联系、影响、力量都能起什么作用？（逐个想一想。）

（12）自己还能采取哪些活动？（活动范围、渠道、方式的全部选择余地都要考虑到。不要遗漏任何可利用的条件。）

…………

成猛照例又在午睡后坐在葡萄架下的浓荫下，悠闲地阅看报纸文件。高大而魁梧的身体压得藤沙发不时吱吱微响着。

一份最新的《参考消息》放在一摞报纸文件的最上面。他拿起来慢慢翻着，一二三四版地浏览一下标题。好像已经看过这张报？他皱了一下眉，刚要放到一边，第二版上一个头条黑字标题吸引了他的目光：

中国当代社会的力量结构图和五代人

——加拿大《环球邮报》记者采访

中国年轻的县委书记李向南

他把文章大致扫了一遍，皱起眉转过头问：“就是顾恒省里的那个李向南？”

秘书安晋玉在旁边沏着茶，一直注意着成猛对这张《参考消息》的反应。是他又一次把这张报放在成猛要看的报纸文件中的。

“啊，是。”他看了一下报纸，装作刚反应过来，答道。

（四）任务及策略

——他把最后一个问题，也是最重要的问题考虑好，窗外已泛出微明。

一切都想清楚了。为了从政，为了推动中华民族的文明进程，他已经做了长久充分的准备。他研究了理论，研究了历史，熟悉了中国国情，从京都，省，到县，农村，社会各层次他都有实践和调查，建立了初步的影响，联络了一批力量，在政治斗争和领导艺术方面，做了训练，在意志力方面也经磨砺。他已付出了大的代价。再残酷，再险恶，他也绝不退下来了。

他凝视着墙上一轴屈原仰天悲啸的国画。他不当屈原。他要当一个胜利的改革家。

恍恍惚惚，他眼前浮出一个熟悉的幻象：碧蓝的夜空和金黄的圆月下，一个火一样活泼泼的小红孩儿在紫禁城旁雄赳赳地建造着金字塔……又一个熟悉的梦境，他看见紫竹院的小湖小山，绿得透明、画一般的树，童年的自己和小朋友玩儿打仗，他争着当司令，而且要当好人的司令，他指挥着将士向对方山头冲击……又一个幻境，一辆又一辆高级小轿车驰入巨大而肃穆的地下军事指挥部，他主持着会议，他视察稻田，视察长江水利工程，人群簇拥着走上大坝……

他赶走了幻觉。好了，经过一夜的分析思考，他又清醒又坚强。他全副武装了。他又回到最初的"总论"上来了：要做一个真正适应中国国情的政治家。

窗外，夜空已发出冷冷青亮，他最后翻看了一遍多达几十页的《目前的形势和我们的任务、策略》，加强了记忆，然后一下下把它撕碎，站了起来。

第十一章

　　一切都想好了，开始行动。列了一个名单，要见的高级人物，包括靳一峰（需再见一次），张老（他对自己赏识过），父亲的老战友（自己叫叔叔伯伯的）。要通过各种途径使上层了解自己。见成猛，看来很难。同时做件大事：拟写《中国的社会主义》一文，把自己的治国方略表述出来，呈递上去。该含蓄就要含蓄，该展露思想就要展露。分寸把握好：形象要端正。

　　他先邀集了最亲近的朋友们星期日上午来家中。他自己的圈子，几乎都是从学生时代就围绕着他的同学们。"文革"中一块儿下乡插队，不在一处的后来又设法调集到一个村子里，在治理一个几千人大村的实践中，几十个人结成了一个紧密的团体。现在，他们纷纷回到了北京，各自占据了比较重要的位置。

　　院子里满满当当，男男女女二三十人，搬椅拿凳，准备在当院围坐。他们相互之间都很亲热，但和李向南更亲热。只有李向南才能把他们召集起来。他们都极愿一聚。可以回忆，可以交流，可以年轻快乐。一回到咱们这群人中，我就觉得扯下了一张皮，可以大说大笑了。可以一个个叫你们外号了：拿破仑，小炉匠，大鸭子……有人兴奋地嚷道。人们哄笑起来。

　　向南，以后你掌权，我们就是你的沛县帮。又有人用汉高祖刘邦的典故开着玩笑。人们又是哄笑。

　　嗳，诸位知道不知道，本人已经当《学报》副主编了，公开发行。谁要？我以后每期给你们寄。有稿子，好的，不要太长，往我这儿寄。一个瘦高个儿扯着沙哑嗓子喊道。

　　哪位能帮我解决一个问题，自告奋勇一下，啊？我想送儿子上实验一小，你们谁有门儿？又一位又高又宽的主儿嚷道。有赏没有？有人笑道。对。有啥赏？更多的人嚷道。赏一套《鲁迅全集》。为什么不赏别的？因为我现在有两套《鲁迅全集》。又是哄堂大笑。

更多的人在三三两两地交谈，说不完的话。有的还掏出小本记着什么。

李向南一边和人们说笑着，一边给大家倒水，沏茶，找板凳。今天父亲不在家，可以放肆活动。这群人聚在身边，他很有一种陶陶然的享受。

"好了，诸位请就座吧。"他拍拍手招呼道，用含笑的目光看着兴奋嘈嚷的人们一个个坐下，"咱们聚一次不容易。今天聚，我没别的考虑，主要是请大伙儿来帮助帮助我。"他停顿了一下，见人们都平静下来，便进入主题，"我的处境，你们都已经知道：很狼狈。第一个问题，我是不是该退下来，不干了？"

然后他就低头划火点烟。眼前这群人，个个是人物。局长，处长，厂长，记者，要人的秘书，高层政策机构的工作人员，刊物编辑，大学讲师，公司的大小头目……而且，不少人都有身居高位的老子——这很重要。

果然，烟刚从嘴里喷出来，意料之中的反响就在头顶爆开了：退什么？凭什么退？你不干，让那些小人干？退，就是认输了。退，就显得你底虚了。要光明正大干下去。嗳，那份揭发材料上签名的都有谁？列了什么罪状？……

"如果不退——我听了你们的，那第二个问题：我到底该怎么办？"他抬起头，略带忧郁地说。

他就是要显出这种"被动"来。从今天起，在最亲近的朋友面前也要注意自己的形象。他绝无野心。他不过是在干不得不干的事情。他甚至想起地委书记郑达理挂的横幅："慎独"。即使独处，也须谨慎如一。中国古代的这些"礼"在同化自己了。

"一个，你该干什么就干什么；一个，你该准备好材料。他们上揭发材料，最后总要找你当面核实吧，你就把你的材料交上去。"开头炮的是个戴眼镜的高个儿，某部报纸的副总编。

"他们能揭发什么，说你有野心？"说话的是一位神情敦厚的女性，在大学搞政工。

"向南，你写份申诉材料，我们帮你送上去。"又有人说。

"我看这不是坏事。闹一闹，站住脚了，只会扩大你的知名度。"

"向南，你把整个情况都说说，我以记者的名义写篇报道，争取见报，干脆把你的事情抖开，越公开化越不怕有人搞鬼。"

"向南，你也要来点灵活的。还是找找上层，有时一句话就解决问题了。"

众说纷纭……

他只是蹙着眉，目光转来转去地认真听着，似乎不知所措，无所适从。

一些人相互争论起来，都以为自己的方案更正确，同时也包含着不自觉的表白：自己与李向南更贴近，对他更关心。

这比当县委书记主持的任何会议都更加享受。被真正的崇拜和友情包围着，他显得很平和，完全听大家的。其实，他已经在三言两语的简单插话中，把实质性的东西确定了下来。

你以记者名义写文章，有好处吗？他似乎犹豫地问。"当然有。记者说话是最客观的。你现在已经是知名人物了，就要借助舆论的保护，不要被人捂着干掉。"你一定要写，我就不能管了。我现在只能听任反对者和支持者们去辩论了。他自嘲地笑笑。

我去找上层人物？找谁管用？"要找的人可多了，看你能找到谁。越上层越好。我可以领你去找两个……"我去找合适吗？到处活动不反而坏事？"那你找几个就行了——最关键的，别的我们帮你找，我们以第三者身份去说可能更好。嗳，我可以和我父亲一起去成猛家，瞅机会替你说上两句，怎么样？"他注意地看着对方，无可奈何地点点头。那意思是说：只能搞这些动作，真没办法。

当人们相互争论最激烈时，他拿出电剃刀，一边垂眼听着，一边剃起胡子来。电剃刀带着丝丝声响在两腮漫不经心地移动着，他目光凝视着眼前，恍惚进入沉思状。此时剃胡子很舒服。这是在家中，是在支持他的人群中。当人们在热切讨论他的问题时，他能这样从从容容剃着胡子，能这样沉默少语，能这样"不当回事"，这里有一种精神享受。他是这群人的当然领袖。

"向南，别刮胡子了。你同意不同意我的意见，表个态呀？"有人冲他说道。

"我听着呢。"他依然目光凝视微仰起下巴剃着胡子。

"向南，又摆谱儿了。我们这儿个个儿着急，你倒悠闲自在刮开胡子了。"

他依然垂着目光微微一笑，这是他一贯的风度。每次聚会，等大伙儿都急着要听他讲话时，他才有条不紊地开讲。一二三四，言简意赅地总结几条。

但他的电剃刀突然在下巴上停住了，他感到了什么。"摆谱儿"？是的，当众如此不紧不慢地剃胡子，流露出了自己在这群同学中一贯的"领袖意识"。太要不得了。要学会韬晦，就要从现在做起，从自己圈子内做起。要高度自我控制。他关了电剃刀，摸了摸两腮，刚准备说话，抬眼看见了院门口刚进来的人。白花花的近视镜，很长的脸，尖下巴。所有的人一下都沉默了。

这一位，申大立，高层经济中心的研究人员，是人们今天一开始就骂过的"犹大"。中学时就是个自私狭隘令人讨厌的人。插队时哪个知青点也不要他，李向南要了他，两年前又帮他调回北京。但这次，他也在揭发材料上签了名，据说还提供了材料。

申大立面对满院子的冷漠很有些尴尬。"向南，我是想找你来解释一下……"他有些口吃地说。

李向南感到内心对他的憎恶、蔑视，也闻到了他身上那股难闻的狐臭。出于趋炎附势而咬自己，又出于怕报复而前来解释，考虑倒挺全面。但他很好地克制住了自己，平和地笑了笑："解释什么？坐吧。大伙儿好不容易聚一聚。"

当天傍晚，他来到了商易家。

他紧接着要开始一系列步骤，调整自己与同代人中各个"圈子"的关系。

商易，这位景山讨论会的牵头者，不愧为"联络官"、"盟主"、"信息中枢"，家中高朋满座，挤满了他的三室一厅。一进门就听见他嬉笑的说话声，看见他的手势，及至他转过身，又看见他的鹰钩鼻和大额头。"呵，向南。"他站起来，亲热地伸出那与他偏短的腿不相适应的长手："正说曹操呢，曹操就来了。"

李向南用一种完全平等甚至是尊重的态度和商易寒暄："到北京了，总得到府上拜访拜访吧。"商易原是自己圈子内的人，但因为他地位逐步上升，也便独立山头了。自己绝不能再摆过去老关系中的谱儿。

"你这小子又成为国际新闻人物了，啊？"商易说着把一份《参考消息》往李向南面前哗地一抖："'中国当代社会的力量结构图和五代人'。"

李向南笑笑。这篇加拿大记者的文章他下午已经看到。"人怕出名猪怕壮。越出名，越容易完蛋。"他幽默地说着，和满屋人一一打招呼。

商易家是个联络点。一到这儿，就如出席了一次记者招待会，各方人士都有。他今天就是要在这儿露露面，"发布"一下他的"声明"。

"怎么样，向南老兄，你打算干什么？"商易在沙发上坐下。拍着《参考消息》，"你这篇讲话在北京反响不小啊。"

"刚出来，有什么反响？"李向南漫不经心地说道，要烟点火。

"刚出来，大伙儿都在议论纷纷了。"商易指着满屋人说道，"这才叫反响呢。你对老三届的评价，尤其成为人们的话题。"

"我在公共汽车上还听人议论呢。"有人热烈附和道。

"现在，有人说这一代是乱世之奸雄，治世之能臣；有人说，历史应跨过这一代。你这次是为这代人说了话了。"商易接着说道。

为这一代人说了话了？他心中不禁自嘲地笑了笑：可也正是这代人中的某些人要把他送上政治绞架。

"我确实认为这代人是承上启下的一代。"他面对众人极为坦诚地说道。

"他们不承认也不行啊。现在，老三届在各处都起来了，压得住吗。"一个戴着副大眼镜身材纤小的女性说道。他认得，《青年报》记者曲白鸽。

"好多人不喜欢咱们，觉得老三届是他们最大的威胁。"商易说道。

"所以，我逮着机会就说了两句。"李向南带点儿诙谐地解释道，他要尽量磨钝自己的锋芒。

"你最近准备干点啥？"商易扫视了一眼满屋宾客，大大咧咧地闲扯道。人多，他不便谈实质问题。

"我？"李向南感到众人在注意自己，笑了笑，"上午和几个同学聚了聚，我们准备采访老三届中一百个最有成就的人，然后写成书。"

"好哇。"商易说。

"这事太好了，我能参加编写吗？"曲白鸽一扶她那仿佛就要把小鼻梁压塌了的大眼镜，急切地说。

"当然欢迎。"李向南感到了屋里的热烈反应，"这几天把编写的人凑齐了，先拟定第一批采访对象，二十五个，然后开始。"

"那你还回古陵吗？"曲白鸽关切地问。

"那就很难说了。回去，我也可以干这件事；回不去，我更可以干这件事。"

商易陪李向南到门厅里站了站："你真想编写这本书？"

"我只是组织一下，费不了太多事。"

"你这招儿高，又扛起大旗，又拢住一多半人。策略。"

"我真觉得这件事有意义。"

"告诉你，签名的有张克平、邢笠、顾晓鹰……"商易压低声说了十个名字，"'十签名'。"

有张克平(张老的儿子)? 邢笠(张老的秘书,梁君的丈夫)? 他看了看商易。

"今天，我这儿还有一位'十签名'呢。"

他们进到里屋，迎面看见顾晓鹰。后面还站着顾小莉。她飞快地瞟了李向南一眼，继续说笑着。"你好，我们的'新星'。"顾晓鹰上唇添了个明显的伤疤，眼睛不自然地闪烁了一下，既潇洒又随便地伸过手来。

李向南又一次感到自己的克制力面临考验，这个无赖。他可以装作没看见对方；也可以很矜持地伸手捏一下，表明对对方的看法。但他没这样做。顾晓鹰只是他满屋熟人中的一个，就这样平常地一个接一个地握了手。

小莉目光锐利地瞥视了他们握手的这一瞬。

一离开商易家，小莉就跟了出来："我不同意你对我哥哥的态度。"两个人都推着自行车走着。

"不够热情?"

"不够冷淡。"

"? ……"

"他是'十签名'之一。对于你的敌人，不能伸出手。"

"那你还和他在一起?"

"他是我哥，但他是你的敌人。对待害你的人，你应该表示冷蔑。"

"我不在乎这些。"

"我不喜欢你这所谓的高姿态。这是矫情。"

李向南笑了："这么严重?"

"我告诉你，"小莉站住了，眼睛在刚刚亮起的长安街路灯下闪着光，"我想好了，要好好帮助你，而且一定要改造你，让你扒掉这张假正经的皮。"她打开精致的小皮包，"你看揭发材料吗? 我复制下来了。"

"我不看。"

"不看就不看，你是怕留下话把儿。我不会揭发你。我真想不明白，别人上报的揭发材料，你本人就不能看了? 以后装在你档案袋里呢，你一辈子背着它都不知道内容? 好，你不看，我给你说吧。我能背下来。"

和小莉分手后，他心理压力很大。他显得漫不经心、闲说闲走地听完小莉的复述，感到这份"十签名"材料很毒。又是十个有名、有职、有位的年轻人的联合签名，并以他们的党籍、人格担保材料的真实确凿。这会给任何一个看到它的上层人物留下很深的印象。他如何申辩呢？

但他还是按原定计划摁响了面前的门铃。——这时，支撑力稍弱些，就很难有心思再搞任何行动。

看见是他，主人石涛亮有些意外。"进来吧。"这位年轻的学者用他那好听的南方口音说道，眉宇间露出文雅的笑意。很小的两居室，很明亮的灯光。外间屋坐着四五个中学生。桌上、书架上堆满了书报稿纸。里间房门开着，听得见主妇唐莹说话的声音。"介绍一下，"石涛亮有些拘谨地对那几位中学生说道，"这是我的朋友李向南。前些天报纸上还有长篇通讯报道他，你们知道吧？"

"您就是李向南？您是我们校友呢。"中学生们惊喜地拍手叫起来。

李向南一看他们的校徽，果然是校友，"你们来干什么？"

"下学期我们想办个科学节，请石老师支持我们，到时候去。"一个圆圆脸的女学生活泼地说道。她叫陈小京，"您到时也来行吗？"

"我不是科学家啊。"

"您可以算社会科学家嘛。"

李向南笑了。

"有事吗，向南？"石涛亮问。

"有点事。"

"那你们先等一会儿。"石涛亮对中学生们说道。他们很情愿地坐到一边等，也很愿意听两个人说话。

"咱们上次景山讨论会开得很好，有些事情我还想和你交换一下意见。"李向南说道。两个人隔桌而坐。

"我认为那次讨论会开得很一般，很肤浅。"石涛亮认真地说。

李向南稍有些尴尬。"起码是相互之间一种沟通吧。"他笑笑说道。

"这种泛泛的沟通也没多大意义，现代人没这么多时间。"石涛亮文雅，但在观点上却极执拗。

在几个中学生面前受到如此生硬的碰，他不免有些恼。心中涌起一股要在思想上压过对方的冲动，但硬克制了下去。这两天，他时时感到理智与冲动的对抗。觉得身体一分为二了：一个铁一样坚冷的外壳，内部是躁动不安的烫热血肉。"我觉得这种沟通还是有一定意义的。"他温和地笑了笑，"比如说，我就更了解你的观点了，你认为现在最重要的是引进和开发新思想，把当代科学的最新成果普及给年轻一代。这确实如你所说的，是决定中国未来的关键。"这样诚恳地表示对对方的理解，总可以平缓气氛了吧？

"但我不赞同你的观点。"

"我的哪些观点呢？"友好，诚恳，含笑。

"对你的报道为什么有这么大反响？"石涛亮抽出一张报纸，头版通栏标题正是那篇《一颗正在升起的新星》，文章已被红笔批满，"报社收到几千封读者来信，北京大学的学生们围着报栏展开了讨论。反响的原因是什么？"他扫了一眼报上自己的批语，"一个，人民群众对官僚腐败现象有着普遍的不满，你在古陵县反官僚主义的作为实现了他们在现实中没有实现的愿望。"

"这不是坏事吧？"

"但是，第二，还在于中国人对'清官'的渴望。传统文化铸成了这种心理同构。你的作为触动了这一同构，所以引起强烈共鸣。古陵县不是管你叫青天吗？"

"那是农民的叫法，并不是我的观点。"

"可你的这一套做法：铁腕，长官意志，微服出行，首长办案，就完全符合老百姓对青天的期望。古陵改革什么了？不过是用新的长官意志代替了旧的长官意志，新的人治取代旧的人治，看不到法制，看不到任何公民意识。"

中学生们以极大的好奇注视着这场谈话。李向南又感到一种冲动，但"忍小忿而就大谋"赫然在眼前。"可是新的长官意志如果比旧的长官意志更讲效率，更决心改革经济、建立法制呢？"他温和地问。

"那没什么意义。"

"法制也是由人治建立起来的。"

"是由人治破解后一点点挣扎出来的。"

"对。但现在在中国，特别是在广大农民中，是提反对官僚主义，还是提反对'青天'观念更能提高人民的公民意识呢？"

"都应反对，首先是反对'青天'观念。"

他笑了笑，说真的，农民在经济上没有富起来，没有更多的文化，对他们讲公民意识多半是句空话。现在为了经济改革，先要在政治上反对官僚集权。这个口号，大概比反对"青天"的口号更能提高人民的公民意识。"青天"、"清官"观念是要批判，但大概还不是首要批判对象。这不是书生理论，而是实践策略问题。任何一个力图改革的县委书记到了一个县，不提反对官僚特权，而先提反对"青天"，都是滑稽可笑的。但他不愿再争论下去了："好，我同意你的观点。我们的讨论先告一段落，好吗？"

石涛亮没有言语。

"我今天来，是想对你的事业表示一点支持的。"李向南进入正题。

石涛亮看了对方一眼。他正在联络各学科最优秀的中青年学者成立一个编委会，准备编写一套介绍当代最新文化成果的百科全书式的大型丛书。

"第一，不是寻不到一个官方机构支持吗？这个问题我的一个同学帮助解决了：社科院可以出面支持这件事，你们编委会可以挂他们下属机构的牌子。第二，出版问题，恒山出版社愿意出这套书。我一个朋友的父亲是社长，我们和他谈了。"

石涛亮眼睛一下亮了，这是他很长时间来苦于解决不了的两大问题："这……太好了。"

"另外，我有几个同学也在写书，这是他们的写作大纲，你看看，若合适，也可以作为你们这套丛书出版。"

石涛亮接过几页稿纸，扫了一下："那你对这个编委会的组成有什么意见？你参加吗？"李向南做出这么大"贡献"，无疑便有了"董事"的发言权。

"我只有一个建议：能否把许哲生也请来？"

石涛亮惊异地看着他，都知道许哲生与李向南矛盾尖锐。

"他是改革的先行者，有号召力。"李向南说。

石涛亮禁不住笑了："太巧了。"他站起来，走到里屋门口："唐莹，你们出来吧，咱们一块儿谈谈。"

主妇唐莹，一个美丽娇小的女性同一个满额皱纹的中年男人一同出来。

李向南一惊：正是许哲生。

从石涛亮家出来，他在楼门口见一少妇在黑乎乎的树影下伫立。见他出来，她左右望了望走上前来。没想到，是梁君。他这才想到：她和邢笠似乎住在这一片。

"我看见你去石涛亮家了。"她解释道，不安地低下头，"我……一直想找你。"

他垂着目光极慢地推车走着。她跟着。

"那些信，我一直保留着……他发现了……咱们再往前走一段好吗？我怕碰见他。"

李向南却慢慢站住了，看着她。一个人一生有多少难以克制的感情，他眼前浮现出邢笠的模样。眼前这个自己爱过的女人，竟然嫁给那个尖酸刻薄的小人，他感到耻辱；后来听说邢笠还经常打骂她，其野蛮程度让人难以置信；总算是知识分子啊，这使他感到耻辱；现在，她竟为邢笠解释，就更让他感到难以克制的憎恨了。

"不是邢笠发起的，他……"她说。

他憎恨邢笠那尖刻的模样，憎恨他那狭隘的嫉妒，憎恨他那浑身上下的小人气。自己居然被这样一个人整治。他握紧拳，拳头咯咯响。他要抬手，那层铁壳盔甲般束缚着他，他终于猛地举起手，铁壳被挣裂了，同时也锋利地划破了他的皮肉。疼痛难忍，但他顾不得了，一拳打在邢笠脸上。扑哧，鼻梁骨打碎了，红红绿绿溅流出来。又是一拳。……

他只是爱护地劝慰道："梁君，不要解释了，我自己写的信，总不能收回不承认吧？"

梁君怔怔地看了他一会儿，低下头哭了。

"回去吧。我不会记恨小邢的。你也不要不安。希望这件事对你们今后的生活没有什么影响，希望你幸福。"

他略带伤感地笑了笑，告别走了。

没有比深夜在街道上骑车更舒服的事情了，宽阔，畅达，凉爽。红绿灯不管用了，白日拥挤的车流一扫而光。任你快骑，独占半条街，风在耳边呼呼响。

与梁君的相遇，没有坏他情绪，反而增加了他的愉快，成功的、高水平的自我控制使他感到满意，人是永远需要不断战胜自己的。战胜什么呢？恐惧，怯懦，仇恨，嫉妒，愤怒，烦恼，忧郁，情欲，诱惑。最强有力的人就是最能控制、掌握自己全部言行的人。古人是伟大的，他们在复杂的政治、军事斗争中炼出了智慧和理智。

他将继续按既定方针行动。再过几天，国务院体制改革委员会将召请一些年轻的改革家开座谈会，自己也在内。一定要有更成熟、更出色的表现。此刻他感到很轻松。那层铁壳似乎感觉不到了？或者是变成薄膜与血肉之躯贴合了？

到了家门口看见路灯下停着一辆自行车，然后看见小莉。"你怎么来了，十二点多了？"他看了一下手表，惊讶地问。

"我告诉你一件事。"小莉神色不对。

"什么事这么着急？"他微微笑着，内心却有一种不祥之兆。

"我刚从家里来，你家里人说你还没回来，我就在这儿等你。我爸爸去成猛家了，刚回来。那份'十签名'材料，成猛批了，二十九个字。"

"二十九个字？"

"选拔年轻干部，要特别警惕那些有野心的人。当然，此案要慎重调查处理。"

"……"

"爸爸让我告诉你：最近不用回古陵县了，听候有关安排。"

铁盔甲沉沉地压在了他的身上。

第十二章

晚饭后，院子里拉上了个一百瓦的大灯泡，雪亮的灯光下放了一张小方桌，上面摆着一副特大的象棋，周围热热闹闹围聚着人。

儿子李向东要和父亲李海山进行一场棋赛。"爸，我要和你赛一盘。"前天，向东回到家郑重地说，"我已经研究了两个星期的棋谱，准备打败你那老一套。"

李海山不屑地瞥了儿子一眼，"想接受一下教训？后天吧。"

李海山端着茶杯走出房间，招呼着满院客人，他感到夏天晚饭后下棋消遣的轻松，感到面对年轻人而有的慈祥，感到面对部属而有的威严，感到苍老的脚，朴素的平底布鞋踏着粗糙的石阶一步步走下来时老首长的身份，感到端着茶杯在方桌一端坐下时的悠闲从容，感到放下茶杯后和众人说笑的怡悦。"老贾，你也来了？"他一眼看到围观的人中有个高高胖胖的老干部，正是他的老战友、老棋友贾镇邦。

"向东敢向你挑战，不可不看。"贾镇邦笑眯眯摇着蒲扇，很费劲地弯折下胖胖的身体在向东身后的一张藤椅上坐下。

在向东一边围坐的还有一群他邀集来的大学同学。

在李海山这边坐的有他原来部里的下属吴冬，秘书小章。

李向南、李文静坐在方桌左侧；李文敏、秦飞越夫妇俩坐在右侧。

"初生牛犊不怕虎嘛。"李海山笑笑，打开茶杯盖放在桌上，很舒服地靠着小竹椅坐直了上身。看着对面的向东，他生出一种宽容来。婴孩时的向东在眼前手舞足蹈地哇哇哭着，他抱起儿子哼着，哄着，颠着，感到儿子娇嫩弱小。

他的手很粗糙，只敢轻轻地抚摸儿子……

"我要证明我的现代开放型思维比他保守封闭型的思维更优越。"向东挥着手臂对大伙儿说。

"如果你输了呢？"李海山宽和地讽刺道，"好了，不要发布宣言了，红先黑后，你先开始吧。"

李向南坐在一边观棋。他原本没有心思，但这既是对父亲的尊重，也是不扫全家的兴致。向东过去棋路很粗，决非父亲对手。但他发狠地研究了两周棋谱，带着一种决心证明点什么的血气方刚，也让人感到并非滑稽可笑。自己能理解向东的那股劲，不过，输给父亲的可能性是更大一些的。

他神思恍惚，昨晚小莉带来的消息又使他一夜未眠。这难以抗拒的局势，还没敢告诉家里人。

"你怎么办？"小莉昨晚在路灯下问。

"我？"他咬着牙微微冷笑了一下，他要干的事多了。他要放把火，把这一切乱七八糟的都烧掉。他要把它们——眼前浮现出一座座宏伟建筑，铺红地毯的办公室，大玻璃窗，案头一摞摞文件，蹙眉沉思的首长，送过文件来恭恭敬敬的秘书——都砸个稀巴烂。血肉之躯变成黑色的炸药，像滚烫的沥青迸流四溅。一只黑色的大鸟遮天盖地地飞舞，巨大的翅膀像黑色的狂飙掠过大地，拍打着城市……"我能干什么？"阴沉的冷笑一瞬间就转为倦淡的苦笑。

"开始就开始，当头炮，炮二平五。"向东把右炮往中间啪地一架。

"刚学了两句棋谱，就五啊六的乱叫唤。"李海山抽出烟，拿出火柴点着烟，然后不动脑子甚至不看棋盘地随手把右马往上拨了一下。走了一步马二进三。

"老一套。来，马二进三。"向东大声报着，啪地跳起右马，月饼般大小的棋子拍得方桌震响。

"轻一点，有艺不在声高。"李海山从从容容地吐了一口烟，把茶杯盖上，往前推了推，然后随手上了左象（象七进五），接着又和围观的人说笑。

"哼，车一平二。"向东啪地亮出右车，直逼对方左炮。

李海山从容不迫走了一步左马跳肋（马八进六），既看中卒，又看左炮。

"你这拐角马，臭透了。"向东说着又走了一步："马八进九。"跳了左边马。

李海山把右炮拨边（炮二平一）。

李向东："炮八平七。"

李海山走车一平二，抢先出了右车。

"哈哈，五七炮对拐角马的布局。"向东搓着手，"怎么样，爸爸，您认得这棋局吗？"

"别五七、五八的了，好好走你的棋吧。"

"来，车九进一。出个横车。"

李海山挺起右边卒（卒一进一）。

李向东："车二进四。"右车巡河。

李海山走士六进五。

李向东："车九平四，开始攻你拐角马。"

李海山走车九进一，看拐角马。

"爸爸，这开局怎么样，您不觉得被动吗？您这千篇一律的拐角马对付当头炮，不灵。我早把您的棋路研究透了。"

"现在什么也看不出来呢，小伙子，往下走吧。"李海山不耐烦地说道。

"我知道您的战略，防御反击战，利用对方进攻时暴露出的弱点转守为攻。我也告诉您我的战略，我这五七炮，六步之内双车都出动，两翼展开。往下，我不会急躁，单兵深入。我要全面组织我的攻势，稳稳压住你打。利用你布局的弱点，不断发展我的先手和优势，最后夺取胜利。好了，从现在起我战术保密了，跟你真正开杀了。"向东说着又走了一步棋，然后不出声了，提起身子绷着脸，虎视眈眈地盯着棋盘。

李海山开始感到了儿子的威胁。不仅来自他公布的战略（那里有着地道的明白话），更来自他走出的一步步棋：棋里透出咄咄逼人的杀机。儿子不是想象中的儿子了，他在棋盘上分明显露出了城府和手段。不能掉以轻心。儿子输，没人笑话，是应该的；自己输了，则是天大的笑话。他开始凝神思索，一步步认真对待。只有夺取优势，并且有把握胜利了，再轻闲自在也不晚。只有把年轻人打败了，才有资格教训年轻人。想到刚才浮现出儿子婴孩时的情景，他不禁有些可笑地摇了摇头。立在眼前的是第一次不服管教的小儿子：六七岁了，打架，不听话。他生气了，训斥儿子。儿子昂挺着细细的脖子，发青的额角，满身灰土，倔强地站着。妻子过来拉哄他，他小手一搪，不要，强忍的泪珠在眼眶里打转……儿子的棋越走越有分量了。

　　秦飞越看着父子下棋，觉得没多大意思。文敏一定要看，他只好奉陪。好在象棋他也懂。他更喜欢围棋，围棋更风雅。象棋有些下里巴人气。在文化上，他只喜欢阳春白雪，他以有贵族气而自诩。父子俩谁赢都可以，不过，他似乎倾向于向东。老家伙们该认输了。

　　李文敏坐在丈夫身旁专注地看着棋盘，她希望向东赢。因为他代表弱小者向权威挑战。但如果向东真赢了，又这样狂妄，她可能会站在父亲一边，希望父亲教训他。她似乎更爱父亲，而不是弟弟。她把手搭到秦飞越肩上想靠着他，丈夫却说了句：不热？抖掉了她的手。她不满地撇了撇嘴。她看看对面的哥哥。她喜欢哥哥，如果把手搭在哥哥肩上，他一定会让的。她喜欢男人都像兄长，她愿做小女人，不愿做姐姐，更不愿做妈妈。她从不喜欢比她小的男人，腻歪人。

　　李文静的象棋知识很少：象走田，马走日，老将不出宫，卒子过河才能横行。坐在这里，无非是给全家人凑兴。这个吴冬真讨厌，总想和自己的目光对视，光光润润的脸没个男人气。发际很高的小背头更显出他已开始秃顶。人们总说同性相斥，女人容易讨厌女人。可他们不知道，有时候对异性的讨厌更强烈。有人这样讲过：同性之间原本就相互排斥；而任何一个异性总处在性爱对象的选择位置上，无论你自觉或不自觉，每个你见到的异性都在潜意识中被你"选择"过，而"选择"本身就意味着你已进入了与他（她）性爱的想象过程——这一切也许是在一瞬间完全不自觉的情况下完成的——因此，某个异性如若让你厌恶，他（她）无疑比一个与你无关的同性更使你不能忍受。你们一起"生活"过。

　　如果和吴冬这样的人结婚——亏父亲想得出介绍他——真不如自杀。

　　棋盘周围的欢快气氛早已消失，变得严峻。如若父亲占着优势，他的宽和挪揄，款款的抽烟喝茶，与众人的说笑，都会使人轻松。年轻人可以鼓励向东加油，老年人可以提醒向东冷静。但现在，局势分明对父亲越来越不利了。他眉头紧锁，思考的时间一步步加长，不再言笑。天更黑了，四周房间大多熄着灯。头顶灯光投射下伞形光亮——照耀着一场父子两代间的厮杀——光线锋利，黑暗与光明分界清晰，反差强烈，这都使伞形光亮下的一切显得紧张强烈。

　　向东一只脚踩在小板凳上，提起身子，前倾着俯瞰棋盘，用筋肉有力的手一步又一步走出进逼不放的棋，他早已琢磨透了父亲的棋路，此时紧紧抓住父亲布局的弱点，从攻拐角马开始一步步扩大自己的主动。如果你防不住，让我吃个马或吃个炮，我就吃，立刻把主动化为实力上的优势。你若不愿损兵折将，到处走退步棋，我也不一味光图死吃你的子，而是乘机发展我全局上的优势，叫你阵脚混乱，捉襟见肘。这样我终将捕得机会，或歼灭你部分实力，或叫将入杀。他想到在一张卡片上写的自我训令：一，每一步必察对方意图，绝不明于知己，暗于知彼；二，每一步都要因势利导，因全局之势，因双方力量对比之势，因对方走棋之势，绝不一厢情愿；三，对对方全部布棋的可能性都做出估计；四，对自己每一步能采取的各种方案都考虑周到，做出最佳选择；五，主动时务必冷静。六，被动时要顽强。七，全局眼光，不贪图一时之利。八，实在不行了，拼体力，拼精力，耗垮对方。啊哈，他看到父亲这两步棋中的狡猾了。想以小饵诱我上当？故露破绽，让我去占"便宜"？不理你，你这两步棋不成了废棋？废一步，多一份被动。废上几步，离输棋就不远了。自己绝不犯错误，绝不将优势毁于一旦。此乃下棋之大忌。每一步棋都要稳准狠，真正下到对方难受处。越使对方难受越是好棋，不要华而不实的花招。啊哈，这一步老头子走开软棋了，拼杀的勇力都没有了？他分明感到了父亲威严形象后面的荏弱。不要摆样子，你的手臂看似苍劲，其实是空虚无力的；两肋也是瘦而虚弱的，经不住拳掌进击；你的心硬，脑子老谋深算，不过是成天在棋盘上宰割别人而没被宰割过。现在感觉如何？我这一步步棋，扑面掌，黑虎掏心，双峰贯耳，致命的，你能挡住吗？

他咬着牙，非常有力地把棋子一步步逼向对方，他体验到一种杀戮的快感。他越杀越起劲，整个身体都胀满了快感。他不再是拿起棋子高举重拍，而是凶狠地俯视着棋盘，深思熟虑地拿起硕大的棋子，像铸铁一般重，拇指在下，四指在上，含着杀机伸过去，棋子倾斜，前端先粘棋盘，然后啪的一声整个扣下。那棋子像一个杀气腾腾的集团军虎视眈眈着。又像大台秤上的大秤码，一个个噗噗地拍在了父亲的两肋上。

这是无情的杀戮。棋盘就是他此刻面对的世界，就是他厮杀的战场，就是他人生竞赛的空间。他身后坐着他的同学们。他们都极为兴奋地支持这场比赛，是他的后盾。他接过一杯水喝了一口。是女同学陆靓递的，她紧挨自己的身体是那样亲昵，她注视棋局的目光是那样关切。他今天也是杀给她看的。他何等凶悍，活脱脱一个男子汉。为了她，他的姿态更为沉着决断，胸有成竹。他杀得像狮虎、鹰隼。

眼前是草莽苍苍的大沙漠，一群群狮子。一只威武的雄狮在高处昂首警戒，一群母狮和幼狮正在草地上撕吃一头野牛。每一狮群都由一只或两只雄狮与十几只母狮组成。小雄狮成熟后，毫无例外地要被父亲赶出家园，他们或孤身或三两成伙地流浪，看到哪个狮群的雄狮年老病弱，就发起进攻，把它赶走或咬死，夺取"族长"的位置……

他放下踩在板凳上的脚坐下了。看着紧蹙眉头思考的父亲，心中涌起一丝怜悯，耳边隐隐响起一个男人沙哑的哼歌声。噢噢，噢噢，梦一般缥缈，波涛上下起伏，小船在颠簸。这一步父亲已经想了十几分钟，慢慢拿起棋子，在手里微微转着，半晌又轻轻放下。将军的风度哪儿去了？老头儿的心理负担太重了。自己不再抬腕看表——那表示不耐烦。静坐，给父亲以从容思考的时间吧。

李向南一直在恍惚中观看棋赛。向东的棋艺大为长进了，从开局转入中局的战略战术都是高手级别的。自己上中学时研究过棋谱，深知下功夫钻研古今大师的棋术能大开眼界，一天便能获得平日花下几年都悟不到的东西。入宗教要学经，搞军事、政治要研究理论。站在前人全部优秀成果的基础上必将高屋建瓴，事半功倍。向东进步这般快，这使他生出一丝嫉妒。他看了看簇拥在向东身后的大学生们——他们是更厉害的一代？

偎在向东身后的陆靓十分漂亮，自己不由得多看了两眼。她和自己的目光相视了，很大方地一笑。自己也笑了，兄长的微笑。这是弟弟的女友，仅此一点就使自己对她的态度完全是兄长的宽厚。飘忽忽也掠过一个男人对一个漂亮女人惯有的、不叫非想的非想，想打量一下她脸颊和手臂，脖颈下的胸部，同时心中立刻产生一股强大的抵制力，觉得很不道德，生理上也生出一种很不舒服的感觉。

去年到大学看向东，兄弟俩曾挤在一个床上睡了一夜。身体相挨，气息相通，他也有过相似的不舒服感觉……

还是想想自己的事吧。玉渊潭公园杨柳成荫，湖水碧绿，林虹穿着一身新的毛巾布连衣裙站在那里，像刚沐浴过一样。想不到她会主动打电话约他来这里。

"我就要去外景地拍戏了，今天没事，来看看你。"她说。她不仅打扮得时髦了，谈吐也更开朗了。她和他躲着烈日在树荫下散步，同时对他讲着电影厂的趣闻。可笑之处，她情不自禁地咯咯笑起来。很多事是他闻所未闻的。她很忙，很充实，很愉快，被许多人注意，爱慕——这些是她没讲到但他却能感到、联想到的。

突然，他发现自己更爱她了，这是一个使他很惊异的心理变化。难道他也是因她的地位变化而更爱她了？自己的情感竟如此世俗？而且这感情来得很强烈，充满着嫉妒（嫉妒林虹讲到的那些男性），这是在对林虹的感情中从未体验过的。比起此刻的感情，他发现回京第二夜在景山公园散步时对她的爱更多的只是同情。

"你怎么样，压力大吗？"她问。

"什么压力？"他反问道。

"那二十九个字的批示我已经知道了。"她说。

一片黑暗，只有一块伞形的耀眼光亮照着一场两辈人的厮杀。

李海山越来越感觉运筹窘促，举步维艰。太轻敌了，想不到会落入这步田地。自己真的不行了，要退出历史舞台了？儿子的每一步棋都走得明确有力。简直不能想象，这就是向东。不久前在棋盘上还显得稚嫩轻率，一下子就判若两人？

和年轻人下棋，最重要的不在于有多么出奇的妙着，而在于耐心沉稳，抓住年轻人的一个个错误从容取胜。这是兵法上的"可胜在敌"。但向东的走法怎么如此老练？没有轻露的锋芒，没有强求的急躁，没有貌似汹汹的张扬，没有顾此失彼的偏颇，没有只图眼前的贪婪——这是下棋的五大忌讳，却一步步透出逼人的力量。

不是自己的儿子了，是对手了，是擂台上的角逐，是战场上的较量。眼前迷迷蒙蒙浮出几十年前在骆驼岭作战的情景。他双手叉腰站在山头指挥部上，看着部队漫山遍野杀向敌方阵地。敌方阵地在望远镜中被炮火硝烟笼罩着，在崩溃，在动摇，在顽抗，他命令两翼部队也投入进攻，炮兵加强轰击。他的意志立刻化为铁流，敌方在崩溃，言逃，我军全线追击，杀声遍野，何等痛快。……

想反击，根本没有力量；想切断对方棋子之间的联系，倒是自己处在被分割中；费尽心机，想诱杀对方的马，结果反使自己更陷于被动；想用一炮打过去，由内线打到外线，动摇一下对方阵地，打乱其部署，除吃了一个兵，逼对方飞起一个相，却毫无作用，向东根本不予理睬。孤掌难鸣，为了防守只好又撤回来。

单炮出击的干扰战术，用几步棋换一个兵原属极劣，但他一筹莫展而不得不姑妄试试。在儿子的镇静凛然面前，自己倒像个刚会下棋的花架子后生了。儿子看着打过去的炮，略思索了一下，微微一冷笑，就抬手继续他的全线进攻。自己脸热发烧。感到儿子对自己的蔑视，也感到自己的力竭技穷被儿子看得一清二楚。

没有比弈棋双方更能相互体察的了。在争夺棋盘的较量中，无时无刻不能感到对方的力量、意图、智慧、性格、情绪，还有对方对自己的态度。

你想用炮打来扭转被动，但毫无后继力量，有什么用？低手棋。招架你的大本营吧。这就是儿子又啪地走出一步进攻棋时包含的无声语言。

过去自己一贯以善用炮著称，现在自己连炮也被困住了？而向东的炮用得有点神出鬼没、防不胜防。哪本棋谱上学来的这些刁路数？有些用法简直使他对炮的"功能"都有了新的认识，不能不叫绝，不能不嫉妒。

自己现在车看马，马看炮，炮看马，相互保护，窝成一团。一副挨打的架势，进入中局没多久，已被叫将。局势很危险了，他能感到。毛泽东曾讲："无论处于怎样复杂、严重、惨苦的环境，军事指挥者首先需要的是独立自主地组织和使用自己的力量。被敌追逼到被动地位的事是常有的，重要的是要迅速地恢复主动地位。如果不能恢复到这种地位，下文就是失败。"自己现在已完全丧失主动，毫无机动兵力可以调动。再这样，"下文就是失败"。

然而他却失败不得，当着这些老年人、中年人、青年人，他都不能失败。

主动性啊主动性，在一生的厮杀中，特别感到其宝贵的主动性。这是"军队行动的自由权"，这种"行动自由是军队的命脉"。"主动和被动是和战争力量的优势和劣势分不开的。因而也是和主观指导的正确和错误分不开的。此外，也还有利用敌人的错觉和不意来争取自己主动……"

现在，最使他感到可怕的，不是自己阵势的混乱和危机四伏，而是对方毫无破绽，看不到对方的薄弱环节。而且，在接连若干步的复杂角逐中，他已经试出了向东的战略战术眼光，对对方也可能犯错误这一点几乎失去了信心。——而这是最能摧毁他的作战意志的。

实在不行，输了，再摆一盘嘛。

不行。要咬咬牙，不要再走侥幸棋了。尽管已经被动，但双方兵力还大致相等，赢是赢不了了，求和或许还有希望。和了，还可以撑起脸来说笑：啊，年轻人有长进嘛。来，老贾，你们也和年轻人较量较量。他可以以父亲的身份观战，研究研究儿子的棋路。经验告诉他，目前唯一的良策是设法和对方兑子，削弱其攻势再作计议。当然，向东定能看明自己意图。活兑不行，就想法死兑。车兑车，马兑马，炮兑炮，可以；一车兑马炮，马炮兑一车，也可以。

他从未如此绞尽脑汁地忖考过。要走"双关棋"（有如双关语），明的一层意图，使对方不能不就；暗里又有一层意图，你若看不出，我便暗取；你若看出，也不要紧，两种意图都成明的，你还要被迫就一种。

向东怎么坐下了？不像刚才那样杀气腾腾了？自觉胜券在握了？

年轻人最好犯个骄傲的错误。

想不到这么容易就兑掉了一车。虽然照旧被动，危险似乎减缓了一些。局势出现一丝松动。"年轻人来势这么猛，看着，我这就不行了吧，啊？"他幽默地对身边的吴东、小章说道。干什么，进一步麻痹儿子？骄兵之计？

儿子的红棋原想一气攻死黑棋，现被迫兑掉一车，攻势被阻遏了一下，有些显露出急躁了。急躁就好办。夫战，勇气也。一鼓作气，再而衰，三而竭。彼竭我盈，故克之。他更加冷静，像一只夜晚捕猎的老狼一样谨慎而狡猾。到真正需要老谋深算的时候了，他也便接连走出几步老谋深算的棋来。显然，这两步棋潜含的深层意图，向东没能看透，年轻人并不像刚才所想的那样可怕。他的信心开始恢复了，脑子也一下显得好使了。这个心理变化极其重要。

这是转折的前兆。

他的思路从未这样敏捷，意志力从未这样坚强。他觉得自己确实是一只老狼，一只额上刻满智慧和冷酷的老狼，在夜色的掩护下迈着悄无声息的步子，朝目标潜行接近着，终有他厮杀博取的时候。

红棋愈显急躁了，他却愈加冷静。

他又捕捉住红棋的一个小小错误，打了个出色的战术反击，又扭转了一些局势。现在战略上还处于守势，但与对方有一些僵持状态了。刚才是黑棋不好走，这会儿红棋也不好走了。两方的兵力在黑棋国土上犬牙交错，相互牵制。

他思谋再三，谨慎地走了一步闲棋。为了不暴露意图（那样会提醒对方），他还多少使它带有一点外在用意。

果然，红棋上当了。它不知道，这种局势下任何一方都不能轻举妄动，都要用一两步半闲不闲的棋过渡一下，然后"达成"某种无形"协议"——是有限战争还是无限战争，是恶战还是平稳进行，是求局势复杂化还是使局势简单化——再继续战争。谁轻举妄动谁吃亏，它却走了一步非常失当的躁棋——貌似凌厉。

　　他一时有些不敢相信。这种时候，谁都不愿放弃走闲棋的权力。年轻人，你就这么沉不住气？倘若你稳住，虽然不能马上攻杀我，依然还是稳操优势嘛。

　　但现在还不是用语言教训年轻人的时候。他紧紧抓住这个良机，接连下了几步计算到家的棋。一番残酷激烈的格杀，令人眼花缭乱的变化，最后，这场战略防御中的战役以围歼红方一马结束。

　　这是一只对黑方威胁极大的马——它是红方攻势的核心，它的被歼使红方攻势顿时瓦解。至此，黑方不仅在子力上占了多数，在全局上也获得了主动权。再加上心理上的变化，他知道，战略防御将转入战略反攻了，这盘棋可能要赢了。

　　他从从容容点着了烟，环顾四周说笑了两句。我这两步棋很平常，哪算什么妙着。还是后生可畏，棋有长进，便蹙眉阴脸进入了更专注的思索。他绝不会犯年轻人的错误，把到手的优势白白丧失掉。宜将剩勇追穷寇，不可沽名学霸王。他要一步比一步更狠地杀，把年轻人的实力连同自信一起摧毁。

　　直到这时，吴冬才松了口气，感到刚才紧张得都汗流浃背了。他本能地站在李海山立场上，希望打败向东。老一辈人地位高，水平高，他顺应，如果这批年轻人气势汹汹上来，他就反感且反对。他瞥了李向南一眼，听说这颗"新星"快倒霉了，上边还算英明，千万不能让这些小野心家蹿上来。

　　秘书小章有些矛盾。他既希望李海山输棋，他不甘长久扮演察言观色的角色；然而，作为一个乖觉谨慎的人，他又极看不惯向东的狂妄，真希望他们一个个惨败。

　　观众中心情最紧张的就是陆靓了。

　　她提着心屏住呼吸地盯着棋盘。当初，向东提出要与父亲赛棋，她就极力支持，两星期来，每日与他一起在僻处研究棋谱。她支持他一切勇敢的想象和计划。他们想干什么就去干什么；去干什么就要争取干成什么。红棋现在吃紧了，她也透不过气来。她俯在他身后，看他如何应付。千万不要悲观，不要泄气。

她真想从后面搂住他，如果这能给他力量。他一次次疯狂地搂着她，渴望着占有她。她没有答应。可现在，不，等他下赢了，再提出这个要求，她会立刻把一切交给他。……

战争进入非常残酷的阶段了，所有观战的人都感到了相互杀戮已到了最激烈的时候，现在是要又一次重版"胜者为王，败者为寇"的历史了。

被长久压迫的黑棋蓄满了压抑的仇恨，也锤炼了战争的意志力。此刻一旦反过手来，它的反击就显出异常的有力和无情。

一双铁腕在绞杀一个软弱的生命。

做父亲的棋越走越老到，他感到自己那老狼似的狡猾。使用狡猾也有一种快感。他一步步勒紧绳索，必置敌于死地而罢休。

他不能再放松了。年轻人就因为优势时松懈了，结果立陷被动。要汲取教训。只有彻底打败对方，才能讲"宽大""给出路"。现在，必须一下接一下往狠里打。一支军队的生命力有时是很顽强的。眼看着要垮了，还会顽抗；再给它一个打击，似乎完了，可它又挺出一次新的顽抗。你必须再一次给它致命打击。它看着奄奄一息了，你也不能掉以轻心，必须更有力的再施打击，直至它投降或被全歼。

他喷出一口浓烟，隔着烟雾冷冷地打量着儿子。儿子的脸绷得紧紧的，死盯着棋盘，额角依然有些发青。六岁的儿子倔强地立在面前，瘦瘦的脸，发青的额角……他在生命深处感到一丝对儿子的温情——在那里他同时感到并承认自己身体的衰老——这温情很遥远，若有若无地和一个婴孩的细嫩皮肉恍惚叠印着。更多感到的是和儿子的对抗，儿子的额头是坚硬的，整个身体是硬邦邦的——他都感到了。

他看了旁边一眼。向南很规矩地观着棋局，他喜欢大儿子的规矩。文静脸色依然有些憔悴，她该有个家庭了，他慈爱地想……今天这盘一定要赢。以后，不轻易和年轻人下棋了。

向东越来越感到父亲苍劲的腕力，黑棋巨大的压力几乎使他喘不过气来。对面是个久经沙场的将军，自己显得太嫩了，有点扛不住。一根根黑色的钢梁压到自己肩上（哪儿来的幻觉？黄河大铁桥在车窗外掠过），单薄的身躯要折断了。

后悔来不及了。几步松懈，一步错误，把好好的优势全葬送了。真沮丧啊，真想痛打自己一顿。啪，啪，左一个耳光，右一个耳光。人生每一步都不能重复，人生是遗憾的艺术。失去的便失去了，再也无法挽回了。向东，你真是个蠢蛋。

想把危局扳过来，但实力不支，走了几步棋，都脆弱无力，越趋被动。算了，干脆输了这盘，抹抹脸一笑：这次上你当了，再来一盘。甚至起身一站，把棋盘一扫：不下了，无聊透顶。棋子在灯光下四散飞射，打碎四周所有的玻璃窗，噼噼啪啪一片裂响，把人打散，把院子打塌，把黑夜打碎。到处是曳光弹。他和陆靓扬长而去，在空中飞翔。管它天塌地陷，他们在宇宙中拥抱，赤身裸体滚在一起，血肉交合，淋漓烫热。通红的宇宙。

茶杯？送过来了？一只美丽温柔的手。他接过来喝了。杯子后面她冲他调皮地挤眼。"你的卡片呢？"她好像在说。他也调皮地挤挤眼，点了点头。明白了，我亲爱的。

明白就不晚。

这是最困难的考验。处劣势而不悲观，难；处优势而不松懈，更难；从优势跌入劣势而不沮丧，最难。始终处于劣势，人还容易有顽强的拼搏力，而从优势跌入劣势，心理上极易崩溃。世界上一切战争——包括球场上的"战争"多半如此。排球，乒乓球，比分落后，可以一心一意咬着追。比分一直遥遥领先，却被对方直线追上，面对对方大长的士气和观众为奇迹创造者的欢呼，你就毛了，意志崩溃了。

心理上的调整最重要。

他又一脚踩到了小板凳上，伸了伸细长的胳膊，笑着说道："不行，我还要拿出十分的力气；再松劲儿就可能赢不了啦。"这是他的心理战：他对胜利充满信心，刚才他只不过是没用全力。父亲瞟了他一眼。老头子没有完全把这话看成笑话，多少受到了一点点心理战的压力吧。心理战的最大意义是给了自己信心。人能接受语词的影响，连自己编的话说出来也能影响自己。这是奇妙的"自我暗示"。

局势更加严峻，又有一炮面临围歼。黑棋决心继续在本土上歼灭红棋的有生力量。

这步棋他足足想了十几分钟。不管父亲如何一次又一次打开茶杯喝水，喝了水又盖茶杯，瓷器相磕发出清脆的声响，他都不急促。我不怕现在小小的耻辱，我要最后的不耻辱。

哥哥抬腕看了看手表，已经十点多。这盘棋已下了一个多钟头。没关系。正好是消耗战、持久战，拖垮老头子。

他终于寻觅到了出路，黑棋逼迫自己的是拿炮换个士——否则就是个死炮，但他却看到了弃子入局的妙着。

好。他举手抓起炮要轰，这将是一场精彩的搏杀。他兴奋得手都发抖了。他克制住自己。放下棋子，又通盘想了想。这样"举棋不定"，是要被人小看的：是没着了。他不在乎。他再一次复核了自己的作战计划，确信无误了，才果断地以炮打士。

父亲迷惑地看看他：想了半天，还就是这步棋？他多疑地思考了半晌，看不出有何蹊跷，才犹豫地拿起了士，停了停，很干脆地吃掉了炮。

红棋走出了异乎寻常的两步，又以剩下的一炮打士。

这次老头子看明白了。红棋要弃双炮换双士，剩下一车一马，却能巧构杀局。黑棋虽有一车双马双炮在周围盘旋，却无救。

这下，老头子又思考开了。这是一步最长的思考。烟不知抽了几根，茶是没再喝过。此刻，他对父亲不再有怜悯之情了，只渴望对黑棋的屠杀。

李文敏不耐烦地小声嘟囔着，回了两次屋。其他人都没敢出声。

父亲终于想出了对策，不吃红炮——士算被白吃，舍血本用一车兑换掉了红方的马。这是向东已预料到的：唯有此举，黑棋方能免死。

剩下的局势是：红方单车单炮，对黑方双马双炮。表面看，似乎黑方主战子力仍占优势（一马一炮与一车战斗力相当），但是，有车杀无车，是红方一大优势，黑方没了双士，老将裸露，再加上红方多二兵，总起来，红方占优。

往下胜负难测，变化将极为复杂。是真正拼体力、拼计算力的战争。他为自己年轻力旺而充满信心。他为自己经受了磨炼，战胜了自己而充满信心。

棋盘上的事是残酷的，一步之差就会满盘皆输。人生也是一盘棋。你努力了多少年，一步走错就全完了。历史上很多人不都这样？自己哪步走错了？……夏日的玉渊潭，中午树不动，水也不动。树下的塑料布上有一对青年男女，男的枕在女的腿上睡着，女的用手指一下下梳理着他的头发。自己和林虹相视了一下，绕开……这盘棋越杀越复杂了，来回变化，向东又翻过手来。有些错误还不至于一下葬送全局，能免救过来。自己呢？……

"你对我有何建议，林小姐？"他尽量幽默地问。他今天才感到自己的自尊竟然也很脆弱。林虹地位的变化，使他绝不愿表露一丝黯然。

"我建议你玩儿两天。明天我们那儿演《巴顿》，去看看吧。顺便看看电影厂。"

又经过一小时的苦战，做父亲的终于输了：输在红方比他多两个小兵上。年轻人两星期的研究打败了他的一生。他几乎没有力量过多言笑，站起来，说该休息了，端着茶杯回自己房间去了。人们相觑，在一片令人压抑的寂静中，听着李海山疲惫孤独的脚步声上了台阶，进了客厅，入了东偏房。门嘎吱吱关上了。

李向东嘴角微微歙动了一下，用比不安更复杂得多的目光久久注视着父亲的背影。人们又相互看了看。发现围观者中有人的位置与开始时不同：贾振邦，这位高胖的老干部，不知何时把藤椅由向东这边挪到了李海山这一边。

"这下棋杀来杀去有啥意思？"人们纷纷准备散去，王妈妈出来收拾方桌，知道李海山输了，唠叨道。

第十三章

[她的小说《新生代》用的是独创的新手法。第一层次，写人的言行状貌；第二层次，理智思维，内心独白；第三层次，感觉；第四层次，幻觉、潜意识；还有，第五层次，上帝的声音。]

人首先是为自己活着。一收到小说《新生代》退稿，顾小莉就极为沮丧。李向南的政治危机暂时甩到脑后去了，她打着小阳伞，在炎热的街道上匆匆走着。阳伞外是白炽阳光照耀下的大世界；阳伞下是她自己的小世界。

他们太不理解自己的小说了。李文静，哼，李向南的这个姐姐真不是什么好编辑。一脑壳旧货色。话说得还挺委婉，什么小说有特色，艺术上很大胆，但是……但是什么，但是你们根本没看懂。

街道上拣着树荫走的行人，哼哼着驰过的无轨电车，李文静那憔悴的面容。这么大名气的编辑部，不过是几间拥挤得一塌糊涂的活动房子。脚下的柏油发软，发黏。低下头，黑亮的沥青上留下了自己的脚印。一辆小轿车在身旁呼的一声掠过。热风，树叶蔫头耷脑。抬起胳膊擦汗，腋下一丝凉意。小阳伞一转，一个花花绿绿的飞旋的世界。

她的小说终于在别的刊物上发表了，还引起轰动。各家报刊争相评论，记者采访，电视摄像机对着她。她笑着回答：我这部作品最初给过一家出版社，他们说不行。现在读者这么喜欢，我有点意外。当然，我对这部作品一直很有信心。……到处是她的名字，到处是祝贺的笑脸，握不完的手。李文静所在的那个出版社一片懊悔，相互埋怨。李文静灰溜溜的，听着别人责备。

上帝在讲话：往前走吧，人们。旧的路到了尽头，新的路又出现了，可能更宽阔。

那一年她刚十岁，一天傍晚，她在机关大楼前溜溜达达独自玩耍，看见一个满脸疙瘩的矮个男人趴在喷水池边，俯身捞着水里的什么东西。她认识他，传达室的，前几年揪斗父亲时，戴着红袖章的他往父亲脖上挂过牌子。她涌上仇恨。他还在捞着，因为够不着，身体越来越前倾，头朝下，屁股朝上。她四面看了看，没人，小心地走了过去，双手一推，扑通，水溅起老高。她转身跑了。听见后面水中扑腾的声音。很长时间，她感到自己小手有劲，那一推真解恨。

人对异性总是感兴趣的。一踏进这个文艺沙龙，一屋热热闹闹的人中，小莉就发现男性居多，文艺领域也是男人的天下。

童伟，她见过几面，仪表堂堂颇具风度。他有着"勾引女人的能手"的名声，所以她尤其好奇。他挺会拿谱的，挺装模作样的。

杜正光，个子不高，架着眼镜，很敦厚很豪爽。笑面人。一和他握手，就觉出他手底下也稍有点那个。都是男人，也就差不太多。

这一位叫楚新星，头一次见。小伙子挺帅，挽着个漂亮姑娘大大方方晃着就进来了。据说这是个"没钱花了才写小说"的小说家。"除了能挣钱，写小说是最无聊的事。"——他的口头禅。

还有几个男性她不认识；介绍了，也不能一下都记住。

饶小男，沙龙的主人，当前崭露头角的青年评论家。他穿着拖鞋短裤小背心，大大咧咧地从盥洗间出来了，一手拿着毛巾擦着脸，一手冲小莉招了招：来了？请坐。小莉冲他笑笑。饶小男曾是她在大学中文系高两届的同学，原来追求过她。她拒绝了，今天来，多少有些"抱歉"的特殊友谊。

饶小男在藤椅上大伸着腿坐下了，整个沙龙便有了中心。谈中国当代文学：什么"伤痕文学"，都是故作悲壮，一惊一乍；什么"改革文学"，纯粹是教条主义文学的新版；什么"知青文学"，把荒唐可笑的上山下乡写得悲悲壮壮，是为"文革"唱挽歌。饶小男滔滔不绝：还有知识分子题材小说，包括写一九五七年右派的，一个个忧国忧民，苦难崇高，虚伪透顶。中国自古以来就数知识分子最虚伪。什么"先天下之忧而忧，后天下之乐而乐"。依我看，他面前要睡着个裸体美女，他的第一欲望就是和她发生关系。

"要是你呢？"杜正光扶了下眼镜笑着问。

"我？"饶小男哼了一声："我当然要想法和她发生关系。"

"那你保不住就进法院了，当不成你的大评论家了。"

"我这个人本来就应该当大流氓的。"

众人哈哈大笑，小莉也笑了。她是来征求饶小男对《新生代》的意见的——她前几天就把小说退稿交给了他。现在沙龙内所谈与她无关，她感到旁观者的轻松。

她止不住把眼前这些男性与李向南作比较。

她的内心独白：男人和男人要说一样都一样，都喜欢女人、权力。要说不一样，也就大不一样。童伟姿态潇洒地跷着二郎腿，脸上露着宽容的微笑，那是做给女性们看的。他很强健，头颅很大；风流倜傥；很自信；有口才；他要拥抱起女人来，既会很有力，又会竭尽温存抚摩之能事。——李向南呢？

杜正光，身材没什么可欣赏的，太粗，整个人给你个毛茸茸热乎乎的感觉。她宁可喜欢李向南这样的，高一些，瘦一些，像豹像狼一样，身体干硬有劲的。有人讲，女人喜欢什么样的男人是各有特点的，只是人人不自觉。李向南要是白净的，她喜欢吗？不。要是矮一些呢？也不。要是又高又胖呢？还不。如果不胖不瘦，不黑不白，体魄轩昂，潇洒风流呢？就像童伟这样？她……好像……也不。想象着被一个个不同体型的男人拥抱，对比着，她突然发现：自己就喜欢李向南这样的男人。

楚新星呢？个儿很高；很英俊；整个身材显得匀称挺拔，洒脱。要是在舞场上，楚新星会显得光彩照人，而李向南就会显得邋遢呆板，黯然失色。

看饶小男，黑黑瘦瘦，剃个小平头，其貌不扬，可指手画脚，云山雾罩地一通谈古论今，一股子现代派儿。李向南可太古板了。他知道尼采、叔本华、柏格森？说得清弗洛伊德？在饶小男这都是说烂了的常识。

窗外蝉在叫。一个梦境，她在湖边睡着了，看见一棵奇形怪状的水曲柳，黑压压的。

上帝的声音：女人们，要将你所爱的男人与你身边其他男人一一比较。若还爱，就爱；不爱，就不要爱了。

那一年她十二岁。一天课后，她在操场练体操：高低杠，平衡木，自由体操。一个二十多岁的男老师在一旁教练。他的大手托着她的臀、腰，抓着她手腕，扳正她的身体、胳膊。她感到兴奋。

一双眼睛在不远处注视着，那是个比她高一级的男同学，叫铁兵，和她很要好。

练完了，老师披上衣服走了。铁兵走过来，脸色铁青地立在她面前。她看着他疑惑了。一会儿，他抡起胳膊打了她一个耳光，走了。

这一夜，她悟到了初恋。

人常常搞不清自己的感情。当大家谈到饶小男马上就要结婚时，小莉惊愕了。他要结婚了？一种难言的滋味涌上来，她简直有点受不了。童伟笑着说：小男，你结婚，我送你一套沙发。楚新星也豪爽地说：我送你一套景泰蓝餐具。杜正光虽说刚认识饶小男，也不能丢份子：我送你一块地毯——我们省的名特产。小莉硬撑着，不自然地笑笑：你缺什么？

"我？"饶小男仰在藤椅上，一股子吊儿郎当样，"我就缺房子。"

众人笑了，饶小男现住在父母家。

未来的夫人呢？人们突然想起来。她也就从里间屋出来了，叫梅冰冰。白底碎花的连衣裙，皮肤白皙，面貌很一般。一个教授的女儿。

小莉妒火中烧，难以忍受。如果饶小男现在愿意抛弃未婚妻向她求爱，她立刻就答应。

自己是怎么了？是一直爱着饶小男吗？她恨他没情没义。她简直想打他，骂他。两年前那些信誓旦旦的情话全忘了？男人就是见异思迁。火什么？当初是自己拒绝他的呀。当初他越殷勤，她越讨厌他，死皮赖脸。可现在怎么一下就爱上他了？爱得咬牙切齿。不行，得把饶小男夺过来。

两年前的饶小男在眼前闪动：出入图书馆他跟着；到操场他跟着；巴巴结结说话，没正经地笑着；她从宿舍出来，他在楼下等着，拿着两张球赛票。她说：我还有事呢，骑上车扬长而去。梅冰冰用那样的目光看自己，目光还善良，满屋人还在议论结婚的话题，不时哄笑。梅冰冰坐在饶小男身旁，俨然是个妻子。自己身体燥热，手底下有股发狠的劲，一推，扑通，喷水池水花四溅。一个耳光扇过来，脸发烧。

她站起来走到饶小男身边，将手伸给他。他惶惑了，受宠若惊了，转头看着梅冰冰，露出踌躇来。她伸着手不动。饶小男转过头来，用狗一样驯服的目光仰视自己，又负疚地看看梅冰冰，拉住自己的手站起来。她径直朝外走，贵妇人一样冷傲。饶小男回头看了看，终于跟着自己出了门。你一直跟着我吗？她高傲地问。是，你到哪儿我跟到哪儿。听见后面有女人的哭声。她冷冷一笑。

上帝的声音：珍惜你该珍惜的东西，不要因为得之容易而轻视它。

她十四岁那年，暑假她一个人回姥姥家。火车到县城却没见舅舅来接。可能没收到电报。到村里有三十里路。不通公共汽车。怎么办？她拎起大包小包就走。出县城先搭了一个老汉的马车，走了几里地，然后谢谢，跳下车，站在路边等。来了一辆卡车，她招手拦住。去哪儿，霍庄？司机一脸黑胡子，扭头和年轻的副司机说了两句，一挥手，上吧。车呼地开动了。颠着晃着，副司机是个嬉皮笑脸的瘦长脸，用身子挤着她，还干脆搂着她肩膀捏她脸蛋：小妞，城里来？真够水嫩的。黑胡子司机扭头看看，不怀好意地笑了。进山了，路盘旋着，荒僻无人，瘦长脸的动作也更放肆。她害怕了。快到霍庄了吗？还有五十里。五十里？离县城不才三十里吗？咱们现在不是一个方向。那去哪儿？她心中惊慌，但脸上装着笑。她知道不能露出害怕。我们先去拉煤，回来时拐个弯，把你送到霍庄。瘦长脸又捏了一下她的脸蛋：害怕吗？这前后几十里没人。那手真粗糙，简直能搓破她的皮。身体汗味烘烘地散发着猥亵的欲望。她会被拉到山沟里，剥光衣服，欺负完了扔到深涧里喂狼的。可她天生胆大，不知哪来的一股子镇静，从提包里拉出一条"牡丹"烟，拆开一包：你们抽烟吧。她大方地笑着。抽，抽。瘦长脸笑眯了眼，搂过她就亲嘴。她扭头躲过了，推开他。怎么着？不好意思？待会儿才有正经的呢。瘦长脸说道。黑胡子又扭过头，不怀好意地笑笑。把车拐进公路边一条坑洼不平的马车道，进了沟。你们到过霍庄吗？认识我大舅吗？她故作天真地问。要抓紧时间，可又要显得随便不急。霍庄？去过怎么了，没去过又怎么了？那你们肯定认识我大舅了，他是公社书记。公社书记？那好啊。瘦长脸观察着车窗外地形，拖腔拖调地应道，并不当回事。那你们一定还认识我二舅了。你二舅？车在一个满是荆棘的荒坡下停住了。你二舅是干什么的？小妞，下车吧，别这么多话了。车门开了。下来休息会儿？她装傻地问。对，我们俩这阵太乏了，让你陪我们好好歇歇。瘦长脸吊着眼说道，黑胡子又不怀好意地笑了笑，下了车四处张望着。她高高兴兴地下了车，还继续胡诌着她的话：我二舅现在在地区公安局。地区公安局，干什么的？瘦长脸注意了。党委书记呀。党委书记？瘦长脸和黑胡子交换了一下目光。你爸爸妈妈是干什么的？我爸爸？是北京军区保卫部部长，我妈妈是法医。她随口说着，突然一指天上，惊喜地问：那是架飞机还是只鸟？她快乐地摘着一朵朵野花，跑着跳着，顺口回答着他们的问话：保卫部长是军级干部，什么都保卫。有一次，军区大院一个女孩被流氓集团杀了，地方上半个月破不了案。我爸爸一声令下，保卫部出动了人，两天就一网打尽。枪毙了三个主犯。她说她的，似乎没有见他们不断交换目光。过了好一会儿，烟抽了两支，瘦长脸一挥手：好了，歇够了，上车吧。车开了，出了沟，上了路，拉了一车煤，回来把她送到了霍庄。

人受到刺激，就有了动力。嫉妒有破坏性，但它又有创造力。天下没有嫉妒，会少了许多竞争的活力。人人恨嫉妒，可人人在嫉妒的推动中前进。顾小莉觉得自己该活跃活跃了。她要施展魅力，打败所有的女人。

不需费力，只要把刚进到这个半陌生圈子内的拘束丢掉，把本性显露出来就行了。她是团燃烧着的火焰——她知道。

她热情，对饶小男等人讲到的话题充满兴趣，不断提出问题，不断发出快活的笑声：对，你讲得太对了。她勇敢，坚决支持饶小男作为一个初出茅庐的后生小辈对整个作家群的批判：他们就是太守旧，一个个还自我感觉良好。（"你在这里敢这么讲，没人听见。公开呢？"杜正光问她。一看他目光她就明白：这是杜正光和自己接近的方法。哼，男人。"怎么不敢？我就是不会写理论文章，你们谁写了，小男，你写了，我在你后面签个名。"）她坦率，有不同看法，马上亮出来争论，毫不遮掩。小男，你是不是有一点偏激？当代文学不能一点价值都没有啊？

"我觉得没有任何值得骄傲的作品，再过几年也很难有。"饶小男不屑地说。

"因为你自己不写小说，才这样轻易否定一切吧。"她说，感到兴奋。反对男人也是征服男人的手段之一，她已轻易成为众人的中心，梅冰冰只能坐在那儿呆呆地看。

"那你看看，别的搞评论的，为什么都在那儿吹捧？"饶小男争辩道。

"吹捧名人可以使自己出名，可否定名人更能使自己出名啊。你的手段更高明而已。"她笑了，觉得自己聪明，觉得自己伶俐，觉得自己快乐。

她是聪明，什么东西都不费力死钻，可别人一讲，她就能懂个差不多，就敢卖，敢争。她是伶俐，像只鸟在杏花枝头跳来跳去，惹得所有男人都注意她，连楚新星都忘记照顾身边的美人了。她是快乐，她从不被任何一种情感多折磨，她总在行动中开拓，一开拓就有进取，有胜利，就丢掉了一切苦恼。她和饶小男这般激烈地、对等地争论着，她兴奋，饶小男也激动。那位未婚妻被晾在一边，像棵靠在墙边的小白菜没人理，她感到太痛快了。最好现在开舞会，她又会像风车一样旋转。自己今天穿的是红色真丝绸连衣裙，一转起来像红旋风。她美在整个身体，整个性格，无拘无束地展现。"嗳，童伟，我写了部长篇小说，在小男这儿，有时间你也帮我看看好吗？"只有童伟对她还比较矜持，她要打破这最后一个堡垒。

"噢，"童伟放下二郎腿，从容说道，"小男前天让我看了，杜正光也看了。"

"你觉得怎么样？"她有些紧张。

"小男、杜正光准备和你谈谈他们的看法。我……也可以谈谈吧。"

内心独白。他们会怎样评价她的稿子？自己征服他们了？饶小男又爱上自己没有？是否应该给他一个更明确的暗示和希望？自己真的愿意和他结婚？好像不会。若是楚新星结婚，为什么不会对自己有刺激？一个曾被自己拒绝过的男人结婚了，自己就难受？追求过自己的就多少属于自己了？属于自己的失去就受不了了？乱七八糟没头绪。不想了。

快乐情绪还在延续，但期待和忐忑轻轻攫住了她。饶小男从里间屋拿出了那部小说稿，楚新星伸手接过去，一页页翻看着，他的女友也凑过去，她的手臂挺瘦。几秒钟的停歇，没有理由的静默，人人似乎都想打破它，可人人又在依赖别人，结果，静默长了些，便显出尴尬来。尴尬了再有意去打破，就更尴尬。所以索性静着。她感到手心有些出汗。盥洗间水龙头没关紧，滴滴答答的水声。杜正光皱着眉，似乎在思索，这样可以使静默自然些。饶小男伸展腿，仰躺在藤椅上看着天花板，似乎在给楚新星翻看的时间。坐在他身边的梅冰冰看看这个，看看那个，想笑又没笑，想说又没说。她嫉妒自己。童伟双手相握似笑非笑地坐着，他手的皮肤清洁，线条明晰，手指有男性的方棱感，但又圆柔丰满。楚新星手指修长，像个拉提琴的。梅冰冰人长得一般，手却非常美，这双手抚摸男人，真会使之服帖。

幻觉呢？

上帝：小孩引起世界注意有两种方法，或聪明听话，或调皮捣蛋。后一种方法更有效。

那一年她十六岁了。中国的伟人毛泽东主席逝世了。全国举哀。中学的追悼会上到处是黑纱，面对着毛泽东遗像人们痛哭流涕。班里开的追悼会上，上台发言的人都泣不成声。可她发现许多人的悲痛是夸张的。人哪能不死呢？不符合自然规律。她也满脸泪水地发了言，放学回家就洗澡换衣服，哼着歌儿下厨房炒鸡蛋了。

人是残忍的。童伟原想最后发言，让别人在顾小莉面前显露够了，他再轻而易举地超过他们。梅冰冰是未婚妻，那个漂亮姑娘是楚新星的情人，都是有主的，互不觊觎。但围绕着顾小莉，他和其他几个男性间始终存在着潜在的竞争，那是一种非常微妙又不大自然的感觉——因为人人都想掩饰它。空气中有些张力。这一刻静默又使他为男人感到可笑了：这成什么样子？只不过是话题突然转化而必有的停顿，却哑了场。顾小莉太狂，需要先打击她一下。当然打击不能过分，还要保留她的一些骄傲，去难为那几个争宠的男人，否则就显不出自己独有的本事了。

"咋都哑场了？"他笑了笑，"我先插句闲话。小莉，你认识一个叫林虹的吗？从你们古陵县来的，最近在电影厂拍电影。"

"怎么了？"小莉问。

"我最近看了她拍的几场戏的样片，太棒了。她本来就漂亮，又上镜头，非常理解生活，一上银幕简直就成了天才演员。我敢断定，她将是中国当代最伟大的电影明星。嗳，正光，林虹的样片你不是也看了吗？"

"对，够棒的。"杜正光说。他不了解林虹与小莉的关系，所以也不了解童伟的用心。

正如童伟所预料的，小莉的脸色一下不自然了。（可怜见的，小姑娘。）"嗳，小男，你谈谈对我的小说的看法吧？"她咽下了什么困难地一笑，仍显出活泼地说道。

呵，马上就转移话题，也不再打听打听，够聪明的。不过到此也够了。童伟想。

"好，我谈谈对你这部作品的看法吧。"一直躺在藤椅上的饶小男坐了起来，转头看了看楚新星还在翻动的一厚摞稿纸，"我觉得这部小说不怎么样。"

"你具体说说。"小莉的表情更不自然了。

再快乐的姑娘也有难受的时候呢。——童伟心里说。

"你的手法看着挺新，分五个层次，第一层次是人物言行；第二层次内心独白；第三是……"饶小男搔着半寸来长的短头发茬。

"感觉。"楚新星说道。

"对，感觉。第四是幻觉；第五层，上帝的声音。对吧？可你的内容太旧了。两代人对土地的不同态度，老一代怀恋乡土和农村旧习，新一代向往城市文明，这老掉牙的题材有什么写头？"

"我觉得，在那些农村习俗中，沉积着中国的文化。"小莉争辩道，"通过和现代文明的对衬，可以在世界背景上显现出中国民族的性格；通过它痛苦的解体，可以更深刻地解剖人性。"

"什么中国文化？大酱缸一个，一钱不值。现在中国需要的是鲁迅，尼采。对传统的完全否定。需要敢于反对中国泯灭个性的传统文化的伟人。你们这样的作品，不过是无病呻吟。"饶小男激烈抨击着。每当他这样把中国当代文学贬斥一顿时，就获得一种极大的快感。用他自己的比喻：杀戮的快感。

"还有你这种分五个层次的形式也太生硬。"见小莉又要张嘴，饶小男挥舞着手臂继续讲道，"写作应该完全跟着意识的自然流动，说穿了，就是记录你发自生命的冲动，哪有你这样分的？哪来的上帝声音？故弄玄虚。"

"我不信上帝，可我觉得有上帝的声音。"小莉有些不服地解释道。

"没有上帝，哪来的上帝的声音？无稽之谈。"

"我觉得顾小莉讲的上帝的声音还是有的。"楚新星停止翻稿，认真地说了一句。

饶小男怔了一下。

"那是在自己生命深处，不，是在自己意识深处，也不对，是在人类历史深处吧，我说不清了，反正是经常能听到的一种声音。我也常听到。"楚新星极力想描述清自己的感觉。他的话使饶小男的势头受了挫。既然楚新星也能听到"上帝的声音"，那想必是一种神秘的艺术感觉，他这崇尚艺术直觉的人怎么能听不到?

小莉感激地看着楚新星。

童伟看在眼里。如果楚新星与饶小男一起贬斥小莉,他会对小莉采取半袒护半批评的方针,楚新星的态度使他即刻调整了自己的角度。"不过,总的来说,小莉这部作品还是不成熟的。"他用一种权威的声音说道。

"是。翻了前面几章,我也认为小说不算成功。"楚新星表示同意。

小莉勉强地笑了笑,眼前一片白茫茫。白茫茫中隐隐幻出她骄傲的身影。

上帝的声音听不见。他是否在说:这个世界没多大意思,毁了它。

第十四章

几个男人对一个女人施行解剖。

[小莉太倔强了，很快就从沮丧中恢复过来：楚新星，把稿子给我吧，我再请其他人看看。她把稿子收了起来。不行，我再重写。

这刺激了所有男人。

饶小男说：小莉，你没有勇气自我解剖，成不了大作家。

我怎么没勇气？

那好，我们也对你一层层解剖一下，敢吗？

敢，让你们都上。]

饶小男开始第一个层次。

"我来剖析一下你平常的言行吧。我说话不讲规范，你可别受不了。"他一腿屈膝收拢，赤脚踏在了藤椅上。（没关系。小莉一笑。）"比如，过去在学校时，我追求过你，你不答应。现在见我要结婚了，你就难受了——我今天看出来了。对吧？"

小莉一下脸红了。人们都被饶小男这种讲话的方式惊愕了，刺激起某种又兴奋、又残酷、又怜悯（对小莉）的复杂感情来。

"你不要不好意思。冰冰在场，我对她什么都不瞒，她理解我。"饶小男扭头看了看身边的未婚妻，赖皮赖脸地一笑。梅冰冰为受到这种公然表达的信赖而受宠若惊，她不好意思地笑笑，垂下眼。未婚夫的忠诚，未婚妻的幸福，他们这种恩爱一体使小莉陷入极难堪的境地。她施展半天的魅力有何结果？受到如此的冷落嘲弄。众人看她笑话。饶小男感到一种快感，是杀戮的快感，又是报复的快感。

过去被拒绝的景象一一掠过眼前。

"这说明什么呢？说明你是个占有欲很强的人。你喜欢一个东西，并不因为它有价值，而是因为你没占有它，所以你要不择手段占有它。占有了，还要不要，那就是另一回事了。我说的对吧？我是赞赏人的占有欲的。叔本华、柏格森是伟大的。人的理性没多大用，一层虚伪的外壳。人的生命意志、权力意志、支配世界的意志才是人的本质。"

他对小莉是贬还是褒？无关紧要。这也是人类的攻击本能，一种支配欲。支配别人的情感——使之为自己痛苦；支配别人的理智——使之被自己的思想慑服。每当他对梅冰冰施以狂热性爱时，除了生理快感，还获得一种进攻性的快感。现在，有她陪衬，就可以在精神上对另一位曾经拒绝自己的女性施以利刃。

这个世界本质是感性冲动的世界。人人应该发展自己的个性。中国传统文化强调社会整体理性，山一般的规范，把人性压得高度扭曲。应该摧毁。在中国，现在就该讲欲望，权欲，肉欲，金钱欲，就该赤裸裸。食色，性也。中国人穿的衣服太多太厚，繁文缛节。古代的服装，女人何时露过胳膊大腿？看美国，年轻姑娘短裤胸罩，半裸着在阳光灿烂的公园里走，满面春风。显示青春健康，显示肉体和欲望。男人们看吧，来吧。中国人现在就该矫枉过正，把那一套峨冠博带全扔他妈的。来个人欲横流，才有真正的现代文明。我就梦见过自己，拼命扯掉衣服，可费了劲，然后赤身裸体在王府井的人山人海中走。我也心虚，也有不安全感，可豁出去了，又踏着沙滩朝大海狂奔，耳边呼呼的风，沙滩柔软，大海嫩蓝。

"——你也是这个本质，但你压制这个本质。"他接着说道，"你在作品中没有把你生命的感性冲动真正调动起来，任其放散。你承认吗？我再分析你一个言行，你在大学时讲过一句话，非英雄不嫁。"

"我原话不是这么说的。"小莉说。

"反正是这个意思：你要嫁一个伟人。对吧？纯粹是传统的婚姻观，夫贵妻荣，再落后不过了。"

"我没有夫贵妻荣的想法。"

"我也知道你不这么想，但你的婚姻观，本质上或者说在传统根源上和夫贵妻荣没有差别。我听说，那个李向南你很崇拜，是吧？"

小莉脸又有些涨红了："我不崇拜他，再说他现在处境很坏。"

"那不管，你不崇拜他的地位，可以崇拜他的人格嘛。"

"我喜欢他的性格，他有抱负。"现在尤其需要表明自己对另一个男人的倾心。这是对饶小男的回击。

"这不过是对人格神的崇拜。和自古以来崇拜屈原、诸葛亮、岳飞是一脉相承的，一大历史悲剧。中国什么时候不结束这种英雄崇拜、人格神崇拜，中国就没希望。"

杜正光豪爽地一笑，楚新星随便地张了嘴，童伟跷着二郎腿，缓缓地加了话，都表示：我们对那个李向南可不感兴趣。

小莉不吭气了。心想：怎么他们都反对李向南？

感觉（也是幻觉）：自己在受几个男人的共同宰割。被围着。几双眼，几把刀。

上帝的声音隐隐约约：万事听其自然吧，有雾就有风。

她十八岁时的一个梦。夏天的夜晚，闷热。她要去游泳。骑上车嗖嗖地就去了。游泳的地方是一个剧场．外面人很多。她一件一件脱下外衣，只剩游泳衣。赤着脚往前走。地上又烫又扎，到处找不着放衣服的地方。就快关场了。她又急又慌，赶紧往剧场里走。进去了，左右张望，还是找不到放衣服的安全地方。她下了水，别人把衣服拿走怎么办？可游泳场马上就要关了，她急得团团转。最后算了，把衣服就搭在后几排的座位上，然后顺着座位间的甬道往前走，下坡。迎面过来一个赤身裸体的男人，很健美，黑瘦高，她认得，游泳时的朋友，心中激动地跳起来。她始终对他有着性的欲望。他迎面走来了，在甬道中侧肩擦过时，这相挨最近的一瞬间，她却没敢往他身上看。过去了，她又后悔了。又不能转身，只好往前走。到了乐池边——那就是游泳池——她趴下去，眼看着里面的水吱地迅速退了下去，干了。游不成了。坐下来看演出。幕一拉开，从上面跳出来一个赤身裸体的白白的男人，在舞台上跳舞。全场哗然。她不喜欢白皮肤的男人。

众人哄童伟分析小莉的第二层次：你搞理论的，应该分析她的理智思维层次。他始终愿意后发制人，但先说就先说，最后还有机会。

自己的讲话如何"空前绝后"呢？很难。饶小男对小莉有震动，自己无疑要有更犀利的剖析才能使小莉慑服，才能居上。同时又该利用饶小男对小莉一味贬斥的不善对她表示爱护。总之，三分之二批判，三分之一爱护，是最正确的方针。但是，如若杜正光等人都效法自己呢？那就没有意义了。干脆，先批判。其他人必然也会比着批判，推到极端。最后自己再对她来一点保护。

小莉，你的小说我说这两天是抽空看的。有很多想法，一直想和你谈谈，这可能也是一个评论家的职业习惯吧。（笑笑）这两天很忙，还没来得及整理我的想法，以后再找机会详谈。（留下和小莉个别谈话的伏笔，这是个非常动人的姑娘。）今天我先简略谈谈。（态度就应该像这样温和，剖析则应该犀利。这种慈严兼备的方针并不是所有人都能效法的。看来，要创造空前绝后的作品，空前不用多言，绝后关键在：必须具有后人不可模仿的独特伟大处。）《新生代》这部小说中，有个二十多岁的女记者，她是故事的观察者。她的性格几乎和你一样，她的角度也常常和作者的叙述角度一致，所以，在某种意义上，我可以把她看成是你的化身吧？（长者的微笑）

"嗯。"小莉非常"乖"地点了一下头。此时得到如此温和的关心，她几乎感动了。

所以，她的内心独白就多少可以看成你的理性思维了。从这里剖析，我看到了你的历史观、社会观、价值观、人生观、伦理道德观。

"那你说说我吧。"

我今天只想讲一点。你在伦理道德这些方面，和你个人生活相切近的方面，观念倒还是比较新的，这都是和你的本性相一致吧。可当你思考起历史哲学、社会哲学来便显得呆板，一套传统守旧的理论，既做作又可笑。

"我对那些理论是不太懂。"小莉表示承认。

"你不懂，你可以干脆不写它。"杜正光在一旁很有经验地说。

不，（杜正光在这儿插话真够讨厌的。）回避并不是最高明的。这不是几段议论的问题，而是整个作品的思想观照和高度问题。现在需要的是补课。一个杰出的小说家必须首先是思想家。否则，你一辈子成不了大作家。

"非得这样吗？"

你看看，世界文学史上的女作家，绝大多数像你这样：她们都不是理性思维型，都不是思想家，都是你这种直觉型，艺术型，一上来就凭感觉和人生体验写作，挺率真。照理说她们最适合搞文学了。可是至今世界上一流的大作家基本都是男性，很少有女性。这不说明问题？小男刚才的话多半是对的，但也有偏颇。理性怎么能是没用的外壳呢？小男，和你的不同观点，咱们有时间再讨论。小莉，你明白我的意思了吗？

"那我怎么办？"

唯一的办法是把自己首先造成一个思想家。但是，我又得坦率地说（停顿，放慢节奏，作权威的结论）：你很少有这种可能，你没有这个力量。

"那我就没什么搞头了？"天塌了，小莉觉得头上压了一座大山。

如果说真格的，我确实是这么认为的。

小莉低下头，咬住下嘴唇。不到一个多小时，她受到的打击太多了：饶小男要结婚了；林虹将成为大明星；《新生代》完了；李向南一钱不值；现在又加上：搞文学也搞不成什么样；——而她是一直期望做个了不起的作家的。——这就是她的内心独白。

感觉呢？童伟凝视着自己，那目光……她现在来不及分析自己的感觉。梅冰冰注视自己的目光变得同情。

下雨了，天地凄暗，萧瑟败落的小树林，林边灰蛇似的小路。乌云裂缝中露出暗暗的铁青色。黑蒙蒙中，她在湿淋淋的泥泞中一步步行走，很冷。

上帝成个极矮极胖的矮胖子———一指高，十里宽——缩在地平线下面。

　

她二十岁了。唱着歌从大学女生宿舍的楼梯跑下，从图书馆前台阶上飞下。她的裙子，红的、黄的、蓝的、白的，飞舞着，吸引着男同学的目光，也有男老师的目光。她仰望天空，感到脸上放光。她跳舞，觉得身体轻盈健美。她斜卧在草坪上，觉得自己楚楚动人。她也渴望男人，拥抱接吻以至更狂热的性爱。可是，他们太殷勤了，得到太容易了，她反而不急迫了。

一个挺帅气的男生，叫洛湘生，父亲是军区副司令，约她去家里玩。看录像，跳舞。半夜了，只好在他家过夜。一人睡一间房。快两点钟时，她听见窗户响动，一看，月光照着一个黑影. 正偷偷摸摸捅破纱窗，打开，翻身蹿上，要进来。她一惊，撑起头，看清是洛湘生，她好玩地一笑就又躺下。看着他笨手笨脚钻进窗，踏在桌子上，又蹑手蹑脚踩在椅子上；碰倒了笔筒，哗啦，他赶紧停住，不敢动；半晌，又一点点往这儿摸，哗啦，踏翻了床边的小板凳。她扑哧笑了：

笨蛋。他一惊，又一喜，扑了过来。两人拥抱在一起，狂热的接吻。求求你，我爱你，答应我吧。他气喘吁吁地说着，伸手到她下半身。她一把推开了他：别这样，到此结束。他站在床前，借着月光怔怔地看了她一会儿，又要上来。她用肘撑起头：你再过来，我就生气了。他还是上来了。他再一次提出要求，她用力地推开他：你再过来，我就砸你了。她抓起床边的一个空酒瓶。结果，洛湘生在对面的一张床上躺下了。两个人看着窗外的月光说话。一个斜面把房间一分为二，一半明，一半暗。脚在月光下，头在黑暗中。你为什么这么看重贞操，这么守旧？我不守旧，我只是不愿意这样。为什么不愿意，你不也挺冲动的？反正我不愿意随随便便这样。

　　她明白了：自己至今没迈出这一步，因为她不愿意随随便便就这样。那太没意思了。

　　轮到杜正光分析小莉的感觉层次。人们否定《新生代》，他有一种轻松感，也开始认为这部小说写得不成功。昨天刚看完这部小说，曾有半天神情黯然，说不出话。这个不出名的女孩，听说刚开始学写作，写得这么有才气，灵活潇洒，文笔纵横，让他嫉妒。都是搞文学的，同行相嫉；他也是写农村的，更是同行中同行，相嫉更深。对方是女性，比自己年轻，更让他受不了。他第一次发现：男人不嫉妒女人，是因为女人通常比男人弱。如果在同一领域遇到比自己强的女人，对她的嫉妒会超过男人。他把稿子翻来翻去，不自觉的意图是寻找它的不足，却更多地折磨了自己。太流畅了——自己的文笔滞涩得多；太轻松了，一看就是一口气写的——自己往往写得很吃力；太长了，算了算，十七万八千字——自己至今还未写过长篇；感觉太细敏了——这最让他难受。他插过队，又一天到晚往农村跑，可就是写不出这种农民对土地、对炕头、村落、场院、碾子、猪舍，哪怕对一瓢倒到猪食槽中的泔水的细致感觉。他读了，能体会到，很真切，他却绝对写不出来。"炕从屁股、盘着的双腿暖上来，暖到头，暖遍全身，人就像个面和稀了、蒸酥了的窝头坐在笼屉里，浑身懒洋洋、痒乎乎的不愿动。"这种感觉，他不也多次有过？"茧皮干裂的大手把一疙瘩黄土捏研成面，土面细细的，从手中流下来，经过每一道深深的茧皮裂缝，熨帖着这劳作的'伤痕'，一缕缕，像是划出了千沟万壑。"他能写出来？"牛们一步步回村了，晚霞在它们叠皱的黄皮上变幻着一幅幅静谧的农村傍晚图。"简练而优美。她是怎么想出来的？

顾小莉在他心目中有了神秘的魅力，今天又见她这么漂亮，更有些仰视了。他不断提起男性的自尊，并预支未来的成就支撑自己——现在还没写顺手，几年后他一定能写出伟大作品。

然而，此刻他完全站在一个优越者的地位来评判她了。他是文学界的兄长，他是老师。他是个体魄强健的男人，面对着一个不成熟的年轻姑娘。他可以大大方方含笑正视对方，可以用目光和言辞笼罩住对方柔嫩的身体。他突然发现：男人有了优越自信的俯视，才能真正获得欣赏女性美的权利。

他的谈吐是豪爽的、直率的、渊博的，引了许多理论，讲了许多农村生活，说明：《新生代》作者的感觉虽然有独到之处，但太狭窄，太局限，太主观化，很多地方是用城市大学生的心理取代农民的心理。读着别扭。我觉得，你缺乏成为大作家的素质：就是善于替各种人体验生活。你的角度太单一，是一个女学生在讲述世界。所以作品显得稚嫩。讲到人格，这可能暴露你的个性是唯我的。唯我的人，缺乏对整个人类的理解、同情和关心，缺乏人道主义，是很难成为大作家的。

整个世界拿她开刀。小莉第一次感到自己这么软弱，可怜。她要哭了。不知为什么，她想到幼年时的奶妈了。她很少怀恋往事，可现在奶妈的形象浮现在眼前。她是婴孩，吮吸着奶头，躺在奶妈温暖的怀抱里。她有那么久远的知觉和记忆吗？是幻觉？这就是自己的内心独白——关于知觉和幻觉？奶妈现在是她隐隐约约的上帝。

她今年二十二了。二十二岁的梦更多。她是夜夜都有梦的人。听说李向南结婚了，和林虹，还是和黄平平。她火了，急匆匆去找他。路挺远。两边楼房嗖嗖地闪。李向南被她从热热闹闹的婚宴上叫出来，那里灯红酒绿，笑声一片。看见一个穿白色纱裙头戴红花的新娘。她和李向南在街边一个冷凄凄的小酒店坐下，一个黑污的小方桌，再无别人。你生气了？李向南问。没有，我来祝贺你。她说。那请你一块儿进去。李向南一指马路对面豪华的大酒店。不，我不想见他们，我要在这儿和你喝一杯。跑堂殷勤的笑脸，叮叮当，四个盘，两个杯，酒斟满了，趁李向南转头往窗外看时，她把一百片安眠药研成的面倒在他酒杯里，用筷子搅和了。他转过头来，两个人凝视着干杯。她看着他把酒饮完。好，一会儿你就该睡着了，而且永远不醒了。但她眼前却迷糊起来，永远地睡着了。

　　楚新星看不惯几个男人这样宰割一个姑娘。倘若把你们哪个爷们儿如法炮制一下，你们谁也没小莉吃得住(她够了不起的。)，早恼了。啥事也别这么当真，人们相互自在点，悠着劲儿过活。这是干吗？得了，我没什么可说的，我觉得顾小莉比我写得好。他甩出一句，溜溜达达走到冰箱前，拉开门打量着：有什么喝的没有？挑挑拣拣提出一瓶啤酒，拿过个大杯，扑哧，开了瓶，冒着白沫，咕咚咚倒满，加上冰，自顾自一饮而尽，又倒一杯，再饮而尽。

　　"你别给大伙儿扫兴了。"杜正光圆活着气氛，"该你解剖小莉的第四层次了。"

　　童伟、饶小男都感到了楚新星这个态度中的含义了，有了点不自在。

　　"新星，你这可不像话。"童伟笑着嗔道，"小莉求我们大家帮助剖析她，我们几个都坦率谈了，你怎么不贡献贡献？"

　　楚新星又端着酒杯溜溜达达走了几步，身子微微颠着，觉得自己年轻帅气。他走到自己的座位旁，很放松地坐下，跷起二郎腿：好，非要我说，我就说几句。

　　小莉，他没睡醒似的眨着眼，目光却看着地下，让我分析你的幻觉、潜意识层次？你在小说中写了几段幻觉，我觉得不怎么成功，好像是图解弗洛伊德理论。那个女记者的幻觉还不错。可能是你自己的吧？像那么回事。要分析潜意识，我只觉得，你性欲很强，又很压抑。错了，算我胡说八道啊。

　　小莉垂着头。

　　这不看幻觉也能看出来。你描写景色，那满山坡的草，像男人胸脯上茸茸的毛。那山梁，像男人结实的臂膀。到处是女性的性观照。还有，第五层次，上帝的声音，我一块儿说了吧。我觉着，那些声音，有的我也听见过。我自己也有些说不清的神秘感觉，和你的差不多。我说完了。

　　几个人都松了口气。一切都还圆满。童伟这时便讲话了。思想更深刻，态度更温和，解剖刀要使对方战栗，流了血，晕眩了，不要紧，又有微笑的抚慰。侃侃的，从容的，含着张力，他表现出了别人难以企及的高水平，再骄傲的姑娘也会拜服。杜正光永远觉得自己最有思想，跟着讲更精辟的话。比着表现。女人永远崇拜强有力的男人。饶小男继续发挥他的唯意志论。童伟觉得杜正光浅薄拙劣；饶小男觉得童伟别有用心；杜正光觉得别人都不及自己讲得好；三个人都认为沉默的楚新星可以忽略。

小莉头垂得更低了。独白。感觉。幻觉。身边没有上帝。

她那年八岁，与父母同在干校。

水龙头离住房二十米，她端着一个大铝锅去打水，只半锅，回来了。母亲高兴了，夸奖道：小莉真能干。她小鸟一样，又跑到水龙头端着满满一锅水回来了。母亲一看更高兴了，拍拍她的肩：咱们小莉真能干，再接着打吧。

她却一下明白了：母亲夸她，并不是因为她能干。

她第三次端着锅回来了，板着脸放在地上。母亲怔了：浅浅的一锅底。她看着母亲，母亲想笑，想说什么，脸尴尬地动了动，什么也没说出来。

浅浅一锅底水在地下示威。她转身走了。

这是儿时印象最深的事情之一。

她被无数把刀解剖完了。一无是处。她那么肤浅，幼稚，可笑，毫无希望。除了被压抑的性欲，没有任何东西。而这又多么可悲：在男人面前，只是一个性饥渴的女人。谁都可以看不起她。她彻底完了。今天才认清自己，扒掉皮以后，她根本不是骄傲的公主，更无白马王子朝她走来。一切都是痴心梦，不过是个不知天高地厚的女学生，没教养。饶小男是才华横溢的，过去没有理解他；童伟是深刻不见底的，自己在他面前不过是一眼看穿的浅水；杜正光是有丰富阅历的，看过数不清的书；楚新星翻两页稿就看出自己性压抑，天才；梅冰冰有教养，在沙龙中是令人尊敬的女主人；自己是什么？掉眼泪了？没有，但眼眶湿了。各种言辞像锋利的冰凌包围着她，划伤着她。她的身体是烫热的，鲜嫩的，早已汪汪地淌红。各种各样的目光也射穿着她。周身是血管，中间一颗心脏，晶晶莹莹，谁都看得清。

人们又来安慰她：这样分析你，可能过于坦率了，是不是受不了？小莉没这么脆弱吧？又有谁笑着说。她分不清谁的话，只觉得在受审判。她是女人。没关系，她低着头说道。该有的礼貌。人们又说了些什么。她微微抬起头，勉强地笑了笑（人们看见她潮红的眼睛），表示她的理解。这一瞬间，她看到了男人们复杂的目光。有关心，有恻隐，有怜悯，有不安，还有……那是欲望，男人对女人的欲望。她的感觉不会错的。但她的理智还蒙昧，没有清楚的内心独白。

她把头抬得更高些，谁也不看。我渴了。她说。你想喝什么？人们都关心起来。梅冰冰立刻走过去开了冰箱。就啤酒吧。她笑了笑说。因为她被解剖了，就有了被关心的权利了？她的理智模糊，独白若有若无地跳跃，只有本能的冲动在驱使她朝前走。她不知道下一步将如何走，却朦胧感到了那是什么。地平线的茫茫烟霭下，一轮血红的落日。周围是高楼，什么也看不见。

她在众人注视中把一瓶酒都饮完了。她情绪开始活泼，鲜红的曲线又跳动起来。我给你们表演一段体操，好吗？

人们惊愕，但立刻就兴高采烈地捧场。她看到了男人们相互瞥视的目光中含着的嫉妒。理智来不及化为独白，直觉掌握着一切。

她兴起，又倒了杯甜酒，兑上冰水笑着一饮而尽，然后哗一拉拉链，把红色的连衣裙脱掉了，里面是一件雪白的薄纱衬裙，透明的，露着她美丽的身体。众人全呆了。她说：你们别封建。又脱掉衬裙。男人们一个个动弹不得，想笑不能笑，想说不能说，想看不能看，想不看又不能不看。都痴了。披落的白雪一般，白纱衬裙轻盈地飘下，像到人间沐浴的仙女的衣裙，优美地搭在了沙发背上。小莉穿着雪白的三角裤，戴着雪白的胸罩，几乎全裸地亭亭玉立着。

人们没有呼吸，没有动作。只有她青春的、光泽的、洁净的身体在放光。

她又笑了笑，看着男人们。然后像一个仰身，舒展手臂做了一个美丽的体操动作，像雪白的天鹅在飞翔。身下是蓝天白云，锦绣般大地。她骄傲极了，她俯视人间，俯视男人。男人们目光痴呆。有人想笑，笑得很难看。

她做着自由体操，柔和、潇洒、优美。为了给她腾地方，男人们纷纷往后退，趁机都活了过来，有了打破尴尬的赞美声。

她一个动作迅疾舞到杜正光身旁，吓得他往后一缩。她定住格，冲他微笑，能闻见他男人的汗味。我美吗？她问。美，美。杜正光被她的美丽逼慑得喘不上气来。想拥抱一下吗？她仍然微笑着。不啦，你接着跳吧。

她微微一笑，又一个突兀的动作，舞到了童伟面前。他也后退了一步，贴着墙。我美吗？她又定住格，微笑着，她身体的气息笼罩着对方。很美，童伟的回答比杜正光有谱。她将手臂轻轻搭在他肩上：愿意拥抱我吗？你先跳吧，小莉。童伟尽量用爱护的声音说道，却含着不自然。

她又定住格，立在了饶小男面前。她的手臂直冲他的脸伸去，他也吓得后退了，靠在了未婚妻身上。你不是一直希望得到我吗？可你连吻都没吻过我。现在敢吻我一下吗？小莉，饶小男尴尬地笑了笑：我没你这么解放。她又一笑：你不是讲要扔掉外壳，人欲横流吗？你不也和范仲淹一样？你现在有没有欲望——说真话——要搂着我睡觉？饶小男期期艾艾，梅冰冰眼里露着一丝惊恐。

她又舞到房间中央，一个芭蕾舞的旋转，立住。优美地向前平伸手臂。你们不是要解剖我吗？来啊，别没勇气呀。你们讲来讲去，最终不是为这个吗？怎么都孬种了？

痴，呆，尴尬。

你不是讲我性压抑吗？她又站在了楚新星面前，你敢和我一块儿去饭店开个房间吗？

楚新星静静地凝视着她。

你怎么不回答我？她看着他。

小莉，人是很恶的，又是很伪善的。你今天该觉出来了。

她看着他，没有说话。

请允许我送你回去。他又说。

不和我一块儿开房间？

你要开房间可以，我在房间里守着你。

你不怕她生气？小莉一挡他身后。

楚新星回头看了看他带来的姑娘，她正盯视着他。我不怕。

为什么？

我已经爱上你了。我准备向你求婚。

那她呢？

我没有向她求过婚。

小莉一动不动。

你是我见过的最了不起的姑娘。

她的眼睛一点点湿了，晶莹的泪水渗透出来。她一下搂住他的脖子，趴在他肩上哭了。除了她的哭声，房间中一切都凝冻着。一个僵死的世界。

死了吧，尴尬的世界。

你走吗？过了好一会儿，他问。

走。她松开手，穿上衣裙，旁若无人，周围的人似乎不存在，不动也不语。

穿好了，她打开书包，把那份《新生代》小说稿又拿出来，咬着牙用力撕着，一本又一本地撕成碎片，抛在地下。人们都呆呆地看着她。她却冲大家笑了笑：我确实写得不好，柴透了，撕碎了重写。她背上了书包。

我送送你。楚新星说。

不，我想一个人走。

你……

我现在挺高兴的，特别轻松，像换了个人。她说，然后，欠起脚跟在楚新星脸上吻了一下。我走了，你帮我做件事，好吗？她在他耳边说。

可以。

帮我把这些碎稿纸烧了，要不，说不定我会后悔的，会再把它们贴起来。

你不怕我把它们贴起来？

你不是爱我吗？

他笑了。

她轻轻推开他，转身朝大家笑了笑：我今天特别高兴，谢谢你们，我走了。

第十五章

　　孟立才与范丹妮一起走进了燕京大饭店。

　　奇怪吗？他绅士般伸手请她先进。不奇怪。有了那一夜的报复发泄后，他多少平静了一些。即使范丹妮现在不愿离婚，他都要离，有什么可留恋的？自己身边的姑娘不比范丹妮年轻漂亮几倍，谁要那只破鞋？

　　奇怪吗？当他们今天平平静静办完离婚手续后，孟立才友好地说："能请你吃顿饭吗？结婚时也没能吃一顿，现在补一下……咱们虽说分手了，以后还是朋友嘛。"她答应了："可以。我这会儿有事，中午约个地方吧。"离婚，并没让她得到多大的轻松感——婚姻原本像个大包袱压着她，几年来使她痛苦至极，一旦解除了，也就那么回事。她发现自己对孟立才并没多大仇恨，他并不坏，毕竟和他有过一段共同生活。

　　"想吃点什么？"孟立才问。

　　"随便吧。"范丹妮放下皮包习惯性地理了理头发，四下看了看。高大的落地玻璃窗拉着薄纱窗帘，外面一排排停放的小轿车，头顶是华贵的水晶吊灯，厚厚的地毯，一根根烫金雕花的圆柱，年轻的男女侍者，周到的服务，多是些外国人、港澳人就餐，凉凉的冷气，若有若无的乐曲，凝为一种幽雅高贵的气氛。她感到压迫力。一位小姐刚领他们坐下，放下菜单，又一位小姐走来，彬彬有礼地微俯下身用镊子夹过香水毛巾，又放下一个托盘：一个茶壶，两个茶杯，很精致。先请用茶，再请点菜。她尽量坦然、自如、高贵——她来过这种地方，却仍显局促。她后悔没打扮得更讲究些。

　　孟立才看出了她的局促：哼，电影界也不过如此。你们钱包里有多少钱？

导演，演员，有名气，没有钱，一样是露怯的。

他愿意看到她露怯。

他穿着漂亮的花格衬衫，戴着副镀金框的变色镜，一副港澳富商的派头。这派头当他由自己包租的日本豪华车中出来时就显露出来了。他那样有派地一关车门，抬腕看一下金表，那样有派地走上一级级台阶，既看到了大门口迎客的侍者，也看到了在一旁原地挪着步站等的范丹妮。看着他从汽车中走出来，她多少显出一些寒碜。她自然是挤公共汽车来的。

他欣赏着这寒碜。

他叫菜要酒，缤纷杂陈，奢华一桌。他的坦然自如，对侍者吩咐的随便娴熟，显出他是这里的老主顾。侍者能看出他的身份，他则看出了范丹妮的没有身份。他转过头微微一招手，侍者便来了。微俯身，面皮白净的漂亮小伙，您要什么？他含笑把目光对着范丹妮，温文尔雅：你再喝点儿什么？自己点吧。太太，您喝什么？侍者转向她。她问：你们这儿有什么？侍者报出十几个名字，她大多陌生——眼睛里没有反应，只能捡听说过的点一两种。他靠在椅背上含笑观赏着。这儿的身份就是钱，以后的身份就是钱。没有钱，风雅之士也只会遭人白眼。这就是未来的新秩序。

这顿饭她吃得很别扭。

"丹林最近在吗？"

"在。"

"我想聘他当我达美公司的经济顾问。"他是老板。

"他很忙。"

"我知道。我不需要他为我们上班，我每个月只找他咨询一次，可以付他酬金。"

"你自己找他说。"

"好的，今天先请你把这封信转交给他。"他把一个大信封递给范丹妮。

走出饭店，一位浓眉大眼的姑娘站在孟立才包租的汽车旁打着阳伞候他。范丹妮溜了一眼：一个二十七八岁的性感小姐。

"给你们介绍一下，这是范丹妮，这是金凤，我的未婚妻，你看过照片。"

"你好。"金凤上下打量着范丹妮，伸过手来。

范丹妮一下子隐隐感到了自己整个受着侮辱——从吃饭开始。什么侮辱？

孟立才正温文尔雅地站在一边。她苍白纤瘦的手指觉出了姑娘手的丰厚、结实、火热，充满性欲和活力。

"要不要叫辆车送你？"孟立才说着，向一辆还未停稳的出租车招了一下手。他在利用最后一个机会。

"不用。"

"好，那我们先走了。"孟立才挽着金凤钻进自己包的车，一拉车门，拜拜，走了。

范丹妮恨恨地看着驰远的汽车。"小姐，您去哪儿？"那辆出租车在她身边停下。她也想一拉车门上车，高傲一次，但她非常清楚自己皮夹内一共有几张票子。"我哪儿也不去。"她一甩头发，咯噔噔地走了。

监狱，铁窗，通夜不熄的电灯光。大炕上连他睡着十个犯人。他也成了犯人。都等着判刑。据说去劳改队能多吃些，这儿太饥饿。窗外——一个高高的小方窗——隔着铁栏，是黑夜。高墙，探照灯，岗楼，高墙上是电网。很少看见星星。天空太小了，又有电网分割，轮不上有星星。

他睡不着，到墙角尿桶里尿了一泡。一天三顿稀菜粥，早就旅行完了肠胃，出去了。盖着被子靠墙坐着。墙很冷很厚，捶它撞它，连声音都没有。对面墙上涂画着乱七八糟各种脏道道，有字有符号，有什么也不是。历届犯人留下的。有一个黑黑的大圆圈面对着他。意味着什么？是口锅？想家里的饭了？是大煎饼，饿慌了，画饼充饥？是绢索，想上吊？是猪圈墙上吓狼的圈，想家里的猪了？是女人的屁股，想老婆了？是洞口，钻出去就是自由？……每每看着这圆圈，它忽近忽远，忽大忽小，就浮出许多幻觉，有那个犯人的嘴脸，有自己见过的世界，学校的大围墙，房子的门口，自己的鞋，学生们的脸蛋，转动的平车轱辘，太阳，月亮，一眼枯井，往下看，黑洞洞，手铐，绳索……他扭过头，背后的墙上有自己用牙膏皮划下的道道。一九六三年六月十七日，他被抓进来，到今天，关了两个月零三天了。

他有什么罪？他是宋庄学校的体育老师。附近有个砖厂，周围丢弃着一堆堆烂砖头，村里农民们去挖去捡，盖厨房，盖猪圈。他也跟着拾了一平车，想修修房。贫下中农没事，他便被捕了。出身反动家庭，父亲当过反动军官，盗砖就是阶级斗争新动向。

灯光下一张张呼噜噜大睡的歪脸。强奸犯，绺窃犯，杀人犯……个个睡得安稳。紧挨他睡的是个奸畜犯，和这种人挨着，想起来就恶心。一个歪扭的秃头，疙疙瘩瘩，长条脸黑灰贼亮，像抹了铅笔芯粉。

和这些渣滓们在一起再明白不过了：自己已是这个社会最下等的人了。

那年他才二十八岁……

风驰电掣，外面炎热，车内阴凉。前门西街。高楼。电梯，呜呜上。好，到了，1024，他在城里的"事务所"，掏出一大把钥匙哗啦啦响，选了选，一捅，开了门。一把钥匙开一把锁，没错。男人都喜欢钥匙。两居室小巧玲珑，外间屋办公；里间屋卧室。咱们先休息会儿。这儿没空调，没车里凉快，以后装一台。来，心肝儿，咱俩亲热亲热。扭怩什么，半天没抱了，憋坏了吧？不承认？怎么，不高兴了？他把金凤一下抱起放倒在弹簧床上，搓啊揉啊，恨不能把她揉成一团面。你比范丹妮强一百倍。不躲了吧，啊，来劲儿了吧？闭上眼不吭气了？身子动什么？哈哈哈。好了，起来吧。他到此结束。火一样的精力留着晚上再正经享用。这会儿他有事，约的人要来了。

哼，金凤瞪着他，整理着衣裙头发，门敲响了。

来了，准时。把这套公寓出租给他的房主：顾晓鹰。

顾晓鹰一眼就看明白了屋里的阵势——金凤刚从里间屋出来，脸红扑扑的，头发衣服看着整齐，一般人的眼睛绝对看不出什么，但他是老手，这分明露着刚乱过的运动韵味儿，所有的线条（头发的、肌肉的、衣服的）都显得不安宁。他一瞥就看见了里屋的床，一股子才闹腾过的热乎气。男人和女人在一块儿有没有过"事"，他一眼就明白。他看出了孟立才稍有的一丝不自然，笑了笑在沙发上坐下了。在这种情况下和孟立才谈判可能更有利些，每一丝窘迫都会使人付出些代价的。

孟立才却仰头哈哈笑了，起身把里屋门拉上，然后很有气派地走了两步，豪爽地一伸手："介绍一下，我的秘书，也是未婚妻，金凤。"

顾晓鹰有些意外。

"我离婚了，很快就结婚，到时候请老弟来喝喜酒。"孟立才一跷二郎腿，隔着茶几在另一个沙发上坐下了，叭地用打火机点着烟，抬腕看了一下金表，"咱们进入正题吧。我下午还有几个约会，时间很紧。"

顾晓鹰一下被置于被动，从容劲儿被剥夺了。"行。"他也点烟，也跷起二郎腿，说："我下午也还有事。"

"咱们来干脆的，不就两件事吗？先谈小事。"看着顾晓鹰那股劲儿，他心中骂道：你小子有什么了不起？一个省委书记的公子，装派头。老子倒要领教领教，耍耍你，"先说房子的事吧。"

顾晓鹰垂着眼在烟灰缸上蹭着烟，他脸皮厚，但张嘴说钱，还和自己的尊严有点相碍。这套房他已租给孟立才几个月，每月房租一百元。知道孟立才钱多，想把房租大提一下。"噢，"他笑了笑，仍然垂着眼慢慢蹭烟，"我一个朋友，是个铁哥们儿，想租这套房子，每月出二百块。"他很快带过这句实质性的话，抬起眼，"他和你一样，也是搞公司的，急用。我很为难。"

哼，好个大公子。为每月一百来块钱的事，也值得费这么大心机，连脸面都不要了。"你是不是想把房子收回去？"他装傻，"你真想照顾铁哥们儿，租给他，我可以成全你。"

"我当然不能那样，你也是朋友，我是和你商量。"

商量？你小子这表情就把你全露了。一说成全你，你急什么？想提高房租，摆这一套鬼把戏，太嫩了点："这不商量了？不难为你，我去别处搞房子。我能搞到。"

"不不，你也很需要。我不能为一个朋友，伤一个朋友。"

"算了吧，老弟，讲明白话吧，你说这什么意思？"

"我……"顾晓鹰难堪了。

"还是我捅破窗户纸吧，你不过是讲点经济效益。只要我也肯每月出二百，就还是租给我，对吧？"啊哈，顾晓鹰，你现在怎么表演？别把脸扭得那么难看。又要当婊子，又想立牌坊，爱钱，又怕说钱，天下哪有两全的事。你他妈的，凭着权势搞到公家房子，再黑着出租，权立刻变成钱了，真容易。

顾晓鹰脸歪着拧了几下，拧出个半难堪半赖皮的笑来："就算这意思吧。"

就算这意思？脸皮慢慢往下撕吧。"好，顾晓鹰，我这个人讲交情。可交情是交情。我现在搞实业，讲的是钱，万事要算账。这套房，让我每月出二百元，我不租了，到月底就搬走。"

顾晓鹰出乎意料，他愣怔地看着对方。

金凤坐在对面写字台旁记着什么。真有意思，孟立才有两下，刚才还和她说：租来这套房子好不容易。房租再贵三倍也比住旅馆饭店方便划算。

"谁愿意出二百元，你就租给谁吧。"孟立才说着站起来，哼哼，瞅你这样儿，风度呢？尊严呢？你大丈夫气点儿，干脆连这每个月的一百块也不要了，嘴硬一硬，把房子收回去，强似这么受气窝囊。一百块钱也舍不得撒手，还是缺钱花嘛，面子还是不值钱嘛。他走了几步站住了："晓鹰，老实告诉你，这种事上，我账算得很清楚。你这套房子不过四十平米，造价多少钱？每平米二百元，顶破天了，造价八千元。这儿地皮贵，可我现在出两万块钱，就能买下这样一套房。你信吗？两万块钱存银行，按五年死期吃息，不到八千块。五年是六十个月，平均每个月一百三十多元。我要每个月支付一百三十元房费，就等于把两万块钱存你名下了，对吧？两万块钱，要月月取息，还不到一百三十块呢。我不如花两万块钱买一套房子。"

他说着坐下了："你替我算算账，对不？咱们是朋友，随便聊聊。"他瞥了顾晓鹰一眼，拿起茶几上刚装好的电话，拨了号。"……吉瑞吗？房子的事怎么样？我准备买呀。对，付现金。……"他放下电话："这个朱吉瑞，你认得吧？"

顾晓鹰认得，一个专门干着买卖房子的捎客。

孟立才心中冷笑了，要得差不多了，该收盘了："怎么样，老弟？账咱们算过了，我来讲点交情吧。你要还愿意把房子租给我，我可以每月加二十元，算是我使用你这些家具的付款，怎么样？"

"行。"顾晓鹰求之不得。

"咱们签个长一点的契约，两年的怎么样？"

"可以。"

孟立才心中又冷笑了：笨蛋。往下北京城里的地皮钱、买房钱都要不断大涨，这类房租也会大涨，长期协议，你只会吃亏。

"能不能把这两年房租一下预付我？"顾晓鹰问。

"嗯，"孟立才摇头，"那不行。中国的房租向来是日租、月租，而且都是住了才交的，我预付你就吃亏了。两千八百八十元存银行还有利息呢。老弟，要急着用钱，我可以借你。两千，三千，都可以。你打个借据，要付利息。讲个交情，不是高利，按银行利息算。连本带利每月用房租冲抵怎么样？"

"好吧。"这个恶棍，顾晓鹰咬了咬牙。他急需三千块钱。孟立才，老子过去搞过你老婆，让你戴过绿帽子。不知道吧？现在想想，也能解气。

看着顾晓鹰低着头写借条，签名画押，他真有一种狠毒的满足。你们这号人也要在我这儿低头，哼。"再按个手印吧。"他把印泥放到顾晓鹰面前。"还用按手印？"顾晓鹰极不情愿。"按一个吧，规矩。"他坚持道。顾晓鹰只好又按了手印。怎么，受辱了？签名不失现代人的风雅，按手印就像旧时卖身契了？你借钱还有什么风雅。他拿过借据仔细看了看，带着狠毒的精神享受折好，放入腰带上的皮包里，叭叭，按扣一响，装起来了。他是债权人了。他把这位大公子的尊严装进了自己腰包。好，他从皮箱里拿出三千元现钞，三扎，往顾晓鹰面前一放：点点吧。看他在自己面前点钱，一张一张，也是一种享受。不过三千块，真要面子装豪爽，干脆不点，装起来就算。他就是办不到。

"谈下边的事吧。"他说，"他和我什么时候见面？"

他要和一个在广州经商的人接洽，那人很有名，叫鲁鸿，顾晓鹰的同学。

"他很忙，找他的人太多，我尽量想法帮你安排吧。"顾晓鹰说，总算有你求我的地方了。

"顾晓鹰，别跟我闹噱头。你要拿我一手，我就绕过你了。搞生意的人四通八达，我从别人那儿也能通到他那儿。你不愿从中穿线，就放弃说好的那笔好处费了。"

"老孟，你真是魔鬼。"顾晓鹰脸上笑着，心中却在咬牙切齿，"晚上我领你去，他住华侨饭店，他请客。"

孟立才转眼珠一想："不用。你把他电话告我，晚上我做东。"

宣判大会。他被五花大绑着押上了宋庄大场院的土台上，寒风凛冽，上千村民扶老携幼黑压压挤了一场，袖着手，缩着头，跺着脚。横飞的风沙中，老人的眼睛，年轻人的眼睛；女人们的眼睛有些恐惧地看着他，交头接耳着；最让他抬不起头的，是学生们的眼睛。他们的老师现在是坏人，破坏分子，阶级敌人。头顶上横标在风中呼啦啦响着，白纸黑字贴在红布上："千万不要忘记阶级斗争"。他一来就看见了。关了半年多，终于到了判决的时候。

批判，宣判，高呼口号。他弯腰低头，他是阶级敌人，他是反面教员。台下第一排，一个穿着破袄的小男孩儿仰着蜡黄的小脸看着他，流出的鼻涕已冻成冰，用小手指着他轻声说："这是坏蛋。"他使孩子们从小懂得阶级斗争，他完成了历史使命。

父亲的脸在眼前浮现。他在对自己说话：你得处处小心，事事小心，你和别人不一样，你千万不要忘记：凡事要多低头。那时他十五岁，上初中，一九五〇年。

他彻底低头了……

虽然是豪华车，但顶着出租的帽子，就不得不在威严的大门口停下来。警卫示意车靠边，让他到传达室登记。这大院内有一大堆他说不上来的高级机关。他不能随便出入，金钱在权力面前显出低下了。他站了一会儿，转身到车里坐等。这样有身份一些。

有人出出进进着大门。两个姑娘到外面买雪糕，又说笑着进去了。门卫站得笔挺如没看见，更准确说，是"不敢"多看她们。这些姑娘比自己有身份，可以随便出入。他扭头看了金凤一眼，俊，打扮也挺时髦，但粗壮了些，没有那些姑娘大方文雅。她正用好奇的目光看着这一切，露出一股怯。这让他痛楚地感到了自己社会地位的低下。老婆是丈夫身份的标尺。"你想不想上大学？"他突然问。"上大学？"金凤莫名其妙。高中毕业七年了，她从未想过。"你要想上，我出钱让你去大学读代培。……算了，以后再说吧。"他狠狠地挥了一下手。

两辆上海牌旧轿车堂堂皇皇开进去了，他还得靠边等着。他突然感到，那两辆旧车代表着权力地位，而他这辆顶着出租牌的豪华车恰恰没有身份，把这豪华车脱了（像脱衣服、脱壳一样），把自己的眼镜、花衬衫、金表都脱了，再把钱包脱了，把达美公司老板的名儿也脱了，自己是什么？就剩一个粗粗壮壮的身体，顶着个又方又大的黑脸，低贱得不成个人。他想到了自己低贱的身世。

不，转瞬他心中又翻了过来：他们又有什么？今天丢了官，明天就没车坐，脱掉这层壳，他们一样不值钱。

要找的人来大门口接他了。一位名气不大不小的作家，程无忌。五十多岁，红脸，小眼睛，嘴往前凸，有个活泼热情的狐狸面相。你来了？他连连招呼着。

车不能进，他们走进去。院里挤满了简易房，一层的，二层的，拐来拐去的巷道。程无忌边走边热情介绍着：那是出版社，这是机关，这是报社，那个楼有好几个单位……来来往往都是文化界人士，都是朴素的白衬衫。他的花衬衫，金边眼镜，再加上这张黑脸，显得刺眼。他觉得自己走路不自然，提着小皮箱，也显得磕磕邂邂。在这儿他又像下等人了。真正有身份的是短袖白衬衫，朴素的灰裤子。那是贵族。再看金凤，走得更不自然，高跟鞋都踩不稳，一个小县城的姑娘，根本没见过大世面。

一幢红楼，又有军人守卫。程无忌掏出工作证，又指着他和金凤说明了一番，门卫上下打量着摆了一下手，才放他们通过。楼里很拥挤，楼道里堆放着书柜、成捆的书报、很暗。远没有大饭店的豪华敞亮。但踏着一级级台阶上楼，他却深深感到这里对他有多么大的压迫力。他时时觉得自己卑微，没身份。

在中国，还有比金钱更有地位的。

总算到了办公室，烟茶也递了过来，自己的身份，程无忌已向他几位同事作了介绍。没想到的是，达美公司董事长的名片在主人那里赢得了很大尊敬。他们不但客气热情，甚至显得有些殷勤。

他找程无忌的事情很简单：聘请这位作家当达美公司顾问。工作很单纯：负责阅读几十种全国报刊，每月两次把报刊上有关信息书面提供给公司，"您是写改革的作家，对全国动态有把握。"等屋里只剩下程无忌时，他又接着说不便于公开说的话："至于酬劳，啊……我们公司每个月将付您五百元。"他原定三百，不知为何觉得说不出口，改成了五百元。

程无忌连忙笑着推辞："太多了，太多了。看看报并不误我什么事。"这使他一下子又看到了一个极简单极熟悉但刚才竟产生怀疑的真理：金钱在哪儿都有力量。

他的自信心顿时又恢复了。一踏在金钱这块土地上，他整个人就全活了。

哼，五百元还多？你当只出卖读报的信息？你出卖的还有你的名气。有你这样的作家当顾问，再有政治家、经济学家给我当顾问，不说别的，达美公司的信誉、知名度就会扩大几十倍。这也是我做大生意的资本。魔鬼能用金钱买下人的影子；我用钱也能买下你们的名字。说到底，你是我顾问，我是你老板。

火车上的软卧车厢，车窗外掠过着田野。他对面坐着头发斑白、神态安详的老夫妇俩，广东人，一看就是三七、三八式的老干部。闲谈中由生疏至熟悉。

知道他不是港澳人士，只是北京远郊一个小生意人，夫妇俩对他的尊敬客气（还带有一丝拘谨）马上没了，变得亲切随便，显露出首长的和蔼了。

"现在软卧票随便买吗，有没有级别规定？"两个人的第一个问题。

"没有级别规定，有钱就行。"

"噢……"夫妇俩感叹一番。

"你是怎么做起生意的？"老头儿开始调查民情，他脸上有一块很大的老人斑。

怎么走到这一步的？低头三十年，做梦也没想到这辈子能坐软卧——和他们平起平坐。一九六五年刑满释放就成了农民，公职开除了。在村里当电工，管机井，开拖拉机，搞磨坊……文化人在村里有用。学校缺人了，又去当民办教师。去年，他不知怎么吃了豹子胆，联合几个人把村里的机井、拖拉机、粉房、醋房、砖瓦窑通通承包过来。一年就净挣几十万。今年又被请到县里，办了个达美公司。

我现在挣几份钱？村里那一摊我还承包着，挣个人的钱。当公司经理，挣的是工资，公司利润超额，我工资挂钩往上涨。另外，我个人有十万元资金也投到公司里了，按股份分红。

"那这达美公司到底是公家的，还是你个人的？"

"我觉得又是公家的，又是我的，说不清了。"他哈哈笑着。

夫妇俩有些疑惑地交换了一下目光……

他真是个做生意的料。一下午又利利索索办了几件事。像这尼桑车，起动快，加速快，转弯快，制动灵，说走就走，说停就停。节奏明快。

京都书斋。面前坐着一个鹅蛋脸的姑娘，高鼻梁，蓝眼珠，像欧亚混血儿。她是这家知青书店的经理。她一边和他谈着话，一边不时转身指挥着书店内的盘点。几个年轻人正踩着凳子上上下下忙碌着，把一包包书拆包上架。

她叫茉莉。他们的谈话涉及书店的命运，因为看错行情，进的大批书籍和画册滞销，资金周转不过来，书店面临倒闭。

他以达美公司的名义提出：对书店投资三万元——这足以解决书店的危机，条件是：第一，以后按股份分红。

这是不言而喻的，往下谈。

第二，我要安排一个人，新华书店离休的干部来这儿当副经理。他有经验，可以帮助你。

姑娘犹豫了，眼睛转着飞速思索。要控制这个书店？不要紧，她不是傻瓜。店里的知青个个都是她的好友。可以，不过要快一点。什么时候能把资金拨过来？越快越好。现在，几家出版社都在催我的书款，再欠下去，就没有信用了。街道上的房租也欠了半年了，职工两个月没开工资了……茉莉说话既干练又着急。

越急越好，我的条件越多。第三个条件：这个书店的四分之一要划出来专门给我用。

"你要干什么？"

"我有朋友在湖南的一个出版社。他想在北京开个售书点。我让他们在这个店里占一面，挂牌设他们的专柜。"

"这……"这个条件太苛刻了，姑娘的眼睛转得更快了，思索着。

"如果你认为这些条件不能接受，那我就走了。在你这儿投资，本来就有风险。"他站起身，坐在一边的金凤也同时立起身。

"你再等等，我想一想。嗯……行吧。"姑娘咬了咬牙，下了决断，"他们卖书不会和我们重复。只会互相促进。我的顾客是他的顾客，他的顾客也是我的顾客，互相当广告。"

他心中得意地笑了，那就签约吧。小姑娘，你很漂亮，很可爱，看得出很有文化——他不由得又扫了金凤一眼，还是要让她去上大学——可你自以为聪明，我能平白无故去帮助那湖南的出版社吗？朋友再好，讲到钱字，都不能不算账。什么大义灭亲，大利灭亲。钱字面前没有什么亲朋至友。我给湖南那个出版社在北京找下这个专柜，他们付我三万元。你知道吗？我等于分文不花，就成了"京都书斋"的大股东。坐等分红。倘若湖南那出版社知道你们书斋的底儿，又像我这样聪明，或倘若你们知道他们的想法，又像我这样会办事，我就挣不下这份钱了。挣钱要抓时机，一个时机可以值三万元、三十万元，包括"乘人之危"。你不面临倒闭，我能插手吗。小茉莉，我看过报纸上对你的吹捧，也赞赏你办事业的勇气。可我还得算我的账。也不算坑你吧，对你也有利嘛。

"再见，谢谢你的帮助。"茉莉和他握手告别。她的手热而潮，比金凤的手小而细腻。

谢什么？我已经是这个店的主人之一了。你再聪明，有我派来的老家伙有谋略？你当这个店的家，他，副经理，会当你的家。姑娘，我研究过你的情况，上着电大，快毕业了，又喜爱绘画，还在学习，以后你会一辈子搞发行？你对象在上海，结了婚又会有什么变化？变化来变化去，书店就到我手里了。知青店不上税，这儿又是闹市区，门口七八个汽车站，简直是黄金地皮，以后要挣大钱呢。

餐车。先给软卧客人开饭。人少宽敞。那对老夫妇把菜价问了两遍，商议着，要了两个菜：鱼和肉炒青椒。服务员转身要离开，又叫住，把鱼改成木樨肉，便宜些，服务员照办，啊，可以，但也有点不耐烦。

他两手八字放开，独占一桌。葡萄酒，啤酒；冷盘要：炸鱼、香肠、松花蛋；热菜要：烧海参，油焖大虾，鲜蘑菜花。鸡蛋汤？不要，没有好点的？给您单做一碗三鲜汤吧？好。服务员俯身开票，收钱，满脸堆笑。有钱到底痛快。

一转眼，和斜对面老夫妇俩的目光相遇。老太太正把几个自带的煮鸡蛋剥了皮，放在丈夫面前。他们用一种那样的目光看着这里，随即转过去，平平淡淡看着窗外景色说起话来。刚才那目光，他能读出来：现在的服务员真不像话，见有钱的就低头哈腰。这些人的钱也来得太容易了，花天酒地……一辈子革命，不如一年的暴发。

叮叮当当，酒菜上了一桌。老夫妇俩没再往这儿看一眼，他却始终感觉到他们的存在。他们低着头簇在一起，冷清清地吃着那两盘廉价菜。既显寒碜，亦显高贵。

自己吃得很不安——太排场了，太显阔了，太暴发户了，钱确实来得太容易了。但他又极力使自己坦然：钱是自己挣来的，有钱就能买来享受和优越，这是应该的。他吃得别别扭扭，缩手缩脚：倒啤酒，咕咚咚，轻轻的，不敢出大声；喝啤酒，轻举轻放；放筷子，小心翼翼。连眼都不敢随意四顾。一桌菜摊得太大了，像十亩田，超出了他的视野，他目光只盯着眼前。人们似乎都在冷眼看他。您的汤最后再上吧？服务员的笑脸，对他特别关照。行行。他连忙小声答道，唯恐太张扬，刺激了他人。

自己怎么了，做什么见不得人的事了？他有什么错？随着一杯酒一杯酒下肚，一股无名火腾了上来。我没犯法，你们凭什么轻视我？他不轻不重地把酒杯蹾在桌上。我吃我挣的，有什么不光彩的？他喝了一口酒，把杯更重一点蹾在桌上。还要我低头？（一幕幕往事浮现在眼前）他终于火了。我低够了，不低了。我有钱，我不管你们怎么看我。你们看不起我，我还看不起你们。酒杯重重地蹾在桌上，他完全敞开怀了，咕咕咚咚地倒着酒，大大方方挥手叫着服务员，就要吃给你们看。

吃这顿饭，像是划船过了一场风暴，住院动了一个大手术，经历了一场梦。当他抹抹嘴站起来，感觉自己蜕了一层皮似的变成一个新人了。

回到车厢，那老夫妇俩似乎不认识他了，不再和他多说话……

一天最重要的一场谈判在酒宴之间进行完了，金凤搀着他回到房间。为了显示达美公司的实力，他今天特意在华厦饭店请客，还在这儿订了房间。小凤，今天咱们在这儿阔气一晚上，让你也睡睡一百多块钱一晚的床。

他有些醉了。

鲁鸿，胖胖的，蓄小黑胡子的年轻人，很精明，是个有实力的对手。和他谈判费点力气，多占不了便宜，最后，闹了个"平等互利"。这小子，今后还要和他打交道。是不是，小凤？

是，你躺下吧，我给你脱衣服。你今天喝多了。

不不，没喝多。和鲁鸿这样的人谈，就得多喝。两人都喝多了，才谈得成生意。今天是棋逢对手，将遇良才。你看着，我们俩谁手段更高明？

我看他也够精的。

你说什么，你觉得他比我强？他瞪眼了，直愣愣的。

他不比你强，也不比你差。你们今天谁酒量大，谁就占上风。金凤不怕他，俯身给他脱鞋。

你说我不比他强？他一把揪住她头发，狠狠地拽过来。

金凤被拽疼了，眼泪迸了出来。

他松了手，酒也有点醒了。但他不该醒，他还该装醉。要不他揪金凤头发就太没理了。

你别理我，让我直挺挺躺在这儿……你去卫生间洗洗澡，会开热水吗？洗澡时唱个歌……顾晓鹰今天最草鸡，我和鲁鸿都要先让他醉，我们谈生意不愿他听……我这是在哪儿，还在餐厅里？是在河边？小凤，咱俩是不是在河边坐着，你问我的一生？

　　……他瞪着天花板装醉说着，却真的又醉了。

　　一张十元的钞票变成一块神奇的毛毯，载着一个白发老翁从云中降落，自己又乘它飞起，身旁又陡地出现一个姑娘，是金凤？一个黄太阳，下面是一片海，墨蓝，雪白的一壁礁石矗立着，一只小船，无帆……

第十六章

　　电影厂夏天的澡堂长廊似的，水泥墙，上面凉棚式的简易房顶，两排淋浴喷头，冷水，中间拦腰一道隔墙把长廊一分为二：东边是男澡堂，西边是女澡堂。

　　隔墙虽不低，但和人字形顶棚间有偌大一个三角形空缺，因此只隔断了视觉，却没有隔断听觉。轰轰隆隆，叽叽喳喳，男女两边的声音相互都能听见，加上哄嗡嗡的回音，这便产生了奇特的心理效应。

　　童伟一边洗着澡，一边和刘言、杜正光、智彬、肖建等人聊着天。他们讲话需用很大的声音，甚至要用手捂在嘴上做喇叭筒。小伙子们一边在激人的冷水中嗖嗖地跳着，哆嗦着，搓洗着，一边撒欢地大声喊叫着。喊叫声发自年轻男性身体的野性冲动，在四壁水泥墙轰轰隆隆回响着。这喊声势必传到女澡堂那边了，她们势必在笑。

　　他们喊一阵就从冷水的淋浴中跳出来，停顿一会儿，果然听见那边女性们咯咯咯的笑声。"你们听见了没有，我们这男声大合唱？"有个小伙子高声嚷道。那边只有女性们压低的笑声——她们人人怕暴露自己。小伙子们立刻哄堂大笑，你们装聋。你们不敢回答。哥们儿再来一次。他们更大声地嗥嗥叫起来。

　　我们的声音你们都听见了吧，我们中间都有谁你们也都能分辨出来了吧。我们赤裸的身体，我们发亮的肌肉，我们男人可爱的宝贝，你们都想见了吧。嗥嗥嗥，让你们听听，我们多么有劲儿。我们像野马一样在狂奔。我们要冲破铁网，冲破水泥高墙，用我们的铁蹄踏过嫩绿的草地，柔软的沙滩；我们冲入一堆堆柔软的草垛，把它们都挑起来；冲入一堆堆雪白的棉花，把它们都顶起来；一堆堆山一样的白云，我们冲过去，践踏，拥抱；我们要冲入一个个碧蓝幽静的湖泊，在里面横冲直撞，把它们搅个稀烂。然后，我们冲上一望无际的戈壁滩疯跑。疯狂的野马群在沙砾滚烫、无边无垠的戈壁滩上奔腾着，蹄声震天动地，沙尘滚滚蔽日。我们奔跑，我们不知疲倦地奔跑，直到累死，渴死，一头头一群群倒下来。太阳晒着沙海，晒着成千上万野马的尸体，它们的血流得多么美丽。姑娘们，你们听见了吗？感受到我们火热的拥抱了吗？

"这是电影厂的澡堂交响曲。"童伟笑着，高声对着刚来没几天的杜正光介绍道。

"这是小伙子们抽风呢。"刘言洗着他那唯有腹部有些腆起的难看的身体，在一旁文绉绉地揶揄道。

"这场面拍在电影里，可够有艺术性的。"杜正光在激得人直哆嗦的冷水中也跳着，用力搓洗着。他明显受到了年轻人的感染。喊叫声和冷水的刺激与拼命搓洗的节奏非常一致。嗥嗥嗥，他也半开玩笑地小声跟着喊了两声，便感到一种发泄的快感。

"刘言，别来这套假正经。"肖建一边双手拉着毛巾洗着又长又窄的脊背，一边凑过来说道，"没有比这抽风更伟大的了，这是原始的生命力。我给你们来个远山的呼唤。"他一边飞快地在脊背上拉着毛巾，一边仰头扯起脖子，用比任何人都更高更响的嗓音长声喊叫起来：嗥——。足有半分钟。

智彬也跟着喊叫起来。

杜正光终于跟着满澡堂内震响的嗥嗥声快活地喊叫起来，他体会到一种儿童调皮时的快感，一种一丝不挂裸体才有的放荡不羁。

"都抽开疯了。"刘言带着对年轻人的宽厚对童伟说。

童伟淡淡地笑了笑，他一边搓洗着自己结实的身体，一边看了看刘言的侧影。装什么文雅，你不过是没有那嗥嗥喊叫的性活力罢了。

但他自己也不愿喊叫——虽然他常常止不住在内心跟着嗥嗥喊，体会着那种使整个身心震撼的快感——他要保持自己的形象，不愿那边有哪位女性听出自己，也不愿和小伙子们沦为一格。他有他的身份。

眼前是一群男人裸浴的图画，他克制住不愿观看同性裸体的心理，观看起来。

杜正光是粗壮的——上下一般粗，肚腹已被脂肪胀起，胸上有一小片浅浅的黑毛，像可爱的狗熊。智彬一切都很匀称，中等的身高，中等的肥瘦，没什么特征，皮肤不好，是不是从小营养不良？肖建瘦高，皮肤黑，四肢细长，胸上排出肋巴骨，腰背有些弓，要说不好看，可是他紧绷的皮肉，快速的动作和噪噪的喊叫，让你感到他的生命力——他才二十多岁。小伙子整日被性饥渴灼烧着吧，要不这么瘦？对刘言，他只是克制住生理上的厌恶扫了一眼，正好扫过他下半身。他闭上眼不想看，恶心，眼前隐约晃动着一只黑色的大蜘蛛。

他目光恍惚地观看着整个澡堂，那成群喊叫的小伙子在眼前展开了一幅生气勃勃的画面。水像雨一样飞溅着，有力的胳膊，健美的腿，闪闪发亮的胸脯和脊背。他眼前浮现出原始人在火堆旁披着遮羞的兽皮群舞的场面，火光中闪动着长矛弓箭。他的意念一闪：隔墙那边是幅什么样的图画呢？

"嗳，你那位石英呢？"他用胳膊碰了碰噪噪叫的杜正光。

"也在那边洗澡呢。"

"那我来对你进行个心理测验。当你想到她在隔墙那边时，还会像这样喊叫吗？"

"这是什么测验？我试试。"杜正光又跳入喷头下面，在冷水中一边用力搓洗着，噪噪叫着，一边想象着。石英在那边女人群中洗浴着，她苗条挺拔的身体，她有力的手臂，她饱满结实的乳房，乳房中间的一颗痣，她的腰，她的……他还想象到其他女人洗浴的情景，噪噪叫得更加兴奋。但他"终于"看到了澡堂中喊叫的男人们。这画面与石英洗浴的画面叠印了一下，他感到了什么，噪噪叫的兴奋略有些受挫。

"我没有什么特别不一样的感觉。"他从冷水中跳出来，笑着说道。

童伟看了他一眼："那你不会和她结婚。"

"为什么？"

"慢慢再给你讲。"

他不讲。杜正光的自省能力太差。他不止一次发现一个现象：凡是隔墙那边有对象的小伙子，都不太愿意加入野牛般的噪叫，他能体会到这种奥妙心理。那边有自己心爱的女人，他会觉得这群赤裸裸的男人的喊叫在调戏玷污她。那是他不能容忍的。

西边，女澡堂。

林虹一边在冷水下淋浴着，一边和罗莎、陈美霞、石英聊着。这些天她已经和这些人混得很熟。电影厂内明争暗斗，妒忌丛生，有不少人反对她担任主角。她明白。现在要少招惹是非，尽量和人们搞好关系。电影拍出来了，自己在事业上就站住脚了。那边男人们的喊叫声震响着，她们谁也躲不过，千军万马的碾压。女人的本能，听出这声音的真正含义，能感觉到发出这声音的身体的精、气、血。

"讨厌死了。"陈美霞说道。

"小伙子们抽风呢。"罗莎说道，她的话和隔墙刘言的话既同时又同样。

"他们每天洗澡都这样嗥嗥喊吗？"石英在身上用力打着肥皂，兴奋地问道，"咱们一起唱个歌压住他们。"

没人响应。

林虹微笑着听她们议论，这嗥嗥的喊叫让人感到澡堂很热闹，很有生气，水似乎也不那么冰冷了。

没有比沐浴中的女人更美的了。她突然想到这样一句话，不禁用善意目光观察起来。老年的，中年的，青年的，少年的女性裸体在雨一样的淋浴中闪动着。老年的，线条呆板，皮肉耷拉，或胖或瘦，都不好看。中年的，有的丰腴白嫩，曲线起伏，显得比平时更美丽，但大多数都没有她们打扮起来更好看，几个平时很漂亮的人，现在一没衣服、腰带和高跟鞋，腰没了，个矮了，人肿了。二十来岁的姑娘们一裸体，几乎个个生动美丽。特别是十六七的少女，那苗条的身态，那肌肤，那精致的乳房，都在淋浴下闪闪发亮。可爱极了。

她一下发现了许多真理：真正年轻的女性不需装扮，她们越真实的裸露越美。女性乔装打扮主要是为了遮掩年龄。女人生理上的青春是很短暂的。面对着十六七岁的少女的裸体，她再审视一下自己的身体，就不得不承认，她的青春已大部分逝去了。但她不想惆怅。

"石英，杜正光爱人知道你们的情况吗？"她同旁边的石英继续交谈着。

"不知道她知道不知道。"

出了澡堂，一个四十来岁的精瘦女人跟着林虹一起到了宿舍。她叫向晔云，是个抽风般跑来跑去的女人。据说在文工团里写过几个小舞台戏，现在要搞电影剧本了。谁也搞不清她是以什么理由住进电影厂招待所的，电影厂从未正式邀请过她，但她似乎和电影厂每个领导都很熟。据她自己说，她可以随便踏进任何文艺单位，她总有办法受到接待。"我在你这儿梳梳头，顺便和你聊聊，我发现和你特别对劲。"她拿过林虹的梳子对着镜子梳起头来。林虹有些洁癖，不喜欢别人用她的东西，但她只是含笑看着对方，听着她喋喋不休的讲话，她在自觉地表演宽和。"你有情人吗？没有？那你太纯了。你现在进了电影界，不出半年准有情人，不信到时咱们看。你丈夫是干什么的？你离婚了？"向畔云惊愕了一瞬，然后一甩头，继续对镜梳理，"那更好，我就独身一人。我觉得独身最好，自由自在，特别是搞艺术的，结婚是女艺术家的最大不幸。"她乒乒乓乓梳完头，抹好油，一阵风似的走了。

和林虹同室居住的卞洁琼回来了，金项链在脖子上闪闪发光。她挺做作地冲林虹一笑："你没出去？"然后又对着门外叫道："没关系，你进来吧。"

进来一个矮瘦的中年人，看见林虹，他有些拘束地笑笑，打了招呼。

"这是我先生，倪殿安。他在香港做事，是宝德公司的经理。"卞洁琼似乎很随便，其实不无炫耀地对林虹介绍道。

林虹礼貌地笑笑。这位经理连连点头哈腰，似乎有些驼背。

人这东西很奇怪，常常互不了解。香港公司的经理，在卞洁琼看来，是个很打得出来的牌子，会使林虹肃然起敬。但情况相反，倒是倪殿安在林虹面前显得局促不安，自惭形秽。卞洁琼不了解电影明星在倪殿安眼里的地位，也不了解只有自己这位电影明星在他心目中是贬了值的。林虹对这位经理只有淡淡的礼貌。她对卞洁琼甚至有些怜悯：为了金钱，嫁给一个比自己大二十岁的男人。

由于倪殿安不愿在电影厂多露面，卞洁琼换了件衣服，就又和他一块出去过夜生活了。

林虹刚要收拾一下，有人敲门，推门出现在面前的是范丹林，肩又宽又平。

两个人在电影厂外的农村散步。太阳已沉入西山，西边天空还一片红亮，神秘地燃烧着欲望。山呈黛色，深深浅浅。田野绿茵茵的，从山脚下平展过来。纱一样的蓝色雾霭浮动着，里面溶解着霞光的橘红色。不远是一片小树林，一条小河懒懒散散地延伸向前方。河水很绿，河岸是青草。青草中一条细细的小路。

"美吗？"杜正光挽住石英的腰，感觉着女性腰与臀之间的诱人曲线（这曲线随着石英的步子生动地起伏着），"这比在房间里好多了。"

"你太色（shai）儿了。"石英把头往杜正光肩上一靠，说道。

这顿时激发了杜正光，他前后看了看，一下搂住石英吻起来。

石英闭上眼。她几乎与杜正光一样高，杜正光为了俯着脸吻她——这是男人应有的高度和姿势——不得不踮起脚。他使劲把石英的身体向下压着，石英的双膝在压力下弯曲了，身子矮了下去，他才更得劲地将整个身子也倾压在上面。石英为了支撑住，紧张的肌肉打起抖来，这颤抖更让杜正光感到刺激。他把整个身子都融进了深吻中。石英终于支撑不住了，她一下挣脱了他："别在这儿了。"

两人来到小树林里坐下。天空中的红光已经黯淡熄灭，山的黛色加深了，田野的绿色变浓了，远近的村庄笼罩着绿荫和烟雾。一头老牛在河边慢慢走着，啃着草，赤着背的村童挥着柳枝慢悠悠走在后面。

"你到底跟你爱人说了没有？"石英低头用树枝拨拉着草。年轻姑娘晕晕乎乎地委身于一个比自己大十多岁的男人已经快一年了，现在才开始萌发出一点明确的考虑。

"最近一直没有合适的机会。"杜正光回答。

"怎么老没机会啊……"石英头更低了。

"早晚要说的，这你放心。"杜正光伸手搂住她。

石英没有把身体靠过去，她用小树枝用力划拉着一株小草周围的泥土，左一下，右一下，上一下，下一下。一个口字包围着这株小草。她一下下反复划着，口字形的小沟加深着。小草根须被划断着，根部从泥土中裸露出来："你老说早晚……"

"你怎么这么不懂事？"杜正光不耐烦地推开石英，"你就不相信我？早晚是那个结果，你急什么？我现在最重要的是事业。这几年我一定要写出点真正像样的东西来，要不我就不活了。"说着，他一伸手把那株小草拔掉了，扔在一边。

石英不说话了。她把杜正光拔掉的小草又埋入原位，用小树棍慢慢培着土。你的事业心太差。你对社会没有一点责任感。你要有为历史献身的崇高追求。文学是最神圣的事业。这一两年来，她满耳朵装的都是杜正光的这些话。她是懂得太少了。

一讲到"事业"，杜正光神色严正起来，声音变得激昂慷慨。他一生最重要的是崇高的文学事业。他之所以爱她，是因为她对他的事业还有所理解。为了这崇高的事业，他愿意忍受人世间的千辛万苦和折磨。他要为人类留下不朽的作品。你别再给我添烦。你根本不知道我现在有多大压力。

……他背对着家中的嘈乱埋头写作。人需要脊背。它可以把一切混乱干扰，包括世界上一切恶劣的境遇都抵挡住。女儿失手把茶杯摔碎了；妻子忙着照顾："烫着脚没有？"母亲一边做饭一边问花椒买了没有；窗外是篮球场，一片喧闹，一个篮球飞过来砸在窗边墙上，吓他一跳；可能是下班了，附近工厂的高音喇叭里放起音乐来；水缸没水，该去拎了；市委宣传部的头头儿们前天点名批判自己的小说，气势汹汹；母亲老是关节疼，该领她去看看了；住房条件要设法改善一下，求爷爷告奶奶，要找的地方太多……自己的脊背宽而且厚，有骨头，有肌肉，有脂肪，硬邦邦像座混凝土拱形大坝，把千山万壑来的洪水都挡在后面。他胸前是一块绿秧田，垫衬着绿绒布的玻璃板上漾着水光。他拼命在这儿耕作。玻璃板下压着他的座右铭，白纸上十个红绒布剪就的大字："所求者甚大，所志者甚远。"

写字台上，贴墙排列着一摞摞书。从左到右：第一摞，是司马迁的《史记》，十册，堂而皇之，中国古代最伟大的历史和文学巨著；第二摞，是中国四大古典文学名著：《三国演义》、《水浒》、《西游记》、《红楼梦》，宏伟辉煌；第三摞，是世界大文豪托尔斯泰的著作：《战争与和平》、《安娜卡列尼娜》、《复活》；第四摞是巴尔扎克的著作：《欧也妮·葛朗台》、《高老头》、《幻灭》……半人多高；第五摞是《莎士比亚全集》；第六摞是《鲁迅全集》，十六本，精装，高达半米；第七摞是《沫若文集》，又是高高的一摞。再往右，陡然跌落，只放着从刊物上撕下来的薄薄十几页，他的短篇小说《血染的黎明》。这是他目前发表的几篇小说中唯一有点价值的。在一座座高耸的文学巨峰面前，它薄得可怜，轻得可怜。

排列的含义是明显的。这是对座右铭的注释。

还有一个注释：玻璃板下还压着一份铅印的《历届诺贝尔文学奖获奖者名单》。他要挺进，他要崛起，他要在世界文坛立起一座大山。千里之行，始于足下。他要从一个个格子爬起。他有拼劲。他要一个台阶一个台阶上，像攀泰山，几十里石阶一口气上去。他玩命地登着。他的腿部肌肉强健发达，一下下绷直着，他的肺活量很大，呼哧呼哧风箱一样喘着，他甩着一把把汗，赶过一个又一个攀登者，终于天宽地阔，一览众山小……

"你别烦了，我不说了……"石英说道。

杜正光激昂慷慨地发泄得差不多了，石英那驯服的样子又打动了他。林中已黑暗，林外的天空还蓝蓝地发着亮，衬得石英像一幅逆光照片一样柔和动人。他伸手揽过她来，她顺从地倒在他怀里。他知道：她现在又完全属于他了。他带着一种满足感慢慢用劲搂紧她，然后翻过身来从从容容压上去……

"明天我们去拍外景了，到北京远郊区。"林虹说道。

"那你多带点吃的，多带点书。要不肚子寂寞，脑子寂寞。"范丹林说道。

"你今天送来的罐头和书还少啊？"两人都笑了。

电影厂宿舍区的林荫路上都是晚饭后乘凉的人。他们并肩缓缓地散步，晒了一天的柏油路似乎还没完全变硬。天还不暗，一幢幢楼房，窗户亮灯的不多。两人非常随便地谈着。林虹越来越发现，范丹林是个体贴入微的人。

她突然止不住笑起来。

"你笑什么？"范丹林问。

"我发现你挺善良的，一点都不像施虐狂。"

"我给过你施虐狂的印象？"范丹林故作惊奇地问。

"我胡说呢。"林虹并不知道范丹林在装傻，她收住笑，朝后梳理了一下两鬓的头发。和范丹林一起走着很放松很悠闲，像是一家人晚饭后的例行散步。这让她有点动心，又让她不动心。这太没激情。

她回想起和李向南在景山公园散步的情景。

送走范丹林回到宿舍，童伟正等在屋里。他从椅子上站起来："你没锁门，所以，想你很快会回来。"

"有事吗？"林虹笑笑说道。她没想到自己这样平和，好像两个人没有发生过什么冲突。

"有两本书，你看看或许有好处。"童伟递过两本书，《电影艺术论》和《表演的历史》。

"谢谢。"

"你们明天就去外景地了，我不去现场了，所以今天专门把书送来。"

"那我更得多谢你了。"林虹半开玩笑地说道。

"你说话总带刺。"

"那是你的感觉。喝水吗？"

"不喝。我只想对你提一点建议。"

"好的，我洗耳恭听。"

"你应该争取成为下一届的最佳女演员。"

"我并不太看重这个。"

"嗯……你可以不看重得奖，但你应该争取塑造一个不朽的银幕形象。"

"我感觉，剧本似乎还没提供不朽的基础。"林虹平静地看着童伟。

童伟略有些语塞，他没有得分，而他渴望着得分。你应该在剧本已有的基础上发挥你的全部表演艺术——他原本想这样说，话到嘴边觉得太平庸，"那我希望以后能为你写个具备这种基础的剧本。"他说了这样一句。

"如果那时我不再当演员了呢？"

"那我从此以后就再也不看电影了。"童伟幽默地笑笑，说道。

"我不希望听别人这样说话。"林虹说。

童伟笑不起来了。"这是我对你表演《白色交响曲》的几点建议，给你留下吧。"他拿出一摞稿纸。

"谢谢。"林虹接过来。

"童伟，你在这儿？"弓晓艳出现在门口。

灯光昏黄的招待所一楼门厅里，矢菊秀正在独自练功。她是外借的舞蹈演员，拍电影期间也没忘了练功。要不，几个月下来，腰腿硬了，人胖了，就完了。压腿、踢腿、弯腰，她做着各种基本动作，已经两颊飞红，汗水淋漓。她仍然不脱掉那身长袖长裤腿的红色尼龙衣。

智彬和肖建并排抱肘蹲在上面楼梯拐弯处俯瞰着她练功，他们早就注意到这位出奇漂亮的姑娘了，但除了打打招呼，还没有和她多接触过，现在两人一起观看就显得坦然些。他们没话找话地提着舞蹈方面的问题，似乎使他们的旁观有了更多的理由。

"给我们讲讲舞蹈的基本动作吧。"肖建说。

"你们知道这些干啥呀？"矢菊秀认真练着她的动作。

"我们写小说、写电影，如果写到舞蹈演员呢，总要懂点啊。"两人你一言我一语地解释着，到底显得有点不自然。

"作家什么都要懂啊？"

"那当然。"

矢菊秀停住了动作，脸上绽开了纯真的笑容："你们作家真了不起。"

两人很快发现：这位漂亮的舞蹈演员不但不难接触，而且竟像初中生一样天真单纯。"天这么热，为什么不少穿点？"两人看着她那身不透气的尼龙服和满脸淋漓的汗水问。

"好捂出汗，减体重啊。"

"你还怕胖？够苗条了。"

两位男性作家说话越来越随便，也敢于开玩笑了。男人的自信，还有作为作家的自信，多半都恢复了。同时，两人便隐隐感到了相互间的对立和排斥。

"肖建。"楼上有个姑娘在叫。

"肖建，海琳她们叫你呢。"智彬用胳膊肘碰了碰肖建，提醒道。

"又是打扑克，我不想去。"肖建不耐烦地说，仍然抱着双肘，目不转睛地看着矢菊秀练功。

她的汗流得太多了，只好把尼龙绸上衣脱掉，里面是一件贴身的短袖红运动衣。她擦了擦汗继续练动作，现在，她更显出苗条和美丽。她的手臂、脖颈放着白玉般的光泽，腰后弯时，身体在灯光下描出了动人的弧形曲线。她踮起脚用脚尖迅捷地跳着芭蕾舞。黑发波浪般甩动着，眼睛星月一般闪着光亮。肖建感到自己的渴望，身体一阵阵飘起来，像虚幻的影子一样飘到矢菊秀身边，然后化为乌有。他又感到一丝发酸的惆怅，直觉告诉他，他不可能得到她。这种惆怅常常分散淡化了他的冲动，使他陷入一瞬的神思恍惚。智彬没完没了地找话和矢菊秀聊，真令人厌恶。简直想唾他一口，然后一脚踹倒他，让他滚蛋。

"肖建，你干吗呢？叫你也不应。"女演员海琳从二楼下来，后面还跟着两三个女演员和化妆师弓晓艳，"还有你智彬，看我们小秀跳舞看迷了？"

两人连忙站起来，忙不迭地解释着。

"来来，吃雪糕，都快化了。一人一根。"海琳打开一个毛巾包裹的饭盒，把雪糕递到他们手里。

"我一根不够，再给一根吧。"肖建调皮地伸出另一只手讨。

"不行，你太贪了。"海琳打开他的手。

童伟正穿过门厅上楼来，一看这阵势就幽默地笑了："嗬，少男少女，够情调的啊。"

海琳一撇嘴，刀子一样的目光瞥了童伟一眼："我们这是光明正大的友谊，不像你们那么暧昧。"弓晓艳顿时脸红了。

童伟很有风度地笑着站住了，揶揄地问："你们这是什么友谊啊？"

"革命友谊。"海琳快嘴利舌不让人。

"那我告诉你们一句著名的格言吧，男人和女人之间没有纯洁的友谊。"

"你这什么意思？"

"那就由你去理解了。"童伟笑了。

海琳眨了眨眼，想到什么，脸一红，"你胡说八道。"

"我从不胡说八道，你问他们。"

智彬在海琳的注视下搔了搔头，诙谐地笑了："这可能是真理吧。"

"你们坏，以后别想吃雪糕了。"海琳一转身，噔噔噔上楼去了。

李向南一踏进林虹的房间就觉得一片花。床上、桌上堆着衣物，摊着各种电影画报，红红绿绿。一个个美女在明眸皓齿地微笑，甜美的，风骚的，羞怯的，大胆的。迎面墙上一张大彩照，是林虹，端庄地含着笑。林虹正把一件件款式新颖的衣裙折叠好放入箱为。她身上穿着一件斜纹的多色裙。不穿白的了？她扭头看见他，亲热地笑了："你先坐会儿，我马上就收拾完，电影还有半小时才开映。"他在椅子上严谨地收着手脚坐下了。自己与这花哨而纷乱的房间不相适应，陌生人。

"林虹，林虹，你看看，挑一张，签上名，我就拿去用了，争取登封面。"一个摄影记者兴冲冲推门进来。把一二十张林虹的彩照摊在她面前，又干脆一张张拿给她看：这张怎么样？这张呢？这张人照得相当不错吧？就是背景差一些。这张好吗？我对这张最满意。林虹看着：都不错，都挺好的，你照得真不错，就这张吧。她认准了一张。还要签名？好，那我签一个。摄影记者冲李向南礼貌地点了点头，转身风一般刮走了。林虹看着李向南笑笑，解释道："没办法，他们一定要照，只好顺应他们。"他微微一笑，表示听明白了。林虹完全是另一个人了，很忙碌，很热闹，很善交际。自己越发觉得不很适应这纷乱的房间。

钟小鲁进来了："林虹，你现在有没有时间？有时间到我家去坐坐。影协来了一拨人，一块儿聊聊。你该和他们认识认识。"林虹说："我今天没时间，有个同学来找我，我要陪他去看电影。"钟小鲁似乎这才看到李向南，他目光闪烁了一下，作了什么判断，然后冲这个陌生人友好地笑笑，接着和林虹说话，明天几点去外景地，几点出发，该带些什么东西，还有哪些要办的事，把门锁好，别忘了带蚊帐，农村蚊子多，等等。他热心地说着，林虹静静地听着。李向南被晾在一边，还要维持觉得很有意思的微笑，真觉得自己在这儿有些多余了。

去电影放映厅的路上，乘凉的人溜溜达达，蒲扇拍打着穿短裤的粗腿，毛茸茸的赤脚趿拉着拖鞋，旗袍两边的开缝一咧一咧地露着白胖丰腴的大腿，小花手帕在手里摆着……看电影的人都和林虹打招呼，叫林虹的，叫小林的，亲热的，随便的，林虹不停地回话。你们看电影去？我也去看，陪我同学。她不断地站住，应酬着，同时用目光指着李向南，做着最简单的介绍：这是我同学。有些男人（脸上长疙瘩的，眼睛色迷迷的，仰着肚腹，自以为天下第一的）那样令人讨厌，可她照样又谦虚又平和地交际着，和谁似乎都是最亲近的关系，那言谈笑语是会赢得每个男人喜欢的。你得帮助我。谢谢你。太好了。你想得真周到。还有什么意见，及时告诉我呀。那本书你帮我去借？——太感谢了。我什么都没谱呢，你帮我参谋参谋。……她终于能和他并肩走到一起了，还和一个人结束着招呼话，脸上还有着对那个人的微笑。

等她好不容易收回目光看了看李向南，马上发现了他冷淡的表情，便又一笑："我一来就演主角，得特别注意上下左右的关系，不能让别人觉得我清高。"

李向南笑了笑，表示听明白了。周围喧嚣的环境与他无关。

电影厅不大不小，可容几百人，人们流水般分散到座位上，打招呼说话更显热闹了。林虹和李向南找到座位坐下。她又隔着一排排人头，翘首往回望了望，看见了什么，却又瞥见李向南的表情，犹豫了一下，把一本画报塞到他手里："你先看看画报，我去买两根雪糕。"她走了。他随意翻了几页画报，抬起头观察起电影厅来。对于电影界他很陌生，也有些好奇，但今天这样，他很有些不耐烦。有个黑脸男人站在第一排大声嚷着：车库的钥匙不在我这儿，在小姚那儿呢。整个放映厅人们都在嘈轰轰地加着自己的声音。电影放映前的聚会，使人们如喝了酒一般。你看那个女的，在座位上回过头来，半站半坐的，冲后面远远的摆着手：我明天去外景地，一早就走。真是奇怪，他们在一个厂，平时见不了面？都要到这儿来"团拜"？他把目光略往后转了一下，停住了。林虹正和一个奶油小生般的中年男性站在甬道里谈笑着，对方额头不宽，眼睛漂亮，手势很文雅，正很从容地讲着什么。林虹尊敬地听着。好一会儿，铃声响了，厅里的灯灭了，她连声向人们说着对不起，从人们的膝盖前挤了过来。"给你雪糕，快化了，你接好。"雪糕早已化软流汁，一接，就从棍上脱落了。"林虹，电影我不看了，我还有点事。"他说道。

"那……"林虹在黑暗中看着他。

"你看吧，我先走了。"李向南说着离了座，一个人走出了电影厅。

林虹跟了出来。"我刚才和一个导演说了一会儿话，他过两个月可能要上一部电影，等我拍完《白色交响曲》，他准备让我上他那部片子。"她不安地解释道。

"你去看电影吧，我确实是因为有事。"李向南边走边说。

"你是不是对我有看法了？"

"没什么。"

"我……"林虹想说很多话。有的说出来了：她为什么这样，她不得不这样，她想等看完电影再和他好好谈；有的没说出来。这些天被喧嚣的生活裹着往前走，她一直有一种身不由己的被动感，有一种来不及仔细审视的对自己的不满。天有些黑了，散步乘凉的人来回晃动。

李向南终于有些克制不住了："我不喜欢你那样。"

"我怎样了？"她笑着看他，希望化解他的火气。

"一下变得那样世俗。看见你那样和人们说话，还有那样笑，我觉得不舒服。"他将心中的积火像快刀砍杀一样狠狠地发泄出来。

两人一下沉默了。天显得更黑了，电影厂大门两个球形柱头灯发着乳黄的朦胧光晕，出了它稀薄的笼罩，面前的马路田野就空旷黑暗了。村落远近闪着稀稀拉拉的灯光。林虹站住了："你是不是觉我到了北京变得追名逐利，太庸俗了？……难道还要我像在古陵那样清心寡欲？那样更高尚些？"

他不言语。

"我是在为自己活着，不是在为别人活着。这就是我现在弄明白的真理。"她又说道。

李向南在黑暗中沉默不语。

林虹突然想到了李向南目前的厄运，自己怎么没把这放在心上呢？也突然如白光掠过一般看清了今晚他所受到的冷落和刺激。她的心一下温柔了："原谅我，我……你还有什么火，就接着发吧……"

第十七章

　　单人宿舍房间内灯光不明不暗。两人面对面坐着，弓晓艳在床上，童伟在藤椅上。一台小电扇在桌上嗡嗡嗡地来来回回摇着头。

　　"你是不是爱上她了，老实交代。"弓晓艳紧紧地盘问道。

　　"我对林虹很感兴趣，只此而已吧。"童伟颠着二郎腿，垂眼看着脚尖说道。

　　"不许你和她来往。"

　　"我是这部片子的顾问，怎么能不来往？"童伟含笑看着弓晓艳。她很气愤，手神经质地抓着床单。可爱。

　　"我不许你和她暧昧。"

　　"那你放心，我这个人从来都是坦坦荡荡的君子，磊磊落落的讲话。可她要是爱上我，我就没办法了。"

　　"你就靠这一套勾引女人。"

　　"好了，别生气了。"童伟站起来，走到脸盆架旁准备洗脸。"我哪有那么坏，又哪来那么大魔力？老实告诉你吧，林虹对我相当淡然。只有你才看我好价钱。"

　　"别来这套好听的。"

　　"我不对你说好听的，对谁呢？我要用你的毛巾了？"

　　"不让你用，你愿意对谁说好话就对谁说去。"

　　童伟拿起毛巾在脸盆里拧了一把，擦着脸走到弓晓艳面前，"我也给你擦擦脸吧？看你气急败坏，鼻尖上都冒汗了。"

　　"谁要你黄鼠狼给鸡拜年。"弓晓艳夺过毛巾扔到桌上，"我问你以后还跟不跟她来往？"

童伟笑了笑，慢慢走到藤椅旁坐下："你没有权利这样干涉我呀，你又不是我妻子。"

"我从第一天就和你说过：你对妻子好，我不嫉妒，也不管。如果你再和别的女人调情，我就不答应。我拿刀子杀了你。"

童伟看着弓晓艳微笑着："我百分之百相信你绝不会杀我。你厉害，可你又是顶顶善良的。你不知道我会看人？"

……一年前的一个晚上，两个人也是这样，她在床上，他在藤椅上，面对面坐下。"都说你特别会判断人，有的人你见过几面就能掌握他，是吗？"她问。她早就听说过他：有才华，小说评论都写得漂亮，特别得女人青睐。

"你相信还是不相信呢？"他含着一丝挑逗。

"相信又不相信，你能看看我吗？"

他凝视了她一眼，她勇敢地迎视了他。微妙而丰富的交流。两人都感到了对方的什么意思，房间里充满了温暖诱人的黄颜色，他们怀着期望等着往下的发展，那结果是朦朦胧胧可以感到的。

"好，我可以判断判断你。你应该相信，我在此前对你一无所知吧？"

"是，我们刚认识。"

"最简单明显的就不用详细说了：你肯定是个非常有活力的女性：精力旺盛；不甘寂寞；爽朗热心；愿意在大群体中生活，在群体中充当一个忠诚勇敢的角色，为了群体的利益去和别人争斗，是你特别乐于的；不愿意独往独来；如果给你戴几顶高帽子，求你办什么事，你会玩命地为人奔波……"

"太对了。"弓晓艳惊叹了，"你怎么一下就看出来的？"

"这些性格特点根据平常的言行举止就能感觉出来。你还想听我讲更深刻的吗？"

"听。"

童伟眯着眼打量着她，连同她整个房间的背景。她穿着件白底蓝点的连衣裙，鲜活动人地坐在那儿。床很干净却略显凌乱；桌上窗台上堆着各式化妆品；箱子半开着，拖露出几件揉皱的衣裙；床底下一溜鞋，最高档的皮鞋和过时的球鞋；墙角煤油炉上坐着一只铝锅，锅盖倒翻着；墙上一张她的大照片，想必是几年前照的，显得更年轻，但同时多了点现在没有的贫民气……童伟更深地眯上眼，目光恍惚了。在视觉的一片模糊中，他开始追踪着讲出自己的感觉："我想说的第一个判断——这是一般熟悉你的人也不知道的——就是：你现在大概看不起你的家庭。"

"什么家庭？"

"就是你父母和你兄弟姐妹构成的家庭啊。"

弓晓艳有些呆了。"你怎么看出来的？"她似乎想否认。

"别管我怎么看出来的，但我相信肯定没错。你承认吗？"

弓晓艳眨着眼看着童伟，没回答。

"你不承认就算了，我就不往下讲了。"

弓晓艳抿紧嘴唇，咽了一口唾沫："我承认。可你是怎么看出来的？连我父母都不知道。"

"要不说我是天才。"童伟点着头笑了笑，"我接着往下说，我要说的第二个判断，就是你的嫉妒心很强，报复性也很强。有时候为了急于报复，连第二天都等不及。"

弓晓艳又震呆了："你……怎么看出来的？"

"我说对了没有吧？"

弓晓艳咬了咬嘴唇，这些都是她最不愿承认的。

"不愿承认？"

"我承认。还有什么？"她故作镇静地问道。

"我要说的第三点：你报复起人来，想得很毒，干起来却常常手软。你本性是个非常善良的女性。"

"我不善良……"

"不，你很善良，我相信我没看错。"童伟非常诚挚地看着她，"而且，我猜测，你因为这善良肯定受过很多罪。"

弓晓艳低下头，眼睛模糊了。都以为她厉害、凶，都以为她终日快活，可谁真正了解她呢？

"我说得对吗？"童伟温和地问道。

"你接着说吧。"弓晓艳低声说道。

"我把窗帘拉上好吗？"

她一动不动，过了很久，不易觉察地点了一下头……

"没有比你更坏的了。"弓晓艳说道。

"好了，别生气了，允许我把窗帘拉上吗——像去年第一次一样？"

"不允许。"

童伟开心地笑了，站起来把窗帘一点点拉上了。他走过去把弓晓艳从床上拉起来，吻她。她左右躲闪着。

"如果你真讨厌我，我就走了。"童伟停住吻说道。弓晓艳趴在他肩上不动也不语。他停了停，温柔而坚决地扳过她的头，在她嘴唇上栽下了吻。弓晓艳最初半推半就，含着微小的挣闪，但很快，被吻激发出的爱冲走了刚才的嗔恼，身体越来越酥软。一个天旋地转的吻。她娇小烫热的身体在他怀里冲动地起伏起来，双臂越来越紧地搂住他的脖颈，还发出几次痉挛似的抖动。童伟抱着她一点点向床上倒了下去。一切隔膜被逐层解除了。裸露的天地相合交融。云来了，即将化雨。

有人敲门。两个人停住了。

"别理他，等一会儿就走了。"弓晓艳低声说道，"把电扇关了。"

电扇的嗡嗡声停了，敲门声还是不断。听见有人说话：我刚才看见童伟来这儿了呀。再敲敲。

"怎么办？"童伟有些紧张。

"没关系，别出声。"弓晓艳小声说。

敲门声更响了：童伟，童伟。

"还是先起来吧。"童伟小心翼翼地从床上下来了，小心翼翼地开始穿衣服。

敲门声停了。一阵说话声，脚步声，人走远了。

"他们走了。"弓晓艳仍裸身躺着，手伸向童伟。

"别了，神经太紧张了。"童伟点着了烟，"穿上衣服起来吧，说说话。"他已失了兴致。

当童伟拉门从房间出来时，正好碰见一群人说说笑笑从楼道那边过来。"好哇，童伟，干什么勾当呢，刚才他们半天找不见你。"被人群簇拥着的一个男人指着他笑道。

隋耀国，现在很叫响的一位中年作家。

送走李向南，林虹独自往回走。一个编辑正穿着短裤溜达，见到她，立刻很殷勤地上前搭话。林虹随便地与他边走边聊。迎面路灯下过来一个女人，徐娘半老，风韵犹存（林虹立刻想到这八个字），身旁的这位编辑立刻有些不自然，对"徐娘"赔着笑："我正等你呢。"便跟着她走了。看着他们的背影，林虹不禁笑了笑。她一眼就看明白了这两人的关系。天下事也真有意思。很多关系并无政治上、经济上、法律上或任何其他方面的明确规范，却含着某种不成文的契约在内。因为是朋友，就要有难相帮；因为是恩人，就要报答；因为是情人，就要有某种意义上的相互忠诚。

社会生活的智慧是不是就表现在对各种隐蔽的契约的洞察和剖析呢？

非常客气的敲门声，不像男人又不像女人，让人别扭。她看了看表，都快十一点了，电影厂的人一到晚上都抽风。

请进。她礼貌地说道。没有动静。她起身准备去拉门，门小心地被推开了。客气的笑脸——《白色交响曲》中的男主角，常家。"可以进吗？"他站在门口，礼貌地问道。脸上没有一根线条不在温和地笑，但没有一根线条不让人腻味。眼睛似乎神采奕奕，鼻梁似乎很高，眉毛似乎很浓，但都像万金油一样，给人甜腻腻的感觉。

在电影中爱这样的人，真是对她演技的高难度要求。

"这么晚还不休息？"她亲切地问，决定在生活中就克制住对他的反感，训练自己的表演。

"这么早睡，岂不太玩物丧志了。"常家笑笑很认真地说道，在椅子上坐下了。这么热的天，也总是雪白的衬衫系在笔挺的裤子里，"你在看书？"他看了看床上的一大摞书。

"我还没看呢，别人刚送来的。"

"谁给你送的？"

"那你别问了。"林虹说着笑了。范丹林和童伟都给她送书来，这真是男人对女人表示好意最有风度的方式。也是最磊落的方式。

"噢，我问得唐突了，对不起。"常家典雅地点头道歉。

和这种人相处真是难受死了。"你说话这么矫情，文绉绉的，像二百年前的绅士，我可受不了。"林虹说着笑起来，真正开心地笑起来。她发现：最艺术的演戏就是真实的演戏。因为把对他真实的看法说出来了（虽然是玩笑似的），自己的心理、表情以及全身的肌肉、神经便都自然了。要不扭着劲，板着，很难演像。

常家略有些不好意思地笑笑，唯有这一笑露出点人的真实劲儿，让林虹第一次不大反感，好像还是可以和他坦率谈点什么的。

"你演过几部电影了？"她问。

"三五部吧。不过，那些我都看不上，试试而已。"

"这一部呢？"她指的是《白色交响曲》。

"这一部仍应算尝试吧，既然他们一定要让我演。"

"你打算尝试多少部？"林虹问，她知道为争取《白色交响曲》中的这个角色，他曾千方百计地活动。

"托尔斯泰讲过，他《战争与和平》以前的小说都是试笔。"

"你又不是作家，怎么和托尔斯泰比？"

"道理是一样的。而且我过去也想过当作家，试了试，觉得还是搞表演更合适。"

"你的小说发表过吗？"

"……没有。"常家有些脸红，"我就没往编辑部寄，因为自己还不太满意。光发表有多大意思？"

真不愿意和这样的人再谈下去，演戏还是到了拍电影时再说吧。林虹看了看对面的空床，快半夜了，卞洁琼怎么还不回来呢？

隋耀国充分具有知名作家的人物感。下了飞机，他一手提着皮箱，一只手臂搭着件衣服，潇洒地走过活动甬道，含着微笑与空中小姐告别，就像每个大人物一样。他一到机场候机楼大厅，便受到电影厂导演、编辑四五个人的迎接。他们热情地涌上来。他挺着伟岸的身子一一握手。那是自信的、有风度的握手。行李早已被众人抢着提上了，臂弯里这件衣服，还要自己搭着，这样甩开大步趟着镜面般光洁的水磨石地面走出大厅时，显得气派潇洒。是豪华的进口小轿车，电影厂内第一号车，导演说明道。他只是淡然地笑笑：太没必要了。同时舒服地仰靠在座背上，放松了身体，感到满足与享受。只有高级小轿车这样舒适的沙发，这样清凉的冷气，这样隆重的接待规格，才能使他产生这种心态。冯厂长要亲自来的，临时有事没来。导演们这样解释道，他又感到一种受到尊敬的满足。太惊动电影厂了，这样我下次可不敢来给你们写剧本了。

小轿车平稳地在夜晚的京郊公路上高速行驶。他颔首听着导演们争相介绍着情况。车窗外掠过着黑乎乎的田野，灯光闪烁的村落，一片片楼群，超过一辆又一辆大小轿车。一辆破旧的小轿车内亮着灯，很拥挤地坐着两位慈眉善眼的老干部和他们的陪同人员，看年龄外貌，级别不低。对方注意到了自己这辆豪华车，目光中闪露出什么。他心中不无冷意地微微笑了。为他们感到寒碜，既同情又蔑视。你们不过如此，你们被抛在后头了，难受吗？历史就是不断有人没落，有人兴起。昨天是囚徒（他眼前浮现出东北劳改农场的号房），今天成新贵。这就是历史。他此刻并无多少感慨。除了写作时，他从不多回忆过去。过去的便过去了，他非常快地适应了自己的现状。他乘坐的豪华轿车射着雪亮的灯柱平稳地急驰着。它一辆又一辆迅速地超越着其他汽车，恰如其分地表现出了他的全部优越感。每一次超车时，他都体会到这种优越感。他的身体和小轿车融合为一，急速地追近一辆又一辆车，很有力地（他感到自己身体的马力）从它们身旁超过去，车尾，车身，车头，把它们迅速甩到后面去了。他畅通无阻地高速行驶着。两边的杨树在雪亮的车灯中群魔般迎面扑来，在暗夜中刷刷刷地向后掠去。

到电影厂了。和厂长们见过面了，握过手了，热情过了，寒暄过了。到了招待所。里外套间，有卫生间，铺着红地毯。这样的房子厂里仅有两套，一套给他了，另一套为可能来的首长备用。他在所有来改剧本的作家中头一份待遇。这又让他要开玩笑了：这不是要让我为难吗，分裂我和作家朋友们的关系？随即他便拉开藤椅坐下，又起身和一个个、一群群闻风而来的作家们热情握手，说胖谈瘦。他知道他们在，他不用去登门拜访，他们会来的，他的房间成了热闹的中心。好了，大家坐吧，这外间有大沙发、小沙发，很宽敞，很气派，我可要坐在这写字台旁的藤椅上，很舒服地伸开腿，很舒服地向后靠，可以很从容地俯视你们，又处在中心位置。和文学界的朋友们相会是愉快的，处在中心位置尤其是愉快的。他笑着环顾左右。

刘言，你在电影厂干什么呢？又搞了一个剧本？怎么，开拍了，还在这儿坐镇？是不是被女演员迷住眼了？哈哈哈。我可是被他们硬绑架来的。我从来没搞过电影，这次非要让我改编自己的小说《茫茫林海》。没办法，试一下。我的方针是写一稿就告终，行不行我不再改二遍了。你们要接着改你们改去，我是不管了。时间赔不起。刘言踏进这间房时左张右望，颇有些酸溜溜。"他们还从来没让我住过这个房间呢。"那你只好难受，我只好装不知道。人的待遇应该有差别。

小杜——杜正光，你也来改剧本？和谁一块儿合作？和你？叫什么？石英？你很年轻嘛，多大年纪？二十三岁？噢，杜正光和这位姑娘是不是有一手？不管。自己对石英很感兴趣。他对年轻漂亮的女性都感兴趣。几十年的厄难剥夺了他性爱的权利，现在他要在一切能够弥补的地方弥补回来。他不再和石英多说话了，他已经感到了她羞怯目光中对自己的崇拜。他现在需要海阔天空地谈文艺，他的光芒应该笼罩整个房间，使所有的人都黯然失色。

童伟也在电影厂？刚才没找见？钻到姑娘房间去了？他架子很大？来，我们一起去找找他。我不用去？没关系，我还有一封急信要给他，别人托我捎的。走，你们几个坐一会儿，我和他们转一转。

童伟，坐吧。好容易找到你。你刚从外面回来？没在那姑娘屋里？你们说什么？那姑娘是搞化妆的？和童伟那个着哪？叫什么？弓晓艳？刚才看到一眼，是个非常性感的、娇嫩的、火辣辣的小妞。童伟，别解释了。什么，攻击起我了？我在全国十几个城市都有情人？那是造谣。石英，你笑什么？他们向来会造我谣，以攻击我为乐趣。我在骂声中成长。

来来，大家抽烟，我发烟。说我是大户，我就算大户。他站起身，踏着地毯在屋里转圈发烟。你们别又攻击我，我算什么大作家？一个个给你们送烟到手，低头哈腰跟孙子似的。看给我的房间？可能没别的房间了，只好让我住这间吧。

好好，咱们聊聊文艺吧。怎么样，现在北京文艺界有什么动态？人们都在写什么呢？问我？我不急。我不赶数量。一年两部中篇就行了。每篇惹点事，让评论界忙一阵。他走走停停，转完一圈回到写字台旁，要坐未坐地站着，在桌上蹾着烟，这样转着头说话很得劲。没有比这要坐未坐、要点烟还未点烟时的谈话更有张力、更有节奏、更从容潇洒的了。

屋里越发热闹了。又有些演员闻讯凑来，有大方的，有忸怩的。他隋耀国是有知名度的，在很多人眼里是有传奇色彩的。一九五七年的右派，几十年的劳改，一旦拿起笔便才华横溢，名震文坛。又有各种风流轶闻给他套上五彩光轮。你们看过我的小说吗？看过哪篇？有什么意见？他很亲热地问着几个年轻女演员。你没看过？那也不用脸红，脸红的应该是我。一个作家写了东西没人看不该脸红？不过，你们也应该增加点文学修养，是吧？你叫什么？矢菊秀？

这位姑娘真是出奇的漂亮。

你们怎么又攻击我？说我对小姐献殷勤？让小姐们对我保持警惕？喂，你们这几位小姐，相信他们的话吗？我告诉你们，我在男作家中间老受攻击。原因很简单，就是女性们往往更偏爱我。（众人皆大笑）说我对年轻漂亮的女性特别大方？对，我承认。你们这几位美丽的小姐，一共几位？六位？明天我请你们去全聚德吃烤鸭，好不好？你们敢去吗？敢去，那我就敢请。好了，一言为定。只请你们。我大大方方地请，你们大大方方地去。

半夜了，热闹完了，大多数人都走了，少数几个人又接着聊。又聊完了，只剩满屋浓浓的烟气。他在红地毯上踌躇满志又是不甘寂寞地来回走了走。不会再有人来了，大房间里很空落。拉开卫生间，凝视着白瓷浴缸，点着头，幽默地笑了笑（其实脑子里想到的是刚才那几位漂亮的女演员），好了，洗洗澡吧。

他仰躺在浴缸里，水不冷不热，很舒服地浸泡着身体。头露出水面枕在浴缸边。从下飞机开始受到的隆重接待、簇拥热闹，都五光十色地过去了。夜已经静了，满楼没有什么声响。他略有些失落，略有些惆怅，略感寂寥，但随即眼里漾出微笑。筵席总要散，热闹总有完，一天总会结束，人生也总有终结。他想到《红楼梦》。他移动了一下身体，躺得更舒适些。全身的肌肉骨骼都被温乎乎的水泡得松开了。紧张、疲劳、兴奋都从汗毛孔里、关节缝里一丝丝散逸出来，溶了在水里。身体变得很轻，很通畅。没有负荷的肉体生出了一个遐想联翩的灵魂。

他凝视着房顶恍惚微笑，数不清的画面在他眼前叠印着，有黑色的、铁青的，如狞厉的石雕；有辉煌的、神秘的、圣洁的，如大雄宝殿中壁画上佛的故事；有小轿车雪亮的车灯，划破着无际的黑夜；有刷刷刷在两边掠过的黑乎乎的杨树，飞机下灯海般的京都；有各种各样晃动的面孔，数不清的手，干瘦的，肥厚的，粗糙的，细腻的，潮湿的，干燥的；有一双特别可爱的叫石英的手，还有一双特别光嫩的手——那光嫩的手感现在还在手中——是那个叫矢菊秀的女演员的。

他此刻唯一渴望的是身边能有个年轻可爱的女人。

楼道里突然爆炸似的人声喧闹起来。快夜里一点了，怎么了？

整个楼里寂静无声。刘言和陈美霞坐着谈话。这是他的房间。

已经谈了一个多钟头了。刘言一从隋耀国那儿回来，她就来了：刘老师，请您帮我安排个读书计划，我想提高一下自己的文学修养。他满脸堆笑非常热情，给她开好了要读的书单。她请教了许多问题。这方面的话似乎已经说够了，谈话出现了说一两句就间隔一会儿的不自然气氛。可两人都还要谈下去。

　　"刘老师，希望你以后多帮助我。"陈美霞又找出一句话，这是一句重复了几遍的话。她找不到话，她是个教师家出来的女孩子，到电影界六七年了，演来演去是些不惹人注意的小角色。她苦恼，二十七八岁了，再不打响，艺术青春就完了。可怎么才能跨出第一步呢？要有人重视她，要有重要点的角色分配给她。可一直没人赏识。她应该找到依靠。她目睹了电影界光怪陆离的事情，模模糊糊知道应该怎么办了，可她不去想具体怎么办，她不敢把自己的计划想清楚，她知道那是很龌龊的。她终于下定决心找刘言。他是有名的作家，和导演们关系密切。她带着一种模模糊糊的决心来了。可她不会来事儿，只是老师长老师短地说些没用的话。

　　"啊，咱们互相帮助吧。"刘言说着笑起来，而且笑得很长，为了把空白的时间填补起来。已夜深人静，这位女演员仍无告辞之意，他隐约感到一点什么，但又不敢确信自己的判断。陈美霞的表情太单纯，他不敢往那儿想。他一直想试探性地突破点界限，最终却没突破，还言不由衷地扮演着一个老师的尊严角色。

　　两人都被这样言不由衷的谈话折磨着，两人都多少感到了对方是言不由衷的，因此有着判断，增加着决心；但是，恰恰是双方言不由衷的讲话又把他们都挡住了。

　　"你不要总叫我老师了，啊？"

　　"不叫老师叫什么呀，论哪方面你都是我的老师。"

　　又是几秒钟停顿。

　　刘言止不住扭头看了看房门，陈美霞也跟着看了一眼。房门从一开始就半掩着留着一条缝，足可以把他们的说话声传到楼道里去。这原是一个中年男人和年轻女人单独在房间里谈话最适当的关门方式，今天晚上却一直成为折磨刘言的一个存在。他肩膀的一侧始终感到着那条门缝的存在，他后悔当时没关住它。

　　两人对房门的同时观望，转回的目光又正好对视了一下，极大地增加了不自然气氛。双方的心理意味是明显的。都感到了对方的什么，又都不能确定什么。

刘言没有足够的心理力量站起来，笑着在房间来回踱踱，显得很自然地顺手把门关上。后半夜了，这关门的意思太明确，倘若陈美霞一下站起来，说："刘老师我走了。"整个结果将是糟糕透了。

"快一点了吧？"陈美霞又没话找话地说了一句。

"啊，快一点了。"刘言看了一下手表。

两人都后悔说错了话。此时，他们更无理由这样谈下去了。

几秒钟难堪的静默之后，陈美霞站起来了。"刘老师，那我走了。你休息吧。"说完这话，她倒一下自然了。

"好好，咱们找时间再谈。"刘言只能站起来，虽然他很不甘心这样，但说这话时，也一下子显得自然了。他很亲热地送她往门口走。闻着她那发香，她那南国女子的火热气息，那刺激人的汗味，他感到自己的冲动，这冲动似乎可以在一两秒钟内使他生出一个决心，采取一个果断的行动。

——美霞，你先站住，我还要和你说一句话，我很喜欢你，你知道吗？她站住了看着他。真的，他说。我愿意今后尽全力帮助你，你愿意吗？她很有感情地看了他一眼，点了点头。他慢慢伸手揽过她。她投入他的怀抱了——

但他并没有生出决心，这段距离太短了，他只来得及在门口长者似的轻轻拍了拍陈美霞的肩："你不要悲观，会有机会打响的。"他感到了她肩膀的柔顺和身体的微微停顿，那是她想站住的意思。但是，她的手已经把门拉开了。

"刘老师，耽误您时间了，谢谢您。"她只能这样尊敬地说了一句。

"没关系，应该的。"他也只能这样和蔼地说了一句。

陈美霞要转身的一刹那，楼道里突然爆炸似的喧闹起来。怎么了？

是一群刚在郊区拍完夜景的演员回来了。他们嚷着，议论着，上着楼，开着门，乒乒乓乓，叮叮当当，今儿累坏了。还有吃的没有，哥们儿？哎哎哎，你们谁拿我书包了？我这儿有俩面包谁要？我这有苹果。哎，暖壶里还有水吗？把录音机开开，放段音乐。咚咚咚，开门呀。睡死啦？是我。爷们儿回来了。哥们儿，我这儿有瓶二锅头。乌拉。他那儿还有半只烧鸡呢。

整个楼里像个轰响的大鼓。

三楼，二楼，一楼，都有人打开房门，伸出睡眼惺忪的头怒冲冲嚷道："能不能安静点儿，让不让别人睡了？"吵闹声终于小下来，变成嗡嗡声。嗡嗡声也小下去。又有了一阵关门开门声。厕所的门嘎吱嘎吱响了一阵，便都静下来了。

刘言仰躺在床上，回想着刚才和陈美霞谈话的情景，皱起的眉头在思索，凝望的眼睛在黑夜中发光。

陈美霞还坐在桌前手撑着头呆呆地想着。

隋耀国又调整了一下姿势，更舒服地躺在浴盆里。他在水中搓着身体。夜很静，水很多情。他眼前无声地飘闪过幻觉。大海起伏着。阳光是明亮的。海水伸出温柔的手抚摸着金色的沙滩。沙滩上有岩石。一个男人孤独地向远方走去。远处白帆点点，驶过来，成为巨大的影子，一直驶上沙滩，扑面而过。

男人还在走，看不清他的脸。他低着头，戴着破旧的大草帽，穿着件灰夹克，黑而皱的裤子。他手臂很长，手很大。他前倾着身子，脸在帽檐下埋着，又转身朝这边一步步吃力走来，好像是在用肩推着一辆平车，又好像是在拉纤。

他一步步走着……

第十八章

　　楼道里爆炸般的闹腾结束了，嗡嗡的余波也消失了，夜又寂静无声了。卞洁琼回来了。她似乎很疲惫，拖着步子侧着摆了进来。大概是有些醉意，带着很浓的酒气。她撂下一个鼓鼓囊囊的棕色"马桶袋"，扶着床档一屁股在床上坐下。

　　"这么晚你为什么还赶回来？"林虹刚准备躺下，坐在床上问。

　　"明天一早不要去外景地吗，我就赶回来了。我先生本来已经开了房间留我。"卞洁琼说道。

　　"他送你回来的？"

　　"那当然，他叫了'的士'送我回来的。"

　　"玩得好吗？"林虹问。

　　"好——"卞洁琼双手搓着脸，拖长声音答道，目光有些恍惚。她猛然把头放下，变得清醒："玩得很好。"

　　多么辉煌豪华的大饭店；多么令人炫目的舞会；女人们珠光宝气，奢华无比；多么高级的酒吧，灯红酒绿；多么舒适的咖啡厅；多么昂贵的收费；多么殷勤周到的服务；男女侍者垂手恭立，目光一招就立刻赶来……

　　卞洁琼撑起精神炫耀地说着。疲惫退走了，越来越眉飞色舞了。

　　那儿的房间都是一晚上上百块的，上千块的都有。你没去过吧？没去过就不能想象。这个世界上真有想都想不出来的高级享受。这辈子要是没享受过这些，可真是白活了。你看看我先生送我的东西吗？你困吗？来，我拿给你看。

　　她打开了"马桶袋"。

这件衣服漂亮吗？——是一件粉红色的纱上衣。这件裙子怎么样？——一件拖地花长裙。这双皮凉鞋精致吧？香港出的，香港的鞋世界有名的。你再看这个皮夹子漂亮吗？牛蛙皮做的。这个黑皮夹更漂亮吧？是鳄鱼皮做的。这条金项链，漂亮吗？

卞洁琼拿出一个小首饰盒，取出一条金项链，双手捏着，提起来，让林虹看。金光闪闪。林虹微微一笑，表示看见了。卞洁琼又贴到自己脖颈上比试着。

我戴好看吗？这是18K的。24K是纯金，那太软，太红，不好看，18K最好。成色再低了，不值钱，也不好看。你戴过金项链吗？没有？女人一生没有几条好项链，实在太亏了。我先生已经答应我了，给我买一条真正的钻石项链，那要戴上才漂亮呢。

……她戴上钻石项链，脖颈上群星闪耀，穿一件黄色的，不，是黑色的，不，是绿色的，不，是红色的拖地长裙，出现在香港上流社会。她被丈夫挽着款款步入辉煌的舞厅，上千人站起来为她鼓掌。所有的照相机都对着她，闪光灯一片耀眼，燃起一百个太阳。她是香港最受欢迎的女影星，她回眸一笑就值千金。香港到处是她的巨大画像，她在对每一个香港人含情脉脉地微笑……

我很快就会移居香港了，我要到那儿打天下。我嫁给我先生，并不图他的钱。他是有钱，而且爱我爱得发疯。结婚在我这儿只是跳板。我要到香港演电影。我觉得我适合在那个世界发展。咱们这儿太僵化，我根本施展不开。你再看我这个戒指，做工特别精致，美国货，你不感兴趣？

林虹表示感兴趣地看着她。卞洁琼在灯光下转来转去欣赏着金戒指，恍惚的目光充满着贪婪的欲望和痴迷的想象。

"林虹，要不要我给你也介绍一个香港的先生？"

林虹摇了摇头。

"为什么？"

"我不愿意。"

卞洁琼看着林虹，愣了一会儿。"你是不是不相信我？"她满脸敌意地问。

"不是。"

"你是看不起我吧？"

"不是。"

林虹在对面床上静静地坐着，眼里含着真诚的微笑。真会演戏。幸运儿。

又美，又安静，一动不动，像个小观音。小观音在自己眼前模糊了，一壁又一壁的石佛、石菩萨在眼前浮动，一张张慈祥宁静的脸，群鬼在他们坐骑下挣扎，又都化成人群，他们都不和她照面，冰冷的目光都钉在她脊背上。……

食堂里熙熙攘攘。排队打饭的，就座吃饭的，说说笑笑一团一伙地围坐成一桌。卞洁琼也不断和人打着招呼，但坐下吃饭时她常常是冷冷的一人一桌，没有人和她坐在一起。在食堂吃饭据说是对人缘的最明显检验，在这一天中最愉快的时候，人人愿意和亲近的人坐在一起。她独自坐着，慢慢喝着汤，感到周围的热闹及自己的冷落。眼前的桌面像荒凉的大漠。一只蚂蚁在踽踽独行。她不愿受这种审判，端起饭碗一个人回宿舍去吃，脊背感到人们对她的冷蔑和议论。她不理睬，咯噔噔昂首往外走。

"哼，谁知道你是不是。"
"真的不是。"林虹解释道。
"别装大善人了。我知道你们看不起我。我是破鞋，我从十五岁起就和男人胡搞，我一生都要背着黑锅。人人可以在背后唾我，我的耻辱是洗不掉了。以后孩子长大了，也会看不起我。我倒霉，人们糟蹋我；我出人头地，人们更拿我当闲谈的资料。我知道，你们人人肚里一把刀。"

看着歇斯底里的卞洁琼，林虹不知说什么好。这两天她已多少知道一些卞洁琼的悲惨身世。

卞洁琼喷着酒气，感到自己身体的抖动。

——她什么罪？一个文工团员，工人家庭出来的女孩子，十五岁被文工团团长强奸了，以后又被他长期霸占了。"文化大革命"她成了作风败坏的女流氓，胸前挂着黑底白字的牌子，手里举着根竹竿，挑着一只破鞋游街。千百双手，千百样脏东西从人群中飞来，黑红黄绿都砸在她脸上身上。她变成了妖怪。

——她站在黑烟滚滚、恶臭熏天的沥青锅旁烧着火，用木棍搅拌着浓稠的沥青。火烤着她，烈日晒着她，黑烟熏着她。她的脸是黑的，头发是蓬乱的，帆布工作服是黑污的。她早已被文工团开除了，到了建筑工程队，干最脏最累的活儿。她熬着沥青，也熬着自己。她发誓这辈子要熬个出人头地。

——天黑了，她疲惫不堪地拖着步子回家，丈夫醉醺醺地在街口拦住她，伸出手：给点儿钱。南方小镇，晚饭后的街边店铺都在亮灯敞门营业。她说：没有。她不能给他钱去喝，去赌，她还要顾家，她还有刚满周岁的孩子。没有？丈夫眼睛血红。他是工人，托人介绍要娶她。她以为他忠厚，不计较她过去的耻辱，嫁了他。但一结婚他就不原谅她的过去了，忠厚变成了粗野。他毒打她，打完她便打自己，打完自己便两眼发直地出去喝酒，醉在外面。不给钱？你这破鞋，你这烂女人。他左摇右晃地当街指着她大骂，惹得人们围上来。

——她终于和丈夫离了婚，终于在法院上争到了孩子，终于熬来了机会，在几年前考上了电影学院，终于出人头地了，终于又嫁给了一个香港商人，终于又……

"洁琼，喝点水吧，你是不是有点醉了？"林虹倒了一杯水，送到她面前。

她伸手把它搪开了，"我不喝。"她似乎稍稍平静了一些，"林虹，你看过我演的电影吗？"

"前两天刚看过一部《枫叶红了》。"

"我演得怎么样，你客观说？"

"挺好的，挺成功的。"林虹眼前不禁浮现出卞洁琼在银幕上的形象：一个年轻女医生，穿着黄色的短袖弹力衫坐在那儿微笑着想一件幸福的事情，目光纯洁动人。

"纯洁善良？哼，这就是我的天才。我一点都不纯洁，一点都不善良。我也不相信这些，可我却能演出来。人活一辈子就是演戏。谁不演戏？不在银幕上演，就在银幕下演，无非是演得高明不高明而已。连小孩哭闹都是演给大人看的。怎么样，我说的这一套动听吗？"卞洁琼冷冷地瞥视着林虹。

林虹不置可否地笑笑。

"你觉得你能像我演得这么好吗？"卞洁琼含着敌意问道。

"我现在还一点经验都没有。"林虹温和地说。

"我看你挺自信的。你不用摇头，我能看出来。"

林虹又不置可否地笑笑。

"你觉得自己很了不起，自命清高，对吧？你是幸运儿，一上来就是主角。有人捧你，一步登天，把别人一脚踩在下面。好不得意吧？"

你不承认？踩着别人肩膀往上走，该有多得劲，多舒服。瘦肩膀，肥肩膀，宽肩膀，窄肩膀，老肩膀，嫩肩膀，一脚踩一个往前走，蹬得他们往后倒，往下瘫，肉陷骨塌，自己借着反作用力往前窜。

"你累了，早点洗洗睡吧。"林虹说。

"我不累。"卞洁琼歇斯底里的发狠被打断了。她直愣愣地凝视着眼前，沉默了一会儿，"林虹，我挺嫉恨你的。你知道吗？"她目光恍惚地说道。

林虹看着她，什么也没说——不能说。

卞洁琼猛然抬起头："你听见没有，我嫉恨你。你不聋吧？"

"睡吧，你太累了。"语气平静。

她喝多了，失态了，脸肯定扭曲了，头发肯定蓬乱了，不成人样了。可林虹还平平静静地坐在那儿。她更恼怒了。"你别觉得自己了不起，春风得意。"她冷笑着。

"我没有……"

"你以为别人不了解你的底儿？都拿你当天使一样？"卞洁琼从牙齿缝里冷冷地往外说着，她在紧咬的牙关中感到着自己的狠毒。

林虹看着她。

"你的身世不也和我差不多吗？这两天在电影厂谁不背后议论你？顾——晓——鹰——对吧？我看你还不如我呢。我马上可以去香港、去外国打天下，那个世界不在乎这些。你呢？"

林虹用冷静的目光打量着对方。卞洁琼的脸部掠过微微的抽搐。歇斯底里发作了一通，她显得比平时难看了。她像受了惊恐跑回洞穴的小动物微微地喘着气。受过侮辱而要去侮辱与自己同命运的人，自己发疯了，也要让别人跟着发疯，这真是人生的悲剧。

寂静此时显得很残酷。它使时间停顿，使刚才的全部言行举动都冻结了，灵魂曝晒了，受别人的审视也受自己的宰割。寂静生出无数把锋利的刀，亮晃晃的一起过来剖析着她的皮肉。她真希望再有几杯酒，添点醉意。"我是喝多了……"卞洁琼站了起来，半摇半晃地走到桌旁，端起林虹刚才倒的那杯水仰起头一饮而尽。她沉重地放下杯子，手在杯子上半天没离开，目光凝视一点，蒙眬起来。好一会儿寂静，她慢慢走到椅边坐下。"我是发疯了吧？"她侧对着林虹说。

林虹沉默不语。

"你恨我吗？"

仍然不需言语。

卞洁琼也不说话了。她对着镜子慢慢摘着发卡，发卡在玻璃板上发出一声声清脆的声响。她向后掠了掠头发，仰起脸神情恍惚地抚摸着眼角的皱纹。"真是人生如梦啊……"她长长地叹息了一声，"人有几年好活的？年轻的时候一过去就全完了。想享受也享受不了了。"喃喃低语梦幻般在空气中飘悠着，渐渐消逝了，"听见我说话了吗？"

依然是寂静。

"你不愿理我了？"

没有回答。

"你为什么不说话？"卞洁琼突然转过身，对着林虹，"我受不了这安静，我耳朵有毛病，我要爆炸了。"她双手捂住耳朵。耳鸣声像尖厉的汽笛震得她耳膜撕裂般剧痛，头颅要炸开了。过了好一会儿，她慢慢放下手，目光恍惚地呆坐着。"我是发神经呢，"她自言自语似的慢慢说道，"我今天心里不痛快。"

林虹抬眼看了看她，仍然没有说话。

"你成心不理我，你心就这么狠？我痛苦，我痛苦。"卞洁琼又有些歇斯底里。

林虹依然那样冷静，这是此时她唯一合适的态度。

卞洁琼垂下头，目光黯然地盯在了地上："我刚才说的都是假的。"她的声音变得沙哑，"我根本去不了香港，我先生根本没有爱得我发疯。他是骗子，他没有钱，他的钱都在他太太手里，都是他太太的钱。"

林虹惊愕不解地看着卞洁琼。

"他早已有了太太。他花钱在香港开了个未婚的假证明，每年来大陆一两个月，我不过是他的姘头，我今天才知道。"卞洁琼垂着目光说道。

宾馆的房间里。卞洁琼怒气冲冲地追问过了，嚷过了，骂过了，打过了（打了对方两个耳光）。她呆呆地坐在床上。

他跪在她面前。

床上摊放着几封信。有一封是新华社香港分社的朋友写给卞洁琼的，对她先生的情况作了详细介绍：他在香港有太太，有两个孩子，他没有什么财产，财产都是他太太的，太太是他的老板。

"洁琼，饶了我吧，我因为爱你才不得不这样做。我不爱我太太。她比你差多了，又老又难看。她身体不好，糖尿病，活不长了。我只盼她早死。她一死，我就接你去香港。你千万别告我；你要告我，我就完了。我钱是不太多，可每年总可以给你一两千块。我以后钱多了，就和我太太离婚，一定接你去香港。你饶了我吧。你打我吧，狠狠地打我吧。"他抓着她的手使劲朝自己脸上打着。

她两眼呆滞，慢慢抽回手站了起来，往外走。

"洁琼，这么晚还回去？你——"他提起马桶袋跌跌撞撞地跟了出来，"等一等，我送你回去。"……

"你打算告他吗？"静默了许久，林虹问。此时她一方面真的同情卞洁琼，同时也感到心中有一股强大的抗拒力：她根本不愿意承认自己与卞洁琼有任何一致性，她绝不和卞洁琼等同起来，她不断压制着自己不愉快的回忆。

卞洁琼呆滞了好一会儿，慢慢摇了摇头，"怎么告他？告了，我又能怎么样？不过叫别人更笑话我。"

"这些，别人知道吗？"

卞洁琼冷冷一笑，"人们早晚会知道的，说不定已经知道了。这辈子，我算完了……"

"那你和他离婚算了。"

卞洁琼半天没动一下，许久，又慢慢摇了摇头。

"为什么不离？"

"我需要钱……"

林虹说不出什么来了。她看了看卞洁琼桌上的项链、戒指和床上一摊从马桶袋里掏出来的衣服。

"我完了……"

"别这么说，你还有你的事业。"

"事业？我还能搞到哪儿？我已经三十六了。"

"你不是才三十二岁吗？"

"那是我不愿说出我的真实年龄。"

"……"

"我原想去香港打天下，现在没门儿了。"

"那你打算……"

"还谈什么打算，混呗……"

"你看，这本电影杂志上还刊登了一封读者来信，看了你演的电影很感动，说你表现出了真善美。"林虹把一本电影画报递给她。

"真善美？我真可怜这些观众，可怜这些给我写信的，他们也不知是真傻还是假傻。"卞洁琼没接画报，"我活不了几年了。有人对我说过，我只有两种前途：一个是自杀，一个是得精神病。"

"不会的，你应该多想想孩子。"林虹说道。卞洁琼有个十岁的儿子，寄养在她母亲那里。她很爱儿子，常和林虹谈起他。

卞洁琼低下头，玻璃板下儿子的照片迎面看着她，那么清秀，那么聪明，眼里蕴含着一点成年人一样的沉郁。"所以，我更没必要活太长了……"

明明，你好吗？来来，站到门框边，妈妈看看你是不是长高了一点，上次量身高划的印呢？噢，在这儿，又长高了半公分。妈妈又给你买了两身衣服。这是白衬衣，蓝裤子。你不是要少先队队服吗？这是一身运动衣，喜欢吗？妈妈记得你要这种镶白道的。试一试，正合适，真漂亮。来，再试试这双球鞋。那双破了，不要穿了，换这双新的。腿上的疤好了没有？把裤腿卷起来让妈妈看看。还没长好。以后当心点，不要再乱爬高了。这疤不要揭它，让它慢慢长出新皮来。这是又给你买的新书包。原来那个带儿不是断了？姥姥缝上了？缝上也不要用了。上学用新的。这是奶粉，以后早饭还是喝牛奶，吃鸡蛋。牛奶有营养，啊？听话，还是喝牛奶。

每次见到儿子，她总是手忙脚乱的疼不够。儿子的头发是黑亮光滑的，儿子的脸皮是白白净净的，儿子的个子是瘦瘦直直的，儿子身上还带着小时候的奶香。她总是情不自禁地抚摸儿子的头发，儿子的肩膀，她愿意给儿子脱衣裳，穿衣裳，系扣子，结领巾，渴望接触儿子的身体，闻到儿子的气味儿。只有和儿子在一起，她才感到自己的善良，感到自己是一个母亲，同时又觉得自己单纯快活，爱说爱笑，像个和儿子一样大的小孩。

好了，妈妈要走了，妈妈还要去外景地。你送送妈妈吧？送妈妈到胡同口汽车站。送到大杂院门口，儿子就停住了。

怎么不送妈妈了？

儿子看了看她，垂下眼沉默不语。

怎么了？

洁琼，你走吧，别让明明送了。母亲蹒跚地过来了。

怎么了，妈妈，有谁欺负明明了？

胡同里的小孩对他胡说八道。

胡说你什么？告诉妈妈。

上次开完家长会……算了，洁琼，别多打听了。

卞洁琼明白了……

我现在常常做噩梦。有时候梦见我自杀，有时候梦见儿子大了，不愿见我……

——她冷冷地笑着，穿过嘲笑她的千万双眼睛，穿过蔑视她的世界，径直朝蓝光荡漾的海水走去。金碧辉煌的楼厦在海对面影影绰绰闪耀着。她一步步走入海中，水淹没了她，在她眼前一脉脉蓝晃晃波动着，身子轻飘飘地浮起来……

——她站在一壁黑色峭立的孤崖上，冷冷地看着下面——圆形的地平线下没有一丝光亮。地平线上的天空灰亮惨淡。她朝前一步，身子便向无底深渊坠落。数不清的黑色山峰，利剑般扎穿她的身体……

——儿子大了，很高大，很潇洒，双手插在裤袋中，站在一台大型电子计算机旁和一个女孩谈话。背后是宽大明亮的玻璃窗，他的神态高雅，偶尔还幽默地耸耸肩，一脸光辉。他转过头来看见她了，光辉顿时熄灭了，垂下眼默然不语……

可我知道，我马上还不会自杀。我在梦里怕死。梦里怕死的人不会自杀。我喜欢钱，喜欢享受，喜欢漂亮的首饰，喜欢男人奉承。看见照相馆橱窗里陈列着我的大彩照我就得意，立住脚端详半天，左顾右盼，希望行人认出我。他们围上来了，让我签名留念。我就高高兴兴给他们签。人围得越多我越高兴，恨不能制造一起交通堵塞。最后人们挥着手走了，剩下我一个人，我一路笑着走，还哼着歌。看见两边商店橱窗里的衣服，我就眼花，左右看不过来。看到别的女人比我年轻，比我漂亮，比我穿得好，我就嫉妒。有时候人迎面走过了，我还要转身瞄着她背影哼一声。

"唉，我知道我最后总是不得好死的。"卞洁琼摇摇晃晃地站起来往窗边走，"今天我说多了，如果你不往别人耳朵里翻话，我就拿你当好朋友。如果你翻出去，我就恨你，拿你当仇敌。"她突然面露恐惧地在窗前站住了："你看，林虹，那是什么？"

林虹看了看，"什么也没有啊。"

卞洁琼闭着眼在床边坐下了。

……汽车在漆黑的郊区公路上疾驰，突然，车灯照见公路当中有团黑魆魆的东西，急刹住了，是一个衣衫褴褛的老女人。她看了看车里走出来的人：我是想死。你们不让我死。我没家。儿女都不认我。你们走吧，别管我。我是自己作孽自己受，就该不得好活。她突然抬头盯了卞洁琼一眼，卞洁琼吓得连连倒退。汽车绕开走了……

这么多年来，这个老女人总在我梦里出现。我已分不清是梦见的，还是遇见的了。老女人头发很长，额头很秃，皱纹很深，眼窝很大，看人的时候，眼白阴森森的。

好了，不说了。快三点了，我吃安眠药睡了。你看这瓶儿没有？里面装了一百片。她转着药瓶目光恍惚地说道。想死，很容易。一次都吞下去，就再也醒不来了。现代人真好，永远能为自己保留死的权利。你也睡吧。你和我不一样，你命好，你比我顺风。你肯定会飞黄腾达……

这一夜，林虹彻底地失眠了。

第十九章

人生咨询所。

早晨七点，陈晓时与他的三个"部下"一起到了，开每天工作前例行的碰头会。他坐在写字台旁，拿出笔和卡片：咱们对整个传统挑战，传统对咱们的反作用也充分显示出来了。大家先谈情况吧。

白露抬起头，要说话的冲动永远胀满她鲜活的全身。还是让我先说说吧。妇联的年轻干事，不到三十岁，一米七的高个儿，白净丰腴，轮廓圆柔。只是那副生硬的眼镜多少破坏了她的女人气，让人想到美国的一句格言：不和戴眼镜的女人调情。但她只要一开口露出那股率真劲儿，眼镜便被忽略了。

咱们那篇文章——我署名的，"第三者并非都可耻"，把妇联炸窝了。说咱们破坏家庭，破坏社会道德。昨天我回妇联，人们围住我，有的要辩论，也有的支持我。头儿一个个找我谈话。咱们是不是不够策略？（没什么不够策略。咱们许多观点，不用咨询所名义发表，而用个人名义，就是一种策略。陈晓时说。）我的意思，咱们的文章是不是发得太早了？过两年发可能就没什么人反对了。（怕什么。旁人说。）我当然不怕，可咱们不能关门啊。

是。陈晓时说。能挂出人生咨询所的牌子，是借用了妇联和社科院的支持。要讲策略。关门是最大的失败。

对于那些死亡的婚姻，"第三者"是它们解体的催化剂。对"第三者"不能笼统都否定。蒋家轩激烈地说道。他，社科院一个刊物的编辑，三十一二岁，眉发浓黑，目光炯炯，神情似乎总在煞有介事地思索重大问题，讲起话来自己觉得极深刻，极重要，且如面对论敌。这就常常使人感到与其相处非常别扭。

现代文明就是要淡化家庭，就是要削弱家庭的超稳定性和血缘的超强扭结力。从现代观念来讲，人身自由是最基本的。没有任何理由强使一个人被迫与他不爱的人在一起生活。这是最不人道、最不文明的了。（你不要又雄辩滔滔了，我们的演说家。陈晓时笑道。）对，我还是讲讲咱们办报的事。进展不大。我这两天正到处奔波……

他们要创办一份《人生咨询报》。别提多困难了。

但咱们一定要办成。陈晓时接过来说道：通过这张报纸，在全国扩大影响，组织力量。这张报应该成为当代新思潮的旗帜。（干脆叫《启蒙报》算了。白露说。）那才叫真正不够策略呢。它是启蒙报，但不能叫启蒙报。隐名而求实，是我们目前的策略。

方一泓开口道：我说吧。她三十三岁，也是被陈晓时"搜罗"到咨询所的。身材中等，相貌平常。走在街上绝无人注意。可一旦走近她，就像面对医院里一个热心的护士长，是男是女都可以对她倾诉心里话。她会热心地听你讲，也会婆婆妈妈地对你说。

咱们在《青年报》上开辟的《咨询信箱》反响很大，昨天我到一个同学家，碰见一群人在议论。报社收到三百多封信，他们正在摘编，准备发一组读者来信，包括各种观点的。

咱们可以把信全部要来，搞一个统计分析。陈晓时说。

我和《青年报》讲了。还有，昨天中午我去欧阳律师那儿了。咱们介绍过去的那个案子，罗琼玉的离婚案，昨天下午开庭审理了。旁听的有四百多人，去了不少新闻单位。《民主与法制》去了好几个人，还有区委的，妇联的，街道居委会的，政法学院的，律师协会的。欧阳律师辩护得非常有力。

（他从律师席上站起来，看了看法官，又看了看当事人——罗琼玉正低着头坐在那儿——开始他严肃不苟而又义正辞严的辩护。

……所以，法庭应该判准她离婚。社会舆论应给予她同情。她不是不道德的女人，她不是玩弄婚姻的堕落者。在那非常的年代中，她受尽歧视与凌辱，为了生计，不得不先后两次结婚。没有爱情的婚姻是不道德的，而那道德是历史的不道德。她现在要求解除婚姻，应该得到法律的认可。

有人说她条件一变，恢复了知识分子地位就变心了，看不起当工人的丈夫了。问题不在于变不变，而在于这种变该不该。如果过去的选择是被迫的，那么，今天这种强迫她的历史条件消亡了，她为什么不可以变？这是历史给予她的权利，这是她的解放。

会场一片热烈掌声和愤忿不满的嘘声。罗琼玉低着头热泪满面。）

轰动了，各报社都准备发消息。有的要发短评，有的要发内参，题目就是：《一个道德败坏的女人》。我摸了一下情况，一多半记者是反对罗琼玉的。欧阳律师对我说，他现在感到压力非常大，来自各方面的。有人甚至造舆论说他和罗琼玉有不正当关系。我看，这压力最后还要冲咱们咨询所来呢。

陈晓时笑了：挺好的。（好什么呀，让你关门你这咨询所长就高兴了。白露一瞥眼，嗔道。她最崇拜陈晓时，往往用这种讽刺来表达她无保留的支持。）是挺好的。他笑笑，他每每能感到白露这种特殊形式的亲昵。是纯挚的友谊，其实也含着性——女性对男性的崇拜无不如此。自己每每也感到一种暖暖的熨帖，那其实也含着性。但天下事无须都说透。真诚，纯洁，友谊，这些字眼还需保留。要不，人与人之间就太紧张了。

是挺好的。他是这一切事情的真正策划者，没费太大力，就把社会搅得有些混乱，震动，他颇感自豪。自己表面看不过是一介书生，可凭着智慧却将要影响历史。

是挺好的。这些事件，风波，有人反对是对咱们最有力的宣传。只要不被封门，一切反对都是最大的免费广告。我又要讲点辩证法了。他看着白露。（哼，就会讲你的辩证法。白露又撇嘴嗔道。）要改造社会，首先是宣传影响社会。而广泛宣传影响社会，并不靠嗓门大，要靠抓住社会本身的机制，这机制就是矛盾冲突。地壳运动，内部本身就有着巨大的挤压和应力，这时一个小小的力量就会打破平衡，引发大地震。我们的力量就在于抓住社会自身的巨大应力。好了——

李文敏高高兴兴地破门而来了。"怎么还不开始，门口都排了十几个人了？"她拿下书包兴冲冲地说道。她是他们外请参加今日咨询门诊的。

"家庭社会学家，就等你呢。"陈晓时看了看手表，"八点，咱们这就开始。"

他将把更多的学者——心理学的、社会学的、政治学的、精神病学的、人才学的、哲学的……轮流请来门诊。还准备租剧场，公开售票，开几场人生讲座。

三室一厅的房子，门厅还是挂号室，今天由白露轮值。厨房被收拾出来，放了一桌一椅，成为新添的咨询门诊四室。

一室是李文敏。第一次在这儿做"门诊大夫"，有些紧张。"你穿上白大褂，这样像样些。要不别人看你年轻，又小模小样，会信不过你的。"白露把一件白大褂递给她。"为什么要穿白大褂？那会和来咨询的人有距离的。"她说。"这和看病一样，病人愿意医生亲切平易，但首先希望医生有医术，权威。你穿上白大褂，再亲切点，形象就全面了。"陈晓时说着自己也穿上白大褂。

她穿好白大褂，戴上白帽，立刻有异样的感觉：自己变得严肃了，端庄了，身量也大了一号，像个有些威仪的女医生了。她被白大褂盖住了，更确切地说，被白大褂同化了。有意思。她竭力寻回着快乐活泼的自我。眯起眼，把自己周身想了一遍，那皮肤肌肉、血液的热乎，那胳膊腿的小巧灵活，一个活泼泼的自我出现了——她在清晨的马路上边走边吃油饼，公共汽车来了，她扬着手向前飞跑，书包拍打着屁股，像中学生。那层白大褂正若有若无地罩在她充满活力的身上。

她再进入现在的人物意识，双手插在白大褂口袋里，顿时变得严肃了，是个准备对来访者咨询的"医生"。自己眼里含着自信、沉静和稳定。她非常想站起来走到窗前，对着外面的京城陷入沉思——她从未有过伫立沉思状。法官穿上法衣，警察穿上警服，女王戴上王冠，皇帝穿上皇袍，和尚穿上袈裟，都是什么感觉呢？

门被慢慢推开，她一下紧张起来，找她的人来了。她往起坐了坐，一瞬间感到白大褂的重要性。一个清秀纤细的女孩儿，怯生的目光和步子，在面前坐下了。

她一下轻松自如了，感到心还在咚咚地跳："你叫什么？"

"上面写了。"女孩儿把病历似的"咨询记录"放在了桌上。

谭秀妮，女，二十八岁……她吃惊地抬起头："你都二十八了？我以为你是中学生呢。"蒙着凄苦的清秀小脸露出一丝不好意思的笑意，表情像小孩儿。

谭秀妮，你就是那个谭秀妮？

看完白露在挂号时记录下的咨询者简况，她才反应过来。对方局促不安地点了点头。脖颈很细，露着筋络，手臂也很细，手腕骨节突出。

一九七八年，作家艾克写了篇轰动一时的报告文学《爱的力量》。骗子乐天明以欺骗手段，骗取了北京姑娘谭秀妮的信任与爱情。明了真相后，谭秀妮克制住耻辱和痛苦，毅然决定以诚挚的爱来改造一个邪恶的灵魂，和他结了婚，省吃俭用帮他还债，教育他改弦易辙，劳动新生。她的事迹得到了社会广泛支持。谭秀妮因此到处做报告，上电视，成了新闻人物。后来就销声匿迹不听说了。

四年过去了，她来到了这里。

李文敏不禁有些感激白露：她没小看自己，一开始就把这样重要的对象分配给自己，"你有什么问题和苦恼？"人生咨询的第一要则是：耐心倾听对方诉说。

谭秀妮低下头摸着衣角，短袖白衬衫已经补过，现在是罕见的。她说什么呢？

她没想过当先进人物，只不过觉得自己已是乐天明的人了，只能想法把他变好。我早就不想行骗了，因为看到你，爱你，才又犯这一次，这是为你犯的。他的眼泪。她现在想起，眼里露出凄然麻木的苦笑。她出身贫寒，幼丧父母，和寡居的大姑相依为命。她长得灵秀，梦想嫁给一个有文化有地位的男子，最好是研究生、工程师。她常常倚在门框上，目光蒙眬地陷入憧憬。她也知道那是不可能的，自己高中毕业就在家待业了。后来，卖冰棍，卖小吃，男人们更喜欢光顾她，而不是旁边的老妇。各种目光盯她，她都低着头。可他来了，说爱她，又别着北京大学的校徽。说是工作后考上大学的。她简直不敢相信这样的幸运。后来呢？就发现箱底有一张他因犯诈骗罪被判两年劳改的法院判决书。他不过是个刑满释放的无业游民。他跪下了，求饶恕。她哭了好几天，不吃也不喝。后来，她擦干眼泪毅然决然地站起来，和他约法三章：不许再诈再骗；劳动挣钱；把三千元欠债还清；重新做人。他指天发誓。她和他结了婚。从此变成一个操劳主妇，再无任何幻想，把生活重负全担了起来。后来，她被树为典型，被请去巡回讲演。讲稿，是妇联的三个宣传干事写了五遍才被上级通过的。她腾云驾雾般被一股力量拥着浮了起来，一边念稿一边不安。她不安什么？讲演几个月，一回家，发现丈夫又诈骗了。好几个人交给他钱托他买自行车、缝纫机、电视机，来家索钱要物。她哭，她训斥。他狡猾抵赖，他动手打人，打掉了她一个牙，鲜血往下流。她要离婚，他追上来，抱着她双腿跪下。她又咽下泪，咬咬牙，冷静下来，在他搀扶下，一步步无力地走回来。又和他一起订了计划：如何挣钱，如何还债。她已有身孕，却省吃俭用，起早摸黑地操劳。他安分了几天，不久又犯了案。她这次没有信心了，一定要离婚了。他怎么跪着哭诉、瞪着眼毒打都不回头了。但妇联、街道、报社的记者，纷纷跑来劝她：要珍惜荣誉，不要半途而废。树典型的都来保典型。她一步步又回到家里。但此后，乐天明终因接连犯罪，又被逮捕，判刑十八年。他的孩子已两岁。

她咨询什么？她要养活大姑——老人已半瘫痪，养活孩子，又要接着替乐天明还债——天天有人上门逼债，自己又有病，实在撑不住，活不下去，她要离婚。

"那就离，应该的。"李文敏毫不犹豫地说道。

可……她已向法院提出了离婚起诉。但有关人仍在劝阻她，这次又加上了劳改大队。谭秀妮如果在这种情况下还能等待乐天明，给他以希望，最终帮助他改造过来，那将更具典型意义。

李文敏激愤了："这是些牺牲品。"

劳改大队说，离婚会给他很大打击，也可能会自杀，不利于犯人改造。

"这更是谬论。如果一个犯人的改造——能否改造好还说不定——一定要由一个善良的人终身殉葬来帮助，这毫无道理。罪犯就是有罪，就该受到惩罚。只有这样，才能从整个社会的角度有助于罪犯的减少和改造，要不罪犯更不怕犯罪了。"

白露给一个个人挂号，收费。

谭秀妮？她惊讶。模范人物，这个可怜样。我们这儿的咨询大夫，有男有女，你愿意找男的还是女的？（有些来咨询的人，对性别很有选择性。）愿意找女的？好，去一诊室。让李文敏来接待她，考验一下这位年轻的女家庭社会学家的本事。

自己似乎对她稍有些嫉妒？

这个女人叫仇菊花，三十岁，没发育好，矮矮的个子像小孩，蜡黄脸，有些脏，东四一个小商店的女工。你咨询什么？她掏出几页皱巴巴的纸来，歪歪扭扭写着字，原来是控告经理多次强奸她。你不答应我，现在经理有解雇权——改革了，我就开除你。一次又一次将她按倒在仓库角落里。你这应该去法院。去过，法院说证据不确凿，结果经理更欺负我，扣我工资。好吧，我介绍你去找一个律师，地址人名我给你写上，他肯定能帮助你。对，就拿着我写的这张卡片去找他。钱你收起来，不收你费了。像这样的事，她挂号这儿就处理了。

这位女性，二十九岁，很漂亮，刚才坐在长椅上排队时，一直冷静地旁观着。只说在文艺单位工作，不露任何具体情况。你愿意找男大夫女大夫？她略闪烁一下：都可以。"都可以"就是愿意找男大夫。有的人天生更相信异性。这位女性大概就很不容易相信另一个女人。你去二诊室吧。让蒋家轩接待她最合适——没什么大事，用不着陈晓时接待——姓蒋的喜欢为年轻漂亮的女性咨询。有了这种热情，他会特别关心对方，能打出高水平。

性这东西很有意思。自己呢？也喜欢男人。一看到高楼大厦，就想到男人的身体。自己个儿太高了。她动了一下脚，感觉了一下穿的平底鞋……

二诊室，蒋家轩。

他在桌上写着什么。噢，来了，请坐吧。他不抬头地对进来的人随便说道。这才像个真正有学问的专家。凭感觉他知道来者是女性，接着闻见了淡雅的化妆品香味。怎么不坐啊？他抬起头，目光却一下停住了。

一个很漂亮的年轻女性，清秀端庄，眼睛水亮。

她坐下了，将小皮包放在双膝上，拿出手绢擦了擦额头。两人的目光已相视过。刚才那一瞬间他的目光不是大夫的目光，她感觉到了，他把她的感觉也感觉到了。两个人都是那种显露着心思，显露着对对方的看法，因而使人不自然的目光。

他低下头看她拿进来的"咨询记录"，蹙起眉尽量进入咨询大夫的角色，问："你想咨询什么？"

她看了看他，因为刚才的对视，她来时那种类似病人看医生的虔诚心理已没有了。现在，对方穿着白大褂，神情显得严肃而认真，表明他的身份，但目光中隐隐露出的不自然，却使她更多地想到这是个男人，因而就有了平时对男人的高傲和戒备。"我也不知道我要咨询什么。"她平静地说，声音同外貌一样清洁。

"那你来的目的是什么？"蒋家轩笑了笑。

"我想看看。"

"不，你没说真话，你是带着人生问题来的。"

"可我到了这儿，觉得你们并不能解决我的问题。"

"看来，你并不相信我？"蒋家轩幽默地一笑。面对这个聪明的女性，他有些不自然。但这更使他有一种要征服什么的冲动，"好，这是我的一些见解，你浏览一下，可以对我做出大致的判断。"他转身从书架上拿过一个大本放到她面前，还耸了一下肩。

她感到很有趣，打量了一下便翻开。是一大本剪贴，蒋家轩在各报刊发表的文章：《幸福家庭的几种模式》，《论爱情双方的平衡》，《相互保持独立的心理空间》，《男性美与女性美》，《打破性爱的禁区》……

他也抽出本书翻着，批划着，像个思想家在工作。

她又打量了他一下，把大本合上，还给了他。

"准备谈吗？"他也合住书，双手十指交叉放在桌上。

"先提几个问题，可以吗？"

"可以。"

"爱情中，爱和被爱哪个更重要？"

"一般来说，爱更重要。"

"为什么？"

"没有爱，毫无幸福的基础；没有被爱，总可以去追求，起码可以在想象中得到幸福。"

她垂着眼想了想，"他没有成就，我不会太爱他，可他一定属于我，他有了成就，我会很爱他，却可能失去他。我帮不帮他去取得成就呢？"她又问。

"我刚才的话已包含了对这个问题的回答。"

她又垂下眼想了想："你们对来的人讲的情况保密吗？"

"这是我们的原则之一。"

"我讲，你可以不记录吗？"

"你有这种要求，可以。"

"我想讲一个女人和几个男人的关系，请你帮助分析一下。"

"请讲。"

她给人挂着号。来咨询的，最大量的是爱情婚姻、家庭方面的。大概人们在这方面的困扰、痛苦最难于自解吧？

黄平平来了。她看了看门厅排队的人，不敢打扰。她是预约好来了解一下咨询所情况的：我一定不破坏你们的保密原则，不披露不该披露的事情。她作过保证。平平，你去一室吧，李文敏在那儿门诊。李文敏？李向南的妹妹？是。

她今天接待的事倒很有典型意义。她看了看门厅里人们疑惑的目光，站起来从衣架上摘下一件白大褂：穿上你的衣服，去吧。黄平平略怔了一下，明白过来，穿上了，去了。

面前坐下的是一个挺英俊的小伙子，二十三岁，工人，有些拘谨。"你要咨询什么？"他没有回答，却在她面前放下一张字条："不生孩子，近亲可以结婚吗？"他看了看周围。

她回答：不可以。

他似乎还想说什么。

她说：我们专门问过律师，这触犯《婚姻法》第六条第一项规定：直系血亲和三代以内的旁系血亲禁止结婚。否则会受制裁。

那旁系三代怎么算？

直系血亲你明白，生你的，父母，往上，祖父母，外祖父母；你生的，子女，往下，孙子，孙女，外孙，外孙女。旁系血亲就是直系血亲以外和你有相同一源的亲属。如，在你祖父母这一源上，你的叔、伯、姑，再往下，叔伯姑的子女；在你外祖父母这一源上，你的姨舅，你姨舅的子女。是几代，很容易算。如，你的祖父母是第一代，叔、伯、姑是第二代，他们的子女——你的表兄弟姐妹，堂兄弟姐妹——是第三代。你和表姐妹、堂姐妹都不可以结婚。

小伙子听着，他只是听到了他已经知道的结果，沉默不语。

你堂兄弟姐妹的子女，就是你第四代旁系血亲了，和她们结婚是可以的。她又继续说明着原理。

这是无稽之谈。小伙子无奈地笑了笑："那异父异母的兄妹间就能结婚？"

"是。"看到对方想申辩什么，"不管舆论怎样评论，法律允许。"

小伙子沉默了一会儿，留下一块钱走了：不，钱我该交。

看着他背影，她心中笑了笑：不允许三代以内的旁系血亲结婚，不过是人类禁止近亲通婚史上的又一步。刚才在讲述这个问题时，就感到触动了自己生命深处原始的冲动。迷迷蒙蒙，一幅原始人群居、杂交的野蛮图画在密林中的篝火边晃动，一闪即被理智之光抹掉了，留下一丝自我谴责的羞耻感。

人类抑制野蛮、原始的性欲逐步建立文明来自我规范，并不是人类需要虚伪，而是因为需要生存。近亲通婚的部族总是最先被淘汰。

造就一切文明的根源只是生存的需要……

四诊室，方一泓。她面前坐着一个山东省来的女性，三十多岁，不难看，但憔悴显瘦，鱼尾纹很深。

她叫乾惠芝。丈夫当初是工人，婚前追求她多年，现在成了摄影家，出了名，就喜新厌旧要抛弃她。她到处跟踪他。两人吵过，闹过，打过。丈夫提出离婚，上诉法院，理由是没有感情，她嫉妒，妨碍他工作。她到省妇联、省政府、丈夫单位四处告状。法院没敢判离。丈夫与她分居，发誓要离婚。有两个小孩。

"我该怎么办？"她问。

"我只想问你，即使法院下次还不判离，或者永远不判离，你们还可能一起正常生活吗？"方一泓耐心听完对方的长篇讲述之后问道。

乾惠芝低头沉默。

"他会回心转意跟你好好过吗？这个你想一想，凭你的真实感觉回答我。"

她慢慢摇了摇头："可是，过去是他追求我。"

"过去只说明过去。"

"是不是我过去让他追得太久了，所以他……"

"不，我这儿有句格言，"她打开一个小本："'当爱着，以往一切都是美好的；当爱情消逝了，以往的一切痴情举动，都成为自我的耻辱。'"

"他有第三者……"

"我这不是法院，并不从判不判你们离婚考虑问题。我们只考虑：你如何抉择，对你一生更有利。"

"我不能让他那么便宜。"她恨恨地说。

"你想拖他三年、五年、十年、二十年，是吗？"

"是，谁也别好过，他毁了我的青春。"

"可是你拖他，同时不也拖你自己吗？"

"我……反正完了……"

方一泓理解对方的痛楚。离婚对于男人女人是不平等的，离了婚的男人不贬值，离了婚的女人就贬值了。"你不要这样想，不要赌气，也不要悲观，你要为自己考虑，当然还有孩子，要有重新设计生活的勇气。"

"哪有那么容易？你们不知道，女人三十多岁离了婚，带着孩子，还说什么？"她黯然喟叹了。几个离过婚的女友劝她坚决不离，那至少可以保持一个名义上的家庭，离了婚就一无所有了。

"我知道，我现在就是一个人带着孩子。"方一泓诚恳地说。

坐在面前挂号的是一个毛发浓黑的小伙子。你要咨询什么？门厅此时没有其他等候的人，她的声音略高了些。我老婆不和我过。他闷声闷气地说。怎么不和你过？他低着头，嘟囔了一会儿，才讲明白：不和他发生关系。你们发生过吗？发生过一次。她心中笑了笑。这么简单的事情，她就处理了。那一次是什么情况？你讲讲。对这样像小孩一样的男人，她可以毫无拘束地问。终于明白了：那一次小丈夫把小妻子弄疼了。你真笨。我告诉你办法好吗？不过你要完全听我的，一步步耐心去做。绝对不许着急。克制住自己一点。她给他讲授完了。小伙子红着脸，千恩万谢地走了，扔下十块钱。一块就行了。她追出门。不不，一百块钱我也出。跑了。有意思。

世界上还有这样的男人，什么都不懂。她微笑。觉得自己的身体又热情，又松软，又鲜活，又有弹性，上下滋润……

陈晓时在三诊室。他是"主治大夫"，比较重要的"病人"就分到他这儿，其他诊室解决不了的"疑难症"也转过来。

面前坐下的是个拘谨的中年男子，叫羊士奇。戴着眼镜，脸显黄瘦。环球出版社《哲学社会科学译林》杂志编辑部工作。

"你是不是胃不好？"陈晓时端详着他，和蔼地问。

"是，您怎么知道？"对方有些惊讶。这不是医院。

"我懂点中医，来，先给你号号脉。"陈晓时略有些幽默地说道。他知道应该怎样建立自己的权威。左手，心肝肾，右手，肺脾命。号完了。再看看对方眼睛，舌苔，手整个感觉了一下，判断了一下。"你有慢性胃病，已经好几年了，还有些肾虚。疲劳了头顶疼。平时，脚后跟常疼。有慢性咽炎，用脑过度时眼睛酸困。性功能较差。"

"对，对，对。太对了。"对方连连点头，"您简直是神医了。"

陈晓时温和笑了："我各种爱好多一些。"

"那我应该吃些什么药？"

"药当然可以吃一些。但你现在最主要的是两条：一，精神要开朗；二，适当节制脑力劳动，每天进行体育锻炼。"

"这我知道。"

"不，你不真正知道。真正知道，你就这样做了。"他略有些严肃地训导了。从现在起，逐步建立起自己的威信。

"我很难开朗。"羊士奇低下头叹道。

"是因为家庭纠纷吗？好，咱们过一会儿谈。你现在搞什么工作？编和译？对哲学、社会科学感兴趣吗？"

"有一些兴趣。"

"自己在事业上有什么打算吗？"

"有一些。想先搞几年外文编译，出几本书。然后，再研究点东西。"

"你正是出成果的年龄。好了，现在可以讲讲你的家庭纠纷了。"

羊士奇低着头扶了扶眼镜。

他原是工厂技术员，妻子是工人，婚后感情不错。妻子不能生育，他们便要了个女孩，现在已五岁。这些年他自学英语，翻译了一些文章、书籍，妻子也引以为荣。前年，他被调到出版社，家也搬到了出版社宿舍，社会交往多了，家庭矛盾便开始。她像变了一个人，每天毫无道理的大发醋劲儿，昏天黑地地跟你闹，现在已是家不成家，工作不能工作。

他站在楼下，和同一个编辑部的一位女同事谈下班路上还未谈完的一篇稿子。妻子在楼上阳台上朝下嚷开了：羊士奇，家里的菜还没洗呢。啊，我就来。他连忙应道，和那位女同事抓紧说最后几句话。一个花盆从三层楼摔下来，叭地在身边粉碎，路人全吓呆了。

我们楼上有个二十岁的姑娘，叫姜宁，在家待业，有时来请教我外语。我怕妻子闹，常常匆匆说几句就完了。那天，我到楼下主编家里，又碰上那个姑娘，说了几句话。她不放心，从家里跟来了，正好撞上，当场扇我两个耳光，骂我流氓。姑娘当下哭着跑上楼了。弄得主编一家人脸没处放。难道我们家就是流氓窝？她想了想，冷静了，也觉得不对，道了歉。没过多久，她闹得更不像话。那天，她下午班，一般十一点才回家，可九点钟就悄悄回来了。正好姜宁又来我家问外语。她冲进门来就喊：我就知道你们通奸，我抓住了。左邻右舍全来看。我和小姜衣冠整齐，女儿还没睡，我正在给她洗脚。从此，弄得这姑娘抬不起头来。

为了事业，我想尽办法委曲求全，能在家干的事，就不到外面去做，减少社交，家务也都由我承担，可还不行。我现在简直没办法。

"她是不是有点精神不正常啊？"

别人给我提过，我特意陪她去医院看了一次，大概是有一些。前一段，社里打算提拔我当编辑部主任，她更神经过敏了，跑到社里去闹。说提拔了我，我肯定要和她离婚。吓得社里一直也没敢提拔。

"你妻子叫什么名字？"

于粉莲。

陈晓时点点头。这个名字给他一个直观的信息，"你考虑过离婚吗？"

我和她吵过，打过，离婚的气话，我当然说过。可我现在哪敢离婚？她到社里告状，到妇联告状，还到报社告状，哭天抢地，说我有第三者，道德败坏。"保护妇女合法权益"要抓我典型，社里有领导已考虑让我离开出版社，那样，我只好再回厂里，每天由她看守着。

"我问你到底考虑过离婚没有？"

能离，当然离。而且永世不再随便结婚。

星期天，天坛公园，英语世界。喧喧嚷嚷的人群中，他又遇见了黄夏平。两人笑笑，开始用英语会话：你每星期天都来吗？他问。我打算每星期天来，她回答。你今天没穿旗袍？我不能总穿一件啊。俩人笑了。他和她很谈得来，他感觉；她和他也很谈得来。他们都期待第二次相遇；他们果然相遇了，都很高兴。这又是他感觉到的。他笑着正要往下说，突然叭一个耳光，扇得他眼前一片漆黑，一片漆黑中一片金星，一片金星过去一片粉红，粉红过去是彩虹，彩虹过去是一片模糊。他捂住脸，于粉莲怒气冲冲在迷雾中赫然雕现，高大魁梧，凶神恶煞一般。腥涩涩的，鲜血从嘴角流出来。夏平惊呆了。周围的人也惊呆了。你是哪个单位的？于粉莲板起脸气汹汹地追问夏平：你和我丈夫光天化日下搞什么名堂？他愤怒了：你怎么这样恶语伤人？她却提高嗓门，对着惊愕的人群：他就叫羊士奇。他是环球出版社的，《哲学社会科学译林》的编辑。他有了地位就在家虐待老婆，出来和别的女人乱搞。搞了不知多少个。我现在就是要揭露他。革命的同志们，要对他提高警惕。他气得浑身哆嗦，想扇她，当着这么多人，不敢；想转身走，她还会纠缠黄夏平。他实在克制不住，跺着脚吼道：你欺人太甚了。他又转头面对大家：我打扰了大家学习，对不起。然后又低头对夏平说：请原谅。让你受这种侮辱。夏平同情地看着他。他泪流满面地走了。

"黄夏平？是不是在首都图书馆工作的？"

是，您认得她？

"对。关于你的家庭纠纷，还有什么情况吗？不是她怎么和你闹，而是还有哪些背景性的、利害性的复杂情况？"

她前天说，现在正搞保护妇女合法权益运动，我到法院告你虐待罪，一告就准。把你送去劳改，有人支持我。你等着。

"你还有什么想法？"

我还敢有什么想法？编辑部看来待不下去了，她下决心让我回工厂。我问了一下，工厂也为难，不敢要。我现在什么都不想了，干脆每天待在家里，让她锁着，我能搞我的事业就行了。我总不能连事业都毁了啊。

陈晓时凝视着他。这位有才华的知识分子简直就处于被专政之中。专政他的力量是一个女人，女人后面是巨大的传统。现在，他就是回到家里囚禁起来，大概也很难满足女人膨胀的占有欲。这个婚姻是毫无意义的。为了他，为了她，也为了社会，都要坚决让它解体。但这是一个极复杂的工程。涉及法律，涉及政治，涉及道德舆论，涉及"保护妇女合法权益"大旗下的某些传统力量。弄得不好，你还未动作，那边已经把羊士奇关进监狱了。他要教授羊士奇一个周密稳妥的策略；同时，要调动一些社会关系，最终帮助解体这个家庭。

就是要对旧传统开这一刀。

他眼前又浮现出幼年时爬树的朦胧幻境。

第二十章

于粉莲。

她一个巴掌，像一阵狂风，打得羊士奇龇牙肿脸，打得"英语世界"几百人一片惊愕。羊士奇没脸见人，跑了，面前还有这个妖妇，戴个眼镜，细溜溜的，倒像个林黛玉。"你是哪个单位的，叫什么？我要向你的领导汇报，你凭什么和有妇之夫勾搭？"她气汹汹地继续追问着。这种拘谨的女秀才，她最不怕：她们吵不会吵，打不会打。看着夏平的狼狈相，她感到解恨。让你好好现现眼。你们最爱面子，可又偏做最不要脸的事。

什么，你和我丈夫只在这儿见过两面？我不信。你继续交代。有这么多人围观，她越发泼悍。

怎么看着人们对自己都冷眉怒眼的，她不该受到同情？她是秦香莲啊。

你这样随便侮辱人可不行。人群中责备纷纷。一个穿警服的年轻人分开人群走过来，眼睛亮得逼人：你丈夫常来这儿，我认得。这位女同志一共来过两次，我可以证明。你这样诬陷人，又扰乱公共秩序，是触犯刑律的。你是不是和我一起去趟公安局？

天哪，我哪儿知道哇。这位女同志，我真不知道你和我丈夫没事啊。我是被陈世美欺负苦了。欺负糊涂了。您宰相肚里能撑船，别计较我了。我这苦真是三天三夜也说不完啊。她哭天抹泪开了。

你要不想去公安局，就不要再在这儿扰乱了，走吧。年轻警察一手拿着外语书，一手挥斥着。

我走，我走。这个专讲外国话的世界里，没有人同情她，外国人都是男男女女胡搞的。

一走出松树荫，太阳又白又晒，又刺又晃。她咚咚地走，脚步又重又急，震着浑身实沉沉的肉。她现在又高又胖，越来越像老娘们儿了？不，她要从今天起节食。她不能老。她爱自己男人，那是她的命根，绝不能丢。刚才那小娘们儿文绉绉的，轻佻佻的，走路肯定一扭一扭飘飘的，比自己能勾引男人。她恨这些年轻漂亮有文化的女人，一天到晚迷着羊士奇的眼，真想再扇他两耳光。

结婚头几年不一直挺好吗？羊士奇老老实实，就知道埋头搞他的技术，回家就做饭洗衣服，脾气也和顺。她性子急嗓门大，常常下班一回家就摔脸子，他总赔着笑劝两句，咋就闹成这样了？

他调到出版社，上班第一天换了件好点的料子服，临出家还对着镜子梳了梳头发。她在旁看着，心中一动，隐隐感到了一丝不安：丈夫过去从不这样。

有人来家里谈稿子。一个叫豫静芝的女编辑，白白净净的，和羊士奇有说有笑。她坐着小板凳在一旁洗衣服，乒乒乓乓，咯吱咯吱。他们说的话她都不懂，除了一进门女编辑客气地打了个招呼：大嫂，您好。再也没她的事了，被晾在一边。她越洗越生气，哗啦哗啦，衣服越搓越响。大嫂，我走了。女编辑笑着告辞。羊士奇还送出门，左一句右一句说不完的话。她开始摔摔打打。我来洗，还是我来洗。丈夫一回屋就连忙赔笑。她狠命扇了他一耳光：这家不是我一个人的，我不是伺候人的保姆。他满脸肥皂沫，手捂着，愣了。

到了厂里，同车间的姊妹围着她，指手画脚说说道道。女人关心女人的苦处。你咋能让他调到出版社去，文化界最乱了，尽是闹离婚再娶年轻老婆的。就是不离婚，一个人也搞着好几个姘头。他到那儿还能不变心？你可得好好管住他，别让他和女的在一个办公室办公——记住。晚上别让他出门，我看，他准得变心。咱们女人说老就老了。

她才三十多岁，还没老。只要看住他点儿，每天一块儿睡觉总没事吧。她买了化妆品对着镜子打扮起来，看着自己，她也不安稳了：确实不年轻了，黄黄的脸，透着通红，倒很显健康，可皮肤粗糙，像风吹日晒，松囊囊的。额头眼角都是深深浅浅的皱纹，一副苦相。抹上粉，白了点，可盖不住皱纹。眉毛稀稀的，描黑了又像假的，挺难弄好。头发干蓬蓬的像草。一咬牙，去理发店烫了，还上了头油，顶着油腻腻香腻腻的一头鬈发回来了。丈夫正做饭，扭过头怔了，接着有些嫌恶地皱了皱眉：怎么弄成这样不伦不类的，厂里让你们演节目了？这样不好？她问。你觉着好就好，啊，啊。丈夫赔着笑转过脸去。她明白了：他是开始变心了。这一天，她摔摔打打，没完没了地发脾气，吓得女儿直哭。到了晚上，她把茶杯茶盘往地上一摔，自己也大哭起来。怎么了？丈夫摸不着头脑。我早知道你会看不起我，要离婚就趁早离。她哭鼻子抹泪。你说哪儿去了，我什么时候看不起你了？什么离婚不离婚的，不怕邻居们听了笑话。千哄万劝，她才平息下来。这一晚在床上还挺亲热。完了男女事，并肩躺着，她对他约法四章：第一，每天下班准时回来；第二，晚上不许出去；第三，节假日不许出去；第四，不许带女人到家里来。丈夫为难了：下班，我可以尽量准时回来，只要没特殊事。节假日，晚上，我一般不出去，真要有急事呢？有急事，你得事先跟我请假。行，我跟你请假。女人是不是来咱们家，有的我事先又不知道。你自己少往家里招，我见不得她们。好好，我尽量防止她们来。

开始管丈夫，越管越会管。

先说准时上下班。从家到编辑部，她挤电车下电车，亲自看着表来回测了一趟，需要四十分钟。她给丈夫定了：早晨八点上班，准七点二十才能从家走，晚上六点下班，六点四十必须准时到家。丈夫傻了：卡这么紧？她瞪起眼：你做不做得到？好，我做得到。丈夫低头了。

什么规章制度，没有监督检查，等于没有。她是纺织厂的检查工，这道理她懂。可她在厂里三班倒，怎么监督丈夫呢？

上夜班，她晚上九点多离家，早晨六点多下班回到家，问题最简单：丈夫上下班时间都在她眼里。上早班，她早晨五点多离家走，下午两点多回家。丈夫下班，她可以在家监督，丈夫上班呢？问题也不大：他六点多才起床，把收拾家、送孩子上托儿所都推给他，就够他干的了——他早走不了。她下午班，下午一点多走，晚上十点多才回来，丈夫早起上班是否准时，她看在眼里，可晚上下班是否准时，就看不见了。这是真正的大问题。晚上这块时间是最危险的，男人和女人挎膀子，上电影院，去跳舞，胡混，都是这个时间。

她拿回工厂一张签到卡：你以后每天几点到家，在这上面签个到，填上时间。

丈夫看着她好一会儿说不上话来，回家还要签到？

你签不签？

签，签。不过，这有什么用？我真要没准时回家，把时间签早点，你能知道？

你敢？

她有办法。到了下午班，晚十点多一到家，就盘问他一晚上干了什么。做饭，吃饭，收拾家，她一分钟一分钟算时间。他实在嫌麻烦了，说不清楚。这一天，她一回来丈夫就递给她一张卡片，上边记着：

　　下班：七点四十分

　　吃完饭：八点二十分

　　洗完碗：八点四十分

　　为女儿洗脸洗脚并让她躺下：九点

　　看稿：九点——

　　这是我今晚的时间，"实报实销"。稿子看到现在，看了三十页，在这儿呢。

　　行，一看卡片，她满意了：以后就这样。第二天还特意看着表，把做饭吃饭洗碗等时间测了一遍，心中更有数了。她还不时请假突然回来，抽查一番，以防万一。

　　星期日，如果轮上她休息，好办，整天看着他。赶上上班，就把成堆的家务推给他：买菜，买粮，拆洗被褥。要不，就让他在家大扫除，擦玻璃，粉刷墙，把他一天时间都排满。

　　离开"英语世界"，一路上忍不下受的侮辱，但也就回到了家。有一个人在院门口墙荫下踌躇徘徊。看见她，迎过来，是羊士奇。

　　"我……是再来向您道歉的……"这位当众挨妻子打的丈夫极为窘促地说道。他记着她的住址，找来了。

　　"没关系。"夏平温和地说道，心情竟一下平静了。不是因为得到了别人安慰，而是因为她能安慰别人。

　　"我就是这个处境……"羊士奇低下头，不知如何澄清妻子对自己的谩骂。

　　"人人都有自己为难的地方。"夏平善良地说道。她能理解他，是个正派人。

　　"请你原谅，因为我的家庭纠纷给你带来麻烦。"他低声说完，回头四下看了看，"我走了。"

　　"你去一趟人生咨询所吧。"夏平关心地说道。

　　"人生咨询所？……我在报上看过报道，可……"

　　"去试试吧。那儿有一个叫陈晓时的，我过去的同学，很有水平。他很有经验，也许能帮助你。"

“谢谢。”

“总能找到改变的办法，你有事可以再找我。”她说，感到心中竟有了些热情和坚强。不是因为别人帮助了她，而是她能够帮助别人了。

她站在门口看着他走远了。

于粉莲。

她要抓住丈夫紧紧不放，这是她的。光约法四章还不够，那只能管住他下班的时间。他八小时之内干什么你能知道？她开始经常偷翻丈夫的口袋，书包，皮夹。每次都怀着要找到什么的恶狠之意：看你背着我干什么？同时又怀着紧张——生怕翻出什么。什么都没有，她既感到放心，也感到失望。可她每天还在翻。

丈夫买菜去了，她又打开他的书包：一本刊物，不感兴趣，放下；稿纸，笔，月票夹，烟，火柴，指甲刀；最后抖一抖都倒出来，是钢镚，烟屑。她一样样往回装，再仔细检查一遍。月票夹内有什么？抽出来，两张电影票。她一下激动了。又愤怒，又欣喜，又哆嗦。好哇，你和婊子一块儿看电影。今天总算查出来了。一个年轻漂亮的姑娘挽挽着羊士奇，说说笑笑地随着人流走进电影院。他还回头张望了一下，自己看见他的嘴脸了。你往哪儿溜。她要摔打，她要破口大骂，可他还没回来。她走到阳台上张望，急不可耐地等他回来，满腔的火要发。整个世界在她眼前炸开，红黄紫绿的乱飞，她被骗了。看见他提着菜篮从那边过来了，恨不能扔块砖头砸他。他上楼了，脚步声一下一下，她的火跟着升级。他推门进来了，她上去两个耳光。叫你挎婊子。丈夫脸肿了，嘴流血了，愤怒了：你怎么无缘无故打人？老实人也会瞪眼。叫你瞪眼，她把两张电影票往桌上一拍：这是什么？他拿起看了看，一下跌坐在床上，万般无奈地叹息，半晌无话。咋不吭气了，没冤枉你吧？丈夫却黯然地站起来到厨房洗菜去了：你自己看看电影票的时间吧。她一看，傻了。上个月七号的，那天她生日，她要他陪她去看电影，展览馆影院，十五排一号三号，没错。她瘫软着坐下了。

你是不是去医院看看？我看你精神有点不正常。晚上，丈夫说。她精神不正常？她木呆呆地坐着。为了什么？她突然扑过去双手抓住丈夫，头抵在他胸前又哭又打：我就是因为你，因为你这忘恩负义的。你看不上我了，早晚要和我离婚。好了，别闹了，丈夫劝道，我保证不和你离婚还不行？她立时松开他不哭了：你得给我立个字据。丈夫想了想，叹了口气，白纸黑字给她写了个字据。

才过两天，她又不放心了。电视上讲法律知识，合同书要经过公证才有法律意义。丈夫的字据有什么用？咱们得去公证一下。丈夫恼了：让人看什么笑话？你听说过谁家立这种字据的？你去公证，说不定别人还说你违法呢。她眨着眼看着丈夫，心中又起了疑。就没有个万无一失、牢牢靠靠的办法？《宪法》上保护个人财产不受侵犯，怎么就不保护她的男人（那不是她个人的？）不受侵犯？

她越来越感到不安全。他会抛弃她，丈夫早晚会看上别的女人，丢开自己。丈夫上街买菜，她也不放心了，跟着一块儿去。丈夫和别的女人打招呼，是老太太，不要紧，除此她要盘问清楚，回来悄悄记在本子上。一个女人只要在丈夫身边反复出现，那就不是偶然的。所以，只要一个女人（或她的名字）第二次出现，她就警觉了。一定要盯住，千万不能马虎。车间里亲姊热妹们的告诫又在耳边嗡嗡响起，她绝不能离婚，那还不如去死。

晚上做梦，她拼命抓着丈夫，周围人流汹涌，冲击着他们。她死死抓住不放。眼看要抓不住了，她大喊一声，也听见他大喊一声，醒了。你干什么呢？丈夫疼得直掰她手，她把他的胳膊抓出了血印。她又哭了。最好有根绳子，能把丈夫和她捆在一起，怎么也冲不开。她又睡着了，梦见找绳子，一根能把两人捆在一起的绳子。

又翻丈夫书包，是一本刊物《哲学社会科学译林》，刚要放到一边，心中一动，有什么预感，打开一看，封二上登着编辑部的一组工作照。有一张是羊士奇和一个女编辑在亲热交谈：他坐着，指着手中一篇稿子；她站在他旁边，含笑俯身看着，那么近，那么亲，简直像一家人。她浑身一阵哆嗦。这个女编辑她见过。姓豫，叫豫静芝。好哇，你们不来家里了，在办公室就黏糊上了。当着人照相都这么贴近，办公室没旁人时，门一关什么事干不出来？姓豫的女编辑媚媚地笑着，慢慢倚到了羊士奇身上，他伸手搂住，她又埋到了他怀里。两个人拥抱，亲吻。

她一下站起来，用力撕刊物；太厚撕不动，打开撕，却停住了手。走到镜前站住，照着自己。一米七高，粗夯夯的，没有腰身，直筒筒的，哪有那女妖精扭扭的能迷男人。脸又长又大，疙疙瘩瘩，眉眼露着泼相，哪有那女妖精水灵白嫩，又会斯斯文文地笑。她对着镜子笑了笑，皮肉堆皱，比哭还难看。再看那女妖精的照片，眼亮亮的，脸光光的，和羊士奇真是文人对文人美美的一对儿。她一屁股栽到了床上，身子又粗壮又沉重，床咯吱吱响。完了，自己完了。哪个男人在羊士奇位儿上都不会要她于粉莲的。于粉莲，于粉莲，这个名就土气，贫气。她是小市民家里出来的，小时候，头上扎个粉蝴蝶结。

丈夫下班回来了，满脸高兴：粉莲，社里准备提拔我当编辑部主任了，往下可就更要忙了。她一下站起来，把刊物撕碎了往他脸上扔：我不要你当。我不让你当……

环球出版社被于粉莲闹了又闹。披头散发，哭天喊地。楼上楼下的人全涌出办公室，挤在楼道里看。羊士奇的编辑部主任算是免了。

于粉莲尝到了甜头，也凭着女人的直觉敏感到：闹下去，把羊士奇干脆撵出出版社，撵回工厂，就万事大吉。她又扮演开了秦香莲的角色。于粉莲比秦香莲更勇敢，更泼悍，更哭声震天。出版社不安宁，可它需要安宁，再招来社会舆论就麻烦大了。羊士奇成了棋盘上的一个卒子，看来必须牺牲了。

社长迟瑛，五十多岁，下了决心。"我早就对你们说，像羊士奇这样生活作风不好的人，再有才也不要用。"她的扁脸都是不满之色，又直又细的长鼻子更显出严厉，"我的意思，让他还回原单位去。"

《译林》主编阮无非，几十年的老编辑，死保羊士奇。他头发花白，胡子花白，满脸义愤地站起来："于粉莲到出版社来闹，完全没有事实根据嘛。羊士奇有能力，有事业心，踏实肯干，这样的人我们不用，用什么人？"

豫静芝低头坐在一旁，羊士奇的编辑部主任免了，就委任她了。她说："宁肯把我调到别的单位去，也该保住羊士奇。"于粉莲不是因为她和羊士奇在一起工作才捕风捉影、醋性大发的吗？

"你们俩正常讨论工作，正正派派，有什么不可以？一个编辑部的人连话都不能说了？你和羊士奇都不能走。"阮无非说，"于粉莲也太不像话了，就没法律治治她。"

"那怎么办？总不能闹得整个出版社不能工作，你们看着办吧。"社长迟瑛不高兴地说道，她原本就与阮主编有矛盾。

于粉莲又来了：你们领导还不给我解决问题？我没法活了。阮无非这次亲自接待。他耿直，没什么韬略，可做事敢负责。和于粉莲磨了一上午，终于把她磨得气泄了。你不是不放心羊士奇和豫静芝在一个办公室吗？我让羊士奇和我一个办公室办公，行了吧？你不是怕羊士奇八小时之内利用工作之便和别的女人有不正当来往吗？这个我负责监督，我用主编的名义保证：他今后绝不会有这问题。

您能担保他不和我离婚吗？

担保不离婚？阮无非愣怔了。行，我担保了。只要他在我这里工作一天，就绝不提离婚的事。行了吧，这比他调到别的单位更保险了吧？

您……能不能给我立个字据？

还要立字据？好，我这就给你立。

再盖上您的章。

签名还不够？好，再盖上我的章。干脆，再按上我的手印。嗯？签名，盖章，手印，这总行了吧？

于粉莲。

她又不安宁了。今天她休息，可羊士奇去参加一个与外国学者的联欢活动了。她不让去，可阮无非坐着小卧车亲自来接：粉莲，这是外事活动，名单都是上级定好的，可不能不让去啊。她眼睁睁看着羊士奇也钻进豪华的小卧车一起开走了。她生来未坐过小卧车，这一瞬间她感到了他和她不是一个社会等级的人了，心中一股子被遗弃的酸楚。立在路边，像个没人理的旧木桩。小卧车里还坐着个她不认识的漂亮姑娘，冲羊士奇嫣然一笑，两人就并肩坐在一块儿了。车开走，从后面看见他们说笑着。她的心被刀剜了，滴滴答答流着血，胸中缺了一块，她难过得快死过去了。

把五岁的女儿送到托儿所去了，孩子不是亲生的，也就不亲。她一个人漫无目的地上了街。王府井人流南来北往，她懵懵懂懂地走着，和人左碰右撞。谁对她不满，她就泼开来和谁吵：你才不长眼。你的眼叫狗吃了。想怎么着，欺负老娘？老娘不吃这一套。她叉着腰，那粗壮，那凶样，那高嗓门，那瞪圆的血红眼，都足以把对方战败。

吵了几架，积火发泄了些，她茫茫然挤上了无轨电车，103路。到终点站动物园。又返回终点站北京车站。再接着坐。全程往返着。月票在口袋里装着。车呜呜地开着，车厢内的人在身边拥挤着。动物园前人山人海，孩子们高举着五颜六色的气球；二里沟，进出口公司的办公楼前小卧车成排，旁边又在新建高层饭店；百万庄，原来建工部的八层办公楼不知又换了什么牌子，冷冰冰地坐落在路边；甘家口商场，又是一片熙攘喧闹，路边摆满书摊；阜外西口，十字路口拐了弯，这儿的路加宽了；阜成门，城门拆了，新建了立交桥，几股道的车流上下交叉，旋转，她看不清楚；西四，道窄窄的，早年的牌楼也不知啥样；北海，车过白石桥，沿拱形上，沿拱形下，南边中南海，波平水静，亭阁掩映，北边北海，满湖小船，隐约笑声；故宫、景山相对，到处是照相的摊子；沙滩；美术馆；又到了王府井，刚才吵架的场面又迷迷晃晃在眼前出现。

　　羊士奇外语讲得好，在联欢会上大出风头，他含笑和外国人频频碰杯，又和身旁那个一块儿坐车去的漂亮姑娘碰杯。姑娘外语肯定不如他，崇拜他，这下脸红了，快活地笑笑，眼睛对着酒杯水汪汪发亮。照相机一闪，把他俩照在一起了。联欢会，除了吃，还要跳，舞会开始了。羊士奇在大学学过跳舞。他伸手请姑娘，姑娘大大方方搭上他，俩人肯定转着到了舞场中。他搂着她，身子越挨越近，脸越挨越近。灯光越来越暗，黑了，舞场上不知会发生什么事。好一阵，灯又亮了，人们一对对又从黑暗中雕现出来，还装模作样地跳着。羊士奇和姑娘手拉手离开了舞场。有的是休息的房间。两人把门一关，锁一响，听见姑娘咯咯的浪笑，半推半就的娇嗔：你别这样嘛。笑声没了，只有弹簧床微微颤响，汗气从门上小窗飘出来。她要擂门捉奸，风是风火是火，一想不好，再看个确实。她踩着凳子，扒着门，从小窗往里看，扑通，凳子翻了。她跌下来，一头撞在了前面座椅的铁背上。电车又到了一站。

　　她和羊士奇离婚了。她又老又难看，在寒风呼啸的街上独自走着，买粮，买菜，买油，买醋，然后缩着头顶风回家。一辆小卧车开过，看见羊士奇和一个漂亮女人在一起说着话，仰头大笑……

　　晚上，丈夫回来了。小心翼翼地察看她脸色。饭，他在联欢会上吃过了。联欢情况，她想知道他就说；不想知道他就不多嘴。她能感到他掩饰着的兴奋。和漂亮姑娘厮混一天能不美吗？可她闷着脸居然没发作。老吵闹，只会把丈夫往外推，这道理她冷静时全懂。有的事是自己疑神疑鬼，上次电影票不就是？

　　熄了灯，两人在双人床上睡下。她仰面躺着，看着天花板想她的事。他也仰面躺着在想他的事。夏天夜晚闷热，汗沾着席子，身下粘烫，可她不动，他也僵着，不敢翻身动一动。他摸不清她今天心中啥谱，生怕触怒她。

我上初中时听过一个故事，是个谜。她说，看着窗外天蓝蓝的发亮，黑的楼顶上，悬着一块红薯似的金黄月亮。

是吗？他立刻表示感兴趣地说道。

有一个勇士，又英俊又勇敢，不知犯了什么罪，国王把他抓了起来。最后判决是：明天把他押到角斗场上。角斗场有两扇小门，让勇士自己选择一扇门，赤身裸体走出角斗场。一扇门通向一个铁笼，那里有几只饿狮会撕了他，吃得骨头都不剩。一扇门通向一间新房，那里有美丽的公主在等待，将许配他做妻子。谁也不知道两个门后怎样布置。这一夜勇士被关在监狱里。给他送饭的是国王最信任的一个使女，她深深地爱着勇士。她知道国王将如何布置两个门。现在问：她会告诉勇士走哪个门？让他去送死，还是让他得到公主？我们班女生们为此竟争论了好几天。

当然是让勇士走公主那个门了。羊士奇笑了笑。

我也说是这样。可现在我才明白：我那时错了。如果那个使女真的爱勇士，肯定会让他去喂狮子。

静默，听见呼吸。羊士奇感到黑暗中到处都是狰厉的牙齿，空气很恐怖。

你听明白了吗？她转身狠狠抓住他。

好了，半夜了，睡吧。他劝道。

不行，我今天要让你和我闹。她把他往自己身上抱。

这太让他难堪了。今天别了，我太累了，活动一天，已经筋疲力尽了。过两天吧。啊？

不行，我就要你今天。

你知道我身体不太好，这种事本来就……

本来就什么？男人发胖才不行，你这样的瘦人，三十如狼，四十如虎。别见了老婆就不行。什么，真的不行？我有办法。

一个粗胖烫热的女人在他身下扭动着，一双粗胖烫热的手臂搓揉着他，上下抓弄着他。他被这臭烘烘的热浪颠簸着，瘦瘦的身体像支牙膏被挤压着……他终于疲软地在一旁躺下，满身虚汗淋漓，恶心得要呕吐。

于粉莲却从床上坐了起来，开了灯，气汹汹地嚷道：你今天到底和哪个婊子胡搞了？

他什么话也不想说，闭着眼摇了摇头。

你还扯谎，你把正经东西流哪儿去了？剩下这点儿灰水水来打发我？

　　"你现在不能提离婚，起码你在'译林'工作时不能提，我给她立字据担保了的。"阮无非看着羊士奇说道。

　　羊士奇叹了口气没再说什么，这辈子的最大错误就是结婚。这个包袱简直比过去二十年中出身不好的包袱还重，再无重新选择的自由。还没提离婚，已经有各种枪口瞄准了你，他快精神失常了。于粉莲每日在眼前晃动着，他对她又怜悯又厌恶，又惧怕又仇恨。一天下雨她回来，气吁吁地说：刚才差点被汽车撞倒，滑了一跤。你以后当心点。他说，心里却涌上一个念头：她真被撞死就好了。

　　人被逼到这份儿上，什么恶都能生出来。

　　除了和编译打交道，他八小时之外的全部生活乐趣是女儿薇拉（他起的名）。早晨送，晚上接。女儿虽然是要来的，但成了他的亲骨肉。每天晚上给她洗脸，洗脚，哄她逗她，教唱歌，教识字，再拍她睡。星期天抱着她出去玩。她咯咯地笑，她用小手抓他，她叫爸爸，他快活得想流眼泪。于粉莲一旁看着，无言，目光复杂。他喜欢女儿，于粉莲似乎并不高兴，但也从未表示过什么不高兴。女儿不仅是爸爸的心肝，也是他的盾牌。每当于粉莲训斥指使他时，他便说：我给薇拉穿衣服呢，喂她吃饭呢，给她擦鼻涕呢，为她钉纽扣呢。她瞥一眼再不能说什么。我的薇拉。他亲着她的小脸，用胡子刺撩着她。她咯咯咯地笑着，用肉嫩嫩的小手胳肢他脖子。他双手将她高高举起，转着，只看见阳光，青草，蓝天，白鸽，忘了身边还有个乱糟糟的家。

　　于粉莲。

　　从天坛公园回到家，羊士奇还没回来。这一耳光把他扇哪儿去了？又去"英语世界"了？阿姨，我把薇拉送回来了。邻居家十岁的小姑娘把薇拉牵来了，为追踪羊士奇，她刚才把女儿托给邻居了。

　　你哪儿弄这一身脏？一见女儿她就训斥道。女儿怯怯地看了看她，低下头不说话。薇拉知道母亲不喜欢她，她也不喜欢母亲。看你脏成什么样了？她拉过女儿，拍打着她身上的土，那拍打重了些，而且越拍打越重，越带气，拍成了打了。女儿哇哇地哭了：爸爸，我要爸爸。你爸爸死了。她冒火了，更用劲地拍打了两下。她觉得自己是在拍，所以手多重也问心无愧。女儿早已哭成一团。最后一下，她觉出自己是在打了，觉出了心虚，一个女人在打别人孩子时才有的心虚。

她停住手，看着女儿哭。好一会儿，不知触动了哪根弦，突然疼孩子了。她不能生育，薇拉就是她的女儿。别哭了，妈妈领你买冰棍去。女儿止住哭，但不看她，也不动。去不去？女儿还是不动，像大孩子一样倔。看着女儿，她垂下眼，目光呆滞了。女儿这么小，已经知道记仇了。自己一辈子也哄不过来了。真要离婚，这孩子就推给羊士奇去养。

离婚？不，她不能离。想都不想。她要死守住这个家。

两天过去了。这天她上夜班，白天心中突然笼上一股预兆，觉着不安，想了想，便来到环球出版社办公楼，在街上的一个小商店前站着，远远监视着出版社大门。真叫她等上了：羊士奇灰扑扑从楼里出来，四下看了看（做贼心虚。），匆匆地走。好哇，八小时之内由着你胡搞？她跟踪上去。他过马路，她也过，他上电车，她也跟着上。人多，羊士奇心事重重，一直没发现她。一幢十五层的方塔般的高楼，羊士奇不见了。只有一个单元门，肯定上楼了。同志，这个楼是哪个单位的宿舍？她问一个从楼里出来的胖妇女——手里提着网兜、油瓶、酱油瓶。不知道，哪儿的都有。胖妇女打量着她：您找哪儿？我……您是不是找人生咨询所啊？啊，我是。您看那儿，写着呢。手一指。单元门旁插着个牌子：

人生咨询所 15 层　　1501

胖妇女慢慢挪着身子走了。她守在门口。羊士奇大概就是上这家咨询所去了。他今天灰灰的脸，有心事，不像是和女人幽会。

好等啊，羊士奇出来了。她又跟上他，走了一圈，见他回出版社大楼了。

人生咨询所到底会给他什么咨询？亲姊热妹们又喊喊喳喳给她提供了很多见闻，她翻来有关报纸刊物一看，明白了。这个咨询所专门干缺德事。她火了，恨了，请了几天假，天天守在出版社门口，羊士奇一出来就跟踪上。好哇，又进了律师事务所，又进了法院，活动好凶啊。亏得老娘警惕高，看谁厉害。她要一个地方一个地方地闹，闹得没人敢给你撑腰出主意。

咨询所内乱开了。于粉莲一进来就又哭又闹，几个诊室都停了。白露、方一泓怎么劝也不行，来咨询的顾客也站在那儿目瞪口呆。

你们讲不讲理啊，陈世美欺负得我没法活，你们还帮着他，我不活了。我不是给你们捣乱，我是来控诉我丈夫。他喜新厌旧，虐待老婆。

陈晓时在一旁，双手插在白大褂口袋里非常明白地看着，他示意白露等人不要动。过了好一会儿，于粉莲那股泼劲过去了，喘歇了，声低了，他说了话："我们怎么帮着你丈夫欺负你了？我们说什么了，干什么了？"

"我不知道。"

"不知道你闹什么？"

"反正你们专门拆散别人家庭。"

"谁说的？"陈晓时温和、平静、含笑。

"我……你们逼我，我不活了，我就死在你们这儿。"于粉莲说着从包里掏出一个农药瓶，拧盖，白露、方一泓连忙上手去拦。

"不用拦她。"陈晓时挥了下手说道，"她要自杀就自杀，我们不负法律责任。好了，咱们还各回各屋，继续门诊。"

于粉莲愣了，她还没遇见过这阵势。"你们想让我死，我还偏不死。我要让你们也活不顺心。"她把农药瓶放进黑皮包里，哗一拉拉链，坐在了长椅上，两只脚在地上腾腾地跺着。

"你若想咨询，一块钱挂个号，我们也可以给你咨询。"陈晓时说。

"我不要。"她还跺着脚。

"你成心捣乱，我们也不怕。"陈晓时说道，"我也是律师。"他转过头吩咐白露："打个电话给公安分局，让他们把捣乱的人带走。"说着，他进了诊室。

"哼，咱们走着瞧，看谁斗得过谁。"于粉莲提起黑皮包气呼呼地走了。

于粉莲。

她急匆匆走着，羊士奇真要跟她离了婚，还能当上编辑部主任，再往上爬，坐上小卧车，跟上女秘书，娶上年轻姑娘，自己就成天下一块笑料。国王，勇士，狮子在咆哮，公主美得让人咬牙，使女只配往监狱送饭，可怜巴巴。今天救了你，明天看着你和公主吹吹打打成新婚？休想，你该喂狮子。

羊士奇还手打过她两次，她逼着他写过检查，这白纸黑字还在她手里捏着呢。她要上法院告他，虐待罪，判上你两三年。你就全完了。我打过你十回、二十回，你没证据，白搭。这狠心下得了吗？让他喂狮子？

怎么又到上访接待站来了？红围墙，松树，树荫下坐着十几个妇女，有的蓬头散发，有的衣装整洁，有的抱着孩子。两棵树之间拉着一块十米长的红布，上面白纸黑字写着：

秦香莲上访团

她们是全国各地来的，都告她们的丈夫是陈世美。到妇联上访，法院上访，报社上访，接待站上访，相互结识了，便合资买了块红布，组成了这上访团。团结才有力量。

你来了？一见她，她们便热情地也是热情不高地说道。上访久了，已经疲了。激情悲愤都麻木了。一切为说而说，一切为干而干，眼泪为流而流。上访成了每日该干的事。

是的，她来了。她前几天就接触过这个"秦香莲上访团"，听过她们一个个的血泪史。她今天再来听听，她要再受受教育，擦亮眼睛。她要汲取她们的教训，下定决心，先把羊士奇送去喂狮子，绝不让他飞黄腾达，折磨自己。

第二十一章

我明白。黄平平笑了，像一瓣橙黄色的橘子糖溶化在一杯水中，温甜舒畅。

你明白什么？部门负责人，一个和蔼瘦小的老头儿，抬着满额皱纹含笑嗔责道。

明——白，林老对园林建筑的指示要发好，发及时。

这个讲话其实是由建筑学会起草的，然后设法送到林老的秘书手中。林老年迈体衰，很可能顾不上，由其秘书代签了字，再送回建筑学会，便开大会宣读，便组织学习讨论，理解贯彻，新华社便同时发电讯稿，全国各报刊便采用刊登，便有各有关方面响应这重要讲话。

你什么都不明白。和蔼老头儿也露出了笑容：好了，还有一个任务，去采访——就是我刚才说的那个。

好，服从命令听指挥——。黄平平拖腔拖调地调皮说道，收起挎包，悠着转过身，便往办公室外走。听见背后的笑嗔：这个捣蛋平平。她心中笑了。这个老头儿喜欢她。对这类通融随和的领导，用这种态度最佳。换个一本正经的领导，就要适当变换态度。对不同的人用不同的方式，这是做人——特别是做女人的艺术。这话说出来明白，真做到很难。可是难者不会，会者不难。她生来就善于处理人际关系，天性。还有比这更容易更省劲的吗？

下楼梯，一二三四五六七八九十十一，腾腾腾，手抓楼梯扶手，克服着离心力，做个水平方向的急转弯；又是放松，快节奏地一二三四五六七八九十十一，又是腾腾腾几步水平方向的快跑，来个更急遽的一百八十度大拐弯；强大的离心力抻着手臂，抻出着快感，身子飞轮般急甩着，甩出了快感；再一溜烟向下，一二三四……平平，球票帮我搞了吗？嗳，平平，那份材料你替我问了吗？平平，你今天去哪儿？平平，你啥时候有时间？人们上下左右和她打着招呼，她也上下左右回着话。她善良热情，她没心没计，她爱帮助一切人。人人都可以调动她。这是她的形象。没人知道，其实她在调动一切人。做人真快乐，做女人更快乐。

　　这个楼梯口不能急拐弯了。两个人在站着说话。一个男性，五六十岁，很魁梧，嗓门洪亮，风趣地呵呵呵笑着，社里的头头之一。一个女性，三十多了，可穿着打扮，特别是言行之态像个年轻姑娘，抓着对方手，继而就演变为把手放在对方掌中任其捏摩，哟哟哟地请求着什么，还跺着脚。自己都认得。心中一笑，一个大弯绕开他们。女的看见她，下意识地想缩回手，男的干脆又加上一只手，左手把对方手捏在掌中，右手轻轻拍着。嗳，平平，你蹦蹦跳跳的又去哪儿？他看见平平，眼一亮，笑着问。噢，我去完成个紧急采访任务。她笑笑，没停留。那位中年女性在表演少女天真，不要坏了她的事。女人应该懂得调度男人。可那种表演太轻贱了。看，那边走廊过来两个姑娘，瞥见这手拉手，相互一挤眼，含着蔑视。想当个聪明女人没那么容易，都聪明了，还有我吗？自己真坏。腾腾腾，一个急拐弯，眼前的墙、走廊、人、光线都是旋转的曲线。女人在智力上真是千差万别，刚才那位女性还算有心计的"能人"呢，只是没聪明到家，更笨的还有的是。

　　一出楼门，就冲到了刺眼的白亮中。上午九点钟，太阳已经晒人。一年最热的时候了。不大的院内，几扇绿大门的车库前，有人正俯身擦拭着摩托车。有了。车库前并排停放的几辆小轿车，她不看也不想，没有头儿出动顺个便，她没权利坐，这两轱辘的就好说了。

　　郏昂。她亲热地叫道。见对方转过头来，便歪头一笑：怎么办，不想挤公共汽车了？

　　想坐摩托？对方正俯身擦车，这时横着看了她一眼，调戏地笑了：那可得把我抱紧点才行。

　　不让坐就算了，我还是去提高一下月票使用率吧。

　　别走啊，谁说不让你坐了？求你坐还求不上呢。郏昂直起身，扔下油污的烂纱布，我回屋洗洗手，你也到我屋坐一坐。你去哪儿？金象胡同？送你去——专程。

　　办公楼一层有他一间小屋。老婆在外地，他打单身住这儿。窗外有树，房间很阴暗，一个床上团着毛巾被，一个床上堆着两个箱子，还有煤油炉、铝锅，一桌一书架上都堆得乱七八糟，书报稿纸，碗筷瓶罐。你这屋真臭，一股子难闻味儿。她说着在椅子上随便坐下，顺手拿起一摞稿纸。你在写什么呢，郏昂？

难闻，男人的味儿难闻？哼，这味儿让你们女人一闻还要心猿意马，把持不住呢。写什么？他用毛巾擦着手，在她背后俯下身看了看，噢，我准备给《妇女报》写篇文章，他们约的。说着，在她后脖颈带响地吻了一下。

讨厌。她没回头，抬手擦了一下脖颈，接着翻稿。听见背后碰锁咔嗒响了一下，门锁上了。她若无其事。你别来那套啊，我不喜欢那样。她警告道。可我喜欢啊。郏昂涎着脸过来了，一下把她从椅子上拉起来，抱住她。她低下头，双手抵住对方胸口：我要生气了。她的身体把严肃不快传达了出来。男人对此是一下就能敏感到的。搂抱的双臂松弛了些：你生气了？

你松开吧，现在还没有。

可我实在爱你啊。

见一个爱一个，你找别的姑娘去吧。

我就要找你。郏昂说着一下用力搂住她，狂热地要吻。

她扭头躲避过：我走了，不坐你摩托了。声音表情及整个身体都是冷冷的。

真生气了？郏昂慢慢松开了手。

我不喜欢不尊重女人的男人，不习惯和他们在一块儿。她平静地拿起挎包往外走。

好了，不开玩笑了，等等，我送你。郏昂忙拿起头盔追到院子里，推起了摩托：坐吧，黄小姐。她斜睨着看了看他，淡淡一笑走了过来。摩托发动了，她抱着他的腰也坐好了。平平，你真有手段。我白白为你效劳无数次了，可还上当。你可以不效劳不上当嘛。她笑着。可我是傻瓜，心甘情愿上当受骗，你去哪儿找我这样的好傻瓜。遍地都是傻瓜——你们男人都是傻瓜。摩托突突突开动了，还没出院门又停了。黄小姐，我今儿想效劳也轮不上了，你的"拉菲克"来接你了。

一辆小汽车驰进院子停下，从里面钻出个形象敦厚的男子，三十多岁，戴着黑框眼镜，手中还拿着一束鲜花。

台湾同胞春节联欢会上，他被人介绍着来到她身边。她站起来，大方地伸

235

出手：我正想采访您呢。两人握手了，他的手和他整个人一样，客气的、和善的，手厚大干燥，热情友好，但又握得松松的，很礼貌。自己的手在他手中可以随意停留、抽走或在里面恣肆活动，就像她本人到了一个宽厚的环境中，挥着手任意歌唱，跑动。她变成一条不怕旱的小鲤鱼，钻进一个大鸭绒被里，尽情地游来游去。

在其他男人那里，她从未有过如此舒服的感觉，有的男人的手强悍有力，让她感到容易受伤；有的握得太紧，含有欲望，她在一瞬间就有了不能随意抽动的受限制感；有的手小，让她感到不宽厚；有的手潮热，她不愿受男人汗的"玷污"；有的手太随便，让她感到不庄重；有的手又太洒脱，一握便撂，毫无亲切感……

这一握手使她永远记住了他。

翁伯云，三十四岁，原籍台湾，从小入美国籍，建筑学博士，一九八一年回国，在清华大学任教授，未婚。

从此，他就经常打电话给她或请她吃饭，或请她去公园游玩，大多数情况只问问好，每次见面必送她一束鲜花。她认识的男人中，他第一个关心询问她的生日，那天他坐小轿车来了，一个花篮，一个生日大蛋糕，他两手提着站在她面前，敦厚善良地微笑着。

"真热。"她一上车就说。

"噢，请司机开开冷气。"翁伯云对前面很客气地说。

"没想到你来，也不事先打个电话。"她不满地嗔道。

"我打了，你不在办公室。"翁伯云解释道。

"这是去哪儿啊？"

"上午，政协礼堂有个舞会，我想请你去，我刚从那里过来。"

"你不知道我有事？也不征求一下我的意见。"越发不满了。

"现在不是在征求吗？"温和敦厚地笑着，永远不急不恼。

"征求什么，车都坐上了。"

"你要有事就办事去吧，我送你。"

黄平平瞟了他一眼，禁不住扑哧笑了："那我偏不去办事了，去参加舞会。"

"那太好了。"

"舞会上女人们都喜欢穿什么颜色的衣服？"

"我没有研究。……好像白裙子多一些吧。"

"怎么这样粗心大意，不注意观察？"

"因为……我不是记者呀。"他说完这话不由得笑了，然后搔了搔头，"除了黑色没有，其他颜色都有。"

"正好顺路，送我回家一趟，换换衣服。我这一身邋遢，能跳舞吗？"

停车，进家，出来，上车，换了一身黑，黑的短袖弹力衫，黑的斜白道的裙子。

"独特吗？"她很舒服地在座椅上颠了颠。

"独特。"

"你怎么事事随着我？"

"我没有必要不随着你。"

她开心地笑了："就会随声附和。文不死谏，那你是忠臣还是奸臣啊？"

"当然是忠臣。"

她咯咯咯地大笑，用力冲他大腿捶了两下。"好了，不说废话了，我给你讲讲这几天的事吧。"好一会儿，她笑够了，抖了抖头发，认真说道。

"讲吧。"

"这么冷淡？"

"没有冷淡，我很想听。"

她瞟他一眼，又扑哧一笑讲开了。一个人事喧嚣的世界。大楼，一个个办公室，上级，同事，采访对象，男人们的微笑，女人们的嫉妒。她小孩做游戏一样使用着各种聪明，搭着五颜六色的积木。她快乐，别人也跟着快乐；她单纯，别人也以为她单纯；都是麻烦事，遇到她都不麻烦。她的小手从小就能把乱糟糟缠成一团的毛线理开。又有乱线团了，你们别弄，让我来吧。她会嚷着跑过去，从母亲或祁阿姨那里夺过线团在小板凳上静静地坐下，左右看看，上下看看，这么一理，那么一顺，咝咝咝地把一根长线无尽头地抻了出来，抻得畅快极了。她现在更灵了，理人际关系。一个关系一条线，一堆关系一堆线，无数关系无数线，人人被困得喘不过气来，她却在里面理来顺去，源源不断地抻出自己的长线来，悠悠的，得意得很。哪儿矛盾多，人际关系复杂，哪儿就是她如鱼得水的地方。

翁伯云含笑听着，欣赏她的聪明，像欣赏最精彩的艺术，欣赏儿童出众的智慧。常常会快活地笑起来：是吗？真有办法。你从哪儿学来这些聪明？赞叹不已。隔几天不这样向他讲一堆啰啰唆唆的生活流水账，她就憋闷得慌，她在一切人面前装样子，唯有对他可以畅谈。翁伯云呢，隔几天不听她嘁嘁上一耳朵，也觉得少了趣味。

和你讲话痛快，你是最好的听众。

是吗？很高的评价。

知道我还为什么愿意对你讲话吗？

不知道。

我愿意听到你的惊叹和夸奖。

那我就多多的惊叹和夸奖。哟，是吗？太聪明了。

她大笑不已。

不过，他并不总是夸奖和附和，时而也提出忠告："你这件事情就稍有些聪明过分了，太过分也不好。"

"接受你的意见；别再打断我了，听我往下讲。"她其实喜欢听这样的忠告。

翁伯云是从美国归国的博士，身价高，虽是单身，却分了一套两室一厅的住房。黄平平有时也领着人到这儿活动。嗳，我今天要举办一个小型舞会，借你的地方用用。她在电话中说。好。他自然答应，预先便把房间收拾了。

她领着人们来了，跳啊，舞啊，地方不够搬桌挪柜啊，教练啊，张罗啊，指挥调动啊，和中年男人跳，和漂亮小伙儿跳，说笑啊，拍手啊……他饶有兴味地坐在一边。邀他跳，他摇头。不会，也不想学。她骂他老夫子，便撂下他，到人群中热闹去了。半夜了，人们尽兴而归，剩下满屋烟气，杯盘狼藉。她一下清静了，才想起他。他刚刚送走客人回到屋里，含笑看着她，像看一颗掌上明珠。她心中不禁动了一下。一晚上冷落了他。我跳得好吗？她问。好。他点头，把毛巾递给她。她擦着汗：真好假好？他依然含笑看着她：当然是真好。她心中又感到了什么。只有在他面前，她才扮演另一种角色。我帮你打扫吧，她看看乱糟糟的房间。不用，等你走了，我自己慢慢打扫，你累了。她看着他，又看了看表：太晚了，不想回家了，我在你这儿住一晚上吧，有地方吗？他一下忙起来：有。你睡房间里。床单换一条干净的。我睡在这沙发上。

睡下了，她听见他穿着拖鞋在门厅里慢慢走来走去。已是后半夜了。他轻轻敲了敲房门。她从床上撑起头：有事吗？

他站在门外没有说话。好几秒钟静默，夜很沉寂。

我累了，而且，主要……我没有心理准备。她说，唯恐伤害对方。

……对不起，你睡吧。门厅里的灯也熄灭了，听见沙发弹簧吱吱响着。他也躺下了。她拉开窗帘，头枕手臂，目光蒙眬地看着窗外。

她不能想象和他发生关系是什么情景，她从未这样想过，她对他没有过这种欲望。她睡着了，梦见自己变成六七岁的小孩儿，在外面玩耍，累了，一身热汗变凉汗了，回家。父亲来了，母亲来了，又都不见了，面前站着的是翁伯云。翁伯云隐去了，一个暖烘烘的草窝，停着一只小鸟。

政协礼堂的舞会是个老派的舞会，一多半老知识分子，绅士气，知识气，有点沉闷。没有迪斯科的疯狂节奏，都是古典舞，人们规规矩矩地一对对舞着，舞曲停歇时，又都规规矩矩散到舞厅四周。也有不少年轻人，但大多是高知子弟。又一曲舞开始了，翁伯云把黄平平介绍给一位朋友：你们跳吧，我不会，我喜欢看。黄平平随着旋律舞入场中。舞伴是个六七十岁的老教授，戴着金丝眼镜，瘦得两颊下凹，喉结凸起，可一和她搭挽上，立刻精神抖擞，竭力使舞步显得潇洒年轻。那兴奋，言语，目光，无不要博得她的好感。真是人老性在。可笑。她扫视着舞厅，发现有三种结构模式：年轻人与年轻人跳，含情带笑；老年人与老年人跳，多是夫妇，缓缓旋转，无言语，很拘谨，转出了几十年共患难的节奏；老头子与年轻姑娘跳，有几对一看就是父女，更多的就说不清了，一些很可爱的姑娘。老家伙们怎么把她们"拐"来的？

曲终停歇，老教授摘下金丝眼镜，用手绢擦了擦额头上的细汗，同时不中断谈话，好像这样就能使她不离去。她含笑应付着，目光却四下张望，想发现自己认识的人，这个圈子她比较陌生。她不愿意陪老头子跳舞，或者说不愿意陪她无所求的老头子跳舞。她的每一点支出：时间、精力、感情都不能是白费的，或者为了享受，或是为了进取，或是为了光荣和满足。

又一曲开始了，老教授精神抖擞，准备向她伸出双手。她四顾着，同时不得不准备再白陪一次。一个漂亮的小伙子出现在面前，容光焕发地伸出手：平平，我请你跳好吗？好。她高兴地和他搭挽上，转过头礼貌地冲老教授点点头。老教授眼睁睁地看着小伙子，露出一丝悻悻然。

这才是舞蹈的旋律，这才是青春的旋风，这才快乐。阳光灿烂，青松挺拔，谁愿意在一棵老朽的树旁佯装快乐呢？一条小路从山上如狂舞的飘带盘旋而下，两辆自行车鸟一样飞下来，满山笑声。

"你怎么到北京了，齐胜利？"她问，同时眼前浮现出去年和他在一起亲昵厮混的情景。

"我专门找你来了，新华社有人说你来这儿了，我就又追到这儿，好不容易才进来。"齐胜利答道，他有一张英俊稚气的孩子脸。

"找我干什么？"

"我……要和你结婚。"

"别说傻话了，我可不能要你当丈夫。"

"我下决心了，一直在北京跟着你，直到你答应我。"齐胜利的样子非常认真，以至有些口吃。

"还是当小弟弟吧，你比我还小一岁呢。"她有些在意了，但并不急，仍然半开玩笑地说着。

"不。"

"我早已有男朋友了。"

"不可能。这两天我在北京调查了，知道你和那个叫翁伯云的博士不错，可你不会嫁给他。他比你大十多岁，我刚才观察你和他讲话了，你根本不爱这老夫子。"

"别这么说他，"黄平平有些不快，"他可不比你差。"

"他敢和我一块儿游泳吗？敢跟我比健美吗？看看谁强。"齐胜利用力曲了一下小臂，鼓起凸凸的肌肉。

黄平平笑了，她喜欢他："人不光靠肌肉。再说，我又没说他就是我男朋友。"

"别人也不是，我能看出来。翁伯云纠缠你，我等会儿就去找他谈谈。"

"你疯了。"黄平平嗔道。她喜欢他这样单纯热烈，但又感到事情小有麻烦——她从没有被麻烦过。

一曲舞罢，正好来到翁伯云坐处。齐胜利走到他面前，直直立住："您是翁伯云教授吗？……我叫齐胜利。"

"啊，您好。"翁伯云礼貌地站起来。

黄平平忙在一旁介绍道："胜利是我去年在武汉采访时结识的朋友。"

"我和她不是一般的朋友。"齐胜利正视着翁伯云，声音不高却郑重地说。

"那更好。"

"我是她男朋友。"齐胜利用意义明确的声音说道。

这场面足以使任何一个姑娘难堪无措，但黄平平只是一笑，往翁伯云身边靠了靠（她知道这个举动的含义，它将在翁伯云那儿引起她所需要的心理反应），看着齐胜利说："你和我的关系，我和伯云讲过。"

"是。"翁伯云说道。他不知缘由，也从未听过齐胜利的名字，但他知道此刻应该如何保护黄平平。

齐胜利的气势顿时没了，一时不知说什么好。

这时，一个人走过来："平平，找你真不容易啊。"

黄平平一看他，高兴地笑了："伯云，胜利，我给你们介绍一下。你们肯定都听说过他，这就是李向南。"

武汉东湖，风平浪静。黄平平穿着游泳衣躺在小船尾部。齐胜利穿着游泳裤，双脚蹬住船底，身子一次次后仰着稳健有力地划着双桨。他胳膊上的肌肉在阳光下一下下凸起着，抖动着。随着他肌肉的一次次爆发，能感受到船很猛的冲力。这冲力传递到她身上，她便感到身体起着一种兴奋。

武汉东湖比杭州西湖好得多。他一边划一边用孩子般的南方口音介绍道。你怎么老看我？我是幅画？

我觉得你美。

是吗？我给你表演个更美的。他收桨，站到船头，一个鱼跃扎入水中，好一会儿露出头：美吗？

美。她被刺激着，也跳下了水。

他踩着水，双手向她泼水，她睁不开眼，换不了气，呛水了，有点手忙脚乱起来：别别，我水性不行，会淹死的。船在哪儿？她想抓船，但船已漂到几十米外去了。她慌了：快，快拉住我。齐胜利咯咯咯地笑着，用侧泳拉着她一起游到船边。两人在船上晒太阳，身子晒干了，醉融融的，天空澄清无比，湖水荡荡的，躺在一个透明的与世隔绝的世界里，便生出无限情欲。

你躺得离我近点。她说。他挨着她躺下。她侧过身搂住他，轻声说道：你知道吗，许多女人对男人重才不重貌，可我重视，我喜欢像你这样的美男子……

面对三个男人。一个,健美的体魄激起她燃烧的情欲,她享受女人的快感(她绝不会同一个体貌干瘪的男人睡觉,哪怕他是伟大的天才);一个,强有力的政治家,她更多时候愿和他来往;一个,她身后的安乐窝,可以靠靠的暖墙。都到一起了,好办。

胜利,明晚你陪我看电影,有话到时再说,好吗?(扶着他胳膊,含着情意)约好时间地点。向南,你有事吧?咱们出去谈。没关系,我对跳舞无所谓。翁伯云,我们上你那儿谈,借贵方一块宝地,行吗?(带点娇嗔)中午顺便给我们弄点吃的,啊?

翁伯云自然遵命。

她愿意这样驱使他,也稍有不安:遣使多了,欠得也就多了,到一定时候,就把自己"抵押"了。不要再这样了。可为什么总没煞住呢?

向南,你喝点什么?汽水?好,我也喝汽水。翁伯云,你呢?一进门她就拉冰箱,开瓶,拿杯,加冰,叮叮哐哐,如同回到自己家里。翁伯云礼貌地问:平平,你们在哪儿谈?到我书房里谈吧?那儿安静些,我可以在门厅里看书。黄平平一挥手:走,向南,端上杯子,咱们到里面去谈。翁伯云,你有兴趣可以进来。不不。——翁伯云摇了摇头。

书房挺雅致。贴墙一排四个大书柜,玻璃后面各种精装书,外文书,一壁堂堂皇皇,对李向南有着某种隐隐的压力。薄纱窗帘,写字台上的玻璃板绿茵茵的像一面湖。空调嗡嗡响,很凉。黄平平在转椅上转了转,她注意到李向南目光中的某些疑惑。听说过翁伯云吗?她问。李向南摇摇头:他是……黄平平笑了笑:他是从美国回来的建筑学博士。看到李向南还在等她讲下去,就又说:你是不是觉得我们关系有点特殊?也没什么,他是我最可信赖的人,我什么都愿意和他讲。就这些。

酸溜溜的一股劲涌上李向南的嗓子眼,这么说,自己远不是她最信赖的人?本来这很正常,可现在颇让他受不了。那个武汉小伙儿呢?黄平平和他有着一种与自己没有的特殊友情。别难受了,世界本不是以自己为中心的,男人也不只是自己。不过,他不能不佩服黄平平:他一直以为自己是她最信赖的人呢。大概所有与她交往的男人都有这种错觉吧?

还有刚才的舞会,自己一踏进去就有一种外来户的感觉。这里有着另一种优越感。他穿得太邋遢,舞也不会跳,东张西望的,让人白眼,小心翼翼地溜边走,略觉局促。当然他没有忘记自己的骄傲。演奏的乐队仪表堂堂，穿着镶金边金扣的白制服，像是俄国沙皇的仆役，及至演奏到兴奋时，钢琴师便对着麦克风奔放地歌唱起来。整个大厅的气氛都被他史诗般的男中音感染了。贵族的艺术。

他要谈的事既复杂又简单：想把一份条陈送到成猛手中，托平平帮忙。

平平沉吟了一下：我帮你试试。

李向南信赖她，她能帮助李向南，都使她生出热情。李向南毕竟是个不寻常的人物，但是她对他又略有一丝轻视，非搞政治不行？处心竭虑的有多大意思？

你这是为了坦率表白自己，上边能理解吗？她说。

是有求于她，还是第一次真正了解了她，李向南发现自己与黄平平的关系无形中发生了很大变化。这削减了他对她的亲昵感，却激增了他对她的征服欲。

我并不是非搞政治不行，但已经搞了就绝不认输。人生就是一次次危机——我喜欢和危机作斗争。他平静地说道。送条陈的事如果有困难，你就不必多费心了。他站起来，一切要简洁。

不吃点东西了？黄平平一下有些急了。向南，你等等，我跟你一块儿走。她拿起挎包；翁伯云，我们先走了，有事我再给你打电话吧。

翁伯云彬彬有礼地送他们下楼。

我这就帮你去想办法。黄平平又开始充满热情。

李向南走着，没说话。

还要我帮什么忙？她又问。

李向南站住了：平平，告诉你我的一个心理。有人驾小帆船横渡太平洋、大西洋，有人孤身到北极探险，我挺佩服他们。可每当他们半途而废，我就替他们扫兴，会骂一句：软蛋。不能坚持到最后，就不要开始；开始了，就不要退下来。

那你还有什么灵活应变啊？黄平平说道。

李向南继续走着：平平，我能理解你的聪明，我赞赏你的聪明。

我有什么聪明？黄平平略有些不自然，她的聪明在于别人识不破她的聪明。

好，再见吧。李向南在车站旁站住，伸出手：我希望今后能得到你更多的理解。

她莞尔一笑，没说什么。

七八个五六岁的小孩儿在院子里忙忙碌碌"过家家",像窝快乐的蜂。砖头搭了个灶,小木柴点着了,红火黑烟,烧着小铁锅。

　　梳着小刷子的小平平在他们中间指挥着:小燕,你管洗菜——一个苹果脸的小女孩拿着一把菠菜在水盆里洗着;小刚,你管切菜——一个胖胖的男孩儿嗳了一声,用铅笔刀开始切菜;圆圆,你放碗,小彬,你管放筷子——两个小女孩儿在圆桌上转圈放下七八个小碟,每个小碟旁一双筷子;我来炒菜——她往锅里倒油,放菜,翻炒,点水,加盐。饭好了,开饭了,排队拿碗来。每个人的小碟里都盛上几片菠菜,小板凳噼噼啪啪响,围坐在小圆桌旁,高高兴兴地吃起来。

　　剩下她一个人了。中午的白日晒得人流油,这是片商业区,人又多起来。自己还没吃饭。两份冰激凌解决问题。据说,爱吃冰激凌的女人善于交际。这个电话亭好几个人排着队,丐找一个电话。人还是多,晃来晃去地磕碰。她喜欢看鱼游水。水族馆的大玻璃缸内,鱼们在绿幽幽的珊瑚礁石、海底植物中钻来钻去,优哉游哉,谁也不撞谁。人没有鱼聪明,聪明要显出自在来。她感到自己此刻眼睛聪明,含着笑,像薄荷糖;脚步聪明,走得快,但不急有弹性,躲闪灵活,不和人碰撞;觉得自己整个人聪明,哪儿都能去,哪儿都挡不住她。昨晚做梦自己在买鱼,在摊上挑拣着,各种各样的活鱼蹦跳着,鳗鱼在鱼堆上游来游去。她抓住一条就溜走一条,再抓住一条又溜走一条,好滑。掌中留着滑腻腻的手感。前面出现两条巷道,一条蟒蛇跟着两个人。后来,蟒蛇扔下那两人朝自己追来。她和它搏斗着。蟒又变成鱼,遍体鳞伤,好像就是昨晚电视中看到的搁浅自杀的鲸鱼?她知道弗洛伊德,明白这个梦含着性意味……

　　总算见到安晋玉了——在他家中。因为他是要人的秘书,也便成了要人。还不能同这个清秀小生谈正题呢,江岩松在场。

　　平平,正想找你呢。这位高级干部学院副院长江啸的公子笑笑说道。

　　他为什么有一种过分的热情呢?因为自己碰见他在安晋玉处?要见成猛的秘书,有什么见不得人的?人为了遮掩某种暧昧,才会不自觉地支出过多的热情。她不喜欢江岩松,对人似乎很随和亲切,但又含着矜持;要保持平和,又怕失了风度;似乎很正派,绝不对女人挑逗,可又让你感到他整个身体充满色情。

　　找我干啥?她问。

我们研究所召集了一次历史讨论会，你不给我们发条消息？江岩松说道。

她一笑：行。她明白他。有时候求人反而是笼络人的手段。明白装不明白，别人还看不透你，这才是真聪明。她又说：你把讨论会的情况写个材料给我，到时候我给你们发消息。她不吃亏，消息发得多，不是自己的成绩吗？又不费她时间。江岩松起身告辞，临别和她郑重地一握，那诚恳的目光，那诚恳的话语，都使她心中想笑，想说：快走吧，别表演了。看着江岩松背影，她知道：他以后会听自己调遣的，是自己的又一个触角。

第三者一走，安晋玉顿时精神焕发，殷勤地拿出冰镇汽水、西瓜，在她身边转着。她更轻快了，吃喝，说笑，现在只需单打一，应付一个人了。安晋玉一直在追求自己，这她早明白，所以她也稍认真一些地处理关系。她至今的艺术，就是把事情限制在始前朦胧阶段。她允许对方表示特殊的好感，报以微笑信任，但尽量不给对方机会表明一切，保持个较长时期。若对方最终明确提出了，她也自有善策。不答应他，又绝不伤害他，还要把双方关系转入一种超出一般的、含着暧昧的亲密友谊。她是再聪明不过的女人了，常常轻而易举就解决了对于一般姑娘是很危险的事情。她现在就是不想答应任何一个嘛，她从不说假话，她现在需要自由自在地生活，起码三五年内不想受任何约束，不考虑结婚。你对我好，我当然高兴。可我确实不知怎么答复你，你最好多接触几个女孩子，多选择选择，千万别只挂我这一头，要不，你死心眼白抱几年希望，不耽误你了？我？对你挺有好感。可到底只是好感啊。不要勉强我，啊？和我一起跳舞，可以；看电影吃饭，也可以；散步谈心，谈最亲密的话，我更愿意；双方感情投合时，吻一下额头也允许；如果提进一步要求，甚至想上床，那我不。她只有遇到那些真正激起她情欲的男人时，才会发生性关系。那是她主动要求的。任何社交友谊或者利益需要——即使对方操着自己的命运，都不能使她贡献身体。

女人用贡献身体来换取什么时，就很可悲了。女人最不能违心出卖的就是自己的情爱。

她用小勺品尝着小碟里的冰激凌，不抬眼，随意说笑着。安晋玉在她身边转着。黑皮凉鞋咯吱咯吱响着，两条挺直的裤线不时弯折着，他的手挺白，手指修长，动作细腻，能感到他含笑的目光。愿围着我转就转吧，女人就应该是男人的轴心。

嗳，安晋玉，想起一件事，那个李向南托我往上递个材料，你说，我该不该帮他？

往谁那儿送？成猛？你啥事都可以热心，这件事你千万别管。老头子对他很反感。

可……我随口答应他了……你觉得李向南这个人怎么样？

我对他印象不算太好。可这还不是我不愿帮你忙的原因。你张嘴求我的事，我总该尽心的。（那当然。她嫣然一笑）可你要知道，成猛对李向南有过批示。我为他送材料，我能扛得住吗？

黄平平垂眼想了想，点了点头，既是点给安晋玉看的（表明她特别听信他的话），也是点给自己的。这事的确不是很好办。

可她怎么对李向南交代呢？

第二十二章

　　金象胡同一号是个很大的"复合式"四合院，几十年前一个大军阀的宅第。正门在东，大红门，漆早已剥落，进去是东院，最大，北西南东四面房子；西边有西院，较大，也是四面房子；东西院之间夹着一排朝东的房子，房前一条甬道，甬道南北各有一个圆洞门，这叫夹院；在夹院南，东西院之间，有个水龙头；西院北房是座小二层楼，二层楼的背后，又有一条东西走向的狭长院，有一排贴大院北墙的朝南小房，可能过去是下人住的吧，这叫小北院，小北院东头与夹院北头相通。小北院西尽头是整个大院的后门，也是大红门，不过比正门小一些。还需说明的就是整个大院（也是西院）的西南角是男女厕所。复杂的院子找人困难，但不要紧，一进大门，迎面墙上一块黑板，左半边画着大院的平面图，标着每间房子的号码，户主名字，一目了然。黑板右半边，照例写着谁家交奶费、谁家取挂号等。每天早晨大门嘎隆隆一开，便有打拳的遛鸟的老头出去，跑步的中年人青年人出去，晚上十二点（冬天早些，夏天晚些）再嘎隆隆一关，哗啦啦铁链一挂，一锁，就成了堡垒，大家睡安稳觉。曾轮流值日开关大门，终因太麻烦（年轻人总睡不醒，早晨先得摧醒他们才能拿到钥匙）便算了，都委托给住门口的单老头，每家一月出两角钱。单老头还管着大院收发，一部每次收费四分的公用电话。至于房租水电费，倒是按月由各户轮流负责收，账目公布在黑板上。大多是老住户了，有事喜欢彼此照应。

　　黄平平与谭秀妮谈完了，收起本，和她握手告别，同时又扫视了一下屋里。三面黑乎乎的墙、一面门窗，窗外一间简陋的小厨房遮去多半光亮。小床上躺着个六十多岁的老太太，大床上爬着个两岁的光屁股小男孩。窗下一旧桌，一脸盆架。再无别的。再见。她对谭秀妮说道，对方脸上现出凄然。谭秀妮的手干瘦呆板，像握着几根筷子；同时便感到自己的手丰柔滑腻。这差别让她想到：贫困与富裕，下层与上层，不幸与幸福等等对立的概念。手常常是身体的缩影。我再去采访一下你的邻居们，听听他们的评价。她来到院子里。正是东院，她走到大门口，仰头看了看黑板上的平面图，确定了采访路线，便朝一家走去。

谭秀妮看着采访她的女记者进了别人家，疲惫地倚在门口神思恍惚地站了一会儿。女记者那样鲜活，脸上放光；而自己身子发木，脸贴着门框，就像这干裂的老木头。光亮的树皮早已被刮掉，鲜嫩的汁液早已烘干，一切水分都耗干了。眼皮真沉啊，真想闭上眼睡过去变成化石，可不能睡。脊背后感到屋里的老人和孩子。她无声地叹息了一下，慢慢靠开了门框，转身进了屋。已经上午九十点了，该把家安置安置，上街挣钱了。门口停放着卖冰棍用的白色小推车。

我从人生咨询所回来，更决心离婚了，我得活。谭秀妮透过屋内晦暗的光线看着黄平平说道，她前几天在咨询所见过这位一大早就来的女记者。

黄平平坐得很低，能感到屁股下的小板凳脏腻粘裙。她在本上速记着，停住问：这些天又发生了些什么事？

什么事？她垂着眼坐在床边，双手夹在两膝中，恍恍惚惚只觉得儿子在身后翻着，爬着。

刚从人生咨询所回到家，院子里乱糟糟，一堆人围在她家门口，一个眉毛刷子般又横又黑的中年汉子正挥着手讲演。见她来了，眼一亮，嗓门更高了：三百五十块。今儿该还我了吧？

又是来要债的，丈夫乐天明诈骗下的。现在，都追着她来要了。我没钱，我还不了你，你找他要去。

他进了监狱，我怎么找他要？和尚走了庙在，男人走了老婆在。他骗下我的钱，你就该还。

我不知道，这跟我没关系，我没钱。

他骗下的钱，你没享受，你没花？你是不是藏起来了？

我没花，我不知道。她除了省吃俭用一天到晚替丈夫还债外，什么都不知道。

不行，你拿来。汉子用拳头擂着大开的房门，门窗震动，听见屋里孩子哭，老太太咳嗽。她要进去，急着照看老幼。汉子堵着门：不拿出钱来，别想进门。人群中有人劝说了：要债也要慢慢讲嘛。总该让人进去照看孩子，孩子万一从床上摔下来，摔坏了，你不是也有责任？汉子眯起眼朝屋里盯了一下，转过头：没事，孩子好好在床上趴着呢，你快拿钱来吧。孩子的哭声却更响了，因为惊惧，因为听到了母亲的声音。她的心被撕裂了，两步上了台阶，拨开汉子就往里进。汉子把身体一横，堵住门。她急了，用力拉汉子的衣服。他一抖甩，她一个后仰，摔倒在台阶下，咚的一声，后脑勺很重地撞在石头上，嗡地眼前一片黑，黑中一片火光，无数把刀划过后脑勺，一直划到后脊背，裂疼。她站不起来，围观的邻居们上来扶她，头离地了，人们惊叫，见血了。血，粘热的，流湿了后脖颈，沾红了灰白的石头，染红了人们的目光。舆论立时变化，人们纷纷谴责那汉子：你太欺负人了，要债也不是这个要法。乐天明骗你钱，也不该找她还债。她嫁给他，这几年没享过一天福，就是一直替他还债了。你看，把人摔成这样。

我没摔她，是她硬拉我。

一个意态安详的老头走出人群：她一个弱女子，你这一甩，能不把人摔倒吗？

是她自己没站稳。

你这个人年纪不大可也不小了，怎么说话不讲理儿啊。要是你孩子在屋里哭，我挡住门，甩你一个跟头，你心气儿能平吗？

甩也甩不了一个跟头。

好吧，我甩你一个看看。老人有些生气了，说道。旁边有人已搀着谭秀妮进了屋，有人从自家拿来了纱布药水。

你甩，你甩。那汉子人高马大地上来，蛮横地一把抓住老人，老人稳站不动，他又用力拉，老人只随便一摆手，身子顺势一扭，把汉子摔出去七八尺远，扑通倒在地下。他双手撑起坐在地上，懵懵然地看着老人，自己是怎么跌倒的？

还用再试试吗？老人含着一丝讽刺说道。

他便是京城有名的太极拳师：东方飙。

"听谭秀妮说，您很关心她。"黄平平看着精神健朗的老人说道。这是客厅，老式的对开门扇，高得用力抬脚的门槛，进门正面对着墙中央一幅寿星图，两边是副对子，"心澄目洁，气血通四海；神安意泰，劲力达五岳"。图下靠墙，一张紫红发黑的旧式雕花木桌，一边一把同样颜色的雕花太师椅。现在两人各坐一张，椅子太高，脚跟不能落地，不怎么舒服。这是东院里的正房，两边各有一门，各通一间偏房。一家七八口人住三间房，在这大杂院内就不算窄了。老式房子暗一些，倒也好，夏日显得阴阴凉凉。

"我没帮什么忙，我是可怜她。年纪轻轻的，太受罪了。"东方飙感慨地说。他的声音洪亮安稳，让人想到他健壮的体魄。

"听说那天有人来要债，把谭秀妮摔得头破血流，是您教训了他。"

"那是我实在看不惯了，太欺负人了。"

对这位久闻大名的太极拳师，能借这件事来结识他，太好了。认识这种独特的名流是有价值的。听说他经常被请到中南海和许多部委机关传授太极拳，他认识的上层人物难以计数，许多高级干部尊称他为老师。初踏进他的高门槛，见到这样一个神仙般的老人颇有些紧张。她听过不少他的传闻，他手掌平托小鸟，能使鸟飞不起来，他哈一口气，能使门开开。……他的名字和传闻都在她心目中有着超尘脱俗的神秘色彩。但她什么门槛都敢迈，越难见的人越要见。此刻谈起话，她立刻发现：这个神仙似的人物不仅说着一口很地道的老北京话，而且竟在自己这个小记者面前显出某种局促来，这可是她所熟悉的凡俗心态，她一下坦然了，心中很好玩地笑了笑。这时，屋内的一切，陈旧的门窗，粗陋的布置，斑驳的顶棚，圆椅上的草蒲团，大门上的破竹帘，都显出世俗的简陋寒碜来。两边房门上挂的居然是那种小饭店门口的"珠帘"，红绿白黑的，再怯不过了。

"现在谭秀妮想离婚，您的看法呢？"她问，也算道德伦理观念的社会调查吧。

老人摇了摇头："这我说不好。要说她替乐天明背着黑锅，熬上十八年，有老有小的，一个人是太难了。可……上边领导不是在给她做工作？她是典型儿，典型儿不能随便垮了，是不？"老人是闻名遐迩的太极拳师，可对这世间的事情却很看不透，说到"领导"、"典型儿"，还觉得是挺神圣的事。

她转移话题，询问了一些有关他的事，听说他编写的一本太极拳书一直找不到出版单位，便表示愿意帮忙，而且有时间要专程采访老人。在老人的千恩万谢中她起身去另一家。

行了，她在京城仰慕的东方飙这儿，已经有了特殊的地位。这是今天顺手就得的收获。现在介绍几个老干部来他这儿学太极拳肯定没有问题。她的面子很大。哈哈。

谭秀妮头被包扎了，眼鼻酸酸地搂着儿子在床边坐着。要债的汉子还没走，知道他姓张了，叫张大个儿，开汽车的，挥着手在屋里吵闹着：我这钱也来得不容易，一分一分攒下的。她只有低着头不吭气。能说什么，人家冒火她能不理解？她只能硬着头皮听他嚷，听他骂。一个个逼债的，都是靠硬着头皮熬走的。

嫁给乐天明图什么？知道他是骗子了，为啥还和他结婚？因为生米煮成熟饭，已经是他的人了？因为他厉害？他一眯眼盯人时，露着可怕的凶光。不跟他，她会被打断腿。因为他长得帅气？他穿着皮夹克，蹬着黑皮靴，呱吱呱吱迎面走来。他一迈腿骑上自行车，挥挥手她就坐上后座，他一阵风似的带着她红红绿绿，到这儿耍到那儿玩。在没人的树荫下草地上，在夜黑的公园角落里，在家中，他像头狂热的雄兽，弄得她浑身触电般腾云驾雾。她恨他，又离不开他。她可以咬着牙吃苦，可愿意跟着他。至今夜深人静时，她还经常想到他，他又出现了，有力地搂抱她，搓揉着她，那么坚实，可她又流泪，咬牙根儿恨他。他害苦了她。点上灯看两岁的儿子，长得像他爸爸。她的泪滴在儿子脸上，儿子在梦中咂着舌头，她一下抱住他痛哭起来。姑妈醒了，劝道：秀妮，睡吧，你一天够累了。张大个儿的声音又在耳边震响，是雹子，是雨，她硬顶着。可她该走了，该卖冰棍去了，得养活一老一小。把儿子放到半瘫卧床的大姑身边，任他在老人身边滚爬，她推着小车吱吱嘎嘎上街了。先去批发，再在街上卖。卖一根挣一分，卖十根挣一角，卖一百根挣一块，卖两百根挣两块。买米买面，买盐买油，给孩子买奶粉，还要攒点，要探监，要还债，要防万一。她还探监？不了。她要离婚，她活不下去了。

张大哥，今儿我实在还不了您钱，您再过一阵儿来吧。再不行，您看我屋里有什么您要的，您就搬上走吧。

张大个儿扫了屋里一眼：你这儿没一样值钱的。

求您缓上我几个月吧，今儿您先让我上街去卖冰棍，我……

不行，来两次了，这次不见钱不走了。

门里门外都是围观的邻居，有个中年男子分开众人走进屋来。微微有些发胖，雪白的短袖衬衫，变色眼镜，背着手，挺着肚，颇有种自恃傲慢的派头，似乎很有身份，但又掩盖不住他的市民气。也是大院的老住户，叫屠泰。原来是汽车修理厂采购员，现在刚刚成了挂牌私人开业的中医大夫，自学出来的。

你总不能逼人太紧嘛。他对张大个儿说道。

她就这么支应我？等她和乐天明一办离婚，我找谁去？

你总得让人活，是不是？

让人活，要欠你钱呢？

我绝不这样逼人。宁肯不要这钱，也不能让人活不下去啊。

那得，您心善，今儿您替她还上这三百五吧。

你这不是不讲理吗？

您别嚼牙根，光说好听的。您今儿要肯先替她还上一半，我就服您，要不，您不过是个假善人。

你——

我什么？谅您一个大子儿也不肯掏，别在这儿装洋蒜了。

屠泰的脸都气紫了，抬手指着：她欠你多少钱？

三百五。怎么，真想替她先还上一半？一百七十五，拿来，一见钱，我立马儿就走，绝不含糊。

好，我去给你拿一百七十五，你得了钱，立刻给我走，三个月之内不许再来。

屠泰住在夹院最南头，靠着水龙头——水龙头哗哗响着，几个女人围着池子洗涮，有人端着盆在旁边排队等候。提着水桶打水，可以优先，哗——，满了就走。一个大院的人际矛盾全集中在这水龙头上；左邻右舍的和气谦让、脸面也都在这儿表现。星期天一大早，各家都赶紧端着盆来占先。你蹲在这儿洗，他夹着盆在旁边一动不动等着，就是无声的催促。你若洗得不紧不快，他在背后挪一挪脚，就是一种不耐烦的提醒。要是抬腕看表了，咳嗽了，更是到了烦得不能再烦的程度了。你不安了，抬头说：我衣服还多呢，您先洗吧。他便会勉强堆出个笑：不不，您接着洗，甭急。轮到他蹲下洗了，他脊背就又感到后面的人催促了。今天不是星期日，洗涮的人也不少，见黄平平走过，少不得有番议论：是记者？来采访谭秀妮的，还要采访咱们邻居呢。黄平平装作没听见，习惯了。秀妮这辈子也没白活，总算出了名儿——她又听见这么一句。

屠泰住两间小房，夹院内的房子就小些，不相通，各开各门。一间挂着牌子，"中医屠泰"，成了门诊部。屋里转圈放着三条长凳，排队坐着二十来号人，病恹恹的。一桌，一边两椅，一边一椅，他坐着给病人诊断处方，儿子当助手。上手切脉，左手，右手，病已知五六分；简单询问一下病情（越少问越好，显出医家切脉的本事），既听内容，又知一二分；也听声音，是有气还是无气，有力还是无力，粗还是细，厚还是薄，干还是湿，润还是哑，热还是寒，实还是虚，阳还是阴，病在表还是里，听音也能听出一二分；看看对方脸色，眼睛，又一二分；张嘴看一下舌苔，再添一二分。好了，都有了，十二分了，有余了，全在心里了，便处方，口授，儿子在处方笺上记，完了拿过来审看一下，略和儿子讲解两句，便签上名。您先吃上这三剂看看，完了再来。没问题，能治好，这不是什么难治的病。最后的心理治疗很重要。有时候话说对了，开上杯冰糖水也能治好病。挂号收费，一人一元，都由儿子办理。上午门诊，下午出诊——出诊费十五元——一天总有六七十元收入。一个月两千来元，一年两万多，真是名有了，财大了，气粗了。过去在厂里当采购员，混来混去伺候人。现在总算从泥里钻出头，像人样了。再多治上几例疑难症，名气再大些，钱再多些，到哪儿租一套——干脆买一套像样的临街房子，请个书法家轩轩昂昂写个大招牌：名医屠泰。

谭秀妮的事照理不该管，可谁让他是大院内有身份的人呢？要长这个脸，钱是哗地拿出去了，那一下倒有派头，痛快。谭秀妮那儿给自己磕下头了，大叔长，大叔短。磕什么呀？他心说，你这妮子是市人大代表哩。我挣到这名儿，还不知要多少年呢。回到家，老婆脸拉一尺长：你充什么好汉，钱多了烧包儿？他赔笑：看着秀妮实在可怜。可怜什么？老婆更瞪眼了，脸长得跟身子差不多：她自作自受。凭什么你掏钱，你是娶她还是嫖她？他低声下气了：别嚷了，街坊们听着笑话。笑啥？你事儿都做了，还怕我嚷？我说孩子他妈，别嚷了，行不？做人总得要脸面吧。我不要脸面，我要钱。

真是太憋气了。自己有钱有名儿了，老婆倒越没好脸儿了。这能过一辈子？名医的老婆就这样？来不及胡思乱想，眼前要切脉看病，调匀了呼吸才能干。今儿人多，长凳上坐满了，还站着几个，屋里满簇簇的人，光线也暗了。这对他可是好事，来人数量不仅表明收入，还表明名气。看走一个，长凳顶端就站起一个，上来坐到他面前，长凳上的人们便顺序往前挪一个位子，后面又能坐下一人。这长队源源不断才好呢。

什么，记者来了？他站起来走到门口，与黄平平热情握手。要了解一下有关谭秀妮的事儿？我这儿……他犹豫地看了看一屋子人，能不能过一会儿？十一点半就差不多。他现在很需要结交记者，记者最能让人出名。

黄平平一眼就看明白了这位屠泰，不像中医，倒像刚刚发迹的经纪人。和这种利欲熏心的人相处，最好办。她在心中聪明的一哂，又化为脸上亲热的一笑：那我过会儿再来。

张大个儿总算走了，邻居们也散了，屠泰安慰一番也回了，她推上小白车准备上街了，已经晚了。没等出门，又被人迎面碰上。秀妮，你过会儿再去，我找你谈谈。

是区委的一个女干部，王主任。和蔼耐心，阳光般温暖，母亲般谆谆教导。说了什么？不要离婚，你是典型，市人大代表，要珍惜人民给予的荣誉。要在新形势下继续帮助改造乐天明，做出更典型的事迹……

可我得活啊。她低声说。

王主任愣了一下，这个戏节问题似乎她还没考虑。想了想便反应过来：领导会关心的，你自己也一定能克服困难的，你这样做更有意义嘛。

我已经向法院交了离婚起诉。

那没关系，你可以撤回来嘛。

王主任走了，又来了劳改支队的一位副政委和两个教导员。也谈到她是市人大代表；典型；荣誉。谈到乐天明最近悔过自新的表现。带来乐天明的信。

他们走了，大院里的两个寡妇又上门来了。

窦大妈，五十多了，蓬乱的一窝头发，黑黄憔悴的一张脸。丈夫早死了，一人苦熬十几年硬把一儿一女带大，都出去工作了。秀妮，千万不能离婚。儿子不能不要吧，那不是你和乐天明生的？改嫁，孩子不受罪？再说，大伙儿不戳你脊梁骨？十八年刑也不算长，你今年二十七八，再十八年，不过四十五六岁，还没我这会儿年纪大呢。到那会儿孩子也大了，他爸也刑满出来了，你不就熬出头了？咬咬牙熬吧。

桂大婶叫桂金銮，也五十多岁，腰板直直的，脸上疙疙瘩瘩，眼睛黑乌乌的有神。她男人在电机厂工伤事故死了，她也是十几年没改嫁，拉扯着五个孩子。秀妮，她说道，嗓门挺大，你看我，一个人，五个小孩都过来了，怕啥？她是有名的泼妇，丈夫一死就去厂里闹，要多点钱抚恤，要安排大儿子顶替上班，要给自己安排工作，以后又年年要补助，往多了闹。大女儿大了，去闹招工进厂，进了厂又闹调个好工种；二儿子大了，再去厂里闹，没正式的先干临时工，过一阵又闹指标转正式工；接着是老四老五。闹了十几年，把电机厂的七八任书记厂长都闹怕了，闹熊了，见了她就躲，闹得她自己和五个孩子都有了着落。她像一只老母鸡，把一窝小雏哺大了，现在儿女都围着她孝顺。她活得有模有样。谁能说她个不字？要是我那几年改了嫁，儿子闺女现在哪个还会认我？

半夜了，大院门嘎隆隆锁上了，听见单老头的咳嗽声，咳嗽声也听不见了，四下静下来。她伺候着大姑解了大便，洗了涮了，睡了，一个人坐在床边发呆。十五瓦的灯泡发着昏黄的愁光。她打开乐天明从劳改队来的信，铺在床上又一页页看起来。

亲爱的秀妮：

您好。今天接到你的来信，痛哭（苦）万分。难道你再也不愿（原）谅我了吗？你应该和我离婚，我骗了你，让你受尽了罪。真让我签字，我不会不签的。可是，你真的就不再给我一次机会吗？我每天都在信纸上写着你和孩子的名字，一天写几百遍，好几页。现在总有上万遍了吧？我白天黑夜叫了你一万遍，你一遍都没听见？因为有您，我才没轻生。我好几次想死，想去触电，吞小刀，撞石柱，想到你才没有走绝路。我现在每天抓紧时间学文化，学技术（钳工），考试成绩都是九十分以上。这一切都是为你和孩子。你要不再愿（原）谅我了，我就只有去死了。可我相信，你还会给我机会的。我再一次给您跪下……

信慢慢合上了。乐天明每次跪着忏悔，像另一个人，不凶了，不坏了，不诈了，又善良又可怜，又诚实又文雅。她总是相信了，心软了。可这次，她是很难相信了。她看透他了。她想到狼。

夜真静，屋里一片黑暗。她躺着，听见儿子轻微的鼾声。她翻过身看着儿子，黑暗中也能看清。小脸嫩嫩的像乐天明，只是真的又善良又可怜，从小没有得过欢乐。她没时间带他，要去挣钱，每天就让他在半瘫的大姑身边爬。想到这儿又禁不住鼻酸，泪落下来，湿了儿子小脸。用手轻轻擦，粉嫩的皮肉让她心中亲得发疼。为了儿子离婚，为了儿子不离？……离了，债可以躲掉了？……

再嫁谁要她，有老有小？……找个年纪大点儿的，拉板车的，挣钱多点儿就行？……乐天明又扑向她了……

黄平平到了第三个邻居家。她要了解整个大院的反应——这也是整个社会的反应吧？西院，最靠南的两间西房。这儿她来过，住着一位她要采访但还未遇上过的人物。

庄韬。这个名字你听说过吗？这阵子正红呢。报纸电视到处可以见到他。一九五七年被划成右派，下放农村，"文革"中被打成反革命，判刑劳改十几年，前几年才平反出狱，担任了中学校长，不要待遇，不要住房，把离婚十几年的老婆从偏僻山区接回来复了婚，而后举着"心底无私天地宽"的旗帜到处做报告，讲不计个人恩怨，讲吃苦在前享福在后，讲理解，讲爱，讲精神文明，讲对青年人的教育。很轰动。

见面了，握手了。人有些胖胖，戴着眼镜，眼珠凸起，腮帮子很大，很健谈，滔滔不绝，好像说话就是他的职业。房子挨着公共厕所，难免有些隐隐烘臭，床上一个老脸妇女低头做着针线，想必是他妻子。我上午去附近一个中学做了场报告，顺便回家来。他说明道，平常他很难回家。你要听听我对谭秀妮事情的看法？

"是。"黄平平点点头。眼前这位庄韬是经常接受记者采访的，所以她的身份并未引起他特别的重视，可他对接受采访还是有热情的。"庄校长，听谭秀妮讲，您前天还和她谈过。"

是吗，她怎么说的？……我是搞教育的，应该关心她。我坐过十几年监狱，对罪犯和罪犯家属的心理又做过研究，说起话来可能更容易打动他们吧。他讲开了，很谦虚，又显得很自信，嘴唇翻得很厉害，露着大舌头。

谭秀妮是不是典型？是，很有意义的典型。全国有多少罪犯？几十万，一百万？这个问题大不大，复杂不复杂？复杂。现代社会的犯罪在各国都是大问题。可说复杂又不复杂，一个谭秀妮能改造一个罪犯，如果一万个、十万个、百万个谭秀妮呢？一个很复杂的社会问题就解决了。我们一定要树立谭秀妮这样的典型。可现在典型遇到了问题，她要离婚了，半途而废了，夭折了，该怎么办？

点烟，抽烟，显出一点炫耀和自负来。

256

我们的许多干部——区里就来了不止一个人嘛——就知道保典型，就知道讲大道理，什么珍惜荣誉了，不要辜负人民的期望了，有什么用？他们不懂得做人的工作，首先要理解人，要设身处地替她着想，说半天空对空的道理有什么用？

"那您是怎么谈的呢？"黄平平感兴趣地露着微笑，心里完全是另一个态度。

我前天去了，进门先看了看屋里，床上的老人孩子，停了一会儿没说话，然后，感叹了一句：秀妮，你日子挺难啊。就这一句，她眼睛湿了。我和她，教育者和被教育者之间一下缩短了距离。和任何人谈话，开头一句很重要。头是开好了，可缩短距离并不等于消除距离。我坐下了，又接着说：你现在不要听他们说三道四的，该怎么安排今后的生活自己拿主意。日子是你自己过，又不是他们替你过，只有自己才知道是怎么回事。这么一说，她和我更靠近了，觉着我真正为她着想。这从她表情就看出来了。她看了看我，低下头，半晌说了一句：庄校长，您说我该咋办？我一听就知道：她也正矛盾呢。我不着急，想了想，说：我不能替你下这个决心，不过我可以帮你分析一下几种前途。我对谭秀妮还是那个原则：从为她考虑的角度出发。你一离开这个角度，她马上会对你有戒心的。当然我有我的立场，教育者应该比被教育者站得高一些，但另一方面又要站在她的立场上考虑问题，而且一定要让她这样觉得。这是辩证的统一吧。

一种前途，我对她讲，你不离婚，这样拖着一老一小，背着债，熬上十八年，一直等乐天明刑满出狱，这期间的苦我不说你也知道。要是乐天明出狱后再不改邪归正，你这辈子就算完了。我一说完，谭秀妮就低着头咬住下嘴唇了。这种前途她是早考虑过的，只是别人都不和她讲明。这明摆的事，你不讲，再说多少好话，有什么说服力？不是骗人吗？第二种前途，我说，离了婚，甩掉那些债务，找一个老实的男人成个新家，另过生活。可能好些。当然，能不能找下合适的也很难说。孩子长大会怎么样也很难估计。另外，你在精神上也要准备承担几方面的压力：一个，传统道德舆论对你的攻击，不过，你可以不理睬它；一个，领导和广大群众对你的失望，因为他们过去都被你的事迹感动过，你不是收到过一千多封群众来信吗？那会对你有些压力吧？还有一个，你对乐天明、对孩子多少会有一些自疚吧？我讲完了，她的头垂得更低了，手慢慢捏着衣襟。

我心里明白，这又说中了她。我对我的工作已有了十成的把握了。

那第三种呢？过了好一会儿，谭秀妮低声问道。她问，我才说，我等着她问。这也是做思想工作的艺术。你想说的真正结论，一定要等到足够的火候才说出来。要不对方会有一种强加给他的感觉和抵触心理。第三种，我说，是这样的：你下决心继续帮助改造乐天明，他痛下决心，悔过自新，努力接受改造，在这种情况下，我相信他一定会减刑的，减成十年八年甚至更短些，都是有可能的。特别是为了感召整个社会向你这个典型学习，会这样的。另外，政府一定会考虑到你的生活困难，譬如会想办法给你安排正式工作，我就可以帮你向市、区领导呼吁。这样，经过一段坎坷，你和乐天明各自战胜了自己，再重新团圆时一定会非常恩爱的，你这辈子也真正为社会做了件了不起的事。

这种可能性大吗？过了好一会儿，谭秀妮问。我这时更不着急了，停顿了一下，才说：可能性有，当然不是百分之百。可是多努力争取一分，可能性就多一分，如果你尽全力，大家也都来帮助，这种可能性就会很大了。她不说话了。我也不再多说了，我知道我的工作做成功了。

"那您认为她不会离婚了？"

"是。"

"可这难道是她最好的选择吗？"

"这应该从整个社会的需要来看，社会需要她这样选择。"

黄平平不说什么了，她可不是这种观点——恰恰与这相反。她要写篇轰动的文章，就是要反对这些传统。不知为什么，她对这个对"教育艺术"充满自我欣赏的庄韬有一种反感。

当她起身告辞，准备再回去采访中医屠泰时，东院里突然哭声喊声一片，人们纷纷沓沓向那儿涌去。

死人了。

第二十三章

她离开了凌家的独家大院。

坐北朝南的小二层楼像张下巴肥胖凸垂、眼睛阴森眯缝的方脸；楼前阴魆魆的葡萄架像个可怕的方形洞穴，大张着黑洞洞的大口；左右两排平房硬邦邦的，像石头人伸出的两条手臂。整个院子像个石化了的凌汉光，又像是黑色的大簸箕，把她簸进来，簸了一身垃圾，又簸出去。

走廊，两边是一间间空房，听见自己的脚步声在里面回响。她不敢左右看，那里面太死寂，太阴沉。自己怯懦孤独的脚步声在每间空房里留下了。以后，每到夜深人静时就会响起来，就会使人发瘆。让你们发瘆吧。走廊到头了，红色的大门，死沉死沉的。她开开了，出来了，离开坟场了，面前一片光明。胡同，接着是街道，越来越多的行人，越来越熙熙攘攘，一个活生生的又是陌生的世界。好像是在电影里看着自己在一个挺美好的世界中行走。世界是喧闹的，她是无声的。只看见自己的侧影、背影，树叶一样飘着。

金象胡同一号。迎面第一家。墙上是那块黑板。父亲——大家叫他单老头、单大爷、单大叔——正在黑板上写着"今天交奶费"，回过头说道：小兰儿，回来了？一张皱巴巴的核桃脸，眼窝凹陷，见眼睛，见颧骨，还见两只支起的招风耳，头发苍白，腰背佝偻。母亲——大伙叫她单大妈、单大婶——正在门口收拾一堆烂砖烂木头，满身尘土，也是一张皱巴巴的脸，眨着眼看着她：小兰子，今儿休息？就你一个人回来？只她一人。做母亲的又放松了，继续收拾着破烂：回屋去吧。又有两个出入大院的邻居打着招呼：小兰回来了？她一一礼貌地回了话。见着这些老邻居，心里觉着特别亲，又有些酸酸的揪心。

东方飙大叔打完电话从屋里出来：单大哥，钱我给您放下了，八分，我打了两个电话。行行，您放下吧。单老头点头应着。小兰儿，东方飙慈眉善目地笑着：回来了？啊，回来了。她答道。是，她回来了，回来了，和所有的人说回来了。她又回到这生养她的单家了，又回到从小长大的金象胡同一号了。

姐，回来了？弟弟大宝正一脚踩在凳子上，哼着曲擦他的皮凉鞋，没抬头。啊，回来了。她又一次答道。今天怎么了，说了这么多“回来了”。往常回家是这样吗？自个儿到底是要回哪儿？不是要永远离开这儿吗？大宝，这支钢笔，还有这个笔盒，送给你吧。她打开挎包，把一支金笔递过去，这是去年在医院得的奖品。姐，你自己不留着用？弟弟接过去欣喜地转动着，她看着他心中充满温情。弟弟小她四岁，从小是她把他带大的。姐姐，我要去街上嘛。他噘着嘴任性地拉着她，身子都倾斜得横过来了，她身不由己地笑着：行，行，姐领你去。那时他才四五岁，小胖墩。现在不胖了，下巴挺尖，眉毛浓黑，眼睛黑亮，个儿不高，但挺英俊。大宝，姐跟你说句话。弟弟抬头看了看：姐，你今儿怎么了，出什么事儿了？她笑了笑，没有，我是突然想起来了，大宝，你以后的火爆脾气该改改了。弟弟对着镜子梳头发：我知道。你老说知道可能做到吗？那可保不准，脾气是天生的。你还不听我的劝是吗？大宝奇怪地看了她一眼：姐，你今儿怎么了，要出国不回来了还是怎么着？她垂下眼似乎是笑了笑：你就听我这一句不行？听了我高兴。好，弟弟应道，我听，行了吧？

上午，下午，她在家忙了一天，把父母的脏衣服都洗了，把弟弟的衣服也洗了，把床单洗了，把屋里的隔帘也洗了。家里只有一间房，中间横一根铁丝，挂个布帘隔着，里边住大宝，外边住父母。她回来住，弟弟就让出他的床，自己在门口搭个行军床。小兰子，歇歇吧，别累坏了。父母劝道。她坐着小板凳弯腰搓洗着，扬起满是肥皂沫的手，用手臂揩一下额头的汗，笑笑，不累。她不怕累，从小劳苦惯了。父亲老了，母亲老了，矮矮小小，瘦瘦弱弱，和他们贴近在一起，能感到自己就是从他们的身上来的。姐，喝汽水吧。弟弟去外面回来，把一瓶汽水举过来。待会儿，我腾不开手。她双手全是肥皂沫。你喝，我给你举着。弟弟把汽水送到她嘴边，喂着她喝完了。她笑笑，感到弟弟心里（他脸上虽然若无其事，又哼着曲忙他的事）对她的疼爱。她还是累坏了，晚饭前在弟弟床上躺了一会儿。朦朦胧胧间听见弟弟压低声训斥着父母：你们说话声不会低点儿？又听见他搬上小板凳在门外坐下了，隔一会儿就听他说：电话线断了，您待会儿再来打吧。她的好弟弟，亲弟弟，这儿是她舍不得离开的地方。眼窝湿了。

吃了晚饭，换了一身她最喜欢的干净衣服：白衬衫，蓝裙子，要走了。你回去呀？父母送到门口，脸上堆着对所有人都有的善良的、谦卑的笑容。她含糊着：我要走了，我还有点事。爸爸妈妈，你们注意保重身体。大宝，我走了。弟弟用一种打量的目光看着她。弟弟感到她有什么异常了？那目光，走了很长路，似乎还在注视着她。

北海公园里，人们乘凉散步，夫妇俩，夫妇俩领着一个孩子，老头和老太太，三三两两的大学生中学生。天将暗未暗。树、石头已经黑乎乎了；天空还亮，东边蓝蓝的发灰，西边黯黯的发红发黛；水还亮，映着天上的一切，四周暗了，映着树影。还有鱼打挺呢，那水纹圆圆的一圈圈扩大。天上地下到处是圆圈。谁也跑不出圆圈，大的小的。她沿着湖岛四周的环形路走着，这又是一个圆圈，勒着白塔岛？人们迎面走过着，小孩儿红发卡，大眼睛，小手，大人的大手，溜溜达达的脚步，裙子，各式各样的裙子，自己的蓝裙子也轻轻荡摆着，天光，水光，黑树，红廊，都转着圈在眼前流过着。整个世界缓缓旋转着。天更暗了，山更黑了，墨苍苍的树林中伸出小路，小路上走来几对最晚离去的年轻人——哪儿偏僻哪儿就有他们。她故作悠闲地走着，人们奇怪地打量她。一个单身女子为什么还往黑暗处走？安全吗？他们不知道，她这时什么都不怕了。一个小伙子——像大学生，正站在小路拐弯处的一块大石头上，脖子上挂着照相机，朝远处湖面上眺望着，欣赏着朦朦胧胧的景色，转头发现她，善良地一笑：这么晚还上去？公园快关门了。她感谢地又是淡淡地微微一笑，继续往上走着，感觉到小伙子还在望着自己背影，那目光让她觉得这个世界依然美好。一路上许多注视她的目光又都在眼前闪现出来——表明她还年轻，还美丽，还吸引很多人。多好哇，这会儿多静啊，天地间多清洁啊，像自己一身素洁的衣服，蓝裙子是湖水，白衬衣是云天。周围的松树柏树黑涛般涌动起来，又冻结住。觉着一点热意——夏日余热，又觉着一丝凉意——夜晚松树下的清寒。她转身走入更僻静更黑暗的松树下，抬头张望了一下，又出来了。这儿不好。她突然愣住了，那个脖上挂着相机的大学生（这次看清他胸前的校徽了）站在面前。

您在找什么？隔着蒙蒙黑暗，他关心地、责备地看着她，似乎他很明白了。

我在找个地方。

您该离开这儿了，该回去了。

我一会儿就会走的。你不要管我，你走吧。

我送您出公园。

不，不用。

我不会离开您的。他固执地说。

那声音，那目光，简直让她感动得心都潮湿了。这个世界太好了，有这么多好的人，她想起弟弟，透明的天空，纯净的湖水。有凄凉的泪水涌上来，她眨了眨眼，让它流到心田了。

她笑了：你这是怎么了，这样看着我？噢，我明白了，你是怕我找地方自杀？她快乐地笑着，好了，告诉你吧，我在和我的男朋友做个游戏，寻找我们第一次约会的地方——他躲在那儿等我，就在这儿附近，说不定他就躲在旁边看咱们呢。你放心走吧，我们认识公园的人，可以从小门出去。

不知道怎样才摆脱了那个大学生，但他的执着目光却那样明亮地照着她。她又想到弟弟最后的目光了。

这个世界有光亮，像破晓时的一道清白曙光照着她。她拿出一条素洁的白绸带缓缓地展开，搭在了横伸的松树枝上，一个素白的圆圈像花环套在了脖颈上，她站在石头上闭上了眼，想了想明天的黎明（北京城一定很清静美丽），想了想父母、弟弟（她洗的衣服、床单一定很干净），想了想自己的身体（还很年轻），想了想那大学生的目光（他离开公园了吗，他还会惦念着她吗？），那目光一片清亮，想起小时唱的一首儿歌：鸡鸡叫，狗狗咬，窗户纸白天亮了，乖乖小孩起床了……再见了，她平静地朝前迈了一步……

一片树叶落在湖面上，无声无息地漂走了。

单小兰自杀了。公安局来通知了。法医已验过了。尸体领回来了。凌家大院陷入极大惊惶。自杀的原因是否还要追究？

凌汉光呆了。肥胖的方脸痴痴地不动，像个棋盘。他一动不动坐在写字台前，雪茄在手指间袅袅冒着烟。整个小楼凝冻住了，房间里死一般静，他不敢望窗外，不敢扭头，生怕和儿子照面，与妻子照面。

凌海在自己住的平房里像笼中的豹子一样踱来踱去，狠狠地一口口抽着烟，抽出凶恶和狠毒来。烟不经抽，几口就烧到了过滤嘴。天下一切都嫩弱得很，几下就毁了。一棵小树几刀就砍断，一只兔子抡起来几下就摔死。小兰嫩弱的裸体在眼前晃动，皮带下去就是一道红，几下，这个生命就完了。他的手太狠毒——狠毒才有力——她的人太细嫩，她死了是个聪明出路。现在尸体在空房里停放着，被冰块冰着。她为什么自杀，公安局就不再查了？关键是单家人会不会闹，会不会去法院告？他们能善罢甘休？最简单的结论，自己犯虐待罪，打人，逼她致死，这还不够坐十年、二十年牢？坐牢的滋味他不想再尝了。

她，凌汉光的后妻，凌海的后母，现在紧皱眉头，一团乱思绪。她恨不能撕裂凌汉光的皮肉，然而她首先想到的是保住他。他的钱，他的房，他的一切，也是她的一切。同时她也明白，必须保住凌海，保不住他，他被逼急了乱咬起来，把老头子送进法院，不知是啥后果呢。那她就完了，一生都彻底完了。她在自己的房里来来回回走了好一会儿，平下气来，下楼进了凌汉光房间。阴暗，宽大，青苔般的绿地毯，死气沉沉的沙发书柜，靠墙的钓鱼竿，死气沉沉的胖身躯。那身躯上的肥肉不易觉察地抽搐着，他觉出自己走近了，觉出自己的目光在盯视他，惧怕了，发抖了。哼，草包。

"单小兰自杀，是她自己有啥事想不通。咱们虽然不了解底细，没责任，可毕竟是咱们凌家的儿媳。事情该怎么处理，总要做到仁至义尽。"她平静地说。

凌汉光僵硬了的肥大身躯似乎这才有些活转过来："你说该怎么办？"他转过头，妻子此时简直是他的活佛。

"先把凌海叫来，把我刚才的意思告诉他。然后让他去单小兰家，通告她父母，上午就去。越耽搁越显得事情不正常了。该花费什么钱，给单家的，就花。不要手小。是一千，是两千，是三千，这钱我出。"她说这话时有些咬牙，凌汉光吓得一哆嗦，她蔑视地白了他一眼，"丧事，征求单小兰父母的意见，咱们给她办好。单家还有什么要求，能满足就都满足他们。"

一切都照她的办了。

女儿（姐姐）自杀了。凌海来说小兰出了点事，父母、弟弟，一家三人都跟着去了凌家，才知道她在北海上吊。看见她静静地躺在一张行军床上，盖着白布单，围着冰。听完凌家的解释安慰了，哭完了，懵懵懂懂回到金象胡同一号家中了。屋里一片阴暗。

单老头坐在那儿两眼发直，一副麻木苦相。女儿咋会上吊呢？她昨天来家里不是还高高兴兴吗？这满屋干净不是她收拾出来的吗？是谁欺负她了？遇见流氓了？可公安局验尸了，是自杀。为啥自杀？

单大妈是哭开了，女儿啊，你受啥罪想不走这条绝路啊，你有啥委屈咋不和妈讲啊？哭得昏天黑地。出入院门口的邻居们都知道了，又一传十、十传百地全院人都围拢来了。小兰好好的咋会自杀呢？让公安局好好调查调查，看是谁害的。

大宝在阴暗的屋角蹲着，两眼直愣愣地盯着地，不断露出狠意。等邻居们走了，他说话了：妈，别哭了，哭管啥用。母亲止住了哭。妈，我问你，姐最近回来，和你说过什么没有？做母亲的抬着一张衰老的皱纹脸，待了好一会儿，摇了摇。小兰子每次回来总是给家里干活，没说过什么委屈。她打小就不爱说委屈。妈，您别啰唆，您再想想，仔细想想，她露过啥话没有？姐姐死了，咱们总得搞清楚，她为啥死的？老太太清醒了一些。噢，前一阵，她回来，天挺热还穿着长衣长裤，让她换也不换。晚上睡觉，见她身上像是有青的红的伤，问她，她说感冒，刮的。大宝咬着牙，死死盯着黑暗中的一点。好一会儿，猛地抡起斧头狠狠劈入砖地。我看，就是凌海一家逼死她的。

父母全傻了：他们家？不会吧？

他们家不会？哼，你们就当着他们这种人家讲理？我看着他们就不是好人。凌海啥时候来过咱家？他压根儿看不起咱们。我去过他们家，姐姐在那儿跟使唤丫头一样。还有那老头子，一看就不是好人。过去在部队，老色鬼，臭着呢。姐姐在他们家肯定受够气了，怕你们不放心，她不说。这是实在活不下去了。她身上那些伤肯定是凌海打的——那个人心狠手辣，我听说过他。妈，爸，先别急着办丧事，去法院告他们，不能放过他们。

"咱们敢告他们吗？"老头老太太直呆呆地看着儿子。

"怎么不敢。"

单小兰的弟弟又来了一趟，我想看看姐姐留下的东西。凌海拉出一皮箱来，任他翻。并没有日记本之类的东西，没有文字。我姐姐为什么会自杀，我想知道一下情况。凌海略耸了一下肩，作沉郁状：这我怎么知道，她每天去上班，很晚回来，也不多说话。那你觉得是什么原因呢？弟弟盯着他问。我确实不知道，凌海没有火，我们感情不好也不坏，因为缺乏共同语言，相互间话很少。可我姐姐不会无缘无故自杀的，没有一个人会无缘无故自杀。你姐姐思想不开朗，心里一点事也放不住，可能因为什么事想不开吧。也可能因为我对她不太热情，也可能因为有其他女人来找我，我这儿人来人往多，她过敏了，这我都没法说。

看着这位弟弟咬住嘴说不出什么话了，他心中说：你，一个二十来岁的小工人，和我斗，还差得多呢。要不是这种特殊情况，我眼里能放下你这么个毛小伙子？白涮你。

"天太热了，丧事要抓紧点。"他说。

"我们想请公安局再派法医验一下。"

"那请吧，这儿就是电话。"凌海指了指房间里的电话。

大宝看了看他，走过去拨通了电话。回答很简单：已详细验尸，不需再重复了。"那她身上是否有伤痕啊？"回答：没有特别的新近的伤痕。半晌，他放下电话。凌海正跷着二郎腿坐在一旁冷静地看着他。

年轻人不知该怎么办了，他要回去和父母再商量。凌汉光的妻子出现了：你是小兰的弟弟吧？你姐姐是个好姑娘，一时想不开走上这一步，太让人难过了。

小兰的弟弟走了，明确的信息却留下了，凌海却已经没有任何惊恐了。凌家三个人现在结成了一条统一战线，就没什么可怕了。外人是什么都不知道的。看来很清楚，小兰没留下什么控诉的遗书。她死了，一切就都过去了。你们能告什么？他有的是经验，有的是广大联系，应付这事绰绰有余，他已经开始了各方面的行动。

父亲的后妻（他从未把她看成后母）又在面前出现了，手里提着一个精巧的黑色鳄鱼皮包。咱俩一块儿去趟小兰家吧。她说。

金象胡同一号脏脏乱乱。几十户人家闹嚷嚷地流转着，围着个看不见的轴。大院门出，大院门入。单老头一家都罩着死了人的丧气。几百号人挤在这个乱糟糟的垃圾堆中，活个什么劲？

凌汉光的老婆——小兰的婆婆，双手拎着皮包站在屋里，委委婉婉说了不少话。那话理是理，道是道，转圈圆乎。丧事要办好；花费都由凌家出；大宝在郊区上班，凌家负责帮助调到城里来，好照顾老人；经济上有困难，凌家可以补贴些——话中已经暗示：一千够不够，不够，两千也可以。我们不缺钱。

单老头说。那你们存上笔钱，也是个养老的储蓄嘛。女人很会说话。老头老太太没话说，小兰的弟弟在暗处低着头，一身倔强的线条。他不吃这一套，你们越这样，说明你们越心虚，这事越有鬼。他要为姐姐申冤报仇。

　　凌海坐在那儿说开话了，他不嫌屋里脏，哪儿都能落座。从从容容，诚诚恳恳。你们对小兰死心中有疑，我也有。本来不想说，现在索性说出来。小兰在医院有一些生活作风方面的传闻，说她和一位主治大夫有不正当关系，当然，也有人说她最初是被迫的。我问过她，她不说，我生了气也骂过她，她还是不说。你们决心追查，我同意。如果是被强奸的，就要法办强奸她的人。我之所以不想声张，就怕是通奸。他停顿了一下，看到了一家人的震惊。老头老太太如被雷击：小兰子不会。当弟弟的却低下头，他也隐隐听到过这风声。凌汉光的后妻惊愕地看着凌海，佩服他的手段。怎么就诌出这么一堆来？如此，两千块钱要不要出都可以重新考虑了。她这才开始心疼起钱来。凌海又接着说：现在这事主要听你们当父母的意见。一般来说，如果对方死不承认是强奸，你没有证据，小兰又死了，就难说了。如果查来查去，查出个通奸，对小兰又有什么好处？你们看，我这儿唯一的证据，是他们主治大夫的一封短信。他递给大宝。那上面只有这样一句话：

　　小兰：请你原谅我一时的感情冲动，你是对我挺好的。

　　这能证明什么，证明小兰对他挺好的？我再说一遍：是不是去法院、公安局告，尊重你们父母的意见。若要告，我可以出面，让大宝跟我一块儿跑。他看了看蹲在黑暗处的大宝。高级法院，中级法院，初级法院，公安局，检察院，市委，区委，总医院，总后勤部，都有我熟识的人。他的朋友，他朋友的朋友，他的同学，他同学的同学，他朋友同学的父亲，他朋友同学父亲的朋友，他说了一大串名字，连同他们的职务，五花八门，满天星，记也记不住。还有报社，他认识成打的记者，又是一串名字，我可以让记者们写文章造舆论，迫使有关方面弄个水落石出。

　　这是一个怎样巨大的关系网，满天的大人物，像几十座庞大的宫殿在头顶黑沉沉地压着。他们仰视也仰视不清楚，他们眼花了，腿软了，只有一个个坐下。

　　屋里暗暗的。凌家的人走了，那女人临走留下了一沓儿钞票，一千元。她皮包里带了三千，现在觉得一千元足够了——甚至这还多了。一沓钞票在桌上放着，虽然屋里暗，可人人觉着它的存在。他们感到屈辱，又是一种不能拒绝的屈辱。大宝咬紧牙低头坐着。直觉告诉他：姐姐肯定是受了凌家的欺侮。然而，他知道自己没有力量去告了。那几十座巨大的宫殿只轻轻往下一压，他的肩膀就脆嫩地被压瘪了。凌家将帮助把自己的工作调到市里来，他竟没力量拒绝这耻辱的恩赐，他简直想站起来撕裂自己。可他什么也没做。他牙关紧咬着嘴唇，觉得嘴里有腥咸的血味儿了。酸热的眼泪流了出来。姐姐。……

　　凌汉光把儿子叫到自己的房间。现在，事情已了结，小兰尸体已火化，骨灰盒已放到单家，一切都清静了。他却神态恍惚地坐在写字台前发呆，小兰一次又一次无声地出现在面前，低眉顺眼，恭谨惊惧，像只温驯的小羔羊。他简直想为她烧几炷香了。

　　"爸爸，我来了。"凌海站在面前，神情阴沉。

　　"噢，"凌汉光从恍惚中清醒过来。他扭头看了看，"你去把门关上。"

　　门关上了。

　　"单小兰家，你去过了？"他问。

　　"前后去过三次了。"儿子没什么表情。

　　"骨灰放在他们家了？"

　　"是。"

　　"只给了他们一千块？"

　　"是。"

　　"他们家还有什么困难吗——你看着？"

　　"看怎么说了。"

　　过了好一会儿，做父亲的拉开抽屉拿出一摞"大团结"和一个表盒，"这是一千块钱，你再给他们家送去吧。小兰好赖是你媳妇，死了挺可怜。还有这块表，你送给小兰兄弟吧。"

　　儿子静默，算是做了回答。

　　"你不要让她知道。"凌汉光又小心地扭头看了看房门。

　　儿子依然是沉默的回答。

　　做父亲的神思恍惚地关上抽屉："噢，你把钱和表拿起来吧。"

凌海把钱和表放入口袋："还有事吗，爸爸？"

"没有了。"

"那这事就到此结束。"儿子平静但又是阴森地说道，一挥手，把一样东西戳在桌上，转身走了。

一把匕首。

一周过去了。单家去总医院把小兰留在那儿的遗物取了回来，几个信封，一打空白信笺，一盒针线，几个发卡，几块零钱。大宝照常去上班，单老头照常看电话，收发，写黑板。金象胡同一号大院里的人也都不多提小兰的事了。

周末，凌海家的俱乐部又照常红火热闹起来，五颜六色旋转的舞会，笑脸，红裙，大腿。

他身边又坐着一位漂亮姑娘，挺娇嗔的，据说是一位部长的侄女。

第二十四章

家中笼罩着阴郁的气氛。

哥哥，你干脆别从政了，调回北京搞学问算了。李文敏看着李向南说道。他没说话。哥，我看你那套传统的政治抱负，还有那套人生信条都该抛弃了。弟弟李向东挥着细长手臂激烈地说道。他也没说话。父亲背着手在客厅里来来回回踱着，许久，站住，看了看大儿子，又垂下眼思索着。我也见不到成猛。他声音苍哑地只说了这样一句，沉默了好一会儿，又踱开了。

一些好朋友来看望他。义愤，上边怎么不了解了解情况；慨叹，政治就是风云变幻；劝慰，听其自然吧；鼓励，没关系，再想办法向上反映；辩论，没用，越反映越糟；建议，干脆歇几年，好好读点书，有机会再出山；大家纷纷说完了，觉得不解决问题，都沉默下来。其实，没有任何方法能挽救这个结局，改变一个现实是复杂的；承认一个现实却是简单的。

黄平平来了，把鼓囊囊的牛皮纸信封又交还给他："我找了安晋玉，他很为难。"他接过来掂了掂，没说什么。黄平平说："你要不急的话，材料先放我这儿，我再想想办法。"他想了想，说："我想复印几份，然后再给你。"黄平平又说了不少话。但他觉出来了：她很忙，事很多，她不过是为了表示并未对他丧失热情，还很关心，她的兴奋中心此刻显然不在他身上，外面有一辆小汽车在等她，车上还坐着两个他不认识的人，她要去参加一个青年经济学家月会，想必感到时间的紧迫，但她竭力表现她不急。"不要在我这儿耽误时间了，该去忙你的事了。"他说。她目光闪烁了一下："那我有时间再来看你。"李向南垂下眼微微一笑："你前几天不是说可以陪我散散心吗，明天陪我去爬香山吧？"黄平平说："你有这兴致？行，咱们去。"

天刚微明，两人已骑车在十字路口汇合。然后，迎着晨风以高速在清凉空寂的公路上骑行。两个多小时，一口气骑了几十公里，到了香山。稍事休息，落汗，喝汽水，吃面包，李向南一指劈面而立的"鬼见愁"主峰，五百多米，险峻陡峭，上不上？黄平平还未歇过劲来，但不甘示弱，背上挎包：上。

对于他，还是对于她，都太累了。气喘着，腿软着，几乎再也没劲了。他不时停住拉她一把。再坚持一下，再咬咬牙，再拼上这一截，再爬上那一段。骑车消耗体力太大了，两个人歪歪斜斜蹬着陡坡上的石头，扶着小树，呼哧哧拉着肺叶"风箱"，你看着我，我看着你。能上去吧？李向南仰头看着还有一大截的山顶。黄平平掠了一下被汗水粘在脸上的头发，能吧，一步步上呗。好长时间不爬山，体力不行了。他自嘲地说。我也是。两个人都需要为自己此刻的狼狈解释解释。但他们总算咬着牙拼了几把力，上到了山顶。

天高地阔，京郊的田野如织如锦，昆明湖在远处镜子般闪亮，西郊机场上一架飞机，小得如玩具一般反射着耀眼阳光，风吹得衣服哗啦啦响。透心的凉快。真想喊，真想唱，黄平平迎风站着竟真的喊了起来，惹得周围的人直看她。李向南看着浩瀚天地，说道：如果我们半途而废，那就太沮丧了。

上山时爬陡坡，下山时顺路盘旋而降，极轻快，又时时感到膝盖发软。黄平平不时闪着腿。到了山下，她说：真累坏了。又说：再让我上可上不去了。听着这话，李向南又仰头看了看山顶，说：怎么样，要是需要咱们再上一次呢？她倒在椅子上笑了：要是拼出命来，总能上去吧。他说：那咱们再上一次吧？她听出他话中的玩笑意味：行，上。他神色一下认真起来：我是说真的。她依然认为是开玩笑：我也没说假的。他更认真了：平平，我真的想上第二次，我要考验一下自己的毅力。黄平平半信半疑地望着他：真的？真的。她一时说不上话来。大概很少有人一天之内两次登上"鬼见愁"的，大多数人连一次都上不去，更何况他们骑了几十公里自行车。天又这么热，正中午。先歇会儿吧。她说。

那你在这儿等我。我一个人再上一次。李向南说道。等等，我跟你一块儿上。她伸出手，李向南拉着她站起来。她感到自己快瘫了。他也只是在拉她的一刹那才稍觉自己有了些力气。

你们还上？爬两次？一些与他们一起上到山顶的游人刚刚下到山脚，都惊讶地看着他们。还沿着正面陡坡上？是。李向南答道。上到顶吗？当然上到顶。两个人慢慢朝前走去。你干吗和他们说得那么死，如果上不到顶呢？黄平平手撑着膝盖，左一步右一步，吃力地攀登着。我这样吹出牛去，就把后路绝了。李向南说。

这简直是衰竭至极的消耗战。咱们肯定上不去了。黄平平满嘴白沫地喘着说。李向南也觉得自己再也迈不出一步了。但是，他们歇歇，咬咬牙，又接着上。爬了不到十分之一，已经是第五次休息了。靠着石壁呼哧哧拉着"风箱"，腿开始在原地发抖，还上吗？黄平平连问的力气都快没了。上。他也仅有回答的力气。当再一次在石头上坐下休息时，黄平平双手吊着他的肩膀，梦呓般地问：咱们还上吗？他确实感到没有力量了，但因为她在问，因为要考验自己的毅力，因为向他人发布了"声明"，他说：上。这几乎不是他的回答，而是另一个人的回答。歇息了一会儿，他竟然站不起来了。及至站起来拉黄平平时，她半天才起来。她的脸枕靠在他的手上，我真的不行了，向南，我认输了。他因为身边有个弱者又增添一些力量：咱们再咬咬牙，接着上吧。两个人停止了讨论，一步一步向上挪着。脚没劲了，双手抓住石头、树枝、草根爬着。一切色彩、兴致都不再出现，只知道一点点向上爬。累，苦，渴，热，生命在意志的支撑下做着机械的挣扎，麻木了。不敢往上看，越看越遥远。只知道上一步，少一步。山下面有没有人眺望他们？对这个问题已无动于衷；要百折不挠，这样的人生格言也显得淡弱无力，甚至可笑；到了如此境地，爱情都会熄灭。哲人们常讲，心理的痛苦远甚于生理的痛苦，精神的折磨比肉体的折磨更难忍受，这不过是故弄玄虚。生理上的痛苦如果达到极限，任何精神上的痛苦都会显得奢侈了。

我一辈子都将记住这一天。当他们终于第二次登上山顶时，黄平平抓住李向南的胳膊说道。人的潜力真大，真要拼一拼，简直能创造奇迹。黄平平又说。他们已经像面条一样软着滑着，手拉手下了山，已经吃了些东西，歇了一阵，把身体散了架又收起来，已经骑上车，离开香山沿着贴山的公路往回走了。

李向南沉默不语地骑着车，两边是村落田舍，一头猪哼着横过公路。

"你在想什么？"黄平平问。

李向南放慢速度，扶着路边树干坐在车上停住了。

"怎么了？"黄平平停住车。

"我在想，如果现在骑回去再上一次，我有没有这样的意志？"

"我相信你有。"

他蹙着眉摇了摇头："不一定。平平，你先回吧，我要再骑回去，再上一次。"

"你疯了，你会瘫在那儿的。"

"不，我要彻底清洗自己，我发现自己的意志品质不够强。"说罢，他调转方向往回骑。

天晚了，太阳渐渐下山了，人几乎没有一丝力气了。他到了香山公园门口。这里已经冷落，暮色在降落，最后一些游人三三两两走出公园。突然，他发现黄平平疲惫不堪地立在面前。"你怎么来了？"过了好一会儿他才问出话来，觉出心中的感动。

她走到他面前，轻声说道："你应该相信自己了，你是能再一次上去的……可我想让你陪我回去，我太累了……"

是白天。该冷静地思考与行动，不该做梦，但时而也陷入恍惚的幻想中。

那天在香山公园门口，他和黄平平一起推着车慢慢走了一段，然后骑上回到城里，他送她回到家。

可他幻想中，一切"应该"比这罗曼蒂克得多。"应该"在夜色中，他和她到了山上，相偎着过了一夜。太寒凉了，山风嗖嗖刺骨，露水纷纷降落，松涛如墨色大海，她不得不紧紧倚靠着他。远处传来狼嗥，黑魆魆的山林上是清寒的星空。她愈显得娇弱，他愈显得坚强。他搂着她柔顺的身体轻轻吻着，如梦语般讲了他的一生……

他走进人大会堂的一个宽敞大厅，地毯，壁画，沙发，成猛仰着高大魁伟的身体靠在沙发上抽着烟，两边月牙形依次坐着十几位高级首长，与成猛隔着茶几相对的沙发空着，那照例是外宾的座位。让他李向南就座，他谦谨地坐下，略显出一些拘束来。成猛狠狠抽了几口烟，转过头发了话，你的《中国的社会主义》我看了，还不错。今天，我找你来谈谈，有些问题要提出来考考你，啊？这里面都是你自己的思想吗？成猛拿起一份材料掂了掂，正是他托人上交成猛的"条陈"。是。他答道。成猛弹了弹烟灰，问：现在讲开放搞活，政策放宽了，可同时就有些乱，有些无政府主义，怎么办？他答：那同时就该讲秩序，讲领导，讲计划，讲协调，讲法制。问：讲得少了，不管用，讲得太多了，就又出现"左"的倾向，限制束缚了开放搞活，怎么办？答：那就要讲得不多不少。问：界限怎么划？答：要在事物发展中来划，光在理论上划分是不解决问题的，现在的主要潮流是进一步提倡开放搞活。问：主要潮流？答：是。所以，讲计划，讲领导，讲集中，讲秩序，暂时讲讲就可以了，不要冲击了我们主要的声音，开放搞活的声音。一个时期总有一个主要的任务，等失控、乱、无政府主义倾向严重到一定程度，抓住几个典型事件严厉处理一下，震慑全国上下舆论，大家都明白了，界限就划出来了。成猛很感兴趣地露出笑容，面向左右：你们都听见了吧，很有意思的说法。又转过头：你认为界限应该这样划？答：这是一个很重要的方法，事物的辩证运动就是这样。如果你一开始就想把社会发展完全纳入一个严格又严格的框子中，精确又精确的规划中，是不可能的，那样寸步难行。从哲学上讲，界限是在事物超越它时才能真正显示出来。问：你是说事物不过头时，就不知道头在哪儿，不过界限时，就不知道界限在哪儿？答：是。比如一个人，一个政党，一支军队，一个国家，如何知道自己力量的限度呢？是在一次次过限中，过限的失败中认识到的。聪明不在不过限，那是不可能的，聪明在于稍过限便确知限度。成猛：这个观点很有道理。你们都听见了吗？他用手环指着左右，人们都笑着应和着。成猛海阔天空又提了许多问题，他一一作了简单扼要的回答。最后，成猛问：如果派你去一个省任省委书记，你上任第一件事做什么？他想了想，回答：很普通，我召开一次省委扩大会，研究："目前的形势和我们的任务"。问：为什么？答：这样，我首先就获得了对当前局势的明确判断，取得对当前工作的领导权；其次，我也便大概了解把握了省委的领导干部。成猛仰身笑了，对在座的诸位领导们说：这是不是个人才呀？自古以来就讲招贤纳士，讲识拔奇才，讲斥奸佞而用贤臣，如果我们今天还不知道区分真正的人才和野心家，那我们就很危险……

古今中外一切大政治家都要历经胜败荣辱和危机的考验，你不行，就被淘汰了。现在不能沮丧，不能软弱，首先在精神上支撑住，然后才有智慧。聪明才智是在心理上忍受住各种打击后才能发挥出来的，脆弱的才子是成不了事的。自己够坚强了吗？他问。想了又想，他坚定地站了起来：够了。纸上，"目前的形势及我们的任务"的标题下，他只写下了两行字：

形势：严峻，复杂。

策略及任务：十倍的坦诚，忠诚，磊落，光明。

这就是他的方针，简单的又是真正策略的方针，大巧若拙。四面八方不是在诬陷我吗？我只有乘机把自己整个抖搂出来，亮出来。我的一切，见识，主张，抱负，都展示开，任上层领导辨别，任舆论评判。我就是我，我就是要改革社会。当然，还要注意：冷静，精明。利用一切机会，避免嫌疑。再加两个字：耐心。

现在不需要什么花哨动作——那是最蠢的。他在家静待了两天，把准备交成猛的"条陈"做了又一次精心删改，这是他关于中国改革的长远战略和短期战略的建议提纲。他相信自己的见解是独到的，在其后又附了一份简单申诉，有针对性地写明了自己的情况。他誊写了两份，又复印了二十份，设法通过各种途径上呈到决策层去。

还没出门，出版社的两位编辑来了。一本有关他的书《刚刚升起的新星》，决定不出了。那里有他几年来写的文章，也有记者的报道。两位编辑委婉地说了些原因（并非真实的原因），建议"再找其他出版社联系一下"。他自然明白怎么回事。前一阵你们抢着出我的书，把其他几家出版社挤到后头，现在你们怕沾我了？他不点明，听完对方陈述，点了点头，我能理解你们，他说，书稿我先收起来，有机会再合作吧。他信任他们，毫无怨言。实在对不起。一切都包含在他们的这句话里了。他在院门默默送走他们的背影。

自己应该想到：世态炎凉在政治领域是最明显不过了。昨天去商易家，这位"联络官"一见自己，锐利的鹰眼照例露出亲热，交谈时也依然推心置腹。可是后来又有人摁响门铃，是张老的秘书邢笠（正是梁君的丈夫，诬告自己的"十签名"之一）等人。商易径直把他们领进那边屋去了，临走拉上这里的房门：向南，我去支应一下，把他们支应走了，咱们再接着好好聊。自己一下敏感到：商易怕邢笠看见自己在他家中，连最好的朋友也避嫌了。房门紧闭，独自一人坐在屋里，听着那边一群人有说有笑，他感到不是滋味。他可以站起来不辞而别，但他没有，依然很平静地坐等着，为着使自己有高度的克制力，脸上还浮着若无其事的微笑——好像商易已经又坐在面前，他还将毫无芥蒂地把商易当作最可信赖的朋友，和他深谈……

经过几番周折，晚上他来到靳一峰家。大客厅里宾客满座，有许多领导，有不少政界活跃的年轻人，权力总使客厅盈实，靳一峰在满屋烟气中很爽朗地笑着。这位精神矍铄的矮瘦老头，笑声却相当洪亮。他有见识，有胆略，通天，在经济决策中有很大的发言权，又赏识自己，对见他，自己是怀有很大期望的。

　　他踏进了客厅。看见他，靳一峰目光辨认着，没有什么反应。他站在门口，稍有些窘促。倒是一位年轻人站起来介绍说：这是李向南，他不是找过您？还和鲁贝尔谈过话。噢，靳一峰似乎想起来了，略点点头，示意他找个地方坐下，便继续和满屋人聊起来。最后，人们纷纷站起来告辞，他一一握别，也和李向南握别，并无任何特殊的表示。李向南鼓了鼓勇气，站立了几秒钟，待人们纷纷往院外走时，他对靳一峰说道："我想和您谈谈。""好，好，咱们有时间再谈。"靳一峰点点头，同时挥手向着大家："有时间再谈。"然后站住，含笑目送众人，目光并不看面前的李向南，慢慢转身回客厅去了。

　　是自己没有选择好时机，还是他也避嫌？他不是说"咱们有时间再谈"吗？这难道不明确？不禁想起《西游记》，孙悟空在菩提祖师前修行学道时，有一天祖师恼他"无礼"，将其当头打了三下，倒背着手走入洞中，将中门关上，撇下大众而去。吓得那一班听讲的人人惊惧。唯有悟空猜透中谜：祖师打他三下，是教他三更时存心，倒背手入内，将中门关上，是暗示他从后门进，将道秘传于他也。当晚三更，他从后门入，跪在祖师榻下，终于学得了道。

　　两天后，中午，他又来到靳一峰家，没有其他客人。"你来了？"靳一峰看了看他，便低头收拾起写字台上的东西，显得忙，显得有些不自然。"我想和您谈谈。"李向南说。"啊，谈吧。"靳一峰不看他。"您一定知道我的情况了吧。""什么情况？……我不太清楚。""那我先把我的情况说一下……""等一等，我打个电话。"靳一峰拿起电话，通着话，是要汽车。"我有事，马上还要出去，你简单说吧，说目的，情况不用说了。"这么说，成猛的批示他早就知道了。"您是了解我的……"他说出了早已想好的第一句话，对方忙着要外出，使他感到很局促。"了解一点，不能算很了解。"靳一峰拉开抽屉，拿出着什么，放进着什么，动作始终不停。"您最理解年轻人，爱护年轻人。"他又说出第二句话。"年轻人应该得到理解爱护。""所以，我觉得您是最能帮助我的。"这是第三句话。"我主要研究经济政策，不管干部。"靳一峰还忙着整理东西，不时看着窗外。

　　李向南沉默了，他没有想到会是这样。

　　靳一峰的动作因为有些慌乱，不自然，失了往昔首长的威仪和风度，显出个普通的老头样来。

"您是理解我的，一心一意想为中国的改革做些事，没想到被一个诬告就打倒在地。我……"

　　靳一峰停住了手，他摘下金丝眼镜慢慢擦了擦，又戴上，双手扶着藤椅扶手垂着眼想了想，然后抬起眼："你应该相信组织。很多老同志被冤枉了一二十年，最后不也搞清楚了吗？……"他的声音依然和蔼但并不热情。

　　一辆红旗轿车缓缓开进院子。

　　李向南垂下眼，感到了冷遇。他沉默一会儿："那我走了。"

　　"好，那咱们有时间再谈。"靳一峰站了起来。

　　白天，不该做梦，该冷静思考与行动，但仍时而陷入恍惚幻想……终于见到成猛了，终于表白了自己，终于得到高层的理解和信赖。要爱惜年轻人，要爱惜人才。这是谁的话？他写的《中国的社会主义》札记，引起许多高层领导的重视，各种各样的批示。此人情况究竟如何，是否应再全面了解一下？这位年轻的县委书记所见非凡，所行也非凡。木秀于林，风必摧之，堆出于岸，水必湍之，行高于众，人必非之。为什么有这么多人在非难他？我们不该研究？一些人受到严厉批评：为什么不早些把李向南的情况搞清楚呢？我们不是一再讲要培养和提拔年轻干部吗？"中国的社会主义"被作为文件下发到了省地县各级，供人们学习。我们要解放思想，要敢于想象，又要高度冷静，像作者这样，善于周密地估计情况，全面地研究战略。这是文件的按语，还是自己的话？燕昭王复国求贤的故事知道吗？"先从隗始""筑黄金台"的典故知道吗？没看过《战国策》？郭隗对燕昭王献策如何广招贤士，并自荐说："今王诚欲致士，先从隗始；隗且见事，况贤乎隗者乎？岂远千里哉。""于是，昭王为隗筑宫而师之。"于是，乐毅、邹衍等一批人才便从各国而来，所谓"士争凑燕"。残破的燕国得以复兴。燕昭王筑黄金台以待天下贤士，我们难道不知重用贤能？提拔一个李向南，会感召多少德才兼备的人才。这又是哪位领导在讲话？还是自己心中的声音？自己怎么感动得眼睛都潮湿了，鼻子也发酸了？

　　全国青年改革家座谈会，去不去参加呢？早就定的名单，有自己，可现在情况不一样了。犹豫再三，最后确定了：去。自己的风格。

　　白石桥，大红门，他被岗哨礼貌地拦住，问了姓名，看了工作证，那位年轻军人拿起一份名单上下看了看：没有你的名字。他沉默地站在那儿，说：有的，我早就得到过通知。军人礼貌地说：请稍等一下。他到值勤室往里面打电话，听见他说：我是门卫。过了好一会儿，他走过来，说：请进吧，他们把你的名字遗漏了。

很宽很朴素的路，花圃，树，很普通的一座青砖楼，很普通甚至有些狭窄的楼梯，进了很普通的一间小会议室。热热烈烈满是人。烟气，言语，笑声。见他进来，认识的，不认识的，似乎都有心理准备，刚才门卫电话在这里引起什么反应？有的招手打个招呼，有的微笑点点头，有的陌生而好奇地打量他，有的看看他便交头接耳，自己现在是引人注目的。一个年轻干事迎上来请他就座，讨论照常进行着。一位负责人和蔼地主持着讨论。对自己并没有什么热情的表示。都是一伙三十岁上下的改革家，有县委书记、县长，有厂长、公司经理，还有些位置更高一些，市长、局长之类，相当一些人是干部子弟。这些人在一起，自然是一片改革的"叫嚣"，温度起码比整个社会高五十度。和这群人在一起，他心情复杂。很亲切，因为是"一条战壕里的战友"；很敏感，因为"同行相嫉"，相互比量着成绩、地位；还自信，因为他干得似乎更出色些；又黯然，自己正倒运呢，也许就干不成了。

他感到了尴尬：人们都知道他的情况，人人都回避。即使谈到改革者日子难过时，谁的情况都讲到，引起一片义愤，唯独不讲他的。当他偶尔插几句话时（他极力想使自己和环境融洽起来），人们便停住话听着，完了，又谈他们的，并不和他思想交锋，他似乎是个局外人。

这太难堪了。他靠意志力支撑住自己，使脸上一直保持着平静。很累。

椅子哗啦啦响，人们站起来朝门口鼓掌。张老来看望大家了。他红光满面，精神抖擞，向大家招手，气氛极热烈。主持会议的领导把与会者向张老介绍。张老一一握手，好哇，你这改革家干得好，山东出豪杰。你呢，江西来的吧？我看过你的事迹，了不起。你是厦门长城公司的经理吧，久仰大名。怎么样，这一阵日子好过些了吗？一个戴眼镜的白面书生笑着双手握住张老：好过了，您上次批示后，我的日子就好过多了。张老仰身爽朗大笑了。

李向南感到有些心热，紧张。想不到在这儿碰见张老。他曾对自己过去的政策建议报告有过很赏识的批示。看来今天是来对了，要不很难见到张老。应该和他说些什么呢？要快想。介绍到自己了，这是李向南。会议的主持者介绍道，那热情让他感动。他脸上浮出早已准备好的尊敬，赶忙伸过双手。噢，张老却感意外地闪烁了一下，很快地盯视了他一眼，然后又露出和蔼的微笑，握了握手，没说什么，便又笑着转向下一个。

他心中微微一凉。

张老坐下了，笑着说：你们的讨论很热烈吧？很热烈。——人们像幼儿园的儿童一样欢快地笑着。你们详细的发言我没听到，可历史不能重复的，对吧？我不能让你们再重复一遍。这样，你们每个人说上简短的一段话，把各自最重要、最独特的观点提纲挈领地概括出来。怎么样？我这算是读书只读目录吧，哈哈哈。

人们依次进行最扼要的发言。他发吗？应该发。到了这种境地，他无韬晦可言。当然，在代表自己时，不要忘记代表所有青年改革家。

"我们应该对改革的困难性、复杂性有更充分的估计。在政策上，要有更多的储备；在事业上，要有曲折失败的准备；即使对于个人命运，也要有接受悲剧的思想准备。作为改革家个人，他有可能失败，但我相信，对整个改革家队伍，历史最终是会投赞成票的。"他说。

下午，一个联合调查组到家中找到他进行调查谈话，这是专案。谈话进行了一下午。最后，调查组组长神情庄严地说：你是不是写了一篇文章"中国的社会主义"通过各种途径上报？是这份吧？（他从大皮夹中拿出一份材料来，正是它。）我代表组织正式告诉你：从今天起，你不要再搞这类动作，企图转移组织上对你问题的注意力。

第二十五章

两个人又见面了。

李向南沉郁地笑了笑，看了看那边热闹的客厅。你爸爸那儿人太多，我说不上什么话。顾恒要回省里，自己来看望一下省委书记，但这儿高朋满座。他这晚辈下属，现在又灰秃秃的，只能靠边了。

小莉走过去砰地关上房门，又回到折叠椅上坐下。这是她的房间，她又随便又自在，说着话，翻着画报，嗑着瓜子。你今天露个面，算是给他送了行就可以了，他不会和你多说什么。这么大的嫌他能不避避？他得当省委书记啊。你现在打算怎么办？

我？县里，你爸爸是不让我回了，调查组已经开始调查我了，看来，最近我还得留在北京。

我问的是你的打算。

我的打算？……想找几个最知心的朋友好好谈谈，全盘考虑考虑。他知道这句话说得还算聪明。

小莉眼睛闪了闪：我算一个吗？

你？当然算一个。

我再介绍你认识几个现代派的朋友，好吗？

理智的支撑一松弛，屈辱感就像黑夜中的浪涛一个个压下来，难以透气。那天在调查组面前，明明觉得他们对自己不善，自己还要表现得那样信任尊敬，把他们当"亲人"，明明看出那位组长专会做官样文章，是个很平庸的干部，提的问题又那样令人难以忍受，自己还要夹着尾巴，小学生一样谦谨回答他。几个黑色的大齿轮绞着自己的心脏。路边的树是一个个呆呆的问号，冬天火炉子外面要罩一个黑灰的洋铁皮外壳，自己从不想穿太紧身的衣服……牙齿咬得咯咯响。

　　她把李向南领到饶小男家了。她既要让饶小男见识见识"她的"李向南，也要让李向南见识见识她"过去的"饶小男。

　　李向南的名气、体貌、气质形成对饶小男的压力；饶小男因在自己家中，周围有几个簇拥者又获得心理优势。两个男人都因为小莉而有点微妙的潜对峙。经过了一番客气友好又有些不自然的闲聊，他关心一下你的改革啦，处境啦，你询问他一些文艺评论的情况了，在大学任教的情况了。人人只关心自己半径内的事情，可人人先要从关心对方的客套开始。两圆相切，渐渐便看清了共同关心的部分，谈话便真格热烈起来。陌生感消失了，潜对峙则化入激烈的谈锋中，使之更尖锐。都要保持自己的优势，但李向南还怀着想听听对方见解、开阔一下思想的目的，所以采取了宽厚沉稳的风度，饶小男则更显出激烈、慷慨陈词，像只好斗的公鸡。

　　他的思想有如锋刃划豆腐，横一下竖一下，锐利无情。

　　好一块又白又嫩的大豆腐放在面前，任他宰割。

　　你的人生观是什么？政治事业，精忠报国，先天下之忧而忧，后天下之乐而乐，怀才不遇，仗剑长啸，壮怀激烈，一套中国的传统文化。你的价值观是什么？不过是千古流芳，百世留名，说得再难听点，衣锦归乡，耀祖荣宗这类意识也少不了。不承认？看看你们这帮知青，要是当了官，出了名，就都想回插队的地方看看了，回母校看看了。那不是衣锦归乡？还是传统文化。你自我完善的人格标准是什么？诸葛亮，屈原，再加上管仲，鲍叔牙，韩非子，乐毅，还有什么？都是一套中国传统贤臣人格。这种人格值什么钱？"文化大革命"把一些老干部整得那么惨，他们也不敢抱怨，临死还希望能见伟大领袖一面，简直是愚忠。中国不打碎这一套，一百年没出路。"文化大革命"为什么能搞起来，毛泽东一个人能造成这么大浩劫？全靠传统观念做帮凶。那时的干部要有十分之一像我饶小男这样"肆无忌惮"，历史就是另一个样子了。你翻翻历史，你的那些思想观念哪一条不在历史中找到原型？这次你要在政治上被打趴下了，再看看你的心理吧，悲悲壮壮，和屈原、岳飞差不了多少。我相信你不会有什么新货色。想想吧，连你这样的改革家都没有自己独立的人格，可悲不可悲？我对中国现状没什么乐观，我满眼都是幻灭感、危机感。中国人没有危机感、幻灭感——只有鲁迅真正有——是最大的可悲。

"李向南，坦率说，别看社会上有人拥护你，有人反对你，你像个新闻人物，我们大学里就有许多大学生崇拜你，可我根本不把你看在眼里。中国的希望根本不在你们身上。说句难听话，你们是被传统文化做了阉割术的，已经毫无个性。"

是男人对男人的恶意？是现代派对传统派的蔑视？是宰割他人的快感？是表现自我的冲动？这话说出口太痛快了。

李向南费很大力，才把一口唾沫咕咚咽下喉咙。他想说：你们可以无比的彻底解放，可是，你们现在能这样肆无忌惮地说话，却要靠我们这些看来很不彻底的实干家上上下下为你们开出一个局面。没了我们拱着前进，平衡出这样一个现状，你们连一天这样讲话的可能都没有。当我们为历史前进做最实际的工作时，你们站在我们背上挥胳膊挥手，沽钓"思想先驱"的名誉。但他却只是仁厚地笑笑，看着饶小男左右坐的几位年轻人：你们对饶小男的观点有何评价啊？他希望发现他们之间的矛盾，自自然然引导谈话发展。他们却表示：我们同意小男的看法。

怒发冲冠，凭栏处，潇潇雨歇。抬望眼，仰天长啸，壮怀激烈。三十功名尘与土，八千里路云和月。莫等闲，白了少年头，空悲切。　靖康耻，犹未雪。臣子恨，何时灭？驾长车，踏破贺兰山缺。壮志饥餐胡虏肉，笑谈渴饮匈奴血。待从头收拾旧山河，朝天阙。

——岳飞：《满江红》

"向南，我认为小男说得对，挺尖锐的。"小莉揪着路边的柳枝，边走边说道。

"哼，我怀疑'文化大革命'时，他们都在挥小红书呢。"李向南嘲讽地笑笑。

"别捍卫自己的自尊心了，你好好想想，应该承认他有真理。"

李向南沉默了。他承认饶小男的话中有真理，因为承认，心中备受煎熬，难道自己并非思想最深刻者？小莉的话更使他受刺激，后悔当时没有辩驳饶小男一番。

小莉又说了一堆，不断引用饶小男的话来批李向南。李向南脸色变得黑里透青，终于克制不住了："别老说你的饶小男了，我不想听。"

小莉站住了，吃惊地看着李向南，你也有受刺激的时候？她觉得有趣："你这么恼火干什么？你这么恼火恰恰说明我说对了，饶小男击中了你的要害。"

"你滚吧，"李向南一挥手，"我不需要你来教训我。"

她第一次看见他骂人，第一次看见他这样失态。他两眼冒火，腮帮子抽搐着，过了一会儿，垂下眼，牙咬住了，那爆发的冲动潮水一般落了下去。又过了一会儿，他说："我不对，不该发脾气。"

她走过来双手搭在他肩上，近近地看着他。街道上有车，有人，有注意他们的目光，她不管了，踮起脚在他脸上吻了一下："我喜欢你这样。"

他抬眼很快地打量了她一下。

她眼里露出笑意："向南，你比我成熟，但我觉得，你还不会做一个真正的人。我现在越来越觉着，你离了我就不行。"她得意地笑了。

"可笑，"李向南嘲讽地一笑，"因为要拯救我而对我感兴趣？"

自己是怎么了？一上初中突然变得心猿意马。好学生也不是好学生了，班干部也不像班干部了，到处的调皮折腾，如无缰的野马，在球场上，在放学的路上，在校园里，都成了嗥嗥乱跑的男生首领。下了课与男同学在教室里追逐，桌椅乒乓响，尘土满屋扬，吓得女生们抱头躲闪，尖声喊叫。他勇猛，他粗野，他像猎犬一样在桌椅巷道中追捕着猎物。有时像撑双杠一样跃过桌椅；有时兴起，干脆就腾腾地踏着女生的椅子过去。听见她们尖声嗔骂：你们干吗呀，乱踩人家椅子。他不管，仍从奇子上踏过，他朦朦胧胧的意识中：这就是男子汉的风格，女生心里喜欢这种粗鲁的男子汉风格……

主席台下坐满了大学生，黑压压的一千多人。临放暑假最后一天，学生会组织的活动，请几位改革家来大学做报告。他从古陵刚回北京，就接到了这个邀请，现在，他如期来了。

小莉也跟着来了。台下第二排，中间靠右甬道的座位上，身穿红色连衣裙，眼睛闪闪发亮。她在这群大学生中仍显得鲜艳夺目，这给了他以很生动的刺激。

这位姑娘在自己心中的位置越来越重了。

他的报告做完了，热烈掌声，然后是"答听众问"，大学生们纷纷递条。一个学生会干部在主席台边俯身收着下面送上来的条子，先交到坐在主席台上的校党委副书记手里，他一张张看过，过滤掉一些，把适宜的再交给李向南。

都给我吧，不要筛选了，我不回避任何问题。他伸出手，对坐在旁边的副书记笑着说。

台下一片热烈掌声。

副书记尴尬地笑笑，把一堆条子都给了他。

校领导对他今天如期到来有些意外，尴尬。他心中自然明白。大学生却把他当成英雄，一到校就被他们簇拥着，里三层外三层。无数的手拿着笔记本请他签名，无数张嘴争抢着提问。我们看了报道你的文章了，你认为"新星"这个称呼好吗？我们想去古陵考察欢迎吗？《参考消息》上刊登的答加拿大记者问是全文吗？你还有什么观点？……

现在这些条子是那些问题的继续。

你感到有压力吗，大吗？他念条子。

——搞改革，压力总会有的。我喜欢有点压力，越大越好。他答道。掌声。

你对自己评价如何，很高吗？

——我对我的评价是这样的：我的今天比我的昨天成熟，我的明天将比我的今天成熟。我很欣赏这个自我评价。他微笑着，台下大学生们也笑了。

听说你现在被整了，上面已有批示，是这样吗？你怎样看这遭遇？

——（回答要慎重）你们可能会听说一些有关的传闻。我能回答的是：如果我的情况上级领导还不完全清楚，有些同志出于对革命负责提出些问题，组织上进行必要的调查，那是完全正常的。我的态度是：相信组织，相信事实。

你认为政治是不是很残酷？

——首先要区分是什么样的政治，不同的政治情况是不一样的（回答一定要严谨）。当然，政治是复杂的，这大概都是一样的。

你是高干子弟吗？你对高干子弟掌权如何看？你的妻子在哪儿，漂亮吗？

——我可以算是高干子弟吧。我认为高干子弟如果无德无才，就不配当领导干部，和别人一样；如果德才兼备，就可以当领导干部，和别人也一样，至于我的妻子，我只能说：我还没结婚。（哄堂大笑。）我想，我未来的妻子会是漂亮的。掌声。

李向南，你用表面的诚恳坦率赚了不少掌声，我却觉得你很虚伪，回答问题很圆滑，回避实质，用你所谓政治家的风度来搪塞我们，我们希望你针针见血。请回答：一，你说高干子弟应该与平民一视同仁，但事实上一样吗？二，据确切消息，你在政治上已经不行了，如果你受到不公正的处理，你敢坦率发出你的愤怒吗？三，我认为你的思想远不够解放，还背着很大的传统文化包袱，你承认吗？四，你对金钱、女人渴望吗——请说真话。

念完这张条子，他停顿了一下。整个礼堂都静静地注视着他。他看着台下，小莉像朵红花在人群中闪耀。

我不虚伪，我对大家是诚恳的，但是，我有我讲话的方式，就像你们每个人也有各自讲话的方式一样。我不搪塞你们，今天的大学生是搪塞不了的。至于这张条子提的问题，我回答如下：一，关于高干子弟掌权问题，今天不止一张条子提到，这是个信息，容我调查，思索；二，如果我遇到不公正处理，我的态度是相信时间，时间迟早会做出公正结论的，不过（风趣地笑笑），我目前还未受到任何不公正的处理；三，我承认我思想还不够彻底，我将向你们，向更年轻的同志学习，磨砺自己的思想锋芒；四，对金钱，当然是多些比少些好（台下些许笑声），但我并不太看重，我希望整个社会富裕。对女人，我渴望找到一个真正理解我的女人做妻子。

台下反应错杂，有几片掌声，有被打动的注视，有不满的嘘声。

没过一会儿，又上来一张条子：我今天在台下，可把你看得一清二楚了。你每天都像今天在台上一样，严格表演自己的角色。你能不能去掉化妆，有血有肉地讲上几句、骂上几句呢？谁愿意理解你？越理解你越讨厌你。敢念念这张条吗？——一个要拯救你的人。

这是小莉写的条子了。

长太息以掩涕兮，哀民生之多艰。余虽好修姱以鞿羁兮，謇朝谇而夕替。既替余以蕙纕兮，又申之以揽茝。亦余心之所善兮，虽九死其犹未悔。怨灵修之浩荡兮，终不察夫民心。众女嫉余之蛾眉兮，谣诼谓余以善淫。固时俗之工巧兮，偭规矩而改错。背绳墨以追曲兮，竞周容以为度。忳郁邑余侘傺兮，吾独穷困乎此时也。宁溘死以流亡兮，余不忍为此态也。鸷鸟之不群兮，自前世而固然。何方圆之能周兮，夫孰异道而相安？屈心而抑志兮，忍尤而攘诟。伏清白以死直兮，固前圣之所厚。

——屈原：《离骚》

"你那不叫虚伪？你在台上说过一句发自内心的话吗？太窝囊了。"

"我有我的处境。"

"人要这样压抑自己，再伟大的事业都没价值。"

"历史上哪个伟大的事业家不用理智掌握自己？"

"不和你扯大道理了。"

两个人逆着北京展览馆电影院散场的密集人流来到莫斯科餐厅，小莉要请他吃西餐。北京展览馆坐落在北京动物园东侧，原名苏联展览馆，尖塔，俄国宫殿式建筑。餐厅在西侧，紧邻动物园，隔着绿栏杆，可以望见动物园内团团绿树披着尘土，稀稀疏疏的游人围着熊山、猴山慢慢转着，整个园子显得冷清。

餐厅里却是金碧辉煌，上百张桌子都是满满的，一派优雅奢华的气氛。小莉拉着他朝里走，东张西望地寻找着空位。好，那儿有空。她说。一张方桌上，只坐着年轻的一男一女。

李向南却站住了："别去那儿了。"

"为什么？"

"……我不想见他俩：邢笠和梁君。"

"邢笠和梁君？梁君，就是出卖你信件的那个女人？"

"是邢笠翻出她的信的。"

"我懂。"小莉又朝那儿看了看，"走。"她大大方方挽起李向南，朝那儿走去。"你坐那儿，我坐这儿。"她旁若无人地拉开椅子。

那两位正一边吃一边说笑着，男的还把一叉鸡块喂到女的嘴里，他们并不抬头。不屑旁顾，是这里高雅的吃派。还表示着对挤上来就座者的嫌厌。但是，那位女的略扬了一下眼，登时愣了，她想笑，很不自然，很困难。邢笠跟着抬起眼，露出一张精明刻薄的脸。他目光闪烁了一下，堆出点笑来："李向南，你们也来了？"

这还用说吗？都尴尬，李向南尴尬，梁君尴尬，邢笠更尴尬，唯有小莉轻

285

松自如。"邢笠，我见过你，你和我哥很熟，对吧？"她双手抱肘，直视着对方笑道。

"啊……"邢笠觉得刚才喝的啤酒一下变成脊背的汗了。

"你是揭发李向南的'十签名'之一吧？"她含着漫不经心的讽刺。

"小莉。"李向南责备地制止她。她朝旁边一摆手。

"我……"邢笠期期艾艾。

"李向南到底有啥问题，你们能不能当面坦率讲讲？讲明白了，他写检查也容易点。"

"材料不是我写的……我只是……"

"你只是提供了点素材，对吧？你现在能不能当着李向南面讲讲，你们为什么要搞他？……不好讲？要不要我来讲啊？就两个字：嫉妒。承认吗？"

李向南几次想制止她。但是已经到这个份儿上，制止也没用了，干脆听着。

"你们这么多人嫉妒他，说明他比你们强。没有比整人更容易的事了。邢笠，你若不信，从今天起，我什么也不干，专门整你，四处搜罗你的材料，肯定把你整垮。"小莉说完了，冷蔑地看了看他们面前的四五个盘子，招了招手。侍者来了，她拿起菜单，毫不停顿地噼里啪啦点了一大串，冷菜，热菜，汤，啤酒，汽水，面包，黄油，水果，咖啡，红茶……咖啡要浓些，不要加糖。

她痛痛快快说完了，给李向南剥皮剥完了。一下靠到树下的长椅背上，看着对面灯光清白的马路：我说累了，该歇歇了，你还是无动于衷吗？

从餐厅出来后，他们一直在马路上散步。天渐渐黑了，路灯越来越亮了，乘凉的人越来越多了，又越来越少了，街上冷清了，空荡了。话说得够多了，他提出送她回家，她说不想回。从百万庄到甘家口，又到钓鱼台，玉渊潭，来来回回走。这条路很宽阔，汽车道，自行车道，人行道，路两边有树，有草坪，路边一对对情侣相挽漫步，树影浓处有人接吻。夏虫在鸣，微风在拂，草木清香，星火闪烁。她挽着他慢慢走着，很安静，很温情，清白的荧光路灯一盏盏在头顶移过，他们的影子在脚下由浓至淡，由短变长，越来越长，淡化消失，过一会儿，复而又在脚下出现。街上更冷清了，他又说送她回家，她却说：咱们聊个通宵，你愿意不愿意？他看看她，微微一笑：奉陪。他们来到二里沟，外贸部进出口公司的大楼对面，路边有个小小的街边公园，在阴影最浓处坐下了，大概是半夜了。小莉又激烈地抨击开他了。……

我？没有无动于衷。他靠着椅背两手平伸，感到椅背既有着夜露濡湿的凉意，又透着白日炙晒的湿热。小莉头一仰枕在了他的手臂上。他想先理理思想，他今后怎么办？对自己来个彻底否定？自己真是被传统文化"阉割"了？一想这个词就出汗，悻恼躁怒。他要驳斥他们，他能轻而易举地抓住他们的浅薄处，谬误处，他能提出许多更深刻的理论，然而，他还是不得不承认，他并不能挡住他们的全部攻击，许多支箭射在他的弱处。

你在想什么？小莉偏转过头，脸颊在李向南手臂上轻轻蹭了蹭，觉着他手臂的硬实，觉着了自己脸的光嫩——她为觉着这光嫩而感到春心荡漾。

我想了很多，又好像什么也没想。

愿意我进一步解剖你吗？

可以。

那你需要主动配合。从现在起，你完全放松，对自己不做任何控制，让它进入恍惚状态，不要想任何事情，这样你眼前会自由浮出一些景象，你凝视它，同时你描述出它们，然后我就能深入分析你了。

他照办了。眯着眼凝视着前方。静静的，黑魆魆的树影，白亮的街道，模糊成一片黯黯的灰白。一种生命的旋律在心头升起，泪水禁不住涌上眼眶。他看见一个疲惫的男人在田野上迎面走来（我看见一个疲惫的男人在田野上走来——他梦呓般喃喃着开始同步叙述），弧形的地平线压得很低很低，背景是灰蓝色的天空。白雾般弥漫的云。男人高大而瘦削，他的衣衫褴褛，神情坚毅，同时又是……冷落的。他走过来，我需要仰视他。他从我头顶走过去了，走出了视觉银幕。原野很空旷，一片荒凉。

远远的，一个围着黑头巾的老妇迎面走来。她左手挎着篮子，右手拿着一根麦穗，黑色的衣服与头巾合为一体。她在弧形的地平线伸过来的大道上走着，地平线依然很低很低。大地是咖啡色的。她走过来了。不知为什么，镜头不是仰拍的，她的侧影一直走出了我视觉的银幕。

路边突然出现河床，刚才还没有。浅浅的水在巨石间流过。水是悲怆的，水边的岩石峭壁是冷漠的。水越来越少，近于干涸了。荒凉的河滩，河滩里流着一线细细的河水，水越来越细。弧形的地平线不见了，咖啡色的大地也不见了，只有干涸的河床，还有就是冷漠的峭壁。

还用再往下说吗？噢，眼前又出现了视觉的银幕了。（小莉一直静静地凝视着他，她在他发亮的目光中似乎看到了他所叙述的一切……）

出现一条咖啡色的河，穿过绿色的田野斜着伸向远方，地平线很低。一个男人正朝远处走去，穿着花衬衫，咖啡色裤子。一会儿，他头上又多了一顶礼帽，他摘下帽子，像是在致意，又戴上。迎面有人过来，两位夫人，黄色鬈发，鲜红嘴唇，影子一样走来，他穿过她们前行了。

又出现山谷。山是黑的，峡谷是白的，两面山是弧形的。

一道河水从峡谷流过来，两边的山一下子不陡峭了，像大鸟平伸的翅膀很宽地展开着。中间白色的天空很宽，江水被阳光照得透明，泛着橘红的颜色。

迎面流来的水又横过来了，卷起灰色的浪头，浪头像漩涡一样旋转着。它的底部依然是橘红的河水，它的上部是灰色的。它旋转着越卷越高，像一个悲哀的女人，把长长的头发一下甩到前边去。听见呜咽的声音。

眼前出现一扇窗户，窗外是一排窑洞。窑顶是相连的平缓弧形，窑顶上面是一排高高的杨树，几乎遮住了大半天空。它们在炎热的夏日中微微晃荡着。一只蝴蝶在树半腰翩飞。像个小小的灵魂……

好了，不说了，累了。他睁开眼。你来给我分析吧。怎么了，小莉？ 他看着她。

小莉眼里闪着泪水，在黑暗中映出一个透明的世界，四下飘动着蓝色的火焰。她笑了笑，低下头擦去泪水，然后仰起脸：你本来是应该搞艺术的。

我？

你从小是个梦幻很多的人，对吧？

……是。他看了看她，承认道。

她又垂下头，眨了眨潮湿的眼睛，说道：你原本是很善良的人。你从小在性方面压抑着很多渴望，常常独自编织爱情的幻想和故事，对吧？

我……

你是个很念旧情的人，可你常常压抑这种感情。你容易惆怅，可你常常不许自己惆怅。你爱过不止一个女人，经常做有关性爱的梦。你是个七情六欲很强烈的人，不是冰冷的身躯。可你始终在和自己的情欲作斗争。你其实很软弱，不过，你从来不流露，你可以独自忍受。仇恨，嫉妒，耻辱，感恩，同情，这几种感情你都很丰富，你却不让它们轻易暴露。你有很健全的性格，可在你内心深处，却有一点小小的变态。如果有一天，你受到一次脑部创伤，抑制机能被损害，你可能成为一个最狂暴的人。你在压抑愤怒时是不是经常有这样的冲动，恨不能用拳头砸墙，砸石头，砸一切坚硬的东西，砸伤自己的手？

李向南震惊地看着她，那蓝幽幽的火焰在四面飘飘忽忽地燃烧着。你怎么知道的？过了好一会儿，他才说出声来。

凭我的直觉。我刚才看见你所说的一切了，我看见了你的童年，看见你在澡盆里洗澡，看见你在公园里领着一群小朋友游戏。

他更惊异了。

你排除杂念，凝视你刚才看到的一切，或许你也能看见自己。

他听见小莉的声音，他凝视眼前，疲惫的男人，穿黑衣服裹黑头巾的老妇，河流，弧形地平线，岩壁，灰蓝色天空，咖啡色的小路，都在眼前隐隐飘忽。一道淡白的光突然斜着从天空照下来，他看见自己了，赤裸着站在田野上，弧形的地平线变得更低了，上面燃着蓝色的火焰。

天色微明，他们站起来了，走出黑幽幽的街边公园。马路一片凄清，比夜里还空旷。他们突然一起抬起头，看见一个奇异的景象。

当头一盏荧光灯发着凄惨的白光，大海碗似的白灯罩上张着一张密密的蛛网，蛛网由中心辐射线和连接这些辐射线的多边形边线组成，上面网着几个蚊虫。一只硕大的黑色蜘蛛在忙碌地编织着，突然一阵风，它被吹下来，垂着三四米的游丝在空中飘荡。它挣扎着荡到水泥电线杆上，像甲虫一样慢慢向上爬着，那距离对于它显然是太遥远了。又一阵风吹来（好冷啊，两人打了个寒噤），蜘蛛再次被刮掉，好一会儿，又荡回到电线杆上。它停了一会儿，仍然慢慢向上爬着。它只有回到灯罩那儿去？

两天后，李向南得到正式通知：他被免去古陵县委书记职务。调查组对他做了什么结论，他不清楚。

289

第二十六章

　　祁阿姨摔了一跤，起不来了，半身不遂，黄公愚家顿时不成家了。

　　这些天来院内乱成一锅粥，人们走马灯似的转着圈，蚁穴似的进进出出。打电话，要车，把不省人事的祁阿姨送医院抢救，轮流去医院看护。伺候一个大小便失禁的瘫痪病人不是轻松事，你白天我黑夜倒替着，一天下来就累得头晕眼花，口焦舌燥，几天下来五个姐妹人人转到，几乎人人累垮。又要轮流做饭。你会他不会，更是忙乱。轮到春平做，她请假在家不说，曾立波也要迟到早退地帮忙：买菜，帮厨，洗涮，算账，还要烦，还要发火。轮到曾立波做，春平照样帮忙。轮到卫华，赵世芬不管，他一个人，汗是湿透了，头发是黑糊板结了，饭是开不出来。轮到赵世芬做，她不下厨房：我不伺候你们一家子。又是卫华的事，再请一天假。他哪敢吵？轮到夏平做，她力薄，总要有人帮忙。轮到秋平，轮到梁志祥，小夫妻俩都是一块儿上，请假，扣奖金，扣工资，都顾不上了。轮到冬平做，她压根儿不会，春平、夏平都来帮忙。轮到平平做，她倒不在乎，哼着歌忙里忙外，是早是晚总把饭开出来。轮到小华做，他电大要补考，烦恼透了，脸拉一尺长，可春平说：不行我替你吧，他不要。一个人灰青着脸在厨房里忙，叮叮哐哐，谁在一旁多句嘴提个醒，他就冒火，吼：又不是你做，不用你管。人人焦头烂额。饭不是熟不了，就是熟过了，要不不够吃，要不吃不了，早饭八点没开，晚饭吃到快半夜。大人上班没钟点，小孩饿得哇哇叫，大海、小海上学天天迟到，作业丢三落四。黄公愚到底年迈体衰，几天吃不顺嘴，上火了，嗓子红肿，喉咙喑哑。

　　曾立波要搞设计，要写论文，要去图书馆，要外出开会，越来越暴躁了，干脆咱们这就搬出去住吧。他对春平说道，暂时搬到办公室住，也比挤在这里受罪强。春平摇了摇头：过段时间吧。曾立波吼了：这一大家有什么必要维持下去？春平说：母亲临终前嘱托我的。曾立波只有叹气：嘱托，嘱托，凡是嘱托了的就不能改。到处是"凡是派"。

这么多人，要上班，要吃饭，又要轮流去医院看护祁阿姨，只好再请个保姆。如何开支已来不及细算：祁阿姨的医疗费已花去几百，再请人又开一份工资，多一张嘴吃饭。头一个保姆来了，把家里转圈看了看，人口瞅了瞅，说声对不起，扭头走了。费了九牛二虎之力又请来第二个保姆，三十多岁的安徽妇女，个儿矮矮的，不善也不恶，不刁也不憨，里外转了转，声明：她只管做饭，其余——买啦，洗啦，收拾啦——一概不管。丑话先讲前面，你家人太多，光做饭就满累了。干了两天，说，不行，人太多，做不过来，要走，春平和她谈了谈，答应再加二十元工资，每月五十元，这才又在围裙上擦了擦手起身去厨房了。又干了两天，说：还有一件事情忘讲了，我们做保姆的，每月要有两个星期天。春平只有点头答应。两天，大家轮流做做饭，总好办。

赵世芬脾气日愈嚣张，她看准了卫华是软蛋，看准了黄家一家人怕她，不能怎么样，也越来越看透了：黄家这个乱摊子，没什么可羡慕的。吃不上饭，她骂；孩子洗澡用不上热水，她骂；卫华顾不上收拾屋子，她骂；家里开支大了，要人人平摊，她也骂。卫华实在忍不住了：你少骂两句行不行？她瞪眼了，甩头发了：医院里养着个不能干的，家里又请个高工资的，谁摊得起？卫华压住火：祁阿姨在我们家干了几十年，病了总不能不管嘛。赵世芬刀子般的话甩了过来：几十年是伺候你们黄家人了，凭什么让我摊份子？死不死跟我没关系。卫华脸哆嗦了一下，那火就烧透胸腔露了出来：跟我们有关系。赵世芬当然不让人：跟我没关系，我就不出钱。卫华：你不出我出。赵世芬愣了一下，感到了这话里的含义，她不示弱，嗓门更大了：你出你的吧，我早就不想过了。咱们趁早离婚。她摔摔打打收拾着东西，做出一副要走的样子，女儿小薇在床上吓哭了，卫华强咽下一口唾沫，走过去照顾女儿，赵世芬瞥见了他的退让，越发来劲儿了：离不离，说话。有志气，男子汉大丈夫，离婚。我早腻味透了，谁愿意守着你这窝囊废过一辈子。卫华脊背被谩骂砸着，身体突突突抖着，他突然遏制不住了：离就离，明天就去离。

赵世芬愣了愣，嘴角抖动了一下：离——，我今天就走。

她在窄窄的街上走着。天没黑尽，路灯亮了。路边一个个四合院都有人出来，泼上水，摆上小板凳，摇上扇子，坐上瘦胳膊瘦腿或胖脸胖肚的老人。瘦的抽着烟，胖的喝着茶，空气中是泼水溅起的土腥气，没风，闷热。自己去哪儿？她习惯快走，可没了目的也就慢了，觉得身体不像平时那么有弹性了，还觉得有些脏。一辆自行车影子般掠过，一双男人的眼睛转回来盯她，她脸微微一抖，放出些许得意。去饭店值夜班？去跳舞？跳到半夜，然后呢？随便跟个男人去夜宿？以后呢，离婚？孩子会判给她吗？她一定要孩子，然后呢，改嫁？带个孩子，嫁个丧了妻或离了婚的男人？他也带着孩子，合在一块儿怎么过？找个没结过婚的男子是不可能的。法院万一把孩子判给卫华呢，不要小薇了？小薇在眼前哭着怯巴巴地看后娘脸色，吃没吃，穿没穿，卫华那窝囊废也不敢顾她。今晚去哪儿过？总不能没完没了地走，路边两个坐小板凳乘凉的中年男人在打量她，那个胖点的，把卷到腋下的背心放了下来，不好意思露肚皮了？到同学家去？只有一个人那儿能去——可对方父母怎么看？打个电话找顾晓鹰吧。

　　赵世芬两天没回来。小薇患中毒性痢疾，高烧四十度昏迷不醒，送医院急救。黄平平出面将赵世芬请回来了。小薇睁开眼缝见到她，有气无力地喊了声妈妈，她扑过去抱住女儿，我是妈妈啊。她在女儿耳边说着，鼻子一阵发酸。女儿听不见，哭喊着：我要妈妈。……她回过头冷冷地瞥了卫华一眼，哼，等着吧，她心里说，早晚要和你离。等她准备好——先找下房子。

　　祁阿姨病情稳定住了，还半瘫着，接回家休养了。她的饮食、大小便都要有专人伺候。看来不是一天两天甚至不是一月两月的事。黄家的儿子、女婿照顾老太太不方便，一个儿媳压根儿别想靠，又是五个女儿的事了。春平这一阵管家，接连请假工作压了一堆，其他几个姐妹也都开始为难。秋平说，再请假厂里不准了；平平说，忙得不行，社里还想派她去外地采访；冬平说，就要分配了，各方面也该准备准备了。都爱祁阿姨，都是她带大的，都知道要好好对待她，可这些天累人的看护却使他们感到负担了。春平找到夏平，面对面坐在床上，对她说："夏平，你是不是过段时间再去上班？这个家需要人管，祁阿姨也要有个人照顾。"夏平低着头半晌不语。春平没再说什么，有什么理由让夏平再牺牲呢？

　　召开家庭会。除了祁阿姨，除了赵世芬，全都在黄公愚的客厅里坐下了。"姜阿姨，我们商量点事，你忙你的，不用过来了。"春平对保姆说，她姓姜。

问题是明摆的，该怎么办？轮流请假看护祁阿姨？短时间行，一月两月的下去，再一年两年的下去，不是个办法。每个人都感到压力了。

"再请个保姆吧。"小华低着头说。他事事嫌麻烦，越简单越好。

"那首先是开支问题。现在咱们每个人每月交二十五元生活费，爸爸出了一百五，还负担祁阿姨的月薪。请了姜阿姨后，她月薪五十元，摊到大家头上，每人每月还要多交五元，是三十元了。如果再请个保姆，再月薪五十元——看护祁阿姨这样的病人，少于五十元没人干——又多一个人吃饭，每个人就还要再多交六七元，就到了三十六七元了。祁阿姨住院费用的是爸爸的个人存款，往下的医疗费要由大家分摊。每人每月大概还要出五元。眼下可能用不了，余下攒起来，算是祁阿姨的医疗基金。她的病难保什么时候轻，什么时候重，再住院呢？这样下来，每个人每月要出四十多元。这对大家是不是负担太重了？"春平把情况讲了一遍，人们都默不作声了。

"四十元就四十元吧。"小华阴着个脸，不耐烦也并不坚决地说了一句。他一个月工资才四十多元，都交了就算了，他不愿再为家务分一点心。

满满登登一客厅人，个个沉默不响。

"祁阿姨老家有没有亲戚？"曾立波一直低头锁眉，这时像突然醒过来，抬头问。

"祁阿姨老家没有儿女了，亲戚总会有吧。"有人回答。

"能不能把祁阿姨送老家休养？咱们每个月寄些钱去？"曾立波说。

人人觉得这是个好方案，可人人在心中又在嘴上否定了它：这不行，祁阿姨跟我们一辈子了，咱们不能人一病了就推出去。

又是长久的含着些难堪的沉默，还有什么办法？

"夏平，"黄公愚小心翼翼地看着二女儿说话了，人们略略抬起头来，唯有夏平低着头，"你能不能留在家里？"

夏平手捏着衣角沉默不语，春平看了看她也垂下眼，人们都在静默中期待着。夏平留下了，祁阿姨和这个家都有人管了，他们就轻松了，良心也安慰了。

"你过去不是一直留在家里的吗？"做父亲的又小心地说。

"我留在家里的时间够长了……"夏平低声说了一句。

又静默了，人人感到了自己刚才期待的自私和无理了。

又是"英语世界"。天坛公园内绿树浓荫，男女老少听见的都是ABCD。她和不同的"对手"交谈，大学生，老师，研究生，博士生，上电大的工人，自学的干部……她稍有些兴奋。在这里她受到尊重，感到平等，觉得自己还有价值，信心在恢复，还有什么比重新获得自信更喜悦的呢？不知为什么，她盼望着再见到那个叫羊士奇的编辑，他妻子当众打了他耳光。他怎么样了？一个白发如银的老教授在对自己微笑，问好，她也用英语回答。你经常来吗？老教授用英语问。我来过几次。她用英语答。我发现这儿很有意思。老教授笑笑，闪亮的目光看看四周。是的，这儿很有意思。她也笑着说道。你的发音很好听。老教授赞许道。谢谢您的夸奖。她回答。一个戴着"人大附中"校徽的中学生走过来，很清秀的面孔，您是老师吧？他礼貌地问。我不是老师。她回答。我看您可像老师了。中学生英语说得不错。她笑了：哪儿像？中学生打量着她：您对人又严肃又温和。她感到有趣：又严肃又温和，为什么不是医生呢？您再说一遍，我没听懂。中学生搔搔头皮。她重复一遍，中学生笑了。一个短发的女孩子一直歪着头在一旁听着，这时，用英语插话道：除了老师、医生，还有什么人又严肃又温和呢？她答道：还有很多又严肃又温和的人。两个中学生一听，都快活地乐了。——他们两个人对开话了。她在一旁看着，心中笑了笑，很有趣：两个中学生用这种间接的方法过渡一下，然后才"自然而然"地直接对话。少男少女，本来最愿意交往嘛。又一个中年人出现在面前，有些不自然地笑笑。可以和您谈谈吗？他的英语露着南方口音，不难听。当然可以。她礼貌地回答。你好像经常来吧？他说。没有。她说。我似乎见过你几次。他又说。是，我最近几次都来了。他的喉结怎么这样凸出？上下蠕动着，自己目光想躲也躲不过去。她喜欢平和自然的男人。她四下看了看，发现一个有趣的现象：女人几乎都在和男人对话，看不见她们相互间对话，还有就是男人比女人多，没有女人与女人的对话，却有男人与男人的对话，他们没找到女对手？她心中笑了，回想一下，就又发现和自己对话的除个别女学生外，也都是男性。和老的交谈，温暖舒服；和中年的，稍有些局促，但含着兴奋；和年少的，轻松快乐。自己好好攻一下英语，在图书馆上班时就可以抽空学，下班后找个深一点的外语进修班，再想法搞点书面翻译。那边过来的那个高瘦的中年人是不是羊士奇呢？

家庭会没什么结果。刚散不一会儿，祁阿姨把春平叫到自己床前。"侬把门关好。"她枕着高枕头躺着，对春平说道。

春平把门关上了。

"侬帮我把箱子打开。"她指了指靠墙放的一个旧式红木箱。

春平把箱子打开了。

"侬往下面翻。"她说，"最下面有件旧棉袄。对，就是格，拿过来。"

春平把一件黑缎面的旧棉袄递给祁阿姨，祁阿姨摸索着把棉袄翻过来，里面前胸处有一块补丁，她揪断线头，嘎啦啦，把补丁撕开了一边。

"阿姨，您要干啥？"春平惊疑地问。

"这个侬拿去。"祁阿姨从里面摸出两张存折抖抖地递给春平。

春平打开一看，明白了：这是祁阿姨几十年的积蓄，好几千元。"阿姨，这我们不能要。"她连忙说。

"我病倒了，不能做生活了，又要看病买药，又要请保姆，这些铜钿拿去用。大家日子都不好过，我晓得格。"

"阿姨，钱您还是收起来，我们无论如何不能用。"

"我要铜钿也没啥个用场，没儿没女。我要养得好，能落起来，我还可以做生活，做一年是一年。要养勿好，格样困下去了，你们送我到乡下去，我死到那里厢。"

"阿姨，您说什么呀，大家都说，一定要照顾好祁阿姨。"

"大家的心我是晓得格，可大家日子不好过啊……"

春平再三劝慰，把存折替老人放回原处，这才从屋里出来。

新来的保姆姜阿姨见春平出来了，她又进来了："祁阿姨，我讲得没错吧，他们是不是要送你回老家去？"祁阿姨双手放在胸前慢慢摩挲被子，两眼呆滞地望着上面没说话。

眼下，春平不能不独自支撑这个家，母亲临终前嘱托给她了。她一个一个地做工作，先说服丈夫，说明她必须出面维系这个大家庭。曾立波是一天烦似一天，她忍着，曾立波每天骂骂，骂过了就平静些。她再说服几个妹妹，轮流看护祁阿姨，过一阵再想更妥善的办法。夏平同意了，秋平也没反对。平平问：还要轮多长时间？她说：顶多一人轮上几次吧。平平也答应了。说到冬平，她说：我明天去听毕业分配结果，可能马上要去报到。春平说：时间尽量调开，不影响你。

295

大家又轮着请假，照顾病人，买菜，收拾家。院内依然乱哄哄。祁阿姨病了，自有许多麻烦处，新来的阿姨不熟悉家规，也多差错。春平跑前跑后，左思右想，以为找到理想方案了，先找父亲商量。她打算托人到河北或山西找个小姑娘来伺候祁阿姨。在那儿找人便宜，每月一二十元就行。

"我不出钱了。"黄公愚听完，有些气呼呼地说道。

"您当然不用再多出了，这钱我们分摊就行了。"

"我不出钱了。"黄公愚提高了嗓门。

"您每个月已经出了一百五十元，还负担祁阿姨每月三十元的工资，是不能让您再出了。"

"我，我，我，"黄公愚有些哆嗦地弯着腰在屋里来回走着，"我是说这一百五十元我也不想出了。你们都三十四十的人了，不能再剥削我了。"

春平愣了，此刻她才"发现"：全家人至今还靠着七十多岁老父亲的补贴。

自己怎么对春平发这么大火？他颤巍巍地在沙发上坐下，这一阵家里乱得不成样子，吃不好，睡不好，再这样下去自己是活不了几年了。这两天腿常常打抖，眼也发糊，老了许多。两天前他去看望一个老朋友，清华大学的教授盛律明。他同自己一样也多年丧妻，听说最近又结婚了。

摁响门铃，开门的是一位五十来岁的知识妇女，个儿不高，微胖，贤淑端庄。您找谁？……请进。她客气地说道。

这想必就是盛律明的新夫人了。

他踏进客厅，亮亮堂堂。迎面是大沙发大茶几在微笑，左右是小沙发小茶几伸着双臂，在热情拥抱客人呢。脚下的绿地毯柔软洁净。您请坐，我去叫老盛。新夫人安排了客人，转身进了里屋。过了一会儿，引着盛律明出来了：老黄啊，什么风把你吹来了？他简直不敢认这位老朋友了，那龙钟老态哪儿去了？现在面色红润，哪像七十多岁的人？

夫人给他们沏了龙井茶，放下烟糖水果陪着说了一会儿话，说：你们坐，我去弄饭。起身要进厨房。一个五岁的男孩喊着"爷爷、爷爷"推门跑进来，夫人在门口拦住他：瑞瑞，换了鞋再进来。小孩儿踢掉脏凉鞋，换上干净的拖鞋，一路小跑扑到盛律明怀里。盛律明仰靠着沙发，摩挲着孙孙的头：老黄啊，你看我是不是年轻了？白头发都少了，这都是结婚以后的变化。老黄，我劝你也走我的路啊。

饭极可口，比自己平日吃的不知好几倍。夫人劝菜，陪着说笑。滋滋润润喝上一小杯红葡萄酒，看他们夫妇俩，筷子帮筷子，眉目传情有如初恋。盛律明吃多吃少，吃干吃稀，冷热咸淡，夫人都照顾周到。相比之下，自己在家中太惨了。

饭后在清华园内散步，小桥流水，绿荫夹道，盛律明居中和自己边走边聊，夫人在另一侧搀扶着他，夫妇俩的亲密和谐深深刺着自己。空气这么好，情绪这么愉快，真要比自己多活二十年呢。

兄弟姐妹们渐渐都明白了：这个大家庭之所以能维持住，不仅因为有血缘的纽带，有母亲的遗嘱，还有一些很实际的因素：祁阿姨这个廉价而优质的劳动力；夏平的牺牲；父亲的补贴；住房。现在，这些因素一个个失去，只剩一院房子，整个大家庭再也难以像原来那样维系下去了。

事情造成了观念的变化；观念的变化使事情向结果发展。天下没有没办法的事情，办法果然也就出来了。从现在起，姜阿姨不再给全家做饭，她的全部任务只是照顾黄公愚再加祁阿姨这个病人。这样，她除了伺候祁阿姨外，只需做连自己在内的三人的饭菜了。春平和她谈了：工资再加十元，每月六十元。

从现在起，父亲不再补贴。挣工资的每人每月出十元，除了交各自的房租水电费，剩下就算祁阿姨的医疗基金，黄公愚只负担姜阿姨的月薪。

做父亲的听完大女儿的讲述，半晌没说话。这个大包袱当真要卸掉，他突然感到一种茫然。"……还是不分开吧……"他嗫嚅着。

"不，爸爸，这件事，弟弟妹妹们都商量定了，再也不能拖累您了。"

"那你们吃饭怎么办？"好一会儿，做父亲的脸色凄凄地问。

"爸爸，您不要介意，子女们不是和您赌气。不在一块儿吃饭，可以相互少干扰。您这儿有什么事，我们都会过来帮忙的。"

女儿走了。黄公愚独自在客厅里坐着，天渐渐黑了，他不开灯，饭早已做好了，不想吃。老屋发出窒闷的阴潮。木头在腐烂，墙壁在腐烂，砖地在腐烂。他看见自己在黄叶横飞的秋风中抖抖地走着，荒凉的田野上，孤零零地只有他一个人……

祁阿姨听完春平讲述，万分不安，老泪纵横了，她一定要把存款交给春平。

这个家不能因为伊就拆散了。春平劝了又劝，老人两眼发呆，不吃不喝，第二天又昏迷了，又送医院抢救。醒来第一句话就是对春平说：她还是早点死好。

可大家还是照计划分开过了。

春平夫妇两弄了个蜂窝煤炉，早饭晚饭在家做着吃，中饭在机关食堂吃。大海、小海都买了月票，中午到机关食堂吃饭，好在学校离机关不算远，以后找下合适的住房，搬出去再另说。

夏平是一天三顿在外面买着吃。这倒省事，挤出时间读外语。

秋平从床底下拖出一个多年未用的煤油炉，一家三口，关起门在屋里做着吃。想静有静，想省就省，订了个勤俭积蓄的计划。

冬平就要上班了。她想好了，到时候干脆搬到机关住，吃食堂。这两天她先在父亲的灶上蹭几顿饭。"让她在我这吃吧，让她在这儿吃吧。"黄公愚一听大女儿讲完冬平的情况，忙不迭地说。有个女儿来他这儿吃饭，他简直受宠若惊了。

平平听完这个方案，笑了笑：行，自己管自己，人人方便。她吃饭好解决，机关食堂，饭馆，会上，朋友家，还有翁伯云那儿，哪儿没饭？

小华没等大姐说完已经不耐烦了：行行，我自己买着吃就行了。

只有卫华小家庭似乎复杂些，两人可以各吃各的，可小薇的早晚饭怎么办？赵世芬先是说：我不管，我把小薇送全托。等有了房子，我就带她搬出去。可天晚了，该去接小薇了，卫华还木呆呆地坐在桌前，她火了：咱们不也有个煤油炉吗？你拿到学校了？去，现在把它拿回来。

第二十七章

林虹，你在想什么？

你凝望着远山，天空一抹晚霞，脸上露着似是而非的微笑。你的脸比骆驼一样起伏的山高一些，眼睛映着晚霞的红光迷迷茫茫。那一杈树像一扇横展的鹰翅伸在你头上。你总想清理自己的思想，可总理不清。到这山村拍外景已几十天，像被闹熙熙的人流裹挟着涌出剧场，身不由己。只有人散路宽之后你才能立住，冷静选择自己的方向，对吗？

人为什么活着？古老而崭新的问题。为幸福，幸福了还会感到不满足？为光荣，实现了还要感到空虚？为财富，鸟不为食亡？为痛苦？人人却在为摆脱痛苦挣扎；为殉教？一群群教徒争趴在神车下希望被碾死；为报复？一生的仇恨一生报，女皇的疯狂；为爱人活着，自古多少风情泪，鸳鸯蝴蝶翩翩飞；为敌人活着？冷峻的目光，一生掷出成千上万把匕首，至死不宽恕也不求被宽恕；为自己活着？说到底人人都是在为自己活着，为自己对爱人的爱情，为自己对仇敌的仇恨；为过去活着？没有人能完全忘记过去，可又没有人完全记住过去；为现在活着，有人纵欲享乐，可又有人自我限制，吃苦地去奋斗；为明天活着？不过是为明天的现在活着；为死活着？人最终要死亡，可人人不想死；为活着而活着？因为你生命着……

你突然清醒过来，轻轻抖了一下头发，抖断了恍然的思绪，然后，你沿着小河缓缓地朝前走。山是青色的，山下村庄有青砖房，红砖房，土坯房，灰渣房。炊烟像浓浓淡淡的儿童画摇晃着上升。傍晚的空气中有什么腥香？牛粪？羊粪？都不是。路边的青草上撒着蓖麻籽似的黑粒，一丛荆棘上挂着一绺灰污的羊毛。一朵极鲜艳的花在草丛中闪耀，走近看是个蘑菇。"漂亮的蘑菇都有毒，漂亮的女人都惹事。"草没着脚面，赤脚穿着拖鞋真舒服。

"林虹，"副导演钟小鲁不知何时跟来了，温厚地笑着，"你又独自想什么？"

"我想我自己。"你倦淡一笑，听任钟小鲁与自己并上肩走。山是想自己，要立得高。水是想自己，要流得远。谁不想自己？

"别在意今天的事，哪个摄制组都免不了闹纠纷。"钟小鲁劝慰道。

上山，下山，掠着山野霞光，卷着滚滚黄尘，贴车窗的脸由好奇到疲倦，打扑克的喊声由喧嚣刺耳到没了气力，前面终于开阔了，车喇叭响得频繁了，路上的人、马车、挑子稠了，摄制组的车队终于到了目的地。刘庄在大山的北麓，靠山是一派不宽不窄的川地，留着秃黄的麦茬，漫着秋庄稼的浓绿，蜿蜒着一条下雨滔滔、无雨见沙石的河道。刘庄左右都是村子：张庄、赵庄、郭庄、钱庄，高低起伏，联络成东西一脉，横在山下。两个小村蘑菇似的散落在山头。

摄制组一到就把山村惊动了，男女老少涌堵在村口看热闹，看一辆辆大小汽车，看从车上下来的红男绿女。村里的大队部，一个坐北朝南的大四合院预先被租借下来，成了摄制组总部，导演，副导演，摄影师，制片，剧务，场记，化妆师，服装师，还有伙房都在这里。又在农民家拣干净方便的租借了二十来处房子，摄制组三两人一间住下了。满村都有电影厂的人了。都看过电影，可谁见过拍电影？谁见过活生生的演员？村里如过大年一般着实红火稀罕了几天。

稀罕见多了就不稀罕，红火过了也便不红火。但村里总是多了看的，说的。清晨，井边相遇了，辘轳哗哗响，下着，嘎吱嘎吱响，上着，水桶一对对在井边排成队，爷们儿就聊开了：我家住的那俩小伙儿昨晚酒喝多了，又是哭又是笑，吐了一地。我家住的三个妞儿今儿早晨吵起来了，两个吵一个劝，骂人比咱们还邪乎哪。上午，供销社里，一个男演员和一个女演员买完东西说说笑笑走了，娘们儿看着他们背影倚着柜台议论开了：他们不管夫妻不夫妻的，想亲嘴就亲嘴，想睡觉就睡觉，全不吝。

摄制组对山村的新鲜感也慢慢过去了。刚到的第二天，天一亮，年轻人吆喝着相约去爬山，唱啊，喊啊，手拉手攀啊，摆上姿势照相啊，四处采野花啊。这会儿就怕拍上山的戏，妈妈的。

为拍一段在山顶上的戏，林虹接连上了几天山，脸也憔悴了。导演胡正强吃晚饭时看了看她，说：明天停你的戏。你好好睡一天。他要她漂亮。

林虹，你不在意吗？虽然你一直在微笑，可四面来的尖棱锐角太多，裸身不能靠。前几天童伟从城里来，顾问来顾问去，一半时间是和你谈了。你不拒绝他的殷勤，也不反感他的魅力，可你对他说了：不要光在这儿坐，别人会有看法的。一听这话，童伟立刻眼睛亮了：听你这句话，我受宠若惊。你淡淡地一笑：谁宠你呀。那分寸恰到好处，既亲热又不容狎昵。童伟一摊双手：是我自作多情了。你说：我不喜欢听别人这样讲话。已经半夜了。你将他送出小院。房东一家早已熄灯，院门吱嘎嘎在静夜中响着。他站住又说了两句，然后转身，你看到他走到街心站住了，那里立着一个模模糊糊的人影，然后你听到一声脆响。你便关了院门。然后，在这么多天里，化妆师弓晓艳就给你一张冷脸，每次给你化妆，你都要被尴尬的沉默折磨。你想用微笑打破窘局，没用，你想坦率说明，说不成。

电影厂的那位导演也从城里来了，严嘉靖，上海人，精明热情，话语连篇。他见了胡正强，很坦率：不算挖你墙角吧，我要找林虹上我的片子，当然，是等《白色交响曲》拍完以后。胡正强和他诚挚握手，特意让伙房搞了次"百鸡宴"，没有一百只鸡，也有几十只，哥们儿嘛。结果呢，严嘉靖和你谈了个通宵，几乎把整个剧本念了一遍，讲了许多宏伟设想。你很疲劳，但你始终很有兴味地微笑着，你不讨厌他，你需要他。你知道要利用女人的魅力，就像他在利用男人的魅力一样。但你也冷静地保持着距离。他还讲了他的艺术追求，不被人理解的苦恼及寂寞。那你妻子呢？你有意问。他只是叹了口气。这是个会演戏的导演。天亮了，他和你久久地握手，一晚上你对他表示了足够的理解和同情，你知道，是你征服了他，而不是他征服了你。

后来呢？就有各种议论小风般刮来刮去。你不在意。可今天，严嘉靖的妻子从城里上百里路赶来，说要找你谈。整个摄制组都窃窃低语，气氛紧张：要闹一场了。你也感到来者不善。两个女人面对面坐下了，对方从黑皮包里拿出一封信，放到你面前，抬起冰冷死板的一张白脸。严嘉靖写给你的没来得及发出的信。"那彻夜的长谈，是我永生难忘的。我从未得到过这样深的理解和信任，我感谢你。你的形象几天来一直占据着我的脑海，那一夜发生的一切都那么美好……"你能解释清吗？我没什么可解释的，他是导演，我是演员，谈电影，当然也谈相互理解，要不怎么合作？你看见这位妻子的手居然在颤抖，她越来越歇斯底里，直闹到胡导演亲自劝架，哄慰担保，她总算红肿着眼走了。胡导演站在你面前，不自然地笑笑，说：你以后该接受教训。

此刻，你听任钟小鲁在一旁温和地讲着什么。你们的脚步渐渐踏黑了村边的小路。光亮在山顶逐渐熄灭，黑色弥漫出来，透着铁青。你们突然停住步，眼前的图画十分恐怖。山云连成一体，像巨大的铁砧遮天盖地，又像一个阴森的古堡，劈面立着。太黑了，太高了，太静了，太阴险了。你们站在这须仰视的巨大黑城面前，像两只小蚂蚁，随时可能粉身碎骨。你想到一本恐怖小说，一个侦探和一群女孩在草地上玩耍，忽然看见下面一条阴森的山谷，都呆呆的不动了，听见一个声音在自言自语：这真是个杀人的好地方。你挽起钟小鲁的胳膊：别看了，咱们走吧。

摄制组成员有如火车上的旅客，临时的组合使人更无拘无束。最有政治风险的话平时不能谈，在火车上则可以谈，到了站，挥挥手散了，谁也不管谁。远离城市、远离家庭，和农民又处于绝缘状态，简直是孤岛上一群旅客了，一切人性的能量都释放出来。男人一起谈女人；女人一起谈男人；男人女人一起打逗调情。吃饭了，热气腾腾的伙房门口，端着碗凑堆，男的故意探着头，在女人碗里乱夹乱抢，女的乘机便骂、便捶、便笑。哟，这块肥肉我不吃，给你吧。女的铝勺往男的碗边一磕，给了他。"你咬过没有？"男的舀起肉端详着。"没有。""你没咬过的，我不吃。""那我给你咬上一口。"男的伸过勺，女的在肉上咬一小口，男的才往自己嘴里送，咱俩等于接吻了啊。人们起哄大笑。到了夜晚成双成对，小路上，田埂上，树影下，房间里，到处都有低语和娇嗔的笑声。

林虹理解这个，可她不随大流。别人能对她开开低档的玩笑：林虹，今天那段戏你演得够多情的。她便笑笑，认真地问：给我提提意见吧。够可以的，我们男人看了都醉了。她一瞥眼：那你可别摔倒啊。漂亮女人要经得住打逗玩笑，要不人就罪完了；可又要掌握得住界限，这才是聪明。

她踏进钟小鲁的房间，一惊，迎面墙上贴着一张大裸体照，是钟小鲁的背影，站在山顶上，高举双手成 V 形，两脚分立成大字，下半身白亮，上半身黑暗，正对着远山大声呼喊。她转过身要走，见床上摊着几本外国画报，一个个裸体女人。不可思议，不能与钟小鲁平日敦厚的形象统一起来。刚要迈步，钟小鲁迎面进来，他看到了，不自然地笑了笑，过去把照片摘下来，画报收起来。

那天跑上山去，人们起哄着，打赌着，自己不知怎么一下来了冲动，丢了平时的稳重，一个人跑上最高处，撒欢似的脱下衬衫，在头顶抡舞几圈，然后一扔，又脱背心，双手用劲往上脱，像扒一层皮那样痛快。左一下，右一下，踢飞了鞋，美丽的抛物线。下面喊着：最关键的，最关键的。他一转身把裤子脱了，顶天立地，浑身发劲，张成一个"X"。照哇，你们照啊，看看我这荒野的呼唤。

一连下了几天雨，不能拍摄，人们都憋坏了，天天开舞会。林虹不参加，就有人来拉她：当演员不会跳舞哪行？以后拍跳舞的角色呢？就是不跳，看看总可以嘛。

真够热闹，一进总部大门，扑面而来咚嗒咚嗒的激烈舞曲，狂呼狂笑。淅淅沥沥的小雨听不见也几乎看不见了。院门插得很紧，外面的农民只能闻声不能眼见。

"好好，小林来了，热烈欢迎。"摄影师张宝琨发现了她，立刻高举双手嚷道，人们也都跟着噪噪乱叫。

她很随和地笑笑，心中却诧异至极：黑瘦精干的小个子张宝琨怎么变了一个人？往日总一脸奉承人的笑容，这会儿手舞足蹈，喝醉了酒一般。

"林虹，我代表人性压抑扭曲舒展有限公司董事会，热烈欢迎你加入本公司。"张宝琨大弯腰行了个绅士礼，人们便欢呼，吹口哨。

"什么公司？"她笑着问。

"人——性——压——抑——扭——曲——舒——展——有——限——公——司——。"张宝琨拖长调大声念道，又一片欢笑，"平时人性被压抑了，被扭曲了，加入本公司，就给你舒展开。"

"给她个什么见面礼啊？"张宝琨搔着后脖颈问。来个热烈拥抱吧。人堆中两个小伙子嚷道，把张宝琨用力一推，和林虹撞个满怀。林虹一下红了脸："你们……"张宝琨忙用力顶着往后退："不行，别拿我起哄，我是董事长，你们得听我的，我们让胡导和小林跳段双人舞，要有托举的，好不好？""好——"人们狂热地鼓掌。

胡正强正抱肘站在一边，他并不参与这胡闹，可为了笼住大家，他也便在一旁观看，尽量不惹人注意。这时他看出了林虹的窘困，便略挥了挥："小林初次来，毫无思想准备，你们先表演一段，让她见习见习嘛。"

对，咱们来一段。该谁出节目了？要不，干脆再狂欢一次。录音机又摁响了，舞曲又震耳欲聋地咚嗒开了，满屋男女你挤我，我挤你，罐头里的沙丁鱼都活了。

眼前晃动着密集的人体，轰轰的噪音，地面和墙都在震动，林虹觉得透不过气来，所有的人她都不敢认了。影片的男主角常家不是个文绉绉的人吗？怎么变得这么狂荡？满脸汗水，抓过化妆师弓晓艳搂着跳了一会儿，又转身抓过一个女演员来跳，身子全贴一块儿了。那个女演员不正是海琳吗？平时哪个男人敢挑逗她一句，她当下就会翻脸，怎么兴奋成这样，从一个男人怀里撞到另一个男人怀里？见她用力捶了常家两下，嫌他搂得太紧？常家嬉皮笑脸地仍搂着她，又转身抓住另一个人——这是男的，两人跳了两下，互相骂着推开了：没油水。

"来个精彩点的，要拍特写了。"一个小伙儿站在屋角桌子上举着照相机嚷道。人们嘈嘈地把一男一女推到一起，摁着头贴了下脸，闪光灯嚓地一片雪亮。一张完了，再换角色，又一张。

刘言在跳，他是知名作家，是风度文雅的文人，每时都在注意自己的仪表。现在，在这狂欢中，什么都听不清，看不清，只知道自己是个男人了。这个女人老点，难看点，尽量和她少跳两下；这个年轻漂亮，就搂着多跳两下。没关系，前后左右就这样挤，你和对舞的女演员贴在一起，没有任何需解释的。身子贴着，摩擦着，分得清对方的肥瘦与凉热。跳吧，老婆不在这儿，要不，真不知会怎样泼口骂人呢。这是陈美霞，皮肤黑，头发黑，南国风韵，很有吸引力。两人跳到一块儿了。他装作没听见对方的问话（"刘老师，您这样跳累吗？"），他不累，他还年轻，他只是在全心全意跳舞。陈美霞也便忘了这是她要敬重的老师。

制片主任尧光明，白胖光润的脸已涨红，水汪汪像女人的眼睛放着小灯泡一样的光，光亮的油头上下颠着。他社交很油，可作风拘谨，可这是怎么了，真是人性压抑扭曲舒展了？自己是好父亲，每日对上小学的女儿又严肃又和蔼：要好好学习，要认真努力。每到假日手拉手领着女儿去公园，去少年宫，一路谆谆教导。他是好丈夫，在家脾气温和，对妻子体贴，你说什么我都不恼，里里外外都收拾到。他是好干部，工作认真，一丝不苟。他对人从不失礼，从不乱开玩笑，被称为不穿燕尾服的绅士。可现在他被拉下水了，被"人性压抑扭曲舒展有限公司"裹入疯狂的旋涡中了。他装模作样地扭了两下，准备退出了，就有一个女演员来搂住，你很局促地应付着，我不会跳。你说着，可没人听，这个女的走了，又一个女演员抓住你，没人知道你不会跳，没人知道你作风拘谨，没人知道你是绅士，一个木楔插在了一堆活蹦乱跳的鱼中，你觉得自己手脚僵硬，与环境不协调，不适应，可人人抓住你跳：尧主任，你跳得欢点。年轻女演员满脸扑红地说。尧光明，别像老夫子似的，跳起来。刘言捅了你一拳，摆出老资格的样子。你便夸张地、演戏似的乱跳两下，没想到，假跳带出了真情绪，你真的就这样跳开了。海琳上来抓住你：尧主任，你跳得挺来劲。像黑人歌星。你便和她跳起来，反正是恶作剧，分了手你觉得自己还应该恢复原状，你又拘束地踮动着脚，像是脚跟不离地的原地慢跑，可又有人抓住你跳了，你又穷开心似的乱跳两下，这次就一直狂跳下来。曲罢人们说说笑笑往四边靠时，你完全像换了个人。 你看看林虹，用下巴指着她："林虹，你可见习完了，该你来个节目了。"

　　林虹，你和钟小鲁往村里走，稍稍加快了步伐，是因为怕那骇人的黑云倾倒下来？是不愿意和钟小鲁在过于僻静的地方再走下去？占满半边天的黑云险恶地俯视着小小的村落，暮色像铅液一样倾流下来。"其实这是很好的景，应该拍下来。"可能是快走进人丁稠密的村子了，钟小鲁又有了雅兴，仰头看着黑色的云。它的边界开始模糊，向整个天空缓缓推进，你却仍感到恐怖。如果这阴森恐怖的天地间只有你一个人，那太可怕了。立刻感到有人、有朋友、有伴侣的宝贵。如果这世界上只有自己和钟小鲁两个人，那自己肯定要和他生活在一起了。可有这么多男人呢？自己就要选择了。你这样想着，再次看到一个真理：人就是在挑挑拣拣中生活。爱情的忠贞，信仰的坚定，都比不上这"挑拣"原则的有力。人在每件事上不都挑拣最佳方案？是留在县里，还是到北京，你挑选了北京；是演电影还是干别的，你挑选了演电影；下一部电影是接受这个本子还是那个本子，又有挑选；对男人不也得挑选？买件衣服不也得挑选？万事挑选，人人这样，可人人不承认。人的差别只在于他能挑选的范围不一样，挑选的本事不一样。自己目前在这两方面都比较优越？钟小鲁对自己的殷勤是认真的，耐心的。和他一起生活会很舒服，可以任性。李向南呢？你否定了他。范丹林呢？还有许多男人在眼前晃动。

你走进了摄制组大院，头顶墨黑的天空透出一道道闪电，隐隐的雷声。屋里灯光雪亮，已坐满了人。导演，摄影，制片，场记，剧务，化妆，及几个主要演员，每晚照例召开的艺术小结会。林虹，就等你了。还有你，钟小鲁。人们招呼着。你立刻便把一切思悟自省丢到一边，随和地笑了笑。因为弓晓艳在角落里用冷冷的目光瞟着你；因为白天和导演严嘉靖的妻子有过一场"谈话"，人们都在注视你；因为钟小鲁陪你一起进来，会有某些窃窃议论；因为你一上来就走红，那么多人在嫉妒你。

你立刻也变得明快起来。对每个人都亲切，都是好朋友。大多数人因为你来而气氛热烈起来。你怎么来晚了，对小结会不感兴趣？刘言开着玩笑。你立刻指着刘言笑道：你们看他多恶毒，上来就挑拨咱们摄制组不和。大家哄堂大笑。我们是一家，跟你不是一家。你继续和刘言斗嘴。刘言也便得了满足，呵呵呵地笑了。

你是主角。谈艺术，就谈到你。你含笑凝神地听着，不时在本上记两笔。有人谈的意见纯粹不着边儿，四座都不耐烦了，要嗤之以鼻了，要伸手打断他了，你认真听取并记录的态度却鼓励着他。其实一晚上的话，百分之九十九都没用，对你没用，对影片没用，对导演没用，可人们还在拼命讲着。人人有表现欲？你一晚上的任务就是表演对人们讲话的兴趣，这是你的幸福，也是你的疲劳——支出很大。脸上管笑的肌肉就很累。以后有地位了，不需要赔这么多笑的时候再少笑点。多笑，也会增加皱纹变老的。

你在影片中，生活中，都忙于扮演角色了。你不是一个最能反省的人吗？你只来得及这样一闪念，便又断了，你的角色又需要对一个讲话者微笑。忙时无暇自省。

雷声开始震撼，电闪也一道道照亮，一方墨变成一方耀眼。谈得热闹时看不见，谈得累了，都发现雷电了。便散会，便纷纷往外走。男的送女的，你让常家送你，你并不想给钟小鲁过多献殷勤的机会，你要尽可能合群。

漆黑的风顶人刮着，惨白的闪电一道道弥漫下来，照出可怕的乌云。在街上拐了两拐，风一阵阵紧，冷，透人，便有零星的大雨滴砸下来，地上噗噗地响着。你缩着头侧身快步走，手挽住了常家，他也顺手搂住了你的肩，为你遮挡着狂风。

你不一直很讨厌常家吗？可这情景下一切很自然。

再见。再见。

"你看上常家了？"卞洁琼打开院门，关好。她又和你搬到一起住了。

"看上他？"你走进屋，正用毛巾擦着脸上的水滴，"没有。"

"我呀，现在觉得男人就那么回事。"卞洁琼趿拉着拖鞋，懒洋洋地几步往床上一靠，咔嚓，打火机点着烟，"想了，拣一个自己喜欢的，亲热一阵，不喜欢了，一腿踢开。"

"你喜欢什么样的男人？"

"看怎么说，结婚，我喜欢有钱的；不是结婚，我喜欢有才的。你有情人吗，林虹？"

"没有，你问过多少次了。"

"那你找几个吧，玩玩。我建议你，找几个年轻的小伙子，你别笑，看着他们笨手笨脚的窘样，挺有意思的。"

你由着她一个人絮絮叨叨地说话，你一边洗涮一边想自己的事情。

那天下雨，胡正强说：林虹，常家，今天你们俩的任务：在家里做三个小品，男女主角最初如何表达爱情。你们在屋里练了一天，外面哗哗哗下着雨，常家像中学生一样认真，你也很认真。就在那天，你却认准了一个真理：倘若和一个不爱的人生活一辈子，是天下最大的不幸。

该给李向南写信了，你在桌前坐下："向南，你好。来外景地转眼二十来天，一直没顾上给你写信，请原谅……"开了几次头，往下写什么？拍电影的情况，李向南未必感兴趣，有兴趣做的事不一定有兴趣写。关心关心李向南？"你的近况如何，调查组有何结论？非常惦念。"还写什么？"我相信你的百折不挠，愈挫愈奋？"这话显得矫情。噢，写具体事，电影厂要调自己到北京来，古陵县那边放不放，请李向南帮忙。他目前的处境，麻烦他合适吗？可如果不抓紧办，如果李向南不当县委书记了，岂不就难了？

自己怎么了？满脑子计算利害，一心一意要当明星，也有过厌倦感，不过闪一闪吧，该好好自省自省了。

你停住笔，凝视眼前的灯光。桌上一把绿柄的钢丝梳子，白色的雪花膏瓶，瓶上粉红色回首媚笑的女子。各种罐头——其中还有范丹林送的咖啡，可可，麦乳精，蛋形镜映照出自己的一抹脖颈，咽唾沫，看到喉部的蠕动，皮肤不那么光润了，不算很年轻了，一切都朦胧起来，梳子像青蛙，像鱼，雪花膏瓶像胖胖的小傻瓜，罐头们互相碰撞，眼前又是呼噜呼噜的物体流，磕碰着，拥挤着涌流。你被夹在其中，被冲着走，要防止被挤伤，要插在巨石撞挤的缝隙中。一道电光照亮了黑色的巨石流，自己举着一把伞，像个可怜的小蘑菇，雨倾泻下来，狂暴地浇着，一切都看不见了……

又一道闪电照亮了窗外。你醒了醒，卞洁琼正望着房顶发呆地抽烟。你凝望窗外，雨在黑暗中发着钢一样的寒光，闪电在乌云上咚咚地擂鼓，那震动在你胸中发疼。你又恍惚了。

大雨狂怒地扫荡着漆黑的田野，小路被泡在汪洋中了，你和钟小鲁落汤鸡般拔着脚。绿草被水淹没，那朵美丽的小蘑菇无影无踪。铁砧般骇人的云山早已化成满天黑暗，往哪儿走都一样，无所谓恐怖了，只有荒凉。远处的山在电光中隐隐露出铁青面孔。雷电大雨笼罩着山川。刘庄畏畏缩缩地抖着，一片黄树叶般萎在山脚下。摄制组总部呢？黄叶上的一点褐斑，更看不见了。自己呢？微生物。如果现在有只萤火虫，狂风暴雨和黑暗，连感觉都丝毫没有，就把它毁灭一千次。可它还想第一千零一次发亮？……

你更恍惚了，看见一个神秘而恐怖的世界，像走进一片枯黄的落叶。叶子上所有的脉络全化为街道，主干道两侧射线般伸出许多斜直的街来，像一片鹅毛。人很少，到处空空荡荡，树木不动，风凝固在空中，像一条条黄色的纱巾。你看见自己的童年，看见了父母，他们离你很远，听不见你的喊声。你看见他们在迎接一个客人，那是一个病恹恹的妇女，你看清了，正是范丹林的母亲吴凤珠。他们都在一个玻璃罩着的美丽的庭院内，这时，你听见他们说：时间到了。一个令你恐怖的景象发生了：世界的颜色突然亮了，变成青白色，然后又恢复了黄褐色，人们都抬头看一个大钟，钟停了，是十点三十分，你看自己的手表，也停了，十点三十分。人们互相看着，神情古怪，在等什么，你不寒而栗，树上的叶子全掉光了。树死了。你低下头，枯叶在地上铺着……

第二十八章

十几天来吴凤珠的病日愈垂危，一天天加强着的酷暑，正在淘汰着一个又一个衰弱的生命。她知道自己快不行了，但她不想死；继而，她愤愤不平了：为什么上帝如此不公平？她还没有好好活过，还没有达到自己的追求，连失而复得的住房也没享受一下；接着，她的违抗开始动摇了：她确实感到自己衰弱无力，难以再支撑下去，气都快喘不上来了，还挣扎什么？于是，她陷入了痛苦，在阴灰色的迷雾中沉浮着；最后，眼前渐渐透出宁静的光明，她终于接受了这个看来不可违抗的结局，变得安然了。

"过了这个夏天，就能恢复过来了。"范书鸿坐在旁边安慰道。

"不，我大概连今天都活不过去了。"她躺在病床上看着窗外，呼吸有些艰难地小声说道。床头放着氧气瓶，随时准备输氧。

"妈妈，"范丹妮来了，她从家里拿来了母亲要的几本相册，"您好点吗？"

吴凤珠点点头，她这会儿觉得好点，头脑也清醒。她从来没有像今天这样爱自己的女儿。她轻轻摸着女儿的手，范丹妮的手一动不动，母亲的脸显得从未有过的慈祥，她轻轻握住了母亲的手。

"丹林呢？"吴凤珠又想到儿子。

"他就来。"女儿答道。

范书鸿把相册打开了，竖起来和妻子一起看。

他和她正年轻，穿着西装，在高耸入云的埃菲尔铁塔前微笑，在宏伟古典的卢浮宫前微笑，在巴黎圣母院前微笑，在塞纳河边微笑。我们也有过那样年轻的时候，脸上一丝皱纹都没有。夫妇俩抚摸着照片感慨万分。

他和她正当年，在公园的草坪上坐着，身后是绿树，是湖水，是白石桥，身前，七八岁的女儿正与三四岁的儿子在草地上玩耍。夫妇俩的目光落在儿女身上，一个红白花纹的皮球在如茵的绿草上欢快地滚动着。

他们用目光追踪着。红花纹，白花纹。如茵的草地，黄了又绿，绿了又黄。秋风扫下落叶，像无数铜钱洒满草地。大雪来掩盖。一次又一次秋风阴凄凄地刮过，他和她坐在草坪上，显老了，添皱纹了，层层秋霜落在脸上，他和她凝视着枯黄的草，面前没有儿女——他们大了，各自去活动了，经风雨了，见世面了。皮球呢？

那只皮球还在呢。吴凤珠说。范书鸿点点头。他们一直还保存着它，那里有儿女的童年，有他们对儿女的爱。在哪儿放着？范丹妮问。在藤筐的最下面。吴凤珠答道，那天翻笔记本时她还见到过它。

一张张照片记录着岁月，记录着他们的生命。秋霜一层层积累着，越来越浓重。他的身子不再挺直，她的头发开始花白。他和她扶着铁锹，卷着裤腿站在干校的水渠旁。两个人的目光久久凝视不动，有一种不可名状的惘然。

主治大夫来了，神情温和。后面跟着几个实习医生，还有护士。白色的衣帽在病床边围着，问询过了，检查过了，宽慰过了，白色队伍肃穆地走了。

丹林呢？

他有点事，一会儿就来。

她呆呆地凝视着窗外，清楚地感到生命正从体内一点点离去，好像有个唧筒把她的生命之液一点点抽走。她的脚已经发空，发凉，渐至脚脖，还在继续上移。

门轻轻推开了，王满成、张海花夫妇提着水果进了病房。

"难为你们了……"吴凤珠说。

"您放宽心养病吧，啥事有我呢。"张海花安慰道。

自从吴凤珠病倒，这些天来她就没停过，满北京的跑来跑去，联系医院，叫汽车，找名医，里外照顾，还在吴凤珠床前守过两夜，眼已熬红了。吴凤珠此刻对邻居只有感激，再无一丝嫌意。人心都是好的，是可亲的，要和他们永远分手，都是惆怅的。

"妈妈，您好点了吗？"一个粗壮的男人毫无声响地进来了，走到床边问候。

是孟立才。

"你怎么来了？"

"听说您病了，专程来看望您。"孟立才满脸诚意。

　　他开着摩托车在德昌大道上疾驰。刚在昌平谈成一桩买卖，他非常得意。宽阔的马路像飞速的传送带后掠着，两边的树，呼呼的风也后掠着，迎面来的汽车、被他超过的汽车都在后掠着。昌平——水屯——白浮——西沙屯——满井——北大桥——沙河——定福皇庄——史各庄——朱辛庄——二拨子——回龙观——西三旗……他风驰电掣一路南下直扑北京市区。摩托车的马力就是他的马力，摩托车的速度就是他的速度，摩托车的气派就是他的气派，他简直可以把马路碾塌。他腾飞起来，自空中向前方俯冲，北京城越来越近，像一摊搭好的积木，哗啦啦被他冲了个七零八落，红黄蓝绿，漫天横飞。

　　范丹妮？他冷笑一声。前些天他已然大大方方和她离了婚。他不稀罕她，瘦巴巴的可怜虫。他很快又要结婚了，今天专程去范丹妮家送请帖，请她和全家人参加婚礼。你们好哇，请你们去参加我的婚礼宴会，请赏光。他想看看他们家如何难堪，老头老太太会不知所措，范丹妮也难以发火。他态度绝对"诚恳"。哼，他咬了咬牙，这就是他恶毒的风度，这就是他微笑的报复。

　　然而，却从邻居那儿知道吴凤珠已住了院，生命垂危。他扶着摩托车沉思了一会儿，踏着了火，奔医院而来。

　　"你们虽然离了婚，还是朋友，互相帮助……"吴凤珠低弱无力地慢慢说道。孟立才感到着身后的范丹妮，他闭一下眼，做了只有吴凤珠能看见的回答。

　　孟立才走了。张海花、王满成也走了。天快黑了。

　　吴凤珠又昏迷了，紧急抢救了一番，她又微弱地睁开了眼。这一次，她知道自己是真的不行了。范书鸿坐在旁边也感到她已奄奄一息，范丹妮从医生的眼睛里读到了结果，她快步离开病房，给范丹林打电话，也给心理所领导打了电话。

　　都走了，只有范书鸿坐在身旁。病房内空寂寂的，范书鸿显得苍老疲倦。从此，她将把他一个人留在这个世界上了。她此刻才明白：在这个世界上，丈夫是她最亲近的，几十年的共同生活这时显出了全部圣洁和宝贵。

　　书鸿，你听我说，她喃喃低语着，这是她最后的时间了。我对不起你，"文

311

化大革命"中——我一直没告诉过你——我曾经想过给你贴大字报，草稿都想好了。

……她在历史研究所的大字报栏前移动着，在人山人海中挤着，寻找着每一张批判范书鸿的大字报，寻找着每张大字报中有关范书鸿的字句。她的原则很清楚，只要范书鸿的性质被定为敌我矛盾，她就贴大字报和他划清界限……

凤珠，不说这些了。我当时也认为自己就是反动权威。范书鸿说道。

不，她还有忏悔的话要对丈夫说。在巴黎，年轻时，曾有个叫黎倩的女同学很爱慕范书鸿，黎倩多次写给范书鸿的信落在她手里，她都撕了。后来我们回国后，黎倩也给你来过信，两次，都很长，我都没有告诉你。你能原谅我吗？

范书鸿的心呆滞，但仍然有一些震惊：这就是妻子做的事情？她一贯诚实，认真到迂腐的程度，然而她也骗人，而且欺骗他。黎倩是自己年轻时唯一真正为之动心的女友，他一直以为是她有意疏远了自己，这曾让他痛苦。而这一生的误会竟是吴凤珠造成的，如若不是吴凤珠的手段，他可能是另一种生活了。然而，他还说什么呢？面对妻子期待的目光，他只能点点头。一切都过去了，唯有他们几十年的共同生活存在着。他们的儿女，他们的患难。看着妻子那浮肿多皱的脸，想着她的忏悔，他心中不禁生出一丝怜悯——这多少破坏了他那悲哀难舍的心情。人在一生中，出于利益考虑要做许多违背良心的事情，临近生命终结时，却希望得到宽恕。为什么生前不能不做亏心事呢？或者做了，当下就坦率承认，求人宽恕呢？

他也有对不起妻子的事情，一件件在心中放着。

人做了亏心事是不会忘记的，他现在也交代出来，求得妻子宽恕吗？不。他不想破坏她的安宁了。然而，倘若她现在恢复了健康，他就会对她承认吗？他在心中微微摇了摇头，不会。他也终于明白了：人在告别尘世时才会真正忏悔，人在尘俗中是很少忏悔的，他们有利益，有虚荣，有暧昧，有伪善。

他眼前隐隐浮出一个幻象。他管理着一个大库房，很高，很深，很暗，窗很小，里面一排排、一垛垛、一层层、一箱箱堆满着物品，夹出许多横横竖竖的巷道，散着阴冷的气味。他在里面走来走去巡点着。大门哗啦啦敞开了，泻进一大块耀眼的阳光。参观检查的人来了，他们在巷道中走着，上下观察着，他任他们看。仓库里有几处藏匿着他的隐私，谁都很难看见，但他自己却无时无刻不感到着它们的存在。突然，他惊愕了，检查的人群中居然有吴凤珠。

"你想什么呢，书鸿？"吴凤珠在他眼睛里读到了什么，声音微弱地问道。

噢，我突然想到那年在河北管仓库的情景了，想到你给我寄去一条毛裤。仓库里很阴，毛裤一收到就穿上了。他没有全说假话，但他也没全说真话。

吴凤珠眼里露出回忆往事的幸福："你还记得我给你寄的毛裤？……那天下着大雨去给你寄的……"

范书鸿点了点头，这一刻他是真正地忆起了。就在这一刻，他感到自己有了忏悔。忏悔过去，也忏悔刚才。

"丹林怎么还没来……"吴凤珠喃喃着又一次昏迷了过去。

浓荫在烈日下把月坛公园笼罩成一个绿森森的孤岛。为了避开游人，他们不得不站在几棵枝叶稀疏的小树下，被筛弱了的阳光仍然白晃晃有些晒人。

"你想找我说什么？"范丹林含笑看着陈小京问道。这个会说一口流利英文的中学生，他是在一天晨练时偶然结识的。今天接到她的电话，原以为是她爷爷，经济学界的老权威陈子越找他有事。及至到了她家，她早就在楼下等候了。我想和您说点事，不能让别人知道，要紧的，行吗？她请求道。他们便来到了公园里。

"和父母吵架了，还是和老师闹矛盾了？"范丹林问。

陈小京用脚轻轻踢着青草，她依然穿着短袖的红色运动衣，白色的运动短裤，露着两条很健美的腿，匀称的身体散发着青春的生气。

"是不是想偷偷做件一鸣惊人的事情？"

陈小京疑问地看了他一眼。

"比如，翻译一部长篇小说？"

陈小京慢慢摇了摇头。

范丹林忽然间有了朦胧的感觉，差不多猜到是怎么回事了。但他仍含笑问道："那你有什么事和我说呢？"

"……"她抬起头，该叫叔叔，但她又不愿意这样称呼范丹林。她就是想找一位像长辈又不是长辈的朋友谈，"我……"她皱着眉想了想，用脚尖踢着草地，"您可能会笑话我。"

范丹林最喜欢的成语是"大智若愚"，他照理还会装傻下去，但是，他怕

313

姑娘最终会失了谈下去的勇气，便温和地问道："你是不是……交男朋友了？"

她仍旧一下一下慢慢踢着草，没有否认。

"是同学吗？"

她微微点了点头。

范丹林长辈一样地笑了，既感到愉快，也有一丝莫名的惆怅。

"这样好吗，您说？"小京抬起眼问。

"你和爸爸妈妈说过吗？"

小京摇了摇头："没有。我不想让他们知道。"

范丹林感到一种获得特殊信任的心理享受，也有了可以随便说话的权利——如果姑娘会汇报父母，他是不便多说的。

"具体什么情况呢？"他问。

陈小京又低下头。

自己是怎么开始初恋的呢？自己在学校一直是骄傲的，没有人比她学习更好，她也看不起男生。可是，去年在山区农村夏令营时，"他"就闯入了她的心。是他在长途行军的队伍中，伸手拿走她的背包，调皮地笑着：我劲用不完。然后蹦蹦跳跳地踩着石头过了涧中清澈见底的山泉，又回过身来伸手牵扶她。是他帮助她吱嘎嘎摇着辘轳，从三十米的深井中吊出第一桶水，他提起吊桶，哗地把水倒入水桶，动作是那么干脆利索。我来吧。他一蹲身挑起水桶，颤着扁担走了。清晨的山是那样青，石阶小路是那样白，林是那样静，村子里炊烟袅袅，远山一片清脆的鸟叫……

"你对他有更多的了解吗？"听完小京断断续续的讲述，范丹林关心地问。他在心中感到着对那个男孩子的一丝隐隐的嫉妒——完全不该有的可笑的嫉妒。

"没有，后来我们就好了，经常见面，还通信——当面交的信。"

"那你应该对他有更深的了解再判断。还有，你们现在的思想感情还没完全成熟，等你成熟以后，你也许会发现，一切都是另一回事。"

"这我知道，可我相信，我已经了解他了。如果以后我真的发现不爱他，我就和他分开。"

"这么简单？"

"就是这么简单嘛。"

范丹林笑了："其实你并不是犹豫不决。你早就有了判断，只是想找人谈谈，得到理解和支持，对吧？"

陈小京歪着头斜睨着范丹林："是。不过，我也确实有事想问问您。"

"问什么呢？"

"他是我们学校的学生会主席，他想在下学期联合几个学校办一个大型的科学节，您能帮助我们吗？"

"你们自己办？"

"是，我们自己办。先成立筹委会，自己募捐，自己组织，印门票，印请帖，印纪念册，请各个学科最著名的科学家，计划可庞大了。他让我帮他干这件事，从暑假就开始了。我们要使这个科学节成为全国中学生的科学节，如果再推广，应该成为全中国的科学节。"

"野心够大的。"

"那当然。世界是你们的，也是我们的，但归根结底是我——们——的。"小京说着，调皮地笑了。

经过又一番抢救，吴凤珠再一次睁开眼时，窗外已然全黑了，丹妮、丹林守在病房。"丹林……"她用几乎听不见的微弱声音说着。

"妈妈，您要说什么？"丹林俯下身。

"丹林，你……"

"妈妈，我听着呢。"

她嘴微微歙动着，发不出声音来了。她直直地看着儿子，用目光继续呼唤他。丹林听懂了，也俯下身一次次叫着她。她即将告别亲人，她的呼吸已经停止，目光开始蒙眬，她最后无声的言语都是在呼唤儿子，她要在儿子的呼唤中离开人生，她就要合上双眼了，但她发现了站在儿女身后的一个人，她的眼睛不动了，直直地盯着他。

那是刚来不久的心理研究所党委书记岳楷诚。

"凤珠同志，是我，岳楷诚。"岳楷诚俯身亲切说道。

她两眼直直地盯着他。

"你为祖国、为人民做了许多贡献，你是好同志。"

她仍直直地盯着他。她的手已经冰凉，她的脸也毫无表情，只有眼睛还在提问。范书鸿用手轻轻合上她的眼睛，但她的眼睛又慢慢睁开了，仍然盯视着岳楷诚。

岳楷诚有些惶然了。

范丹妮把他拉到一边："你知道我母亲为什么不瞑目吗？"

"她……"

"她几十年要求入党，你不知道吗？"范丹妮咬牙切齿地问。

"我们可以研究追认她的问题……"

"不行，她现在在等你的回答呢。你告诉她，已经批准她入党了。"

"这是原则问题，我不能说假话……"

"你的假话说得还少？现在就是要让你说句假话，人道主义。你懂不懂什么叫死不瞑目？"

岳楷诚硬着头皮走到病床旁，吴凤珠眼珠凸着，一动不动地盯着他。"吴凤珠同志，你的组织问题经领导研究，已经解决了。"他用尽量模糊的语气说道。

吴凤珠还盯着他。

"已经批准你加入党组织了。"他流着汗，用更为明确的语言说了一遍。

吴凤珠眼睛合上了。十点三十分。

她的脸上似乎留下一丝隐约的微笑。

两盏红灯笼亮晃晃，把独家小院照得一片通红。客厅内张灯结彩。今天是岳楷诚的孙子过周岁生日，合家欢聚。夫妇俩搓着手站在院门口等候。所里的小轿车开到院门口停下了，儿子儿媳抱着胖乎乎的小宝贝从车里钻出来，爸爸，妈妈。儿子叫道。爸，妈。儿媳叫得更甜。星星，认得不？这就是爷爷，这就是奶奶。爸，妈。你们看他笑了，他认出你们了。来，叫爷爷奶奶抱抱。好一个宝贝孙子，被夫妇俩抱进了院。

"爸，还挂灯笼了？"儿媳跟在后面，望着客厅门口的红灯笼高兴地问。

"为的喜庆啊，民族风俗嘛。"岳楷诚笑着说。

一进客厅，辉煌的灯光下是摆得琳琅满目的八仙桌，家宴将在这里举行。

"弄这么多吃的啊。"儿媳笑得咧开了嘴。

"给咱们星星过周岁嘛。"

女儿正在厨房里帮着保姆忙碌，又往客厅里端上菜肴。

我也去帮着弄吧。儿媳说着就要脱下外衣进厨房。

不用，今天不用你们忙。公公、婆婆连忙劝阻。你就坐这儿好好休息吧，吃水果吗？

做儿媳的满脸放光，不好意思地在沙发上坐下。她为岳家生了个孙子，她有功。

丈夫也挨着她坐下。看着爷爷奶奶哟哟哟地逗孙子，他也感到幸福，感到自己完成了做儿子和做父亲的双重使命。

家宴开始了，欢笑一片。来来来，最重要的节目现在开始了。岳楷诚端上来一个大托盘，红绒布上堆满了东西：糖，水果，皮球，玩具手枪，塑料花，钢笔，计算机，公文包，钱包，玩具小汽车，模型飞机，尺子，水彩……

这是干什么呀，爸？

对咱们小星星来个测验，看看他抓什么，就知道他将来喜欢什么，干什么。

抓糖和水果呢？

说明他长大是馋嘴。

抓手枪呢？

说明他长大喜欢当军人。

抓钢笔呢？

说明他长大喜欢写作，当作家。

抓计算机是当工程师？抓公文包是当干部？抓皮球是当运动员？

对对对。

抓小汽车呢？

那他不是当司机，就是当首长。小姑子在一旁抢着回答。

大家哄堂大笑，都伸着脖子围上来，把大托盘端到一岁的星星面前：星星，你要什么，抓呀。星星眼花了，左右看着，伸出小手，众人屏住呼吸盯着他的手，似乎这将决定全家未来的前途。星星的小手在托盘上乱拨拉着，他抓住了糖。

不不，这不能算。岳楷诚连忙拿下孙子手中的糖。这没摆好，糖放得太近，他捡近的抓。来，重来一次。他把托盘上的东西调动了一下。小星星胖胖的小手在托盘上晃动，岳楷诚跟着他的手，紧张地移动着托盘。这一次，星星一手抓住了小汽车，一手抓住了钢笔。于是乎全家欢呼起来：他以后又是作家，又是首长。

这时电话响了，岳楷诚听着电话眉头皱起来："怎么了？""没什么要紧事，你们接着吃吧。所里有个人病了，我去看看就来……星星，和爷爷再个见啊。"

星星在母亲怀里朝天挥舞着白白胖胖的小胳膊小腿，活鲜鲜地咧嘴笑了。

母亲去世了，范丹妮哭了起来，范丹林默默站在床边，眼泪流了下来。

岳楷诚也静立默哀。

她总算死得其所了——尽管岳楷诚说的是假话，看着妻子脸上留下的一丝似乎并不存在的微笑，范书鸿呆呆地想。巨大的悲哀随即慢慢涌上来。她走了，从此，他孤独了。

吴凤珠听到了女儿的哭声，也感到了亲人们的悲伤。她用他们听不见的语言温和地劝说着：不用难过，这是生命的归宿，永远不回到归宿，人该多么疲劳啊。

她现在解脱了。她轻悠悠地飘了起来，脱离了自己沉重的形骸，也脱离了尘世那数不清的羁绊，在一个透明圣洁的空间飘荡着。忽然，她像进入了漩涡，被一股巨大的力量吸入了一个黑暗不见尽头的隧道，像火车过隧道一样，飞速地往里进着，两边是呼呼的风声。她知道，这是不可抗拒的。

出了隧道，一片光明。她又向上飘着，透明的天空出现了一个分界面，像海平面一样闪着蓝光。她升到分界面上浮着，好像浮在海上。再往上浮，脱离"海水"，她就彻底告别尘俗世界了，她就永远没有听到亲人们声音的可能了。

她踌躇了。再沉下去是很累的。

这时，蓝色的空白里出现了一个新的世界：红色的天空，黑色的草地，蓝色的太阳。一群她认识的人招着手朝她走来，有她的父亲母亲，还有许多长辈。她的身子飘了起来，伸着手朝他们走去。

童年时的家乡在眼前展现了。小镇，小河，小桥，河边的石阶，桥下的木船，桥头的柳树，镇边的田地，树叶形的池塘，岸边的青苔，缓缓的坡，坡上一间草房，草房前一片黄澄澄的油菜花，蜜蜂嗡嗡飞，她在油菜田边玩耍，童年时的小朋友都来了，拍着手对着油菜田唱起歌来，听不见的歌声：

我们出生了

我们死了

我们死了
我们又出生了
我们没有死
我们没有生
我们没有生
我们没有死
······

第二十九章

人生咨询所，中午十二点。

陈晓时送走最后一个咨询门诊的"病人"，收拾桌上的东西。没有比研究人、研究人的社会、研究人的历史、揭示这一切的奥妙更有意思的了。拉抽屉，关抽屉，摞齐纸张，档案，收起笔，噼噼啪啪的节奏中透出一种轻松快乐，还有一丝优越感。优越什么？眼前又浮现出小时爬树的情景。

白露推门进来了：该练嘴了。练什么嘴？他抬起头。白露笑了：喂肚子。他一听这注释也笑了：就会耍贫嘴。她的名字完全符合她：姓白，长得就白，"露"字上下很高，她的个子就高，丰丰腴腴，像截白胖的大藕。你真是个白露。他情不自禁地脱口说道，立刻便感到了话中的性意味。人们脱口而出的话，发于潜意识的冲动，在出口一霎间又被自觉意识改造。白露说：你真是个陈晓时——就晓得时间。两个人都笑了，男女之间亲切挑逗后就是这样笑的。

她并不知道他的潜台词，可她以牙还牙的话，无意中也应和了他发现的规律：名字有时和人有某种神秘的一致性。朱元璋这个名字，不就有一种"圣贤帝王"之贵气、大气？萧何、张良，这些名字不就有贤臣之气？自己不就很"晓时"吗？

他一在桌旁坐下，看书，写作，咨询，谈话，总要把手表放在桌上。一上讲台，第一个动作就是摘下手表放在桌上，斜着竖起，像座小钟面对着自己。那履带式的金属表带哗啦一折，带点重量地往麦克风旁一放，整个礼堂便都远远近近地看到了，一个句号标住了一切嗡嗡涣散的气氛。他自己也便感到一切就绪，讲演可以开始了。晚上表不放在枕头下，他不能睡觉。快睡着时总要摸

320

出表，黑暗中看一下绿莹莹的夜光针，知道自己入睡的准确时间。出门忘了戴表，总要返回的。

你们都走吧，他对白露及又进来的方一泓、蒋家轩说道，我还要稍微坐坐。三个人便都笑着说：这关门权我们不夺。都走了。他这个人诸事仔细，咨询所下班，每次他都要亲自检查一下水龙头、煤气管道是否关好，最后锁上门走，这是从家里带来的习惯。不放心什么？真没必要。诸葛一生唯谨慎，也没像他这样琐碎繁细。这样小家子气，还能成大事业？他这样想着，却无所谓地笑笑。他相信自己比诸葛亮更有才能。

这是卫生间的镜子。他微笑了一下，想象自己在凝视一个姑娘，目光洋溢着光辉。南方人的样子，文雅聪明，没有魁伟的体魄，也没有勾勒有力的轮廓，身高一米七，一副书生样，他走进许多场合，很多人不把他放在眼里。他不着急，只要平平静静地讲几句话，一针见血地揭示点什么，立刻引起震惊，一个不惹人注意的角落顿时集中了目光。他便在心中暗笑：还没做正经文章呢。他对那些伟岸的男人总隐隐怀有蔑视。人总是敌视那些比自己优越的人？拿破仑曾对一位比他高一头的元帅厉色说道："虽然你比我高一头，可是必要的话，我会消灭这个差别。"

他抬腕看表，十二点五分，准备走了，又抽出口袋里的记事卡片看了看，伸手拉门，迎面出现一个年轻姑娘。穿着一件淡苹果绿的、质地很差的连衣裙，细眉细眼，含着腼腆。

一年级的大学生。

进来吧。不能拒绝，专门要挂自己的号，两天没挂上，就在这儿等候，其诚可嘉。往屋里走时，他注意到：姑娘的身材不那么挺拔，步子也显得松软生怯。穿着高跟凉鞋，好像不比自己矮多少，自己不由得挺了挺胸。等会儿一谈开话，自己立刻就显出高度了。

情况明了了。她是从外省一个小城市来北京上学的，现在，她的老师——一个四十多岁的有妇之夫——总在缠她。

"他答应重点培养你是吗？"

点头。

"他还答应在毕业分配时，帮你留在北京工作？"

"嗯。"

321

他很关心她，每当妻子不在家时就把她叫到家里，最初是辅导，辅导完了还亲自烹调留她吃饭。后来，越来越多的是谈别的，饭后很晚还挽留她。后来——

"他拥抱你，爱抚你，是吗？"

微微点头。

"发生过关系吗？"

姑娘脸红了，摇了摇头。动作是明确的。是否迟疑，此时是判断真假的关键。

"你不愿意，但他一直要求，对吗？"

姑娘低头不语，而后微微颔首。

"你爱他吗？"

"我感谢他……"声音很细很低，一只绵羊在草地上慢慢走。

"他是不是……在经济上对你也有资助？"

姑娘脸涨得通红，微微地点了一下。

一切都很明白。"你想听我对你的咨询吗？"

很明确地点头，在椅子上稍稍挪动了一下身子，似乎轻松了一些。

"弗洛伊德了，人人都有。"他开口道。

姑娘却迷惑地抬了一下眼。

"你知道弗洛伊德吗？"

姑娘诚实地摇了摇头。

她不知道弗洛伊德，一九八二年的中国大学生。但自己心中又笑了：她即便知道弗洛伊德是何许人，也未必知道他用这个名字在借代什么。这是自己与妻子说笑打逗时的专用名词。（看到两个中学生，靠着自行车没话找话地聊天，他就会对妻子说：看，两个中学生挺弗洛伊德的。听到一个小女孩说：我最喜欢爸爸。两人也会相视一笑：这又是弗洛伊德。有时年轻姑娘来找自己，自己就稍有些兴奋，妻子常常会借故躲到别的房间。姑娘走了，他坦然地对妻子说：你怎么不在一块儿聊聊？这个女孩讲的事蛮有趣的。妻子就一笑：我若在旁边就没这么有趣了。他便搔头一笑：弗洛伊德了，谁没有点？）

我的意思是说，异性间总有些微妙的情感。譬如我对任何人都该热情，但看到你来找我，一个年轻姑娘，就会有些特殊的好感，也就会稍多一点热情。明白我的意思吗？（姑娘在他微笑的目光下微微脸红了。）希望你能习惯我坦率的谈话方式。

男女之间有些特殊的亲切感是正常的。在男老师、女学生之间这种情况很常见，只是有些人不承认这一点。有的男老师很喜欢某个女学生，对她很关心，予以特殊的辅导，而且很坦然，老师关心学生嘛。女学生呢，不但坦然，还引以为骄傲，对老师充满比敬佩、感激还丰富一些的感情。其实双方都含有弗洛伊德，只是都不自觉意识这一点，师生的关系，长辈与晚辈的关系，堂而皇之地掩盖着这一点。当然，也有的老师很明白，只是装作没事而已，人类并不是所有的事情都说穿了好。

你这位老师，已是另一种情况了，他超过了限度。他不但非常自觉，而且为达到目的设计了一系列恶劣的手段。根据我的感觉，也许你并不是他第一个俘获的对象（姑娘有些震惊）。我必须把真相告诉你，才能使你有抗拒和摆脱的力量。他可以反复说非常喜欢你，说从没有像喜欢你这样喜欢过别的女性——我说的对吗？（姑娘点了点头）——他可以表现得伤感，当你拒绝他时，显得感情受了伤害——我说得对吗？（姑娘有些惊呆了：是这样。）他辅导你也好，答应帮你分配留京也好，资助你也好，都是一步步实现他目的的手段。他并非要娶你，只是想让你当他的情人，把你的青春攫为他的私有财产。当你留京工作后，他也不会放过你。明白吗？

如果你们相爱，准备不顾一切组成家庭，是另一回事；或者他爱你，你也爱他，双方心甘情愿这样爱着，那也是另一回事。

然而，你现在并不爱他。他凭借是你的老师，掌握着你的命运，因此要占有你，这是一种卑鄙的行径。女人常常是这种丑恶中牺牲的一方，因为总是男人掌握着权势。但是，如果一个女人违心地出卖自己，她是毫无人格地位的，可悲的。明白吗？

点头。

"希望你一生中都记住这个真理。至于你今天要问的怎么办，其实，你的矛盾在于：既不想得罪这位老师，又想摆脱他，对吧？"

"是。"

"方法很简单：一，对他的目的要看清楚，他是不惜毁灭你的。有了这个认识，你才能冷静掌握自己。二，对他的一切帮助表示感谢，经济上拒绝任何资助。（"我是想这样的……"姑娘低声道。）三，避免单独去他家。四，表露你对他的深深的疑问：老师，我原以为您很崇高的，很尊敬您的，没想到您这样。要让他感到你这潜台词。五，表现你对这种暧昧关系的道德上的痛苦。（"我是这样的……"）但你要让他知道。这两点会在心理上给他压力的。六，每当他在你的拒绝面前缩回去，你就表示理解，宽心。七，每当他又露出那种挑逗试探时，你就要非常明确的疏远他。这七点你能做到吗？"

"嗯。"点头。姑娘很聪明，理解力很强。

"这种情况你今后还会遇到，你要善于处理。一开始就把明确无误的信息给对方是最重要的。有一两次，对方就收住欲念了，你便能和他正常地相处了。好，谈到这儿吧。"抬腕看表，十二点半，"这给你，我刚才讲的七点。"

一张刚写下的卡片：一，认识对方；二，感谢帮助；三，不独相处；四，表现疑问；五，道德痛苦；六，理解宽心；七，疏远反应。

姑娘还未来得及感谢，白露推门进来，扫了一眼屋里："你写的小时候爬树的文章呢？"陈晓时奇怪了："给你了呀。"白露拍着脑袋一想："我忘了。在我包里呢，真糊涂。那我走了。""等等，咱们一块儿走。"陈晓时一边与姑娘握别，一边想：白露这遗忘是为什么呢？

姑娘叫易丽坤。在街上沿着树荫走，不时从皮夹里抽出陈晓时写给她的卡片看着。他的字很大，很稳健，气派粗朴，可他人却是很清秀的，那微笑真好。他一定结婚了吧？……那位老师的面孔又浮现出来，总是喋喋不休地说话。他的脸挨过来，红鼻头越来越大。她讨厌这红鼻头，讨厌他嘴里那股烟臭味……阳光又白又烫，像滚热的沙子般摩擦着她的皮肤，很舒服。她的身体就是被阳光打磨出来的，很结实。街上的汽车，自行车，行人，没声没响地在阳光中匆匆逃着，她却又年轻又快活。她聪明，她知道该怎么办。这张卡片好好保存，以后有事还来这儿咨询。可是，还会有棘手的事吗？真不希望没有……

地上的人们成了另一个世界

——儿时爬树之回忆

院子里有一棵非常挺拔、非常高大的树。什么树？记不得。只记得它是阔叶的，树干蒙着点白霜。

有一天，大人们不在，他偷偷往上爬，终于爬上去了，很高很高。他四下一望，突然有一种敞亮感、欣喜感，他从未从这样高的地方看过世界。树杈在晃荡，下面和身边都是繁茂的枝叶。透过枝叶可以看到院子图画一样摆开着。前面的小河绿茵茵发光。河那边的戏院不知咿咿呀呀在唱什么戏。院子后面有个池塘，被一团树罩着，绿镜般闪亮。远处是一片菜田，一幢幢农舍。再往远处就模模糊糊了。世界很大，看不到头。许多许多的烟笼罩着大地。烟雾里有许多的房子和村庄，一直漫到天边，看不见了。自己真高，看见人在底下走，他从上面看他们，可以不被他们发现。还有牛车，卖酒酿的挑子，摇尾巴的狗，一切都那么小，像小人书中的故事一样。他涌上一种朦朦胧胧的优越感。他和地面上的事情是两个世界，他看他们，而他们不能看见他。他抱着树杈摇晃，通过它们的弹性传递，他能感到树杈下面的树干也和自己连着，还感到树根，树根下的大地。这棵大树是从地里钻出来的，现在托着他。他突然感到一种冲动，他看见爷爷在下面走，奶奶在下面走，左邻右舍的人在下面走。他大声喊叫起来，有一种快感。他不叫他们爷爷，奶奶，叔叔，婶婶，而叫他们名字——他从未这样叫过他们。他们在下面惊慌地四处张望，及至他们都仰起头时，他发现爷爷的脸都变白了。下来。爷爷喊着，不敢发怒，怕吓着他。他不下，格格地笑笑，喊着，最后还是下来了。爷爷伸出双手接他，一下把他抱下来。

爷爷是强健的。他能种地，能担粪，喝酒能喝一斤，吃肉也是一斤，骂人能骂一上午，前村后村都能听见。爷爷的爷爷，听说是从安徽跑来的，逃难，他的铁掌能劈断青石板。自己的血液中留下了父辈强悍的遗传因素。

回到家，先打开信箱，还是没有电报。他着急了。

前天晚上妻子领着儿子坐火车回上海老家了，昨天下午两点钟就该抵达。如果有人接站，三点钟就可以到父母家。不顺利，把沿途上下公共汽车、换车的麻烦都一一考虑在内，三点半也能到了。拉拉家常，安顿安顿，半个小时——四点整。然后出来打电报，到邮局两站地，不坐车二十分钟也到了，四点二十分。十分钟，最多二十分，就把电报打了，四点四十分。按规定，电报六小时就该送到家中，也就是昨夜十点四十分该收到电报："平安"。他才能放心，才能松口气。可昨晚等到半夜也没收到，不平不安地睡了下去。今早七点离家前，还是未见邮递员来。现在，中午一点多了，信箱里依旧空空如也。

到底怎么了？妻子忘了打电报？不会，她知道他万事爱操心的毛病。退一万步，她昨天下午忘打了，晚上还想不起来？邮局出故障了？地址打错了？邮递员送错了？都有可能。儿子在火车上突然高烧，半途下车紧急抢救？儿子走前除了稍有点咳嗽，并没什么不适啊。火车出事故了，中途停车，儿子跑下去玩，妻子没看紧，开车铃响了，找不见他。只好再等下一趟？如果妻子上车后才发现儿子丢了，那就更可怕了。莫非妻子病了？

该弄中饭了。拉冰箱，关冰箱，什么也没拿出来，只看见里面灯亮了，碗碗罐罐的挺多。划火点着煤气灶，炒菜？煮挂面？做汤？吃什么？味精瓶下压着一页纸，那是自己预定的食谱：面包，方便面，煎鸡蛋。左边坐水，右边热炒锅。别心不在焉了，弄饭吧，下午还有事。看看表，已经一点四十五分。这不是，敲门，人来了。

先进来的是冬平。她这些天常来找自己，弄得妻子都嫉妒了。你还没吃饭？她问。吃什么？我来帮你。她向后拢了一下黑发，多年前那浓密的黑发曾不止一次地撩在他脸上，此刻又散发着撩人的香气。只煎鸡蛋？这水做什么，你怎么有些心不在焉？冬平瞅着他。他笑了，漂亮女性的出现分散了他的焦虑。

又进来的是中学同学郭策，心理学家，没说两句话也发现了他的心神不定。面对客人的疑惑，他只好如实说了。郭策一笑：你太婆婆妈妈了。从北京到上海，坐火车能出什么事？正在煎鸡蛋的冬平扭过头来很有趣地看着自己。

我这个人是很矛盾，好像两个人。有时是个最牵肠挂肚的人，有时倒挺看得透，只做大文章，什么都不怕。

你搞理论行，搞政治不行。郭策说道。

可能吧。孙子讲："故将有五危：必死，可杀也；必生，可虏也；忿速，可侮也；廉洁，可辱也；爱民，可烦也。凡此五者，将之过也，用兵之灾也。覆军杀将，必以五危，不可不察也。"你看，过于爱民，会多受困扰，都成不了大军事家。搞政治，搞军事，要有点冷酷，什么都丢得下才行。像曹操，刘邦，大家风度。我可能不行。他心中却说：现在没让我搞政治，真让我搞，肯定比许多人搞得漂亮。生性善良只造成为人品格；搞政治依靠的是洞察形势，估计力量，权衡对比，抉择策略的智慧。

快吃饭吧。冬平把煎好的鸡蛋、煮好的方便面连同面包放到他面前，又洗了两个西红柿，切成片，码成一盘，洒上白糖："没有蔬菜不行。"最不爱干家务的她，现在却非常有兴致地做着这些。郭策稍有些不自在：陈晓时，快点吃，该走了。

冬平很闲散地站在灶前煎鸡蛋，蛋清鼓起一个个黄白色的透明泡，像圈柔和的风晕围着金黄的圆月。油叽叽叽地轻声唱着，月晕越来越白，把鸡蛋翻个个儿，哗一阵爆响，又变成叽叽叽的欢唱。她周身很放松，动作很从容，用菜铲有一下没一下地拨着鸡蛋，感觉着自己眼里漾出的微笑。做个女人，在明明亮亮的厨房里给自己所爱的男人做点菜，也会有一种幸福感呢。

你们说，真不会出事？陈晓时仍在不安。

忽听楼下高喊：电报，陈晓时的电报。他放下筷子就下楼，拿到了："平安"。舒了口气。对妻子的牵挂顿时化为恼火：你这是干什么？折磨人。可一回屋里，面对着客人，火也就过去了。咱们准备开拔，舌战群儒。

他从小好强，总想攀高。院前这棵树已经爬过了，不感兴趣了。河边还有一棵更高得得多的大树，很粗，几个人也抱不过来。树皮有许多疙瘩，裂缝，窟窿。它略有些倾斜地伸直着身躯，巨大的树冠高高罩在河的上空，周围几个村没有一个人敢爬上去。他那时还小，六七岁，却不怕。往上爬，河边围簇着许多小朋友，有的咬着手指头，紧张得喘不过气来。他抓住树上的疙瘩，裂缝，脚小心翼翼地探着、踩着一个个凸出的地方，慢慢向上爬。很多地方只能上，不能下——他有几次想退下来，改变一下向上的路线，发现无法退脚。他有些害怕了：待会儿怎么下？危险感袭来。隔着枝枝丫丫的树杈，看见下面许多仰望的小脸。黑色的树杈奇形怪状地交叉着，狰狞恐怖。但他没有多想，还是往上爬。他总能爬上去，只要小心找路，待会儿也总能下来。他的直觉使他相信这一点。他终于爬上去了。

这次更高得多了。上次爬过的树在不远处，显得很小很低了。隔着黑色的树杈，看见河，河边大树的根部，一群小孩簇在一起仰望着像一朵花，每张脸像一片花瓣。抬眼看到更大的天地。忽然发现远远浮动着白色的雾海（自己那时没见过海），覆盖着田野村庄。雾不厚，比树低，到处弥漫着，黑色的土地，黑色的河流。对面戏院灰色的瓦顶。那边小镇上的小房积木般排列着，卖花生米的小摊影影绰绰。往西看，迷迷茫茫的雾中不知是否流着黄浦江？他感到新奇。他看下面的世界，那是人们生活的世界。此刻，他暂时超脱了这个世界。（自己当时不懂"超脱"一词，但确是这种神奇的感觉。）

借一家出版社的会议室召开座谈会，名称叫"多学科综合沙龙"。七八十人高谈阔论。

陈晓时左边是郭策，右边跟着冬平，一进来就有白露、蒋家轩、方一泓等好几个人招手：来这儿坐。那儿一团人都是他的"嫡系"。一坐下立刻形成一股势力，整个会议室的人都感到他的到来。近的招呼寒暄，欠身握手，远的招手点头，笑笑致意。

坐定，观察。在座的有各种"家"：历史学家，哲学家，经济学家，评论家，作家，都是中青年。他对身旁的冬平轻声介绍着在场的一些人，感到对她负有一种引导的责任：各方的人都有，所以叫综合沙龙。冬平点着头，这些人，这些活动，她都很感兴趣。

隋耀国，著名的中年作家，他的小说像大兴安岭的劲风刮遍文坛。一个岩石般冷峻的额头，使风流倜傥的他更添了男子汉的力度。他开始讲话了，声音浑厚，手左右平扫着，如立在山顶横指平原。他讲艺术家的勇气：我以为，为什么我们许多作品没有长久生命？就是功利主义。过去是为政治服务，现在呢，我看还有功利主义，能不能得奖了，能不能被吹捧了，能不能挂什么头衔了。我们应该超脱些，我们应该对历史负责，对真理负责。

陈晓时笑了："隋耀国，我插一句，我看，想超脱于功利是不可能的。"

隋耀国目光一闪："绝对不讲一点功利，当然不实际。我自己写小说也是要挣稿费的。但是……"

"我的意思是：一切创作，最终的、主要的原因都在于功利。"

隋耀国眨着眼，看着陈晓时。

"你写小说不为得奖，不为地位，不为金钱，那为的什么？你可以说为了社会的反响和轰动，那不也是一种功利？——别急，你还会说，我不追求一时的轰动，我要追求不朽的艺术力量，不朽是什么？不是一种长远的功利吗？为了你在后人中的光荣。没有功利就没有艺术，关键在对于功利的广义理解。各种人侧重的功利不一样而已。"

隋耀国仰身很有气派地笑了。他提高了嗓音对陈晓时说道："咱们用的范畴不一样嘛，我是按人们通常狭隘的功利概念讲的。"

"通常的功利概念不仅狭隘，主要是虚伪。当我们那样使用范畴时，本身说明我们没有摆脱一种思想体系。"

隋耀国不愧有大家风度，他哈哈的笑声震动着胸腔："好，就用你的功利范畴讲话吧。我的意思是，我们应该超脱那些短暂的、一时的、个人的功利，追求长久的、永恒的、人类的功利，这样说行了吧？"

陈晓时平静地笑着："我还得批判你。脱离个人的、现实的功利，并没有人类的、永恒的功利。其实，并没有一个人完全为着死后的不朽活着的。死后的光荣如果和现实的功利没有一点联系，没有任何人能为之献身。"

"那宗教的虔诚信徒呢？"隋耀国用一种玩笑的口气诘问，表明他并不需很认真地辩论就能驳倒对方。

"为了解救他个人的、现实的痛苦，为了他个人的、现实的精神满足。"

"像塞尚、梵高呢？他们的光荣完全是死后才得到的。对于他们，未来的光荣和现实的功利并无什么联系。"

"起码在他们心理中有幻想的联系，如果毫无这幻想的联系也是不可能的。何况艺术搞到一定程度也和宗教差不多，追求精神的满足和享受。"看到隋耀国这次稍有些反应不过来，陈晓时并不给对方再表现风度的机会，面对众人讲述自己的观点："我相信，在场的人，当然包括我自己，如果离开了个人的、现实的功利：金钱，物质，地位，性爱，光荣，权利，对世界的支配和影响，就必定没有艺术创作和理论创作。你们承认吗？耻于讲功利是虚伪的，需要的是研究功利多层次的系统结构，包括个人与社会、现实与未来的关系。"

冬平用英文速记着陈晓时的讲话，朦朦胧胧浮出幻象，那是未来，陈晓时办着一个大咨询公司。她跟随着他。他上了小轿车，她也跟着上了，他开始讲述什么，她在活页夹上速记着，车窗外掠过崭新的世界……白露也在记录着，她看到冬平与陈晓时相挨的脊背，有种嫉妒感，真想坐到他们中间去。

饶小男接过陈晓时的话来发挥了。这位理论新秀早就按捺不住了，堂堂皇皇一厅人没讲出什么有分量的东西来。你们坐得太规矩了，你们的地位太平稳了，你们的思想太教条了，这是一个"井井有条"的迂腐秩序。这个世界太保守了，君君臣臣，父父子子，旧文化把一切都规范得周而密之，像高楼大厦的脚手架，大框架，小框架，绑成一体，什么玩意儿。你们这么深刻，那么尖锐，不过在这些框架中跳来跳去，爬上爬下，有什么用？拆几根架木，添几根架木，调动几根架木，这个体系依然照旧。我的观点是把这框架体系整个摧毁了，崩塌就崩塌，无序就无序，混乱就混乱，乱中求新生，废墟中建新建筑。我就是黑色的旋风，到处冲撞，我就是野马，到处践踏，如入无人之境，我就是憋不住，跳出来大放厥词，你们可能不爱听，我不管，我没那么全面，真理从来是片面的，中国的中庸之道才讲全面，中庸之道是守旧之道，我点名点姓批判你们。隋耀国刚才那一派宏论，全是伪科学，陈晓时的批驳也太客气，太客气也是虚伪。真理是无情的，真理就是偏颇的。真理为了生存开拓，就要偏颇。什么多学科综合沙龙？我来听了两次，没有几个屁是带响的。中国文人的客套在这儿应有尽有。他们——或者说包括你们——是中国传统文化的最主要载体，我的观点就是两个：文化观上的彻底反传统，艺术观上的彻底反理性。今天我就打出这两面旗帜，山中无老虎，猴子充大王，你们的平庸就要造成我的旗手地位了。我真感到中国现在没人，没有斗士，只有庸才。我今天在此呐喊，你们如果恼了，我蔑视你们，你们如果精神崩溃，我为时代感到幸运，你们如果稳如磐石，我就好比一头撞在传统文化的大石头上了，回去贴一剂膏药。我认为，中国的传统文化是一钱不值的秕糠，该全盘否定。我认为，在艺术上要彻底反理性。理性的侵入，哪怕是一丝一毫，也破坏艺术的纯洁。我甚至认为，整个社会思潮、人格塑造上都该彻底反理性。天下什么东西最巨大？莫非传统。所以你们都不敢得罪传统。以求传统的宠爱和"表彰"，获得自己的地位和名声。

从未有人如此嚣张地讲话，从未有人讲过如此嚣张的话，整个会议厅内的空气凝冻住了，一张张面孔和心理都休克了，微笑成了雕塑的复制品。

陈晓时第一次感到一种有对手的兴奋。他很温和地笑了，自自然然开始讲话，他知道自己的话一出来就解冻了气氛："因为最巨大的东西是传统，所以反传统往往最能哗动世界，建立自己的地位和名声，这起码已被世界上一切学说史所证明。"

饶小男正在咕咚咚喝水，在这尴尬的气氛中，他应该喝水，这时抬起头。陈晓时的话既是犀利的，又是不置褒贬的，他不知如何对答。

"冬天的传统是穿暖戴厚，这时如果你赤身裸体在街上走，你立刻会轰动全城。所以反传统是出名的最好办法，特别是在大家不太懂这个方法的地方。

但是反传统是否有价值，要看三点：一，你反的什么传统；二，你凭借什么反；三，你反的方式。"他笑笑，看到了全场气氛的紧张，"我赞赏饶小男的发言。关于反对中国传统文化，我今天暂不讲。现在，我先讲讲反理性问题。我的观点可以概括为如下几点。"

这是篇简扼但又不算太短的讲话。一，现代西方哲学、文学中某些流派的反理性，是对古典哲学高度理性的登峰造极的统治的反抗和反驳。忽略了感性的声音，它终要讲话的。二，然而，反理性的现代西方哲学家，他们本身依靠的武器仍是理性逻辑，而非梦呓和醉酒颠言，你饶小男也是这样嘛。感性需要理性来论证自己的存在，这本身说明完全反理性是一句荒唐的空话。三，西方现代哲学反理性，实质上是反对以往的理性，反对其中所凝聚的整个传统；中国现在有人提出反理性，其实也不过是反传统的这个更大思潮背景的产物。四，反对一切理性，将使人失去人的本质，人既是自然人又是社会人。五，没有理性，感性欲望是愚昧的，不得规范也不得实现的。六，现在中国需要的是磨砺新的理性武器，批判迂腐陈旧的理性。笼统提反理性，将延误一个民族的觉醒。七，对于文艺家，最终能使自己感性的生命冲动在作品中畅流出来的，恰恰不是那些理性力量的贫弱者。因为那样，他们实际上只会落入旧的理性的支配中。没有批判现实的彻底的理性武器，人按自然的趋势绝不是表现他的感性，而只是表现他受到的传统理性影响。你们当作家会有体验吧？你们这些年在创作中反对这种教条理论，反对那种公式框框，一点点挣扎出真正的艺术生命，靠什么？是靠自发的感性，还是靠理性的觉醒？是靠后者嘛。八……

开始是对饶小男的批驳。

渐渐转入的、展开的就是对整个思想界的批判了。饶小男乱扔了一顿石头，他对此略作教训，然后在更大规模展开了同一方向的攻击，枪炮取代了石头。

饶小男坐在那里，脸色不好看，乱抽着烟。这道理太明白了：如果自己反对他，与他争论，他不会气恼，他正希望如此更激起反响；如果自己支持他，附和他，他会高兴，表明他发现了真理；可现在，自己的行动是取代了他，涵盖了他，夺去了他"猴子称大王"的旗手地位，他就悻恼了。反传统，看着是个很神圣的口号，实际上却归于如此平庸的功利动机。人这东西就是很滑稽可笑的。那么，自己现在慷慨陈词的动机在哪儿呢？为什么有一种冲动和激情呢？表面看来是一种正义的战斗情绪，为什么含着一种快感呢？眼前又浮现出儿时爬树的情景，而且这次看清楚了，只是浮现出在树上向下俯瞰的情景，并非爬树的全过程。难道这种批判发言，还有平时咨询时对人的剖析，都含着一种俯瞰的优越感？俯瞰只是优越感的象征吗？

最后他宣布，人生咨询所将与几个有关团体联合举办两次报告会：一，如何对待传统文化；二，伦理道德问题探讨。欢迎大家届时参加。

第三十章

"你怎么也来说这些聪明话？我不需要这么多聪明人来训导我。"李向南克制不住了。

林虹站住，吃惊地看着他。自己怎么了，不就是又重复了一遍说过的话？向南，为什么一定要从政，不让干就不干了，干别的也行嘛。但她马上就明白了，人们都不能接受那种优越者的开导——特别是自尊心强的人。"好了，咱们还是溜达溜达吧，啊？"她说。

这是他们的母校圆明园中学的操场。因为已放暑假，上午的阳光显得冷清，足球门周围长满杂草，杂草又侵入椭圆形跑道，到了跑道边，竟是半人高了。

他们在"文化大革命"中的小长征队今天聚会。这种聚会若在一月前，林虹不会参加，而现在是李向南缺乏热情。久别重聚原是优胜者的享受。林虹自省到今天在校门口一遇见李向南就兴致勃勃，对他是有刺激的。"你还记得那天晚上的散步吗？"

十几年前一个夜晚，李向南刚被工宣队解除隔离，一个人在操场散步，林虹从黑暗的楼影中出现，与他并肩走着，问答着人生格言。

李向南默然无语。十几年前的回忆凄清而淡薄，没有带来什么温情。林虹用这话题作安慰，反而更使他的自尊心受到刺激。他竟可悲到这种地步？这更让他感到压抑。"咱们先别谈这些了。"他终于说。

全家晚饭聚会，他酒喝多了，到院子里被风一吹，有些晕眩。晃回到自己屋，又想起自己的遭遇。他压抑着，扶着椅子坐下，却猛一下站起来。眼前一片火红，火蛇急速游走着。一支支队伍扑过来，马蹄从头顶上践踏过去。他在泥泞中吃力地走着，有人要搀扶他。不要，不要你们来搀扶我。

他用力一推，却是李文敏。哥，你怎么了，醉了？他转头凝视着妹妹，露出一丝忧郁。这个世界上还有爱护他的人。

群山在两边如涛如涌，长城在脚下如龙如蛇。他要倒下了，妹妹来搀扶他，他慢慢地推开她，摇晃地朝前走。哥，你会摔倒的。我不要紧，我一步一步朝前走，总能走到最高处。我知道前面有火光。一支队伍在火光中跋涉，有举着火把的人乱跑。

我——不——倒。他吼着，却一下跌在了椅子上。

文敏的手轻轻梳理着他的头发，他一阵战栗，泪水涌出来。

哥，我从来没有看你流过泪。

这不算流泪。他抹掉泪水。这不是没了？恍惚中对妹妹幽默地一笑。

军号，一支队伍缓慢而整齐的步子向长城最高处走来。他疲劳了，远远的歌声风一般唱着，他恍恍惚惚看见小时候，母亲的形象，奶妈的脸，曙光，乳房。

他要站起来，一下流鼻血了。文敏强按他坐下，把凉毛巾敷在额上，又轻轻擦拭着他鼻下的血迹。还记得你带我一块儿插队吗？妹妹的声音，那么远，是所有女人的声音。林虹？小莉？一个风箱在眼前拉来拉去，灶火红红的。

他的一生就这样了？也许再过十年、二十年，才会有人考虑他的平反吧？可那时年轻的一代已纷纷上去了，谁还会容他再上？人们都是在青黄交替时争占位置。再说自己四五十了，还有什么戏？自己从不悲观，从来相信自己的奋斗，可现在，就简简单单地完了。人们纷纷来安慰他，开导他，好像他是个最懦弱的人了。

你们都滚开。

你怎么了？有人在旁边吃惊地看着他。是林虹？

他从恍惚中醒来，看见了眼前杂草丛生的操场。我在骂人吧？他想笑笑，却垂下了头：昨天晚上我喝醉酒了。林虹顿时被他的诚实感动了。他轻轻扶住她的胳膊朝前走，这动作使林虹一下非常具体地、血肉地理解了这个男人此时的心境。

打垮一个真正的男人，大概是这个世界上最充满了屠戮野蛮性、刺激性的

334

事情了。她想起在农村时看到一群人棒杀一条公狗，扁担、粗木棍夯哧夯哧打在狗身上，声音骇人，腿打断了，脑浆打流了，那狗还呜呜叫着，瘸着挣扎着站起来。再打翻，再站起来。她闭上眼扭头就走，还听见木棒打在狗身上的声音。听见说：完了。听见：这家伙还挺耐揍的，把我虎口都震裂了。听见：挺肥，有多少斤肉？听见：肉归你们，狗皮归我。听见：那你来剥。听见：众人拍手，撂棍棒，笑了。

长征队的同学们陆陆续续来了，聚会从一开始就不像人们想象得那样美好。首先是男性的失望：女同学明显变老了。女人们是敏感的，她们或许都感到了男人目光的闪烁，便竞相打趣：你们男的都没变，我们可变成老太婆了吧？男人们便克制住失望，连连笑道：没什么变化，没有，一眼就认出来了。林虹年纪最小，有变化，但没显老，因为打扮入时，更因为成了演员，比过去更漂亮了。这是所有男人心目中的朝霞。

接下来让人感到失望的是：二十来个人，只到了十一个。这削弱了大团聚的热闹，竟显得有些冷落了。原以为都能来，现在只来了十一人，我觉得挺冷清的。不知是哪位女同学爽快地说出了自己的感觉。人们纷纷说：十一个人已经过了半数，很不错。比我想的人还多呢，挺好的。

校园里看到的一切更让他们黯然了。教学楼还是原来那幢长条的青砖二层楼，只是比十几年前更破旧，门窗斑驳，走廊地面碎裂。食堂还是那个礼堂，像个闲置的仓库。喷水池早已不喷水，池边残破，杂草从水泥裂缝中滋生出来，嘈嘈杂杂地长了半池子，中间那只喷水的石仙鹤像只脱毛鸡。"文化大革命"中有个生活作风有问题的教师曾被红卫兵拖打，淹死在才半人深的池水中了。这是他们走到池边说起的第一件事。还有什么看的？那一排排平房学生宿舍冷冷清清。他们那时十六人住一间房，冬天上厕所也要半夜裹着大衣跑出来。每到快天亮时，宿舍区就接连不断地有沓沓沓的跑步声。还有就是宿舍区后面的操场了，单杠，双杠，吊环，爬竿，他们边走边抚摸着，无限惆怅，学生时代的跑跳说笑都浮现在眼前。在看什么？操场东南角的游泳池，全校师生劳动修建的，现在干涸了。我那时能一个猛子潜游横渡过去。不知是哪位男性在夸当年勇。林虹问李向南：记得吧，那次校运会，你赛跑，手榴弹砸着你脚了。李向南笑笑，他提议去看看老师。隔着一条沟有一片平房，房前屋后十分拥挤。水龙头边打水的，洗衣服的，洗菜的，各家都开着电视，剁着馅，有人在门口浇花，大人小孩进进出出，有姑娘在屋里嚷：爸爸，这道题怎么做啊？快给我讲讲。一家家转过。大多是这些年新调来的老师。原来的老教师，调走的，搬走的，所剩无几，见到校友们由衷的热情，让坐，问长问短。然而，看到老师们十几年来老了这么多，居住如此窘迫，心中竟有些悲凉。他们此刻都感到：这次久别重聚是怎样与预期不同了。

咱们到圆明园看看吧。有人提议。快中午十二点了。有人犹豫道。没关系，一人出五块钱。我骑车去买点吃的，你们先去。有人自告奋勇。

到半夜，他感觉酒劲儿过去了。他让李文敏回去睡，独自有些发呆：醉酒。一生中没有过，真不像话。该坐下来，好好清理一下思想了。铺开了纸，却感到倦乏，出去转转。轻轻地推车，轻轻地开院门，院门吱嘎响了一下，回头看院里，窗户有黑有亮，别惊动他们。他突然想到：眼前这景象怎么如此熟悉？身子一阵发飘，想到回京第一夜的梦了。

后半夜了，北京的街道旷荡得很，他任意驰骋，如入无人之境，两边的商店、饭馆溜溜溜地往后滑掉，空得神秘，静得神秘。

已经到了西单，齐崭崭的荷花灯柱直线延伸，照着空荡荡的长安街。梦中好像是骑到了紫竹院公园，现在也去那儿？十几里地，半夜三更的不是开玩笑。不怕，他发疯般高速骑进，灯光搅着风呼呼地往后掠着，几个开摩托巡夜的警察怀疑地看着他。

是紫竹院了，该是小湖小山了，和梦中完全一样，像图画。然而，他没有像梦中那样看到童年的自己。

慢慢骑回。凌晨三点了，彻底清醒了。在纸上又写下了：

"目前的形势及我们的任务、策略"

形势是明摆的，不用说了。他什么任务，什么策略呢？到这会儿他完全明白：古陵这盘棋已经输了，无可挽回了。所谓绝不输着离开棋盘，只能演化为再摆一盘了。可悲的是，他连再摆一盘的权利也没有了。他猛地一捶桌面站起来，眼前浮现出邢笠那张尖下巴的小白脸，还有安晋玉的面孔，还有……让这帮小人爬上去，中国一百年也没希望。眼前浮现出屈原、岳飞的形象了。一个峨冠博带，一个戴盔披甲。壮怀激烈。风飘飘兮，天地萧瑟，黄叶横飞，满目凄凉，他仰天悲歌，一步步走向白茫茫的汨罗江。

耳边响起饶小男的话，传统文化……屈原……岳飞……眼前也浮现出小莉的形象，又有弟弟向东……他痛楚地发现：年轻人对他的批判是含着真理的。自己遭厄运时，一下涌上来的不正是屈原式的悲愤慷慨吗？那不是典型的传统文化？

没有比承认这一点更让他不能忍受的了。作为社会先驱牺牲，自己可以骄傲，可成了传统文化的塑造品，就太可悲了。

这就是"过渡性人物"的悲剧？历史每一步前进都是具体的，他受到了两面夹击。传统势力把他视为最直接、最危险的敌人，迎面先把他打倒，它们无暇顾及站在他背后空谈阔论的书生；那些书生也不屑于对官僚主义等守旧势力开火——那课题太不尖端了——而从背后向他实行打击。批判李向南，要比批判顾荣那样的官僚县长更表现思想的先驱性，又不必承担任何政治风险。好一幅腹背受敌的图画。

他想用拳头去砸四面的墙，把房子都砸塌了。自己变成一个炸弹，把腹背的桎梏都炸碎。愤怒的冲动在里面狂乱奔突，理智的壳就要破碎了。他发疯般乱砍乱杀……要克制住自己。毁了自己，只会让仇敌幸灾乐祸。用仇恨来克制仇恨。

他还是不能使自己冷静，愤怒的黑焰还是燎来燎去。他知道，只有一个办法能使自己恢复镇静，那就是寻到出路，寻到解决危机的环节。然而，他现在去找什么？去搞战略理论？这样一个下场，你的战略研究没人理睬，只会加重上层的戒心。缩起来修身养性？这只让他嘴角露出一丝冷笑。想到插队时有个算命先生居然给他算了一卦："虎在笼中跃跃，鱼在缸中洋洋"，现在可真应了。看了看桌上那沓活页纸，不由得一把抓过来揉成一团。突然，一个念头闪电般射入脑海，有了。他急促地铺展开纸，在"目前的形势及我们的任务、策略"的标题下，用力写了一行大字：

"把自己变成一颗炸弹。"

圆明园。最早先是明代的私人园林，清初被朝廷收归内务府：一七○九年（康熙四十八年）赐给皇四子胤禛；又后，玄烨死了，皇四子胤禛登基，改赐圆明园为离宫型皇家园林，大加扩建，面积达三千余亩，有二十八处巧夺天工的建筑群（称为景）：正大光明、勤政亲贤、九州清宴、镂月开云、天然图画、碧桐书院、慈云普护、上下天光、杏花春馆、坦坦荡荡、茹古涵今、长春仙馆、万方安和、武陵春色、汇芳书院、日天琳宇、澹泊宁静、多稼如云、濂溪乐处、鱼跃鸢飞、西峰秀色、四宜书屋、平湖秋月、蓬岛瑶台、接秀山房、夹镜鸣琴、廓然大公、洞天深处；再后，乾隆又加扩建，又增十二景：曲院风荷、坐石临流、北远山村、映水兰香、水木明瑟、鸿慈永祜、月地云居、山高水长、澡身浴德、别有洞天、涵虚朗鉴、方壶胜境。并在东邻、东南邻另建两座稍小的附园：长春园、绮春园，共称圆明三园；再后来，嘉庆年间又大修缮，增至一百六十余景，殿、堂、楼、阁、馆、斋、轩、榭、舫、台、亭、塔、廊，千姿百态，应有尽有，集天下风光、名胜于一园，可谓中外奇迹。又后来，就是一八六〇年（咸丰十年），被英法联军攻占抢掠，纵火焚烧，火光冲天一日一夜，化为废墟。再往后，又被抢劫盗拆，变成了"麦陇相望"的田野了。那也就是他们上中学时见到的圆明园：大小湖泊早已成了苇塘稻田，越野跑时，在杂草蔓生的荒坡上偶见一两处残垣断壁。

一九七六年起，设了圆明园管理处。西洋楼等几处遗址清理了出来，残存的几根石柱旁立了牌子。修了些柏油路，桥涵，又种了些树。还有个小展览馆，四排平房围成个小方院，游人们茫然地出出进进着。

不用多看了，过去很熟悉，这些年，大家或多或少也来过。历史的抚今思昔与人生的抚今思昔，不过添了双重感慨而已。树荫下围坐一圈，烧饼，熟肉，茶鸡蛋，汽水，摆了一摊。天挺热。野餐着海聊。每个人讲讲自己的过去和将来。

我开头炮。一边嚼着一边扯着嗓门说的是"大个子"，站着像根电线杆，坐下比别人高一头，颇有些居高临下。一九六八年他去了宁夏农场，在那儿结了婚，妻子也是北京知青，后来调回北京，到了中央农业政策研究室。最近嘛，有可能提拔我，不提拔也没关系，我还干我的。学生时他就是个婆婆妈妈的好班长，看样子，现在肯定是个好父亲，办事认真，从不会和人翻脸，也绝不会欺负老婆。

我说吧。说话快得像连珠炮的是"胖墩"，过去是红苹果脸的女生，现在倒不胖了，烫了头发，自然辩证法的研究生，那经历真够啰唆。人们狼吞虎咽地吃喝着，听了一通，只知道她这些年折腾得挺曲折，现在混得还不错，只是人际关系老处不好。大家很热情，但每个人似乎都发现了：人人只是关心自己的事情，对别人的情况无非听个热闹，像旁边开着台半导体。

雯雯——绰号"蚊子"——说了。她性子慢，话也不多，可大家听得满够。去日本留了几年学，现在是经济学的女博士。婚是结过了，可现在似乎准备离婚。到底怎么回事？大家对这种事倒都有兴趣，她笑笑：我也说不清。

外号"资方代理人"的龚育生讲开了。他过去是油光亮亮的脸，现在又瘦又干巴。在小厂当个副厂长，又学着电大，要混文凭，要不这年头难发展，还要闹家务，小孩才两岁，老婆上班离家远，家里没煤气，又没上下水，平房一间，够忙的了。可还挺自得，讲起厂里那点事，颇炫耀。

接着是"好大姐"讲，在大学当化学老师，下班没事了，就买买菜，洗洗衣服。"土豆"讲，在报社当记者，还写点诗。"男爵"眨着眼笑道：我最惨了，还当工人，连工段长都不是。你们谁自行车坏了没处修，找我。他总是这样损自己。人这生物很怪气，年轻时的禀性，到老也难变了。过去啥样，现在还是啥样。

轮到林虹了，她讲得极简单，人们问得却挺详细。大家对电影界很新奇。道听途说的逸闻，零七八碎的知识，都来向林虹验证。哪个女演员出国了，哪个嫁外国人了，谁和谁是不正当关系了，谁演得好，谁演得不好了。林虹，你们的电影啥时候能上演？林虹，你怎么就当上演员了？你演的电影里有没有和男人拥抱的镜头？林虹，这下你可成大明星了，可别眼睛朝天不认识老同学。

李向南的情况大家都有所知。众人赔献了许多的关心、开导、不平。大家能做的只有这些了。人最终要靠自己。他现在能平和地接受这一切，是因为自己昨夜明确了下一步该怎么走。他过去是长征队的领袖，现在也没忘了维持领袖的形象。

大家一致同意：以后每年聚一次。四年后——一九八六年，来个长征二十年祭，争取把二十人都找齐。及至结束时，人人都挺尽兴，等最后分手时，人们格外亲热，又都感到卸了包袱一样轻松。

只有他们两人留下了，打算再聊一聊。下午四五点，天依然很热，路晒得晃眼，树荫处稍有些凉意。绕着一个个绿树坡，他们来到一派开阔处，好一个大湖。十几年前是个苇塘，每天早晨锻炼，他们便由学校后面出来，绕苇塘长跑一圈，两千四百米。又恢复二百年前"福海"的样子了？当然只有这样一个秃秃的湖。中间的小岛，就是"蓬岛瑶台"了。上面好像又修了一座小庙？湖边，草木，游人，儿童骑着小三轮车团团转，倒有些情致。

"我已经想好下一步怎么干了。"李向南打破沉默。他不想轻易打破它。沉默是他的权利，也明知这沉默加在林虹身上的折磨。人不愿意随便放弃任何一种权利，然而，他毕竟有要说的话。

"是吗？"林虹转头看着他，不时察看他的表情。

"我要把自己变成一个炸弹。"李向南露出一丝调皮来。

"炸弹？"惊诧的笑意，真的，也加了些许夸张。

"你知道我为什么会喝醉酒吗？"

"我能理解。"

"可你知道我为什么能对你承认喝醉了酒吗？"

"因为……你又战胜了自己。"林虹不十分有把握地说。

"对，可你知道我为什么能战胜自己吗？"

"因为你已经找出了下一步的行动了。"

"你怎么知道？"

"你自己刚才不是说了嘛。"

李向南不禁笑了："你说李向南可悲不可悲？"

林虹问："这和炸弹有什么关系？"

"我这个人一方面在反传统，可另一方面又很传统，你说不是吗？"

"你不是讲过，咱们第四代是承上启下的一代。"

"你说中国的传统文化巨大不巨大？"

"巨大，全世界都感到它的影响。"

"反对这个巨大的存在，是件很英勇的事情吧？"

点头。她竭力理解着他的思路。

"谁能成为反对它的有力的战士呢？是那些传统文化的信奉者呢，还是那些对传统文化并无深知的现代派呢？"

"都不是吧。"

"那是什么样的人？"

"从这个传统文化中成长起来，又回过头反戈一击的人。像鲁迅一样。"

"对，这就是我们这一代人应该干的。"

"你不改革经济政治，而改革文化了？"

"硬件不让我搞，我搞软件了。这说不定更重要。我这两天又看了卢梭的《忏悔录》，突然明白这本现在看来极平常的书为何当时成为一个时代的启蒙书了。"

"你也写本《忏悔录》？"

"我越来越发现我是个非常复杂的人，既勇敢又有很懦弱的一面，对现状敢于挑战，又不得不作很大的妥协。我是改革现状的能手，同时又是个对现状妥协的能手。现在，我不搞政治了，完全从文化的角度来彻底解剖我的思想、行为体系，再拔出萝卜带出泥，剜出我身处的整个环境，写成一本书，我想一定会有震动力的。这就是把自己变成炸弹的含义。"

"不过，你不要把事情想得这么简单。"林虹说。

"我知道，国内外不少人在批判中国的传统文化，但是，第一，他们没有我这么深入地了解中国国情，他们的有些见解简直表面得很；第二，他们没有我这么大的决心，敢从彻底解剖自己开始，我是被逼出来的；第三，他们没有我这么多的综合优势，譬如，解剖中国的政治文化，谁能有我这么切身的体会？我能比所有人做得更有力。我能写本独一无二的书。"这也是他昨夜能平静下来的主要原因。

"说实际点，我以为，彻底解剖自己是很难下手的，你很可能会半途而废的。"林虹说道，李向南的乐观自信，使她可以以质疑的态度对话了。

"可是你知道吗，我有一个格言。"

"百折不挠，愈挫愈奋？"

"那太一般了，那只是我最表层的格言。你知道吗，天下最难的事情之一是自如地指挥一支军队，可还有比指挥一支军队更难的事情，那就是指挥自己。"

"那你深刻的格言是什么呢？"

"要驾驭自己，就要制造驾驭自己的情势。"

林虹看着他。她确实感到这句话的深刻性。"你打算怎样制造驾驭自己的情势呢？"她问。

"今天对你宣布，就是制造情势的开始啊。"李向南有了一丝笑意。

"往下呢？"

"我过两天就准备请几个最了解我、我又最信任的人对我做个大手术，让他们往尖锐了说。我先自我解剖。"

"请谁呢？"

李向南笑了笑："我的妹妹李文敏，妹夫秦飞越，弟弟李向东，我和他们可以毫无顾忌地谈。"

"都是家里的？还有别的人没有？"

"还有……还有，我再准备请几个。"

沉默了一会儿。"有顾小莉吗？"林虹问，同时预感到某种答案。

"应该有吧。"

两个人远眺着，沉默了。太阳已快挨近西山。隔着湖水洋洋洒洒地照过来。水波粼粼地闪着红亮。阳光，天光，水光，山光，雾岚融在空气中，温热而又滋润。天地间充满了活力，宇宙像个大祭台，亿万种生命心甘情愿地化成缕缕青烟。

"太阳快落山了。落了，天就黑了。"她说。

"是，人生也一样。"他说。

下　卷

第一章

雍和宫，北京城内最大的喇嘛庙。钟声，木鱼声，袅袅的青烟，金碧辉煌，笼罩着祥云万朵的佛气。二百多年前，它是雍亲王府，即清世宗胤禛即位前的府邸。他即皇位后，将这里一半改作黄教上院，一半留作行宫。雍正三年（公元一七二五年），改名为雍和宫。雍正死后（公元一七三五年）在此停灵，遂将宫中主要殿堂的绿色琉璃瓦改为黄色，升格为与皇宫相同的等级。乾隆九年（公元一七四四年），雍和宫改为喇嘛庙。

高高的琉璃牌坊跨成三个大门洞，立在庙的最南端。往北一条被浓松郁柏环夹的宽阔甬道直通昭泰门，这一段坦荡疏朗、幽静淡远，像通往佛境的仙路。一过昭泰门往北走，便是雄奇宏丽的建筑群了。主体是与牌坊、甬道在同一南北中轴线上的五进大殿。

先是天王殿，也叫雍和门，有乾隆亲题的楹联："法界示能仁，福资万有；净因臻广慧，妙证三摩。"又："法镜交光，六根成慧日；牟尼真净，十地起祥云。"

然后是正殿，即雍和宫。

永佑殿，又有乾隆的御笔楹联："般若慈海，觉海原无异派水；菩提元路，德山相见别峰云。"

法轮殿规模就更雄大了。殿前后出抱厦，空中俯瞰，平面呈十字形。殿顶有五座小阁，阁上有小型喇嘛塔，紫烟环绕，霞光弥漫，一派喇嘛教的气氛。"是色是空，莲海慈航游六度；不生不灭，香台慧镜启三明。"

最后是庙内最高大的建筑：万福阁。阁有三层，东西两侧各有一座两层阁：永康阁，延绥阁，各有一座阁道与它们相通，整体规模真有天下万福皆聚于此的富贵雍容之气势。阁内一尊十八米高的大佛慈慧而立，由西藏七世达赖进贡的整根白檀木雕成，俯视天下芸芸众生。楹联："丈六显金身，非空非色；大千归宝所，即境即心。"

这里从早到晚游人香客不绝，地处安定门内闹市，被喧嚣密集的尘俗社会所包围。但雍和宫立尘俗而超脱，红彤彤，金灿灿，独成世界。自有日落日出，自有仙山仙洞，自有紫芝香蕙、瑶草琪花，自有仙猿桃林、鹿立鹤鸣，肃穆静远，向凡俗之京都散溢着吉烟祥光……

李文敏、秦飞越、李向东到隔壁房间去了，这儿只有他们俩面对面了。

李向南和陈晓时。在陈晓时的家里。

预先已约好，意图也已说明。他要进行自我解剖，非常想听听陈晓时的分析。"咱们今天敞开来谈谈。"他见面握手时就对陈晓时说。陈晓时笑了笑："咱们还是尽量抓紧时间吧，一小时二十分后，我还有其他安排，你们晚来了十分钟——比约定时间。"李向南抱歉地笑笑，他并不悻恼。为了继续制造驾驭自己的情势，迫使自己"就范"，他今天怀着极大的诚意。这时他大可不必摆什么风度，也不怕失什么身份。他相信：你我都是有分量的人，我登门拜访，把灵魂交给你剖析，这种超常的信赖是能够征服对方的。陈晓时似乎没太当回事，不要紧，自己可以更诚恳些。这样一想，他便立刻流露出更多的诚恳来。尼克松一九七二年首次访华走下飞机时，倾身先向周恩来伸出手，那并不失他什么身份，他最终取得了外交上的成功。

陈晓时走到隔壁对坐等他的一群人打了招呼，又接了两个电话，在写字台旁坐下，平和地说道："我对研究人是特别感兴趣的，我很欣赏你的勇气，并不是所有人都敢这样做的。但是要研究，就要力求深入，要不没太大意义。"

"越深入越好。"

"怎么才能深入？首先咱们是不是该有系统论的思想，对人要做多层次的剖析？当然，'多层次'的说法现在各学科都很时髦，但很多人是在附庸风雅。真正有价值的不是滥用'多层次'的概念，也不是罗列多得吓人的层次，那是再容易不过的。比如，我们今天从文化的、社会的角度剖析一个人物的心理，可能许多人都能列出他们的层次表来，但关键在于：一，全面，不遗漏应该有的层次；二，简练扼要，不烦琐冗杂，具有明确性和概括力；三，层次顺序正确，就像地表层次，如果明明是土层，岩层，煤层，你颠倒成岩层，土层，煤层，那你的层次表就没有任何意义了。"

"对。"他很注意地听着。

"根据咱们的研究目的，可以把人分成五个层次。一个层次，'食色，性也。'人生来就有的欲望，最内的核；随之，人成长着，一两岁开始，渐渐有了社会性的欲望，或者说欲望的社会化，包在了核的外面：占有欲，支配欲，权力欲，荣誉，地位，不朽，出类拔萃，抱负作为，等等，这里就开始有文化了；再随之，人接受了社会的种种规范：是非，正义，道德，伦理，法律，等等理念，形成自我规范体系，这又是一个层次；再随之，实现自己的欲望越来越复杂，必须更周密地认识环境，掌握规律，就逐渐形成他的经验、认识层次；最后一个层次，他行动时必然讲究方法、手段，形成他的策略层次。以上五个层次形成的顺序并不是绝对的，是相互交叉渗透的，但从总体上是这样先后的。最先有的层次，成为最内的层次；最后形成的层次，包在最表面。所以，当我们按解剖的顺序来列层次——解剖总是由表入里的——就恰恰颠倒过来。第一层次，策略；第二，经验，认识；第三，规范体系；第四，社会性欲望；第五，本性。咱们就这样解剖你了？"

"好。"

"还要有点无情精神。"

"我保证有。"他诚恳地说。

"那不一定。说容易，做起来总是难的。这个，我自己就有体会。"陈晓时看着对方笑了笑。李向南没有否认。"没有一个外科医生给自己剖腹，解剖自己是很难的。很多外科医生不给自己的亲属做手术，说明感情因素往往影响解剖的准确——那需要冷静甚至冷酷。"他停顿了一下，"现在气氛太轻松，我要先打破它。我刚才讲的五层次，第一，策略层次。我们观察一个人最直接遇到的是：他含着策略的言行，他言行的策略。向南，你今天为什么一定要让文敏、飞越他们陪着一起来呢？"

"他们和你更熟悉些吧。"

"不。还有，你一开始走进这屋，本该挨着我在这个最近的椅子上坐下，为什么走过去坐在对面？使他们正好分坐你左右，成个半圆面对着我？这里，你想想，都含着你自觉或不自觉的策略。你习惯被人拥簇着，你对人本能地保

346

持距离。"

"这个……"李向南看了看屋内的几个座位，"可能是下意识吧？……你分析得对，这种意识可能已溶在血液里了。"

陈晓时认真地看着他："不，你当时多少是含着自觉意识的，你不应当回避这一点。"

李向南回想了一下刚才与文敏等人一起就座前的意识掠动，承认道："是，觉得那样坐显得更自重些。""显得更有实力一些。"

"是。"陈晓时是犀利的。"你今天来是个很诚恳的举动，你大概会以为：这该使陈晓时感动了吧？我却隐隐觉得：你是领着一个代表团来外交谈判了。"陈晓时笑了笑，"你的诚意我十分相信，但你又是经过非常周全的策略考虑的。你对于如何对待陈晓时，如何既深入交谈了又不失去什么，是有充分考虑的。对吧？"

他只能笑笑，承认是令人尴尬的。

"你为什么没勇气承认这一点呢？"陈晓时停顿住，"我这样谈话你能习惯吗？"

"能习惯。我承认，我事先有考虑。"

"从这可以看出：你不轻易露本色，言行有比通常人多得多的策略考虑。为什么这样？明显的联系，你是搞政治的。这里的含义你明白吧？……如果我们更深入地研究你的策略体系，就能看到政治的、社会的、历史的东西对你的影响了。如果透过这一层次，进而分析你制定策略的依据，你对社会的了解和掌握，就能发现更深刻的真理。如果再深入到第三层次，剖析你在怎样的规范体系中思维和行动，譬如你的道德标准，道德形象，包括你的政治道德标准，政治道德形象，我们就能有更多的结论。最后研究你的社会化欲望，就能对你的心理体系有透视了。好，引言说到这儿，咱们正式开始吧。……"

昨天在家中就开了一个小小的解剖会，也不舒服。好像摘了脑壳，把柔软的脑子端到大家面前，任他们拨弄戳打。还都是自己的弟弟、妹妹、妹夫呢。把解剖的权利交给他们，也都显出了恶。

向东头一个讲，野兽般气势汹汹地朝他吠叫。我觉得你太缺乏现代意识。你知道现代意识有什么吗？首先是忧患意识，危机意识，悲剧意识，幻灭意识，文化意识，总之，是对传统文化的彻底幻灭。应该有困惑感，迷惘感，失落感，痛苦感，反叛的精神，怀疑一切的精神。然后是主体意识，自我意识，自由意识，独立意识，超越意识，这就是自我的觉醒。要骚动，躁动，冲动。再然后，自我觉醒外向客观，就是变革意识，创新意识，竞争意识，批判意识，人类意识，宇宙意识，还有科学精神和民主精神。还有崭新的时空概念。哥，你检查一下自己，这些你有多少？你现在可能刚刚开始有些痛苦和失落感吧？刚刚有些反叛情绪吧？因为你不得志了，你才对传统文化有了进一步的怀疑。你太落后了。

汪汪汪，一条黑犬吠着，冲出农村土墙的院门扑上来撕咬，自己躲闪，呵斥着……这个同父异母的弟弟简直像对自己有仇恨，话说得这么解气。自己显然有变革意识，似乎从无迷惘感，也并无幻灭感。对民族的危机感倒有些。这是缺乏现代意识？……向东两三岁时，自己似乎曾很喜欢过他，每天下学都要领着他玩一玩，经常抱起他往窗台上一放，你待在这儿，啊？哥哥要走了。他吓得伸出两手要哭了。叫哥哥，叫声哥哥就抱你下来。他便叫了。再叫声好哥哥他又乖乖地叫了。自己便得到满足，把他抱下来，噢噢噢地举着他到处走。过一会儿，又把他放到窗台上，重演那个游戏。

陈晓时的剖析结束了。

李向南陷入沉默，听见隔壁房间向东在和谁辩论。

"对你现在的沉默，我能讲讲我的判断吗？"过了几秒钟，陈晓时说道，"它说明我的分析对了，是吧？"

"是，你分析得很深刻。"李向南拿出烟来，慢慢整理着有些松皱的香烟，摸火，"我说不出话来，并不是因为这个。"

"是因为你自己还没能做出这样的分析，对吧？"

李向南一下停住要划火柴的手，看着陈晓时："是，我佩服你。"承认这一点是非常难受的，但他此刻特别愿意坦率谈点什么，"这是对我的激励，我该下更大决心，写出我的《忏悔录》来。"

陈晓时看着他，他此刻对李向南感觉很亲切，"你有勇气听我讲讲对你这个打算的估价吗？……我以为，你这个目标是很难实现的。"

李向南睁大眼，看着陈晓时。

"你为什么会想这一步？你讲到昨天你在家里开的解剖会，我同意向东的

348

结论：是因为你仕途不顺。倘若没有这失败呢？你还会信心百倍地干下去。那可能也是历史需要的，然而，你将很难有机会深刻地认识自己。这说明什么？人是被境遇逼出来的。"

"情势使然吧。"

"一个民族有了危机感，才有自我批判。人也一样。看来，你很懂情势对人的逼迫作用。"

"我有个观点，要驾驭自己就要制造驾驭自己的情势。"

"这话很对。可是，你要制造驾驭自己情势的这个决心也是客观情势逼迫出来的，对不对？"

"……对。"这是更深刻的。

"现在的问题是：你现在所处的客观情势能否使你保持这个决心呢？……我的感觉，你的决心已到了头，心理上的反作用力已经和它相抗衡了。"

"有你的剖析，我可以有更大的决心。"

"那不一定。人并不能完全掌握自己。就是懂得制造驾驭自己的情势也不行。你现在的全部客观处境，我以为，并没有再造就一个卢梭的力量。你政治失意，就想把自己变成炸弹，但你行动起来后，又看到一个新的功利，又有了当英雄的希望。结果你的悲愤过去了，你反而失去了当卢梭的决心。一个圆形的轨迹，你有这心理变化吧？"

他不能不承认。要真正写出有震撼力的书，就要把自己灵魂中见不得人的东西都抖出来。可是，这么多天来，他一夜夜伏案下不了笔。一个想在思想领域有作为的人做不到毫无顾忌。"我要迫使自己下决心做下去。我找你也是为了逼迫自己。"

"但是，我讲过了，你现在的处境，使你的决心，包括你制造驾驭自己情势的决心都到此为止了。你很难进一步对自己下手。对于这一点，你现在可以凭经验去想象，也可以去实践中再体验。"

李向南不言语了。他已有过体验，也能够想象。

"还有，你自我估价过高，以为转到思想领域就能成为批判传统文化的旗手。但实际上，"陈晓时顿了一下，"你在这方面，无论是广博性，还是深刻性，都是有欠缺的。作为一个政治家，你有足够的思想敏锐度，但如果专门搞学问，进行文化批判，你便丧失了优势。你对许多学科还比较陌生，这也将破坏你的决心。"

"这是主观方面因素……"

"学识和才能是主观的，但对于你要行动的决心来讲，它同时又是客观情势的一部分，因为你的学识又意味着你在整个社会的知识中占有的等级、地位。"

"我可以学习，弥补我的不足。"

"然而，你是想做一件超越一般水平的事情，对吧？当你发现自己在这方面远不够领先，而别人走得更快时，你又怎样呢？"

李向南沉默了，海的浪涌重重地压下来。

"你还有一种情绪，也许你不愿意承认，觉得自己分量很重，你被对手搞垮了，是时代的损失，许多人都会为你悲愤。其实你垮了，对于社会并无什么大影响。可能有些人暂时为你惋惜不平，那也极有限。就说你们县里的老百姓，过几年他们生活好过了，也便把你忘得一干二净。又比如向东、文敏是你的弟弟妹妹，可我看，就连他们对你的命运也并不看得太重。明天批准文敏出国留学，她明天就走了，并不会为你而留下不走，生活就是这样。"

"你搞自我解剖，我支持。社会上的人都搞才好呢。然而，人的反省、忏悔都是很有限的。失败的民族自省，失败的人自省。失败一过去，自省也就基本消亡，都是为现实活着。你看看，世界上有哪个民族在战败成为历史后还真正忏悔的？忏悔，好像是忏悔过去，是过去时，其实那恰恰是现在时，是因为现在的处境而忏悔过去。现在的处境变了，也便毫无忏悔了。"

"那你对我今后的估计呢？"

"除非还有一个有力得多的情势加在你身上，你才可能成为卢梭第二。如果没有，你这么悲愤一下，慷慨一下，想这么干，然后出路呢，你会正正常常地生活下去了。也许没有你最初想得那么好，但也不像你悲观时想得那么坏。"陈晓时看了一下桌上的手表，打算结束谈话："向南，最终会证明，你目前写不出卢梭那样的《忏悔录》来。退一步说，假设你写出来了，又有多大影响？因为你本身没有成为重要的历史人物，谁会对你的自传感兴趣呢？曹雪芹没有自传，但有一部《红楼梦》，人们拼命研究他；倘若他没有《红楼梦》，只有一本自传，谁去理他？"

"如果我放弃写这本书的计划，去研究传统文化呢？"

"那我欢迎。但你要正视一点：那你将更没有优势了，许多人比你先行。

你是否能甘心在这支学术队伍中做普通的、而不是领先的一员呢？"

　　秦飞越是妹夫，关系比向东远些，说话也就客气些。他刚才一直闲散地转来转去，现在，放下二郎腿随随便便地讲了话。他对李向南的自我解剖不感兴趣。人为什么要这样紧张力巴地活着，不会舒服点？李向东如此雷劈电闪也让他感到生硬。想起在工厂劳动时机器咔嚓咔嚓地切断钢筋了。人就该云一样"信天游"。像自己，坐着藤椅，偶尔抽根烟，目光淡淡地东溜溜西溜溜；穿的是花绸褂肥裤子，趿拉着拖鞋，大脚趾和二脚趾搓来搓去。怎么自在怎么来，全不管旁人什么看法。浑身上下没有一条肌肉、一个关节是绷紧的。一辈子也轮不上他得心脏病、血压高。瞅李向南、李向东兄弟俩，真是一父之子，黑瘦干硬，从身体到心理都是紧绷绷的，真让人替他们难受。要说话还不容易，顺口就有了。我是山野村夫，生性疏懒，随便说上几句。你要解剖自己，目的是解剖中国的历史文化，对吧？天下万事都要重点突破。我看，你的重点在政治文化。你是吃政治饭的，作这个解剖最有典型意义。我最近又随便翻了一些史书，本人的观点，中国传统政治文化主要表现是这样十三点：一，大一统思想；二，一元化思想；三，贤君良臣思想；四，清官思想；五，正统愚忠；六，宗法思想；七，官本位和政府本位；八，伯乐思想；九，草民思想；十，不患贫、患不均的小农平均主义；十一，中庸之道；十二，无为而治；十三，重权柄，尚阴谋，远交近攻。这些传统思想，我看，向南，你身上多多少少都有。好好解剖吧。

　　传统政治文化？自己身上都有？一个好题目？一连串的浮想。秦始皇，长城，汉高祖，汉武帝，苏武牧羊，诸葛亮，丞相祠堂，唐太宗，朱熹，一支正在书写的大毛笔，包拯，衙门前的惊堂鼓，孔子，"四书""五经"，李自成，洪秀全，烈火熊熊中奔驰而过的农民起义军……张良青衣长袖仗剑而来，要和自己握手……八岁时，父亲去南方度暑假，县里的干部对父亲夹道欢迎。一次次照相留念，一排排或站或坐，父亲总被尊敬地拥在第一排中间，他自然站在父亲身前，也享受着中心的地位。人们都看着他们，冲他们鼓掌。照相机也对着他们，咔嚓，咔嚓。他情不自禁说了一句：嗨，我爸爸成主角了。爸爸嗔责地瞪他一眼，胡说什么？会议厅内转圈坐满了人，父亲坐在前面，长桌上铺着红毛毯，放着麦克风。父亲谈笑风生，又威严又风趣，话讲得真棒。人们一次又一次热烈鼓掌，自己也跟着用力拍手。他为父亲感到骄傲，脸上放光。吃饭了，一桌桌人向父亲敬酒，还俯身敬他：向南，来，叔叔和你碰一杯。来，向南，叔叔也敬你一杯。他兴奋得小脸发烫，小手举起酒杯，晃着去碰……李文敏又说什么？哥，你太重仕途。这也是中国的传统文化。学而优则仕。中国的文人历来把做官当第一志愿。还有，生活方面，爱情婚姻，你也是太考虑仕途功利。政治上当革新家，其他方面向现实适当妥协，减少阻力，这有道理。可要过了分也就没意义了，你过于古板了……

他想了想，抬起眼看着陈晓时："假如我现在作人生咨询，你对我有什么建议呢？"

"我今天讲的话可能对你有点震动，但我估计，你的性格必然使你反对它。你还会咬着牙去剖析自己，去写书，要推翻陈晓时的断言。那么，你再试一试，在这过程中你会再一次发现：人遮掩自己的保守性是很强大的，你没有力量完全破除它。但你可以在一定程度上打破它。你会加深对自己的认识，虽然不能写出卢梭式的《忏悔录》来，对你仍是极有益的。我希望你达观地生活，至于具体做什么，你会比我更清楚。生活还会给你提供机会的。"

陈晓时讲得很诚恳，李向南感到了，他甚至有些感动——他很少被男人感动过。一瞬间，他陷入恍惚。

童年的自己在绿色的田野中奔跑，因为刚穿上妈妈织的一件红色新毛衣而高兴。他喊，他叫，他眼睛盯着一对对在阳光中翩翩飞舞的蝴蝶，停落在黄黄的油菜花上。他小心翼翼走过去，一次又一次要捕捉它们，都落空了。走来了一个大人，瘦瘦的，虾一样弯下腰，大人的头发刺棱着，眼睛快活地眨着。他的牙很白，脸上有个疤，手很黑，手指很长，他比画着说："我帮你逮蝴蝶吧？"自己当然很高兴。"把你的毛衣脱下来，我去帮你抓。"毛衣脱下来了，那个大人挥着毛衣向蝴蝶扑去，蝴蝶扑棱棱飞着，他挥舞着毛衣喊着，跑着，拐过一片小树林，不见了。不知等了多久，那个男人再也没回来。他在田边直等到身上发冷，嘴唇发紫，他回家了。妈妈说：他把你的毛衣骗走了。

他梦见自己是个小婴儿，躺在摇篮中，摇篮在河水中，水波绿绿的，妈妈坐在浅浅的水中，轻轻摇着摇篮，还哼着歌。他躺在摇篮中，身体很不舒服，很冷。妈妈的手抚摸着他，抚摸到哪儿，哪儿就舒服了，暖了，他睡着了……

"你在想什么？"陈晓时在问。

"噢，"他从恍惚中醒悟，"走神了，想起童年的一件事，还想到一个梦。"

"能讲给我听吗？"

"没太大意思。"他讲了。

"这很有意思。"陈晓时听完，看着他说，"你很小时，母亲就去世了，是吗？"

"是，我常常梦到她。"

"向南，"陈晓时关切地问道，"你现在……是不是有一种很大的渴望，愿和人坦率谈点什么？"

李向南迎视着他，半晌答道："我非常想这样。"

沉默了很长时间，陈晓时走到李向南跟前真挚地伸出手："向南，欢迎你以后经常来……另外我还有个小小建议，你现在能干什么就干什么，不要放过任何可能的机会。我为了发现更多的机会，每天上班都要求自己尽量不走同一条路线，生活的偶然性是很丰富的……"

他在雍和宫内孤独地走着。

几天过去了，一切如陈晓时所言。

这一次自己是真的崩溃了？

一抬头，顾小莉挽着个年轻人出现在面前，小伙子挺拔英俊。

"这是李向南。这是楚新星，小说家。"小莉脸略一红作了介绍，楚新星合时宜地走远了几步，背对着他们仰头观看着殿堂。

小莉走近李向南："我最近想去大连参加一个文学笔会。我……还想把一些事情，包括咱们的，重新考虑一下。"

第二章

金象胡同一号。

大四合院内一切照旧。东院十户，西院十户，夹院四户，小北院四户，一共二十八户，一百七十九口人，每天照常起床，做饭，外出，劳作，吵闹，哭喊，有电视的看电视，没电视的喝茶抽烟聊大天，当老师的判作业，当学生的做作业，地儿宽的，大人孩子各有各的桌儿，地方窄的，趴凳子趴床，关灯了，再干黑了灯的事儿。单老头还是每天早晚开关大门，看电话，收奶费，收报纸邮件；东方飙还是天一亮就精神抖擞去公园教练太极拳；屠泰还是挂牌门诊；谭秀妮还是吱吱嘎嘎推上小车去卖冰棍；庄韬还是在中学当校长，到处做报告；桂大婶还是每日的说说道道；窦大妈还是一有空儿就蹲在水龙头旁洗东西；水龙头旁从早到晚还是难得断人。单小兰死了，议论了一阵便不议论了。谭秀妮原准备和在监狱的丈夫打离婚，经过众多的说服工作，又把上诉撤了回来，人们也便不当回事儿。旧的事儿过去了，新的事儿也还在发生。

东院十号住着惠奶奶一家。三间朝西的东房，三代七口人，隔院和谭秀妮家打对面。她家是东院三号，所以惠奶奶少不了安慰秀妮，照顾她半瘫的大姑和两岁的儿子。南边侧对着单老头家，所以少不了和单家老两口拉拉呱儿。东院的号是这样排的：南房最靠东，是一号，单老头家，然后顺时针转，南西北东，一二三四五六七八九十，到惠奶奶，东房最靠南的家儿，和单老头家首尾相邻，中间隔着大院门。

那边西院的号也是这样排的。夹院只有一排朝东的西房，由南向北，一二三四。小北院只有一排北房，由西向东一二三四。理论上都合乎顺时针次序。

惠奶奶今年七十多了，三间房，中间是厅；右边一间，她带着一个五岁的孙子（三儿子的）、一个六岁的外孙女（三女儿的）住；左边一间，是她的四儿子住：小两口，两个孩子。惠奶奶新中国成立前生了四儿三女，丈夫曾参加国民党，一九四九年带着大儿子跑到台湾去了，再无音讯，剩下的三儿三女都在国内，最小的四儿子现在也三十三了。她一个人拖儿带女怎么过？改嫁了一回，是延安来的干部，日子好过了，又生一女。偏偏丈夫在"文化大革命"中又斗死了。她老了，儿女又大了，也便寡居了。让她难过的是儿女们都嫌弃她，除了把孩子寄托在她这儿的（孩子的生活费是另外的），每人每月只给她五元钱。他们说：我们一人五块，七五三十五，够花了。住在一块儿的四儿子也是单另过。她知道儿女们现在家境都不错，有彩电，有冰箱，有的还有地毯，自己这儿只有床，破桌子，旧式座钟，可她还想得开，人老了，要那些干啥？儿女们偶尔来了，她还要掏出积蓄买菜买酒，招待他们吃喝，心甘情愿。

　　这两天惠奶奶这儿一下热闹开了，大儿子有音讯了，在美国，要回来探亲。人还未到，钱先寄来了，一万美元。国内的七个儿女都从四面八方——北京的，沈阳的，青岛的——围了上来。有的搬来了自家的彩电：妈，您看吧。有的送来了洗衣机：妈，您用吧。有的送来了沙发：妈，您坐吧。糕点，糖果，蜂王精，人参，花花绿绿地都堆上了，她高兴得合不拢嘴。这我都不用，能见着你们就高兴了。孙子，孙女，外孙子，外孙女，几年没见面的都团簇在膝前，花儿朵朵，满园芬芳，蜂儿蝶儿乱飞，阳光一片灿烂。你们要什么，奶奶给你们买。你们想吃什么，姥姥给你们买。要自行车？要电子琴？卡西欧的？要小录音机，别在裤带上的？要什么都行。你们呢？她看着儿女们。他们倒都扭怩了。妈，我们什么都不要，就是来看看您老人家。不知是哪个媳妇说道。对，我们就是来看看您。满屋人都这样说。我要那些美元干啥？你们谁要就张嘴吧，我给你们。他们相互看看，都想说又都不好说。妈，一个儿媳说话了，要说困难，我们都不算太困难，要说不困难，又都有些困难。您一定要帮助我们，兄弟姐妹七个，您一人给上一千美元，剩下三千美元您存上，利息也够您花了。大哥来了，说不定还要给您钱。妈，二儿子，一个体体面面的工程师稳稳重重说了话，钱呢，妈，您愿意怎么处置就怎么处置，您首先要把自己生活安排好，当然，大家也会照顾您，我们都是有文化的人，不会争这些（是，妈，我们不会像有些人家，兄弟姐妹们争老人的钱。人们纷纷附和着）。这次大哥来，我很高兴。分别几十年了，好好叙叙吧。要说有什么事，我是搞建筑的，一直想到美国进修几年，看大哥能不能帮帮忙？另外，小欣（他抚摸了一下坐在身旁的女儿的头发）明年就大学毕业了，想去美国留学，也托大哥想想办法。惠奶奶笑了：你们见老大说就对了。二儿子说：是，到时候妈也帮着说两句。满屋的儿女都说开了，都知道老大是来看妈的，求老大的事先求做妈的。好不热闹。

　　大院的邻居们也都纷纷道贺。惠奶奶，您可真有福啊，养了这么个出息儿子，孝顺儿子。惠奶奶乐得脸绽开花：谢大伙儿了，真谢谢大伙儿了。她弯下腰左一把右一把，糕点糖果往大人身边的孩子怀里塞着。惠奶奶，您啥时候搬走，预先告我一声，这房子让我了。对方声儿小了。老太太没想到：我能搬哪儿去？哟，您的儿子从美国来看您，这多大国际影响，上级部门还不给您换个宽敞的好房子住？老太太懵懵懂懂觉着是这样：那这房子也得交房管局呀。对方凑上来说话了：那您就别管了，您要走，我预先就把我的柜子箱子搬进来，占上再说，房管局那儿我有办法。惠奶奶不答应也算答应了。可接着又有第二家来说，一个话儿。她为难了：我这是让谁啊？惠奶奶，您当然让我了。您看我一家五口住一间房，不让我让谁？又有第三家、第四家来说这悄悄话，倒让她没了辙啦。又有第五家来了，绰号尤老鼠，刚张嘴，她就说了：我搬不搬八字还没一撇呢。搬，这房子让谁，我也作不了主，好几家都说要了。尤老鼠话早接上了：惠奶奶，我不是要您的房子，我是要您的那。惠奶奶顺他手一看，是门口那间自盖的烂油毡顶的小厨房。您住高楼大厦，这破砖烂木头总不要了吧？到时候我把它拆了，盖盖我的厨房。您门外靠的几块破木板没用了吧？我先抱上去了。

　　庄韬一踏进金象胡同一号就感到憋闷。太拥挤，太肮脏。这他还能忍受，他什么环境都待过，但这里的人太没道德情操，太需要净化灵魂，思想教育工作委实在全社会都头等重要。

　　他是从中学校长办公室回来的，从教育局的会议上回来的，从一个又一个大礼堂的主席台上回来的。台下上千名国家干部在听他讲话，热烈而有秩序地鼓掌；穿军装的在听他讲话，一片绿色；大学生在台下热烈而欢快的掌声；中学生一片密麻麻、闪闪亮的眼睛；小学生上千条红领巾，满礼堂红色。少先队员跑上来了，天真可爱，把红领巾系在他脖子上，向他敬礼。他两颊映着红光，和台下孩子们一起鼓掌。

首长们，同志们，八十年代的大学生们，八十年代的中学生们，红领巾们，我要讲的第一句话就是，人在任何时候都要有崇高的理想。人有理想才不同于动物，不同于猪马牛羊。让你当没有理想的人，愿意吗？可能有的年轻人玩世不恭，会说：那有什么不好？这时，我就会又问他一句：让你当猪马牛羊你愿意吗？他说了：我当然不愿意。（台下一片笑声。他感到自己讲话的风趣的力量。）一个人没有理想，和猪马牛羊有什么差别呢？人的理想，第一，要和历史必由之路结合在一起，这样你的理想就有了科学性；第二，要为大多数人谋利益，为劳苦大众服务，这样你才是崇高的人，有道德的人。

　　我从一九五七年被打成右派，到一九七九年平反改正，二十二年中我被批判过几百次，"文革"中被揪斗游街无数次，又被劳改十五年，戴过三十斤的高帽子，吊过五十斤的铁牌子，打断过肩胛骨，打坏过左肾，打掉过四颗牙，几天几夜饿肚子，关在死牢里没人管，我喝过自己的尿，吃过自己棉袄里的棉絮，右腿在劳改时被翻倒的马车砸断过。一九五九年在农村劳动时，和一个农村姑娘结了婚，一九六七年被打成现行反革命，判无期徒刑，妻子又被迫离了婚，真所谓家破人亡，妻离子散。可今天，经过这样的二十二年，我五十多岁了，还要做个有理想的人。

　　月光下，两个中学生在黑影幢幢的阳台上说话，一个男一个女。这是西院的北房，大院内唯一的一幢二层楼。楼下住一家，西院五号。楼上两家，六号，七号，原来横贯二层楼的长廊阳台也被花格木条墙一隔为二。男孩是六号的，女孩是七号的。

　　"宇宙真是大爆炸产生的？"女孩问。

　　"是。"

　　"那爆炸前是什么？"

　　"爆炸前就没这空间。"

　　"真不可思议。……宇宙年龄多大了？"

　　"一百亿到二百亿年吧。"

　　大四合院内，只要一关房门就各管各家，井水不犯河水。你是吃也好，喝也好，吵也好，打也好，搂也好，抱也好，别人听不见看不见就都是自己的事儿。

可一到院里，公共的事儿了，就有矛盾了。

第一大矛盾是空间的争夺。"软空间"还好说，你家闹架了，开录音机了，声响了，吵了我啦，我也没辙，无形的侵犯，谁也没法儿说。大老粗了，不怕乱，我喝我的酒，扇我的扇，光脊背上流大汗，念书的，喝墨水的，除了皱皱眉，塞上点儿耳朵，也只有倒憋气，三班倒睡觉的就得久经锻炼，练出睡功了。

"硬空间"就动真格儿了，谁也不让谁。我家是一间房，这间房前的宽度都是我的；我家是两间房，两间房前的空地都是我的；三间房照样。你我相邻，就以隔墙中线为界，你是你的，我是我的，绝不相占。我要盖厨房，在我的宽度内，我要种花，也在这领地内，我要堆什物，不能伸一根木头棍去你那儿。有的人家还用砖码出半人高的墙来，圈出自己的领地。码的时候，左右邻居明白你的意思，从跟前过着，脸上装没事儿，心中却骂着：谁他妈要占你的地儿，瞅你分明得？你和他见面也要尴尬两天，嘿嘿地干笑笑。过了这一阵儿也便淡忘了，又融洽了，发现还是隔开来清静。空间的争夺主要在宽度上，至于在深度上，有个约定俗成的界限。东房人家盖的厨房，西房人家盖的厨房，中间的距离总要差不多吧？得走个人，过个车，晾个衣服吧？你盖厨房，我圈领地，相互都瞄着呢，结果东房人家的厨房外墙在一条直线上，西房人家的厨房外墙也在一条直线上，东西相等，在院中夹成个笔直的甬道，倒也符合美观。至于高度，一般没关系。你要盖得高，得有砖有料，不那么容易。太高了，先遮你自家的窗亮。

三维空间的争夺最后成了定局，谁也不犯谁。可是，你一旦搬走，左右邻居就会乘机把地儿放一放，他把厨房加宽点儿，我把围墙外移一点儿。过两天新户搬来了，人生地不熟，就住下了，还和左右邻居热热乎乎拉呱。他住了一阵，也要盖厨房了（旧厨房照例叫旧住户拆走了），这才忙着备料。有办法的，卡车呜呜地来，尘土飞扬地卸，一天就齐了，弄得满院人眼红心酸，都想到自己盖厨房的艰辛；没办法的，备一两年的也有。然后也就明白：左右邻居侵吞着自己的地方。不过成了定局的事儿，也就不能更改。

尤老鼠住东院四号。他就是老住户，所以，虽然只住一间房，房前占的地儿却宽些。右边挤了谭秀妮两砖宽，左边挤了窦大妈一砖地。可他还没个像样的厨房，只有一个遮雨的烂棚子。

尤老鼠有尤老鼠的办法。他姓尤，大名富贵，二十多年前，在厂里业余演京剧《十五贯》，他唱了一回娄阿鼠，就演变成了尤老鼠这绰号。长得又像；矮瘦，驼背，剃个秃头，尖头顶，走路东张西望，脚步匆匆。人们当面叫老尤，背后叫尤老鼠，客气了叫尤大哥，开玩笑了叫尤耗子。

每天下班了，他自行车后面驮两块砖，都是路过工地"捡"来的。若是叫人碰上了，我是回家垫垫箱子。哪个工地没这点儿通情达理？碰不上，一天两块，一年就是七百来块。还嫌慢，每天早晨蒙蒙亮又出去遛弯了，回来，双手大大方方平托两块砖。干吗呢，尤大哥？练练胳膊劲儿。他答道。

砖在房前越积越多，怕人偷，码得齐齐的，三垛，三千整。零的，还攒着第四垛，上面盖着烂草袋，不防君子也防小人。老婆不上班，前后左右也替他看管呢，丢不了。

水泥呢？沙子呢？大院的厨房有三等，一等的是水泥砂浆砌墙，二等的是白灰砂浆，三等的是黄泥砌墙。他憋着劲儿要盖一等的。慢慢攒吧，老办法。两个塑料袋，下了班，多绕点儿路，今儿过这个建筑工地，明儿过那个施工现场，一袋沙，一袋水泥，谁看见了也不计较他：这一点儿，像称盐似的，就够回家补个墙缝嘛。积少成多，一天五斤水泥，八斤沙，半年下来，水泥就有一千来斤。一百斤一袋，十袋了。足够了。砌墙根本用不了，还可以抹水泥地面。对，就来水泥地面，高级再高级。他在院里走着，一家家厨房前聊着：做饭呢？吃啥啊？眼里却把厨房上下考察了又考察。多是土地面，也有砖地面，水泥地面的只有三四家，他要超过他们呢。你那厨房啥时盖啊？他点头哈腰：早呢，料还不齐全。

砖是明摆着。沙子是倒在棚子里，砖围成的池子。水泥呢，贵重，进了屋了。墙角黑洞洞的有两口大缸，倒在里面了，盖上盖儿了——那玩意儿怕潮。

每天回家，打开缸盖儿看了，满囤囤的水泥面，像过去香炉内的香灰，又细又面，捏在手里别提多亲了。看见院里的男女老少在窗前过着。一个人躲在暗处，靠在这胖胖的大缸上，手深深插入水泥面中，凉丝丝滑腻腻，真美。没有人看见他，这是他的财富。到时候一盖厨房，把这水泥都用了，真有点儿舍不得呢。没关系，用完再往里续。没用了续什么？没用也攒着。每天把塑料袋一倾，水泥呼啦倒进缸里，已成了他的快乐。尤老鼠啊尤老鼠，你可真成老鼠了。当老鼠有啥不好？当老鼠再自在不过了。每天把吃食往窝里叼着，躲在暗窝里守着成堆的吃食，反反复复观赏着，美得很。

缺的东西还多呢。白灰呢？抹墙不用白灰哪行？木料呢？梁，檩，椽，檩、椽上要铺的一层木条呢？盖房顶的石棉瓦呢？还有门窗。门窗他都要做像样的。可不能像那些人家，随便一个烂门，破板条钉的，一扇烂窗，塑料布蒙的。他的厨房门，要正正规规，八一厘米宽，一米八高，里外拉手，上边玻璃，下边木板。门上边还要有扇三十厘米高的、上下开的活窗，挂钩一支，风斗似的，通风。窗户也要像样，里外双口，外面双开玻璃扇，里面双开纱窗扇。这都要一点点想办法，难就难在要不花钱多办事儿上。

他哪有那么多钱？还要养活一个上初中、两个上小学的儿女。

他一次又一次丈量着房前的领地，计划着。房宽四米，加上自己往两边扩占的七十二厘米，一共宽四米七二。长是死的，三米，和邻居们找齐，房门虽不在房中间，可也不在最边儿上，躲开门，在窗下盖厨房，最多只能两米五十宽。厨房面积六七平方米，太小了，不气派。他野心不止这点。干脆把自己整个房前包起来，盖间四米七二宽、三米深的大房。他都要"二四墙"（双砖墙，二十四厘米厚），结实，刨去两面墙，还有四米一二，中间再隔道墙，"一二墙"（单砖墙）就够了，内宽整四米。一半是两米宽的厨房，一半是两米宽的门厅，放上一对沙发，多像样。自己原来的房子套在里面，正儿八经成卧室了。来了客人不用往里让了，他在卧室里藏放什么东西也不怕别人看见。这一盖，大院里头一号，可这料就还差得多了，简直不敢想了。怕什么？咬咬牙，再攒上两三年。

他早出晚归，跑来跑去，一块砖、一根木条地往家叼东西。有时被建筑工地的人认出来了：你怎么又来了？他便一副苦相乞怜求人。刮风下雨，他淋得像个落水的灰老鼠。他的三角眼这儿瞅瞅那儿瞅瞅，看见没人，就把修路工放在路边的一块两米长的木板夹到了自行车后座上，一溜烟往家骑。拐弯被路边邮筒挂着，摔得鼻青脸肿。掉了两颗门牙，连血带牙吐到地上，抹了一把，回头张望一下有无追兵，又推着车跛着走了几步，一咬牙骑上了。

大院里厕所的墙斜了，快坍塌了，修缮队运来砖修，他上去和人拉话，还热心地送壶开水过去。中午，热炎炎的大院里人们都躲在家里，他一瞅没人，抱上一摞砖就往回走，脚步又急又重，咚咚咚。左右窗户里有没有人瞅他？不知道。院里有人上厕所，停一停。人走了，他也装模作样上厕所，手里拿着手纸，目不斜视地走进厕所。看看没动静，贼溜溜地再望望，一哈腰抱上十块砖就往回走。一块砖五斤，五十多斤，够沉的。可沉得他舒坦。放下，码在自家的砖垛上，盖上烂草袋，然后再看看，能不能去第三次。

天黑了，人们都关灯睡了，他还在自家的门前忙碌着。这儿已经堆积如山了。他钻在山里整理着。木板、木条要一捆捆捆好，要不别人会顺手牵羊。沙子多了，原来的砖池盛不下了，要加高一些。水泥，家里的两口大缸满了，想了想，在做饭的棚子下用砖又垒了个池子，垫上防潮的油毡，往里倒。还有各种东西，铁丝啦、瓦啦、破帆布啦、席子啦，盖起房来都有用，都要理好。左邻右舍早早晚晚听他哗啦哗啦地折腾忙乎，下大雨了，他更是东捂西盖。人淋透了，老婆心疼他，为他撑伞，他吼了：我不用你，快回去给孩儿们做饭，他们吃了还要上学呢。

他的背更驼了，光头更尖了，脚步更急更重了，眼睛滴溜溜转更锐利了，有人没人都要东张西望才能走路了。大北京城发生了什么事儿，他一概不知。他眼前只看见一间大房子，红光灿灿地立着。可有两天在厂里加班没回家，等一回来傻眼了：南房这一家（东院二号）从没备过一块砖，两天之内竟平地起来两间新砖房，玻璃门窗锃亮。

庄韬穿东院，（过那俩夹道可真要命。）过夹院，入西院，和邻居们点头招呼。"庄校长，回来了？"啊，回来了。"庄校长，您成天够忙的。"不忙，不忙，你们更忙。"庄校长，今儿又去哪儿做报告了？"今天去的人民大学。

他永远要和这些劳动人民打成一片。

眼前浮现"她"的形象，一个刚调来的英语女教师，三十七八岁，未婚，课讲得很好，人们却对她评价不一，他决定亲自考察考察她。和她一同外出，一个衣衫褴褛的农村姑娘向他们伸出手。他看看"她"，摸了摸自己口袋：我没带钱，你有吗？"她"打开钱夹："我没零的，只有五块的。"好，借我五块。他接过钱，放到小姑娘的脏手中，拍拍她的头：你多大了？从哪儿来？河南？家里遭灾了？不用谢，不用谢。他和"她"又一起往前走。你没有觉得我这样做怪吧？"没有。"你会这样做吗？"不会，不过我能理解。"他心里看明白了：坦率承认自己不会这样做，这很诚实；对别人这样做能理解，表明为人善良，对劳动人民有同情心。好，他决定了，让"她"负责英语教研室。

月光下，檐影中，阳台上，还在对话。

"宇宙有多大？"

"一百多亿光年吧，一光年就是光走一年的距离。"

"我知道，光一秒钟走三十万公里，绕地球赤道七圈半。宇宙真大啊，你看天上那些星星，有好多要比地球大得多呢。"

"大几千倍、几万倍、几百万倍的都有，地球小得很。"

"站在那些星上看地球，就看不见了。看咱们，更看不见了……"

"整个太阳系在宇宙中都微不足道。"

"咱们太渺小了……"

大四合院内，各家住房面积不与人口成正比，而与地位成正比。东院二号，户主滕有寿，应属大院内最有地位的人了，哪个局的干部处长，一家四口住着东院轩轩敞敞三大间南房。相邻着西边，夹院水龙头旁，还有一间很大但稍矮的南房——可能过去是这大院主人的库房吧——也是他家的。

常言道，钱越多越不够花，同理，房越多越不够住。四口人四间房，在大院内宽裕得没比了，他还嫌不够住。儿子要结婚怎么办？给儿子两大间，老两口住一间，当然不合适。只给儿子一间，又太委屈儿子了。至于那间矮房，是要留着女儿出嫁后回娘家来住住的。有了，平日看不惯大院的人东盖一间厨房，西盖一间破屋，索性他也盖。堂堂三间房，中间是客厅、大门，不说了，两边两间房的窗下，各盖一间四米见方的大房子，一样大，一样高，一样款式，对对称称，也好看。

一句话。车水马龙，八方来人，天翻地覆慨而慷，盖起来了。最后请众人在青海餐厅吃了一顿，花费仅这些，礼全有了。

这一盖显出了气派。滕处长，还是您关系广力量大。大院里的人纷纷恭贺。他背着手站在大门口的台阶上，点着那张黄白的脸，嘿嘿嘿地笑着。他不知道，人们转过头就骂：缺了德啦。

他家这两间新房，和东房惠奶奶家厨房、西房谭秀妮家的厨房快顶住了，只留着一辆自行车过的空儿。以后，连平车、三轮车也甭想进来了。他却呵呵呵干笑笑，说："怕大伙儿不好过，我没敢往大了盖。这还留着一门多宽呢，大伙儿能搬进家的东西，都能搬过这夹道儿。"好，平平白白出了两条夹道儿。

人们推自行车打这儿过时，得别着身子，要不就蹭墙。夹道儿把大伙儿夹得倒憋气。

　　他转来转去，上上下下欣赏着新盖的房子。看着尤富贵——他从不叫他尤老鼠——驼着背猥猥琐琐推着自行车回来了，从后座上拿下两块砖，贼头贼脑钻进屋里。自己生出一种又冷蔑又怜悯的情绪来。活成这样，太可悲了。成天为盖间厨房东偷西摸，没点儿人格儿。

　　"叫你呢，咋听不见，聋了？"夫人在屋里高声嚷着。他连忙转身进屋，赔着笑：啥事儿？夫人横着张光蜡蜡的圆脸："天都黑了，站在外面干啥？一辈子没见过两间破房？我问你，王工程师的调动怎么样了？"噢，滕有寿笑了，这阵儿还没顾上呢。夫人把手中正打的毛衣往前一伸："我又要找他爱人求她织毛衣了，她要张嘴问，我咋说呀？"就说正在研究呢。夫人瞟了一眼，不言语了。

　　没过五秒钟，夫妻俩又谈起局里的事儿了。夫人是局里办公室的普通干事，但参政热情颇高，丈夫常笑着说：你是我的刁德一。

　　"苏局长现在咋样？"夫人问。他？提拔了一批年轻的。现在，中年的干部，还有那些老的，对他都不太感兴趣。丈夫答道。"他老婆最近不上班？不是调来了吗？"他老婆从来不上班，在原单位也是。"他不是和那个电话员勾搭着呢？我看他老婆一不在，电话员就来他家了。"谁知道？老苏有这点儿毛病。"韩良是不是葛栋才的人？"怎么？"我两次看见他们站在楼道里说话，声儿挺低。"是，你没看错，他是他调来的。"老荣现在向着谁？"我不是告儿你了，这几个老的对老苏都不感兴趣。"老荣对你呢？"对我当然不错，他女儿是我帮忙调到纺织部的。"那苏俊才不恨你？"我不介入他们的矛盾，靠哪头太紧了都没好处。那天我去老苏家，碰见老荣，他问我去哪儿，我大大方方说，去老苏那儿一趟。老荣没说什么。过两天，我又找了个正正当当的理由到他家去了一趟。"你这是搞平衡。"我是装傻。对他们的矛盾装不知道，这最聪明。"这次老魏调走，会不会提我当办公室副主任？"哎呀，这个难，早有人选了。"谁？"三四个呢，他们都争不过来。这几天要来几个转业干部，还没位置。你别太急，要看机会。"齐小明今天送来一台电扇。"就那台？"嗯，他说是他四弟送他的。他四弟在电扇厂，职工一人一台，算福利，他四弟有了，送他，他又有了，送咱们了。"要那么多电扇干啥？咱们家已经好几台了。"留着送人也行啊。"

他肯定是有所求，这家伙的东西不要随便收，这个人滑得很。"有求不有求，再说呗。"我这两天要去巩峄山那儿走走。"干啥？"这你不知道了吧，他可能要调到局里当书记。"是吗？"现在一般人不知道呢，他本人可能也不知道。我呢，也装不知道。这样走走，以后才有人情。"……暧，今天老祖对我说：你不是和钱力住得近吗？这儿有几份文件，你捎到他家，让他瞧瞧。"他是套你的底儿呢。你怎么说？"我懂。他是想看看咱们和钱力关系到底咋样。我和他说：远倒不远，可我没去过。听说他家不好找，你还是找别人捎吧。"噢，这样说就对了。我真怕你说漏嘴了。"我连这点儿弯儿还绕不过来？……哟，怎么日光灯又闪了，要灭了，又是谁家……"她站起来。

院里已经有人在高声骂嚷了：嗨，谁家用电炉了？别缺德了。

听见外面的骂声。庄韬皱了皱眉。经过十年动乱，人民的道德水准下降了。要把十亿人再教育过来，任务很艰巨啊。

月光下，檐影中，阳台上，隔着木格墙。

"你知道地球有多大年龄吗？四十多亿年。"男学生还在热情讲述。

"你们班女生有学习比你好的吗？"女学生看着眼前的月光，问。

"可咱们人类才一百多万年历史。"

"你和你们班女生说话吗？"

"说啊，为什么不说？"

妈妈在屋里喊了：皓莉，怎么还不睡？明天不上学了？

"你说今晚月亮好看吗？"她回头应了母亲一声，半晌，又问。

"挺圆的。"他仰头看了一下。

第三章

楚新星滔滔不绝，顾小莉大笑不已。

要吃？北京饭店，东长安街，电话总机 55.2231；新侨饭店，东交民巷，电话总机 55.7731；民族饭店，民族宫，电话 66.8541；前门饭店，和平门外，33.8731；友谊宾馆，西直门外白石桥，89.0621；华侨大厦，王府大街，55.8851；华侨饭店，北新桥三条，44.6611；燕京饭店，复兴门外，86.6200；燕翔饭店，东直门外将台路，47.1131；建国饭店，建国路 3 号，59.5261。这些都是连吃带开房间都行的大饭店。想吃烤鸭，全聚德烤鸭店，和平门，33.4422，前门大街、王府井帅府园各有分店。要不要全鸭席？烤鸭，再加上鸭舌、鸭胰、鸭胗、鸭肝、鸭膀、鸭掌、鸭心做成的八十多种名菜。拌鸭掌，琥珀鸭膀，糟煎鸭肝，卤鸭脆，芙蓉鸭掌，炒全鸭，火燎鸭心，干烧鸭脯，北京鸭卷，烩鸭丁……怎么样？开胃不开胃？崇文门外大街还有一家便宜坊烤鸭店，电话 75.0505，好记，0505。焖炉烤鸭，一百二十年的老字号了，也有全鸭席，还有山东名菜：锅塌龙须，醋椒鲤鱼，糟溜鱼片。不想吃烤鸭，要吃烤肉吗？北京烤肉店，地安门前海东沿 14 号，电话 44.5921，一百三十年的老字号。烤、爆、涮全有。那烤肉你没吃过，薄极了，鲜嫩极了。还有炸羊尾、炸虾串、奶油扒鱼翅、蜜汁八宝莲子饭，极棒。想吃宫廷菜？第一家，听鹂馆餐厅，颐和园听鹂馆内，28.3955，全鱼宴吃过没有？鱼菜，鱼汤，鱼馅面点，全是昆明湖活鱼做的。第二家，仿膳饭庄，北海琼岛北漪澜堂道宁斋内，44.2573，慈禧游览北海用膳的地方。这里最讲究"色、香、味、形"，有名的菜：扒鹿肉，罗汉大虾，怀胎桂鱼，凤凰扒窝，佛手卷，哪样都经得住看、闻、吃。还有许多民间流入宫廷的小吃，豌豆黄、芸豆卷、小窝头、肉末烧饼，都别有风味。要吃正宗川菜，四川饭店，宣武门内绒线胡同，电话33.6356，麻、辣、甜、咸、酸、苦、香七味俱全，怪味鸡、锅巴鱿鱼、豆瓣鱼、鱼香大虾、麻辣豆腐、担担面都能辣得你灵魂出窍。还有峨嵋酒家也不错，月坛北街，86.3068。要吃山西刀削面，晋阳饭庄，珠市口西大街241号，电话33.1669；要吃湖南风味，马凯餐厅，地安门外大街，44.4889；要吃山东风味，丰泽园饭庄，珠市口西大街，电话33.2828；还有萃华楼饭庄，王府井大街北口，55.4581。知道中国四大菜系是哪些吗？北京菜系？简直胡说。我告儿你：川菜，四川；鲁菜，山东；粤菜，广东；还有扬州菜系。广东菜谁家有名？北京好像没有太有名的广东菜馆。涮羊肉是东来顺饭庄，清真，王府井大街，55.7840。清真馆还有鸿宾楼饭庄，西长安街82号，33.0967，白崩鱼丁、砂锅羊头才叫劲儿。对了，想起来了，有广东餐厅，西直门外大街，89.4881。要吃西餐是……

——莫斯科餐厅，西直门外大街，89.3713。小莉抢过话来。行了，行了。别臭显了。我不想吃，想玩儿。

玩儿？北海，景山，颐和园，天坛，地坛，月坛，日坛，这些你都知道，也都没什么劲，往远了去吧。香山，碧云寺，卧佛寺，十三陵，你都去过，也不说了。去法海寺。坐落在西郊石景山模式口附近翠微山上，北靠翠微山，山色秀丽；南面永定河引水工程，水光清媚；西邻承恩寺；东南山坡上有中外知名的冰川擦痕。怎么样，够意思吧？五百年历史。大雄宝殿内的壁画没看过吧？极有艺术特色。再去一地儿：八大处。去过了？那不提了。大觉寺去过吗？没有？西山著名的庙宇之一。始建于辽咸雍四年，公元一〇六八年，九百多年了。全寺有九座殿堂，依山势而建，轩敞雄壮。寺内有一千零六十八年的辽碑，八百多年的古银杏树，三百年的古玉兰花。附近有鹫峰，西北通妙峰山——那里盛产玫瑰，去那儿游上几天相当带劲儿。怕热？大觉寺有泉水，龙潭，庙周围尽是溪流，是避暑胜地。再去潭柘寺，怎么样？"先有潭柘，后有幽州"，历史悠久。比北京还古老。北京最古老的庙寺了。有旅游价值吧？最早建于晋代，一千六百多年了。寺后有龙潭，山上有柘树，所以得潭柘之名。连这儿都没去过，真土老冒儿。在哪儿？北京西南方向，三十公里，是山里，而且是深山，来劲儿吧？建筑相当整齐，中轴线上天王殿，大雄宝殿，斋宫，毗卢阁，西路有戒坛，观音阁，东路是清代行宫，也有八百年的古银杏树，高近四十米。开辆吉普车去，从潭柘寺出来往东南走八公里，还有一座戒台寺，它建于……

——行了，行了，别背了，到时候去就行了，今天先想看演出。

看电影、看歌舞？民族宫礼堂不用说了；青艺剧院你也知道，东长安街路北；天桥剧场，天桥北纬路；首都剧场，王府大街；音乐堂，中山公园……

——知道你是北京通了，咱们就去中山公园音乐堂听音乐吧。不过，我要先去买两件衣服。

买衣服？王府井服装店，东单三条58号，55.7216；立新门市部，王府井大街，55.3348；还有，你要买乳罩的话，王府井大街还有新风乳罩门市部，55.2389；（——去你的，谁要你介绍这个。）红都服装店，东交民巷，55.5578；蓝天时装店，也在王府井，55.2914；西单服装店，66.1196；噢，王府井大街上还有一家新颖服装店，55.0684；东方服装店，西四南大街，66.7921……

——小莉笑得前仰后合，我要买古董、工艺美术品呢？她开起玩笑来。

王府井大街有北京工艺美术服务部，55.6806；北京画店，55.3409；崇文门内有北京市信托公司工艺品商店，电话不知道；（——还有你不知道的？小莉讥笑道）没想知道。前门大街有北京特种工艺品试销门市部，33.7945；还有的，北京市文物商店，33.6596；韵古斋历代陶瓷门市部，33.6632；荣宝斋，33.3352；门市部多了，应有尽有，都集中在琉璃厂。开门不开门不知道，好久没去逛了。

——我要买药。

买药？哪儿都有药店，里面卖什么就有什么，你自己去，我不逛那儿。

——你记那么些地址、电话干啥？

吃喝玩乐方便啊。……还有，再添一句真话吧：下围棋，练记忆力。好了，不聊了，明天，你去我家转转吧。

北京这个古城内，除了那些堂皇的建筑——古代的宫殿园林，现代的会堂、博物馆、大厦——沿街尽是些小四合院、小院门、小店铺、小平房。让人想到这原是皇帝与无数小商小贩合住的城市。然而，入了一些小胡同的深处，车马稀了，喧闹静了，却有一些大宅院。

楚新星家独住着一幢小楼，楼很别致，进了院门，迎面一座假山，有草有木。中间一条石阶路，拾级而上，两边摆着一盆盆仙人掌及花草，路尽便是山顶，平平的水泥平台，面前是棕色的大木门，一幢房子。初看是平房，其实一进门便是到了三层楼房的第三层上。棕色的木板地，木板装饰的墙，走廊，两边许多房间，一扇扇很沉重的推关无声的棕色木门，走廊有迂回，看不透两头都有什么去处。楼梯铺着地毯，沿螺旋形楼梯而下便到二层楼，同样的走廊，很多房间，一间很大的客厅，很大的落地窗及大阳台门，外面是一个能举行乒乓球赛的大阳台，放着几张圆桌，围着藤椅。再沿楼梯螺旋而下，便到一层楼，又是走廊，房间，还有厨房，大饭厅。出了大门——这是后门了，就到了二层楼阳台的下面，围着廊柱，像个方亭，两边也散放着竹椅、藤椅，古雅的黑漆画木桌。出了这门前亭，下几级台阶便是后院了，绿树浓荫，青苔遍布，红石小路蜿蜒地环着一圃圃花，隔着绿栅栏院墙，再隔绿柳，可以看见湖水。那是积水潭？

小莉跟着楚新星在楼里转着，有如小迷宫。她对这幢楼有种特殊感觉。"什么感觉？"楚新星问。是神秘感？小莉边想边说，不全是；幽深感？也不全是；宗教气氛？是有宗教气氛嘛，可也不全是；好像是上一个世纪。楚新星笑了："这么多感觉？我住惯了，什么感觉都没有。"

"进吧。"楚新星拧动黄亮的圆铜把儿，推开门，亮出很大的一间房，窗外是莹莹绿树，房内阴凉得很，几个老先生正在高谈阔论。"这是我父亲。"楚新星介绍道。老人脸颊红润，很和蔼地笑着："你们坐吧。"楚新星礼貌地一摇头："不打搅了。"便领小莉出来。听见老先生们在谈佛道禅庄。"我最不愿意和老头子聊。"楚新星说。

一个又一个房间，有人住的，没人住的，放着家具的，没放什么家具的，布置奢华的，布置一般的。小莉跟着开关了几次门。这种沉重的门不是一下就推动的，而动起来又不是一下就能停住的，质量大的物体都有这种特点。她想起小时候推转椅的感觉了，沉沉的，猛推几下，它只慢慢地转，推着跑几圈才飞转起来，想要停住，手拉着它，身子后仰着，被甩着跑上一半圈，才不转了。她很愿意开关这些门，那感觉很有意思。

二层楼阳台上正摆着围棋，静静地围着几个人。旁边一个圆桌上，有人抽烟喝茶，小声聊着什么，都是二三十岁的年轻人。楚新星很随便地将小莉对众人作了介绍，也将众人对小莉作了介绍。人们随便点点头，下棋的仍下棋，聊天的还聊天。这儿的人都有股满不在乎的淡劲儿。楚新星又领来一个新的情人？人们目光中最多掠过这样一句潜台词，再也没什么了。院里一棵棵叫不上名的阔叶树，把繁密的枝叶伸上阳台。阳台的一角有个很漂亮的大鸽子房，像是童话中的小红房，房前落着一群鸽子，白的灰的，头一伸一伸的，两三个人正在旁边站着，议论着鸽子。

一盘棋下完了，人们松动了，和主人楚新星聊起来，旁边看鸽子的也都懒懒散散凑过来。聊棋，聊鸽子，聊搞钱，聊外汇，聊女人，聊馆子，聊烟酒，聊买卖古董，聊买卖房子，闲得很，淡得很。"你这幢楼，连院子能卖三百万，你还缺钱花？"有人说。楚新星在藤椅上抽着烟："这房是我的吗？我倒想卖呢。"

这儿有满院绿荫，有绿柳隔湖，有古雅的小楼，有闲而又闲的聊天儿，顿生与世隔绝之感。你要凭理智想想，才知道院外还有夏日的白热和喧嚣。偶尔也聊聊政治、文艺，淡得很，不值得感兴趣。没人谈到楚新星的小说，更没人谈到小莉。她一时涌上来的强烈愿望是：自己要很快在这个圈内混熟，是吃馆子，还是玩鸽子，还是鉴赏古董文物，她都要比他们还油儿，她才不土老冒儿呢。随即又一笑：自己这是干什么？她突然发现一个真理：到了不同的圈子，人立刻有不同的价值观。在政界，要有权力地位，这才显赫；在文艺界，要有轰动的作品，才有影响；在思想界，要有论著，有透彻的见解，才引人注目；踏进大商场，没钱立刻感到寒碜，腰缠万贯才有荣耀。

楼下传来笑声，他们一块儿到了一楼。后门的门前亭内摆上了台球桌，五六个人围着，打的看的都聊着美国。人汇到一起，热闹了，有人提议出去转转，有人提问：到哪儿解决午饭？一个三十来岁的高个子俯身很随便地捅了一杆，花纹球被击中，直线滚过台球桌面，落入角穴。他直起腰，不管人群的吵闹，依然从容地继续着刚才的话题："你们问我这次回来有何想法？我的第一个想法是：如果有机会，中国人最好都能去美国看看。"

这位叫崔嵩山，广州人，曾因鼓动学潮，成为小小的新闻人物。后来在国内待不下去了，移居美国，现在回来看看。楚新星对小莉小声介绍道。

崔嵩山要拍些照，一大伙人便一起来到中山公园。

你知道中山公园的历史吗？一踏进南门，楚新星问小莉，他又来了飘劲儿，表现表现记忆力。看介绍算什么？走，不用看，我来告儿你：一千年前，这块地儿是辽金的燕京城东北郊的兴国寺。到了元代改名了，万寿兴国寺。现在寺早没了，只剩几棵古柏。这儿的建筑都是明成祖朱棣建元永乐后定都时建的。这儿是社稷坛，辛亥革命后，一九一四年，社稷坛改为中央公园。孙中山一九二五年逝世，在此园内拜殿停灵，后来就把这儿改成中山公园，拜殿改为中山堂。

"楚新星，别显了。咱俩再比比记忆力，怎么样？"一个胖胖的黑长脸在一旁说道，声音有点闷。姓邱，大伙儿都叫他"黑份儿"。"就背这个吧，"他从崔嵩山手中抽过一本《航空时刻表》，"一人看两遍，看谁背得多。"

"比就比。"楚新星随手接过小册子。

崔嵩山摆摆手："背这个有多大意思？楚新星，你现在不是写小说吗？（我胡玩儿呢。——楚新星说）不管是真玩还是胡玩，写小说不是讲感觉吗？咱们不妨这样，一路溜进去，每个人都讲讲自己的感觉，怎么样？我这儿给诸位录着音，等我回美国整理出来，也算我访华见闻的一则嘛。"崔嵩山说着拍了拍别在裤腰上的小型录音机。

随时使人们按照自己的提议活动，这是保持中心位置的一种自然而有效的手段。

穿过游人拥挤的门厅，东西伸展一曲折的彩绘长廊，"保卫和平"的石牌坊，广场，广场中的花坛在阳光下绚烂锦簇，然后是一字排开的七棵辽代的参天古柏，拐弯西行，一对石狮相迎，入内坛南门，泡桐树夹出一条林荫道，两旁梨、桃、苹果树也正浓绿，到了社稷坛，汉白玉的三层方台，拾级而上，坛铺"五色土"：南红、西白、北黑、东青、中黄，"普天之下，莫非王土"，中央立一石柱，"江山石"，表示"江山永固"。明清皇帝每年二月、八月在此祭祀土地神、五谷神。坛北即中山堂——拜殿。出了西坛门，儿童运动场热闹非凡，满眼欢跑的儿童，由此往南有书店，有阅览室，那里正展览着当代书画，有著名的兰亭碑亭，有唐花坞，里面一年四季名花异卉盛开，有水榭，有湖，有四宜轩岛，有杜鹃山，有金鱼池，但那都是从儿童运动场往回出园时顺便看的地方，现在他们继续往北，到了公园最后部，苍松翠柏，筒子河，划船的人们，对面是森严雄伟的紫禁城。

他们在河边的长椅、地上簇挨着坐下了。

"我的感觉是人需要屁股，光有腿可不行。"一个帅小伙子屁股一挨草地就大声说道，他是某刊物的美术编辑。"那你和毛泽东建立根据地的理论一样。""黑份儿"说道。"怎么是根据地？""毛泽东在井冈山时期讲的，人要有两条腿，好比游击战，可还要有屁股，好比根据地。没有根据地要累死的。"人们都笑了：毛泽东可真是中国农民的领袖，这语言真够通俗易懂的，还挺形象。

"你的感觉呢？"帅小伙儿问身旁的女友，一个漂亮的南方小姐，穿着白底紫花的连衣裙，她坐在地上，规矩地屈膝并腿，斯文地笑了笑："我感觉走累了。"那你们俩感觉一样，都需要屁股。人们说笑着。

"你们这感觉太不像话了，这录音有什么用？"崔嵩山晃着录音机。"我的感觉是饿了，先问问，你请客不请客？""黑份儿"在长椅上伸展腿大大咧咧说道。我刚从美国回来，你们应尽地主之谊嘛。"不行，你现在发迹了，在美国光畅销书就出了几本。衣锦还乡，不请请哥们儿？"好，我请。"请什么水平的？我们看水平讲。请低水平的，就是需要屁股；请中水平的，就讲中水平的；高水平的，才讲最真格的。"到时候你们点馆子还不行？"好，那咱们来贡献点儿。"

你完了我，我完了他，讲了一圈。轮到"黑份儿"了。

我什么感觉？一进中山公园，就不喜欢那花里胡哨的走廊，一格儿一格儿的，什么玩意儿，让我想到中国的轿子。又想到唱戏的高鞋底儿，又想到中国的这一切宫啦殿的，朱红的，琉璃瓦的，大黄大绿，木结构，一榫套一榫，一间套一间，真是个《西厢记》——他妈的，怎么冒出个《西厢记》。我也不知道，毫无逻辑。中国过去的才子佳人戏也是那色彩，让人讨厌。坐那轿子舒服吗？在里面装着，被人前后抬着，一颤一颤的，停轿，打帘，撩起袍儿，下来了，再一步步走上台阶，去朝拜皇帝，什么劲？哪像西方，你看那些贵族，貂皮衣一穿，马车哗哗跑过街道，多么洒脱大气。西方文化从古代就和中国不一样。中国这一套，什么宫殿，轿子，服装，礼仪，听咿咿呀呀的戏，纯粹是把人装在小匣子里，不是讲中国盒儿吗？一个个儿都在小盒里过活。我喜欢埃及的金字塔，喜欢欧洲的石头建筑，你们看俄国的冬宫多么气派。咱们，你进故宫看看，没有一间宫殿是大气派的，不过靠间数多，平面上纵横配备来唬人。小家子气，故弄玄虚。

再说别的感觉。五色土当什么讲？我不知道。南红，是火，是热吧；北黑，是冷，是冰天雪地；西白，大概是太阳落；东青，是黎明，是日出？中黄，是中央之国，是帝王。中国的皇帝以黄色为最贵，最高等级。什么美学观念？从现代心理学讲，黄色只不过是促进食欲和消化的颜色，皇帝可能都消化不良。

看着舒服的就是那座石牌坊。说是"保卫和平"坊，那是后来改的，原来不是叫"克林德碑"？德国公使克林德向义和团挑衅被打死，清朝赔礼道歉建的碑。

再说那对石狮子，左边这只是母的，右边那只是公的。你们别笑，不是讲男左女右吗？咱们是迎面看它们，方向正好颠倒，就是男右女左了嘛。我又想：这狮子是石头的？它成天在这儿仰承星月甘露，过上千百年不成精灵了？它们要交配了，生出什么来？你们别笑。这是中国的神话传说，草木兽石都能修炼成精，未必没有真理。那不是更透彻的进化论？有人验证说，佛和菩萨头上那圆光轮就是外星人的头盔。天下什么都可能。

我的观点，是什么也不轻信，什么也不随便怀疑。万事没个准头儿。

崔嵩山慢慢一笑："我不同意你的观点，中国传统文化还是有世界意义的。西方不讲社会责任，社会道义，走不下去了，儒家文化需要在现有国际背景下有个新的发扬光大。"

怎么，你出国了，在西方了，倒推崇起中国儒家文化了？众人说。原来，你可比我们都崇洋。

"那好理解。可以告诉大家，中国在国内的学者，很多人在批判中国传统文化，可是许多欧美华裔学者却在肯定中国传统文化。你们想想，为什么？"

不说了，该弄食儿了。

北京素菜餐厅。宣武门内大街，坐东朝西。素珍佳肴，驰名天下。来到二楼雅座，素净洁亮。闹闹腾腾坐满两桌。中等的，高等的？要不要为阁下省钱？随便？好，楚新星你来点。

容易，我不用看菜单。楚新星摆了一下手，转头对站立一旁的服务员直接说道：太极鱼翅，鸡酥海参，鸳鸯两合，雪包银鱼，八宝京鸭，罗汉斋，扒八素，红烧麻花笋，一品山药桃……

崔嵩山优雅地看着众人，点吧，他还请得起。这便是中国式的友情。美国人绝不这样起哄。这群哥们儿一股子吃喝玩乐的玩世不恭劲儿，自己原来也和他们厮混。回到这群人中，还能找到完全一样的说话声调；但也有不习惯的一面，他和他们有些差别了，而且，他也想表明与他们的差别，他应该更有身份。所以，他经常浮着这种淡雅的微笑。

他看见自己迈着大步，急匆匆穿过纽约市摩天大厦相夹的不宽的横竖街道，个儿很高，身子前倾，像个大虾。他看见自己坐在海边，右手拿着"热狗"，左手端着冰镇咖啡，海水起伏着，周围都是吃简易午餐的美国人，阳光灿烂，几只海鸥飞翔着，竟然停到岸堤上，一个金发男孩在给它们喂食。他看见自己忙忙碌碌，在一切能活动的地方活动，和一切能周旋的人周旋，不断地你好，不断地谢谢，不断地再见，和行人相撞了，不断地对不起，到各种豪华的，不豪华的，狭窄简陋的住宅里，公寓里，办公室里联络。他看见自己开着小轿车在高速公路上急驰着，很熟练地拐弯，超车，匀速前进，有时兴奋，有时疲倦，有时寂寞，距离太长了，一直用这个速度开车，太单调了。他看见自己坐在去费城的火车上，这一节车厢连他竟然只有两个旅客。那是个中年男子，架着副眼镜，一张张翻看着报纸，几个小时的旅途两人居然不说一句话。他曾想利用一个目光相照的机会搭几句话，但对方根本不朝自己这儿看。他对美国始终陌生？他终于混出点样子了，回到国内了，又发现对中国有些陌生感了。又想到美国的种种好处，想到自己的美国籍。他不禁记起一句格言：人有两个情人时，总怀念那个不在身边的。这次回国消闲一下，了解一下国情、政局、民心，回去又是著书、写文章的资本。在美国要卖中国货，在中国要卖美国货，这就是自己的优势。凭这个优势，他要挣钱，挣地位，挣天下。

菜一道道上来了。用各种素食、素菜烹调成的"鸡鸭鱼肉"，别有风味。

烈日下的游泳池。顾小莉走上十米跳台，平举双手，然后像一个冰棍直直地跳下。她游到池边，楚新星正抱膝坐在那儿晒太阳，一伸手把她拉了上来。太凉了。她打着抖。游泳池刚换过水，坐在池边就能感到凉意。她俯卧在被阳光晒热的水泥地面上，暖着身体，两条小腿快活地向上倒踢着，脸颊也紧贴着暖烫的地，左面，右面，然后双肘撑地看着楚新星：

"你这个人太随便了，像条搭在绳子上的皮带。"

"哈哈，还像什么？"

"还像一条男式长筒裤。"

楚新星笑了："拿这比喻我？"

她看着他，略显瘦削但很健美修长的身体，肌肉在阳光下发亮，锁骨有些凸出，恰到好处地显出男性的美来，"你活得过于轻松了。"

"我也有不轻松的时候。"

"你还有不轻松的时候？"

"挣钱啊。去火车站扛大件儿，趴在桌上写小说。"

"你的小说像流水似的，我看一点都不费劲儿。"

"流也得一个字一个字流啊，也多少得流得像点样儿。"

"你还知道认真啊？我当你没有呢。咱们聊点正经的，太轻松我也受不了。"

"聊什么？写小说不过是编故事，再简单不过了，像做梦一样容易。我顺口就编一个。"

"那你编一个呀。"

行。一个姑娘挺漂亮，在游泳池边遇见一个年轻小伙儿，挺帅，坐在那儿晒太阳。姑娘好像没看见他，一次次从他身边走过，一步步登上跳台跳水，游到池边，上来，然后又从他身边走过，又上高台，又跳下来。（你这叫什么小说？）她一次又一次跳着，一次又一次从他身边走过。水刚换过，天又阴，游泳池没什么人，只有稀稀落落的几个男女。天更阴了，好像要下雨了，姑娘一次次跳着水，一次次从小伙儿身边走过，两人谁也没看见谁。最后一次她跳下来，可能因为疲劳了，没掌握好平衡，被水不轻不重地拍了一下，游到池边，没有力气上去了。她一次又一次试着，抓着池边在水中喘着。这时风来了，云暗了，天也黑了，落开大雨点了。游泳池内人早跑光了，又来了闪电。姑娘上不来，一次又一次用力，可她没力气了。她朝岸上他那儿看了一眼，他石像一样抱着膝一动不动，（是死了吧。小莉开着玩笑，但眼里没有笑意。）她不喊，又一次次试图上岸，可还是落下去了。她终于喊了：你不能拉我一下？他坐着不动。雷声从头顶滚过，闪电利剑般射入游泳池，水沸腾了，天地翻覆了。她喊道：你能不能拉拉我啊。

他听见了，往这儿看了一眼，懒洋洋地站起来，走过去伸手轻轻一拉，她就上来了。

两个人在倾盆大雨中面对面站着，离得很近。难道你聋了吗？她大声责问着。刚才上岸的一瞬间，她发现并不费力，也许他不拉她也能上来。

他耸了耸肩：你这么发火，证明我无论什么时候拉你，都太早了。

过了好一会儿，两个人相互挽着在雨中走了。

"嗬，真够味儿的。"小莉入神了，说道。

"他妈的，搞艺术太容易了。你给我讲点什么？"

……你不是讲编故事像做梦一样容易吗？我给你讲个梦吧。

宇宙沉睡了，一个女人也在沉睡。山脚下一棵枝杈奇怪的大树下，她枕着树根，树根像裸露的手臂。女人梦见天地一片橙黄，一个椭圆形的太阳在燃烧。它四周的火焰是黑色的，蛇群一般舞动。太阳缓缓地从空中一点点降下来，放着热度的巨大压力。蓝色的空气在四散逃跑。太阳越来越巨大，越来越烫热，黑色的火焰在女人身上盘旋飞舞，舔着她胸脯、乳房、大腿。它终于沉重地压在了她身上。她哼了一声，很舒服地伸展开自己的身体。蓝色的绸缎般光滑的大海，绿色的草原，无边无际的森林，肥沃的大地。一颗硕大的星星从空中直落下来，在她的梦中溅起一圈又一圈红色波纹，一朵粉花在她脸旁慢慢开放……

一个男人也睡着了，在海边卧着柔软的沙滩。他梦见久别的女人朝他走来。她的皮肤灼亮，眼睛灼亮，微笑灼亮，她的赤脚也灼亮。她的黑发在美丽地飘动，她在风中淡化了，消逝了。天空中出现一轮黑太阳，像无底的黑洞，它四周的火焰却是白色的，像几片蝙蝠的翅膀时张时收地跳动着。黑色的太阳燃烧着，天空承受不住了，翻落下来变成了大地。黑色的太阳在大地上燃烧着……

太阳终于燃尽了，宇宙露出一丝冷酷的、早知如此的深蓝色的微笑……

楚新星："这是你做过的梦？"

小莉："我一边讲，一边又发挥了。"

他看了她一眼："咱俩现在该去找一张床。"

她怔了一下："去你的。"

"不让找床？那我写首诗送你吧。"

"这什么逻辑？"

"有了床，诗就消失了。没有床，就有诗了。"

"那你写诗吧。"

他一句句口述着把诗写了。

她看着他，过了好几秒钟，说：我和你一起去参加笔会。我想好了。

375

第四章

京西宾馆，坐北朝南，矗立在宽阔的复兴路边，俯瞰着长安街浩荡的汽车流。路对面是革命军事博物馆，往东一站地是木樨地。中央及全国一些高规格的会议常在这里召开。现在开放了一些，有些具一定规格的会议也在这里召开。

人生咨询所及两家报刊联合召请的关于中国传统文化的讨论会在此举行。

七八十位学者济济一堂，每日会上争论，会下还烟雾缭绕地争论着，时常面红耳赤。人人认为自己在探讨最重大的问题，认为自己最智慧。

陈晓时对此觉得很有意思。他想起一个梦，有个年轻女性问他：你是怎么来到这个世界的？他说不知道。他隐约记得他原是个快乐的小生物，在江河里快活地游。天地突然合一了，一片混沌，像晚霞一样暖融融的。他被融化了，变成一个美丽的梦，稀薄缥缈。过了好长时间，才又看见自己，变成一条小鱼，懒懒地游着。突然，天地重开，他看见这个世界了。他看见天空在摇晃，大地在摇晃，周围的房啊树啊在颠簸，黑色的大鸟可怕地呼啸而过。无数慌张的面孔在周围闪动，惊惧的眼睛像一群群流星掠过。他只注意面前这双经常俯视自己的善良的眼睛，她被夹在人流中，正怀抱着自己匆匆走着。天黑了，拥挤不堪的狭小空间。满地的胳膊、腿，到处是呻吟啼哭，是臭烘烘的气味儿（只有她身上的气味让他感到安心，好闻）。一双吓人的大皮鞋底从头顶上迈过，又一双瘦小的脚从头上迈过。男人的衣服，女人的衣服，粗黑的胡子，细弯的眼睛。他睡着了，又觉得自己在颠簸中……你没有回答我的问题啊？年轻的女性微笑凝视着他。他笑了：我知道你爱我，希望了解我，我这才开始给你讲我的故事。

你知道我是什么时候开始认识你的吗？……

大会议厅，豪华的吊灯，大玻璃窗，天鹅绒窗帘，红地毯。沙发两排，围成两个正方形，一个"回"字。大会讨论：中国文化的基本特征和核心精神，如何评价它在现代的价值和作用？

一位历史学老教授扶了扶黑框眼镜讲话了，他显得儒雅睿智。中国传统文化的基本特征是"礼"，或说"礼教"，"礼治"。克己复礼。从周公制礼，世世代代沿袭了下来。"礼"在中国既是社会等级、社会关系、社会制度，又是伦理道德的规范体系，还是生活方式的准则，具有一体化、普遍化、根本化的特点。我们几千年的传统文化模式就是它。

"礼"的核心内容是等级隶属关系。三纲五常，尽忠尽孝。这种隶属关系从政治、社会、经济、伦理、家庭等诸方面严格确定一个人在社会关系网中的地位，而且严格规定了在这个地位上应遵循的政治、伦理、生活的思想行为准则，不可逾雷池一步。整个社会构成了上支配下、下服从上的严密整体，没有任何个人的独立意志。现代经济、政治生活所要求的民主、自由、平等、个性以及爱情、婚姻上的独立自主，都是与之相悖的。从这个意义上讲，"礼"是保守的，是我们现代化的巨大阻力。

但另一方面，"礼"有没有积极意义呢？"礼"所包含的隶属关系，加强了整个社会的整体性，加强了人与人之间，人与家庭之间，人与国家之间的联系及相互依赖性，这难道不有助于加强中国人的集体观念和爱国主义？不有助于加强中华民族的凝聚力？自古以来抗击外来侵略，中国这种传统文化不是起到了团结人民的巨大作用？哪个民族英雄不都是在这种传统文化熏陶下出现的？

一个青年学者坐在对面激烈反驳了。他叫晁南江，像棵不胖不瘦的树。我同意把"礼"作为中国传统文化的基本特征，他挥了一个手势，像树枝伸出一杈。然而，正因为如此，应对它进行无情彻底的批判。对它不存在一分为二的问题，它只有保守性，没有任何积极意义。真正一分为二的辩证法是：社会处在这样的对立中：一方面是"礼"为核心的传统旧文化；另一方面是现代的经济、政治进程以及相配合的现代意识。"礼"起什么作用？任何一个人都被嵌在社会的一个网络点中，毫无独立性，没有自由权利，左右不能移动，更不能犯上。对上是绝对服从，对下是绝对支配。符合这规范的是"礼"是合理，违反的是非礼的人欲，要灭绝才对。这造成国民性的主奴根性。人人都有当主子的一面，又有当奴才的一面——除了最高的皇帝，只当主人，除了最低阶层的妇女，只当奴才。

现代化进程与"礼"处处冲突。一，平等原则与等级制度的冲突；二，法治和人治的冲突；三，民主与忠孝的冲突；四，个性与绝对整体性的冲突；五，竞争与封闭的冲突；六，创造性与保守心理的冲突；七，人身自由与封建隶属观念的冲突；八，爱情、婚姻、家庭中的新观念与旧道德的冲突；九，政治上求实的新理性与旧的政治伦理规范的冲突；十，公民意识、参政意识与奴性的冲突；十一，个人奋发进取与旧的道德形象模式的冲突。你们看看，现代化进程的哪一支矛不指向传统的"礼"？中国人现在愚昧就愚昧在"礼"上。

那日本呢？有位年轻学者瞪着凸出的眼睛反诘了：日本现代化了吧？但它的企业中、社会中，不是吸收采纳了许多源于中国的儒家文化？

中国传统文化的基本特征和核心究竟是什么？

众说纷纭。

是"实用理性"；是"典型的理想主义"；是"人本主义"；是宋明时期的道学；是对人伦关系的重视，"互以对方为重"，"以社会整体为本位"，完全不同于西方的"自我中心"和"个人本位"；是"作为主导心理的入世思想"与"以伦理道德为中心的精神支柱"……

是"人文主义"。这种观点有不止一个人提出。又有激烈争论。

有人说：中国的人文主义是与西方的人文主义迥然不同的。西方的人文主义，把人看成是独立的，有着思维、行动、情感、意志自由的个体；而中国的人文主义则把人看成是群体、社会整体的一分子。中国传统文化也强调人的价值，人的理想境界，但这一切要在整体中，在确定的位置上，以确定的伦理道德关系来实现。我们至今讲理想，不都讲与社会、国家、民族的关系吗？这就是中国传统文化的人文主义。如果说西方的人文主义强调自由，平等，民主，权利；中国的人文主义一贯强调整体，和谐，义务，贡献，牺牲。我认为东西方这两种人文主义应该取长补短相结合，这样才能形成既具有独立的人格（东方所缺少的）又具有社会的人格（西方所缺少的）的完整的人文主义。

又有人反驳说：我反对这种抽象的、非历史的比较和结合理论。中国传统文化中的人文主义是建立在小农为主的自然经济基础上的，它不能产生任何民主思想，而只能产生家长主义，最终导致的或者说供奉起来的是王权。一盘散沙的小农经济没有任何横向的经济、社会联系，只被王权的统治网"组织"起来。全部人文主义思想就是人的道德的自我完善，视此为最高幸福。净化自己，规劝自己，改造自己，适应社会整体，说到底是献身于王权。所以，人失了血肉，失了个性。这种传统文化不还在影响现代生活？

杜正光的眼睛在眼镜后面闪烁着笑意。他也发言了，极力显得豪爽，对所有人都挺哥们儿似的：我认为中国传统文化应该一分为二，对于封建礼教应该批判，可另一方面，中国传统文化强调"天人合一"，"知行合一"，"情景合一"，三合一吧，这是深刻的宇宙观，完美的人生观，独特的美学观。还有，强调"刚健有为"，"崇德利用"，"和与中"，这也都是我民族文化中有价值、有活力的方面。

陈晓时眼睛突然亮了，看见"她"来了。挺拔的身材，晨光中透亮的小树。"她"拿着暖壶沉静地走过一个个座位，往茶杯里倒水。他觉得自己该发言了。看见"她"倒完水，背着双手静静地靠墙站住，目光朝这儿。他接过了话题。

电影文学剧本初稿写好了，交导演看，杜正光跑来参加京西宾馆的讨论会。他喜欢交际，石英也跟着他。她不是会议的正式成员，哪个房间有空她就在哪儿睡。整天在兴奋中。

石英来北京次数少，杜正光却对北京十分熟悉，领着她逛。军事博物馆？不感兴趣？就在宾馆对面，转转吧。堂堂皇皇一座大楼，东西两翼，四层，中央，七层楼，上面一座尖塔，顶托"八一"军徽。一进大门，中央大厅内是毛泽东纪念馆，伟人的石膏像，几百幅照片。前厅东侧，一楼，第二次国内革命战争馆，二楼，抗日战争馆，三楼，第三次国内革命战争馆，一共五千多件文物及图片：照片，文件，手稿，毛泽东等领袖们用过的油灯，手枪，望远镜，八路军的臂章、胸章，各种武器装备，蒋介石逃跑留下的总统办公室的印章。前厅西侧，一楼，综合馆，二楼三楼未开。中央大厅门外，左右两个广场，陈列着历次革命战争中使用和缴获的大炮，坦克，飞机。

杜正光讲了一圈。他的历史知识有限，可在石英面前足以充当权威。然后呢，他领她去坐地铁。北京站——崇文门——前门——新华街——宣武门——

长椿街——礼士路——木樨地——军事博物馆——立新路——万寿路——五棵松——玉泉路——八宝山——八角村——古城路——苹果园。到头了，到地面看看。然后再往回坐。天黑了，他们在西单找了个小吃店随便吃喝了一点儿，又坐地铁，在一个人少的站下了车，坐在站台长椅上说话。

两个人发生了冲突。石英随身背的小皮包内放着杜正光先后写给她的几十封信，鼓鼓囊囊一包。杜正光发现了："你怎么随身带着，不怕丢了？"

"我就是放在家里不放心，怕他们翻，才带出来的。"

"给了我吧。"

"不，你又销毁。"

"我这次不销毁还不行？等离开北京回去了，就还给你。"

结果，杜正光当着石英的面就把刚要到手里的信一封封撕碎，扔到站台的果皮箱内。两人吵了起来。"伪君子，我越来越不相信你。"石英气急了。

"不相信，咱们就拉倒。"杜正光转身一个人气呼呼走了，一溜上台阶出了站台。他站在街边，背对着地铁出口处用眼睛的余光注意着。过了一会儿，看见石英低着头上来了。他装作没看见，急匆匆朝前走着，要甩掉什么一样。走了好远，在街边一张石凳上坐下。不出所料，没多会儿石英就不声不响地出现在面前了。

"你跟着来干什么？"他恶狠狠地问，他知道怎么治她。

"我错了……"

目前，对中国文化兴起了一股研究的新热潮。陈晓时讲道。各个领域都在大谈"文化"，可以说是"文化热"吧。文化热出现的原因是什么呢？简单说，是民族有了生存危机感，所以有了全体性的自省，但更深刻、更具体地说呢？这就是我想谈的第一个问题。如果我们考察了中国几千年的历史，近代史，一九四九年新中国成立以后的历史，"文化大革命"史，以及这几年的发展，就可以看到答案：

一，中国传统文化一直影响着中国近代、现代的经济、政治、社会生活，在"文化大革命"中集大成地发展到了顶峰，走不下去了，破解了，中国各阶层，特别是思想文化界都痛感需要重新认识中国文化。

二，西方文化的引进，分解了中国文化，又树立了一个全新的参照系，造成了研究中国文化的新角度和热情。

三，现在开始的经济、政治改革，必将触及文化，改革文化。

四，因为西方文化的巨大渗透及影响，因为中国传统文化受到冲击，出现一种恐慌：怕失去中国传统文化，于是就有人去寻根。

五，由于想在世界文化交流中显示个性，显示影响，而日益重视民族文化。

六，西方文明在精神上的危机，使得世界上有一批学者把目光转向东方，中国。

研究文化，"文化热"，其实是一场斗争，动力是由那些中国传统文化的批判者提供的，他们激起了捍卫者的反作用。对传统文化的批判者都渴望改变自身及民族的处境，这种文化批判的本质是"维新"。文化的批判含着对旧的经济秩序、政治秩序、社会秩序，包括旧的伦理道德秩序的批判。既是观念上的斗争，也是利益的斗争。这就是我谈的第一点。

我要说的第二点是……

"她"是宾馆的服务员，叫邹芮琴，二十岁。他们怎么认识的？他第一次发言时，她就这样远远地背手靠墙站着，眼睛明亮地朝这儿看着。散会了，人们说说笑笑往会议厅外走，她看见他了，冲他笑笑，他也笑笑，站住了。有了最初的交谈。他发现她是个非常开朗质朴的姑娘。他喜欢上她了。

第二次，早晨他在宾馆的院子里散步，她迎面走来了，穿着短袖运动衣，短运动裤，满面汗津津。跑步去了？"我们要赛篮球，我练球去了。"你打得好吗？"我是我们这儿的主力呢。"她快乐地笑了。他更喜欢她了。

晚饭后，她来电话了："你看电影吗？"如果你陪我一块儿看，我就看。要不我就不看了。她在电话中笑了："是一块儿的票。"两人看电影了。她挨着他坐，不断看着他。她出去了一趟，暗黑中回来，塞给他一支雪糕。电影散场了，随人流往外走，他热了，脱掉外衣。她伸过手："我帮你拿着。"然后挽着他出了影院。不少熟人和她打招呼，她也大大方方地致意，并不理会他们打量她挽着一个男人的目光。他们来到了复兴路上，在夜晚的街道上散步。

"你挺大方的。"他说。

"挽着走路怕什么？"

"你恋爱过吗？"

"没有。"

"如果有人吻你呢？"

她垂下眼看着脚面："不知道，可能会有点紧张。"

他善良地笑了："你像个小中学生。"

"我是中学刚毕业——前年。你有小孩吗？"

"有，男孩。"

"肯定很聪明吧？"

两个人聊着，他讲了许多，她也听了许多。

"真感谢你这样帮助我。"她说。

"感谢什么？我这样讲话，对于自己也是一种享受。"

"为什么？"

"畅快地讲话，有人理解和崇拜，又是年轻人，而且是个可爱的姑娘，这不享受吗？"

她笑了："你说话真逗。"

"我和你说了这么多，你知道目的是什么吗？……不知道吧？说穿了，就是企图得到一个年轻姑娘的崇拜和爱慕，这是真正起作用的心理动力。和其他男人差不多。我的理智只不过是愿意揭露它而已。"

"我特别喜欢听你讲话。"

"愿意我对你今后的生活提点忠告吗？"

"愿意。"

"你今后一定要防止轻信的错误，你的性格容易犯这种错误。对于那些能说会道的男人，对于那些善于用诉说痛苦来赚取同情心的男人，你都要有所戒备。"

……

他在梦中对那个年轻女性讲述起自己的故事：他记得四五岁时就见过她，在一张洋画儿上。她是一个仙女，穿着漂亮的盔甲，舞着双剑，领着无数天兵天将在海上破浪前进。海水没到她的大腿。她后面是无边的天空，滚着白云，是大海，翻着白浪。她破浪而来，英姿勃发。他看着她，感到一种神秘的、隐隐的激动。

你看什么呢？表妹婴婴突然在他身后出现。

没看什么。他放下洋画儿，不好意思地搔搔头。

我爸爸来了，你去问为什么吗？

去。

他喜欢问为什么——从会说话开始。

天为什么会下雨、刮风、迷雾、早晨亮、夜晚黑？人为什么有男也有女？公鸡为什么打鸣，母鸡为什么下蛋？树为什么没公母？我是从妈妈身上哪儿生出来的？蟋蟀为什么会叫？萤火虫为什么发光？象棋中为什么车要直走，炮要翻山，马要走日，相士将不能过河，卒过了河才能横走？

他两三岁时，有时一口气就问一上午。大人们常常愕然：是不是中邪了？唯有他妈妈毫不为怪：他生来就是这样。

卒为什么过了河才能横走？不过河横走，就会乱了套。过了河横走就不乱套？过了河就乱对家了。自己家为什么不能乱？不乱才好打仗？对。那车马炮横走不一样乱？他们乱没关系。为什么卒乱就有关系？卒最小嘛。最小就不能横走？这是规定。谁规定的？古人规定的。为什么要听古人的？古人最先说的。那我现在最先说卒可以像车一样走，别人听吗？你说当然不行。为什么不行？不行就是不行嘛……

他发现：没有一个问题能问到底，大人不可能一直回答下去。

婴婴，我长大了，一定要问下去，问到底。他不止一次看着星空憧憬地对表妹说。一颗流星划破夜空不见了。走，咱们找它去。他们在流星消失的田野里到处寻找。它是亮的，应该能找到。他想知道：流星是不是石头，会不会烫手？然而，整整一个夏天，他们没有找到一颗流星。在夜晚的田野中闪亮的只是萤火虫……

邹芮琴平躺在床上，凝望着窗外的月光遐想着。同屋的几个姑娘都已睡熟。她伸直腿，抬起来欣赏着。大腿，小腿，绷直的脚面，很长，很直，很健美，像芭蕾舞演员。放下左腿，又抬起右腿。反复轮换着，欣赏着。她又站起来，脱下背心只戴着胸罩，走入窗前银子般的月光下，上下左右地端详自己，真干净，真年轻。微笑着，她趴到窗台上看月光。蟋蟀在歌唱，树啊，草啊，花啊，静静的，梦幻的，夜色真美。她心中生出无限柔情，二十岁这个年龄真好。她不希望年纪再大了，永远这样才好。

她眼前又浮现出陈晓时的形象，他微笑着。她想着什么，眼里不时漾出憧憬。过了好久，不知想到什么，微笑消逝了。她目光恍惚了，陷入若有所失的惆怅中……

　　陈晓时继续讲着话。第二个问题，对中国传统文化的解剖。第三个问题，深刻全面地估计文化的发展规律。第四个问题，我们对传统文化的态度。

　　我们对传统文化应持的态度，就是历史采取的态度。

　　在历史上，中国传统文化起过合理的作用。它存在几千年，不是没有道理的。而现在，历史对其提出了否定、批判。我们这么多人的批判发言，这几年来各个领域的批判，都是历史在执行对传统文化的批判。

　　中国传统文化绵延几千年不是偶然的，是不以人的意志为转移的，它在近代、现代遭到批判，同样是不以人的意志为转移的，是历史首先提出的，我们的声音是历史赋予的。自觉到这一点，就可以更有力地实行这一批判。实际上，西方文明的进入，经济关系、政治关系方面的批判，早就在对传统文化进行批判了。

　　历史的发展本质是批判的，就如生命，每时都在批判这一瞬间，在批判中同时发展着新一瞬间。这新一瞬间正是通过批判，吸收并综合了旧的一瞬间。

　　我们必须对"批判地继承"这个口号的通常意义提出质疑。在这个口号下，辩证法被简单化为机械的一分为二：对传统文化否定一部分，肯定一部分。似乎全部工作旨在划一条分界线。好比吃饭，剔除骨头，吃下肉，就是批判地继承。其实，深刻彻底的辩证法表现在：全部吃下去的肉，都要被我们的肠胃进行批判。一切都被分解了，改变了，重建了，更新了，原来意义上的肉不存在了。所以，我们停留在区别传统文化什么该批判，什么该继承，是非常懦弱的，甚至是空洞伪善的方针。我们要做的工作，是对整个文化进行彻底的批判。如果其中有什么因素今后留下了它的影响，那也完全是被重建了、更新了的。

　　现在唯一要强调的是批判的无情与彻底。

　　夜晚，他和邹芮琴又在复兴路上散步。"你小时候什么样，可聪明了吧？"她突然问。他笑了：还没人问过我小时候的事呢。"我想知道。"

　　可以。我喜欢研究人的童年，那是研究人的好办法。我小时候的事可多了，讲哪方面呢？我很小时住过南京，二层楼上，红色的地板地，家里买了一套新家具。爸爸妈妈一出去就把我锁在家里，有时还把我绑在沙发上。（"为什么绑起来啊？"）怕我调皮呗。我每次被锁在家里，都要把家里弄得乱七八糟。我从来没有安分过。我喜欢把家变来变去，箱子里的东西全翻到地上，床上的东西放沙发上，沙发上东西装箱子里。我喜欢爬上爬下，攀登一切可以攀登的高度。我不喜欢秩序，不喜欢被管制，不喜欢被囚禁。我至今不喜欢被"囚禁"在任何地方。不管是用锁、用房间、用户口、用工作、用事情、用伦理、用义务、用感情，用一切东西来囚禁我，限制我，我都在心理上反抗。从小养成的。

幼年时，我跟着父母跑了很多城市，经常搬家。

颠簸的火车，发蓝发冷的天空在车窗外掠过着。路边的树掠过着，长堤掠过着，长堤上长满了草。电线杆一根接一根在车窗外掠过着，大地旋转着，山在天边慢慢旋转着，河流湖泊在大地上移动着。天已经黑了。车厢内的灯光昏黄。在座位之间用箱子搭成了小床，他便睡在那儿。父亲靠着座位瞌睡，母亲在照料他。人们乱哄哄地挤来挤去，一个农村妇女抱着婴儿倚在车窗睡着了。她的嘴半张着，很痴憨的样子。下了火车，又换马车。这是在南京城里了。马在前面拉，车在后面像个小轿，和妈妈坐在里面。马车夫扬鞭赶着。住了没多久，又离开南京了。那一天是夜晚。家里来了许多客人，记得有楼下那个医生。吃饭、忙碌，马车、汽车来了，搬东西，从楼上到楼下，乱糟糟。汽车在街上飞驰，颠簸，路灯在街上掠过，大概是到了长江边的码头。黑暗的大江，灯光闪烁，如梦境一般，觉得它特别大。他第一次遇到这样的夜晚，多少年后，始终如梦般在眼前出现。码头上来来往往的人都是影影绰绰的。困倦中好像到了船舱。只觉得江面很高，就在舷窗下，黑色的大江在神秘地旋转着。时间很长，又很短，似乎是过了江，大江在他印象中是那两岸稀稀疏疏的灯火划出来的。后来到了北京，又到沈阳。沈阳在他印象中是一幢陈旧的、没有生气的五层楼房。噢，我给你讲一件有意思的事吧……

他突然停住步，看见杜正光迎面走来。后面远远的，灰影一般跟着石英。"你们怎么了，拉开距离了？"陈晓时问，他大概猜到了缘由。

"我走我的，她走她的。"杜正光火气挺大地说道。

石英在街边远远站住了，杜正光回头看了一眼，转身走了。

陈晓时走到石英面前："又吵架了？"

石英低着头用脚轻轻蹭着小草，眼泪慢慢流了下来。

陈晓时看着她，想到了两年前的秋天。

第五章

　　天高云淡，群山起伏。离小城不远的山地里，一个黄土峁上坐着五个人，杜正光，他妻子薛惠敏，他七十多岁的老母亲，他四岁的女儿。第五位是他的同学，远方来客陈晓时。他们是星期天来郊外游玩的。这会儿铺着一块蓝塑料布，围坐在已经收割了的庄稼地里，在他们中间散乱摊放着吃剩的面包香肠、水果、汽水。

　　已是下午，太阳偏西，可能是玩兴已尽，他们有些疲倦，天地显出一片辽阔无边的寂静来。黄土高原沟沟峁峁地展开着。像凝冻住的黄色海洋。在西面平缓化为烟霭浮罩的小城市，在东面扩展到天边，拱起绵绵的青色山脉。

　　真静，能听到耳鸣。

　　北面一两里处，壁立着一段雄奇的石崖，是一千多年前凿就的一孔孔巨大石窟，能依稀看见石窟中那一座座大石佛大慈大悲的微笑。

　　广阔的寂静中隐隐地传来一种声音，极远的，似乎是唢呐吹奏的乐声。眺望的目光终于看到：在远处山脊上一行穿着白衣服的人，像一线小白点在缓缓移动，那是送殡的队伍。似乎还听到了号哭，若有若无。白色的队伍沿着山脊缓缓移动着，越来越远，越来越高，又沿着山脊慢慢落下去，一点点消失在山脊后面。唢呐声越来越细微，终于一点都听不见了。

　　老太太人老眼不花，这会儿收回目光，盘腿坐在那儿叹了口气，唠叨道："人活着就是一辈子，活过去就活过去了。"

　　杜正光正撑着头很舒服地躺着，这时抬起头很爽朗地一笑："妈，您说的可真是句大实话，谁能活两辈子？"他惯于用笑来活跃气氛。这是他的魅力。

他笑够了，话才接上："不过，现在人长寿了，一般都能活八九十岁，像妈妈这样的，肯定能活一百岁。要和过去的人比起来，这就差不多顶两辈子了。"

"过去得痨病，没办法治。"老太太没有笑，感叹地添了一句话。

不知为什么，谁也没再说话，辽阔的秋天露出一丝初现的肃杀。

陈晓时侧身很惬意地斜躺着，隔着塑料布能感到土地的暖意。山，云，风，阳光，土地，树木，庄稼，田埂，鸟雀……他神思恍惚地沉浸在黄土高原的秋意中。

眼前的一家三代四口人像一幅画。老太太头发花白，但精神健朗，她拿着一个旅行水壶让小孙女喝橘子水；四岁的茸茸长着红苹果一样的圆脸，正聚精会神地玩耍着小石子儿；薛惠敏静静地坐着，一下午就没听她有什么言语，一边慢慢地织着毛衣，一边含着善良的微笑，显得端庄朴实又有些憔悴；杜正光则依然侧躺着，笑看着自己这一家人。

这是一幅天伦之乐图。可为什么自己稍一眯眼，那一丝冬天一样的黑色就在后面隐隐微现呢？这是什么幻觉？杜正光凝视妻子的目光中似乎露出了瞬间的冷静观察？

不，只有一片幸福，再没有比这寂静天地间融融洽洽的一家人更显得和谐的了。

突然，远处传来快节奏的叮铃铃声，一辆自行车沿着田间小路飞快地左右回旋着骑来，一个姑娘的红色风衣像旗帜一样飘动着，一条狗跟着她快活地跑着。

"杜老师，你的信。"车到，跳下一个生气勃勃的姑娘，大黄狗在她身边摇着尾巴转来转去。

"什么信？"杜正光一边起身接过信，一边给陈晓时介绍道，"这是石英。这是陈晓时——你可能听说过他的大名——我和惠敏过去的同学。"

看见陌生人，石英不好意思地笑笑。"大姐，你给谁织毛衣？"她挨着薛惠敏坐下，亲热地问。

"给茸茸织。"薛惠敏慢言慢语地答道。"哪儿来的信？"她看了丈夫一眼，随便问道。

杜正光正注意看信，没回答。

"是《时代》编辑部来的。"石英代为回答，"肯定是杜老师的中篇小说要发表了。"

"你怎么知道？"薛惠敏问。

"我也收到他们一封信，让我去改小说稿。"石英压抑不住兴奋，"我给他们寄过一个短篇，就是上次杜老师给我看过的那篇，我和杜老师一天寄去的。杜老师，他们已经决定用你的稿了吧？"

杜正光看完信随手叠好，又想到什么，把信递给了妻子，"他们也让我去改稿。"他转头冲陈晓时一笑："我的第一部中篇小说，《时代》决定用，但是又要我去编辑部做些修改，可能嫌有些地方太尖锐了吧？"

"为发表，总得有所妥协吧。"陈晓时说。因为这个漂亮的姑娘，杜正光的倦意一下消散了，变得容光焕发，微凸的眼睛幽默地闪着微笑。陈晓时心中也笑了笑。同时他还发现，自己不知不觉也坐了起来："那你们也要去北京了吧？"

"看来得去。"杜正光说，"要不，他们不给你发啊。"

"杜老师，我和你一块儿去吧，明天就走。"石英兴奋地说。她对他称老师并不奇怪：杜正光比她大十多岁，她在学习写作，时常请教他。

"你们如果明天走，咱们就能同车了。"陈晓时说道。

"咱们就明天走吧，杜老师。"石英显得急不可待。

"瞧你急的，要发表处女作了，就像小孩过年一样。"杜正光揶揄道，"不过，咱们来不及，总不能一拍屁股就走吧。"

"怎么来不及？我今天就去给咱俩请假。星期天也没关系，我去找领导。"

杜正光笑了："急也不在乎这一天嘛。还是过一两天走吧。"他转过头，"陈晓时，你不用等我们。我到北京再去找你。"

陈晓时说："行，北京再见吧。"杜正光并不愿意和自己同行，这里的奥妙是可以想到的。他心中笑了笑，不禁又看了石英一眼。

很可爱的姑娘，她的到来使整个气氛都变得活跃热闹起来。

石英抱起茸茸和大黄狗一起玩耍。

"黄黄，"她吆喝着大黄狗，"卧下，卧下。"狗顺从地卧下了。她抱着茸茸往狗背上放，"茸茸，别怕，黄黄不咬人，分开腿骑在它背上。大姐，"她转头冲薛惠敏一笑，"你别怕，摔不着。杜老师，你说什么？怕把狗压坏？不会，真的没关系。"她哄着茸茸，"茸茸，你坐好，我扶着你。黄黄，起来。"狗站了起来，"走，慢一点。"黄狗走起来，然后慢慢跑起来。石英双手扶着茸茸跟在黄狗后面转圈跑着，一边跑一边笑。茸茸也咯咯笑着。石英一步没跟上，在田埂上绊了一下，仰面摔倒了。她双手紧抱的茸茸摔在她怀里，大黄狗停住步，摇着尾巴回头看着。

石英躺在地上开心地大笑，茸茸在她怀里也笑了。

所有的人都笑了。好不容易停住笑，石英抱着茸茸拍着身上的土站了起来。

那边山坡上响起高亢婉转的民歌，远远望去，一个穿红运动衣的农村小伙子在梯田上慢慢赶着白云似的一群羊。人们都静了，是一首情歌，在黄土高原上远远近近地响着，描绘出天高地阔和古莽苍凉。

糖包的油糕蘸上蜜，
咱二人成了好夫妻；
落花生角角剥了皮，
心上的人儿就是你。
……

歌声使人心醉。

石英眼里噙满泪水，她放开怀抱着的茸茸，掠了一下头发向前走了几步。人们不知道她要干什么。突然，她略提了一下身子，放声向着那远处的山坡唱了起来。

青青杨柳风摆浪，
死去活来相跟上；
河滩石头海里的水，
我心中爱谁就是谁。
……

她唱完了。歌声凄越婉转，在淡淡云天缭绕。人们都期待地凝视着对面的山坡。白云似的一群羊在缓缓移动。

对面山坡上的歌声很快响了起来：

三颗颗星星一摆六六地升，

年轻人儿爱着年轻人；

柳叶叶落在树根底，

天南地北想着你，

…………

因为有姑娘对唱，歌声中明显增添了刚才没有的激情。

陈晓时极为热切地转回目光看着石英，这种北方农村的对歌，他还是头一次见。石英有些兴奋地挪了挪脚，清了一下嗓子，很快又唱起来：

头茬茬韭菜长不高，

二茬茬韭菜冷水浇，

旁人都说咱俩好，

为什么撂下妹妹光你跑。

对面的歌声接着她的余音就响了起来：

墙头上种谷我回不过牛，

提起出门我泪长流，

不是我狠心撂下你，

因为我家穷走西口。

石英更为兴奋地紧接着唱了过去：

冰盖的房子雪打的墙，

咱二人相好概不长。

对面的歌声又高亢地对了起来：

你在家里我在外，

哥哥定要回家看你来。

石英接着唱：

灯瓜瓜里没油点不着灯，
哥哥你出门妹心疼，
拉住你的衣襟握住你的手，
眼里头流泪我开不了口。

歌声消失了，天地间重新归于寂静。好一会儿，对面突然响起长长的吆喊声：
"哎——"那声音千坡百梁地弯转缭绕，最后恶作剧的一声"嗨嗨"，戛然而止。

石英凝望了一会儿，高兴地转过身："我打败他了。"

"太棒了。"陈晓时从沉醉中醒来，拍着手由衷赞道。

"石英，"杜正光伸手摆了一下，似乎是怕陈晓时打断他的话，"你这嗓子真够棒的，只要稍微练练，肯定能把现在的全部歌星扫下台。"

"我不想当歌星，我想搞文学。"石英扑腾一下在茸茸身边坐下，抱住她，"姨唱得好吗？"

"好。"

"石英，你再给大伙儿唱点什么听。"杜正光像喝了酒，兴致勃勃地不停话。

"我来唱个儿歌吧。"石英调皮地说。

"正光，"薛惠敏一直沉静地织着毛衣，这时头也没抬地开了口。

杜正光扭过头看着妻子。

"你改稿能不能不去北京，让他们把稿寄来？"薛惠敏抻了一下毛线，慢条斯理地问道。

杜正光怔了一下，"那怎么行？又不是人家求着我发表。我现在还没那么大谱儿。"

薛惠敏没有再说什么。"茸茸，你别在阿姨身上黏来黏去。"过了一会儿，她平和地说道。

石英还在兴奋中。"来，茸茸，姨再抱你去骑黄黄。"她说着一蹿，站了起来。"黄黄。"她叫着蹲在不远处的狗。

杜正光瞟了妻子一眼，笑着嗔斥道："石英，你就不会安静点？坐下喝点水，别弄得我们大伙儿都不得安宁。"

石英一笑，有些不好意思地坐下了。天地又安静下来。石英双手撑着下巴一动不动地凝望着，大黄狗卧在一旁，眼前一棵残留的谷子在微风中轻轻摇晃着沉甸甸的穗子，不远处的地里，出现了一辆马车。一个健壮的汉子在一捆捆往车上装着收割下的谷子，一个四五岁的男孩跟在后面拾着谷穗。

这个景象中有什么东西触动了人们。

"我发现这个画面中有个最打动人的主题。"陈晓时说道。

"什么主题？"杜正光问。

"父与子。"陈晓时答道。

"想你儿子了？"杜正光笑着问，他想转移话题，因为他只有女儿。

"是。"陈晓时笑了笑，"没有儿子，不能延续自己的生命，我觉得对于我是不能想象的。那样太遗憾了。"

"不过，有女儿挺好的。"过了一会儿，杜正光说道。

"那当然。"陈晓时醒悟地一笑，"我也同样喜欢女儿。"

"到五六十岁的时候，能有个女儿挽着我散步，我觉得那是晚年最大的幸福了。"杜正光说道。

陈晓时不禁看了看面色有些憔悴的薛惠敏，突然有了一丝不安。

他心中预感到了什么。

第六章

吴凤珠追悼会于下午三时在心理研究所的小礼堂举行。完全按照现时追悼会的标准程序。

会场布置得肃穆庄严，正中悬挂着吴凤珠的大幅遗像，遗像下安放着吴凤珠的骨灰盒，两旁摆着一些鲜花及松柏枝。范书鸿率子女范丹妮、范丹林献的花圈摆在骨灰盒前，会场两侧摆满了花圈。

心理研究所党委书记岳楷诚，新调来的副书记肖德一，研究所全体人员，吴凤珠生前好友，亲戚、老同事，共二百多人出席了追悼会。大多数人来自北京，少数人是从外地赶来的。法籍华人学者邓秋白夫妇，还有几个在国外的老朋友，发来了唁电——这来自海外的吊唁，使追悼会提高了规格。

为了使追悼会更隆重些，范书鸿一家这些天来一直在四处奔忙。地点，规模，能来的人数，花圈数，会场的布置，哀乐，黑纱，鲜花，松柏，都是他们所操心的。一次又一次和心理研究所交涉，自己也动用各种力量、手段、联系，往各处发信、发电报，广为通告。孟立才也来了："需要我帮什么忙？"范书鸿没拒绝。是诚意，该接受。看着今天来了这么多人，送了这么多花圈，海外唁电也终于收到了，他感到安慰。

党委副书记肖德一挺直了很高的身体，宣布追悼会开始。哀乐，肃立，默哀，沉痛悼念。

接着，仪表堂堂的书记岳楷诚用手梳理了一下油亮精致的中背头，走到麦克风前，沉痛地致悼词。

……已是下午两点多了，追悼会就快开始了，范书鸿站在礼堂门口迎接着各方来人。有许多是老同事老关系了，虽然大都在北京工作，居然一二十年没见过面了。天下的事情就是这样，似乎都没顾上。

年龄相近，资历相仿，关系深久，谁都能想象出别人的现状吧，及至见面，才发现境遇迥然，天壤之别。都有了陌生感。

这一位，在国防科委任着很高的职务，坐着豪华的进口小轿车来了。车身锃亮，一派潇洒，车稳稳地停住，前面车门里迅疾干练地下来一个年轻的警卫，敏捷地拉开后门，从里面走出了他。很健康，很朴素。与范书鸿相视了一下，相互认出。他上来一把握住范书鸿的手："书鸿，望节哀。"

范书鸿希望今天多来几辆这样的高级轿车，显出悼念的隆重吧。

这一位老同学，是在一个工厂里当总工程师。二十年前就是部里的总工程师，二十年后竟到一个工厂当工程师了。这曲线让人有很多想象。他坐一辆吉普车来了，不知是前两天下雨跑哪儿了，车身上满是泥浆，停在几辆小轿车旁，显出寒碜来。

又来了几个，走着来的，满脸汗水，都是挤公共汽车的吧。

这位，叫陆世琦，戴着副旧式黄框眼镜，眼镜腿上裹着白胶布，骑着一辆破旧的自行车，下了车，佝偻着身子推着，满脸沟沟壑壑，四处张望着。见着范书鸿了，两人相认出来了，说的话却是："这车子放在哪儿？"就放这路边吧。"没支架。"那靠那边墙上吧。"没锁不要紧吧？"然后，才上来握手慰问。他一直在学校当老师。

又有一位，坐着轮椅被女儿推来了。范书鸿连忙迎上：你还来了？"该来啊。"

都看到别人老了，又看到地位的差别，亲密中有尴尬。劣境者有劣境者的尴尬，优越者有优越者的尴尬……

今天，我们怀着无比沉痛的心情悼念新中国第一代女心理学家吴凤珠同志。

吴凤珠同志是四川重庆人……出生年月日。家庭。少年时代。青年时代。追求科学文明、社会进步，出国赴欧洲留学。热爱祖国，毅然返回新中国，参加社会主义革命和社会主义建设。几十年来的工作。吴凤珠的生平是简括而又详尽的，评价是周到而又褒扬的，岳楷诚的声音是极其哀痛的。

（女秘书姚鸣鸣不满地发着牢骚："这悼词怎么写啊？这种官样文章真难

写死了。"

岳楷诚在办公室踱了踱，站住："这有什么难写的？给你，参考着写。"他找出一张报纸，那上面登着对一个追悼会的报道和悼词全文。

姚鸣鸣拿过报纸扫了一下，不耐烦地说道："也是'我们怀着无比沉痛的心情'？对吴凤珠能用'无比沉痛'吗？人家——"她一指报纸，"是国家级的。"

"把'无比'去了，就写'今天，我们怀着沉痛的心情'……嗯，不好，还是加上'无比'吧。这不是原则问题。一个普通同志的逝世，无比沉痛也是可以的。"

"对她的评价呢？"

"评价当然要尽量高一些，人死了嘛。不要写得那么具体，原则地写写，那不更好写？"

"明天下午三点开追悼会，全所人都得去？我不想去了。"

"那你明天可以请假嘛。"

"那明天下午四点的电影呢，你不陪我去看了？"

岳楷诚看着这个小模小样的女秘书，走近安抚着她肩膀："我准时去，绝不迟到一分钟，追悼会顶多半小时就开完了。"）

悼念吴凤珠同志，我们要学习她崇高的爱国精神和优秀的道德品质。

吴凤珠同志一贯热爱祖国，热爱人民，对新中国的事业充满了感情和责任心。几十年来，她始终兢兢业业，努力工作，对我国的心理学发展作出了她特有的贡献。

（"就用'特有的贡献'吧，这样最恰当。说重大贡献和卓越贡献，都不符合事实，容易造成矛盾。说'一定的贡献'似乎评价又太低了，太冷淡了。啊？"他对姚鸣鸣说道。）

吴凤珠同志一贯对工作极端负责任，对同志极端热忱。在几十年的工作中，为中青年学者树立了楷模。

吴凤珠同志在学术上一贯认真探求，一丝不苟，追求真理，勇于吸收先进思想，有着严谨的治学态度。

吴凤珠同志一贯作风朴素，谦虚谨慎，严于责己而宽以待人。资望高而不傲，学历深而不骄。光明磊落，顾全大局，几十年如一日，实为我们的典范。

吴凤珠同志的逝世，是我国心理学事业的重大损失。我们要化悲痛为力量，为把我国建成四个现代化的强国而团结一致，努力奋斗。

吴凤珠同志安息吧。

（"'永垂不朽'？这词她不能用，用'安息吧'。"）

……中午一点，孟立才开着辆面包车就来了。都准备好了吗？他问。范书鸿站在礼堂中央左右看着："就这样了吧。"孟立才也整个看了一下：人都通知了？"都通知了。"您看看有哪些人来不方便的，需要我去接接的，我车子就在外头。您给我一个名单吧，接不过来，我可以再叫一个车。"太麻烦你了，立才。"应该的。"丹妮，你看看哪些人要去车接接的，你列一下，给立才。"孟立才从范丹妮手中拿过名单转身走了，这些天来，他一有空就过来帮忙。自己为什么这么大热心？对吴凤珠的悼念？吴凤珠过去从未看得起自己。对范书鸿的同情？这老头倒是知情讲理，可也犯不着帮这大忙。是对范丹妮的旧情？简直谈不上，没仇就不错了。是显显自己的力量？到哪儿显不行，非得在这上显。是讲义气？这算哪门子义气。是该这么干？不知为什么该。是愿意这么干？也不晓得情愿在哪儿。反正自己就辛辛苦苦地白帮着跑来跑去，误了挣钱也不计较了。图什么？觉得自己这个人还不坏，不恶？……

"孟立才这个人，心还是不错的。"范书鸿望着孟立才走出礼堂的背影说了一句。

"哼。"范丹妮冷淡地收回目光。

范书鸿转过头看了看女儿，没再说什么。

范丹妮转身走了。这些天她只觉得忙累，懵懵懂懂。人一生说过去就过去了。母亲年轻时的照片在相册中夹着，比自己漂亮，有光彩，可现在已化成骨灰。这件事无论如何想不明白，母亲从此就不存在了？她抓不住一个可靠的支点，一切都虚无，都失落。人活着干什么？这是自己和丹林小时候玩过的花皮球，在藤筐里翻到了。这个小小的皮球给自己的童年带来多少欢乐。自己和丹林兴高采烈地抱着皮球在草地上滚来滚去，丹林憨憨的，伸着两只胖胖的小手瞅着皮球傻笑。都过去了，母亲死了，父亲老了，自己也不年轻。父母年轻时多少雄图大志，现在都烟消云散了。自己呢？不堪回首。皮球已经半瘪不圆，胶皮也干裂出许多细纹。三十年前它想必是滚圆的，光亮的，蹦蹦跳跳的，它也有青春，它现在也衰老了。皮子已变得焦脆，一捏就会裂开吧？整个世界就是这样一个皮球。

孟立才回来了，站在自己面前："丹妮，这第五个地址是不是写错了？找不到人。"找不到就算了吧。"你再查查，能找到还是尽量找到。"她神思恍惚地走着，觉得孟立才还跟着自己。她猛然站住，回过头盯着他：你少跟我说话行不行？我不想见你。孟立才一动不动站在那儿，拿着名单的手半垂不垂地僵着……

岳楷诚致完悼词，党委副书记肖德一率领全体人员向遗像三鞠躬。

追悼会结束了，岳楷诚、肖德一及心理研究所其他领导同志走上前来向范书鸿一家亲切慰问，一个个深沉挚重地握手。肖德一刚刚上任，尤其显得关怀深切。握手不放，讲了很多话。他一人不走，别人便都不能走。

岳楷诚想着四点的电影，又看了一次表。站在这位新来的第二把手身旁，心中恨恨的：姓肖的真是没完没了啦。瞅他一身胖肉，热烘烘的。他得空从从容容插进话去："范老，我们今天就不再多说了，望您节哀。"姓肖的，这总该打住你的话了吧？

心理所的头脑们都走了，岳楷诚的小轿车第一个疾驰而去，众人也纷纷散开。礼堂空了，只有吴凤珠的遗像，骨灰盒，鲜花，松柏，一个个花圈。范书鸿呆呆地站了一会儿，走出礼堂，却见礼堂外的树荫下，一团一簇地站着许多参加追悼会的人。

慢慢听清楚了，讲的都是与追悼会毫无关系的事情。很热烈。

谁谁出国了，谁谁发表论文了，谁谁的女儿自费留学去了，谁谁又提拔到哪儿去了，哪篇文章在国外引起反响了，谁谁又接到国外讲学的邀请了，谁谁出国带来什么东西了，谁谁又分到新住房了。你家现在搬哪儿了？你家电话号码是多少？你们单位的资料室资料全吗？以后找你怎么联系？你女儿多大了，找对象什么标准？不是本科的行吗？你那病吃什么药治好的？哪个大夫开的方子？那方子你还留着吗？你们单位还要人吗？你们毛纺厂内部卖毛线吗？……

很多人来这个追悼会，同时是为了见人社交的吧。这大概也很正常，也算是死者的一点贡献吧，是她把你们集合起来的。

人们久久不散。

范丹林与林虹也在礼堂门口的树荫下。范丹林双手插裤兜笔直地立着：这些天我越来越感到有一种忏悔，觉得自己对母亲没尽好孝道。这两天我越来越多地想起童年，母亲那时很爱我，但我长大以后常常和她发生冲突，很疏远。最近几年我才对母亲又亲近起来。我感到自己过去对母亲也缺乏理解，我不该苛求她。现在她离开了，想起她的许多好处。

"她当然是很爱你的。"林虹说道。

"是，她病危期间还说，如果能看到我和新娘穿着结婚的礼服在床头站一站就好了。"

"丹林，你是该结婚了。"

"谈何容易。"范丹林耸了耸肩。

"又说找不到合适的？"林虹笑了，"你会找到的。"

范丹林注意地看了她一眼，"太难了。"

林虹感到双方有着的一丝不自然，这一瞬间她也明确了自己应该说什么了："丹林，我给你提个建议好吗？"

"请吧。"

"我以为，咱们这代人不必把家庭看得那么至高无上，也不要那么理想化。如果需要——感情上和实际生活上，又有差不多的对象，就可以组成家庭。不能期望什么都在家庭中得到，家庭以外的生活还很多。"

范丹林微蹙眉心，思索地看着林虹。

"不明白我的意思？我以为，这种事情上过分认真也是一种矫情，我现在就很不愿意结婚。"林虹说道。

范书鸿独自待在家中，吴凤珠再也不会回来了，儿女们又外出了，屋里空空落落。失去了她，这个世界一下显得冷清了。

书房里拉着厚厚的窗帘，下午，屋里显得黯淡。他靠在沙发上，听见老式挂钟在嘀嗒嘀嗒地响，只有墙上一轴水仙画陪伴他。细长的剑状绿叶晶莹如翡翠，开着白花亭亭玉立，似乎散着幽香。他喜欢水仙，他的故乡在浙江舟山地区。那里有一座小岛，叫洛迦山岛，相传是南海观音菩萨修功之处。岛上无人居住，只有一座尼姑庵，岛上生长着漫山遍野的天然水仙，每到元旦、春节期间就鲜花盛开，乳白的花被，艳黄的副花冠盖遍山野。离开故乡几十年了，老了。

……帆船朝前驰着，大海颠簸着，他坐在船头眺望着。正青年时代。那儿就是洛迦山岛。一个黑点正在海平面上一点点变大。他抡起衣服兴奋地喊着，好像洛迦山岛能听见他的呼唤？海浪一个个撞着船头，砰砰砰响。每个海浪都是快乐的，无拘无束的。岛越来越近了，看得清了，船可以停靠了。他脱下上衣卷起裤腿，赤着脚往下迈，一腿还骑在船舷上。两腿间至今还留着这一瞬间使劲分开时被抻疼的感觉。然后蹚着齐腰的水朝岛上跑去。后来，船又离了岛，他坐在船尾，海风吹着他，他突然生出一种依恋。岛越去越远了，在海上变成一个点了，最后点也没了，只有茫茫的大海了，虚无了……

　　那像不像人生啊。当你奔赴它时充满激动向往，编织着无数的梦。然而，一旦踏上它时，并不像想象的那般美好，水仙花没有那么茂盛，尼姑庵也挺破陋，可当你离它而去越来越远时，又充满依依惜别的怅惘了，还是它最美好？

　　人生是什么？自己往往看不清自己。吴凤珠的一生结束了，摆在面前清清楚楚了。她的一生有何意义呢？"绝对之探求"？人活着不都在"绝对之探求"吗？不同的人探求的目标不一样，但探求而不得，难道不是人间的苦痛之一吗？佛教讲人生有八苦：生苦，老苦，病苦，死苦，爱别离苦，怨憎会苦，所求不得苦，五取蕴苦，其中"所求不得苦"不就是指这一点吗？吴凤珠死了，八苦都历经完了。自己呢？除了死苦还没有，病苦还未大至，也都差不多了吧？

　　吴凤珠病衰的面孔又在眼前浮现。前几天她还活着，现在已化为灰烬，有的已化成二氧化碳飞逸到空中。这个事实太残酷了，让他难以接受；其实又很简单：不过是万物在周而复始地循环。二氧化碳进入植物，光合作用，不又是有机物？植物被动物食用，不又变成更高级的生命？天空，田野，河流，草木，大自然的图画在眼前闪现，无数示意的箭头连成循环的圆圈，表明万物的旋转。云变雨，雨落地，植物根吸入，光合作用，又被叶子蒸发，升到空中变云……他神思恍惚了。

　　"书鸿，给我讲点什么听吧。"吴凤珠在病床上无力地说着，那是几天前的事情。

　　"你要听什么？"他问。似乎什么都讲过了，但什么又都来不及讲了。

　　"讲讲佛教吧。"

　　他是历史学家，写过一本书《佛教在中国的历史》，过去她从未过问过这本书的内容。"佛教，我也并不是太精通，它的教义繁多，从哪儿讲起呢？"

"简单地讲讲吧。"

此刻，是那天讲述时在记忆中的再演，还是又在幻觉中与吴凤珠重讲呢？恍恍惚惚，混为一体了……

佛教是释迦牟尼创始的，他是释迦族的人，释迦牟尼就是释迦的圣人的意思。他的真名叫悉达多，姓乔达摩。他大约是公元前六世纪的人，是一个王子，他父亲是净饭王。

"他是王子，怎么想到创佛教呢？"

他从小就习惯沉思，用现在的话讲，就是性格内向吧，爱自省。他看到人和万物活于世，有各种各样的痛苦：生，老，病，死，劳作，饥渴，离别，农夫在烈日下耕作，耕牛在鞭挞下拖犁，鸟兽弱肉强食，都引起他的深思。怎么才能解脱这些痛苦呢？这些痛苦连他当王子的也不能避免。他立志解决这个问题，便放弃了王位的继承出家了。历经千辛万苦，包括多年不成功的苦行，终于在一棵树下悟得了解脱之道，成了佛。

"真不可思议……"

其实是可以思议的。人活在世上，生命总有两种基本趋向：一是追求快乐、利欲，生命不息，追求不止；二是解除痛苦。人总是用一切方法避免痛苦，减缓痛苦，忘记痛苦，安慰痛苦。我们各种各样的科学，自然的，社会的，不都在教授怎么追求利欲？有的也在执行解脱痛苦的职能，如医学。但是，人的绝大多数痛苦都是难以解脱的。每个人都有痛苦，人类有很多痛苦，有些人的痛苦尤其深重。于是，如何解脱痛苦的学问也就应需而生了吧。

"佛教也是学问吗？"

当然，这就是一门解脱痛苦的学问。说简单点，它是解脱老病死痛苦的哲学。

"哲学？"

它也有一整套宇宙观，人生观，认识论，方法论。还有一整套伦理规范。它还是一门体系很完整的哲学呢。

"真是有意思的说法……"吴凤珠苍白的脸上露出一丝笑意，"悉达多怎么就能创始呢？"

一方面，他自幼很博学。因为他是王子，受过很好的教育，哲学，文学，数学，他都学过。另一方面，他的天性。他不仅聪慧，而且具有内省深思的特殊思想力。他是一个对痛苦感受很敏锐的人。他不仅自己感受，而且能替别人感受，所以，他才能对如何解除人类痛苦悟出道来。

"过去怎么就没听你讲过这样有意思的见解？这么说，佛教的宗旨就是解脱痛苦了？"

过去你不愿听嘛。佛教就是想解脱人间之苦。所以，佛教的教义，概括起来就是四谛：一，苦谛，讲世间之苦；二，集谛，也叫因谛，讲苦的原因；三，灭谛，讲苦的消灭；四，道谛，讲灭苦的方法。它的教义虽然是面对整个人类苦难，但最初它更是劳苦大众的宗教，因为世间苦难绝大部分降在他们身上。

"那你讲讲佛教教义吧……"吴凤珠半睁着眼躺在病床上，她的目光时而蒙眬，时而明净。范丹林也来了，在床边的圆凳上坐下。

佛教的全部言教，叫佛法。我先给你讲讲法的定义吧。"法"，梵语是"达摩"。佛教的解释："法谓轨持"。轨道的轨，保持的持。再具体点，"任持自性，轨生物解"，就是说，每个事物都保持它自有的个性，有一定轨则，表现出来使人了解它为何物。因此，佛教把一切事物、现象，物质的，精神的，过去的，现在的，未来的，都叫作"法"。一切"法"、"诸法"，就是指天下万物。但佛的言教因为符合一切"法"的真实情况，所以，本身也具有"轨持"的特点，所以也叫"法"。

"有点像我们现在的说法呢……"

所以"法"在佛教中，既指一切事物、现象；也指事物保持、表现自己特质和规定性；也指佛的言教。佛法，包括其主要内容四谛，都是依据一个基本原理：缘起论。

"缘起论？……"

是，缘起，具体意思是"诸法由因缘而起"，因缘，就是能产生结果的原因。在因果中起主要的、直接作用的条件叫"因"，起间接辅助作用的条件叫"缘"，鸠摩罗什说："力强为因，力弱为缘"。还有一种区分："前后相生，因也；现相助，缘也。"但在佛教中，有时"因"和"缘"合并称为"因"；有时又合并称为"缘"，如刚才说"缘起论"，缘字就当"因缘"讲。还有时，"因"和"缘"相互替用。

"诸法由因缘而起"，就是说任何事物、现象都有一定的原因、条件，才生起的。北京西山佛牙舍利塔上不是刻着一首"缘起偈"吗？"诸法因缘生，缘谢法还灭；吾师大沙门，常作如是说。"佛教中，"缘起"还有一个定义："此有则彼有，此生则彼生；此无则彼无，此灭则彼灭。"这表明了异时和同时的互存关系，在佛法中都是因果关系。有时一因多果，有时多因一果。没有绝对的因，也无绝对的果。一切事物都处在这种时间上、空间上的竖的、横的因果关系的编织之中。

"这简直就像德国古典哲学中的辩证法了……"

所以释迦牟尼了不起啊，他为什么能征服那么多人？他在公元前六世纪就能用这样的宇宙观来解释世界，难道没有逻辑力量？我们进一步研究缘起论，才能发现他在哲学上的先知呢。

"你讲吧……"吴凤珠闭着眼声音低弱地说，他停住了，看着她，她的脸上浮着朦胧的黄色光晕。到佛的境界去遨游了？过了许久，她又微微睁开眼："接着……"

缘起论，具体有十一个定义。一，"无作者义"，就是说无造物主；二，"有因生义"，这是对无造物主的进一步说明；三，"离有情义"，有情的梵语是"萨"，指人和一切有情感的生物；四，"依他起义"；五，"无动作义"；六，"性无常义"；七，"刹那灭义"；八，"因果相续无间断义"；九，"种种因果品类别义"；十，"因果更互相符顺义"；十一，"因果决定无杂乱义"。一下说得太多了吧？要不要我一条条解释？噢，我总起来简单讲讲吧。这十一条，就是对宇宙万物间的因果关系，对因果关系编织万物的宇宙，作了更深入具体的论述。概括起来主要是两点，一是"诸行无常"，二是"诸法无我"。"无常"，就是说宇宙万物都处在由因而果的生灭相续中，是不停顿的，是每刹那间——佛教把弹一指头的时间当六十刹那——都在生、住、异、灭的，是无常的。佛认为，佛教也受"无常"的支配，有兴起时期，演变时期，衰败时期，将来会灭。

"辩证法还挺彻底的啊……"

"无我"，就是没有主宰。每一事物，每一生命，每一人身内都没有主宰，宇宙也没主宰，没造物者。

"那不有点像无神论？……"

缘起论概括起来就是"诸行无常"，"诸法无我"。这两条是总法则，在佛教中称为"法印"。佛教中有四法印，再加上"有漏皆苦"，"涅槃寂静"。

"有漏皆苦？……"

漏，就是烦恼。佛教认为，有烦恼就是苦。烦恼是什么呢？因为众生不明白"诸法因缘而起"，无常无我，在无常之法上贪爱追求，在无我之法上执着为"我"，执着我主宰，我所有，就叫惑，惑使人烦恼，所以，又叫烦恼。

"我明白了……这东西不是我的，我硬想要……这事情我不能主宰，我一定要主宰、决定……人都要老，我不想老……人终归要死的，我不想死……就惑了，烦恼了，就感到苦了，对吧？……"

是。佛教对烦恼也做过分类研究，种类极多，在这方面，它是具有人生经验的。贪，瞋——瞋恚，痴，慢——傲慢，疑，恶见，被它称为六根本烦。烦就造成种种业，身业是行为，口业是言语，意业是思想。而烦恼和业又引生出下世来，或为天人，或为人，或为地狱、鬼、畜生。于是又烦恼，又造业。在三界六道的生死世界中轮回转生，苦无尽。总之，佛教讲世间苦，也是"因缘而起"的，不是无缘无故的、偶然的、孤立的、造物主加给的。具体分析，苦有十二缘起。无明缘——行缘——识缘——名色缘——六入缘——触缘——受缘——爱缘——取缘——有缘——生缘——老死缘。这是详细讲惑、业、苦的关系。总之，"有漏皆苦"，就是讲的四谛中的苦谛和集谛。

"涅槃寂静是讲死吧？……"

涅槃是梵文的音译，意译是圆寂，在佛教中通常也作死亡的代称。但它真正的意义是：熄灭生死轮回而后获得的一种超脱的精神境界，是佛教全部修行的最高理想。圆寂的意思就是"圆满寂灭"，和"有漏皆苦"完全相反。更详细讲就是：福德智慧圆满成功，对"生死"诸苦及其根源"烦恼"已最彻底绝灭，完全没了世俗欲望和分别是非之观念，进入永恒寂静的安乐境界。这就是四谛中的灭谛。

"人活着谁能做到呢？……"吴凤珠凝望着遥远的上方，喃喃着。

佛教就有一整套修行的办法，主要是戒、定、慧三学，戒律，禅定，智慧，指引人消灭世俗诸苦及其根源烦恼，达到涅槃境界。这就是四谛中的道谛了。它分七种，共三十七项，叫三十七道品，有：四念住，四正断，四神足，五根，五力，七觉支——也叫七菩提分，八正道。还有大乘教讲六度：布绝，持戒，忍，精进，定，智慧，也是它的道谛。

"只有死了……"吴凤珠继续喃喃着……

她死了。永远离开了尘俗，解脱了。自己怎样活下去呢？他雕像一般一动不动坐着。屋里越来越暗，渐渐黑了，什么都看不见了。他恍恍惚惚思索着。吴凤珠的一生。自己的一生。历史。宗教。超脱。窗外路灯亮了。释迦牟尼坐在菩提树下悟道，七天七夜，被慧光照亮。他周围的世界一片宁静，夜晚跪伏到他脚下。太阳升起，沐浴着他……洛迦山岛盖满水仙花，小船颠簸着，向岛驰近。又离岛远去，蓝海中一块翡翠……

保姆回来了。灯亮了，饭做好了，叫他了。他又坐了好一会儿，站起，默默地吃饭，又回到书房，还是一动不动地呆想。最后，走到写字台旁坐下，拉开抽屉。拿出一摞稿纸，关于历史的种种笔记，摊开。自己的余年该干点什么呢?

第七章

火红，大红，鲜红，深红，浅红，枣红，粉红，绛红，朱红，血红，桃红，橙红，深橙，浅橙，金橙，橙黄，深黄，浅黄，金黄，乳黄，麦黄，土黄，珠黄，黄绿，深绿，浅绿，鲜绿，嫩绿，葱绿，草绿，豆绿，墨绿，水绿，绿里透青，深青，浅青，蛋青，海青，嫩青，黑青，藏青，青蓝，深蓝，浅蓝，灰蓝，海蓝，天蓝，蔚蓝，湖蓝，黑蓝，蓝紫，深紫，浅紫，不深不浅的紫，绛紫，葡萄紫，红得发紫，紫红，红火。

孟立才的奢华婚礼轰动了整个县城。

新娘子金凤家及前街、后街都被红旗，红纸，红字，红衣服，红绸耀眼的锣鼓队，喧嚷潮涌的人山人海包围着。一支披红挂彩的车队迎载着新娘、嫁妆，浩浩荡荡穿过县城，经过每一条街，热闹过每一条街。一辆低槽卡车在前面开道，上面一群人耀武扬威地敲锣打鼓，放着一串串千响鞭，鞭炮声不断，硝烟不断，夹道围观的人不断。

出了县城，南关便是孟立才的家。这里更红火热闹。独家院，二层的小楼，整个被彩旗灯笼堆簇起来，像个硕大无比的花篮。大院门口更是满面红，红旗呼啦啦飘，一人多高的大红喜字贴在八字大开的两扇大门上。有人在大门口笑脸迎客，也有人挥手呵斥着乱挤的孩童维持着秩序。进了大门，斜着一溜长条桌铺着红毛毯，放着一架架笔墨，请来客签到。送礼，便鞠躬感谢地收下，几个戴花镜的老先生当场一一登记在册。院内足有一亩多地，搭着两个大凉棚，右边是灶房，白雾腾腾，香气弥漫，请来了川菜、鲁菜的大师傅，正在置办酒宴，左边凉棚下摆着二十几张八仙桌，加上楼里的十几桌，共是四十桌。四百人的宴席。

楼上楼下十几个房间全部开放，允许一切看热闹的人参观。最热闹的庙会，最拥挤的展销会。人流哄哄嘈嘈地移动着，男的女的睁大眼低头瞅着，仰头看着。好漂亮的房间，好敞亮的大玻璃窗，好大的阳台，阳台上还有一个玻璃暖房，养着盛开的鲜花，牡丹红如火。新式家具亮得照人，大彩电，大冰箱，全自动洗衣机，录像机，大音响——放着震耳的音乐，都是进口的。这种沙发从没见过，你坐坐，我坐坐。陷下去了，软极了，舒服极了，起不来了，哈哈笑着，被人拉起来，他又坐下。花架够漂亮。那盆什么花？君子兰？别挤，别碰倒了。那灯才高级呢。像朵大莲花吊在顶上，没开亮就晃人眼了。厕所雪白，光亮亮的是什么墙？外国人住的宾馆听说就这样？这儿是洗澡的？上面那铁葵花是什么？喷头？拧一拧就有水？哟，别拧了。浇着爷爷头了。那是澡盆子？躺在里面洗澡才舒服呢。夫妻俩在里面洗更舒服，哈哈哈。咱们家也修一下，搂着老婆洗。你有钱吗？光修这么个洗澡间没有几千块下不来。吐舌头了？想好活先挣钱吧。谁有他那本事？男人女人都咽着唾沫红着眼。小媳妇大姑娘的眼睛发直，发痴，发糊。男人的眼发狠，冒火，满屋摆设都被这眼光点燃了，熊熊烧了起来。

新郎孟立才身着笔挺的西装，戴着大红花站在楼门口接待来宾。后面是小洋楼，是他的背靠，面前两个热腾腾的大凉棚是左右手，中间敞开的水泥道是他的脸面。他和客人们一一握手，你好，你好。

县长，副县长，王部长，李局长，赵局长，鲁局长，葛副局长，樊局长，朱副局长，林副局长，万副局长，尤副局长，高厂长，倪厂长，龙厂长，曹副厂长，范副厂长，金副厂长，各位科长，各位副科长，这位经理，那位经理，各位副经理，这位朋友，那位朋友，各位朋友，这位主任，那位主任，各位主任，你们都来了，都是我的贵宾，都热烈欢迎，都万分感谢，都请你们先到客厅坐下，客厅坐不下，请先在凉棚下坐吧，都有人招待，都有高级的烟果糖茶。孟立才，你今天真是满面春风啊。有位朋友拍着他的肩。他是觉得脸上有春风，看着热热闹闹的院里院外，那春风红光四溢。抬头看，院上一方天也是红彤彤的，真可谓"紫气千条，红霞万朵"，时来运转，大难不死，必有后福。

"大哥。"一个矮壮剽悍的小伙子瞅空钻过来，叫栗新英，二十来岁，一身好武术，跟着他走南闯北，押送车队，忠心耿耿。"楼里参观的人太多，几个弟兄有点照顾不过来，您那书房尽是些值钱的小摆设，把那间关上算了，怕有人浑水摸鱼。"孟立才果断地一摇头："不用，你们多注意点就行了，还是我说的，内紧外松，不要叫人们觉出咱们有什么防范。""那可不好看，万一……""不要紧。万一真有个小丢小失，我不怪罪弟兄们。"

"立才啊，"上来一个四五十岁的皱皱脸，戴着副滑到鼻尖的黄框眼镜，一股子采购员的油劲儿，叫孔爱礼，是他"达美公司"的副经理，也是婚礼的总管。"发帖请来的客人本县的差不多都到齐了，只有秦副县长出差没来，还有一两个，来不来还不定。""北京城里的客人怎么样？"这是孟立才最关心的。"昨晚在北京城里就租好车了，两辆面包，二宝领着人昨天就去了，说好今儿一清早就往这儿开，该到了。"孔爱礼抬腕看看手表。

一辆急驰而来的摩托车停在大院门口，跳下一个又黑又瘦的小伙子，"大哥，"他急步进了院："咋样，人到齐了吗？""还差城里的。""那我就让他们在县城再慢慢转转。"他是指迎新娘的车队。"可以。"总不能客人没到齐，新娘就到了吧？正这时，大院门外锣鼓喧天，北京城里的贵宾到了。小伙子一拍大腿，"大哥，那我告儿车队往这儿开了。"孟立才一块石头落了地："行。"容光焕发地走向院门口。

你好。这是作家程无忌，早已被他聘为读报顾问，头一个走下车来，狐狸一样的眼发着亮光。老孟，这院这楼都是你的？没想到你家这么气派。"哪里哪里，很一般，很一般。"

这位是刘言，大作家，听说过吧？程无忌介绍道。（刘言笑着摆手：我算什么大作家？）你不是希望我介绍一两位作家来参加婚礼吗？老刘正好又想结识你这样的农民企业家，我就把他拉来了。"久仰，久仰，感谢光临。"孟立才用力握手。

这位是顾晓鹰，老熟人了。随他一起来的有广州的鲁鸿，方脸，满是红疙瘩，笑声洪亮。自己经顾晓鹰介绍已与他谈成了生意，所以把他请来了，让他看看自己的财力。

这位是高级干部学院副院长江啸的大公子江岩松，自己费了不少周折才把他请到。三十来岁，已有些发胖，挺有人物感，说笑不笑，不容易琢磨，自己对他格外亲热，这种上层关系四通八达的人物难保以后有大用。

这位女记者黄平平是这两天才认识的。请她来，扩大自己这个"农民企业家"的名声，不花钱的大广告。真欢迎你。

在刘言、程无忌招呼下下车的一群人是电影厂的。也是经程无忌联络请来的。他结婚要热闹，要壮场面；他们想拍摄一个农民企业家的婚礼，电影中用。相互需要，相互利用，再合理不过了。一位副导演，一位摄影师，几位助手，几个演员。其中一位是童伟，评论家，仪表堂堂，"久仰您的大名。"再三握手。

又下来的两位，一位中年人，满额愁苦的皱纹，是农业改革的理论家，许哲生，自己认识不久，他对自己感兴趣，又是相互需要。请他来了。

又一位，是刚认识的年轻县委书记李向南，听说这两天被免职了。"你好。"李向南幽默地一笑："这么热闹，眼都花了。"

鞭炮声，锣鼓声，披红挂彩的车队出现了，人群潮水般涌动，新娘子来了。鞭炮也轰天闹地放了起来。

婚礼开始了。鞭炮的青色硝烟在小院上空滚滚弥漫，喜气更浓烈了。新娘一身鲜红的真丝套裙与戴着红花的新郎相挽着出现，一鞠躬，二鞠躬，三鞠躬，拜天地，拜父母，拜长辈都在其中了。主席台就在楼门口，几百个来宾在院内密密匝匝地站立，院门内外、院墙上挤满了看热闹的人。证婚人讲话；宣布来宾的名单；来宾代表讲话（一位副县长）；新娘新郎介绍恋爱经过；新娘新郎交换金戒指……

孟立才，如林的彩旗，四合院成了红堡垒，新娘像只火凤凰，她今天还挺漂亮，大红花如火如荼。小子，你交了好运，不敢太发昏，还得咬着牙好好干。

金凤，觉得自己沐在红光中，自己身体光溜溜的，在红光中战栗着。密集的目光切割着她，脚下是团红毡，飘了起来，父亲又黑又大的脸庞，母亲蜡黄的脸，胸前有一线汗，凉凉的。

程无忌，兴奋地挤在第一排，拼命鼓掌起哄。新娘子挺性感，那胸发育得真好，颤颤的，嘴唇发光，栽吻的好地方。这群人中漂亮妞儿也有几个，闪闪簇簇野花香。刘言在旁边也拍手，文雅些，还想办法挥着手大声说几句：不行嘛，新郎新娘恋爱经过可不能省略，小说写到这儿不能跳过去。人们知道他是名作家吗？刚才那个县里的小秘书不是一听自己的名字就崇拜万分吗？世界只有标明自己存在时才有价值，要不再精彩的戏剧也引不起他兴趣。童伟也站在第一排，他打量自己的文友们，一个个太狂热，失态，没多大意思。这个花花杂杂的场面任他的目光切割，他的角度可以前后扫视，世界是为那些能冷静洞察的强者预备的。孟立才这个暴发户。

顾晓鹰被挤在二三排，个儿不高，踮着脚。他关心新娘子（这孟立才真他妈淫棍，找个比他年轻二十多岁的性感大妞），还关心人群中的农村姑娘，小县城的妞儿都长得粗，脸红扑扑的，牙不好，呲着，挺黄，也有几个水灵的，闪来闪去总盯不上。倒是身前这个挺漂亮，好像是副县长的千金，秀发下露着白嫩嫩的脖颈，自己可以若即若离地挤着她，可怎么钓到手呢？

鲁鸿和江岩松在摆着八仙桌的凉棚下站着说话，不时四下看看。人堆真狂闹哇。有几杆彩旗被人群拉倒了，笑闹地扶正着。真够摆阔的。鲁鸿说。小农心理的又一表现，勤俭吝啬和挥霍性消费是相通的两极。江岩松不无轻蔑地说。

李向南站在人群中该鼓掌就鼓掌，该笑就微微笑笑。刚才已被孟立才向客人们介绍过，这里不少本县干部，他们对自己这样一个外省的县委书记有什么看法？都挺注意自己，不时有目光溜过来。发现：自己当县委书记，却最不便和其他县级干部相见。身边立着许哲生，一路上谈了不少。许哲生这个人很知识气，不搞社交策略。自己依然稳稳地站着，周围如流彩般旋转着，自己却有一定之规，像个黑石桩？人生恍惚。

他，一位五十岁的局长，又兴奋又嫉妒又反感地在人群中站着。眼前是一艘要着火的大木船，上面还张灯结彩地狂吃大喝。他，一个骑墙头的小伙子，盯着院子里的红花世界，像一灶旺火扑得脸发热。她，一个挤在人群中的年轻姑娘，看着新娘又看新郎，想着自己的可怜陪嫁，父母的穷炕头，墙上的破镜框，桌上的烂茶壶，口袋里攥出汗的两毛钱。他们，几个做饭的大师傅，隔着腾腾白气往那边看，什么都影影绰绰，纷纷乱乱。

电影厂的摄影机架在了楼顶上。在摄影师眼里，四方院墙上的彩旗，一个挨一个骑在墙上的小伙子，画了一幅现代派画的四方框；里面两个大凉棚顶像只黄色大鸟的两翼；密密匝匝的人群像一群发了神经的花蘑菇。

一个四五岁的小孩牵着大人的手在人堆中仰着脸，到处是人的脊背，胸脯，纽扣，下巴，胡子，鼻孔，变形的脸，上面是七零八碎的天空，红彤彤的旗帜，转晕了，旋出一个大万花筒。

只有黄平平上下左右地跑着变换角度，她想看到一幅完整的立体图画。

筵席开始了。四十张八仙桌，四百个客人。看热闹的散去。汾酒明亮香郁，竹叶青晶绿迷人，五粮液香飘四座，茅台酒雍容馥郁，葡萄酒盈红甘甜，冰镇啤酒黄澄澄大杯爽人。蜜汁樱桃肉，红黄鲜美，甜香爽口；煨牛肉，金黄透明，肉烂味香；番茄腰柳，浓艳悦目，甜酸透人；香菇肉，清雅爽朗，淡香幽幽；炒鸡脯，乳白清秀，酥嫩醇香；红糟肉方，枣红油亮，浓香厚重；琵琶大虾，油亮红艳，鲜嫩喷香；酱爆肉条，红中间白、绿，鲜滑甜嫩；松鼠黄鱼，金黄色亮，形美色鲜；葱烧海参，油亮照人，柔软滑嫩；香酥全鸡，油黄蜡蜡，酥烂香醇，人们已吃不下了；八宝整鸭，看着香酥肥美，早已拿不动筷子了；但又一阵席席骚动，啧啧兴奋：砂锅鱼翅。颜色悦目，红、白、黄、绿、褐，鱼翅柔软滑口，汤味鲜美醇和。来啊（灌新郎，哄新娘），各种颜色的液体饮下去，各种味道的鸡鸭鱼肉吃下肚，各种各样的男女看进眼，各种各样的气味吸进肺里，在里面翻搅，又都涌上来，分布在脸上嘴上。

人们开始微醉，半醉，全醉，大醉。一个梦梦醒醒、神乎其神的天国。

我那年（当地往桌上一蹾酒杯，举起杯一饮而尽）喝白酒，你们知道多少？一气儿喝了一瓶半。你喝一瓶半有什么稀罕？我那时在东北跑林场，随身一个荷包装烟丝，烟丝里丢着几瓣蒜，身上背个军用水壶，灌满白酒，有空儿就坐下，一瓣蒜半壶酒。俩钟头不喝，舌头就僵了，说不出囫囵话了。没蒜了，嚼口烟丝也下酒。见天这样，你们说我一个月得喝多少酒？你这也不算稀罕，你一天喝上两壶，多少？不过三四斤。我爷爷才能喝酒呢，听我爸爸说，有一次他和人喝了半夜，说，今儿喝多了，不喝了，别人还不放过他，他说，你们还不信？走，跟上我。他把众人领到茅厕，尿了一泡尿，划火柴一点，着了。

我这公司（说这话的是张驴脸），看着门面不大，人呢，也不算多，那是明面上的事，底下的（俯身，下巴往前送，故作神秘地）比这大十倍、二十倍都不止。所以啊（直起身来，声音放开了），诸位尽可以相信我的资本，做生意绝不含糊。随便给你们露一个底儿，我这次去晋东南收购党参，光这笔买卖就要挣十万块不止啊……我呀（说这话的是胖墩，额上流着汗），不瞒诸位，现在，把我们那半个省养蘑菇的都给商业托拉斯了。他们成百上千户的养，谁和谁也不一家，我呀，商业资本，把他们的蘑菇都包购了，然后我再往广州、上海销。还准备销往香港。养蘑菇的全捏在我手里，全看我的脸，真有点威风呢。我还准备开个罐头厂……老兄，你往广州销，我怎么不知道？（鲁鸿醉醺醺地说道。胖墩略怔了怔：你又不做这行买卖，隔行如隔山嘛。）我对广州的事没有不知道的，说和香港做生意，我现在就百十件地做着呢。（你们吹，我不会吹，还想唬我？）知道我公司的牌子吗？好，告诉你们。听说过吧？知道都谁挂着我们的名誉董事长吗？我再告诉你们。怎么，傻了吧？我现在投资建个煤矿，也有这实力……

谈走南闯北，谈过五关斩六将，谈风流韵事，谈豪言壮语，谈九死一生，谈哥们儿友情，谈耸人听闻之见闻，泰山、黄山、嵩山、恒山、峨眉山、少林寺。渤海、黄海、东海、南海、中南海。东北打猎打下一吨重的野猪，陕西淘金的捡着半吨的大纯金块儿，谁和某首长是儿女亲家的儿女亲家，美国女人上街只穿三角裤衩，印度瑜伽功可以十年不吃饭，非洲蚂蚁比狗大。

没有不散的筵席。终于散了，留下六七十个客人，各有各事，客厅里，凉棚下，三三两两地坐着，走动走动，交换着谈话对象。汽水、咖啡、龙井茶、乌龙茶，款款地饮着，解着酒，消着热，话还多，可心里都清明了。已是下午，太阳白炽。

孟立才呵呵笑着：吃好没有？也没照顾好诸位。他从这位走到那位跟前应酬着，好像是礼节，其实开始了一个个实质性洽谈。今儿这排场的花费不仅要从贺礼中收回，还要从这些交易中（今天对他来讲是个大型交易会）几倍、几十倍、几百倍地赚回来，他不干吃亏的事。

他先走到鲁鸿面前，顾晓鹰、江岩松在旁边，三人正在凉棚下小聊。鲁兄，咱们那桩小买卖算是说定了吧？合同我已经准备好了，您过会儿到我书房看看，妥了就签字，怎么样？

鲁鸿借着酒更装得嘻嘻哈哈：行了，待会儿你叫上我，这阵儿正脑瓜迷糊着呢。看着孟立才走了，他对江岩松、顾晓鹰解释道：还是那件事，他要在京郊风景胜地办一个接待外国和港澳游客的帐篷野营旅游公司，建一个高尔夫球场，要拉官方、半官方、私人来合作，也联系港澳资金。江岩松、顾晓鹰有上层联系，拉上他俩。对他们要又利用又防范，和孟立才的有些交易就瞒着他们。你们二位坐坐，我和他们拉呱拉呱。他站起来，掏出名片夹走向另一堆人。利用一切机会扩大联系，自己的名片一散，又有多少线牵上了。

孟立才又走到一个浓眉凹眼、神情忠厚的年轻人面前：小卢，他拍拍对方肩膀，怎么样，考虑好没有？具体条件咱们还可以再商量。

　　小卢，苏州裁缝，手艺高超，孟立才准备开个服装厂，请他来，月薪六百元。他在犹豫，是自己干个体好呢，还是来孟立才这儿？

　　孟立才又笑呵呵走到三个年轻人面前，个儿都不高，一个黑些，一个白些，一个沉默寡言，正坐在八仙桌边商量什么。感谢你们来啊。他面对他们坐下。你们要进日本的复印机，是吧？要多少台？三十台？还有呢？日本东芝牌的冰箱，越多越好？这样吧，我可以找找广州方面的朋友帮你们想办法。（那太感谢了。三个年轻人高兴地搓着手说：我们可以给你百分之五。）五也好，八也好，这个咱们再商量，这事也不是说办就能办好的。他一抬眼看见正在散名片的鲁鸿，立刻站起身：你们坐，我再到别处招呼一下。

　　三个年轻人是郑州来的，想干番事业，看着孟立才的背影，低声商量道：他是不是嫌百分之五太少？那就八算了。真能进下三十台复印机，咱们至少能挣七八万。待会儿再套套他底儿，也别显得太迫不及待了。

　　孟立才却赶紧拉来了在楼里陪客的新娘子，密授道：你去陪鲁鸿，到我书房看合同，千万磨住他，别让他下楼和别人接触。懂吗？看着鲁鸿跟着金凤上了楼，他心中得意地笑了：做生意就要扩大自己的联系，切断别人的联系。他找来了总管孔爱礼，吩咐道：你多弄些咱们的人来陪客，不要让客人们相互串。这都不明白？……客人没咱的主人陪着，对他们不尊敬，这能明白了吧？

　　人这么多陪得过来吗？人人要活动，不都在串？许哲生拿出笔记本认认真真与几位农民企业家促膝交谈，在他看来，农村商品经济的发展将从根本上改变中国的经济秩序，社会结构。从某种意义上讲，现在的改革不就是商品经济在开拓自己前进的道路吗？人类的一切活动说到底是经济活动。他在这方面要有气魄，先在一两年内出上一批有轰动性的文章，然后，再出专著，再扩大影响至国际，再……这是他的野心？谁没野心？人活着都有目标。这几位半醉不醉，双肘撑膝，身子前倾，都很尊敬地围着他。知道他在高层政策机构任职，都急于结交他。你承包砖瓦窑，我经营果林，你要搞建筑，我要跑运输。他们相互间都不愿露底儿，留一手；可又都要向上面来的人汇报出"典型"来，说话费心思。你们每天想得最多的是什么？许哲生皱起额头问。几个人搔头笑着，不知如何回答。（想挣多多的钱。想盖一幢比孟立才家还漂亮的洋楼。想找一个比金凤还俊的女人。）

程无忌的狐狸眼血红，正坐在沙发上打着手势对刘言大谈特谈，唾沫星子飞溅：要办个文学刊授学校。办刊授还不容易？登几个像样的广告，每人报名费五十元，年龄、文化均不限，重点班每人八十元，要寄篇作品来，小说、诗歌、散文都可以，重点培养。吸引年轻人办法很简单：免费赠送教材一套——顶多五块钱，就是大学的那套教材；赠送一年的刊物十二期，正好把我们剩余刊物推销出去；再一条，进行函授改稿，从来稿中选上三五篇，随便找两个作家评点一下，在咱们刊物上宣传宣传，以点带面就都有了。还有一条最有诱惑力：对于函授学员的来稿本刊优先选登。这一条还不是和没有一样？好的稿子，不是学员我不也得登吗？不好的稿子，你是学员我也照样不理嘛。要有一万人报名，就挣五六十万。要有十万人报名，一下就把五六百万拿到手了。广告费花不了一两万，雇上三四个待业青年，收收来信来稿、汇款单，发他们一人一月四十块钱就行了，一年下来不过一两千块。会计，从我们编辑部过去一个就行了。你想，一下白拿几百万块钱，存入银行吃利息，也够编辑部好好发奖金的了。

刘言却不感兴趣：别总是咱俩聊了，还是横向联系吧。站起来到别的桌去了。程无忌断了话头，一个人咕咚咚喝了几口茶，抹抹嘴凑到那堆最热闹的人群中了。童伟正和摄制组的几个女演员站着聊，毫不理会程无忌，话说得更绘声绘色了。

婚礼后的"交际会"，个个生气勃勃。互相认识，互相洽谈，互相摸底，互相利用，互相诱惑，互相拉拢。人人有数不清的机会，人人有无穷尽的欲望。满院子嘈嘈切切，像台鼓风机。

一个拘谨的年轻人坐在八仙桌旁等待着。他看着孟立才一次又一次从眼前过，都没有勇气叫住他。他研制成了纺织机上的一种自控仪表，想通过孟立才推广。这一次，他终于站起来了。

孟立才看见了，按按他的肩让他坐下，你稍等等，我忙过这一阵，咱们再谈。

他的事太多了，满眼都是挣钱的路子，抓都抓不过来。人们怎么都这么眼瞎，看着遍地人民币就不上手。眼下有件事比什么都重要：北京清河建成了亚洲最大的新型建筑材料厂，德国进口的成套设备。这是"朝阳工业"，大有发展前途。眼下新型建材在全国的推广、销售都是问题，这个厂建成了却开工不足，好大的漏洞。国家漏洞的地方，就是个人挣钱的地方。赶紧联合一笔资金，在工厂附近开辟一个新型建材市场，做个经销商。要赶快，这将来是成百万挣钱的事情。

可上下关系怎么办？政策条文是怎么回事？弄些什么人来具体操办？他走到李向南身边，这是今天请来的有实质意义的客人之一。

李向南正在和几个人交谈，黄平平也很感兴趣地凑过来听。可李向南能觉着：她只是表现一下她的兴趣，她永远是她自己。香山时的温情早已过去，这个看来温柔可爱的姑娘其实是个很"冷酷"的人，她绝不会无代价地牺牲一点感情。自己今天为什么会来参加孟立才的婚礼，要干什么？

"向南，"孟立才走过来，"我和你单独说几句话。"两个人到一边坐下了。黄平平这时可真感兴趣了，她很坦然地走过来："我能旁听吗？"孟立才不知如何回答，他看看李向南，李向南说："那你坐吧。"他对黄平平并没什么可保密的。

"是这么回事，"孟立才说，"听说，不让你当……"他不知怎样讲。

"不让我当县委书记了。"李向南平静地替他把话说出来。

"这没什么，我是想……"孟立才仍不好意思张嘴，可又一想，李向南算什么，屁大的一个芝麻官儿，还是下台的，作家不都被他雇来当顾问？"我想聘请你当我们达美公司的总顾问，每月聘金五千元，行不行？"

客人散尽了，大车小车开得一辆都不剩了，看着空空荡荡的院子，孟立才在楼上房间里打了个哈欠，一眼看见金凤正站在窗前用手摸着一块碎掉了一小角的玻璃：叫他们挤碎了。他一时兴起，摘下一支打猎的小口径步枪，起来。他喊道，然后，砰的一声在那块玻璃中心打了个弹孔。你怎么了？金凤惊愕地瞪大眼。他又接连在那块玻璃上打了几个弹孔。你要干什么？金凤惊恐了。他笑嘻嘻放下枪，拉金凤到窗前：要让你破案，你能分清哪个弹孔是最先打的吗？金凤疑惑地看看他，又看看破玻璃，惊惧未定地摇了摇头。我来告诉你。孟立才说。

中间这个弹孔你注意了吗？金凤看了看，一个洞，五指张开似的向四周放射着玻璃裂纹。你看它和其他弹孔有什么关系？金凤摇头。我讲给你听，孟立才手指着。每个弹孔都是一个洞，都是往四面走裂纹。可你发现没有，裂纹相交的地方，都是丁字形，不是十字形，知道什么道理吗？先有的裂纹都把后有的裂纹挡住了去路，你根据这一点就能判断出哪个弹孔是最先有的了。果然，中间这个弹孔放射性裂纹自由延伸，其他弹孔的裂纹与它相交时都被挡断。

中间这个弹孔，孟立才手指着，就是我。明白吗？

金凤疑惑万分地瞪大眼。

孟立才哈哈大笑，醉了，不是因为酒。

晚上，孟立才请来了县剧团唱大戏，熙熙攘攘好不热闹。他的小楼、院子，红黄紫绿，像座元宵节的彩灯楼。

第八章

　　过去，一不顺百不顺；现在，一顺百顺。林虹对自己命运的变化有些应接不暇了。

　　《白色交响曲》已经拍完，进入后期制作。样片，电影厂内人们已看过，评价甚高：这是部要打响的片子。好几个导演不无嫉妒地祝贺胡正强道：我们看完精神都"崩溃"了。厂长极满意，拍板：立刻把林虹正式调入电影厂。几家消息灵通的刊物闻讯跑来，对林虹进行采访，拍照。五六个导演找她，想邀她出任角色，她手中看着他们塞来的好几个电影剧本，选择着。

　　北京大学为她父母彻底落实了政策，退还一切查抄封存的物品。她不仅继承了父母的书籍、古董、字画等遗物，还继承了十二万九千元的存款。她这个过去每月只有四十元工资的农村教师面对这样一笔财富，一时有些惶惑了。且不说这些古玩还可以卖个十万、八万，仅这十二万九千元存款，月息就是她工资的二十来倍。夜晚，她把存折看了几遍，又想了好久，才从恍如隔世之感中清醒过来。她再也不用为挣钱而活着，从今天起只干自己想干的事，这是涌上她脑海的第一个想法。

　　紧接着，又收到父亲生前好友、法籍华人学者邓秋白汇给她的两千美元，信中问她：是否愿意去法国留学，他可以提供帮助。这一下，电影厂又传遍了，人人羡嫉。林虹，你出国吗？这下你可阔了。人们都知道她得了两千美元外汇，还不知道她继承了十二万九千元的存款。

　　北京大学表示可以把她调到学校图书馆工作。电影厂则加快行动，立刻分给她一套一室一厅的新房。又发函去县里，正式下了调令。一切都有人奔波，她坐在漩涡的中心倒感到寂静了。

家怎么布置？她站在空空荡荡的新房子里看着，听见旁边有关心的问话。转头，是钟小鲁。一辆大卡车从电影厂开到北大，她在钟小鲁的热心帮助下，从父母遗物中挑选了部分家具，写字台啦，书柜啦，转椅啦，沙发啦，连同全部书籍，古董，字画，一起拉了回来。一室一厅立刻殷实了，一股儒雅的学者气。显得沉闷些，色彩上需配比一下，另外，也还缺东西。她拿出七千元，钟小鲁一手包办，叫上七八个搞美工、灯光、布景的哥们儿，开上车满北京地呜呜呜一跑，彩电，冰箱，电扇，录音机，洗衣机，地毯，壁纸，壁灯，薄纱窗帘，天鹅绒窗帘，都买来了。又一阵忙碌，全部安装好了，调试好了。

古朴儒雅与现代奢华相结合。一个舒舒服服、令人羡慕的小窝儿。

你这下可混好了。当她从电影厂的招待所搬走那点简单行李时，卞洁琼酸溜溜地说道。

她混好了？来不及思悟。干脆再装部电话吧？钟小鲁建议。装电话？她需要吗？能装吗？会需要的，你以后社交肯定会很多，有个电话方便。至于能不能，自己出钱到各方面跑跑关系，怎么不能？她想了想，装就装吧，怎么方便怎么来。人活着就是有什么条件就利用什么条件。

第一个电话就是打到北京烤鸭店，定了一桌饭，把这些帮忙的人都请去吃了一顿。一切由钟小鲁张罗，钱不必花得太多，但尽量丰盛体面，车子我在厂里找一辆面包，不要叫出租。他里里外外联络着，向她建议着。又有几家晚报要来采访，也是他出面安排。你可真成了咱们林小姐的管家了。他可不光是管家，还是小林的经纪人。不，还是代理人。得了，还是保镖。饭桌上哥们儿七嘴八舌地起哄着。她微笑，举杯：谢谢大家。他也呵呵笑着：来，大伙儿干一杯。等大家哄着灌酒时，他转头笑着对她说：本人愿意长期担任你的经纪人。这是句风趣的玩笑，又传达着明确的意思。她拿起酒瓶：来，我再给你倒一杯。

她确实感到需要他，他万事很周全。一出烤鸭店，她就对他说：我想给古陵县的舅舅寄点钱，你帮我办一下好吗？寄多少，一千？……行，我去办。他立刻点头道。还有，你稍稍准备一下，这是他们今晚八点采访你的提纲，他把一页纸递给她。采访时间我和记者们也讲好了，限制在一小时之内，否则你太累了。

她还需要一个人逛逛商店，给自己买几件衣服。这是女人一有钱就想到的事情。王府井百货大楼，东四人民市场，西单百货商场。她进出着，从从容容地逛着。人有钱了，买东西反而不匆忙了。她站在一个个高档服装的柜台前消消闲闲地看着，抬手指着，这件连衣裙，拿给我看看好吗？女营业员用审视的目光打量她一眼，慢慢走过来把裙子递给她。她不张扬，只是挑剔地、翻来覆去地看看，然后放下。再换那件我看看好吗？女营业员稍有些不耐烦地把刚才那件收起，又取下这一件，脸色不大好地撂在柜台上，然后奄下眼皮看她翻看着裙子，那意思是说：我等着你，你买不买啊？她依然仔细地挑剔了一番，说道：这件款式不错，做工粗了些。抬起头：再拿那件我看看。女营业员脸色更难看了：价钱看好了，那件是二百多的。林虹一脸平静：我知道。女营业员翻着白眼打量了她一下，转身又摘下第三件。她看了，满意了，从皮夹中把钱取出来了。女营业员脸色顿时温和：您还要别的吗？她用目光慢慢扫视着，不动声色：除了这，还有更好的吗？

在裘皮大衣专柜，一件紫貂皮大衣吸引住了她，太好看了。照理夏天不是买裘皮衣的季节，但她唯恐失之交臂。她要看看，试穿试穿。营业员是胖胖的中年妇女，听了她的话，胖脸毫无表情，漠然看着前方："买吗？四千八。"我先看看。"不买不要看。"不看，怎么买呢？胖脸收回目光，打量地看看她，瞥了瞥她手中提的衣袋，转过身摘下紫貂皮大衣。

她站在穿衣镜前左右转着，太合适了。冬天，上身穿件漂亮的毛衣，下身穿条毛料裙子，外面把貂皮大衣一套，暖暖和和，雍雍容容，都有了。

衣服并不在于多而杂，要有几件合体而讲究的。她欣赏完了，脱下，用手抚摸着光柔滑亮的皮毛：我过两天来买，还有吗？胖胖脸白了她一眼："买就有，不买就没有。"我今天没带那么多钱，这样吧，这件我要了，您给我包好，我先预付五百块钱，明天我再带四千三来取衣服，行吗？胖胖脸立刻看明白这真买的架势了，满脸热情："您在哪儿？电影制片厂？行行，您不用预付款了，我这就给您包起来，明儿等您带钱来取吧。明儿这时候，还是我的班儿。"

有钱逛商店，真是女人的一大享受。

第二天，电影协会在北京饭店举行茶话会，她与电影厂的领导、导演、演员一起乘大轿车来了。她有说有笑，平和而不骄矜。她对所有人都友好，但又无须攀附。人获得自信才能这样自自然然，不卑不亢。幸福的心态。

北京饭店她是头一次来。东楼，西楼，钟小鲁陪着她先转转。一层的商场，卖服装，工艺美术品，旅游用品，名贵中药，金银首饰，光华灿烂。人们缓缓观看着，挑拣着，有一多半是衣冠齐整的外国人。英语和汉语交杂。这儿一般东西你不要买，因为这儿东西比外面贵。钟小鲁劝道。外面没有的，你实在想要，可以考虑。她点点头，立刻就懂了。她在卖项链的玻璃柜前久久停留，要来两串选着。钟小鲁又在一旁说了：如果想要，我托人从国外给你买吧。这些项链做工不够精致。她一听立刻放下了：那行。她现在有钱，但绝不想瞎花钱，花冤枉钱，她买东西讲究质量。

茶话会就要开始了，她同一群人说说笑笑步入大厅。一桌桌坐满人，笑语喧哗。突然，她看见顾晓鹰正在一张靠边的桌上斜坐着。他也看见她了，目光怔了一下，上下把她扫了一眼（那一瞬间，她意识到自己今天穿着十分高雅讲究），竟不由自主地往起立，立到一半似乎又犹豫了，被桌椅夹着僵成一个弯腰弯腿的尴尬样。

她却平淡地一笑，对钟小鲁介绍道："这是顾晓鹰，我和你讲过的。"又对顾晓鹰介绍道："这位是胡正强，我的导演。这位是钟小鲁，副导演。这位是……"

顾晓鹰连连笑着点头，胡正强等人只是礼貌地致致意，就忙着和别人周旋了。林虹看出了顾晓鹰有一丝自惭形秽。"我是来随便看看……"他对她解释道。"噢，那我们走吧。"林虹和人们说笑着往大厅里面走，与四面八方的电影界人士寒暄。她已是这个圈子内的人，她觉得顾晓鹰冷冷落落地坐在背后远远的角落中。

喧嚣热闹都过去了，晚上一个人坐在自己的窝里，顿显冷清安静。

父母留下的地毯紫红色的，家具是深栗色的，还散溢着令她惆怅怀念的淡淡温馨。彩电打开了，看了看白天茶话会的报道——里面有自己两个镜头——又关上了。纱窗帘随着微风拂动，外面是夏夜，是灯火，一切都变得太快了，像坐在游乐场的电动火车上，上下飞旋，头晕目眩。

自己出国吗？她摇摇头。父亲的遗作，自己已翻看过，看不出有太大的价值，自己还为之费时吗？自己还画画吗？下一部选哪个剧本？范丹林晚饭后来过，告诉她：后天举行他母亲的追悼会。她是一定要去的。自己今后对范丹林什么态度呢？他对自己的意思是明白的。还有，钟小鲁呢？

敲门声。是童伟。"我来看看你的新居。"他说。请坐吧。她说。"你一个人干什么呢？"我正走神呢。"生活反差太大了，有点恍惚？"是吧。"这很好理解。人生多变嘛。"人生太怪了，有时候简直弄不清它是怎么回事。"弄不清就弄不清呗。"近两个月来，她和他经过几次唇枪舌剑，现在相互很平和。他很愿意和她聊点什么，她也很愿意和他谈点什么，磊磊落落的好朋友。"我和你在一块儿时，人性就变得好一些。"他说。什么意思？她笑问。"我这个人不好，从内心深处蔑视他人，特别是蔑视女人。和你在一起时我比较尊重人，也比较心平气和。"那是为什么？"因为你教训了我吧？"她笑了：我能教训你？"你不明白，和你在一起，我一点邪念都没有，只觉得和你是好朋友。我和其他女人从没这样过。"其他女人都顺着你？"古人说不打不相交，相互尊重的友谊大概需要建立在力量平衡的基础上。不平衡，总会出现以强凌弱的。"是吗？她目光中露出了思索。

童伟走了，夜更静了。她独自在沙发上坐着。沙发很软，脚很舒服地踏在地毯上。只开着壁灯，光线柔和地照着房间。这个安谧的窝儿是她的？写字台上的电话是她的？墙上挂着自己的大剧照，画报封面上登着自己的彩照，那也是她的？她不断地怀疑，又不断地确认。人生是怎么回事？什么叫实现自我？这些问题都显得大而无当。眼下要考虑的是：自己下一步干什么？接受哪个剧本？结婚不结婚？再想得多了，是毫无必要的奢侈，是可笑的矫情。只有那些最虚伪的人才一天到晚用"人生价值"这样的辞藻来说道。

她一下富有了：事业，地位，名誉，金钱，社交，爱慕者，机会……可她反而有点寂寞。人生莫非如此？真静啊。她目光久久地停在电话机上，心中突然生出和谁谈谈的愿望。安逸独居的女人大概都这样？她走到电话机旁，顺手拨了个号码。

李向南接电话了，两个人随随便便聊开了，极平常的一些话。最后，李向南告诉她：他最近常胃疼，经医生诊断，很可能是胃癌。

他一开始也不相信自己会得癌症。

坐在自己面前的是个年轻的男医生，白衣帽增加着他一丝不苟的严谨。"你一个人来的？"他问，"没有人陪着你来？"自己笑笑：我这么个大活人，能走能跑的，要啥人陪啊。随即又有些警觉：是不是我有什么恶症？"这个……"医生埋头在病历上写着什么。有什么情况您如实说吧，我经受得住，我会很冷静。

要是让我怀个悬念，反而心理负担太重。

医生讲了他的诊断。

他不相信：这不可能。

"你有过胃溃疡病史吧？"是，他下乡时患过，后来好了。"这就是个基础。你不是很长时间以来食欲减退，消化不良吗？"是……可他不能讲明自己这两个月的心理背景。"后来，你又胃部疼痛吧？"是。可胃疼不是常见病吗？"不能孤立地看。你最近不是还有呕吐现象吗？那也是胃癌的典型症状。"我……"而且，呕吐物是咖啡色吧？"这我没注意。"让你做了大便隐血试验，虽然阴性，但这种试验并不一定能排除癌症，关键是你又很瘦削。"我一贯比较瘦。"我刚才不是问你了，你最近是不是更瘦了？"

大夫，胃癌还应有什么症状？

"贫血，皮肤苍白。"我不贫血啊。"是，并不是所有人都贫血。如果胃肿瘤出血不多，时间不长，并不一定表现为贫血，就像不明显造成大便隐血一样。可是你其他症状很像，我刚才在你胃部，就是剑突下面，摸到了肿块。这是最重要的。"

他一时说不上话来。

还有哪些症状可以确定这一点？他又问。

"你的临床症状已经很够下这个诊断了。还有一点，胃癌患者，往往左侧锁骨的淋巴结肿大，这一点你不明显，但是，以上症状已构成判断了。并不是所有人表现全部症状。"

那就算确诊了？

"不，这是最初步的。还要做个 X 线钡餐检查，拍个片子，不过今天不能做。你先预约登记一下，可能要排到下个月中下旬。"

要等一个月？他不能拖这么久，要尽快确诊，他不能忍受这不明确性的折磨。他把情况告诉了李文静和李文敏，并嘱她们无论如何不要让父亲知道。在她们的帮助下，找到父亲的一个老战友，他妻子是医院的副院长，把钡餐检查提前安排到下两周了。然而，这两周时间也让他不可忍受。"哥，我知道一个中医杞大夫，专治肿瘤的。他一看你脸，一看你手掌，再号号脉，就能确诊你是不是。"李文敏说。

他们去了。小小的门诊所里坐满了等候的病人，几乎都是癌症患者。他低声和他们攀谈：杞大夫诊断准吗？"准。"都这样回答。于是便听到许多令人信服的事例：哪个哪个病人，他一看就说：你有子宫癌。那位妇女不信，到大医院一查，果然是。哪个哪个病人，他一看脸，就说，你是肺癌。去一检查，果然是。

他规规矩矩坐在杞大夫面前，讲述了自己在医院看病检查的经过。这位中医大夫对医院的检查似乎并不重视，他凭经验诊断着。最后说："胃里有瘤子，这肯定。"

他和旁边的李文敏相视了一下，倒抽了一口凉气。

"那怎么办？"李文敏问。

"相信西医，去开刀。相信中医，吃药。"

"能治好吗？"

"先吃几剂看看吧。"

药方开了，没吃。他要等 X 线钡餐检查。

林虹来看他，天下着大雨。"我陪你走走吧。"林虹说。两个人打着伞在雨雾蒙蒙的街道上走着。"你觉得你真会得癌症吗？"她问。

他沉默不语，她也不言语了。两人在雨水中走着。风裹着雨很猛地扫过街道，激起迷茫茫的水雾，大汽车，小汽车，裹着雨衣的自行车，黑影般稀稀寥寥地逃窜着。又一阵风刮来，两个人都禁不住打了个寒噤。你冷吗？林虹看看李向南，想这样问一句，但看见他那凝重的脸就没出口。

已经到长安街了。这条横贯北京中心的大街被雨雾笼罩着，苍苍茫茫，两个人犹如在浩荡的大江边走着。两个月前回北京时，自己曾和黄平平走过这条街。那时夏夜炎热，自己正充满信心，而现在竟感到有些萧瑟了。一阵雨一阵凉，就把秋天带来了……

走了许久，已是中午一点多，两人在一个小饭馆里坐下了。"你看着座儿，我去买。"林虹一次次来回着，端来了热腾腾的馄饨、小笼包子、菜，拿来了筷子、勺，又用手绢把不一定很干净的筷子、勺擦拭过，递到李向南手里："趁热吃吧，这些东西都是好消化的。"烧豆腐，摊黄菜，烧腐竹。

林虹显得很轻松："没事，即使是胃部肿瘤也好治，我相信你的生命力。"

他看了她一眼，没说什么。到了这种时候，往昔的友情显示出来了。别人会这样陪他吗？他用勺慢慢喝着馄饨，停住，抬起眼睛看着林虹，林虹也静静地看着他。两个人对视了一会儿，林虹扑哧笑了："你怎么这样看我？"他居然幽默地说了一句："我发现，男人还是和女人在一起好。"林虹目光明亮地凝视着他，"我也发现，女人还是和男人在一起的好。"

气氛轻松了些。

"你还发现什么？"林虹问。

"……还发现你比过去更漂亮了。"他说。

"是吗？"林虹想到自己出来前曾施了淡妆: 搽了一点腮红,描了描眉。"还有什么发现？"

"没了。"

默默地吃完饭。

"你想干什么，想回家吗？"林虹问。

"我想找个安静的地方坐一坐，想一想。"他答。

"我陪着你，好吗？"她和他起身，饭馆对面有个冷热饮部，下大雨，很冷清。两个人进到里面，二层楼上，要了咖啡果汁，靠窗坐下了，七八张桌子的小厅只有他们两人。窗外的雨还在白茫茫地下着，玻璃上淌着水。

他两手十指交叉放在桌上——这桌子不太干净，你把这张报纸垫在下面，林虹让他抬了抬手臂，给他垫好——凝望着外面沉默地坐着。他想了许多，似乎又什么都没有想，脑子里白茫茫的，如这大雨。又很长时间过去了，他收回目光，"就想到这儿。"

"你都想了些什么？"林虹含笑问道，她总想活跃气氛。

"人什么事都能忍受。忍受住了，也就那么回事。"

"就这些，还有呢？"

"事业、理想是个很奢侈的东西；人最宝贵的其实只是生命。"

她凝视着他，沉默了。

当她挽着他下楼时，迎面有一对青年人相挽着上来。

竟是顾小莉与楚新星。

小莉打量着他们，脸上掠过急速变化的各种表情："向南，听说你最近……病了？"

第九章

一切生命都善于适应环境，人也不例外。

黄公愚很快就习惯了家中的新秩序。子女们各管各饭，大多早出晚归。新来的姜阿姨只做他和祁阿姨的饭，伙食明显比过去好了。院内也较以前安静些。只是夏平每日不在家中陪伴，颇觉孤寂。听说有个老年人俱乐部，不远，便与一两个老朋友晚上相约着去了。

一块钱一张门票。里面是个雅致的礼堂。中间是舞厅，有乐队，四面有些活动间。一桌桌围棋，象棋，麻将，扑克。香烟袅袅，茶气幽幽。围观的比下的、打的人更多，看样子都是些老干部、老知识分子，热闹而又不喧嚣。还有搞书画的，几条长桌上铺着白毡子和大幅白纸，摆着笔墨，围着一群老先生在写，在画，在评议，在切磋交流。有些字画挂在了墙上，众人指点。有一堆人在讨论健身气功，什么"内养功法"，"小周天练功法"，"放松功"，"太极棒气功"，还有"因是子静坐功法"，详而又详，玄而又玄。要买烟，买酒，买冷饮，买茶糖糕点，礼堂一角有个小卖部，全是高档品，年轻的女售货员冲你甜迷迷地微笑。舞场里不满也不空。有几十对在舞，多是老夫老妻——那是一眼就看出来的，也有不是夫妻的。来俱乐部的有不少单身的老头老太太，还有些不算老的五十来岁的妇女，他们都坐在舞场周围的一张张圆桌旁，看着聊着。"这倒是个说话解闷的地方。"他说。"可不光是说话解闷。"老朋友在一旁谑语道。"还可以活动活动身子。"他指了指舞场。"不，这还是丧偶的老年人找对象的地方。"老朋友点破道。他一听仰身哈哈笑了，表明这很有趣很可笑，心中却不禁浮想起在清华大学盛律明教授家做客的情景，那一对新婚的老年夫妻。

他来了几次，既不下棋也不打麻将。偶尔在书法堆中和人们聊聊，写几个字。慢慢，人们都知道了他，老干部，东方艺术协会的主席，有身份的人。他便得到了应有的尊敬。因为是老单身，也便有女人来认识他。

她，一个上了年纪的戏曲演员，五十多岁，胖胖的，白白的，见他坐在舞场边，便走过来坐下。谈谈艺术，挺投机。"黄老，您讲得真好。"她由衷地说。"不好，不算好。"他连连谦虚道。晚了，渐渐散场了，他们也常自然而然一起走出礼堂。"您是走着来的？"她关心地问，看着俱乐部门口的人流。"这么近，又不是开会，就不叫单位小车接送了。再说腿脚好好的，走走也是锻炼嘛。"他说。"那我送送您吧。"她说。两个人走了一段，随便谈着，多是她提问题，他讲。

偶尔，她也很随意地问问他家里的情况："您和这么多子女住在一块儿，倒不寂寞。"

"住在一块儿有好处，也有不好处，互相太干扰。"

"噢……"

"他们有人劝我，把这一院房子换成几套房子，和子女们分开住。"

他站住了，到家门口了，看见夏平也刚从外面回来："爸爸。"

"这是我的二女儿，夏平。这是黄阿姨。"

她也姓黄，叫黄桂花。

夏平越来越忙。要看的外文书很多，要参加的活动更多：听课，看未经译制的外国电影，外国艺术展览，贸易展览，书籍展览，参加外语学院的一些活动，和欧美留学生接触交朋友。她越来越主动地承担图书馆整理外文资料的工作。时间很紧，却比过去注意打扮了。乱买着吃饭，又要节俭，脸色倒比过去好了。中午，图书馆快下班了，她紧张而快乐地收拾着书籍，与她一起工作的莎莎笑着说："你今天怎么也哼开流行歌曲了。"她一下停住，才意识到刚才一边摆着书一边在哼歌呢。从未有过。想着，笑了。

她试着翻译了一篇学术文章，想请羊士奇看看。他不是在《哲学社会科学译林》杂志编辑部吗？能发表吗？打电话，编辑部回答：他不在。又打一次，回答：他不在了。多了个"了"。怎么不在了？回答：他已调走了。调哪儿去了？调回原单位去了。原单位是哪儿？电话里没听清楚，是一个工厂。

他怎么了，出事了？电话中灰沉沉的口气让她有这感觉。什么事？那次在天坛公园的情景又在眼前浮现出来……

她若有所失地来到天坛公园的"英语世界"。这儿依然熙熙攘攘，松柏浓荫下，是密匝匝的人群和 ABCD 的声音。看了一遍，细细的，没有他。接连几个星期天都不见他。周围接连有人与她用英语会话，她一一应对着，最后不再搜寻了，终于设法把他忘了，使自己逐步投入英语会话的兴奋中。她突然发现一个熟悉的身影在人群外移动，她礼貌地终止会话，犹豫地穿过人群，来到"世界"之外。一个男人，高高瘦瘦的背影，垂着头在树下踽踽独行，偶尔往"英语世界"中看看。那背影的每一线条都很凄凉，像是被人群遗弃了，又止不住想来看看。她迟迟疑疑走到他前面，是羊士奇：蓬头，胡渣很长，眼窝下陷，黯然无神。

"你怎么了？"她听见了自己绵细的声音。

"我……"他沉重地垂下了头，头发很乱地披在前面。

"你回原单位了？"

他慢慢抬起头，呆滞的目光好像在问：你怎么知道的？

"我打电话找过你。"

他又垂下头，手扶着树干。

"那怕什么？你回工厂还可以搞翻译嘛，人没有一帆风顺的。"她希望能安抚这个受伤的人。

他摇了摇头。

每个人的世界都不一样，他只有一个昏天黑地的世界。于粉莲又到出版社哭天喊地，掏出农药要仰脖喝，楼上楼下乌烟瘴气，出版社要炸了，可它不能炸，只好和他羊士奇谈话，只好又请他回原单位。你翻译了什么东西，还可以再送来的——这是最后的安慰之辞。他抱着自己的资料、笔记、书稿回家了。又到工厂上班了，顶着人们窃议的目光。不和任何人说话，像灰色的影子无声无息地移来移去。对女人，绝不抬头看一眼，回家也不说话。做家务，料理女儿，垂着眼皮在于粉莲的目光下干这干那。你怎么不说话？于粉莲瞪着他。他没反应，到厨房里洗碗。你哑了？于粉莲声更高了。他又坐到小板凳上洗衣服。问你呢，怎么不吭气？于粉莲好像又提高了调儿，其实是声小了些。他还是一件件搓着衣服。爸爸，你怎么了？女儿小心地走到他身边贴着他，轻轻摸着他的脸，

426

不时怯惧地看看母亲。他没说什么，擦干双手，用毛巾揩拭着女儿小脸上的细汗。女儿不声不响偎着他，于粉莲站在一旁瞪眼呆看着。

都洗完了。女儿早睡着了，于粉莲也躺下了。他一个人缩在厨房里铺开书籍、资料、稿纸，还搞他的翻译。桌子太小了，灯光太暗了，空气太热了，他却在深夜的苦行中得点麻麻木木的安慰。我活得不像个人，可我能忍。厨房里满是油腻味，灰老鼠无声地溜来溜去。街道像铅色的剪纸，风一吹就皱了。一把大扫帚扫来扫去，一双老女人的小脚狰狞地从大黑袍下露出来。一个老头戴着黑皮帽，在严冬的城市中驼背走着。冥冥夜空中，一座剪影般的塔式高楼睁着雪亮的独眼，阴险无比⋯⋯

第二天中午，他下班一回来，看见家里烟雾腾腾，于粉莲站着，脚下一铁盆灰烬，有的还白中透红地微燃着。他疑心了，再一看，自己所有的书籍、资料、笔记、手稿——其中有他已翻译了三十万字的一部书稿，都不见了。

"你——"他浑身哆嗦了。

"我把它们都烧了，我不让你再搞这些。"于粉莲说道。她恨这些书籍纸张，看着它们她就有不安全感。

"你这是干什么？"他突然大吼一声，从来未有过，吓得于粉莲一颤。继而他又发现不对：他的书籍、资料、手稿很多，就这么一盆灰？"它们还都在哪儿？"

"太多了，烧不过来，我都卖破烂了。"

他抡起手臂重重扇了她一个耳光，然后疯了一样跑下楼。

收破烂的去哪儿了？天昏地暗，凉风掠地嗖嗖吹过来，雨点打得脸生疼，哗哗几阵下成瓢泼了。雷电闪着，马路成了河。他像只瘸狗在街上挣扎着。废品收购站去过了，哪儿还找得着？满街一片灰冷。扑哧，他滑倒了，雨浇在脊背上像要掩埋他。活埋人，土落在身上大概也这样舒服？混浊的水在身体四周冲刷着，还不如埋在水中死了。有人蹚着水从旁边走过，雨靴，赤脚，男人的脚，女人的脚。这么多人都站着，他只能趴着。一道闪电照亮了灰暗的街道，他撑着爬起来，旁边就是法院，白底黑字的牌子。他跌跌撞撞往里走，他要离婚。离不了婚，他就不想再活了。

他不知道于粉莲打着一把伞在大雨中到处找他。他也不知道，他在闪电中挣扎着站起来时，她东张西望地看见他了。可她又看见他进了法院，她咬牙了，她再也不能失去他。她宁肯把他喂狮子，也不能让别人得到，她也上法院。他的离婚上诉被驳回；而她告他虐待罪的上诉则在受理中了……

他断断续续把情况简单讲了。夏平想安慰他，没找到话。两人在长椅上坐着。几个小男孩在近处玩飞盘，一个绿的，一个粉红的，飞来飞去。不时滴溜溜滚到这儿来，引来小孩急跑的脚步。

"你去人生咨询所了吗？"夏平问。

"去了，你介绍的陈晓时我见到了，他分析得很对。"

"他告诉你怎么办？"

"有些情况是谁都无能为力的。"

"你再找找他。"

"……好吧。"停了一会儿，他又摇了摇头，"我看清了，结果只有两个，一个，法院判我虐待罪，劳改几年，这倒好，只要能离婚，关几年也算。还有一个结果，就是永远这样下去。"他微微抬起头，脸抽搐着，"天下还有比这不讲理的事吗？"

"……"

"我是人不是人，还有没有一点做人的自由？"

"你们好自由哇。"突然一声大喝，于粉莲凶神恶煞般出现在面前。羊士奇僵了，夏平也呆了。"上次我冤枉你们了，这次没冤枉你们吧？大天白日的在公园里胡搞，还有什么说的？"

小华呆呆地坐着。窗外下着雨，没完没了没完没了没完没了。电大补考总算及格了，有资格接着上下去了。暑假还有最后几天，这些日子每天下了班闲逛逛，胡乱温温书。怎么又翻开《精神病学》了？放下。没完没了没完没了没完没了。怎么又胡乱想开了？尽是女人的眼睛，女人的腿。不想了。

再过些天就三十周岁了。在内蒙古建设兵团种过几年盐碱地，现在已是十三年工龄的"老工人"了。三级，铣工，工资四十五块，电大一年级，该上二年级了，再熬两年拿文凭，三十二岁了。身高一米七四，勉强够标准。相貌不错，二十岁时都说自己是漂亮小伙儿呢，现在胖了。从兵团那么苦的地方回来，能不发胖吗？体重一百五，裤腰二尺七。以后再节食吧。现在又上班又读电大，少吃了顶不住。头发还挺硬，说明自己肾气不亏，还结实，还有劲，还……

这就不能说了，墙上贴了好几张半裸的女人像，健美运动员，芭蕾舞演员，电影演员。他的目光总是留在一张上，姐妹俩，外国的游泳运动员很丰满很健壮。他喜欢高大的女人，不喜欢太娇小的——没多大劲。身子有些热了，他索性脱掉背心长裤，穿着小裤衩在屋里走来走去。走走停停，看看那些半裸的女人，又垂下眼看看自己。确实太胖了，肚子都大了，没有腰。怎么才能不少吃又减肥呢？跑步？每天觉都睡不够。肚子上这块脂肪，如果能用刀割下去就好了，一下匀称了，显年轻了。这么个肚子把年纪全添上了。

　　外面走走。每日步行四十分钟以上，据说就能消耗多余脂肪。哗，自动伞打开了，斜着出门。院子里一片水泊，罩着千万条雨丝。到底有多少条？这不是不能算。眼盯着，看一平方厘米——面积太小，不好看，看十乘十，一百平方厘米中落多少雨丝，再一量院子的面积就有了。怎么又立在这儿呆了？穿过院门洞，推开沉沉的大门，门受了潮更涩重了，到了外面，好清凉。一个个院墙水洞往外急流着水，屋檐挂下一片片瀑布，胡同变成河渠，白汪汪地朝前奔，对面一个山洞，火车呜呜地进了隧道，憋一阵又钻出来，天光地明，又入隧道。这是什么时候了？

　　就是这个院门，自己来来回回过了几次。想遇见她？院门闭着，石头台阶冷水汪汪。嘎吱开了，出来个弯腰瘦老头，举着伞一跛一跛地走出胡同了。再也没人出来。见她几次了？四次？第一次她就冲他笑了笑，因为她从院门跑出来，差点撞上他的自行车；第二次两人在胡同口相遇，她又笑了笑，因为他们已经"认识"；第三次是在胡同里，两个人都骑着车，半夜，最初她有点紧张，及至认出是他，又冲他笑笑，这一笑最动人，她推车上台阶，进院门时又回头对他说了声"拜拜"，这是相互说的第一句话；第四次呢？怎么想不起来了？他虽然一直想再遇见她，可始终不知道她的行动规律，在她家院门口白白走了多少次。

　　雨没完没了，他走来走去没完没了。烦，没完没了。憋闷，没完没了。不在这胡同里来回走了，再走一个来回，碰不见她就上街。还是冷清清的院门，还是紧闭的红漆脱落的大门，再走一个来回。往东五十步，往西五十步，低着头只看自己的脚。院里出来人听声也知道，眼巴巴瞅它干什么？这院里的人都死了？不走了。再走最后一个来回，再不见她，就永远不想见她。还是雨，没完没了没完没了没完没了。算了，上大街吧。天安门那儿多宽敞。不，再走

429

最最后一个来回，往东一百步，往西一百步，这次不见她，就是她跪在面前也不看她了。可还是一个冷大门，他简直暴怒了。再走最最最后一个来回，如果再碰不见她，就视她为最大仇人。她就是裸体跪在面前，他也不瞅一眼，甚至还要唾她，一脚把她踹倒在水中。他发誓了。

魔鬼被神关在了瓶子里，扔到大海中。魔鬼发誓道：谁救出了他，他将把世界上一半金银宝藏送给那人。一千年过去了，没人救他。魔鬼又发誓，谁能将他从瓶子中救出，就把全世界的金银都献上。一千年又过去了，他还关在瓶子中。魔鬼在第三个一千年中发誓，谁救出他，他就甘做奴仆，让那人做普天下之王。又一千年过去了，他还在瓶子里。第四个一千年中，他愤怒地发誓道，谁救出他，他就让谁去死。一个农夫在海滩捡到了瓶子，打开盖，魔鬼飞了出来……

没有，灰青色的雨幕中，那个院门还像坟墓一样。他盯着那扇门，充满了仇恨。他该跑上去连踹它几脚，把它踹得七零八碎，他该找一个绳索，勒住那院门，把它勒得粉碎，他该抱根大电线杆，一下，两下，三下，把它撞个稀巴烂。结果，他是抡起了双拳，狠揍起自己来。胸口，肩，大腿，发疯般捶着。你混蛋，你什么玩意儿，你没出息，你就知道揍自己，你白痴，你没种，你见人连话都不敢说一句。雨浇着他，拳头如雨点，他喘着疯着。一辆自行车远远停下来，犹犹疑疑往这儿推着，绿雨帽下有一张清秀的脸，正是她。

她认出他了，惊惶变成了关心：你怎么了？

他僵住了，直愣愣地盯着她。

你为什么要冲自己发火啊，遇到什么事了？

他垂下头，身子因为发热又发冷而猛烈战抖着："我……"

你到底怎么了？

"我在这院门口已经来回走了一百遍了……"他的声音低得几乎听不见。

姑娘愣了。

冬平接到了毕业分配的通知，很快就报到上班了。中国生态保护基金会，一个经常有外事往来的单位。不错。

下了电车，十层的办公大楼就在路边。绿栅栏院墙围着一块方方的楼前区，敞开的绿栅栏大门，直直的甬道，两边是草坪，桐树，然后是平整的水泥场地，停着一辆辆高级小轿车。轻轻盈盈上了几级台阶，旋转式玻璃大门，随人流鱼贯而入。挺凉，门厅就有冷气？电梯，一按键纽，抬头看，门上闪亮的红色指示数字跳着，6，5，4，3，2，1，电梯下来了。里面人彬彬有礼出来，外面人热热闹闹进去，各自在键盘上按亮自己要上的层数，你五楼，他三楼，她是十楼，平稳地上了最高一层。一出电梯就是她上班的地方：外联部秘书办公室。一墙大玻璃窗，敞亮极了，全北京都在阳光下耀眼地展开着。

"你好。"招呼她的叫薛彩明，三十来岁的男性，宽额头，微呈褐红色的鬈发。

"你好。"她笑笑。薛彩明是她的顶头上司，办公室的副主任。主任是个老头，姓查，十天有九天半不来上班，大权便旁落在年轻的副主任手中了。

薛彩明对她很好，有些殷勤。不仅介绍情况、教授工作，还指点她知晓各种人际关系。她不反感，这是她在这个大楼中的第一个立足点。要不初来乍到，人地两生，还不是睁眼瞎？

明天查主任来，你先穿一身朴素点的衣服，带一身漂亮的放柜子里。查老头喜欢年轻人朴素。他见了会高兴，可接着就会批评你。薛彩明瓮起嗓音拖腔拖调地模仿起来："年轻人穿着朴素是应该的，我一贯主张这样，可你现在从事外事工作，就要变通一下，穿着漂亮点，讲究点，为了工作嘛。"那时，你再装着不得已地换上一身漂亮衣服。他认为你本质又好又听话，就高兴了，对你满意了，从此你就有了任意穿着的权利了。

果然，第二天一个秃顶的和蔼老头来了，一切都如薛彩明预料的发展，简直是在照排一场有台本的戏，真有意思。

咱们办公室还有个干事，姓花，大家叫她花大姐，四十了，出差，这两天就来了。你和她相处稍微注意些，她这个人肚量小，喜欢嫉妒人。

"我又没惹她。"

你也是女的呀，而且你比她年轻漂亮，所以，什么事你和她多商量。她虽然不是领导，可她是老同志嘛，你就是会的事也请教她，她这个人好为人师，又喜欢抱团儿，所以，如果她真把你当成铁哥们儿，还是对你挺热心的。还有一点，如果她帮你买点什么便宜东西了，千万别推辞，像毛毯厂内部处理的毛毯啦，保温杯厂内部处理的保温杯啦，需要不需要，你都要感激不尽地接下。可以再转手卖给别人嘛。她最爱搞这个，大家背后叫她"处理品经理"。嘘——她来了。

一个身子与门等宽的矮女人，手里提着黑包，嗓门挺洪亮："你就是新来的黄冬平吧？"

"是。"她尊敬地答道。

"花大姐，咱们这儿的工作情况你给冬平介绍介绍吧，我正忙，顾不上，也没你熟悉。"薛彩明为冬平铺垫着。她明白，笑笑接上话："花大姐，我正愁你这两天不来呢。"

"哟，还非等我给你介绍？我也没啥经验啊。"一张原本很生硬的胖脸立刻笑出花来……

"冬平，你今天准备和苏兆年一起去林老那儿吧。"薛彩明打完招呼后，说道。

"我？那也要翻译？"她不解了。苏兆年是生态保护基金会的常务副主席兼秘书长，其实就是这个部级单位的真正部长。

"不是，苏兆年原来想让我陪他一块儿去。待会儿他来了，我推荐你去。你需要多见见世面嘛。"

"我去能起什么作用？"

"这就不用问了，一会儿就明白了。"

小薛，小薛。兴冲冲推门进来的正是苏兆年。四十多岁，稍胖，戴眼镜，大学生样儿。你们看看，咱们机关这体制改革表怎么样？来来，你们进来。他招呼着，进来两个挺腼腆的小年轻，一左一右地举着一张很大的绘图纸，上面画着表格。基金会所有的机构，部、处、科、室，都成了一个个小长方格，它们之间画满了密如渠网的箭头、连线，横的，竖的，实线，虚线，单向箭头，双向箭头，主线分出支线，支线又分出小支线，小支线又分出更小的支线，落实到每个工作岗位，然后又一层层汇合向主线，又交叉，又环形，有些地方还搞了"立交"，各种图示说明，各种标记，红蓝黑多种颜色，一切隶属关系、权力关系、责任关系都表明了，每项工作的调查、请示、汇报、决策、下达、执行、追踪、反馈都规定了。详细得很，复杂得很。

薛彩明后仰着认真看了看，笑道：挺好的，是个了不起的创举。

其实，这个表格草案早已试行了一个月，除了让人们痛感繁琐啰唆、滑稽可笑以外，再没起过什么作用。明明是一句话可以解决的问题，却必须照程序转七八个办公室，经好几个环节。可苏兆年每天就背着手在各层楼走来走去，检查人们是否执行。发电影票，原本是后勤福利处一个小干事的事，把票送到各科室一分了事。经他一检查，不对，照章办。各科室先上报实到人数，汇集到各处，再汇到各部，再到基金会，由会长办公室转后勤福利处，经处长签字，再交给分管的干事；再发票，程序与刚才逆行，到会长办公室，分到各部，再分到各处，再到科室，再到每个人；然后，再来一次反馈：票是否发到每个人头，科室，处，部，逐层汇集，又到后勤福利处，作为下次发票的参考依据。这分票是小事，可养成按程序工作的习惯是大事，人人都有明确的岗位责任。他训导道。

真不错？他听了薛彩明的称赞笑不可支，左右端详着图表，这是他上任两个月来的心血啊。夜以继日的设计构思，伏案制作，汗流浃背，把他这个理工科大学生的才能全部用上了。"那就这样吧，再一个个办公室巡回征求意见，都没意见了，就做个大镜框，挂在一楼大厅的墙上，大家一目了然。……小薛，走，跟我一起去林老那儿。"

薛彩明笑了："今天让黄冬平陪你去吧，让她也锻炼锻炼。"

"嗯？"没反应过来。

"去老头子们那儿，有个年轻姑娘气氛会轻松得多，说话要款也容易些。"

"啊……"苏兆年不完全自然地笑了，"好吧。"

小轿车平稳驶过街道，苏兆年兴致勃勃没点官架子，一路上又说又笑。他是怎么来基金会的，他是如何不爱当官，林老过去是他父亲的老战友，基金会有事就去找林老，中国太落后，思想不解放……

林老耳朵不太好了，苏兆年要对着他耳朵大声说话，也介绍了冬平，她拘谨地坐在一边。林老很和蔼，谈笑风生，她听着苏兆年汇报这汇报那，林老是基金会名誉会长，许多老大的事情随随便便就谈了，解决了，或没解决。挺有意思。

上班这些天，就是认识一个又一个人，见识一个又一个场面。她生性温和，话不多，倒很适合这个环境。遇到要翻译的活动她就认真了，全力以赴，有时太紧张，译错了，中国人，外国人，都对她和蔼地笑笑，她年轻，她美丽，因而不仅能得到宽谅，而且还增加了谈话的愉快。慢慢她懂得了这一点，便更从容些了。

基金会特别注重从海外和港澳募集资金，她也便很忙。北京饭店又召开基金会成立一周年纪念会，请来海内外各方名流，济济一堂。认识了这一位，香港巨富，迪耀宗，个儿不高不矮，人不胖不瘦，线条坚挺有力，有鹰的神情，又挺温和。他也是基金会副会长，金色的头衔，荣耀的位子，如此隆重的集会，有上百名中外记者，有摇来摇去的摄像机，有明天报纸上的新闻和照片，有遍及全世界的电讯，有刻在历史的名字，有纪念碑，于是，他便在上台讲话时豪爽地认捐一亿港元；于是便有热烈的掌声，就有闪光灯一片耀眼；于是就有一桌桌人在低声议论：这才是实质性的呢。于是他便感到安然，当然也略有一丝不安：钱是不是捐得太轻易了？于是他下台来坐下了，很谦虚，双手放在身前，但却感到自己很有身份；于是他听到还有人认捐百万，十万，就感到有一种从容的优越；于是他感到有更多的人在注意他，想到用钱买来的知名度；于是他想到自己祖先的贫困和自己坎坷艰辛的发家史；于是他想到嫁女时婚礼的豪华如何惊动了香港；于是他想到为福建故乡捐赠的一亿港元，在那里受到的欢迎使他热泪盈眶，他还看到了故乡的穷困；于是他又想了想自己的财富，有百捐一才是舍得的；于是他又想到钱这东西毕竟是身外物，死后带不走；于是他又想到自己对中国文化、教育、体育的捐款，他希望中国人扬眉吐气；于是他想到中国首脑人物对他的器重，一次又一次接见，这是极高的礼遇；于是他想到，可以凭借这些优势，在中国大陆捕捉更多的机会，赚更多的钱；于是他想到自己死了要落叶归根，还埋到闽江边的故乡，那里会给他树个纪念碑；于是他想到到八达岭登长城时，想如何捐钱修长城；于是他想到自己文化很浅，把一个个子女送到美国去读硕士、读博士；于是他想到自己还能活多少年，身体怎么样；于是当他从走下讲台时的发热、矜持中轻松过来后，和身旁这位叫黄冬平的大陆小姐交谈时，觉得自己更有脸面。

"迪先生，您想什么呢？"

"没想什么。"笑笑。

"我看过写您的一部长篇传记文学。"

"大陆也登了？"

"好几家刊物都转载了。"

"哦。"钱还是该捐的。

"我很敬佩您。"

"我没做什么……黄小姐，欢迎您以后到香港来玩玩，我邀请您。"

"谢谢，有机会我一定去。"

黄冬平非常乐意接受这邀请，到基金会上班没多少天，她已接到好几个这样的邀请了。一位美籍华人，一位泰国籍华人，都这样热情邀请她。

一个个新认识的人在她眼前叠印，苏兆年隔几日就来找她打乒乓球。薛彩明那微呈红褐的鬈发更常在眼前晃动，殷勤文雅的微笑。

陈晓时来电话了，问：有个讨论会愿不愿去参加？她这才想到他，查了查台历，回答说：我正好有事，没时间去。

第十章

父与子完全不一样。

楚新星是散而漫之，放荡不羁；楚同和却是万事认真，一丝不苟。他看着穿着花衣服跷着腿躺在沙发上的楚新星，真不明白：自己一贯注重家教，怎么造出这么个小儿子来。"新星，就要走了，你抓紧时间把胡子刮刮，衣服换换，整洁一些。"他耐心说着。今天，他将去谒见成猛，带楚新星同往。

"我就是这一身。胡子更是我的本色，见上帝也是这样。"楚新星一边喝着咖啡奶，一边翻看着画报，还用蓄留的小黑胡髭轻轻磨蹭着杯子。

楚同和责备地看看儿子，不说了。他从来不发脾气，从来以理服人，即使在家中也是这样。妻子宋琳茹进来了，端庄淑静玉人似的，用很文静的声音说道："新星，胡子可以刮，衣服换一身吧，不要穿拖鞋。就是去普通人家做客，也要讲礼仪，尊重人嘛。"楚新星有几秒钟不理会，然后哗地撂下画报，仰头把咖啡奶饮尽，放下二郎腿懒懒地站了起来："禀父母大人，小子遵命就是了。"趿拉着拖鞋晃悠着走了。

楚同和与妻子相视了一下，微笑着摇了摇头。这个小儿子只有一条像自己：自食其力，绝不要父母一分钱。"年轻人现在太好过了，一点紧张劲都没有。"

"还早呢，你再休息会儿吧。"妻子说道，"昨天夜里你没睡好。"

"好，"他抬腕看表，"再过半小时才动身，我已经和司机说好了。"

"你不要紧张。"妻子看着他很理解地说道。

"我一个人静坐坐，把要谈的话再想想。"他说。

他闭合双目，静坐养神。宋琳茹把空调关小了一点，把窗帘拉暗了一些，放了一杯龙井茶，轻轻拉上门走了。她这一切都无声无息。她的动作，她的声音，还有目光都那么轻柔素洁。她肯定会嘱咐家人半小时之内不要进来打扰；她会再过二十五分钟来叫自己，自己即使打个盹也无妨；她还会关照小轿车是否备好，再和司机落实一下时间；她会去楚新星房间，看他衣装换好没有；如果有电话，她会做出合适的处置，或代为回复，或记录，或再约时间，实在重要的她才会来叫自己；她会告诉厨房午饭晚些开，等他回来一起吃；她会把一切都弄得井井有条。等他回来后，她会聚精会神地听他讲述谒见成猛的情况，然后该祝贺就祝贺，该开导即开导，该劝慰则劝慰。他头脑偏热，她会让他冷静些："不要把事情想得太顺利。"偏凉时则会给他添炭："该干还是要干的，这也是你一生最后的机会，你是不甘心一辈子就这样过完的。"是的，他又要干事业了，又要叱咤风云了，又浮出海面了。

好深的海啊。这么多年他一直蹲在暗暗的海底，静静地坐禅。现在海水上下升腾，把他又涌出海面了。世道变了。

人只能为己所能为，不能为己所不能为。

自己这一生真可算是大起大落了。新中国成立前在上海，民族资本，实业救国，财产巨大，显赫有名，新中国成立后三十年的命运就一言难尽了。现在自己又成人物了，当局要调动一切力量，振兴国家经济，把他也请"出山"了。他不是有搞经济的经验吗？他不是手中有财产吗？他不是在海内外有一大批有钱的亲戚朋友吗？他不是在港澳、东南亚都有一定的名望吗？他出面搞一个股份公司，聚集海内外资金，经营进出口贸易、建筑、宾馆、饭店、俱乐部、旅游、工艺美术品生产、汽车公司、商业……以后还可以到港澳经营房地产，难道不比挂官方的招牌更便利？当局很聪明，明知他们是利用自己之长，也欣然而受命，而且还很兴奋。自己不是早已万念俱灰，安然于每日读读佛经，看看《老子》、《庄子》，弹弹琴弈弈棋吗？为何一下就摩拳擦掌跃跃欲试了呢？听说成猛今天要召见自己，不是一夜没睡好觉吗？真可谓红尘难看破，红尘看不破。七十多岁重整旧业，发现自己还是喜欢搞本行，连周身的血都流快了。还发现自己现在很有些爱这个国家了。

有谁兴冲冲推门进来了，一睁眼是孙阿姨。几十年的老保姆了，一家人一样。上个月去广州探亲了，这是刚回来。

"阿姨回来了，刚下火车？怎么不打个电报，叫人去接？"他和颜悦色地问。并不因她打扰了自己而有一丝不快。对保姆、司机、仆人，他从无"下人"的概念，一律视为平等。

"没带啥东西，不要接了。"孙阿姨说道，"还是北京凉快，广州热，还是三十八度。"

"这两天还热？"他问，他刚刚去过一趟广州，停了三天。

"热，热得要死。不过，广州的供应比北京好得多，虾啦、黄花鱼啦，活鲤鱼啦，蟹啦，要啥有啥，青菜更是多。早晨起来到市场跑一趟，买啥都有，又新鲜又便宜。"孙阿姨带着对广州的热爱，还带着说道新闻的热情。

宋琳茹闻讯进来了："阿姨回来了？"

"回来了，刚到。"

宋琳茹看了看手表，看着楚同和："你还要不要……"

楚同和轻轻摆了摆手，表示他不需要再休息了。

"您有事情？"孙阿姨问。

"还要过一会儿出去。你讲吧。"

"广州的供应啊实在是好。"孙阿姨又兴冲冲地接着刚才的话题，"虾，这样长，新鲜的，菜市场上有的是。还有黄鳝，活的……"

"同和前几天也……"宋琳茹温和地说道。

楚同和微微伸手示意：不要说出他也去了广州，他不愿破坏阿姨的兴致，他始终含着很感兴趣的神情听着："是吗？噢，真好，还是广州好。"

司机准时进来了。楚同和仍然含笑看着阿姨，听她把话讲完。她看见司机了："您要出去？我先不讲了。"楚同和才站起来。

楚新星整整齐齐又大大咧咧地进来了："今天成猛要是再和我下棋，我可手下不留情啊。"

成猛谈话喜欢海阔天空，评古论今，而谈及正题，只是言简意赅的三两句。

"听说他们又要让你出来搞股份公司？他们可是想利用你，你给不给他们干哪？"他风趣地说着。他习惯把自己部下说成"他们"，似乎是另一方人，这常常是决策层次的大人物才有的说话方式。

楚同和笑笑："我勉为其难试试吧，不一定能干好。"

"你中了他们圈套了，哈哈。好，你干，我不拦你，有什么不顺利的地方，

438

他们有什么官僚主义，难为你的，你可以告诉我。"

"那是一定的。"

"你要干，完全照你的意志，啊？不要受制于他们。资金筹集，人事啦，经营决策，管理决策，都是你说了算，股份公司是楚字号的。如果需要国家也当你的一个股东，投一部分资，你就对他们提出来。"

"当然需要。另外我也想请国家派几个党的干部来，监督公司执行国家的政策、法纪。"

"这个，你和他们去商量，我就不管了。我今天请你来，只是想和你叙叙旧。"

"是。"楚同和恭敬地笑道，他们几十年前就相识了。

成猛高兴了，站起来转动着魁伟的身材在客厅里走了几个来回，又坐下："楚老，看来您身体很健朗啊。"

"一般，看您的气色才真是很健康啊。"

"我有健康长寿的秘诀。"

"什么秘诀？"

成猛朗声笑起来。

楚同和也适宜地开怀笑起来，表明自己永远是对下不亢、对上不卑，又总是善于理解对方，让对方感到舒服。凭这一手就能多做多少生意，多赚多少钱。笑完了，他又尊敬地添上话："您是太忙了，没时间锻炼。"

"不，不，我不忙。我有时间钓鱼下棋，你儿子就是我的棋友嘛。"成猛指着坐在楚同和身旁的楚新星说道。楚新星规矩地端坐着，欠身笑了笑。他和成猛的小儿子很熟，来过这里，和成猛下过围棋。

"爸爸，你待会儿打牌吗？"成猛的女儿进到客厅里，问。

"不，我待会儿要和楚老下棋。"成猛和蔼地摆手道，看着女儿走了，又转过头："我不喜欢打牌，喜欢下棋，楚老呢？"

"我……也喜欢下棋，不过下得不好。"

"我喜欢同等条件下和对手的竞赛，下棋就是这样。打牌，很大程度上要靠运气，侥幸。牌一发到手，各方条件、实力就不一样了，赌运气。我不喜欢赌运气，我喜欢机会均等。"

"在机会面前人人平等。"楚同和附和道。

成猛笑了，"我喜欢一盘棋下到底，到残局还要接着拼。"他很舒服地仰了仰身子，"楚老，咱们这一生也算进入残局了嘛。你我都再尽点力，多少做些于国于民有利之事吧。"

"我就是这样想的。"

成猛接着谈古论今，对这个国家，对这个民族，他是深有感情的。他希望自己像太阳一样，在一天的运行中把全部热量都洒到大地上，让这块黄色的土地更光明、温暖、灿烂。再过一个世纪、两个世纪，人们回顾这段历史时，能读到他们的一页。那应该是有些光辉的一页……

大写字台的玻璃板揩得干干净净，绿晶晶反着光；纸张、笔记本、资料放得整整齐齐；铅笔削得尖尖的，一支支插在笔筒中；笔筒放在最恰当的位置上；砚台、铜牛镇纸都端端正正放在该放的地方；手洗干净了；指甲也剪好了；门关了，书房里一切都清清净净了；窗帘也拉到最恰当的位置，既有足够光明，又有一定幽暗静谧；窗帘有一角搭在窗台上弯折着，又走过去放了下来，直直地垂落着；椅子面对写字台不远不近放好了；楚同和神平气静地坐下了，开始工作。一旦坐下，他就不在中途起身，也不会因为寻找东西而离位，因为工作所需一切他都事先想到、准备齐全了。

他素爱整洁条理。写信，写日记，写账，写杂记，写通讯录，都一丝不苟，绝不污染一点墨迹。他的衣服总是清洁的，他的头发现在虽有些稀疏，但总是梳得光光净净。他的书房内没有一样东西是乱放的，衣服总挂在大衣架上，绝不随便搭在沙发上，掸子拂尘也照例插在那只落地的青瓷大花瓶中，书柜中没有一本书是没放齐而凹进凸出的，茶几上绝无一点烟花茶渍，玻璃板总是明亮的，用白手绢一揩也是不见灰的。他看着窗外的天空，深深厌恶那空气污染。自己的公司以后发达了，一定要在环境治理上有一番作为。

一切都想好了，谋虑好了，没有一个细节没考虑到，没有一个策略没计划周全。他站起来收拾写字台上的东西，放入一个个抽屉，一一锁上。这书房他不让保姆打扫，甚至也不要妻子整理，书房是他大脑的一部分，什么地方放什么东西，只有他自己知道。他有什么事情想不起来了，便在书房内走走，在一排排书柜前站住，那书柜似乎就是他大脑的存储库，记忆便一下活动起来；他站在窗前看着外面，就像站在自己的眼睛后面，一切都那么清晰，视网膜上反映着一切；他在写字台前坐下，便坐到了自己大脑的决策中心，全部知识、经验都调动起来了，供他抉择；他坐在沙发上闭目打个盹，就觉得自己脑袋变大，变成整个房间了，他在自己的大脑中走来走去，想着，悟着。

他来到客厅。他的步子是安详的；胖胖的身体是圆融融和善的；他的目光是温文尔雅而又亲善随和的。客厅里早已宾客云集，宋琳茹在陪客。见他进来了，众人都纷纷问候。他也彬彬有礼地和每一个人握手寒暄。不管是大人物还是小人物，年长还是年轻，他都一样客气，绝不疏忽任何人。是的，他创办股份公司了，舆论早已遍布。报纸电视的报道是最大的广告。先买下一幢旧楼办公，新的也在开始筹建。牌子也挂出了，"中国万昌股份有限公司"。四面八方的人都涌来了，都要进他的公司。很好，一切都已开始，一切都将发展。他现在需要的东西很多，资金，地皮，信息，联系，各种渠道的沟通，但他最需要的是人，是一个顶一个——不，顶几个用的有价值的人。他现在不需要的东西也很多，而最不需要的也是人，那些他不想要的人。

琳茹，来了这么多客人，为什么没有去叫叫我啊？他坐下，对身边的妻子笑着说。

宋琳茹温和地说：知道你在书房里办事，大家都说等等。她知道丈夫为什么这样说话，也知道自己该怎样回话。

她显得远比她的岁数年轻。她的脸，她的手，皮肤还是白皙甚至光润的，丝毫不露衰老。她历经几十年坎坷，依然保持着大家闺秀的高贵气质。她娴静地坐在客厅里，总是含着明亮温柔的微笑听着每个人讲话，一个女人善于听话比善于讲话更重要。她也不时说上一言半语，更好地组织沙龙的运转。表示对一个人讲话的兴趣：是吗？真的？微笑加微微的惊讶；表示对一个人的关心：你身体最近好点吗？还吃中药吗？她总能把每一个哪怕只来过一次的客人的名字和情况都记住；表示对一切关心、帮忙、好意的感谢：真谢谢你的提醒了，要不我们还不知道呢；表明丈夫对对方的信任倚重：同和这些天一直说起你呢；表明对每个客人的欢迎：你有好些日子没来我家了，同和前天还说起你呢……她的声音如人，很素洁，很好听。她更多的是靠目光说话，总含笑凝视着讲话者，她从没有一瞬的疲倦和精力不集中。

有她在客厅，人们都感到温暖怡悦兴致勃勃。如果保姆来通告了，她有事情，道个歉，离去几分钟，人们顿觉兴味索然，田野上失了太阳。她来了，又光明了，一切都有了生机。

她觉得，作为一个主妇最大的愉快莫过于使来宾都感到愉快，宾至如归。

　　楚同和一坐下就化成一个融融和和的大光团了，杏仁霜一样清雅甜凉。他的慈祥的胖脸，他的整洁而又宽松朴素的衣裳，他的微笑，都融化在这光团中了。他的目光温温和和地洋溢着，绝不露出一丝审视的锋芒。对人的判断，他只需听对方讲两句话就都有了。他绝不滔滔宏论，只是听，只是问，只是点头，似乎所有人都比他见多识广，比他精明。他只是个宽厚达仁的长者而已。该听的信息都含笑听了；该讲的话他也大体讲了，便在众人说笑最热闹时不引人注意地站起来，对一个来客伸手致意，推开一扇旁门，一起进到里面套间，那是个更雅致的小会客厅。人们都不以为怪，照旧在外面围绕着主妇聊天。都知道：楚老板开始和人谈正经事了，也都等着轮到自己。

　　坐下了，极亲切，极随和，但实际上又是最简洁地解决了实质问题。

　　这一位，老朋友了，叫诸葛夏，伛着腰，拄着拐棍，两腮瘪着，牙已掉了大半。让同来的儿子——一个三十多岁的年轻人——一次次叫楚伯伯。话是说明白了：我想把他托付给你，在你手下锻炼锻炼，发展发展。他笑笑，充满长辈的慈祥，看着年轻人问：现在在哪儿工作？过去在哪儿念的书？喜欢点什么？外语怎么样？都问完了，也就掂量完了：是个平庸的小伙子。老实人有老实的用法，可他现在要打天下，要些三头六臂的人来干。平平之才接了一个，又会塞来一堆。

　　他说：我和公司人事上说说，让他们研究研究，看看有没有合适的工作。他心中却定了：这种人不能要，滥竽充数不行。老朋友，面子不能伤；可老朋友又是最爱面子的。这次亲自张嘴，顶多再来一次电话或一封信，见还未"研究"出结果，也便不好意思再多提了。他笑着转移话题：你每次外出都是儿子陪着吧？又对年轻人说：以后有时间就陪你爸爸来我家玩玩，啊？这便暗含着结束谈话了。

　　这一个，范丹林，他专门托人探了口气后约请来的。一看就很精明，肩端得平平的，话不多，但露着一股子军人式的严明神态。这种人办事一定负责任。底儿，他早已知道：研究生，在经济所，出过两本书（他均已翻看过），精通四门外语，父亲是历史学家，未婚。对这样一个年轻人，他的话很简单：我知道你想出国攻博士学位，也知道你想写书著作，你抉择一下。如果来我这儿干，两年以后我送你出国留学，经费我提供。到时不想出国，我可以提拔你到更高级的位置上。如果现在来，头衔：对外经济部主任，或者政策室主任。还有，一套三室一厅的住房。

范丹林蹙起眉想了想：让我再考虑一两天。

可以，我给你一星期时间，等你决定。一星期内我先不安排别人，你随时可以给我来电话，这上面是我的电话号码。他把一张名片递到年轻人手中。

不用再多说了，要靠允诺的优越条件本身去起作用，说多了反而减效力。万事要欲取而先纵。年轻人看来稍有些优柔寡断，这个弱点没关系，反而增加稳定性。决断是老板的事情，他并不需要部下人人富有决断。

决断是宝贵能力；但决断又常伴随野心。

知人善任是当老板的一大本事。什么人有什么用，如何判断，如何使用，如何掌握，如何调度，如何考察，如何搭配，使他们相互制约，分而治之，如何和和气气不露一丝心计，如何使部下对自己心悦诚服而又不自觉地（这四个字很重要）怀着敬畏，如何造就忠诚，这都需要炉火纯青的手腕。

这一位年轻人，鬈发，黑中透着褐红，挺漂亮，叫薛彩明。老朋友的儿子，根底很清楚。从创办公司的第一天就相中了他，这是做秘书的最好人选。他会把身前身后的一切都想得周周到到，安排得妥妥当当。他会使自己处处省心，外出，电话联络，安排社交，吩咐司机，准备文件，订购机票，联络旅馆，参加会议，准备讲稿，上传下达，联络各方感情，圆通各种僵局，安抚职员，维护老板声誉，提醒礼仪，记录备忘，样样都会绝无疏漏。他虽然有些圆滑，善于逢迎——这一眼就看出来了——可他没有野心，没有需要提防之处，如果好好待他，肯定会竭忠尽力的。找这样一个既聪明又可靠又有社会经验、办事能力，还无须对之戒备的人，太难了。

问题是如何将他网罗来？

要算好两笔账。一笔账，自己要他来肯出的最大"价钱"是多少？出价是自己的"失"，获人才是"得"，得失要有权衡。二笔账，对方是生态保护基金会外联部的秘书办公室副主任，他在那儿有多大利，多大发展前途？他离开基金会的"失"是多大，来万昌股份有限公司的"得"是多大，这是替对方算账了。自己开价多大，才能使薛彩明"得"大于"失"而舍彼来此？

开价要符合三原则：一，使自己得大于失；二，使对方得大于失；三，最节省——出最低的价而达目的。

他依然是长辈的和蔼，问问薛彩明父亲的健康，关心一下薛彩明的现状，谈家常一样就把意思讲明了。职务，头衔，薪水，未来的发展，有些什么机会。愿意来干一番吗？

薛彩明犹豫着。他看出了：年轻人是真正的犹豫，他决定再加点价。"那天，和你在一起的那个小姐叫什么啊？"他笑着问道。

"黄冬平。"

"她如果愿意，你也可以把她推荐来，就在你手下工作。咱们公司也需要几个这样能搞翻译的小姐。"他说，他知道薛彩明已离婚，也看出他对那个叫黄冬平的姑娘很有意思。

薛彩明脸色果然明朗多了："我再想想，另外我也和黄冬平谈谈。"

好，你再考虑考虑——完全从你的角度，不能来也没关系，我还可以安排其他人。啊？回去向令尊大人问好。和蔼地握手，一切让自己开的"价"去施展影响。

日理万机辛苦？其实是最大的享受，世界上绝大多数人都没有这种权力。

没空伸懒腰，有时是很幸福的。

面前这位不是年轻人了，老工程师。中国建筑经济专家，或者说是概预算专家。全国成千上万个建筑公司及施工单位都是翻看着他的著作搞工程的概预算。"您好。"他对其格外亲热，"濮阳工，您这个姓很少见，我还是头一次和姓濮阳的人握手呢。您的祖先一定是河南濮阳县的人。"

老工程师笑笑，他叫濮阳秀峰。显得有些拘谨，这是许多技术专家的特点。

一定要把他搞来，自己要建饭店、酒家、旅馆、俱乐部，对外招标，做甲方，或者搞建筑业，包揽大小工程，做乙方，都万万需要这样一个专家。他可以一千万一千万地给你多挣钱，一千万一千万地给你少花钱。他的根底早已掌握，年龄六十，在部里当副总工程师，要退休未退休。这样的人才常常不会按龄退休，退了休，聘他的单位也少不了。这种人处世肯定谨慎，万事稳妥可靠。

所以，自己一上来"开价"就很明确。第一，你不是有三个子女还在外省吗？我设法给你调来北京。他们如果愿意在万昌公司干，我都要下。不愿意，想去别的单位，我帮助联系。怕北京户口不好进？不用担心，我出高价给你买对调。第二，你现在住房不是不太理想吗？要等一两年，部里新宿舍楼盖起，才可能分你四室一厅吧？我现在给你买一套房子，独家小院，二层楼房，上下十几间房，暖气煤气都齐全，就在百万庄一带，怎么样？你在公司干五年以后，这房产就转归你个人所有。第三，上下班专车接送。

对方没料到条件如此优厚，一切犹疑都从脸上消散了："那我回去再和爱人商量商量。"

"好。"

这个价开得高吗？买套楼房最多几十万，但自己公司马上就要上项目，建几个大宾馆，招标谁来算底标？明年建筑方面的事更多，早把他搞来一个月，经济效益就以百万计，这笔账很合算。这位濮阳工身体很健朗，目光炯炯，思维敏捷，再干十年没问题。自己今天当面唯一要判断的就是他的健康状况，健康的劳力应该更值钱。

半上午谈的事不少了，外面还有多少人需个别谈呢？深感身边缺个好秘书。应该把薛彩明搞来，不成再加点价，贴身的人最重要。另外，最好再有一两个有战略头脑的、能独当一面的全才。想到自己的三个孩子了：女儿是不适合干这个；大儿子是到外国去了；小儿子——眼前又浮现出楚新星跷着脚一颠一颠地仰在沙发上的样子，唉，真是个浪荡公子。人一生，总难全啊。

面前坐下的这位年轻人，江岩松，是高级干部学院副院长的公子。他和自己女儿相识，最近常来家中走动。过三十了，有些发胖，言谈稳重，人人都说他谦虚朴实。自己却一眼看出：绝非如此。他想来公司？三言两语，发现不是。纯属好奇？更不可能，再谈两句，明白了：想插一足。又想搞学问，又想当官，还想搞实业挣钱。

自己愿意用一些高干子弟，不光是为了用他们的"才"，更是用他们的"能"。他们能疏通上层，打通四面八方的关节。来公司的年轻人一半不是有"背景"的干部子弟？当然有原则，我要利用你的"背景"，但绝不被你的"背景"所控制。万事有利必有弊，趋利除弊是做生意的真谛，万昌公司是楚字号的。

和江岩松一搭话，自己就看明白了。是个心计很深的人，脑袋深处有第三只眼。三只眼远比三只手可怕。他绝不会轻易交出他的上层联系供你调动，可他却想在你公司里扩展实力。心术不正啊，年轻人，你装得很朴实，自以为很聪明，我当然不点穿，你还不知道我的大智若愚吧？"小江啊，你是不准备来我这里干吧？像你这样的人才，我可是求之不得。"他慈和地微笑着。

"我实在来不了，要搞学问。"江岩松说道，调是低的，话是缓的，表情是敦厚的。

"我就很遗憾了。"更慈和的微笑。

"那天他们几个人起哄，建议我到万昌股份公司来当顾问……"

"谁建议的呀？"愈加显得慈和。

"几个朋友。我说我挺忙，真要当顾问，顶多也就是在国际金融方面提供点咨询，另外也就能帮着疏通疏通政界的关系，利用我父亲的影响……"

"那很好，你有什么好的建议就来给我顾问顾问，我很需要。"

"可真要提供有价值的咨询，就一定得深入公司的经营活动，了解它的实际处境，要经常列席你们的各种决策会议。你们这样的会议是不是很多？我不知能否承担得了？"

啊哈，年轻人，好一副为难的样子，也来搞欲取而先纵了？我和什么人都敢来往，对什么人都敢利用，哪怕是魔鬼，只要能控制、能节制住他。"这样吧，小江，我不勉强你了，你名义上不用挂顾问头衔了，那些马拉松会议，你陪不起。你有何高见，就直接给我来个电话，写封信也可以，好不好？我会十分感谢的。至于公司，照例会付你信息费的。"

"啊，啊……"

年轻人，想和我打交道，可以。你提供什么效劳，我出什么报酬。可我不能让你插进来，否则我楚某要提防的事就太多了。

江啸躺在藤躺椅上，闭着眼听儿子讲述。"把楚同和这样的大资本家也请出来了？"他慢悠悠地略含讽刺地插话道，"他们走得够远了。还有什么？"

"没什么了，楚同和家里很热闹，人很多。"江岩松说道。他并不愿意详述他的见闻，尤其不讲他的谋虑与行动。

"你去那儿有什么目的吗？"江啸依然闭着眼。

江岩松却看到了父亲的眼珠在眼皮下慢慢蠕动了："我是随便走走，因为和他女儿认识。"

"噢……没有和楚同和接触接触？"

"没有。"江岩松垂下目光答道，他感觉到父亲微启的眼缝中隐隐露出一丝锥子般的目光，转瞬即逝了。

"还有什么情况？"

"没什么了，噢，爸爸，列宁不是讲过要搞国家资本主义吗？"

"那是什么时期？现在是什么历史阶段？马列主义能离开历史条件谈问题吗？……好，你去吧。"

他听见儿子的脚步声规规矩矩地走了，到门口了，便略略抬起点头眯缝开眼，一丝鹰一样阴冷的目光越过高隆的颧骨射了过去，盯在了儿子的脊背上。儿子在要关门的一瞬间回头看了一下，和他的目光相遇了。江岩松那窥探的目光一下变得恭敬："爸爸，您休息吧。"他的目光也收了回来，变成近在眼前的一团模糊光晕，把自己干瘦的身体上所有的棱角都笼罩了起来："噢……"

门关上了。听见儿子在门口站了一会儿，然后脚步声离开了。他一下坐起来，眼里又露出锐利的目光。他看了看墙上的地图，走了过去，双手叉腰，他真想拿过一支大毛笔在上面任意书画。这难道不应由他调度安排吗？他的身子干瘦，站在这儿物质重量并不大，但作为政治家的分量该是很重很重的吧？他眯起眼目光变得尖细，锐利地在地图上划来划去，一切都被重新分割，重新组合。世界上几十亿人，可最终是听命于为数不多的几个、几十个、最多几百个人的指挥。真怪，凭什么成千万的人或成亿的人会被一个人指挥呢？那些首脑人物一样一个脑袋加四肢，论智力也并不一定比其他人强。为什么？全世界形成一个什么契约，把决定权交给他？很简单：因为组织。社会是组织起来的，有人处在一个特别的组织的中心点上，他的位置比别人更优越而已。这位置并不完全由能力决定，很大程度决定于历史、机遇。多少人嫉羡这个位置，可这位置不是能轻易夺取的。你现在跳出来对全社会说：你是最伟大的天才，应该把那位置给予你，谁听你的？第一，你就没有这样宣布的权力，第二，人们不听，第三，组织起来的力量先把你消灭掉。他感到了自己心中充满的仇恨。政治家大概都是恶的感情很发达的人物吧？每一种恶都能造成一种动力。

他突然竖起耳朵，隔壁妻子华茵的房间里似乎有电话铃声。他看了看自己桌上的电话，这部电话和妻子房间那部电话是联通的，不过平时他怕吵，下午总是关掉线路开关的。他想了想，走过去按了一下开关，拿起话筒，听到了妻子与一个男人的对话。那个男人的声音他很熟悉。两人居然在电话中就放肆起来。男人：你肯赏光吗？我还是开车去接你，在你们学院大门口东五十米处，老地方。华茵：我要不肯赏光呢？男人：我就再打电话，再求嘛。华茵：别随便打电话。男人：他不是每天下午睡觉吗？华茵：我找个什么理由出去呢？这会儿他午睡快起来了。男人：还用我教你吗？哈哈哈……

他轻轻放下电话，没忘记关掉开关，又在藤躺椅上躺下，合上眼。妻子轻轻推门进来了："你睡醒了？"他倦淡地半睁开眼："啊。"

华茵看了看桌上的电话和线路开关，他也看了一下。两人的目光相遇了。"我刚才接到一个电话。"她察看着他。

"哪儿来的？"他打了个哈欠侧转过身，懒懒地、不在意地。

"是单位来的。"华茵放心了，"让我去一趟，要开个临时会议。"

"噢，去吧，我打电话告诉司机一下，送送你？"

"不用了，影响不好，我坐公共汽车去吧。"

他站在窗前，看着妻子扭着臀部在宿舍楼间的道路上走着，白太阳晒着，恶心。他眯起眼，目光变得越来越阴冷。目送着妻子走远，消失。半天，转过身，慢慢拿起一把剪刀，咔嚓一下把花盆里一株人状的仙人掌剪掉了"头"。

楚同和去香港谈生意，机场临别，公司副经理告诉他：祖部长的儿子想来万昌公司。

他亲自打的电话？

秘书打的，说得很含蓄。

楚同和蹙眉了。祖部长是万昌公司的支持者，可祖部长的儿子，他是知道的，有名的"花花太岁"，到了万昌，大搞走私，你受得了吗？

等我从香港回来再说。总有办法。

第十一章

顾恒又一次回京开会。他对景立贞提出：决定把家搬到省里去。

为什么？景立贞有些不解。

不带家属去，总给人临时干干的印象，好像随时准备走。家一搬去，会使下面干部更安定。顾恒答道。

你以后打算一辈子在省里，退休也在那儿？

以后再说以后嘛。现在先全力以赴把省里工作做好，架势也要摆出来嘛。你去了那儿，我事事也有个参谋嘛。

我去省里干什么工作？

有几个方案，征求你的意见再定吧。

他们呢？景立贞指的是儿女。

小莉关系就在省里；晓鹰，他愿意留在北京，就还留在北京吧。

……让我再想想……对了，还有件事告诉你，赵宽定是武斗中炸楼的主谋，已经被判处死刑了。

啊？……什么时候判的？

已经执行了。

看着妻子走出书房的背影，顾恒陷入恍惚。赵宽定……赵宽定……赵宽定……他的形象浮现出来了，穿着军大衣，在冲突纷乱中指东划西，很英勇……这个赵宽定……已经死了……才四十岁吧？……

过了不长不短的时间，他不再想赵宽定了。他是个政治家，善于把握自己。实践、思想、感情都是如此：干最重要的，想最重要的，动情也要在要点上。

他现在最重要的是什么呢？成猛上次讲，让他准备两年后担任更重要的工作，这事他至今未告诉景立贞，他宁愿独自思索。一个成熟的政治家要永远含蓄，含得越深越有实力。"浅水才能没马蹄"，他突然想起白居易的一句诗，——不对，应该是"浅草才能没马蹄"，不管怎么样，浅水一眼见底，是没有力量的，一蹚就不成潭了。他现在要迁家到省，专心致志地把省里工作做好，少在北京出头露面，这都是必要的。

他随手翻开案头的一本《东周列国》，第一○七回，《献地图荆轲闹秦庭，论兵法王翦代李信》。王翦，这个秦朝老将很聪明，你看，当秦王拜他为大将，以六十万大军授之，前去攻打楚王之际，他作了什么姿态：

临行，秦王亲至坝上设饯。王翦引卮，为秦王寿曰："大王饮此，臣有所请。"秦王一饮而尽，问曰："将军何言？"王翦出一简于袖中，所开写咸阳美田宅数处，求秦王："批给臣家。"秦王曰："将军若成功而回，寡人方与将军共富贵，何忧于贫？"王翦曰："臣老矣，大王虽以封侯劳臣，譬如风中之烛，光耀几时？不如及臣目中，多给美田宅，为子孙业，世世受大王之恩耳。"秦王大笑，许之。既至函谷关，复遣使者求园池数处。蒙武（其副将）曰："老将军之请乞，不太多乎？"王翦密告曰："秦王性强厉而多疑，今以精甲六十万畀我，是空国而托我也。我多请田宅园池，为子孙业，所以安秦王之心耳。"蒙武曰："老将军高见，吾所不及。"

王翦还不够含蓄嘛，对蒙武都不讲透才对。他笑了笑，把书推置一边，这与自己无关。没人授六十万大军于他。没有秦王，他也并非王翦。可含而不露，自古以来都是一样的。站起，背双手，走到窗前伫立，一幅幅画面浮现出来，厮杀的古战场，肌肉隆起的肩膀、手臂，勒缰立起的战马，在马上挥剑砍杀的武将，一汩汩殷红的血，还是蓝黑的夜空，阑珊的灯光，灯光横横竖竖描绘出京城……

赵宽定一回到东北便被逮捕关押，便被审判，便被许多准备好的、确凿的人证物证定成死刑，便被戴上手铐脚镣，投入死囚牢。他对判决不服，提出上诉。这一夜，他照常戴着手铐脚镣靠在死囚牢中的炕上，面前放着晚饭，左右陪着两个轻罪犯人，一个是贼眉鼠眼的盗窃犯，一个是破坏军婚犯。和他关在一起，说是照料他戴着镣铐不方便，其实他知道，主要是防止他自杀。死刑，也要在刑场上执行，牢里撞墙自杀了，可就没有一声枪响来诠释法律的威严了。不是你要死就能死，而是法律判你死就得死。

"吃点儿吧，今儿伙食改善了。"两个陪伴劝说道。他看了看面前的几个粗瓷碗，浇肉面，炒鸡蛋，红烧肘子，哼了一声：看来明天要送老子上西天了。"你别胡思乱想，你不是上诉了吗？放宽心吃你的，睡你的。"他呆呆地坐了半晌，提起精神：来，死也要当个饱死鬼。在他们服侍下他吃了几口：你们吃了吧。俩陪伴早已把各自的那份吃了，听见这话，便风卷残云般把他的饭菜也扫了个空。他双手戴铐放在膝上靠墙坐着，他们也一左一右陪着不敢睡。睡你们的吧，我不会撞墙。他说。"我们不困，陪你聊聊。"两人说。有虱子咬，在胳肢窝下，你们帮我抓抓。"好，你抬抬手。"都抓了？几个？才两个？这么少？"少才咬得厉害呢，虱多不咬。"是吗？"你想什么呢，一直发呆？"我想死呢。"别说不吉利的话，是不是想老婆孩子呢？"是，人到死，最想的大概还是老婆孩子。"老婆对你挺好吧？"好。"模样俊吗？"模样也还过得去。你们还都没结婚吧？"没有。"两个陪伴也都不知道想开什么不说话了。号儿里的灯通宵不熄，他便呆呆地坐着。

这一夜很长。

天亮了。早饭开罢，看守所内突然响动起来。一片急促的脚步声，号儿门一个接一个哐啷啷打开着，听见看守们威严地叫着一个个犯人的编号：十七号出来。二十五号出来。六十八号出来。一百一十三号出来。一百五十二号出来……到处是大锁哗啦啦打开又锁上的声音，看守所内一片紧张。犯人们都知道：要开宣判大会了，人人提心吊胆。嗒踏踏的脚步声、骚乱声好一会儿过去了，看守所静下来，静得死一般。两个"陪伴"相互疑惑地看了看，好像也松了口气，然后对他说："放心了吧，这次没有你，最高法院没判下来呢。看来，你这回改判有指望。"正在这时，号儿门开了，是看守所所长，很和蔼地招呼道："赵宽定，你出来一下。"

他拖着沉重的脚镣，哗啦哗啦走了出来，又哗啦哗啦走过一个个号儿门。看见有犯人扒在铁窗上往外看。一张张白惨惨的脸。看守所所长左右扫视了一下，手威严地一指，那些脑袋又都沉落下去不见。黑洞洞的铁窗变成了眼睛俯视着他，目送着他。前面是所长，后面还跟着两个看守，穿过一个个圆形门洞，最后是森严壁立的高墙，是紧闭的黑大门。旁边有一间屋，他被引了进去。

很简单的办公室，有桌有椅。所长做了个手势，一个看守上来很熟练地给他开了手铐脚镣，卸下。他顿觉轻松，而且顿时朦朦胧胧又豁然开朗地想到：这是要无罪释放他了？眼前一片阳光，好亮的天地。但接着，就有法院的人对他宣读了最高法院核准死刑的判决，这是最后的判决了。立即有两个全副武装的战士上来，唰地抖开一条细麻绳将他五花大绑了。听见所长温和地说了一句：捆得稍微松一点。又像家长一样轻轻拍了拍他被捆住的胳膊，好似是说：你去吧。

他被押出了大门，背上插上牌子，又被押上卡车，卡车上好几个被捆的犯人，十几个全副武装的战士。车开起来了，才发现是一支庞大的车队，前面一辆公安指挥车呜呜地响着警笛开道，接着是几辆押着犯人的卡车，后面又有几辆满载军人、架着机枪的军用卡车，还有装着高音喇叭的宣传车。街道如风一般在两边刮过，拥满了好奇观望的人，一个商店里走出一个妇女，领着一个小男孩，小男孩手里牵着几个红红绿绿的气球，他看着车队小嘴张得老大，好像还问了母亲一句什么话，都一掠而过了，红红绿绿的气球还恍惚留在眼前。这个他生活多年的城市现在看着既新鲜又熟悉，在阳光下亮晃晃地摆开着，都是人间快乐，然而，他永远看不到了。不是做梦吧？自己这一生都干什么了？上学，工作，"文化大革命"，当造反派头目，武斗，然后来回受审查，然后就枪毙？来不及细想就死了。直到今天早饭时还怀着生的希望，太像做梦了？可能就是梦。一觉醒来，自己可能正和家人睡在一个床上呢。

到了体育场，几万人黑压压一片。他们可能早已入场等候，早已等得不耐烦，早已情绪涣散，蹲着，坐着，下棋的下棋，打牌的打牌，聊天的聊天，怕晒的用报纸遮着太阳，还不时翘首张望：怎么还不开始？他也参加过这种宣判大会。好了，押送他们的车队开来了，会场一下活了，人们呼啦啦站起来，几万条脖颈抻得长长的，一片骚动兴奋，如大海的喧嚣，宣判大会也便开始。他们被押上台，低头，表示向人民认罪。判决书一份份念着，念到他的了，他是打砸抢的急先锋，他是武斗的策划组织者，他是炸楼的主谋，他对十几个人的死伤负有责任，不杀不足以平民愤。他该死了，这不是做梦，他什么也来不及想了，此刻只想到：妻子李淑贤在台下吗？她领孩子来了吗？他抬了一下头，竭力使脸色镇静。要是他们在台下，一定希望再看到自己。这辈子欠下你的情分下辈子来还。你爸爸生来不是坏人，他糊里糊涂犯了死罪，他不该参加"文化大革命"，不该当造反派头头，不该指挥武斗。后面有手摁他低头，他不服，又抬起来。

这个动作，台下想必都看到了。可是，后面又有更强制的手段，他只能低下了。

宣判完了，一片口号声。他们被押上车，车队又开出广场，而后分成两路，一队往东，一队往西。他明白了，这一车上的几个犯人都是上刑场执行枪决的，那几辆车上的是回看守所，然后便会陆陆续续去劳改队，然后便有刑满释放重新过活的希望。死就死吧。城市在阳光下匆匆地掠过，到了郊区，烟囱，黑烟滚滚，田野，乱石滩。好一个刑场。满是沙砾碎石，杂草，坑洼不平，居然已围满了人，被远远地挡在高高的堤岸上面。他们被推到一堆乱石边排成一排，背后的牌子也被拔下来了。然后听见枪响，然后只来得及想：自己刚才为什么不注意张望？为什么没想到淑贤会来这儿？她得收他的尸啊。然后，他眼前就只有一片血红了。

　　景立贞到局里主持党委扩大会。长桌，她坐顶端；左右两长溜人；对面，远端也有人；四面贴墙的一圈椅子上又围坐着一层人。她说，她笑，她脸上的光与一窗窗照进的光一起亮。有皱纹，不要紧，更熠熠生辉。她喜欢仰着脸往前送着下巴，又严肃又和蔼地面对全体。她是这儿实权在握的副书记，正书记身体差能力弱，形同虚设。她又像老大姐，还像一家之长。她不喜欢刻板，不喜欢空空洞洞的理论，喜欢生动活泼，七嘴八舌，众说纷纭，一上来就谈实际事儿，而且越说越具体，哪怕是局里该不该修个自行车棚这样的事她也喜欢搬上会。这种事一说起来就很热闹，她喜欢热闹，喜欢"群策群力"、"众人拾柴火焰高"，喜欢逢年过节组织活动，喜欢人多成群的地方。没有比坐在一群人的中心位置更快乐的了，最难忍受的是独处一室。一听到赵宽定被判死刑，她就想：这样也好，省得一个人关在牢里，那才难受呢。

　　她身子发干发硬，坐在那儿挺挺直直。她喜欢软椅子。喜欢男人胖一点，魁梧一点。像她这样干瘦的人坐在硬板凳上，硌着该多难受。满屋开会的多是男人。现在从政的还是男人多，女人从政相对来说还属于少数。男人通常比女人好，乐观豪爽，女人有的太狭隘。这儿也有几个年轻女性，她看了看，发现：自己对女人的标准也一样：觉得丰腴一点的好。你看，那个像自己一样干瘦的，一看就反感得很。

　　她喜欢这样主持会议。偶尔兴起拿起一支烟叼上，旁边就有打火机冒着火苗凑上来，她仰脸对着会场，眼皮也不低地就吸着了，喷出烟，感到享受。

跟顾恒到了省里，她会任什么职？省妇联主席？那是许多首长夫人的专任职位，可她不感兴趣。婆婆妈妈，一天到晚低下头，让孩子们往脖上系红领巾，扮演慈祥的老奶奶，太厌烦了。她喜欢抓实权。到省委组织部？顾恒可能不同意，他避嫌。到建委？到煤化局？到省委机关党委？她愿意去省里，又不愿意去省里。她愿意给顾恒当参谋，就像在家中主持沙龙一样，可更愿意这样主持会议。到了省里，不管在什么部门工作，都是和顾恒在一个"单位"了，她肯定事事要受制约，谨于言而慎于行，她了解顾恒，这是她不愿意的。

　　坐小轿车回家，看着车窗外骑车的人、步行的人、公共汽车里的人，都比自己高。这样坐得比其他人低，有一种特殊的优越感，如同开大会时坐在主席台上比台下人都高一样。前面，立交桥的拱形桥面虹似的扑过来，从头上过去了。道路宽阔。顾恒高高胖胖披着浴巾从洗澡间出来了，肩膀的厚肉肥嘟嘟冒油，胸上一片浅毛，背上一颗大痣，肚腹微腴，宽大额头像个新买的不锈钢炒瓢闪闪发亮，坐下，抽烟，同她说话，她闭了一下眼。这段时间和顾恒分居两地有些习惯了。到了省里，俩人在一间卧室睡，还是分开在两间卧室？顾恒还是每晚看书到半夜？还常常在书房就寝？政治方面，社交方面，他会对她有何限制？她不愿受限制。当然，作为省委书记夫人，有特殊的荣耀，这她能想象。一个大院，过去的王府？警卫端立守卫着红大门，挂着省委的大牌子，进去，绕过一影壁，迎面一座不大不小的楼——后面还有许多的楼——楼前一块不大不小的平场，一圃圃花，一棵棵松。顾恒一个人背着手在花圃间的柏油路上踱来踱去，她被一群干部簇拥着在楼前台阶上有说有笑，周围都是奉承的笑脸……

　　顾晓鹰当然不去省里。你们都走了才好呢，省得一天到晚管我。可真的想到母亲就要去省里，他又有些底虚了。怎么，心里空落落地不踏实？好像猢狲没了大树，惶惶的。四处张望，一片秃岩，没有安身之处。怎么对母亲有这种依赖心理？过去从不知晓。对父亲，他从不愿与之在一起，可对母亲，他从来也是看不起的呀。这是怎么了？失了魂魄一样。母亲走了，他不就更自由了吗？

　　是因为自己遇到了麻烦？一个朋友出了事，被公安局拘留抄了家，抄出的淫秽录像照片，有些是和自己有关系的。经济上的不正当活动，好像也暴露了一些，他已经被传讯了一次。他没有告诉母亲。相信自己能抵挡过去。可事情若有不测，闹大了呢？有些更要命的事也被抖出来了呢？若母亲不在，谁来周旋？

搬到省里去干啥？以后退休，不回北京了？他对母亲说。你爸爸已经下了决心，这事就这样了。母亲说道。他不说什么了，父亲定的事，在这个家中没有商量的余地。那这房子你们不要退掉。他又说。那怎么行，你哪有权利住这么一大套房子？再说，你不是有了两室一厅？母亲看着他。妈，我是为你们着想，什么情况都可能发生，真到了你们回北京找不到合适房子的时候就晚了。还有，你们去省里工作，常回北京走动走动，就不要落脚了？母亲又说了：现在还没提退房的事呢，你先住着吧，看看再说。不过你一个人住这儿，可一定要检点，不要再给自己惹事了。那个康小娜呢，你们完事了吗？

哪能完得了事。康小娜又来了，变了个样儿。可能是流产后身体虚弱，脸色有些苍白，垂着眼没什么话。他明白：这事再弄下去就有危险了，要甩包袱。

他就势打出牌来："我出事了，公安局已经传讯过我，麻烦还在后头。大概得坐牢。"小娜，你不是胆小怕事吗？这一招儿总能吓退你吧？

"我不怕，你坐监狱我也跟着你。"她低头坐在那儿，半天说了一句。

他真没辙了，可同时，看着她娇弱的样子倒生出一丝从未有过的柔情。他伸手摸了摸她放在床上的手，感到她的手微微战栗着。是的，他从没有这样温善地对待过她。她抬起头看了他一眼，似乎要落泪："我早是你的人了。你走到哪儿我跟到哪儿，死也死在你跟前。"

他已经有些爱她了，可听了这句话，顿时又涌上一丝轻蔑和厌恶。真是受不了，怎么才能甩掉这包袱？

"你就是要杀我，我也不走。"她低着声又是一句。

打都打不走了，看来得使点心计了。什么招儿好呢？给钱也不行，吓唬也不行，来横的还不行。

有了，面前立着这位老兄就是他的招儿。

电视台文艺编辑室的副主任，尊姓大名：乌龙卓。

你看他，不高不矮，有点中年富态，大腮帮子放着光，眼睛溜溜乱转，精力过人。走到哪儿都能听见他洪亮的说笑声，是位专门向女人进攻的主儿。这不是，一见康小娜，他眼睛就凸亮了。"你是舞蹈演员？"他和自己说着话，好像只是出于礼貌，转头问了康小娜一句，可你就感到：他的心思全在这小姐身上了。他不多看康小娜，和自己滔滔不绝，可这"滔滔不绝"都是为旁边这个小姐说的。要在往常自己早提防他了，可今儿自己正求之不得。

乌龙卓啊乌龙卓，我知道你现在想表现自己，好引起漂亮妞儿的注意，我成全你。我不但不打断你，还可以给你引话题。

果然，乌龙卓眉飞色舞越说越来劲儿，只可惜有些胖，有些粗，仰身笑时露出点猪八戒的夯劲儿，十有八九是小市民出身吧。

你听他讲得多得意：

问我干啥？我正在改编一个电视剧剧本，对，我编剧。已经有好几个导演在争这个剧本了。我对他们有条件，剧中的主要演员，我起码要有点头权和摇头权。对了，我不同意的演员不行，这不是什么成文的规矩，这是我的条件，要不你们就别拍。上次我那个电视剧《公园一角》，就因为演员没选好，拍得不算理想。这次，特别是女主角要年轻，形象好，最好有点舞蹈训练的，感情要细腻，还要有点个性。这个电视剧如果拍好了，会捧出一个明星呢。

老乌，那你能推荐演员吗？

有合适的当然可以推荐，我就准备培养几个演员呢。晓鹰，你要发现合适的可以先推荐给我。

康小娜始终低着头坐在一边，不动，不言语。可是，她似乎略微抬了抬眼，很快地看了乌龙卓一下。这一眼，两个男人都感觉到了。

康小娜是我的好朋友，老乌，怎么样，能不能推荐她上这部电视剧？

哟，这个我还没想到。乌龙卓笑着看了看康小娜：嗯，我现在只能说有希望，我还不很了解她呢。

你们没接触过，当然不了解，接触几次就了解了。顾晓鹰说道，希望你培养培养她。

他知道，往下不须自己再费什么劲儿了。乌龙卓会对她穷追不舍的，这位老兄有的是精力和手腕。只要他把她搞到手了，她的心思也就转移了，至于乌龙卓要不要她，那自己就不管了。如果康小娜继续纠缠自己，自己抓着她和乌龙卓的把柄，也能轻而易举甩脱她。说不定还能敲乌龙卓一笔呢。……

乌龙卓，这位满脸放光的电视台文艺编辑室副主任领康小娜在电视台转了一圈，让她开开眼，又请她到他家坐：咱们聊聊。她有些受宠若惊了。一进家门，他说：你坐吧，我爱人出差了。吃糖吗？吃水果吧？我给你洗葡萄吧。她很有些局促不安：您别忙乎了。及至他端来了一盘盘水果糕点放在大茶几上，挨着她很近地在同一张大沙发上坐下时，她多少觉出了点什么，想到他爱人不在这个事实了，这使她多少从晕乎乎的局促中摆脱出来。不过她没敢多想，这是文化人，有知识的，她多的是崇敬。他把一串葡萄水淋淋地递给她：吃吧，咱俩一人一串。这"咱俩"二字使她又感到什么。她一粒粒拘谨地吃着，他则一粒粒很快地吃着，话还滔滔不绝：你吃葡萄，是从最坏的一粒吃起呢，还是从最好的吃起？他问。她愣了愣，没想过这一点，然后低头看了看手中葡萄：嗯……我先吃最坏的，这样越吃到后面越好。她笑了笑说，觉得有意思。他则一举手中的葡萄：我相反，我是挑最好的先吃。你那种吃法，总是在吃最不好的，我这种吃法，总是在吃最好的，还是我这种吃法合算。她被他的风趣感染，笑了。他则借题发挥：知道吗，吃葡萄的两种不同方法也反映出两种不同的性格和人生态度。她迷惑不解了，这对于她太深奥了。他打着手势：你那是一种小康人家的人生态度。钱要攒着花，月月注意节省，好衣服也要放在箱子里。我说得对吗？康小娜想了想，不好意思地笑了。他说得对，他有学问，他真行。他更加精神焕发，什么人生，修养，追求，创造有价值的生活，云山雾罩地讲着，她更加眼花缭乱了，飘飘忽忽，大千世界，她如一粒草芥，太渺小卑微了。他什么都知道，真是有文化的人。当他用手轻轻搂着她肩膀，侧转头亲切地问她：你如果真想拍电视，我可以培养你，你愿意吗？她脸红了，轻声答道：愿意。当他开始抚摸她的头发，说：我挺喜欢你的。而且越挨越近，有了要吻她的举动时，她轻轻躲闪开了：乌老师，我该走了。乌龙卓目光闪烁了一下，仰身笑了，又和蔼地拍了拍她肩：行，今天先聊这些，我很忙，以后有时间再聊吧。不过，这样的时间是很少的。他站起来了，她也站起来了，又觉得有些后悔。他送她到楼下，分手时又说：能不能成一个影视演员，要看你自己的努力了。你自己要不专心诚意，我也就不帮助你了。她连忙说：我一定专心诚意，请您一定帮助我。乌龙卓握着她的手打量着她那急切的样子，露出一丝深不可测的微笑。

康小娜一路回家，一直想着能不能拍电视的事，乌龙卓的大方脸也在眼前晃来晃去，快到院门口时，她的心又变得淡淡的了。电视拍不拍吧，还有和顾晓鹰的事，都变成模模糊糊的一片。最近她总是这样神志恍惚，不知道自己是怎么回事。就像现在倦倦淡淡地往家走，也并没什么目的，单因为只能往那儿去。

苏健推着自行车从大院里出来。"刚回来？"他冲她一笑。

"你去哪儿，又是上电大？"她淡淡地回答，显得很累。小伙子现在总是快快乐乐的，完全不像从前了。

"今天电大没课，我去参加舞会。"

"舞会？"她有些惊异了，这个一直默默追慕自己的小伙子一向穿着呆板，像个忠厚的小木匠，现在装扮漂亮，显出一股子帅气了。

"你去吗？"他问。

"我太累了。"她说。

"好，那'拜拜'。"苏健推了几步车，一骗腿骑走了。

看着小伙子就这样高高兴兴地走了，她突然感到失去了什么。她从来是含着友善的怜悯来躲避这个从小一起长大的伙伴的，今天却第一次受到了刺激。他在舞会上和哪些姑娘跳舞呢？他骑车的样子很洒脱，就要在胡同拐弯处消失了，她赶忙扬起手喊道："苏健，苏健，你等一等。"

她和他一起踏进舞场了。她说想先坐着歇会儿，他便邀了一个姑娘舞入场中央了。他显然跳得不错，换了一支曲子，又邀了另一个姑娘。接着，好像又有第三个姑娘，看来都是他电大的同学，他们说说笑笑的都是上课的事。她在心中感到那一丝刺激越来越鲜明，像一簇火苗燃烧起来。她感到难受了，同时想到自己才初中毕业的文化程度，而他们（他和她们）都将是有大学文凭的人。她开始寻找自己的优越处，她们长得都很一般，比自己差，有一个脸上还满是雀斑，可这一切对比仍不能平复心中的刺激。几个男人上来邀舞她都谢绝了，她只盯着苏健。她想到他的善良忠诚，如果他和别的姑娘好起来，该如何体贴入微地去照顾对方啊。苏健又跳完一曲，回到她身边高高兴兴地说笑，还介绍着自己的女同学们。她很勉强地笑着，及至音乐又响起来，他问她是否跳舞时，她轻轻理了一下头发，以一个舞蹈演员的优美动作站了起来。只要一跳起来，她就知道自己会放光了。

苏健并没有忘记在"人生咨询所"得到的四点指导。他克制住心中的激动（当康小娜的手刚和他握在一起，这激动就强烈冲击着他），像对朋友一样友好热情而又坦然。他一边和她舞着，关心她的一切，也对她讲到自己的上班、学习，包括跳舞，还讲到他的恋爱。几个姑娘在和他接触，她们的情况，他都叙述了一遍。你说，我该怎么办？他信赖地问她。

顾小莉对把家搬到省里表示反对，只有她敢和父亲争执：你让妈妈和你到一起，政治上一点余地都没有了。你要是在那儿工作一辈子也算了，这年头变动多，谁知道你过几年是怎么回事？

顾恒倚在沙发上笑而不语。

"爸爸有他的考虑。"景立贞这种时候总是替丈夫解释。

"什么考虑？"

"这样能稳定省里的干部队伍。"

"我才不信呢。"

"为什么不信啊？"顾恒开口了。

"爸爸，光这一点考虑，不足以使你下搬家的决心，你肯定还有其他考虑。"

"我还能有什么其他考虑？"顾恒仰身笑着遮掩过去，小莉着实太聪敏。

小莉不想谈这话题了，她现在不很快乐："爸，你们省里怎么安排李向南啊，撤了职就不管了？"

"这事我没有具体过问，下面有人管。好像他还在北京吧？"顾恒答。

"他病了。"

"哦？"

"这么大压力，什么病得不了。"

顾恒不说话了，过了一会儿问："他现在到底怎么样？"

"我还没去看他呢。"小莉一转身走了。

她跟着楚新星去了一趟大连，一家出版社的笔会。游玩，吃喝，又赠纪念品。人情欠下了，以后就得为出版社写东西。大连挺凉快，经常有雨，雨过就晴，小风习习，确是消夏胜地。她玩得挺开心，每天游泳啊，吃海鲜啊，臭聊啊，睡懒觉啊，时间过得挺快，可慢慢也觉得没意思。一群作家不都是她久闻其名想结识的吗？真认识了，就那么回事。读他们的小说印象还不错，及至见面，第一发现相貌与印象中相差甚远。原以为伟岸深沉的男子，其实佝佝缩缩像个小职员；原以为气宇轩昂，其实灰秃秃的像洋铁皮厂的采购员；也有几个风度潇洒的，不过总起来这群人并不超过社会的平均水平。接着发现，他们人也不怎么样。不过是能吃，能喝，能吹，有些人狂得很，又吹不出什么，妄自尊大而已。有一点倒挺突出，对异性兴趣都挺高，真可谓"哪个文人不多情"。这一开始使她很兴奋，跳开舞了争着邀她，她旋风一般把他们裹在身边，她的裙子一旋转起来，就把他们都扫得俯首帖耳了。得到这一切太容易了，她也就轻视了。她发现，文人比一般人更多嫉妒，这使她更小看他们了。很少听到他们赞扬同行。与会者是一致公开地贬低那些没来开会的作家，他们之间则是背后相互贬斥。这位尖下巴的年轻作家没写过几篇小说，可目空一切，老子天下第一，谁也不在他眼里。中国的、当代的、特别是青年作家一个个被他贬得一钱不值。

她发现：他们还都不如楚新星。我对他们印象都不怎么样。她对他说。

到底什么印象——你对他们？楚新星淡淡地笑着问。

就像他们床上那一堆乱糟糟的被子毯子。

楚新星咧开嘴：这比喻还凑合。

只有两个女作家，一个中年，胖大嫂般；一个青年，身材还好，可五官实在不能恭维，她们自我感觉好极了，又是娇嗔，又是骂俏，真是可爱得让人吃不下饭。

她渐渐感到无聊，整天和楚新星在一起，散步，游泳，躺在沙滩上聊天。突然有一天，她觉得太闲散了。和你在一起，没有一根神经是紧张的。她说。

要那么紧张干什么？楚新星斜躺在沙滩上说，我从不勉强自己做任何事。

可一个人对自己什么都不勉强，就太没劲了。

我不理解。楚新星翻了一个身。

她不知说什么了，头枕双臂看着大海，大海越来越暗，天越来越晚。楚新星生活得太随心所欲了，她似乎不喜欢这样，她不喜欢轻易到手的东西，不喜欢不顺心可也不喜欢太顺心，不喜欢一天到晚被太阳晒得懒懒地躺在沙滩上。她喜欢什么呢？

有人活得太紧张、太认真；你是太放松、太随意。她说。

"有人"是指谁呀？楚新星略转过点头，问。

她不语了……

"小莉，你还跟我谈谈吗？"是爸爸笑着站在房门口。

"不谈了，我要出去。"她已换好衣服，准备出门。她去看看李向南。

从大连回来，那天下着雨，她和楚新星在西单附近的一个冷热饮部的楼梯上遇到了李向南和林虹。那天晚上，她做了一个梦。

李向南驾着宇宙飞船走了，他得到了消息：宇宙飞船失灵，他回不来了……

模模糊糊的梦此时变得清晰了。消息是他的妻子带给她的。一个与自己似乎不是一个时代的上流社会的贵妇人，二十多岁的样子，有点像林虹？又不

460

像。她在别人的陪同下来了，穿着旗袍，很秀美，很有风度。天黑漆漆的，房子外面是静得瘆人的黑暗。自己与她面对面坐着。

谈到他——李向南，妻子把信拿给她看，是十六开的横格纸，密密麻麻地写了一页多，没有称呼。

他在信中告诉她：飞船出了故障，他不能回来了，希望她（这时似乎称呼了自己小莉？）好好生活，不要难过。信的内容她只记住了两句，一句是："我将在宇宙中遨游，天地人合一，三位一体。"另一句是："我很爱你，不能割舍你。"

李向南就这样遇难了？她最初没有悲痛，只是一种麻木感，极度的震惊，呆呆地坐着。然后，她读着他的信，一遍又一遍地重复着：天地人合一，三位一体。同时，脑子里嗡嗡地想着，身体也似乎飘荡起来，一遍遍地体验着飞船冲出大气层、脱离地球时的感觉，一遍遍体验着飞船在太空飘荡的感觉，身体飘飘悠悠地失了重。她想象着李向南的感觉，当飞船出现故障时他的焦虑，他如何想办法排除故障，当他知道无法回到地球时，对死亡的恐惧，对地球的留恋，对亲人的留恋。宇宙是蓝的。

她突然感到难过，因为在信中他只为她写了那样一句话，即不能割舍她。她感到委屈，同时想到，她没看到他写给他妻子的信，那里一定有更多的柔情蜜意。

在北海上划船的情景又浮现出来。他的爱抚，他的拥抱，那时他们是世界上最亲的人了……于是，她又开始想象他在最后的时刻是不是如他在北海船上时那样爱她，是不是因为不能割舍她而痛苦。为什么他只写了这样一句爱恋的话呢？是不是怕他的妻子看到？或者他根本就没有把自己放在那样的位置上？

他的妻子走了，她去送她。路上很空荡，在一片荒凉中只有一条宽阔的路，只有她们同行的三四个人。天黑极了，几乎什么都看不见。他的妻子突然站住，对她说：不要绝望，他还有回来的可能，过去也曾发生过这样的事，出了故障，人们以为完了，结果半年、一年后又回来了，这次也应抱着希望。

她感到一种钻心的疼痛，痛苦使她窒息。正是他妻子的这番话使她从麻木和震惊中醒过来，她突然感到了绝望，明白了：自己以后再也见不到李向南了……他永远回不来了。她呆愣着喘不过气来，她跪下了，脸朝上看着天空痛哭起来……

她醒了。

第十二章

金象胡同一号。

庄韬回到自己家了，西院二号，两间靠厕所的西房。阴，潮，臭，刚才硬着头皮钻进院，现在更是硬着头皮钻进家。家很小很挤，"钻"字传达出了自己的全部感觉，田鼠从田间回到洞穴里，就是这种感觉吧。越来越深，越来越暗，越来越泥土气，越来越安全——但这安全感他是不需要的。

他在那些宽宽敞敞的会议室中，在宽宽大大的主席台上，面对着成千上万的听众，放开着魁梧的身量，还放开着他的谈笑风生和气派，当当当地像个大钟。回到这个家就要收缩起来，在晦暗中摸索着在一个吱嘎嘎响的竹椅上坐下，挤着放下宽大的臀部。没文化的人讲屁股，而有文化的人讲臀部，这就是语言的文明。要语言美。他想起自己在主席台上的讲话了，人们哄堂大笑。自己讲得很风趣，就要这样深入浅出。

"你回来了？"先听见声音，才在阴暗中看见老婆那张黄脸。"这么黑还不点灯？""省点儿吧。""这能省多少？"他笑笑，但没说下去。节约不在这上，此乃小农式的节约。现代化的节约是爱惜时间，爱惜人才，爱惜知识，爱惜资金。又想到站在主席台上的讲话了：补袜子的勤俭精神要不要？我说要。但这种精神在今天有新的表现了，利用补袜子的时间去读一本书，搞一项革新，创造几万倍于一双袜子的价值。这就是我们对旧时代的发展。不是袜子不补了去花天酒地，这又是我们和资产阶级生活方式的区别。……和老婆就不须讲这些了，她没那么高层次。没文化，比自己大五岁，农村人，现在完全是个在炕头做针线的老太婆了。而自己，则是一派年富力强的中年干部形象。

……"是你？……你来干啥？"老婆从猪圈旁直起身，半天认出来，怔怔地问，手里倾斜的猪食勺嘀嘀嗒嗒流着泔水。

"我接你来了。"他看着她那张衰老的黄脸，"我去年平反了，一直在找你和孩子们。"

"你……你来接我？"她嗫嚅着，看着他一身的卡制服，堂堂皇皇，她痴呆呆地摇了摇头……

年轻的朋友们，什么是爱呢？爱就是理解，没有理解就没有爱。我理解祖国的伟大，我爱，我理解人民的伟大和苦难，我爱。我理解我爱人当时离开我是迫不得已的，所以我不但不存在对她原谅不原谅的问题，而且还爱。爱还在于给予，而不在获取。一个人爱劳动成果，因为他在其中倾注了血汗，一个人爱子女，因为他给予了子女许多的爱抚。我们爱一个人，首先的意义是给予，不是获取。

人们为他的崇高鼓掌，为他忠贞的爱情鼓掌。

"庄校长在家吗？"一个慕名而来的小伙子愁眉不展地坐下了，"您最关心年轻人，所以，我有件事想求您帮助解答。"小伙子几次恋爱都失败，"我的标准一点儿不高，就是一条：要漂亮。"

我看你的失败是必然的，漂亮有什么用？再漂亮能漂亮一辈子？五十岁、六十岁、七十岁还漂亮？那时她的牙掉了，腰也弯了，嘴也瘪了，还漂亮？那你还爱不爱？他说到这儿不由得斜着看了老婆一眼，她正坐在床上缝衣服，脸又黄又皱。小伙子也不由得往那儿看了一眼，倒吸一口气，低头又听了一会儿训导，礼貌地告辞了。

"她"又在眼前浮现出来。三十多岁，藕荷色短袖弹力衫，百褶裙，身材匀称，微笑着站在他面前。庄校长，我对学校工作提点建议。好，你提吧。他非常和悦地听她讲。她讲得很认真很直率，声音很文雅很好听。校长办公室没人了，老师早已走了，路灯亮了，两人才出了校门。我没事，再陪你走一段，她热情地说着。两个人并肩轻松地谈着，他非常清楚地感到自己在她身边的魁梧和她在自己身边的轻盈。和她在一起走路，他能感到平时感觉不到的习习小风。他平时走路很急，步子又大，心中又想着事儿，感觉自然就粗。

"她"和他一块儿出差去上海，两人伫立于吴淞口。这里长江宽近百里，江风浩荡，白浪哗啦啦扑上岸来，水雾迷蒙，一艘帆船在颠簸起伏着。"她"

很轻捷地往后掠了一下短发，裹紧被风吹得呼啦啦响的风衣，快乐地嚷道：这儿真好，我不喜欢市里，不喜欢南京路，挤死了。我喜欢这儿。他说：我也是。她笑了：那我们情趣完全一致。……

他看了一眼老婆在枕套上绣的大红花。

"庄校长。"门外有人叫，"她"的声音。"总算找到了。"还没等他站起来，"她"已经进来了。"来来，请坐。"他连忙说道。

"坐吧，您喝水吗？"老婆也赶紧下了床，热情地招呼。

"您是……""她"有些犹豫地判断着。

"这是我爱人。"他介绍道。

"噢，我早就听庄校长在报告中讲过您了。"

大四合院内，第二大矛盾是用水用电。只有一个水龙头，一个水表，水费怎么交？只能按人头。全院总水费除以全院总人数（一百七十九人），等于每人应交水费，各家再乘以你家的人口。那些一天到晚在水龙头旁用水的人就遭人背后白眼。

一家上海人一天到晚用拖布拖地，用抹布擦地，水龙头旁总碰见他家女人，白皙的脸，不是高挽胳膊在哗哗大放的水中冲洗，就是提着桶、拖布在一旁耐心等待。你好好等吧。正在洗衣服的人格外拼命洗，多洗，久洗。我不多用点儿水，水费就白补贴你们了。人们都含着这心理，到水龙头旁就哗哗开大，往多了用，结果每月水费上升。

用电，全院只有一个总电表。电费就按各家的瓦数摊了。每月总电费除以全院总瓦数，是每瓦电费，各家再乘以你的瓦数。可瓦数是各家自报的，虽然每月收电费时也再登记一下看一看，可谁保得住你平时不把小灯泡换成大灯泡？谁又保得住你一到晚上就又装个床头灯？至于谁家熬夜多，通宵的亮，人们就更有气不能提了。难道专门派个人记录各家熄灯的时间？天下哪有那么多公平合理的事儿，吃点儿亏就吃点儿亏吧。

可是你若私用电炉就谁也受不了啦，激起公愤了。全院现在总瓦数才一千多瓦（这是明报的，实际可能高得多），你一个电炉就两千瓦，谁替你摊电费？嚷也好，骂也好，在院门口黑板上贴一张布告：请自觉，不要偷用电炉。都不管用。到了晚上，院内灯一暗，电压下降，电炉又打开了。你当院骂骂，他可能停了，等大多数人家熄了灯，到电表下看看，它正嗖嗖转得飞快。

谁出面管？谁愿得罪人？都瞎嘈嘈，顶啥用？人们对这种侵犯公共利益的事儿，常常是停留在气骂而已，侵害公众利益远比侵害个人利益安全得多。公众的人数越多，你的侵害越可肆无忌惮。

"庄校长，你看这该咋管啊？"有人请教庄韬。他皱皱眉，一扬头：要从启发教育入手。"教育能管用？"能，关键看你用什么办法。他决定亲自管管，一个杰出的教育家就要到处创造奇迹。他用毛笔写了一封公开信，贴在大院门口的黑板上。

用电炉的朋友：

你一定是因为工作、学习忙，没有时间生炉子。我特意买了一个煤油炉送你，这比电炉更安全。用电炉，一是旧线路超负荷承受不了，一旦失火，危害于你，殃及大家；二是个人积怨甚多。一个人让众人指着脊背是不愉快的，不宜于身心健康。

一个关心你的人

黑板下放了他新买的煤油炉，旁边一塑料桶煤油。

接连几天煤油炉没人取走，可用电炉停止了。人们纷纷称道：庄校长，真服了您啦，您真有办法教育人。他也谈笑风生：人都是有廉耻心的，要的是善于启发引导。天下哪有不化的顽石？它不化，是温度还太低嘛。正说着，电灯一暗，黄弱得厉害，众人面面相觑，说不上话来。用电炉的又开始了。

抓这用电炉的。人们愤忿了。"怎么抓？挨家挨户查？谁会把电炉摆出来让你看见？这不是办法。"庄韬摇着手。不用挨家挨户，是谁用，猜也猜出来了。"你猜有什么用，证据呢？再说，一旦撕破了脸，就难教育了。"教育家又摆手。那怎么办？

人们平时是散沙，不散不正常；但他们在公共利益被侵犯得太厉害时就团结起来了，不团结不正常。不再请示教育家就开始行动。深夜了，大院的灯差不多都熄了，七八个人蹑手蹑脚来到大院门口的电表下，电棒一照：转得风车般快。不是用电炉是用什么？

他们又轻手轻脚走到小北院，一排北房，他们悄无声地在四号门前停住。

大热天，小屋门窗紧闭，拉严着窗帘，透出微弱的亮光，真是做贼心虚。他们用借来的仪表测了一下伸进屋里的电线。房矮线路低，稍欠脚就够着了，仪表很先进，不用接连，一感应就有了指示：小屋里正在大瓦数用电。他们相视了一下开始擂门，屋里灯一下灭了。他们更用力地擂门，今儿别想躲过去。听见里边慌张了一阵，一个男人充满敌意地问：谁，干什么的？外面的人粗着嗓子没好气地嚷道：派出所，查户口的。里面一下老实了：好，好，我就开门。灯亮了，门开了，人们像挤过一个瓶颈呼啦一齐拥进去，只有这样，人们才有勇气，然而，却一下都愣在那儿了。

主人熊国兵是挺魁梧的男人，穿着个小裤衩满脸恐惧地立在那儿，手里拿着一双筷子，地上的电炉正咕嘟嘟煮着鸡蛋挂面。床上紧裹着毛巾被有点哆嗦地坐着一个三十岁左右的半裸女人。粉红的裙子裤衩挂在椅背上。他老婆不在家？

好一会儿人们才反应过来，有个男人咽了口唾沫说：我们是来查电炉的。

熊国兵立刻活了："我从今以后再也不用了，我认罚。这个月大院儿的电费我一个人都出了。"他拉开抽屉，从里面拿出几十元钞票塞过来，没人接。"你们抽烟吗？"他又拿起烟来分散，人们自然都客气地推让。"来来，大伙儿坐。"他搬椅子拉板凳，显出一股圆通世故，人们当然不会坐。有个妇女端起气来，正正经经地说了两句："以后你别再用电炉了，二十八家一个电表，这理儿你该明白。""我说过了，永远不用。再用，我算对不起大伙儿的教育，望大家担待担待。"他拔下插销，端下锅，通红的电炉丝顿时见暗，他提着插销线，把电炉拎起来："你们没收了吧……不？那我明儿一早砸碎它，扔在大院门口垃圾堆上。大伙儿明儿眼见为实。"

月光下，西院北房二层楼的阳台上，檐影下，只立着七号的女孩子。她仰头看着天上又快变圆的月亮，断断续续地哼着歌。她回头看那边六号家，阳台玻璃门开着，纱门紧闭，半透明的红色窗帘后面有微微移动的人影。她和他约好，今晚在阳台上聊天的。怎么不来？

六号，就是那家一天到晚拖地的上海人。上中学的儿子正在和父母商量事，小妹妹坐在台灯下聚精会神地做着作业。奶奶要从上海来北京住住，但她行动不便，谁去上海接她呢？父亲说道："瑞瑞倒是放暑假，但是……""他太小了，自己还照顾不过来呢。"母亲说道。"也是，瑞瑞还太小。要不咱俩谁去吧？"

吉小瑞，为第一次与父母一起共议家事而感到兴奋："爸爸妈妈，我已经快十六岁了，完全可以胜任，我去吧。"他是男子汉。

"不行。"母亲说，扶了一下眼镜。

"还是我去吧。我正好有一本书稿要送到上海出版社去。"父亲说。

吉小瑞更有劲头了："爸爸，这件事也交给我吧。"他渴望到社会上闯荡。明天就动身。他忘了今晚阳台上的约会。

庄韬，像所有人一样晨起晚睡，昼劳夜梦。他的许多梦也是不便讲给他人听的，荒唐，没逻辑。人在梦里就变成另一个样儿了？自己的思想还要继续改造，灵魂还须进一步净化。

人活着要崇高，人要追求道德美。他到处讲。同志们，同学们，如果我们没有美好的道德，就好像赤裸的野人，那怎么行呢？有的年轻人在生活中横冲直撞，如入无人之境，左右有多少白眼全当看不见。那像话吗？有容貌，有地位，有金钱，有权势，都比不上道德美更宝贵。

他外出开会，正好又是"她"陪同。路过一个路口，一个灰头土脸的农村妇女坐在马路边咳嗽着，一口又一口地吐着痰。真不讲卫生。"她"嫌恶地说着，侧脸而过。是不讲卫生。他也说着，从旁边走过去。但他又站住了。怎么，丢东西了？"她"回头看着他。他犹豫了一下，又走回那个农村妇女面前。你怎么了，为什么坐在这儿？他问，闻到了难闻的馊臭味。妇女仰起脏污的脸没精打采地看了看他：来北京找儿子——他在这儿做木匠——没找着，病了。说着又咳吐。他看着脏秽的咳吐物，恶心翻胃，硬逼着自己蹲下身，和蔼地问：你是哪儿来的？哪儿不舒服？感觉到"她"也慢慢地走回来了，站在自己身后。都问明白了，他搀着妇女一点点站起来，走到附近一家医院。替她挂号，陪她看病，对医生护士做解释，为她交药费。最后，给了这位农村妇女回老家的车费。

开会误了，人疲劳不堪，身上又脏污又难闻。"她"不远不近地和他并肩走着。我应该不应该这样做？他问。"你为什么不再送她去火车站？为什么不替她买好票？再搀着她上火车？""她"这样说道。他站住了：你什么意思？批评我没做到底？"我没批评你，我是问，这些事你管得过来吗？"

他一路上在萦回这个问题。他为什么没再做到底？又问："如果那个妇女是麻风病，浑身腐烂传染，自己还会搀她吗？"这件事，他后来一次又一次在讲台上公开了出来，"我根本不像人们宣传的那样完美。"但台下却为他的完美崇高热烈鼓掌。"你真是个好人啊。"有人写信这样说，那个农村妇女临别时也曾这样说。

他做了一个梦，飘飘逸逸走近来一个人，打量着他微笑。

又一个梦：脸盆中的豆芽摇头晃脑地钻出水面。

他又回到金象胡同一号，每天都得过那窄夹道儿。这位滕处长也太霸道了点儿，瞅这两间新盖的房，再看他背着手站在门前那份趾高气扬，真像鱼肉乡里的劣绅。但自己照例还和他打招呼，他对自己也显然比对别人客气得多，哼。

自己受了二十多年罪，生活一旦安定，这么快就发胖了。坐沙发，坐小汽车，和人们一一握手，气宇挺轩昂，可挤着过这夹道儿是不太舒服，压抑，进了家也不舒展，憋屈。和老婆不多说什么，她忙她的，他忙他的，晚上也不在一块儿睡。饭好了，她叫他一声，他便摘下眼镜揉揉眼睛，站起吃饭，饭桌上说两句家常话。

四个孩子不断地提要求，二十三岁的一个，二十一岁的一个，十九岁的一个，十七岁的一个，递减数列；男女男女，符合村俗讲的"花生"。他们向他要钱、要东西、要出国。

他去年出过一次国，美国，去看亲生父亲。离别几十年，父亲见了，难免很感慨，但多少又有些生疏。问了问国内情况，问了问他的情况，问了问他早已去世的母亲，陪他在美国走了几个地方，给了他不多的一点钱。父亲早在美国又娶了妻，有了儿女。对他自然较淡。他能理解，但又很失望。他在美国言语不通，在街上走，匆匆的行人和汽车，街道和商店都是冷漠的。一个新鲜而又无情的世界；一个缤纷而又单调的世界；一个让他大开眼界又让他难以亲近的世界。他不适应这里，这里也不需要他这样的教育家。他在这里无足轻重，没人理睬，走过街道，像掉进自动电话塞币孔内的一枚硬币，像高楼大厦下一根陈旧的灯柱。这里信奉豪华的酒店，汽车，明星，亿万富翁，球场上的狂热，酒吧里的疯狂，没有人听他的道德宣讲。他真爱中国啊。

他回国了，大讲对中国的爱，大讲美国再富，给他再优越的物质条件，他还是要回到祖国生活和工作。他的爱国热情感动了自己，也感动了台下的听众。都知道他巨富的父亲在美国。在热烈的掌声中，他说：我爱中国，因为我需要祖国，祖国也需要我。一句真实而又崇高的话。

国家和人民更器重他，他成了政协委员；青年人更敬仰他，给他写来无数滚烫的信，而儿女们却……他严厉了，不行，你们这些要求不行。出国要自己争取，外汇我本来就不多，给你们影响也不好，我准备把它捐了。他把几百美元捐给学校买仪器。他又向崇高近了一步。

儿女们真不争气啊，自己的条件才改善了三年，他们便一下忘了过去，只知道父亲是校长，是教育家，是知名人士，要仰仗，要依靠。爸爸是爸爸，你们是你们，你们要自己努力。孩子们撇撇嘴走了，他们不是在他身边长大的，本来就生分，自己要注意态度。教育家要耐心，但他恰恰对子女缺乏足够的耐心。教育家要善于教育一切人，但他恰恰感到教育子女之难。"子女面前无教育家"，不知怎么，他想到这样一句格言。

孩子们是妻子带大的，该是听她的，他却吃惊地发现：他们开始看不起母亲了。"你懂什么？"小女儿这样对母亲说道，"你什么都不懂。"大女儿的同学要来，她说："妈，你进里屋忙乎去，待会儿我们要在外屋说话。""我坐这儿又不碍你们事儿。"做母亲的正盘腿坐在床上凑着窗户亮纫针。"怎么不碍事儿？""那等他来了，我再给你们腾地方也来得及啊。"女儿斜瞟了母亲一眼，轻轻哼了一声，到院门口等同学去了。

妻子不在，他把儿女叫到一起。你们是母亲千辛万苦带大的，现在她头发都白了，你们怎么能看不起自己的母亲呢？一个人如果连父母都不爱，就更不会爱别人，不爱别人只爱自己，是最没道德的。你们懂吗？

儿女们低头不语。半晌，一个说：我们没有看不起。

你们没有看不起？那好，你们以后每天回家，都要陪母亲坐一坐，和她说说话，她一个人在家里也是很寂寞的。你们理解吗？

爸爸，你为什么不和妈妈多说说话？

……

大四合院内，第三大矛盾是言语矛盾。言语既能败坏人名誉，也能直接干涉利益。没有比言语矛盾更复杂的了。一句话能得罪一个人，一句话能搞臭一个人，一句话能结下一辈子的冤仇。孩子打架了，两家大人出来，一句话不对，彼此便伤了和气。所以，人们公开使用语言还是慎重的，毕竟多少年住一块儿，远亲不如近邻，抬头不见低头见，可暗地里嘴就很难闭住了。赵钱孙李，说长道短，总不会断的。谁家娶的媳妇刚过门就肚子大啦，谁家半夜拉来几根木料啦，谁家女婿升了官啦，谁家夫妻闹不和啦，谁家男人和别的女人胡搞啦，谁家又买了洗衣机啦，夫妻之间议论，再邻居之间议论，由近及远，便在院内形成舆论。

熊国兵第二天就将电炉摔碎在大院门口的垃圾箱旁，人们都见了，可并没有减少对他的议论。东家的舌头伸到西家窗内，西家手支着耳朵听了，又把嘴伸到北家，北家听了，又把话传到南家。最后只剩熊国兵老婆不知道。她不知道，熊国兵也便还是没事儿人。

初中辍学当工人，没几年"文化大革命"，当了驻校工宣队。威风了几年，又回到工厂。不费什么力气，聊聊，笑笑，生活上帮点儿忙，就搞了个刚进厂学徒的女知青当老婆。

他的本事就一个字：油儿。

他在家坐不住。不上班了，睡醒懒觉，打着哈欠，趿拉着拖鞋，左邻右舍地聊聊，把谁家门里门外都照上一遍，看看都买了些什么吃的用的，议论议论价儿。然后溜溜达达，粮站门口，菜店门口，肉店门口，都站一站，再到里面柜台上斜着身靠靠，和营业员们闲聊。东一句西一句，有说有笑。他又高又块儿，脸庞又俊气，女人们都喜欢他。他怎么唬住老婆的？哼，瞅你那样儿，真看不上你。告诉你，喜欢我的娘们儿有的是，你要对我有丁点儿不好，立刻蹬你的蛋。我立马儿找个比你好得多的大姑娘。老婆上过高中，家庭出身又不错，可整日唯恐失去他，里里外外把他伺候得像个大爷。

他在家是个大爷。活得舒舒服服。可出了门，大爷另有套数。这不是女营业员们笑骂他了："瞅你成天游手好闲的，真不是个好男人。"他笑笑：是不好，可有人要就行。"谁要你？你老婆瞎了眼啦。"没人要才好呢。"好什么？"削价处理给你呀。"去你的。"女的抢起一把芹菜就要抽他。他缩头举手佯装遮挡：行了，我的好大姐，我怕你还不行？"怕了咋说？"下辈子我要和你成一家，再不敢游手好闲了。众人哈哈大笑，他给他们带来了热闹。说笑够了，他挑一把芹菜，拣俩西红柿，今儿我一个人在家，随便炒个菜，这一点儿不值当给你们钱了。"又来白蹭。"营业员们嗔骂道，由他走了。

一上午转一圈，肉店里买几斤便宜骨头，上面肉还挺多，粮店里不花米票买出平价大米，再到西瓜摊说笑上一通，帮着卸卸瓜，又白抱回两个沙瓤大西瓜。回屋一见老婆，说话气粗了：没长眼，还不接着点儿？看看你老汉的本事，一分钱买回一毛钱的货来。伸着腿坐下了，摇开扇子了，骂开人了，等小圆桌上叮叮当当摆上盘，冒上热气，他吱儿吱儿地饮开酒了，一盅又一盅。花生米往嘴里一丢，干香脆；糖拌西红柿一片片送进口，凉酸甜；白酒热辣辣往下走，真来劲儿，浑身酥热舒坦。三天不喝酒，人就没了筋骨。老婆在身边忙来转去，他把着圆桌独斟独饮，真像个大爷。恣意。

老婆说着：谁家摆书摊，挣了几万了。谁在厂里混上副科长了。谁……他听着不耐烦，往后摆手：他们挣钱挣去，当官儿当去，不稀罕，我只图活个自在。他又一举盅一仰而尽，盯着花生米盘，筷子如鸡啄，一连丢十几粒入嘴。

他好好活着，凭什么劳神？想怎么着就怎么着。挣钱，他会。挣大钱，他嫌累，小钱，他不是一直挣着呢。

谁有我认识人多？别的不说，就说铁路上，全国几十条线儿上都有我铁哥们儿。东北长春，沈阳，哈尔滨，上海，天津，武汉，重庆，西安，广州，昆明，银川，包头，呼和浩特，你说去哪儿吧？他要去，不花一分钱还坐卧铺。这不是，刚跑了一趟北戴河，背回一篓螃蟹，一倒卖，挣了六十元。自己还美滋滋地来了两只，蘸上姜末酱油醋，好好喝了一升啤酒。

这是真事儿，更要吹，连真带假的一样吹。哪个铁哥们儿，是给中央张部长开小车的，哪位铁哥们儿在五金厂当供销科长，哪位铁哥们儿是百货大楼的头头儿，又有哪位是公司经理，还有一位是民航售票处的负责人，再有一位在广交会工作，再再有一位是上海某商店的经理……简直是朋友遍天下，关系遍全国。他靠着柜台有声有色吹上半天儿，女营业员们眼都听直了。

凡是他认识的，都是他熟悉的，而凡他熟悉的都是他的铁哥们儿。对张三讲，李四是他好朋友；对李四讲，张三又是他熊国兵的好朋友。张三、李四碰一块儿了，说起他会摇头：我和他不太熟。真真假假，没几个人能分辨得清。你不信？他从皮鞋厂一下买回四十二双最抢手的新式样皮鞋，一倒手，挣了一百多。你不信？他托列车员从四川运来一筐橘子，三角钱一斤，到北京卖一块五。你是他铁哥们儿，他一块二卖你十斤。

你说穿他的吹牛：你那位铁哥们儿怎么说不认识你？他会说：那是他不愿告儿你。你再揭他的底，他也不在乎，一笑了之。他脸皮厚，没恼过。天下最有用的东西就是厚脸皮。

和他相处时间长的人不相信他，和他相处短的都相信他。相处短的人多，相信他的人便也多，就为他办事，然后又求他办事。托他买辆"永久"牌车啦，买台名牌子的缝纫机啦。他把钱都收下了，有时真替你买来了，有时东西没买来，钱也没影儿了。你一次又一次找他要，他便笑笑：等两天吧。

欠钱多了，他也觉着不是事儿。干脆赌一赌，一晚上捞上千八百元，就都还清了。可一下，却输了千八百。

这回大爷不大爷了，自在也不自在了。没敢和老婆说，想了想，联合两个铁哥们儿从南方往北京贩生鸡，借钱，挪公款，跑了一趟，没弄好，又赔了八千。

这下可闹好了。搁在旁人头上快上吊了，他毛是有点儿毛了，可还沉得住气儿。我没钱，你们总不能逼着我死吧？赖着。老婆回娘家，他还有心思把菜店里的相好领回家过夜，半夜又被"查"见了。他还是轮胎脸皮不大在乎。可眼前当下立着一个人，金象胡同一号院内的邻居，借了他五百元贩鸡的，现在伸手来要了。

月光下，阳台上，影影绰绰的檐影下，只立着六号的男孩子吉小瑞。他从上海回来了。一人坐火车，一人照顾奶奶来京，一人去上海出版社，代表父亲送书稿，一人东忙西跑，与各种人谈话交涉。热风吹，太阳晒，他黑了，瘦了，精干了，成熟了，有了社交经验了，多了各种见闻了。上海城市的繁华，黄浦江的摆渡船，南京的长江大桥，火车上遇小偷，有人走私被查扣，苏州的卤豆腐干咸酸辣，德州的西瓜二十斤一个，上海女孩子的裙子漂亮……他要告诉她，而她不在了。

女孩儿叫沈浩莉，到广州她舅舅家去了。从此在广州上学，再也见不到她了。自己那天晚上为什么忘了阳台上的约会呢？那天她是不是要和自己商量去不去广州呢？

抬头，月亮已经圆过又缺了，像个胖梳子歪着。倒是皎皎洁洁的，照得夜空碧蓝如洗……

第十三章

今天是李海山的七十大寿。

对于社会，是一个没有多少人知道的老人的生日；对于全世界，按概率算，这一天有十几万人在过七十周岁生日；对于地球，转了四十多亿年了，这没多大意义，不过是一个小小的生命记录了其短短的七十圈公转和 $70 \times 365 = 25550$ 圈自转而已；对于宇宙，更无须谈了。然而对于他自己，则标志着进入古稀之年了。

他坐在那儿看着儿女们一群蜂似的嗡嗡旋转，客厅的大小茶几上堆放着拜寿的部下们送的各色礼物，红花喜庆，都是纪念品，送送也无妨。八仙桌上一大盘一大盘的菜上着，买来的烤鸭切好了，卤鸡切好了，熟牛肉切好了，金华火腿切好了，川味香肠切好了，松花蛋切好了，醇香浓郁。红的酒，绿的酒，白的酒，黄的酒，一瓶瓶竖在了桌上。厨房里叮叮当当菜铲响着。那个大盘子洗好没有？是李文敏在喊；马上就来了，正洗呢。是秦飞越答道；向南，再剥几头蒜。是李文静在说；好，就到。是向南应道；红红，你摆筷子，摆碟。是向东将筷子、小碟放到八仙桌上。

人齐了，都围着坐下了。还有王妈妈呢？王妈妈端着一盘菜进来了：我还要接着炒菜呢。王妈妈，先喝杯酒再去。人们劝道。老阿姨笑着在围裙上擦擦手坐下，向东端来一个大托盘。"姥爷，您看。"红红一掀红绸布，一个特大的生日蛋糕，上面已插好七十支小红蜡烛。"我来点吧。"红红拿起火柴。李向南摆了摆手。"爸爸，"他看着父亲，"辰巳午未，您不是未时生的吗？"李海山点点头，只有大儿子记得这一点，"是，我小时候有个小名，叫未来，未时来的。"红红拍手笑了："未来就是将来，未来就是没有来。姥爷，您还没来呢，没生呢。"众人都笑了，竭力增加着寿辰的喜庆气氛。"爸爸，未时就是中午一点到三点。"李向南说，"这才十二点。咱们先喝酒，等到未时了，再来点蜡烛吃蛋糕，好不好？"

"好。"大家纷纷拍手。

"爸爸，我们先敬您一杯，祝您健康长寿。"李向南端着酒杯站起来。

其他人也都端着酒杯站起来。

李海山也端着酒杯站起来，儿孙们的脸上浮着真诚的祝愿，一只只酒杯中的红酒在晃动，好像一颗颗年轻的心脏，你们年轻，你们好好跳动吧，整个世界就是这张八仙桌，堆着佳肴，聚着儿女，开着大门，照进白亮，外面是白晃晃的太阳，里面是灰暗暗的老屋。前两天，他正式离休了。他一下感到老了，一个人坐在暗屋中发呆，想适应新的现状。天下最大的苦恼是寂寞，几日来接连下雨，天灰地暗。到处是脏污的积水，到处是不透气的雨雾，老屋返潮，白灰斑驳脱落，门嘎吱嘎吱潮胀了关不上，被子湿凉，台阶上青苔蔓生，让人想起荒山古刹，今天总算开晴。儿女们竟然搞得这样热闹，难为他们苦心。向南正向自己敬酒，可自己嗓子有些发堵，苍哑地说了一句："向南，你能喝酒吗？"

人们都静了，一杯杯酒在空中悬着，都想到了不愿想到的事情。

"爸爸，喝了这一杯，我就戒酒了。"李向南说道。

那天散完步，林虹要叫"的士"送他回家。他拒绝了。林虹沉郁地看了看他，目光像在抚摸他，他想到了母亲。带着这种惆怅的情感，他独自在雨中走着。雨小了，麻丝丝的被风扫来扫去，头顶好像结了一个巴掌大的血痂，一皱额就牵得疼。一个骑着自行车的姑娘，红色的雨衣下一双裸露的小腿在一上一下蹬着。自己没有抬头。什么是情欲？对女人的兴趣，还有爱情？那是生命有保障时才有的"奢侈"。雨中的北京该是清新的吧？然而，一想到这个命题就感到疏远，毫无兴趣，像嚼一张揉皱的灰纸。对自然的爱也是生命力多余了才有的奢侈。生命最宝贵？有人说是信仰，可信仰也是生命者的意志；有人说是事业最宝贵，那更是生命未谢者才入世而谈的事情。生命力衰竭了，便有灵魂出世，再接着肉体也便超脱了。雨好像停了，只有零星的雨点在水面上制造着轻微的纹漪。雨伞是他头顶的天穹，古时先有避雨的亭子，后有避雨的活亭子——伞。

474

人在这个构思上的飞跃，不知经过了多少困难的思维，最后由一个聪明脑瓜发明了。其实，各种发明只是人类智慧在某一个点上的灵光一闪，当人类在为天花、结核等疾病痛苦——生命的痛苦转为智慧的痛苦——于是就有一个人率先发明了疫苗、青霉素和链霉素。那癌症呢？前一阵在报上看到一则消息：一个被癌症夺去了丈夫的妻子决心毕生为癌症研究募捐，自己那时无动于衷，很随便地置之一边了。现在才理解了那位妻子的虔诚，因为自己立场变了。

人是多么不愿意理解与自己立场不同的东西。

人往往是很自私的。只有自私——种种的欲望、功利——被打击了，没出路了，才想到对人类的爱。讲人类，讲爱，都是苦难阶级的思想家。那些亿万富翁在发家时一个个尔虞我诈，弱肉强食，不择手段，踩着别人的血汗爬上黄金的顶峰。成功了，人也老了，生命力衰竭了，想到死了，于是便有对人类的爱，便慈善了，救济了，捐建一个又一个医疗中心。

可笑。

两边的楼房影子般慢慢移过，街上的汽车，人。一个变得陌生的世界……

看到酒席进行得热闹，李文静放心了。这两天为了这个特殊情况下的寿辰，她煞费了苦心。告诉弟妹们不要提父亲的离休，老人这两天情绪很坏。不要提向南的病，那只会增加心理压力。

李海山也尽到自己活跃气氛的责任了。豪爽，风趣：你们左一个敬我，右一个敬我，我这儿坐着真像个坐山雕了。儿女们都笑了。他又讲：离休是好事，我计划好了，到过去打过仗、工作过的地方走一走，搞点社会调查，还接着写我的回忆录。

李文静说：爸爸，您一离休，我们都为您高兴，再也不用纠缠在琐碎事务中了，可以做些真正想做的事情。来，向南，你再斟上点啤酒，和爸爸再碰一杯。

好，爸爸，我和您再碰一杯。李向南端起酒杯。

李文静凑着趣：爸爸，您酒量大，向南喝啤酒，您这一杯可得是白酒。对对对。其他人也呼应着。她指着向东：你怎么不喝了？向东一手抓着酒瓶，头抵在肘弯内，两眼直直的，这时猛然抬起头自斟了一杯，一饮而尽。

她是长女，是大姐，应该支撑这个家。她感到从未像现在这样有力，责任使人坚强？似乎是这样。爱使人有力量，这是真理。但，有力量会使人爱——

这个逆定理成立吗？

最近，她被出版社提拔了，从一个普通编辑变成新办刊物《文化世界》的主编。一下忙了。组织编辑部，安排人事，选派副主编，召开约稿会，研究发行，确定封面，与评论界接触，与作者交谈，她一心一意要把刊物办好。活动范围大了，请示的人多了，做决断的时候多了，笑脸也多了。自己是个小小的轴心，周围旋转着一定的质量。编辑部是个小小的太阳系，正好十人，一个太阳，九个行星，嗡嗡地旋转，各有各的轨道，她处在中间。"你干什么去？""我去开会。"一辆小轿车缓缓驶出办公大院，她坐得稳稳的低低的，看见窗外的人们，他们低下头冲她打招呼。她主持了两次作品讨论会，上了一次电视，不知不觉中她注意起穿着装束来。据说，这是女性年轻化的表现。第一次染了头发，自我感觉就精神了。在家的时间比过去少了，星期天红红外出，她不再怅然若失了。对向南的病她还是很关心的：向南，再去医院检查，要不要我陪你去？

他独自在很深的夜里想，笔又在纸上漫不经心地写下了："目前的形势及我们的任务、策略"。什么形势？他想自嘲地哼一下，没能做到。自嘲也需要一定的生命力。自己到底还能活多久？看见自己灰暗的身影了，穿着古时士大夫的长袍，在绿幽幽的光照下寂寞地站在舞台上。小莉深红色的身影在黑暗的背景中一次次凸现着。又有舞台上红色的特写光线追着她，身着白裙的林虹站在舞台中央。

过几天将做最后检查，恐惧没有用。谁不怕死？生命的直接表现就是求生怕死。

还是要理理自己的思想。要自觉，要坚强，要战胜任何疾病。他写着，但是，自己不能指挥自己了，因为不相信自己的声音。指挥自己确实是难事。一生都体会到这一点，现在又在体会。驾驭自己就要制造驾驭自己的情势——想到这句格言了。然而，它也显得软弱无力。人常常知道真理，又常常不能按真理去做，因为缺乏那必要的心理力量。指挥一个人同指挥天下人是一样的，晓之以理容易，迫使之实行真理，就千倍地不易了。他又陷入恍惚。台灯照下一方雪亮，一方雪亮模糊成空阔天地，空阔天地中他一个人孤零零直立着，站成了一个瘦长的"人"字。椭圆的地平线像个大蛋，他立在蛋上。蛋中孵出个大鸟来？

他也变个鸟飞翔？

自己是属虎的，哺乳动物，不是从蛋中孵出来的。子鼠丑牛寅虎卯兔，辰龙巳蛇午马未羊，申猴酉鸡戌狗亥猪，十二属相，典型的中国风俗。图腾崇拜的遗迹？让一个粗通中国文化的外国人猜谜，最好的谜语便是："一人一个，全中国十几个，它是什么？"……

别走神了，还是要集中思想。要战胜自己，因为他想生。"目前的形势"是什么？生命的危机。比起这个危机来，事业的危机都不算什么。天下万物都可以权衡出轻重来。危机如此，友谊、爱情、幸福、失败、痛苦……无不如此。这个痛苦的出现使那个痛苦显得轻了，是这个痛苦更重些。这个幸福使那个幸福显得黯然，因为这个幸福更灿烂。自己一生都经历过什么值得回顾的幸福、痛苦、成功、失败呢？

眼前渐渐浮现出一条崎岖的山路，布满大大小小灰白的石块。路右边是陡峭的坡，左边是深谷。对面山下是平原，到高处则是茫茫的云雾了。能看见自己迎面攀登上来，时而俯身，很用力，时而直着身子，显得轻松……

为什么浮出这样一个画面？自己的一生可能就是这样吧：总在努力，也并没有什么了不起的艰苦；有崎岖，总还上来了。很平常，不值得有什么悲悲愤愤。

奇怪，现在会有这种淡泊的情绪，难道平时那些悲壮慷慨都是矫情？

其实，自己的一生看着坎坷，但很平常。这就是自己面对人生终结时第一次有的思想。你说你奋斗，你说你百折不挠，一旦跳出了自我欣赏、自我中心，（人是不是都这样？把自己的一点痛苦、欢乐、成功、失败、努力、煎熬……看得无比大，看成世界上最巨大的存在？）就发现自己原来"很平常"。他神思朦胧了。窗外是黑夜，一块矩形黑暗。眼前却幻化出京城广大的夜景：一条条宽阔的街道，一排排路灯，一幢幢楼房，稀稀疏疏一两辆汽车，一两个行人……

人就是这样，只看到一窗很小的天地，却幻想成广大的世界；也许他的人生是渺小的，却自以为是天下最宏伟的戏剧。有位作家说，他发现许多人（多得不可想象），老年的，中年的，青年的，都有这样的感慨：我的一生才曲折呢，真要写出来比什么书都了不起，其实说这话的人大多经历再平常琐碎不过了。

为什么自己在没有死的准备时，一直没有清醒的自省呢？癌症，死，这个巨大的情势加在自己身上了？想起与陈晓时的谈话了。现在进行自我剖析，还有心理阻力吗？他想了想，真真实实地感觉到：自己没有那种要变成炸弹的悲愤了。他此刻最希望的是能好好活下去；然而，他觉得自己该写点东西，要不一生没做什么像样的事，太亏了；他相信自我剖析的书写出来会比自己以往的作为有价值，他此刻剖白自己没什么心理阻力了。

自己要死了吗？当然不。

这样一问答，他明白了：一个人有了死的准备，但还怀着生的希望时，他会最正确地估计自己，既不妄自尊大地把自己看得多么了不起，能明白自己的渺小，又不妄自菲薄，还看到自己的些许价值；既不盲目热情，漫无边际地浪费生命，也不冷如死灰，还知道珍惜时间做点最有意义的事情，人一生永远应该这样。

秦飞越与李文敏同大家一起凑着兴，该碰杯就碰杯，该起哄就起哄，但两人之间却冷冷淡淡很少话。李文静敏感地察觉到了，有意逗笑："文敏，你和飞越碰一杯。"李文敏斜睲着秦飞越，秦飞越眼也不抬，往嘴里丢着松花蛋："我们俩碰什么？没由头。今儿是爸爸生日，来，爸爸，再敬您一杯。"李文敏冷冷地撇着嘴。"你们俩吵架了？"李文静笑着问。"有什么可吵的？人活得太认真了，才会一天到晚争啊吵的。"秦飞越依然不理这碴儿。"爸爸，来，我再给您斟上。"

夫妻俩最近关系相当紧张，李文敏发现丈夫有了情人。

"你……"她气得说不上话来。

"我怎么了？夫妻之间感情得不到满足，有缺口，必然到外面寻找。"

"我不要孩子，可我也没有不让你……"

"没有不让我什么，不拒绝和丈夫睡觉就行了？"

李文敏眼里噙着泪花，"咱们离婚。"

"离吧。"秦飞越跷着二郎腿，一副无所谓的样子。

李文敏噎得两眼直愣，一句话没有。

"离不离啊？我可不是斗嘴，要离，咱们这就去。"秦飞越说道，他放下二郎腿，"咱们还是各自想想吧。有结果了再谈。"说着，抄起一把老头才用的大蒲扇，穿着大花裤衩，趿拉着拖鞋，溜溜达达上大街乘凉去了。

他看着路边坐小板凳聊天的一家家人，蹚着步慢慢走着。天下事本无所谓，可女人不对劲儿了就难凑合。李文敏一天到晚就是个小姑娘样儿，看她的肩背平平板板，简直像个从早到晚忙作业的中学生。没结婚时，他以为自己就喜欢这样的女人，结了婚，才知道不是那么回事儿，没有对比就发现不了真理。性爱也一样，眼前浮现出另一个女人的形象了。穿着碎花连衣裙靠在湖边石栏上，有股艳劲儿。"她"总像股热旋风在自己身边卷来卷去，总嫌他不热烈，（"你就会老夫子气。"）总把湿烫的吻仰面送给他，（"想我吗？我可是想死你了。"）听他讲话时，总是高兴地笑，（"你讲得真有意思，我再吻你一下。"）约会时，一见面就高扬双臂扑过来，进了房间，桌上总预备好他爱吃的饭菜或零食，推开卧室，床是早已铺好，等着他们上去狂热拼搏，然后，"她"就会双手搭在他肩上越来越紧地搂抱住他，她的激动与热烈把他整个人刺激起来了，他变成了古罗马角斗场上勇武的角斗士。他不是豆芽菜，他过去只是没有遇到一个能将他调动起来的女人。

他遛了一大圈回来了，李文敏低着头坐在床边。他不看她，倒水，喝水，扇扇子，在书柜中翻书。转过身，她还是那样低头坐着。

"咱们俩调试一下关系吧。"她说。

"调试？"

"搞一个调试时期。争取相互适应。我不和你吵了，尽量理解你。你也不要再找她了，好吗？"

"……好吧。"

她从来没有这样痛苦过。她认识秦飞越的那位"她"。她把自己与"她"做了全面比较，多少明白是怎么回事了。对于男人，她可能是太没吸引力了，像是个"过家家"的小女孩儿。

可怎么改变自己呢？自己天生就这样。这能怨她吗？她不会挑逗，没有风情，只愿和丈夫做个无拘无束的朋友，还愿意得到丈夫兄长般的呵护，她愿意当小妹妹。她希望一有高兴事，就嘟嘟噜噜倒给他，一有烦恼就得到他的劝慰；她愿意他疼爱她；然而她现在才发现：她并没想到关心他。

她不成熟？她缺乏女性？她不会来事儿？

她喜欢朴朴素素的学生装，她喜欢穿裤子，不喜欢穿裙子。"你不会注意些穿着？"他这样一说，她立刻生气："我就愿意这样，嫌不好看别看。"她喜欢的一切，他不喜欢。她现在才明白。还有呢？他不是嫌过她的穿着色彩太暗，款式太旧？还嫌过她鞋子太邋遢？还有，坐在床上说话时，他上来吻她她就生气，推开他："你别老腻味人。"结果把他推到别的女人那儿去了。

她为什么不想要孩子呢？这是不是影响感情的重要因素？要改变自己，就从这儿开始吧，可她确确实实不想要孩子。不光是怕耽误时间，她从心里就不愿意当母亲……

噢，不要走神，笑一笑，举起酒杯，今天是爸爸生日。

小院里就他一个人。天又阴了，似乎又要下雨了。他铺开稿纸，沉思片刻，郑重地写下了题目："我的自白书"。

他决定用自传与论文相结合的形式记述并分析自己的一生。在什么情形下，发生了什么事，他如何的处境，如何的行动，在这行动背后，他心理活动是什么，有何欲望、目的、野心，有何道德规范，有何认识、经验、理论，有何策略、计谋、手段，进行多层次、多方面的剖析，一定毫无遮掩地一笔笔写。这样，人们或许能从这部手稿中看到一些有价值的东西。其实，社会和政治远比人们通常所认识、所描绘的要复杂得多。他记得自己上高小时在课堂上曾常常喜欢略朝一边坐，其实是想偷看旁边一个漂亮女生裙子下的小腿。哪有那么纯洁的人？

没什么框框，就这样平平稳稳地写下去。通常人们所不敢承认的讳言之处，他承认了，直言了，就是形成力量的地方。社会和人生充满虚伪，一个人敢于真实，就必然引起震撼。不着急，一天写十页稿纸，一年就是六十多万字。无论如何，自己要坚持着写完……

李向东感到晕晕乎乎。自己坐在了船上，是在哪儿？海浪涌动，船在水的丘陵上驰上落下，桅杆左一斜右一倾，像个转不稳的陀螺。他是与陆靓一起乘渔船出海玩？上个暑假？他那次坐在船头吐了？海的浪涛是美的，在晕船呕吐的人眼里，就没什么美了。女人和海一样？

向东，少喝一点吧。这是谁的声音？是哥哥在对他说。我能不能喝自己知道，不用你们管。他接着给自己斟酒。醉酒有什么不好？人有时候需要用酒、用药物使自己进入一种迷幻状态，要不西方人为什么吸毒？东方人为什么坐禅、练瑜伽术？神情恍惚，超世脱俗。

醉了，醉了，都晃开了，船起伏着，那是自己呕吐的海面。大海不是黄的了（刚离开海岸时，是黄的），不是绿的了（刚才曾是绿的），也不是蓝的了（驰入深海后，大海就变成蓝的了），是五颜六色的，各种油彩令人作呕，哪来的诗意？

眼睛发涩发黏，眼珠忽冷忽热，目光黏糊糊地溢出去，打量这一桌人。"她"又浮现在自己眼前。陆靓，自己的同学，恋人，亲爱者，可以有种种命名。脸白白的，眉毛细细的，看着很清秀，可现在发现她的脸有些方，身材是亭亭玉立的，可现在才发现她的肩与上身有些窄。他和她怎么了，闹分手了？

他只觉得无聊。他独自在空荡荡的大学校园里走，时而生出一阵狂热，想狂奔，窜上单杠，抓起篮球跳投。翻了两下，胳膊酸了，跳投几个也出汗了，便泄了气，脱下外衣往肩上一搭，绕着操场的跑道溜达。发现陆靓在身旁，便又兴致勃勃滔滔不绝。及至发现一个空罐头壳，一脚把它踢飞，走到它跟前再一脚。踢着它绕圈，终于不耐烦了，狠狠地一脚：滚你妈的。哐啷啷，把它踢到操场中央了，一下觉出透顶的无聊。

怎么这么无聊啊？他烦躁地说。

谁知道你？陆靓说，她一直跟着他。

怎么才能不无聊？浑身就像有蚊子咬一样，难受极了。

自己笑一笑，可能就好了。

这方法挺有意思，好。他放声笑着，仰身笑着，发狂地笑着，整个操场同他的胸膛一起发抖，笑完了，真管点用。他高兴起来：咱们再聊点什么？

也没什么可聊的。

怎么没有？我来提话题。

聊了一阵，是没什么劲，他抡起衣服狠命地抽打着眼前嗡嗡飞舞的蚊虫。抽了半天，又啪地把衣服搭在肩上，还是无聊。你说，我最近怎么老觉得无聊？

大学生活本来就挺无聊的。陆靓说道。

可我不承认，我看不起那些无聊的同学。

你现在比他们无聊得更厉害。

他怎么了，不是曾野心勃勃吗？用一年课余时间写了一本书《自控论中的自控论》，原想在校期间就来个一鸣惊人，可几经周折没能出版，幻想成了泡影。又在校内发起搞了个"新科技开发咨询公司"，自封为总经理，印名片，组织人，前呼后拥折腾了几个月，也不了了之。这以后就逐渐滋生了无聊感？学习，就那么回事。学校表面热闹，其实灰沉沉的，像个大坟墓。只有谈恋爱有刺激，有快感。可恋爱也有无聊的时候。得到了就那么回事。

天下最难忍受的是无聊——这句格言他今天是理解了。放暑假他不愿回家住，和陆靓一起在学校住宿，读书，游泳，性爱，要发生的都发生了，成天搂在一起也没什么劲。女人的身体有如一本书，来回读还有多大意思？他常常把这本"书"一下推开，够了。可实在没事干，又只能把"它"打开，随便翻翻。

你说我该干点什么？他问。

我也不知道。她答。

我最好去学拳击，不是别人把我打倒，就是我把别人打倒。

那你就学呗。

我发现，我和这个世界毫无关系。我没敌人，也没朋友。我不知道该怎么活着。……

向东，酒别喝了。有人把一杯橘子水放在面前，杯子上那只黑瘦的手，又是李向南。

少管我，不要以为你就有什么了不起。他一下推开。

你怎么了，真醉了？父亲微微瞪眼了。

毕竟是父亲的生日宴，众人还维持着欢悦的气氛。

好了，该点蜡烛了。红红拍着手喊道。大舅，你不是说一点到三点是未时吗？现在两点了，正好是中间。来来来。李向南张罗着。大蛋糕端上了桌子中央，雪白的奶油上转圈插着七十支小蜡烛。红红划着了火柴：你们不要抢着点，我来点嘛。一支一支都点着了，汇成了金灿灿的一片。姥爷，您吹啊，最好一口气吹灭。

李海山笑着点点头，俯身准备吹，不知为何，人们都屏住了呼吸。李文静心中在想，自己已经快四十岁了，该吹灭四十根蜡烛，往下几十年该如何过；李向东在想，自己活到七十岁，还有四十多年，这么长，该干什么？李向南却在想：是谁发明的过生日吹蜡烛？一支支蜡烛点燃着，吹灭一支意味着自己死去一岁，这种纪念方法太残酷了。李海山吸足气凑了过去，七十根蜡烛在眼前亮晃晃的，一瞬间化成七十根擎天圆柱，矗立在一片燎原大火中。他恍恍惚惚入了其中，流烟般掠闪过一生。算了，别多想了，一口气吹过去，吹灭了一大半。

人老了，气没那么长。又吸了一口气，对付剩下的一小半就从容有余了，可吹完了，还剩最后一支。

姥爷，还有一支呢。红红说道。

六十九根蜡烛冒着一缕缕细细的青烟，只剩最后一支红蜡烛还灼亮地燃着。

留下一支，让他亮会儿吧。李海山说。

一家人竟一下静默了。

第十四章

　　秋天开始了，迷茫的雨笼罩着华北平原。他打着伞立在一幢十四层高楼的楼顶平台上俯瞰着京城。天地是湿凉的，阴郁的，整个京城像一个巨大无边的盆景，迷蒙又清晰，陌生又亲切，玲珑又浩瀚，古老又年轻。他生出一种要俯在京城大地上拥抱她的柔情。还有什么比生命更美好呢？看那烟雨中一片片翠绿的树，那扭动的街道，那像小甲虫一样的汽车流，那蚂蚁搬家般密密麻麻的人流，到处都充满了生命。

　　他的思想现在是柔和的，没有一块板结，安详地溶解在广大的雨雾中。他就是雨雾，他就是秋天。说到底，天地不是人的父母吗，自然的一切基因不都遗传给人了吗？人是自然的胎儿，生命的生灭不过是自然生灭的遗传。你喜怒哀乐忧思惊恐，大自然不也有晴朗欢喜、雷霆大怒、阴雨哀伤、春风快乐、萧瑟忧愁、黄昏思念、春雷惊动、海啸恐惧？太阳有多火热，人就有多火热；江河有多深情，人就有多深情；山有多自信，人就有多自信；沙漠有多旷达，人就有多旷达。大自然的节奏化为人类生命的节奏，不光有日出而作，日落而息，还有音乐，人类的歌唱是大自然生命节奏闪出的光辉。他从来没有这样想过人和自然的关系，也从没有这样爱过自然。

　　人们来家中看望他了，林虹及中学时的一群同学，后来又来了黄平平。大家热热闹闹坐在院里，讲了不少治愈的病例。还讲：很可能你还不是癌症呢。

　　人们说笑着，讲起许多有兴致的话题。

　　到中午了，他说：在我这儿吃饭吧，家里人今天都不在，咱们聚餐。

　　吃什么？人们都来了兴致。

炸酱面怎么样？我来擀面条。

你还会擀面？林虹笑问。

插队时学的，大擀面杖，你们这十几个人的面，我一杖就擀出来了。

嘀，还有绝招儿哇。来，我和面，卖苦力。一个男同学挽起了袖子。

我去买肉馅，负责炸酱。黄平平说。

那我帮你洗黄瓜，再拌点凉菜。林虹说道。

好。他略略挥了一下拳，我先统计一下，你们都各吃几两？你四两？你五两？你三两就够了？你也三两？你呢，不知道几两？不大不小的一碗就够了？……

他擀着面和众人说笑着。多年没擀了，有些生疏。但"运动记忆力"实在比别的记忆力更牢固。人常常把学问忘掉，但没人时隔十年会把骑自行车的本领忘掉。一大团面光光亮亮，被擀扁了，擀宽了，擀长了，案板上早已铺不开了，一层层卷在一米多长的大擀面杖上，成了个又软又韧的大滚筒了。一下下摩擦着案板，呼地平拉过来，又一下下滚着推过去，面的薄边像大扁鱼的宽尾巴嗯踏踏甩拍着。双手在"滚筒"上左右移动着，均匀加着压力，凭感觉知道面在越变越薄。嗯踏踏推过去，呼啦回来，嗯踏踏推过去，呼啦又回来，像站在舟上划桨一样，身子一进一退，一进一退。他忽然感到一种恬淡的怡悦，这么多年来，他还是第一次体验到如此美好的心境。这又是为什么？

面擀好了，刀在"滚筒"上从左到右往透了一划，面立刻摊成了六七寸宽的长条，整整齐齐的十几层。再从右到左，一溜迅捷地切来，立刻都变成了六七寸长的细面条。先别叫好，还没完呢，他说着，双手五指张开把面往中间簸着、抖着，条条溜溜的细长泥鳅活泼泼地跳着蹦着，分离着，钻过手指缝往下溜着，最后案板上一摊细溜光洁的面条。

真棒。人们喝着彩，林虹拿着毛巾伸过手来。

他快乐地笑了，低下头就着林虹手中的毛巾略揩了揩额头的汗：这些够不够？他皱着眉，后仰着身子打量着这摊面条。

够了。

不一定吧，来，我分一分。你是三两吧，三两有这么些吧？他用双手掬出一捧面条来堆在一边。你也三两，对吧，也是这么一堆；你是四两，得这么多；你五两，得这么一堆；你六两，对吧，得是他们的两倍；你是一碗，得这么一捧吧……面被他分成十几堆，排列在案板上。"有你这样分的吗？到时就一锅煮了。"人们早已笑得前仰后合。"真看不出你这么傻。"林虹笑得眼泪都溅出来了。

他左右打量着这分好的十几堆，煞有介事地点着头：差不多够了……哎呀，还没我自己的呢。人们又捧腹大笑，林虹说：我们每堆分你两根就够了。

当林虹站在锅边用笊篱轻轻搅着面条，他站在一旁观看时；当她在缭绕的蒸气中转过头冲他一笑时；当他对她说：你会煮吗？她说：你不放心？他说：我好不容易擀成了，你要煮成一坨了怎么办？她瞟他一眼时；当她说：你站在这儿干啥，不会坐着歇会儿？他说，我看你煮面，挺有意思的，两人那样对视了一会儿时；当她收回目光看着泛着白沫微微翻滚的面锅若有所思时；当面煮好了，她一碗碗盛着，他一碗碗接过来时；当她把一碗碗面放上黄瓜丝、浇上炸酱，他一碗碗手递手准备给众人端去时；当最后她说：就剩咱俩的了，你去坐下吧，他乖乖地来到院子里，乖乖地在小板凳上坐下时；当她端着两碗面（绿绿的黄瓜丝，喷香的肉炸酱）与他面对面坐下时；当她说：吃吧，要醋吗？他说：你要吗？你要我就要时；当她和他看着人们边吃边说笑时；一种温馨幸福的家庭气氛笼罩着他，融化着他。天地间有一朵鲜艳的菊花宁静地开放。他片刻恍惚，筷子停着。

你想什么呢？她问。

他？刚才眼前隐约浮出北京清晨的景致，飘着若有若无的雨星，街上宽阔清静，街边有一个阅报栏，四五个人在那儿看报，他远远站在后面感到羡慕。他多么想也能走过去安闲地挤在人群中，读一读报上最平常琐碎的消息：哪儿有家具展销会，哪儿可以订牛奶，哪儿的小学生拾到了钱包交给了警察，哪儿的公共汽车过站不停，哪儿的饭馆桌上油污不堪，邮局发行了什么新纪念邮票，书店卖什么新书，服装店搞什么有奖购买……我突然想看场电影。他从恍惚中醒来，说道。

到我们电影厂看吧，最近有几部相当好的内部片。林虹说。

不。我想到电影院去看，看一场最普通的电影。

小莉到了李向南家，推开虚掩的大门，一眼看见满院人正在吃饭，欢快热闹。林虹和李向南坐在靠院门最近的一张小方桌旁，林虹夹起一筷什么东西放到李向南碗里，低下头咯咯咯地笑着，李向南有些不好意思地用筷子夹了送到嘴里。那情致刀子一般痛了她的心。她抽腿退了出来，蹬上自行车飞快地骑走了。那天夜里宇宙飞船失事的梦又萦绕在眼前，怎么赶也赶不走。她该去哪儿？不知道。上了二环路，发疯般骑起来。刚下过雨很凉爽，风在耳边凉飕飕的，人可出了汗。过了一座立交桥，又过了一座立交桥，她终于慢了下来。脚蹬一上一下，看见自行车的前轱辘刷刷地匀速转着。去找楚新星？饶小男？游泳？跳舞？写作？逛书店？看电影？想到林虹很快就会成为大明星，还听说她继承了遗产，成了暴发户，自己都不能忍受。她现在什么都不想，她要见到李向南。什么目的？征服？争夺？报复？爱情？她眼前一再浮现出在报刊上看到的林虹剧照，一边感到着自卑，一边感到着骄傲。她抓住自己的骄傲，却又怀疑着骄傲；她驱赶着自卑，却生出了要消灭别人的狠毒。……她已经绕着北京城骑了多半圈了。环形路像个扣着玻璃罩的圆盘子在眼前晃来晃去。她恨不能一头撞过去，把它撞得粉碎，只有自己顶天立地。无数的人都小小的，低于她的脚面，仰视着她……

　　他过去几乎从不看电影，更不会看这样一部纯消遣性的、甚至可以说是"无聊"的喜剧片。然而今天，当他和林虹一人举着一根雪糕走进影院时，当他们在黑暗中摸索着坐下时，他又一次感到生活的温馨。白天，电影院里有不少恋爱的青年男女，看见他们相互偎依着满是情趣。不是什么叫座电影，人不多，也很凉快，他看得很入神。发明电影的人挺聪明。他说，吃完雪糕，用手绢擦着手。

　　她在黑暗中转头看着他，笑了：发现生活的乐趣了？

　　可能吧，我现在很想到人多的地方逛一逛。

　　你不是最讨厌逛商店吗？她在黑暗中又笑了，看见她的眼睛牙齿都在发亮。我陪你逛吧。他们在一个个商店进出着，最后到了东风市场。琳琅缤纷的柜台，拥挤的人流，喧嚣的世界。各种各样的颜色、声音、气味在浮动。人们碰撞着，拥挤着，在柜台上东张张西望望，他傻瓜似的跟着林虹在人流中走着。

　　你什么感觉啊？她问。

　　我觉得商店其实是最有人情味儿的地方。他答。

　　为什么？

人劳动半天，不就是要消费享受吗？到这里来实现他的权利。

还有什么感觉？

他想了想：不过，老这么逛我也受不了。

她笑了：看来，一切都是有限度的，那咱们不瞎逛了，陪我买东西吧。

她买衣服，他站在一旁发表着意见。她很乐意地听着，低头看看贴在胸前比试的衣服。我可不懂女人的穿着。他说。她笑了：女人主要是为了男人才打扮的，你是男人，有发言权。她又买吃的，他说：这我有发言权，但我的口味可能和你不一样。她说：就按你的口味买。

买了符离集烧鸡，买了里脊肉，买了鱼，买了乌贼鱼蛋，买了面筋，买了鱿鱼，买了蘑菇，买了青椒、西红柿、黄瓜、茄子，又买了葱姜蒜……李向南双手拎着两个满满的网兜：你要买多少啊？林虹说：从今天起，我准备自己开伙做饭了。

他知道她已分下房子："我白帮你提这么多东西？"

"嫌累了？今天我请你，你要吃什么？"

"吃什么馆子也比不上我亲手擀的面情义重啊？"

"我也亲手做顿饭叫你吃。"

一辆"的士"把他们送到了电影厂。他站在她新居的门口左右看着，不敢往里踏步：是不是要换双拖鞋？她一指门口：换一双吧，拖鞋舒服。

我的脚太脏。

那怕什么？到卫生间里冲冲。

要我帮忙吗？他来到厨房门口。

我自己弄，你到房间里看书吧，听音乐也行，唱片磁带，你自己挑。

他坐在沙发上，踩着厚厚的新地毯，感到舒服温馨，像女人的怀抱。并不是什么人都能单独坐在这里的，自己有一种受到青睐的优越感。墙上有一张放大的黑白照片，中学时代的林虹，让他感到亲切。同时也发现：林虹明显比那时大多了。没有那么晶莹光亮了，当然，比那时成熟妩媚了。

你看什么呢？她系着围裙从厨房过来，问。随着他的目光，她也看到了自己的照片：我从父母遗物中找到的，喜欢吗？

喜欢。

我这个家怎么样？

挺舒服的。不过，我还是去给你帮厨吧。

你去搬个折叠椅过来，看着我干活。

才一会儿，看见她淘米下了锅，一摁，电饭煲红灯亮了。这边煤气灶点着了，开始做菜了：你怎么这样利索？

能者不难嘛，哪像你，擀面条还要分堆儿算。

她一边说笑着，一边手底下忙着，麻利而从容。米饭已是焖上了，饭煲已咔的一声跳成黄灯，盖儿噗嘟嘟地喷着蒸气。鱼已煎好了，放到砂锅里，加上豆腐文火炖起来。这边又点着了油锅热着油，案板上同时切好了茄子，开始下锅炒：本来想烧茄子的，怕你嫌油腻，做炒茄子。她说。然后，盖上盖焖一焖，又把肉丝切好，把洗好的青椒掰成不规则的片。

怎么不用刀切？

用手掰出来的讲究，好吃。

她放下刀，掀开锅盖翻炒着茄子，又盖上盖，把蒜拍碎了，酱油、糖、醋、味精一调，再掀盖，往里一倒，哗一声，几下翻炒，起锅，一个白瓷盘：你端过去。她又利索地刷了锅，热上了油。该炒青椒了？是。她把切好的肉丝用姜丝、糖、醋、蒜、酱油、盐、味精调好，同时油锅便热了。冒烟了。他在一边急道。她笑了：我知道，你没看油上还有泡沫没下去呢。他一看，果然，油面上有一小片泡沫正在收缩。非要等泡沫没了才行？他问。对。她说着哗地把肉丝下了锅，起来，油别溅着你。厨房又充满喷香的油烟。把排风扇开开。她说道。

哎。他过去拉了开关，窗户上的排风扇呜呜旋转起来。

你服从命令听指挥还不错。她一边炒着菜一边笑道。

三大纪律嘛。他到卫生间拧了一条湿毛巾过来，要不要我也给你擦擦汗？

她用手背掠了一下额头的头发，我不用，谁像你，干点活儿忙得满头汗。

他看看她，头上没汗。不由赞叹：你真能干，忙而不乱，兵不血刃。

哪是哪儿啊，兵不血刃也来了。

接着又烧乌贼鱼蛋。再放水做汤。她站在案前，把乒乓球大小的一个个油面筋里塞上肉馅，放到锅里。把烧鸡撕开放盘。

两个人在圆桌旁坐下了。砂锅鱼，烧鸡，烧乌贼鱼蛋，炒青椒，炒茄子，汤，咱们是三荤两素，五菜一汤。李向南指点着一桌佳肴赞道。

你洗手了没有？她像训小孩一样。

洗了，你检查。他伸出双手。

489

黑乎乎的，和没洗一样。

劳动人民就这样。

好了，喝点什么？她打开冰箱，为他斟了一杯橙汁：喝这个吧。

他却看着她。

她觉察到了，直到这时，她一直忙碌的节奏才停下来。她也看着他：你要说什么，又是"男人还是和女人在一起好"？

他点点头：这真好。

她端起玻璃杯：来，为"这真好"干杯。

干杯。

她端详着他，他最近更瘦了，眼窝下凹，胡渣也长了，"你该刮刮胡子了。"

他摸了一下自己的络腮胡，笑了一下。

"你还经常胃疼吗？"她显得随便地问。

"有点。"

"来，吃这乌贼鱼蛋吧，鱼，青椒，茄子，汤里的面筋，这些都好消化。"

顾小莉第二天打电话找李向南，他又出去了。又是林虹？她心烦意乱，不知该干什么好，盲无目的地瞎转。糊里糊涂进了动物园，金钱豹在铁笼内暴躁地来来回回急走着，她的目光也随着跟过来跟过去。她太能理解它了：关在笼里不可克制，要冲出去咬死一切敌人，可铁笼又牢不可破，只能这样暴躁地走来走去，不能停下来，停下来就炸裂了。她也不能停下来。可走哪儿去？她的笼子是什么？上电车，下电车，眼前又是那头金钱豹。它的凶狠而又阴沉的眼睛，它对周围世界不屑一顾的冷酷，它只能用走来走去发泄愤怒的忍耐，它的柔和而漂亮的皮毛，矫健而轻捷的步子，苗条而美丽的身段，都像女人。发泄仇恨最终用牙齿和利爪，她感到自己微微紧咬着牙。怎么到了副食商场？那不是林虹？旁边是李向南。两个人提着那么多菜，随着人流往外走，看见他们亲热地说笑着。她呼地火上了头，心中有七八把刀在搅动。见他俩坐上"的士"走了，她也赶紧挥手叫住一辆出租车坐了上去。您去哪儿，小姐？跟上前面那辆车。她说。她握住钱夹，想到"囊中羞涩"这几个字。自己现在没有林虹钱多。这个贱货转眼爬到她头上去了。她生出一种寒碜、高傲混合出来的仇恨。美丽的金钱豹在眼前暴躁地走来走去。

两个人到了房间里。饭是吃好了，这时坐下，他们相互看着，有一种吃饱了之后的倦怠和安然。一个金色的方形电子钟在写字台上跳着数字，像一只快乐眨动的眼睛。

你在我床上躺会儿吧。

不想睡。

听音乐吗？

他微微摇了摇头。

那干啥？

就这样坐着吧。

好一会儿，她站起来走到他面前，把双手搭在了他的肩上。他们相视着。她俯下身轻轻在他额头上吻了一下。这是他们第一次吻，纯洁而又平静。既没增加什么感情，也没减少什么感情。就像黎明发展到一定时候总要日出一样。自然的，又添了光明。"看看我最近买的新衣裳好吗？我一件件穿给你看。"她说。

"好。"

她拉开大衣柜，又转身看着他："咱俩第一次吻，这样平平常常，我没想到。"

"可我倒觉得没有比平常的东西更好的了。"

她走过去拉窗帘准备换衣裳了，手却停住，看见楼下有一个穿紫色连衣裙的姑娘，不是她的样子，而是她行走时急躁的节奏给了自己一种熟悉的刺激。她看了一会儿，认了出来，是顾小莉。她把纱窗帘拉上了，转身说道："咱们开始服装表演。""我去门厅吧？""不用。"她拉开一架屏风遮住自己，"这就是幕。"

各式各样的裙子，白的，乳白的，灰白的，蓝的，黄的，灰的，绿的，紫的，最后，也有红的。各式各样的衣服。各式各样的装饰。

在他面前，出现了一个妩媚的林虹，端庄的林虹，贤淑的林虹，高傲的林虹，纯真的林虹，深情的林虹，活泼的林虹，爽朗的林虹，典雅的林虹，调皮的林虹，时髦的林虹，最后，她忍着热，穿上了貂皮大衣，面前又立着一个高贵雍容的林虹。她又穿上了一条红裙子，一件白衬衣，变成一个学生时代的林虹。她一次次从"幕"后走出着，做着时装模特的各种姿势：好看吗？好吗？他频频点头：

好看，好。她又问：这样庸俗吗？他回答：这样很应该。她说了：什么叫应该啊？你这回答完全不合语法。问你庸俗吗？你说应该。什么意思？应该庸俗？两人都笑了。

她又穿了一件黄色的太阳裙，脖颈、肩背都裸露着，下面将将遮住短裤，露着大腿。

你还穿这？

我要让你看看嘛，你没有这样仔细看过一个女人吧？

他是第一次这样从各个角度欣赏、领略一个女人——她的身姿，她的笑脸，她的烹调，她的照料，她的吻，她的推心置腹。衣裙在床上摊了一堆，五颜六色。

他看着墙上照片上的林虹，又看看眼前的林虹。

她走过去站在照片旁："哪个林虹好？"他笑而不答。她看看照片上的自己，抚摸着自己裸露的手臂："我没那时年轻了，皮肤没那时有弹性了。"

"看不出来。"

"摸可能摸出来。"

他没好意思接话，过了好一会儿说了一句："你再稍微胖一些，就会更好看了。"她打量着他，他稍稍有些脸红了，觉出自己刚才的话中有着什么意思。她却穿着那件黄色太阳裙走过来，在他身旁坐下，头贴在他肩头。

他拘谨了好一会儿，伸手轻轻搂住她，房间里安安静静。

"想什么呢？"她问，感到他在想事。

"想到上次来电影厂看电影了。"

"嫌我那次没顾上你？嫌我追名逐利，庸俗？"

"你现在怎么一下对我这么好？我在想。"

"本来就对你挺好的呀。"

他摇摇头："是因为同情。"他搂着她的手松了。

"不，是因为平等。"她一下转过身在沙发上颠了颠，正对着他郑重地说。

有敲门声。她听了听：不理他。又响起门铃。她站起来想了想，套上一件前开扣的连衣裙，走去开门。是钟小鲁。她一笑："是你啊，请进。"钟小鲁到了房间门口，一下站住了，看到了沙发上的李向南，也看到了满床衣裙的凌乱，

"噢，那几家报刊的记者来了想见见你。你看是引他们上来呢，还是你下去？"

"我下去吧，我这儿太乱。"她说，"向南，你在这儿坐会儿，我一会儿

就上来。干脆，你也跟我一块儿下去走走。"

"我不去了吧？"

"走吧。"

在办公楼前的台阶下，一片荫凉，几辆车，一群人。林虹一来立刻被包围了：我们刚看完《白色交响曲》样片，这部片子肯定能打响。我们准备推荐它去参加国际电影节。你现在有什么打算？纷纷提问。闪光灯亮成一片。她却没有忘记李向南："我还没来得及对你们介绍呢。我的同学，最好的朋友，李向南，过去古陵县的县委书记。"人们不知如何判断这个介绍。隔行如隔山，竟有一半人没听说过李向南，但另一些人惊呼起来：你就是李向南？"一颗升起的新星"就是写你？你被撤职了？

他感到有些不是味儿，男人的自尊心受到了损伤。

林虹突然看到远远的树荫下一个紫色连衣裙在晃动，她知道是谁。心中蓦然一动，眼前浮现出刚回北京，在范书鸿家，深夜若梦非梦那幕想象。何其相似，莫非真是灵感应验？

她此刻是真正理解金钱豹的暴躁了。她来来回回在楼下走着。她跟到了电影厂，林虹就住在这幢楼上。李向南肯定上去了。他们买了那么多菜，自然是林虹给李向南做饭吃。他们简直是过到一块儿了。他们怎么吃？她给他碗里夹菜吗？她给他添饭？他吃着，她看着，心被勾过去了？

这么长时间了，他们肯定吃好了，现在干什么呢？坐在一起吃水果？她会用小刀一块块削着喂到他嘴里吗？在喝茶？喝咖啡？林虹的房间布置得高级吗？自己又感到一种嫉妒仇恨。他们会拥抱吗，会上床吗？火燎过自己的胸口和喉咙。

她没吃饭，大中午几个钟头在这儿走来走去。她一定要等到李向南，一定要问他个明白。她今天不把事情弄清楚，不把火发泄出来，就什么事也不想干。金钱豹在她心中走来走去。自己到底是为了什么？是爱？因为爱而嫉妒，还是因为嫉妒而爱？有人说天下若没有爱，便没有嫉妒。可若没有嫉妒，会有爱吗？那宇宙飞船失事的梦又浮现出来。哪个窗是林虹家她已打听清楚，而这时她却看到：窗帘拉上了。那含义还不明显吗？她要跑上楼去，砸开门。下唇快让牙咬出血了。自己到底是为自己的幸福活着，还是为仇敌的痛苦活着？爱重要，还是报复更重要？

看见他俩与一个陌生人一起下楼来了。

林虹送李向南到电影厂外，已是黄昏了。小树林一片浓绿，田边的杂草也是一片浓绿，茂茂盛盛，半人高，镀着橙黄的霞光。

"秋天了。"几天来，他心中不止一次地说过这句话了。

"你从哪儿看出来的？到处都是绿绿的。"她问。

"就是因为它太茂密了，绿得这么深，没有发展前途了，该物极必反了。"

两个人不说什么了。太阳刚刚落山，西山青黛发亮，天很光明，村庄上透明的烟霭袅袅上升。秋天是一年的黄昏。黄昏是一天的秋天。秋天和黄昏都是人生中的"惆怅交响曲"。惆怅因为有所失落，失落的人生无法追悔。他们并肩站着，面对着西天的光照。"很多人生道理，等明白了就晚了。"他说。

"只要明白就不晚。"她说。

他沉默了一会儿："……也许人生就是在明白时结束，人生就是明白的过程。"

"所以你还远不到结束呢，我觉得你很多事都不明白。"她掠了一下头发，尽量轻松地说。他摇了摇头。他们似乎已在一起生活了一生。

"好了，我该回去了。"

他们往郊区公共汽车站走着。

林虹忽然发现前面路口有一个穿紫色连衣裙的姑娘，心中不禁一震：顾小莉竟然在电影制片厂等了大半天。她平静地说："我不往前送了，就到这儿吧。"

他看着她。"顾小莉在前面呢。"她说。

他疑惑地看看她，又转过头朝路口望了望，垂下眼想了想，然后伸出手："那好，再见。"很平常的握手，李向南却感到林虹的安慰。他转身朝路口走去。

现在，是和小莉面对面了："你怎么在这儿？"

她看着他，过了好一会儿："找你来了。"

"刚到吗？"

她又沉默了好一会儿："我上午就到了。"

"……那你吃饭了吗？"

她咬住下唇看着他，又过了好一会儿："没有，我一直在等你。"

第十五章

　　黄平平跟陈晓时一同去清华大学召开一个女大学生座谈会。

　　公共汽车站上候车的人群黑压压一片，涌来涌去，骂着一辆辆不停的和装上两三人就硬关门开走的汽车。现在，他俩经过一番拥挤总算上了车。又经过一个个车站，看到下面汹汹嚷嚷的人群时便不多在意了。当车不停站一掠而过时，看着下面奔跑的人群，他们反而有一种如释重负的轻松感。站站停，什么时候才到目的地？这一站，有不少人下，车不能不停，下面的人抢着往上挤，下不去，上不来，挤成一锅粥。一刻钟了，车无法启动。最后还有两个人吊在门口，上是上不来，下是不愿下，门关不上，司机嚷，售票员劝，车上的人骂，黄平平也不耐烦地说道："这几个人挤什么，不会再等一辆车？"陈晓时笑了："人一上了车，立场就变了。""是，人都从自己的角度考虑问题。"黄平平承认道。"可人应该不只从一个角度考虑问题。"陈晓时说。"我同意，人应该多换换角度，多换换处境。譬如在车上待待，在车下也待待。""你这样说，还遗漏一个重要角度。""什么角度？""你自己想吧。"

　　到学校了，一群女大学生在楼门口迎着他们。陈晓时发现在台阶下站着一个女学生，她好像是被排斥在外，有一种怯生感。自己看她很面熟。"噢，咱们认识。"他向她伸出手。对方脸红了，很腼腆地也伸出了手。她就是那个因为无法摆脱中年男教师的纠缠，一个多月前曾经到人生咨询所找过陈晓时的易丽坤。

　　"你怎么来了，你不是清华大学的呀？"陈晓时问。

　　"听说您今天在这儿座谈，我就请假来了。"姑娘脸更红了。

"现在怎么样？"他问，对找他咨询过的人，他都有特殊的亲切感，犹如医生对待自己治疗过的病人，老师对待自己教过的学生。

"我照您说的做了，他一开始老找我。"

"后来呢？"

"后来一切都正常了。"

"他没有恼羞成怒吧？"

"没有。我有不懂的问题找他，他还耐心给我讲，情况和您分析得完全一样。"姑娘眼里充满感激。

"那好。"陈晓时感到高兴，面前这位姑娘像是他亲自教授出来的毕业生了。不禁想到那个男教师，心中漾出一丝宽容。你们不要太"聪明"了，以为可以任意玩弄纯洁的姑娘，有人比你们更聪明，他能使姑娘们在和你们的交往中有智力的平衡，甚至还稍有优势。

黄平平则立刻显得对一切都感兴趣。实际上，她真正感兴趣的并不是其他人的言谈，而是自己这种"感兴趣"的态度。这是她获得信任、友谊、成功的妙诀。

然而，她心头始终笼罩着一团阴影，这两天的遭遇太让她气恼了……

聪明人也不是事事都如意，本来定好由她陪一个代表团出访欧洲，可这时她却在机关的生活会上挨了整。向她发难的居然是那个人人厌恶的女编辑修彩桐。矮矮胖胖，南瓜脸，坐在那儿阴阳怪气就说开了：小黄工作有热情，我是举双手赞成的。聪明有能力，我也是最最佩服的。可小黄许多事不检点。上班下班，自由散漫，其他方面也太随便。譬如这张照片吧，好多人都看了，影响不太好嘛。

是她和武汉那个小伙子齐胜利在东湖上照的。两人穿着游泳衣在船上，她坐在他腿上。这照片怎么会到了修彩桐手里？

修彩桐还在讲：据同志们所知，小黄，你好像还在和一个从美国回国来的教授，叫翁伯云吧，发展恋爱关系，这样不检点，影响就更不好了。

关键时刻这么一下，不用说，她的出国资格被取消了。

没想到会栽在她手里。

修彩桐是个什么样的女人？五十岁了，猪一样，又老又黑又难看，可还一股子矫揉造作。让人反复想起一句名言：儿童天真是可爱，老头老太婆天真是肉麻。她的最大特点是：嫉妒一切女人。同龄的她嫉妒，比她年轻些的她也嫉妒，作为一个编辑，她甚至嫉妒那些为她写稿子的女人。什么时候见过编辑嫉妒作者？什么时候见过医生嫉妒病人？什么时候见过卖菜的嫉妒买菜的？她只能和一种人搞好关系，即她的上司。她的扭捏作态还真能魅惑一些男人呢，臭豆腐在一些人心目中还真是臭中有香。

她，黄平平，照例是很聪明的。修彩桐这号人成事不足，败事有余。所以，虽然人人冷淡她，自己却从不怠慢她。修彩桐泡病假在家了，社里发电影票，没有人会告诉她，自己却忘不了打个电话通知她一声，还托人送去。对方总是对自己感激不尽。

没料到修彩桐居然向她发难。

照片是还给自己了。修彩桐还假惺惺地说了一句：小黄，以后就不要随便丢了，同志们捡到，给你提提意见就是了，换个人呢？要是给你放大到处张贴呢？要是寄给那位翁伯云教授呢？

座谈会开始了。陈晓时在女大学生中很有些感召力。他的文章她们读过不少，凭借着这影响，他很从容地就开了头：我希望听到你们最敞开的倾诉。讲人生，事业，爱情，苦恼，困惑，总之，你们现在每日最想的事，最处心积虑的事，最为之困扰的事，都可以讲。提问题可以；愿意接受我的测验也可以。

我要和你对话。一个女大学生泼辣地说道。

很好。

姑娘叫郗菲菲，很精干。她眉飞色舞地说了一堆，她是学生会副主席，她喜欢社会活动，她学习名列前茅，她不愿意循规蹈矩，她因为"风头"出得多而到处遭人嫉妒，"我最恨的是嫉妒，我最苦恼的是无法摆脱受嫉妒。"……

陈晓时问：经常有男同学向你表示爱慕吗？

怎么说呢？郗菲菲看着左右的同学一笑：用她们的话说，就是铺天盖地。

你是什么态度？

我？一个也看不上。我们这一届不知怎么搞的，男生都不行，都不如我们女生质量高，要个儿没个儿，要才没才，要风度没风度。你学习好点也算，学习也不怎么样。看不上他们。

我再问你一个问题，如果你和一个男人相爱，但不能走向婚姻，譬如对方是有妇之夫，你会什么态度？

说真格的吧，他如果家庭生活痛苦，我就不理他，他如果家庭生活幸福，我就爱他。你问我准备不准备和他结婚？如果特别爱，他离了婚，我就和他结婚。

你吻过吗？

没有。我认为第一次吻是很神圣的，这个权利我不随便给别人。

你愿意听我谈谈对你的印象吗？

愿意。

我对你的第一印象是：你准备找一个比你年长的男人。

太对了。郗菲菲拍手道，我绝不找一个比我小的男人。

你希望得到的是那种兄长式的性爱。我可以描述一下你理想中的爱情：最好他什么都比你强，知识比你渊博，个子比你高，性格比你成熟，你们外出游玩时，也是他给你讲这讲那，（就是。我就愿意这样。）你呢，愿意扮演一个幼稚无知的角色，这样你才感到幸福。（太对了。）如果是骑车旅行，你甚至愿意坐在自行车后架上，脸倚靠着他的脊背，哼着歌踢着脚，一会儿想起个问题：嗳，那边地里是谷子还是草？他要是嗔你一句：连这都分不出来？你真是个小傻瓜。你就会十分幸福，还会撒娇：我就是不知道嘛。

您说得太对了。她就是这样。郗菲菲左右的几个大学生大笑着说道，有人还伸手胳肢她。郗菲菲一边躲着一边兴奋地拍着手：陈老师，我简直要喊您万岁了。

你会很任性，平时在家庭生活中会经常使小性儿，只愿听好话，生气了就不理人，他要过来哄你。（她平常在班里就这样。女同学们又笑着和郗菲菲起哄。）可另一方面，你其实又很愿意听人训你。（我愿意听训？郗菲菲睁大眼。）如果他说得对，你确实感到自己错了，你嘴上还硬，可心里是服的。从心理上说，一个男人这样训你你是愿意的，只会增加你的爱情。

郗菲菲交代，你是不是这个心理？女同学们又起哄地追问着。她惊讶地盯着陈晓时：你怎么知道我这个心理？

你很愿意理解自己，别人对你的任何不理解都会引起你的不满。然而一般说来，你不大愿意去理解别人，对吧？（嗯……我是不愿意多想别人。）你有很大的幻想。愿意生活浪漫。你有时不大愿意正视现实，而且，很可能——你是学土木建筑的吧——你不怎么热衷你的专业。对吧？你的表情已做了回答。

（是，我更喜欢文学。）我想再问你一个问题：你恋爱过吗？（没有。郗菲菲摇头。）不对，你不会没恋爱过。我不会判断错。我真正要问的问题是：你是否爱过一个比你年龄大得较多的男人？

女同学们都把目光朝向她。她沉默着，最后点了一下头：上高中时，我爱过我大哥的一个同学。他早已结婚了。在外地。我没有再见过他，可我怎么也忘不掉他。

陈晓时看了她一会儿：最后，你能不能用一句话来概括一下你的人生观呢？

我不能白白到世上来一趟，至少不能让别人把我看成是一个可有可无的人。

好，你这句话很诚实，我喜欢听到真话。所以，我顺便推翻你刚才讲的一句假话，你说你没有吻过，对吧？那不是真的。（郗菲菲低着头，没否认。）好了，我最后对你提两点人生咨询，愿意听吗？

愿意。她抬起了头。

第一，你很善于理解自己，这是性格所致，但我还希望你能学得善于理解别人。多少增加一些对他人的理解力，对于自己的幸福是有利的。可以使你更聪明，不失去机会。明白吗？（明白。点头。）第二，我希望你去看看那个你曾经爱过的大哥的同学。（郗菲菲不解地看着陈晓时：我现在一直努力想忘记他。）你不是一直没忘记他吗？一直在怀念他吗？所以你应该去看看他。你去了，看到他了，你的心理会发生一些意想不到的变化，你就明白我为什么让你去了。然后，你在心理上就完全自由了。你就能真正的爱了。

黄平平速记着，她对这种座谈很感兴趣。郗菲菲这种女孩，有时并不一定很聪明，自己比她聪明。但一团阴影又像云影一样移过，想起昨天见到安晋玉的情景了……

她坐在那儿随便说着话，他在她身边拿水果，倒饮料，献殷勤。她又安宁了，修彩桐造成的影响并未怎样扩散。人们无非在单位里好奇地议论一下，不会当成什么事的。然而，她又不安宁了。安晋玉居然还在和别的姑娘来往。

这不是，还没坐多会儿，安晋玉的卧室门开了，出来一个挺艳的姑娘，安晋玉顿时有些不自然了。"我走了。"那个姑娘瞟了自己一眼，很有些不高兴。

安晋玉站在两个女人面前，颇有些为难。

姑娘走了："电影我不去看了，我还有事。"

安晋玉尴尬地看看自己，犹豫了几秒钟，还是跟了出去，听见他在门外低声解释什么，又很快回来了，不自然地笑笑。

怪不得安晋玉刚才对自己那么热情，事事答应，原来是想尽快结束谈话，打发走自己。脚踏两只船，这种男人真是信赖不得。她很生气，感到受了伤害，但嘴上不说什么。那个姑娘留下冷脸的"惩罚"走了，自己要留下更有力的"惩罚"。她说："本来，我想约你去看歌舞的，你不是还有事吗？我就不打扰了。"她也走了。她更高明，绝不露一丝气恼。安晋玉想表白什么，后悔莫及。对这样不专一的男人就要教训教训。

灌月花（灌，很怪的姓），又一个女大学生发了言。她只简单说了一句：如果我找爱人，对年龄没有要求，比我大点小点都可以，只要不差太多。另外，男的也不一定要比我强，可以相互帮助。

陈晓时注视着她。圆脸，很清爽，话不多。

她回答着他的提问又讲了几句，知道她父母都是知识分子。

陈晓时问：参加这个座谈会，你有什么感觉？

她什么感觉？真有意思的问题。她觉得自己像月下的一朵白花，静静地开着，她看着满庭院斗艳的红花也受点刺激，可并不多嫉妒，她特别理解自己的位置，也习惯自己的位置。有一片月光照着她，她的花香也自自然然占着一小块空间。有人说，一个人一生不能只听一支乐曲，一个人一生不能只爱一个人。可她宁愿不那么浪漫蒂克，她愿意全心全意爱一个人："有人讲爱是喜新厌旧的，我觉得不是。"

"爱一般是喜新厌旧的。"陈晓时说。

她说："……我不会喜新厌旧。我愿意一辈子只爱一个人。"

"一辈子爱一个人那是可能的，但爱还是喜新厌旧的。两个人能长久相爱，不在别的，在于他们都不断给对方提供着新意。懂吗？"

她懂了，不好意思地低下头笑了。她和郗菲菲不一样，她不进行不以婚姻为目的的恋爱，她不会去爱一个有妇之夫，如果真和这样的人相爱了，"那我和菲菲相反，对方家庭生活若是幸福的，我就不爱他，如果他是痛苦的，我可以爱他。""如果问我的人生观是什么，我就是尽自己的力量努力工作和生活。"

"愿意听听我对你的印象吗？"陈晓时问。

"当然愿意。"

你对未来的家庭是有理想模式的。其实一个未婚女性，不管她自觉不自觉，她对未来的丈夫和家庭有一个想象，一个标准。（我挺现实的，我不像有人幻想什么白马王子，我自己就是个很普通的人。灌月花说道。）这并不等于没有想象。我往下一说你就会承认了。你对未来的家庭大概是这样想象的：夫妻两人应各有各的事业，谁也不依附谁，对吧？（对。）更具体说吧，这个家庭应该是这样的：下班了，谁先回家谁就做饭。（太对了，我就是这样想的。）你喜欢男女平等，喜欢相互尊重信任，你希望有自己独立的事业，不愿丈夫管制你，同时你又愿意扮演一个贤妻良母的角色。对吧？（是。）如果丈夫做一件特别伟大的工作，需要你作出自我牺牲，你也会心甘情愿的。（是。）如果你的爱人重病了，遇到打击了，你会非常细心周到地照料他。（是。）你现在虽然很年轻，但你对于以后做母亲并不缺乏心理上的成熟。你喜欢小孩，愿意亲自带他们，对吧？（女生们哄堂大笑，灌月花垂着眼笑。）并不是所有的姑娘在这个年龄都喜欢小孩的，你们想想自己就知道了。（是，我就不喜欢小孩，我永远不要小孩。有人说道。陈老师，灌月花这些您怎么看出来的？有人问。）凭我刚才和她对话时的判断、感觉。还有，灌月花，根据我的猜测，你这种家庭生活的模式很大程度上是和你从小见到的父母的情况分不开的。（嗯……是。）我还问你一个问题：在你们家是不是母亲更有主见？（是。您怎么猜出来的？）判断人是一门艺术，我开人生咨询所全凭这吃饭啊。（人们哄堂大笑。气氛十分欢快。灌月花含笑看着陈晓时，又不好意思地垂下眼。她看见自己连衣裙领口上露出的那块弯月形胸脯，看见花裙下隆起的一对乳房，它们很饱满，随着呼吸微微起伏着有些发热，她想抱点什么东西在怀里……）

我再给你提几条人生咨询，好吗？

那当然好。

第一，你认为自己很实际，不好高骛远，对吧？可我告诉你，那种好高骛远的幻想你没有，你却有另一种幻想。你想象着人与人关系真诚单纯，你想象着今后在一个友爱单纯的环境中工作，你想象你的家庭和睦，你希望自己能安心地做想做的事情，你愿意周围没有任何相互嫉妒伤害。对吧？（她很承认地点了点头。）这种幻想，我们可以称为把生活善良化的幻想。然而，实际生活却不是这样，要复杂得多，恶得多。因此，我对你第一个忠告是：要使自己正视现实，明白吗？其实，你思想上很不愿意正视现实的，你不愿意结束学校生活踏入社会的。对吧？（是。）第二，你今后要避免轻信的错误。（就是，我们昨天还说她呢，她就容易轻信。女生们七嘴八舌说道。）特别对那些故作优雅博取你同情的男人要有警惕。当有男人想赚取女人的同情心时，不管他用什么手段都要明白：那是最虚伪不过的了。第三，你应该有更多的想象力。有些人野心大，能力小，会犯滑稽的错误，但你的"野心"太少了一点。这样有可能丢失许多机会，许多原本可以争到的东西会从你手中滑掉，懂吗？第四，生活该更勇敢些。你会很严谨，但同时便会很拘泥。你应该更活泼些，大胆些，不仅在事业上，也在感情上。当然，做任何抉择都该尊重你的心理承受能力。不必勉强自己。能理解我这些意思吗？

黄平平却在想：这个陈晓时，你坐在这群女大学生中，和蔼，睿智，诚挚，扮演一个启蒙导师的角色，看那些姑娘们多崇拜你。在她们眼中，你再崇高不过了。看看她们注视你讲话时的眼睛，这就是你此刻讲话的动力，看你得意的。不知为什么，自己对这样的场面有着强烈的反感……

座谈会开到一半，休息十分钟，黄平平乘机告退："陈晓时，我去找个人。后半截儿我不参加了，下午咱俩一块儿回。"

她到建筑系找翁伯云。

怎么？电视台正在拍摄对他的专访。节目主持人，一个漂亮姑娘，二十多岁吧，自己认得，叫矫慧君，拿着话筒走来走去，春风微笑地导演着一切。往这边坐坐，对，脸朝这儿看，表情放松些，她调度着翁伯云，让他在一张大写字台前坐好，在他面前排列着他的著作，有英文的，有中文的，硬皮精装，烫金字，显显赫赫十几大本。（自己还不知道他已有这么多著作呢。）对，看着我，自然些。矫慧君指点着，便有人举起两盏大灯，有人端着摄像机哗哗地拍着，一个从美国归来的建筑学博士，又是台湾籍，年轻，温文尔雅，又多著作，真是宣传的重点。然后，又拍他讲课的镜头。一群人呼呼噜噜涌进一间大教室，那里早已坐满学生。翁伯云走上讲台，从容温和，学者风度，偶尔夹着英文。自己突然觉得：翁伯云比以往更宝贵了。自己像学生一样坐在最后一排，不由得想起一句格言：任何人都在他的舞台上表演出他的价值和魅力。拍摄下课的情景了，他微笑着走下讲台，几个女学生热切地围住他。

他讲解着，女生们不时又提出新的问题。他真耐心，像和自己在一起时一样。这不免刺痛了她：难道他的善良关心并非独独给予她的？嫉妒像一只猫爪从心头伸上来，抓搔着她的咽喉。她真想让他发现自己。他被簇拥着过来了，这才看见自己，他敦厚地一笑：我正身不由己呢，等我一会儿吧。他又被拥到了会议室，她也只好跟进去。他此刻无暇顾及她，但她仍很自信。很快这一切就都结束了，他又只和她在一起了。这会儿是拍摄矫慧君和他的对话了。你今后有什么打算？你还在写新的著作？你对清华大学的学生有何评价？你满意自己的工作吗？你想念在美国、在台湾的亲人吗？我的打算是好好教书，好好写书，好好生活；我正在写新的书；我很喜欢我的学生们，他们朝气蓬勃很可爱；我满意我的工作；我想念我的亲人；我还有什么打算？我想尽早找到合适的对象，结婚，成家……两个人一问一答，谈得很亲切，矫慧君眼里含着笑意，甚至有一丝爱慕。她很美，在国内知名度很高，是很红的节目主持人。她对翁伯云也很感兴趣？自己又感到一丝妒忌，自己是不常有妒忌的，因为她一贯自我感觉优越。她此刻仍感优越，想到和翁伯云在一起时，自己如何随心所欲，恣意撒欢。那是她在他这儿才有的特权吧？又到室外拍摄了。清华园绿树成荫，拍翁伯云一人朝这边走来，与迎面相遇的师生们打招呼。他很自然，同他平常一样敦敦厚厚，没有一丝做作，把假的完全当真的来。总算都拍完了。他和电视台的人握手告别，他和矫慧君握手的时间格外长些，矫慧君一直不抽回手，说笑着，扬手，再见。都走了。翁伯云还久久地目送着他们，小面包车拐弯了，他才转过头，才发现自己：你一直等着呢？

她可不是一直等着呢，可她没有生气，她很少真正生气，只是有些不高兴：你那么光彩夺目的，哪还看得见别人。翁伯云笑了：那灯光照得我眼花，是看不大见。

两个人在浓荫遮蔽的校园里走着，她告诉他自己是来开座谈会的，顺便看看他。她还说：这种宣传报道你领教了吧？就是让你按它的要求说一些它需要的话，假话空话都不少。她有意无意地贬低着刚才的电视采访。翁伯云却认真地抓抓脑勺，笑了：我对他们说的都是真话。说着，他站住：平平，我有件事情要和你商量。什么事？黄平平第一次见翁伯云这样郑重其事。翁伯云说：坐下谈吧。

两个人在长条石凳上坐下了。

"我想结婚了。"他说。

"结婚？"她没想到他如此突兀地、明确地提出问题。

"我不能再等了。"

她不知如何接话。翁伯云已经三十四岁，再不结婚是太晚了。可她……

"我想有个家，有个妻子，我希望今天听到你明确的意见。我只问你这一次，也只打扰你这一次。"他温和地看着她。

她该回答什么？翁伯云的意思再明白不过了。这是"最后通牒"，她不能继续暧昧下去。然而，她回答什么？答应他，她将成为有夫之妇，她将以这种形象出现在社会上，那再清楚没有了：她从此失去了许多自由，她在男人中的魅力将大为减少，她调遣男人的力量也将大大削弱，当她鱼一样在社会上游来游去时，身上便有了无形的羁绊，她将承担做妻子的义务，经常围起围裙下厨房，她还将为他生孩子。这太可怕了，太没意思了。不答应他？他会就此和她分手？自己心里明白：像翁伯云这样的人，这样的学识、地位、涵养、性格，以后是很难遇到的了。她不想失去他，那是她的窝，她的依靠，她的退路，将来某一天，她实在累了，可能要到那个窝中去的，那是她万无一失的战略储备。战略储备就是备而无患，就是必要时用，就是也可能不用。然而，此刻她才明白：翁伯云再敦厚，也不能一直做她的储备。他怎么能不结婚？他更不能没把握地等下去。他的脾气好，性格温和，可她不喜欢他的身体，她见过他从洗澡间出来，裹着浴巾，浑身的肉松款款的，温乎乎的，没有线条，没有腰，胸上有一片浅毛。她不能想象他的拥抱，不能想象他的身体压迫自己。那太不舒服了。

"我没有思想准备……"她只能先这样说。

"那你现在想想，我等着。"他温善地说。

"我今天实在回答不了你，让我再想些天。"

他看了看她，"你是很聪明的姑娘。我一直在等你的回答——虽然我没有明确提过——你不会不知道。"

她无法否认，事情是这样的。

"你今天回答不了，以后也回答不了的。"他说道，"我以后不会再打扰你了。"

她看着他，说不出任何话。今天来找翁伯云，本想好好诉说一下这几天的遭遇。那个南瓜脸的矮胖女人修彩桐如何如何坏，自己出国的机会如何如何被取消，还有，安晋玉那样的人如何如何虚伪，既追求着她黄平平，又和别的女人来往……可没想到，她再也不能对翁伯云没完没了地倾诉了。她感到尴尬。看来，一个人总要遇到一些暧昧不过去的问题的，圆滑，有些时候也没用。"我真的还没好好想过……"她停了一会儿，才又说道，"我知道你喜欢我……我也愿意和你在一块儿，我一直觉得和你是最好的朋友……"

"现在看来是朋友，也只是朋友。"翁伯云不无黯然地说道，仍显得很诚恳。他凝视着树根下的一片青苔，一只红甲虫在那里爬行，过了一会儿，他说，"什么事明确了，还是让我高兴的。平平，我还会把你当成好朋友的。"他停顿了一会儿，笑了笑："我最近非常想结婚了，要不太寂寞了。"

她用诚挚的目光凝视着他，迷乱的心中却有一个思想在闪动：难道事情只能这样结束了？再不能和翁伯云保持那种特殊又含混的关系了？她希望再有一段抉择的时间。

"这里有几个姑娘的照片，你帮我参谋一下。"翁伯云拉开放在腿上的大黑皮夹，拿出几张照片。一个，一看就是江浙一带的姑娘，南方风韵，亭亭玉立，显得活泼洒脱，是研究生。第二个，一眼就认出来了，电影演员，最近上演的《远去的白帆》就是她主演的，很单纯。这第三个，竟是刚才电视台采访翁伯云的矫慧君。侧影，含情脉脉地笑着。"是她？""是她。前几天别人刚介绍的。"

她心中说不出的酸楚，怪不得刚才拍电视时他回答说想尽早结婚时，矫慧君那微笑的目光中含着一丝异样。她第一次感到心疼。她是从来不痛苦的，没有人让她痛苦，虽然她知道许多人在为她痛苦。她是快活的，骄傲的，她没有真正迷恋过任何一个男人，也不愿意专属于任何一个男人。可她现在有了痛苦。她感到自己脸上的笑不那么轻松，每一条肌肉都含着她心中的酸楚。她原本是翁伯云宠爱的小天使，可他没有任何缠绵地就把她放置于一边了。她觉得有些委屈，可她能撑住自己。她本来坐在阳光灿烂的田野中快乐玩耍，可现在天一下阴暗了，她感到凄凉，她真想有一只温厚的大手来抚摸她。她很少哭过，可她现在有点想掉泪。

她困难地笑笑："都挺好的，我参谋不出什么意见，要靠你自己选择。"难道她和翁伯云的美好情谊就此告终了，他为什么不能再多等等她？她不愿意天阴，她不愿意回家，她还要在田野上玩耍。没人真正爱护她。……

　　和陈晓时一起乘公共汽车返回的路上，她尽量显得没心事。

　　"你还记得咱们来时路上谈的问题吗？"陈晓时问。

　　"记得。"

　　"你知道你遗漏了一个什么重要的角度了吗？"

　　"我知道了。"

　　人人都是从自己的角度考虑问题；所以，人人又都该从别人的角度考虑问题。

第十六章

人是能变化的。

顾小莉在电影厂等了大半天，看着太阳由白变红、由高变低地落下去，饿了两顿饭，眼前来回走着暴躁的金钱豹，想象着李向南和林虹如何一起吃饭，如何亲热说笑，看着一个个与她无关的人在面前走过，留下诧异打量的目光，又看见楼上林虹的窗户拉上了窗帘，想象着房间里发生的一切，看见李向南和林虹下楼来，林虹脸上放着光，被一群苍蝇般的记者围着。她，顾小莉，心中被油煎着，火燎着，荆棘刺着，铁水烫着。她挥手一道狂风，扫断这一排排杨树、柳树、桦树，扫塌这一幢幢楼房，她咬牙一撕，把天空扯个稀烂。她一头撞过去，把李向南撞个仰面朝天。她目光射过去，洞穿林虹的那张脸，让它变成一张满是弹孔的破烂靶纸。她像豹子一样走来走去，浑身汗津津，她恨不能立刻发泄实现报复。……可她见到李向南，两人披着黄昏面对面站着时，她已显得平静。她必须理智，必须调动心计才能化耻辱为胜利。

她要施展女人的全部智慧。爱情也是追求，也是夺取，也要讲手段。

她的敌人是林虹。

所以她显得亲热，显得轻松，她对李向南充满了关心。电影厂怎么样？林虹给你做了点什么吃的？她随随便便问着，随随便便听着。她感觉到李向南回答时的忐忑不安了，她觉得有些好笑。她绝不流露对林虹的嫉妒，那只会贬低自己。嫉妒只会使情敌增值；轻蔑、无视才是对情敌的最有力态度。把林虹谩骂一顿，结果会怎样？李向南只会认为自己尖刻，只会更珍重林虹的那份感情。明白这个，就是爱情的智慧之一。"小莉，其实你也能当演员。"李向南笑着

507

说道。她一听就明白：他是在讨好自己。一个男人和一个女人亲热，被另一个相好的女人撞见，总会觉得欠着什么的。她说：我不想当，有过好几次机会，我都拒绝了。"为什么？"我觉得没多大意思。当演员的有几个文化修养高的？还有，我不喜欢表演感情，一天到晚和男人在众目睽睽下搂搂抱抱了，脸蹭来蹭去，口腔臭味，我还嫌脏呢。李向南不自然地笑笑：没有那么可怕吧。就不继续这个话题了。看他的表情，就知道他想到林虹那儿去了。心里不舒服了吧？哼，自己的话说得恰到好处，她虽然不露一丝对林虹的嫉妒，却要用巧妙的方法败坏她。她从小就发现一个规律：如果毫无道理地贬低一个人，常常适得其反；可如果"有道理"地贬低一个人，却一定能起到作用。一个女人水灵灵的，你说她皮肤粗糙，谁信？只会怀疑你别有用心。可你如果真正发现她的缺陷了，譬如，她的腿有一些罗圈——哪怕是很不明显，你把它指出来了："她的腿并不拢，立正时中间空一块，难看死了。"立刻便破坏了她在男人中的印象。谁没缺陷？要会抓住。毁坏人的艺术在于抓住缺陷并巧妙地夸大它。漫画的手法不就如此？

"没想到电影厂附近还有这么个好景色。"她说，两个人站住了。一道瀑布从青苔般鲜绿的岩壁上挂了下来，几十股粗粗细细的白练，溅起一片白雾落入石潭，漫出来又化成一道宽宽的瀑布泻下，激起一条直直的浪花堤，最后漫成浅浅的河水。"不过我没心思赏景了，我饿得快走不动了。"她又说。"这不是到站了，上车，进城，找个地方吃饭。"李向南说。"我哪儿还坚持得到城里啊，你一点儿不为别人着想。"她撅着嘴，斜眼看着路边一家小饭店。

两个人进店，坐下了。李向南说："我看着你吃。"她撅了一下嘴："那可不是，你吃别人做的好饭早撑坏了。"李向南勉强一笑："我这胃只等动刀子了，哪还能大吃大喝。"小莉瞄了他一眼："你别咋咋呼呼，你根本没病。"

"我也愿意这样想。"

"觉得自己没病就不会有病，心理因素是最重要的。去给我要碗面汤来，这浇肉面咸死了。"小莉边吃边下着"命令"。自己这样会来事儿，该算是爱情的智慧吧。不会来事儿的女人，是很难在男人那儿得宠的。

李向南心甘情愿地站起来，到灶房里要了一碗面汤，放下："还要别的吗？"他愿意这样哄慰小莉，就好像在林虹那儿愿意被哄慰一样。在两个女人那里，他体会到两种方向不同的感情。一个，温柔聪明，在她那儿可以病，可以累，可以软弱，可以舔伤口，可以得到理解和宽慰。一个，燃烧快乐，要爱她，自己必须是健壮的，充满情欲的，态度是长者的，言语是揶揄的。一瞬间，自己又明白了一个真理：男人在不同的女人面前会扮演不同的角色。并不是他有意作假，而是他本身就有不同的性格侧面。

"知道你现在最需要什么吗？"小莉喝着面汤，抬起眼问。

李向南没有说话。

"还没想起来？到时候我告诉你。"小莉说道。她只有帮助他得到他最需要的，她才能成为他最重要的。一个女人在恋爱中表现吃醋是最无能的，而显示自己的价值，显示自己对于对方的重要性，才是爱情该有的智慧。

她从来明了人的利益。在她看来，爱情和利益是分不开的，利益会产生爱情。这在社会上难道不是屡见不鲜？多少爱情是由对异性的感激而生的啊。反过来，爱情本身又是利益的重要部分。侵害一个人的爱情，常常就是侵害一个人最重要的利益，这是一条普通的定律，被无数受侵害者的充满仇恨的报复行动所证明。

还有呢？要展示自己的可爱，爱情本来就是相互吸引。鸟还知道翩翩起舞吸引异性。她年轻，她漂亮，她的个性，她的聪明，都有着魅力。展示自己的美，也有展示的艺术。要展示身材，就最好在游泳场。如果林虹同在更好，自己一下就把她比败了。要寻到展示自己的各种角度。

还有呢？爱情的智慧有千万条。

楚新星来找她了，清晨。干什么？她问。出去玩玩。他说。骑着一辆红色摩托车，戴着红头盔。到哪儿？她又问。走着看吧，愿意到哪儿就到哪儿。他答。摩托车没熄火，突突突轻轻抖着。她想了想：走。

她要测验自己的感情。她是爱李向南还是别人，她爱的是什么？和楚新星在一起时间长了，她受不了啦，可才分开几天，一见面似乎挺兴奋。

风驰电掣掠过街道，钻过闹市，到了德昌公路上。一过西三旗宽阔无比，只听见两耳呼呼的风声。她搂着他后腰，随着车的颠动而一起颠动着，整个天地光光亮亮扑面而来，一切的一切都飞快地往后甩。永远不回顾，永远不想昨天，人生只有现在，太遥远的没有意义；近前的未来只是"现在"这一页的最后一行。书永远只读眼前这一页。十三陵到了，路两边是石头雕像。上下起伏的缓坡，

509

摩托车像滑翔机一样飞着，呜的一声上，唰地往下落。失重，超重，都给身心带来快感。人生来就喜欢刺激，一辈子常规地生活是最大的不幸。

然而，终于没刺激了。两个人在山坡的草地上躺下了。汽水，啤酒，可乐，午餐肉，面包。草坡茂茂盛盛，张张扬扬。秋虫们在唱，远处有鸟鸣。一只螳螂举着大刀沿草茎向上爬着，捕食什么？是一只甲虫，还是一只小蚂蚱？闭上眼，暖煦煦的阳光下稀疏的树影在晃动。幻想的世界，非洲草原，羚羊狂奔，斑马疾驰，烟尘滚滚，老弱病残被狮子扑倒，被狼扑倒，残骸又有各种小兽、飞禽来消灭，最后还有细菌来吞噬。于是一个生命消失了，其他生命还生存。青蛙在捕食昆虫，蛇又捕食青蛙，青蛙被蛇一点点吞咽着，蛇口外还露着一只脚在一下下痉挛，最后不见了，只见蛇的脖颈隆起一个大鼓包，慢慢移动着，逐渐到了腹部，蛇懒洋洋地盘起来了，像一盘特大号的蚊香，在草丛中冒着缕缕青烟。

咱们聊什么，提话题啊。她坐起身来，再次发现：自己受不了他这闲闲散散。

爱情是什么？只是青春，只是性，只是享受？好像不。爱情也要有些障碍，有些难度，这样才有持久的刺激。懂得这一点，才知道什么样的爱情能吸引自己，什么样的爱情自己易厌倦。再聪明一点，就知道在别人追求自己时有意设置一些障碍，这才能保持刺激力。轻易得到的东西是没什么滋味的。这些也是爱情的智慧。

推而广之，爱情的一个艺术，就是善于永远保持对对方的刺激力，设置障碍只是其方法之一。还有何方法？变换自己的色彩——个性的色彩到服装的色彩——使自己日新月异，永远对他人具有新鲜感，这也是一条吧？深情可爱，开朗也可爱，娴静动人，活泼也动人，聪明，贤惠，热情，温柔，都各具女性的魅力。然而，又有什么比千姿百态更动人的呢？这也该是爱情的智慧吧？

楚新星，你就老是这股劲儿？

楚新星还是半仰半斜地躺着，"要不咱们找张床，要不我只好写首诗了。"他略转过头，看了看她，"你挑吧。"

她看着他，真不知该说什么好："你就没点新花样，你还是搞文学的呢？"

"搞文学怎么了？"

"文学贵在创新。"

"文学不就是不断地编小说吗？今天是小说，明天还是小说，说到底不也是重复？"

"小说一篇和一篇不一样。"

"上床也可以一次和一次不一样嘛。"他伸出手拉她过来："你真不答应我？"

"不。"她挣脱了他的手。

楚新星也坐起身来，双手在身后撑着。"你是不是觉得我这个人太散漫了？……我现在说句郑重其事的话：小莉，我是真的向你求婚。咱们结婚吧。放把火，烧掉过去的一切。结了婚，咱们可以去旅游，游遍名山大川，我们可以一天换一个地方玩，一天换篇小说写。咱们可以活得比谁都带劲。答应我吗？"

小莉久久地注视着他，摇了摇头："不。"

"为什么？"

"我们不会幸福的。"

说出这句话，眼前的迷蒙突然廓清了，雾消失了。那天与楚新星在雍和宫遇见李向南的情景清清楚楚浮现出来，朱红墙，黄琉璃瓦，然后是大连的大海，万顷波澜，海滩金黄。自己为什么和楚新星走到一起？她不是一直要帮助李向南吗？然而有一天，她突然觉得和他在一起太累了，太板了，而面对着潇洒的楚新星时，她一下动情了。她为什么又要回到李向南身边呢？是他病了？是林虹的刺激？最重要的，可能就是因为自己离开了他一阵。在大连，她深深感到了和楚新星久在一起时的厌倦。她不止一次地理解了：最不能忍受的其实是空虚、淡漠。

现在，又一次和李向南到一起，再一次体会到与楚新星在一起的无聊，自己该明白什么了吧？许多真理是发现两次以上才被确认的，或者说失而复得才能确立真理的地位。爱情也如此，爱情最首要的是选择；爱情的选择也要经过比较；没有比较的选择是很难正确的。这该是爱情最重要的智慧。

顾小莉又被妒火燃烧了。桌上放着一本电影画报，封面是林虹的剧照。林虹身着游泳衣在湖上荡着双桨，容光照人。林虹根本没有这样漂亮，这是假的。她咬着牙，想撕碎这页封面，又转为拿起剪刀，那样切割林虹可能更解恨。可她又停住了手。嫉妒什么？嫉妒是因为不自信，嫉妒是因为缺乏优越感，嫉妒是在竞争对手面前感到自卑而又不愿承认。自己就那么缺乏优越感和自信？

她要把自己与林虹好好比比。

她比林虹年轻，年轻是最大的美，年轻是最大的优势。外貌，先比身材，林虹身材还可以，可自己更挺拔。皮肤，女人的皮肤是最能唤起男人情欲的，自己的显然更光泽，更滋润。别看你笑得美，那是摄影师的美化。再比什么？风度，气质，性格，才能，地位……她一条条比着。现在男人不是兴对女人打分儿吗？自己该比林虹得分高吧？林虹还有扣分的地方：她有失去贞操的历史，要想办法"提醒"李向南"注意"这一点。

当然，不同男人选择女人的标准是不一样的，他们需要不同的女人，就像不同的女人需要不同的男人一样。李向南呢？他更需要林虹那样的，还是自己这样的？这个问题似乎隐含着她不愿承认的东西。她不想了，她只要知道自己需要什么人就行了。目标确定就要行动，爱情的智慧是思想的智慧，又是行动的智慧。

她看了看桌上放的中文打字机，劈劈啪啪，伸手按键随便打了一行字，一看，竟是这样一句话："我爱的，我一定要得到。"

她立刻站起身，拿起准备好的东西奔赴目的地。

到了李向南家，摁了好几下门铃没人来开，正犹疑呢，有了慢慢的脚步声，摸索门闩的声音，门开了，是李向南。

两个人进了院子，来到李向南的房间，小莉把一台录音机往桌上一放。

干吗？李向南问。

你不是要写《忏悔录》吗？一页页写太慢，你干脆讲吧。录下来，我帮你整理，我会打字。那不省劲？

李向南看着小莉，从早晨起他就胃痛恶心，已呕吐了好一阵。他只能强撑着自己笑笑：我还没这样写过呢。

试一试，开始不习惯，慢慢就熟悉了。还有，我爸爸这两天不是又到北京了吗？我准备和他好好谈谈，让他一定帮助你。

李向南微微摇了摇头，一阵痉挛又使他捂住心口弯下腰来。"你怎么了？"小莉吃惊地问。他摆了摆手，费力地站起来。"你要干什么？"小莉连忙上来扶。他又摆了摆手，走到墙角痰盂边蹲下，一口口吐起来。吐不出什么了，他蹲在那儿喘着，过了一会儿又吐起来，而后手扶着墙，闭着眼无力地喘息着。

"你今天上午一直这样难受着？"小莉这才注意到床的凌乱，也想到刚才一见面李向南脸上的汗珠。

李向南微微点了点头。

"你还吐吗？我扶你躺下吧。"小莉扶着李向南走到床边躺下。然后转身拿起痰盂到外面去了。"小莉，等会儿我自己来。"李向南说道。小莉已然出门了。过了一会儿，她拿着涮干净的痰盂进来，放在床前，"来，再漱漱口吧。"她又沏了一杯茶，扶起李向南，漱了口，"你好好躺着，我给你按摩按摩。"小莉坐在床边，给李向南盖好薄被，按摩着李向南手臂上的穴位，"这是内关穴，按摩一下，胃会好受一点儿。"

过了一会儿，李向南脸上平静了。

"好点了？"小莉还把他的手放在自己腿上。

"好多了。"李向南说。"你刚才说让你爸爸给我帮忙，我现在还顾不上考虑出路呢⋯⋯"他的目光看着房顶。

小莉没说话，继续为李向南按摩。这种按摩唤起温柔的感情，像清澈透明的水浸泡着他们。

"小莉，你是很可爱的姑娘⋯⋯"李向南轻声说。

小莉感到自己的眼睛潮湿了。

"小莉，你到底喜欢我什么呢？"

小莉低着头没有说话。

"我这个人，你说的对，太压抑自己个性，一天到晚讲社会，讲责任，太板，太矫情，没什么可爱的⋯⋯"

"可人也不能活得太随意了，只讲个性⋯⋯"小莉轻声喃喃道。

李向南凝视着她，这是怎么了？在他否定自己后，她怎么也自我否定了？"说真的，直到今天以前，我都很难把你想象成一个能当妻子的女人。"

"那今天呢？"

"我还没想⋯⋯小莉，你对我的感情能维持多久呢？"

"我不知道。"她的回答很诚实。

"小莉，我过去讲过对你的一个感觉：你在恋爱时，不光爱那个人，更主要的好像是在爱你自己的爱情。⋯⋯还有，我觉得你对林虹的嫉妒，也成为你爱我的一个刺激因素了吧？"

小莉低头不语。

"其实，你嫉妒她毫无道理。她已经明确表示，只做我的好朋友……小莉，没有林虹，你还爱我吗？"

知道林虹对李向南的态度了，失了刺激，失了冲动，她感到失望，好像只身到了一个荒野。但渐渐就有一种潮湿的温情升起，她轻轻按摩着这只男人的手臂，这是她第一次抚慰照料一个男人。她感到自己像豹子一样机警的、充满报复血液的身体在融化，海上浮着冰山，冰山中有一个伟大的女人，她像金字塔一样在冰山中微笑着，太阳照着她仁慈的脸庞。自己被一股突如其来的温情所感动，眼泪涌了上来。

李向南没有看她："我总觉得，咱俩在一起生活一辈子是很难想象的……"

"不合适，随时可以分开。"她低声说。

李向南目光转向她，看到她的眼泪，"你怎么了，小莉？"

她轻轻地哭了。

"小莉，你想到什么了？"

她哭了一会儿，放下他的手臂站起来。"我想为你生个孩子。"一说出这句话，她觉得自己成为真正的女人了。

楚新星心中有些烦乱，他从这间屋走到那间屋，坐坐，发会儿呆，又站起来。"你不舒服了？"母亲宋琳茹看着他，关心地问。"哪有那么多不舒服。"他不耐烦地说道，又走到另一间屋。这个房间里几个年轻诗人在谈诗，见楚新星进来，招呼道：喂，新星，咱们来发发诗兴，你来一首怎么样？

我今天没诗兴，觉得挺无聊。楚新星在一张躺椅上躺下。

那你写首诗就叫"无聊"吧。

楚新星不说话，跷着二郎腿一下下颠着，点着烟，慢悠悠地吐着烟圈。

你别给我们扫兴啊。

好，我来一首《无聊》，就四句：

两条腿走路

右腿朝前

又左腿朝前

走不完的路

这叫什么诗？太柴了，简直是"柴可夫斯基"。长头发揶揄道，众人大笑。

楚新星，你今儿得来一首。我们刚才每人都来过了，准备凑成一辑拿去发表呢，不能缺你的。

命题吧。楚新星漫不经心地仰看着屋顶，伸长手臂在烟灰缸中弹着烟。

有关性的，说得文雅点儿，有关爱情的。

好吧，我来首《失恋》。

你小子这两天真是失恋了吧？

听着：

失　恋

一坡坡秋草

太茂盛了

寂寂寞寞

方方的一块地方

草被压平了

一对恋人离开后

在秋天扉页上留下了印章

第二年秋天

小伙子一个人来了

一坡坡秋草仍

茂盛

寂寞

他和她留下的印章不存在了

找到一个空罐头盒

一脚踢去

只剩

孤独

行不行就是它了。他突然眼睛一亮，准备坐起身来，想了想又没动。顾小莉不知何时也来了。"你来了？"他问。

她看着他，她刚才听到他的"诗"了。

"坐吧。"楚新星伸了一下手，好像懒够了，端起咖啡杯踏着地毯与一屋人说起来：艺术是什么？就是在笔下实现在生活中没实现的东西。那些有政治抱负没实现的，就在小说中写政治、写使用权力、叱咤风云。那些在生活中缺女人的，就一天到晚地咏叹爱情，描写男人被女人爱，或女人被男人爱。我自己？想要的都不缺，只有"缺"没有，就只好在诗中写"缺"。缺失恋，就写失恋。我从来也不知道失恋是什么滋味，这也是一大遗憾。对，只好在艺术中弥补。庸人说艺术是写体验过的生活，我说，艺术是写没体验过的生活。还是我深刻吧？他优哉游哉，情致悦然。又在一张藤椅上坐下：我信仰佛教。人类上百万年历史了，有了宇宙飞船，可还是苦多乐少，还有老病死的折磨。都是凡夫俗子，利欲熏心，八苦相煎，三毒俱存——知道三毒吧？贪，嗔，痴，活不自在。我呀，万事不在乎，"存，吾顺事，殁，吾宁也。"人生随意，悠悠然哉。……小莉，你怎么不坐？

"我不坐了，我想去看看楚伯伯……"

"噢，对了。"楚新星一拍脑袋想起来了，小莉在电话中说过，要找他父亲聊聊，想把李向南推荐到父亲的公司里。"走，我领你去。"他痛快地说道。

两个人上了楼。"好了，你进吧，我已经和我父亲说过了。"楚新星半推开房门，听见里面一屋人的说话声。小莉转头看看他，他也看了她一眼，一瞬间千言万语涌上小莉心头，她说："谢谢你。"转身推门进了楚同和的房间。

第十七章

　　女导演彦均执导的影片《真诚》在国际电影节上得了大奖，电影厂为此召开了庆功大会。

　　特意到市内举行，邀请了各方领导，知名人士：影视明星，歌星，舞星，著名作家，诗人，评论家，书画家等等，场面盛大，各报社、电台、电视台，也都来了。

　　大会还未开始，到处是签名热。每个"名流"，每个"星"都被一群人团团围住。围的人高举着签名本、书、纸片；被围的人满面兴奋，你们别挤，我一个个签。都希望自己身边的人越多越好，挤死、签死也心甘情愿。

　　最兴奋的该是彦均了。她四十多岁的身体上下放着光，面容也亮得耀人。她周围的记者最多，她对每个人都友好，对每个问题都坦率。你们问我拍这部片子的追求？我就是以真诚拍《真诚》。

　　最幸福的就是《真诚》的女主角：伊丽。她身着光闪闪的锦缎旗袍，腰肢水蛇般扭动着，脸上风情洋溢。她简直走不动了，多少张崇拜的面孔急切地挤向她，两个大学生因为拥挤竟推搡了起来。

　　要开会了，人们纷纷就座了，名流明星们也在台上或台下入座了。礼堂后面的入口处又闹嚷起来，那儿又有涌动的人群。大家请安静了，不要再签名了。主席台上有人在麦克风中大声讲着。那群人略松开了一些，只见一个五十来岁的男人拉着一个差不多同样年龄的女演员挤出来。

　　男人正是颇有名气的作家刘言，他简直是一派骑士风度，把那个女演员从人群中"抢救"出来，得意扬扬地"护送"她穿过座位间的甬道到了前排坐下。

只有他能和这些女明星在一起，只有他有资格去保护她们，他了不起得很，英雄得很。

庆功会终于开始了。文化部领导讲话，电影局领导讲话，电影厂领导讲话。然后是发奖，光荣的奖状，实惠的奖金。记者们在台上台下跑来跑去，照相机、摄像机从各个角度照着主席台。然后是受奖导演彦均讲话。

她面对掌声，她兴奋，她激动，她说话有些急促，她像个纯洁的大孩子，她中年的身体饱满又富有生气，她鲜亮极了，像明媚的小太阳：

我热爱真诚这个主题，可以说从学生时代就孕育在心里了。我们那个时代多纯洁、多真诚，我始终怀念那个时代。经历了十年动乱，我们就丧失真诚了？真诚要复归，要升华：我呼吁真诚。这部电影就叫《真诚》。有人说这个片名太白、太不艺术，我说，这个名字好得很。我们需要真诚，人类需要真诚。

伊丽也跟着发言，一上午的精心修饰：该怎么显得突出，怎么才能压住众多女星，如何才能更引起记者更大的热情，如何才能在电视上多占几个镜头，此刻都化为激情的讲话：我也热爱真诚这个主题，热爱这部影片中的女主角。我用自己的心去表演，作为一个表演艺术家，一生都应有一颗真诚之心。

彦均。以真诚之心拍《真诚》，那并不难。这是她的真实人格，可要使它为社会所接受就不那么容易了。她为这部影片费尽了心机，拍摄时就有多少周折，多少上下联络，多少棘手"外交"。拍好了，如何才能获得领导好评，如何才能得到权威们认可，如何才能引起评论界的赞扬，她上下左右，用尽了浑身解数。

这位廉之睿，是领导，又是权威长者，和蔼可亲，又不失威严。她请他来看样片。在这位老前辈面前，自己还可算是小姑娘，可以倚小卖小，这样效果最好。对他的政治倾向自己是早知道的，对他的艺术口味自己也早就熟悉。要把自己的影片尽量往他的标准上"解释"，看之前就要"引导"，看之中就要"说明"，看之后就要倾诉。我相信您一定会支持的，我主要靠您的扶持了，您一定会喜欢这部片子的，只要您通过了，说声好，别人再怎么说我也不在乎了。这样说就可以"套"住对方，有不满的意见也讲不出口，有满意的地方则会加倍称赞。"你也不是为我一个人拍电影啊。"首长果然乐呵呵了。我不是为您一个人拍的，可我最信服您的评判。不光因为您是领导，更因为您是真正的艺术权威，是我的老师。她说得诚挚极了，眼睛里都有泪光了。可她心里怎么想呢？这个老头子思想僵化，早该退出影坛了。

这一位，童伟，是有影响的作家兼评论家。自己换一副面孔，请他来家里吃饭，丈夫也一同陪客，让儿子女儿出来叫叔叔，喝酒碰杯，亲如一家。然后，关上房门面对面谈知心话，向童伟请教——既在艺术上，也在策略上。我这部片子，真不知道命运会怎么样，那些僵硬派肯定要贬它，因为我在艺术上作了新的探索。童伟是好为人师的，又自认为是中国现代派艺术的先驱。她这样讲，一条线把自己和他划到了一个营垒，立刻就能得到他的支持。果然，童伟的自尊心得到了满足，侃侃而谈。童伟有些话有道理，有些话也就那么回事，但她一律点头称是。她不需要童伟思想上的指教，而需要他行动上的支持（给予评论），可要得到他支持，就先要接受他的指教。你讲吧，讲得越多越好，然后我再引导引导，让你多讲讲《真诚》这部片子的艺术成就。这方面讲了，再引导到那方面；各方面都讲了，再引导向深入；全面了，深入了，她便笑着说：你总结得太好了，简直就是一篇现成的文章。童伟便笑笑：我最近就是没时间，要不真可以写一篇。她便立刻拿出点女人劲儿：你就写一篇吧，支持我一下不行吗？这种亲热的央告，准保使男人就范。好，我就写一篇。童伟只能答应了。她立刻笑着"落实"：你准备给哪家报刊写？她此刻对童伟尊敬极了，像对待一位老师。其实，做到这一点是需要压抑自己的。她从不认为自己比别人差，尤其不认为自己比男人差。她总要和他们比试，从不示弱。就是在家中，她也绝不使自己沦入配角的地位。她愿意自己在写字台旁工作而丈夫在厨房里忙东忙西，听着他洗碗刷锅，搬洗衣机。为什么男人就不能为女人作点牺牲？嗳，她听见不对，隔着两道门嚷起来：你水龙头怎么还没关？水别满出来了。到了夜里丈夫向她求欢悦时，她更感到一种对抗的心理了：别老跟馋猫似的，让我安静躺着。丈夫便会在黑暗中讪笑着，求告着，平常文质彬彬的男人到了这种时候也贱招儿得很。她感到一种满足，也渐渐升起性的冲动，她觉得自己的身体饱满，有弹性，渴望着搂抱和揉搓。把涨满身体的汁液压挤出来。她像大地一样仰卧着，看到天空在热烈地运动，雷电交加，她就要化成热雾般融化了，可又感到这种被驾驭的低下了，她要抗拒。你下去，你太粗鲁了。丈夫扫兴地在一旁躺下了，她又后悔了，也感到自己未被满足的肉体的难受了，可她不甘屈服，一扭身背对着丈夫睡了。

这一位，那一位，她活动了数不清的人，数不清的环节，终于，赞誉《真诚》的舆论起来了，讨论会也召开几个了，还没来得及喘口气，就有参加国际电影节的事。如何让《真诚》取得代表中国的资格？简直是一场社交战。她忙坏了，累坏了，要研究无数人的利益，要摸清无数的关系，要讲千万种口是心非的话。

好了，总算获准参加电影节了，最后，如愿以偿得了大奖。可一下飞机，她就开始想新的问题了：如何把国际上的胜利转化为国内的胜利呢？国内说好的电影，国际上不一定说好；而国际上获奖的影片也未必能在国内获奖，一定要想办法获取国内的各项大奖。要活动电影厂的几个头头，在这点上他们和自己利益一致：也希望本厂的电影得奖嘛。于是，就诞生了这个庆功大会，请了这么多名流，她的努力都成功了。

庆功大会结束了，又一番遍地开花的签名热，观众们散去了。休息厅内，烟果茶糖，茶话会开始了。百十号人，电影界的，文学界的，评论界的，新闻界的，各方名流们。座谈《真诚》，电影制片厂的两位厂长都讲了一番热情洋溢的开场白，彦均和伊丽都讲了几句"希望大家帮助"的谦虚话，还都掏出了小本拿出了笔，一副认真记录的样子。

胡正强咳嗽了一声开始发言。他是同行，又是同厂，理该捧场。他的神情向来是诚恳的，"我认为这部影片是成功的，思想上是深刻的，艺术上是完美的。它不仅表现了生活的真诚，也表现出了艺术的真诚，或者说导演风格的真诚。电影艺术需要这，需要那——有人说，我实在不知道：我们除了真诚还需要什么。我看了这部电影很感动。彦均同志展示了她的艺术功力，有许多地方很大胆，很有些大家手笔。"

钟小鲁坐在他身旁，想起了自己曾和胡正强的对话。

"你觉得彦均的《真诚》怎么样？"自己问。

"还说得过去，就是太小家碧玉了，有点小家子气。"胡正强答。

童伟发言了，他从从容容放下二郎腿，伸手很有力地弹了一下烟灰。"彦均讲以真诚拍《真诚》，我欣赏这句话。艺术上的真诚是什么？就是勇敢，磊落，敢讲真话，敢表现真情实感，艺术家要有艺术家的胆略。有个大学生曾写信问我，如何才能成为一个优秀的艺术家，我告诉他：艺术家不仅应该比一般人懂得更多些，体验得更丰富些，思想更深刻些，感情更成熟些，而且，他在人格上应该更伟大些。艺术家应有艺术家的浩荡之气，艺术家不能猥猥琐琐，卑卑微微。……"

自己眼前闪过什么了？耳根略有些热……自己双膝一软跪下了，一位怒气冲冲的丈夫立在面前，手指着自己鼻子：你还算有文化的人呢，该做先生的人呢，调戏起别人的老婆了。你说，我该不该去法院告你？

原谅我吧，我对不起你……

光对不起就行了？

我……

你说你是公了还是私了？

……私了吧。

认打还是认罚？

你愿意打就打，愿意罚就罚吧。

拿一万块来。

一万？我……

太多了？那好，你伸过脸认打吧。

好，你随便吧。自己站了起来。

呸，冒火的丈夫走上来，当胸一把拽着他衣服，你给我赔不是吗？

那当然赔。

哼，丈夫一松手，我不打了，也不要罚了，走了。

你……

你什么？那位丈夫又狠狠地转过身来，冷眼看着他。

这事……

怕我说出去？怕大伙儿知道？怕你老婆知道？男子汉敢作敢当，怕什么？哼，没种的。冷蔑的丈夫走了。他一屁股在沙发上坐下了，脑袋还懵懵的。那个羞羞怯怯的招待所女服务员又在眼前浮现出来，甜甜的脸蛋。她为什么会告诉丈夫呢，对她有什么好处？为了在丈夫面前表现忠诚？为了提高她的身价：你看，还有这么有名的人物喜欢我，是吗？她丈夫不是明明对她很粗暴很无情，成天把她撂在家里吗？她不是一直为此很痛苦吗？自己不就是抚慰了她，才让她倒在自己怀里的吗？真不理解这种女人，丈夫不爱她，她还要向丈夫献忠心，怎么个心理逻辑？想借此重获丈夫的爱？殊不知丈夫只对她有两天好脸色，又会如故的。似乎又看到那个丈夫在恶狠狠地打他老婆了。她可怜巴巴地在墙角佝缩着，脸都黄了，愚蠢的女人。可自己刚才为什么要跪下呢？……

休息厅的门开了，几位首长来了，都是主管文化工作的。我们来看看大家。人们纷纷起立，纷纷鼓掌，纷纷绽开笑脸。人人都用笑容的光亮、鼓掌的幅度来突出自己，人人都认为这几位首长的光临更多的是自己的光荣。有人认识某位首长，首长自然该认识她，有人和某位首长握过手，有人和首长关系非同寻常，电影厂的厂长是会议东道主，首长光临自然是对他的支持，彦均是今天讨论会的主角，首长自然主要是来看望她的，伊丽是今天真正的明星，理该承受这光荣。都倚着座位站着，保持着一排排的队形，都不便独自走出来，那是犯忌讳的，得罪全体的，可人人都在脚底半步半步微微往前挪着，你挪我也挪，左右挪我更要挪，自觉的，不自觉的，个体汇成整体，量变造成质变，很快打破了原来环立的队形，热热闹闹围拢了上去。

握手，问好，询问，关心，祝贺，感谢，然后是全体合影。蹲的，坐的，站的，排成几排，咔嚓，又咔嚓。散开了，又是三三五五地合影。在场的记者纷纷抢镜头，十几个照相机在频频瞄准。

出现了动人的情景，不断有三三两两的女演员把一个气度堂皇的首长簇拥在中间。年轻的女性咯咯地嬉笑着，像快活的百灵鸟，年迈的男性则乐陶陶地站在中间承受着左右的压力。怎么样？再照一张？好，再照一张。

卞洁琼上来了，艳装的，美丽的。萨部长，我要单独和您照一张。她的声音娇嗔极了。好好，我反正是你们照相的道具了。萨部长满头银丝满脸红光，怡悦发自内心地微笑了。卞洁琼双手十字交叉，搭在了部长的左肩上，靠着他半侧过身对着镜头，部长个子高，正好，她右腿直立，左腿很优美地向后抬着，如在舞蹈。

她今天难受极了。《真诚》这部电影的成功让她难受，伊丽的风光让她难受。她的丈夫根本不是什么了不起的香港大亨，不过是个重婚犯。她不可能去香港打天下了，只能咬咬牙在大陆上打。她一生吃够了苦，总该要出人头地。到处是五颜六色的荆棘，自己要拱出来多么不容易。一片树林，棵棵树都要往高了冒，谁让谁？拼命使出劲，也难知道结果，说不定还要抻折了腰。她看中了导演彦均，彦均能使一个女演员成为影后。她已经不止一次对彦均表示了：彦导演，您的大会讲话使我感动得要哭了，您讲真诚讲得太好了，简直讲到了我心里。我更坚定了：一生要在艺术中追求真诚。

首长们总算走了，座谈又继续了。杜正光等会场气氛静下来，扶了扶眼镜准备发言了。他一直在选择最佳的发言时机，太早不好，会场气氛太浅泛，太晚也不好，太涣散，选来选去，来了刚才那场热闹，没完没了，眼看着没有太多时间了，现在要抓紧，这是扩大影响的一个难得机会。这么多报社、电台、电视台，这么多导演，还有这么多漂亮的女演员。

艺术的最高境界可以用真诚二字概括。真，就是真实，就是我们描写的生活要真实，诚，就是诚挚，就是我们描写生活的艺术态度、艺术思想要诚挚。艺术讲真善美，真是基础，说到最后，真善美可以融在一个真字中。真诚是艺术的最高境界，唯其真诚才能净化人类灵魂。我常问自己，我这一篇小说，这一段，这一句，是不是有真诚？有，就可以写下去，作家的头衔就还当之无愧……

石英坐在离他不远的地方，目光平平地凝视着他。

她深深为与杜正光的爱情而痛苦，她只能痛苦。她没有力量完全地、为众人所承认地得到他；她也没有力量离开他。杜正光一到北京就像到了一个广阔天地，到处有他的朋友，有他要参加的沙龙。他常常带着她，也常常扔下她。她终于发现：每当他去会女性时就不要她陪伴了。她克制不住提出来了，他一听，怔了怔，就坦坦然然地说：你一块儿去，我无所谓，只怕对你不好。你不宽容，又嫉妒，又难受，再和我闹，两人都不高兴，何必呢？他又很郑重地加了一句：你放心，我和她们接触，纯粹是文学来往，我绝不说假话。我有我的人格。然而，她不止一次在他的衣服上、眼镜腿根的弯折处发现了其他女人的长发。

吵过了，闹过了，他理直气壮地辩解过了，也笑笑呵呵地哄慰过了，又瞪着眼拍着桌子冒过火了，也恼羞成怒地甩手走过了：你这么狭隘，咱俩趁早分手。他几天不照面，电影剧本，两人合作的，早改完了，电影厂还未最后通过。她一个人住在电影厂的招待所里，周围都是戏谑笑闹的男男女女，她却孤零零地苦恼着。你和别的女人调情，我也和别的男人来往。她也涌上过报复的心理，可她做不到。男人们能轻轻松松地去博爱，可女人——起码像她这样的女人——却深深重重地专爱着一个男人。她恨他，他坏，可她还是想着他。

夜深了，她在床上辗转难眠。她觉得自己像一只开了膛的兔子，在弹簧网上被弹来弹去，张开着血淋淋的肚皮仰面朝天。一会儿，肚皮合拢了，她要跳起来跑动，又有刀子划开她肚皮，她又大开膛地仰面瘫躺在弹簧网上，像一张茸茸的兔皮。

她转过身侧躺，眼前又浮出杜正光的形象。在火车卧铺车厢暗暗的，只有极微弱的灯亮，旅客们都在隆隆的有节奏的颠簸中酣睡了，只有他俩在两张相对的下铺面对面侧躺着，轻声说着话。他伸过手来握住她的手捏着，又欠出点身，爱抚地摸着她的脸，摸着她的唇，还把手指伸进她嘴里。她的嘴唇变得湿润烫热，晶晶亮的汁液在分泌，舌头也冲动起来，朦朦胧胧中看见它变大，肉红的龙一般扭动，自己整个身体似乎都化入舌头中了，扭动着，分泌着，献出着，酥酥软软地融化着……

她又侧转身，看见窗外的天空。秋夜了，碧空清澈，许多颗星在闪烁，像一群冲她眨眼的胖娃娃，整个天空也像个胖娃娃。她难过了，发现自己不仅在精神上也在肉体上离不开杜正光了。

她不能这样憋闷着痛苦，她翻身起了床。她有笔，可以写，可以寄托痛苦。台灯亮了，窗外的星星看不见了。她写她和杜正光的爱情经历。她不会编造，她从写第一篇小说起，就是真实的事情——记忆中的童年。

杜正光在眼前浮现，他很有魅力地看着自己微笑，眼睛在镜片后面闪闪亮着。他既可爱又可恨——现在只有可恨。她最初怎么被他拉住手的？他凝视着自己，说：小英，我真想吻你一下。她羔羊一般低着头，战栗着想抽回手。他慢慢地将自己拉到了怀里吻了起来，完全知道自己不会反抗。她太轻易地把一切交给他了，现在她在地面下埋着，他在地面上走来走去，还不时站住眺望一下远方。

她要把这一切写下来。她要拿去发表，让她的痛苦得到发泄；让他的蛮横得到惩罚。她不怕披露真实；他怕。

可他又来了，几天不见，他似乎没有愤怒，只是还略端着点架子。你干吗呢？看着自己，放下了尼龙绸大背包。

我写点东西。

写什么？他看见了桌上厚厚一摞写好的稿纸，没在意，从背包里往外掏着东西。

小说。她把稿纸往抽屉里收。她感到了自己的软弱，感到自己的对抗心理在迅速消逝。

什么小说？他伸过手要看。

别看了。她轻声说道。

他顿时停住了一切动作，感到了一点异样，又垂眼盯了一下她手中那摞稿纸。我看看无妨吧？我还能帮你提点意见嘛。

这回，你别再看了。

别再——看了？他重复着，听出了什么。你写的什么？……是不是写的咱俩的事？

她没否认，把稿纸放进了抽屉，锁了起来。

杜正光脸上表情瞬息万变，最后舒展开笑了：那我看看，不更应该？

不行。

那我可要抢了。杜正光风趣地笑着，那笑富有男人的感染力。

她感到自己身体软了，说：不。

那我真的抢了。杜正光笑着走过来，逼近她。

不给。

看你给不给？杜正光猛然抱住她，用左手箍住她的腰和双手，右手伸到她口袋里掏抽屉钥匙。

我就是不给嘛。她身体一下硬起来，奋力反抗着。

看你给不给？杜正光始终开玩笑地笑着，手底下却越来越用劲儿。她感到他表面的言谈笑语是假的，暗里的抢夺劲是真的，越发用力反抗了。杜正光把她扑倒在了床上，还是用一手箍住她身体和双手，一手去抢钥匙。我就是不给。她像不驯服的野兽一样挣扎着，颠簸着，要把他掀下来。杜正光冲动了。不给钥匙就给人吧。开始用力搂她，吻她，揉她，解她的衣服扣子。她把钥匙掖到褥子下面，腾出手来推了他两下，你起来。没推动，推累了，便不推了，任他摆布。

一次很长久的爱。

杜正光起来了，像以往一样注意着门外的动静，很快地穿衣服。她裸身坐起来，先慢慢理着凌乱的头发。她突然发现杜正光已打开了抽屉——不知他何时摸走的钥匙。

你别看。她说。她太累了。

我看看怕什么？杜正光拿出稿纸，才翻了几页脸色就变得平静了。他慢慢在桌旁坐了下来又翻看下去，神情越来越集中。过了好一会儿，他抬起眼，深沉地看着石英，石英坐在床上慢慢系着衣服扣子。又过了好一会儿，杜正光可能看完了，把稿子一卷塞到裤兜里，走到床边坐下："这些事你还是不要写吧？"

"你为啥那么怕别人知道？"

"假如让你裸着体出去行吗，不也怕别人看吗？"

晚上，庆功会变成文艺晚会。一楼大厅放电影，二楼大厅是舞会，几间休息厅放录像。礼堂大门外是闹嚷嚷的男男女女，一多半是年轻人，都想进去，可都没票。舞会吸引他们，电影、录像吸引他们，电影明星更吸引他们。您有票没有？您有富余票没有？您卖给我吧，我给您十块钱。到处是要票的乞求声。让开点儿，让开点儿，分开人群挤着往里进的都是有票的，在这儿有票就是上等人。领着姑娘的小伙子为了能成为上等人，不惜掏出五六张"大团结"到处拦退票。

钟小鲁在前边开路，林虹紧跟在后。他们来得晚，越发受到围截：你们有富余票吗？左右都是晃动的钱。我没有，我没有。林虹不停地说着。走在前面的钟小鲁已经有些急了：我们没富余的。

礼堂门已关上，敲开一条缝，把票晃给里面看了，让他们挤着进了，又紧紧地关上了。听见后面闹嚷嚷的声音：刚才进去的那个女的八成也是演员吧？

电影厅，他们只进去扫了一眼便出来了，都是普通观众。舞厅，他们进去环视了一下也没有几个熟识的人。真正有意义的地方是楼上楼下的前厅、休息室。这里灯光通明，尽是文艺界人士。你不看电影？不看。不跳舞？不想跳。我也不想看，不想跳。人们彼此询问着，然后凑在一起，或站或坐，海阔天空地聊。人人都需要社交，需要热闹，需要出风头。

钟小鲁有他的交际，林虹有包围她的记者，两个人就散了。林虹终于寻得了安静，在前厅一个不引人注目的角落坐下来，慢慢啜饮着汽水，观察着眼前的喧闹。

第一个发现：几乎所有的人都自我感觉是最惹人注目的。

你看，女导演彦均站在二楼的楼梯那儿就挪不动窝了，和这个眉飞色舞地说一顿，那边来了个熟人，又飞起眼光彩夺目地笑着，大声说着：叫我呢？我不去跳舞。我说话都顾不过来。嗓门之洪亮，充分表明她有这样的权利，且有这样的必要。所有的人都该听着她的话，她是这喧闹世界的中心。她应接不暇，却不丢掉和任何一个人打招呼的机会。正对话的人该等着她，未对话的人该走向她，对完话要走开的人该继续和她没完没了地说，她则蜻蜓点水般把所有人都照顾到。那笑是不断的，震撼整个前厅的。

再看那位女主角伊丽，在前厅一侧的一圈皮沙发上坐着，周围簇拥着人，她端着饮料，大概怕破坏了涂红的嘴唇，小心翼翼地、象征性地啜一下，又接着和人们说笑。笑声洋溢着性感娇媚，有时竟仰着脸，浑身上下咯咯咯地抖着笑得前仰后合，不断吸引着更多的人往她身边凑。

大厅内有许多圈子，每个圈中几乎都有一两个"明星"或"名流"，他们便是这圈子的核心。圈大圈小，便是他们地位、影响、魅力的象征，所以，他们便在进行"魅力竞赛"。对周围其他圈子的热闹要竭力无视，同时极力活跃本圈的气氛。哪个圈最热闹、声色夺人，哪个圈子的核心人物——也常常包括非核心人物——就充满优越感，就来劲儿。哪个圈冷落些，那核心人物便有些悻悻然，同时极力振奋精神大声说笑。而环围他的人一面显得很有兴味地应酬着，一面却止不住扭头张望那些热闹处，颇有些想跳开又不便跳开的矛盾。

那不是隋耀国吗？这位作家一进来就气宇轩昂地和周围打招呼。他著名，他才华横溢，他风流倜傥，那踌躇满志的神态把这话都说出来了。他立刻吸附着人形成圈子，同时不断和其他圈的人遥相呼应，解体着各个圈子而扩大着自己的势力，果然，有两个小圈整个地到了他身边。他后来居上，人多势大，好不得意。

那位不是电影厂的副厂长吗？胖嘟嘟的，也是嗓门洪亮地和这个哈哈和那个握手，颇有他一来别人都该向他靠拢之神气。可到他身边的也就是三五个人。

这么多人都自以为中心，可能他们都只看到了自己的优越处吧？明星们不都觉得自己被所有人注目着、崇拜着吗？世界上还有比电影明星更了不起的？电影明星中还有比自己更了不起的？导演不自以为是电影中的皇帝吗？在这个王国中还有比他们更神气的吗？作家心中可能会想，你们这些演员不过是演演戏，你们的文化等于零，自己则既是天才又是全才，能够洞察和表现所有人的灵魂深处，理应有更大的优越吧？至于我是厂长，我是局长，权力是更有力的，你们不都得服从我吗？我掌管着明星，不比明星们伟大得多？

第二个发现：圈子不断分化改组，最后就有些定型了，显出了物以类聚、人以群分的特征。

你看，隋耀国身边的圈子，逐渐都变成文学界的人了，都是作家，都是年龄相仿、四五十岁的；不仅年龄相仿，而且是差不多同期登上新时期文坛，名噪全国的；在文艺界的资历地位也是相近的；大多是过去的相知；艺术见解也大同小异；他们常作同题小说来表现"同人"色彩；他们都称兄道弟，亲密无间，这样的圈子不管其内部有多少相互嫉妒，（看，隋耀国不是和刘言不时地争风头，争话题吗？）对外是排他的。

那个知青作家叫杜正光吧，不是凑在人堆儿中好一会儿了，还不时企图插话，还有那两三个没什么名气的青年作家不是贴边站了好半天了？圈子中的人们对他们都不多理睬。而且你注意的话就会看到，越是有外人走过来要进入圈子，圈内人相互间越是热烈地交谈、争论、开玩笑。他们或许不自觉，却明显表现出一个规律：圈子具有排他性。

排他的最艺术、最有效、也最自然的方法（自然到连他们自己都不自觉），就是圈内人相互讲只有他们才能讲的话题。

人们在这样喧嚣地生活，追求什么呢？真诚？永恒？

林虹靠着贴着塑料壁纸的墙有些困倦恍惚，朦胧中浮现出童年的景象：她吃完了杏，要吃杏仁。妈妈说不好吃，她偏要吃。爸爸说：你把杏核敲碎了才有杏仁。她费了半天劲终于敲碎了杏核，得到了杏仁，杏仁却是苦的……

第十八章

一只麻雀引起了一家三口人的冲突。

它是怎么落在阳台上的？昨夜一场狂风暴雨，今天早晨看见它一动不动停在阳台上，缩着头，眼睛一眨一眨的。陈晓时一下抓住了它，高兴地叫起儿子来：涛涛，涛涛，爸爸抓着一只麻雀，活的。儿子立刻跑到阳台门口，衣服扣子还没系好：还会飞吗？他进到屋里把麻雀往半空一撒，它扑棱棱地飞着，不高，落到沙发上。又第二次撒，飞得高点了，撞在纱窗上扑腾着，他又抓住它。看来它肯定是被昨夜的大风雨吹伤了，两只小爪都蜷缩着，有些痉挛。咱们养养它，过两天等它恢复了健康再放了它，咱们就把它养在阳台上。

他兴致勃勃地找来线绳，拴住麻雀的细腿，又在阳台栏杆上平放一块大案板，让它停在上面，把绳的一头系在一把老虎钳上。再在案板上撒些小米，还需找个小碟，放点水，对吧，涛涛？不然它会饿死的。儿子站在他身旁，眼睛转来转去地看着他的操作，入了神。

妻子在屋里叫了：涛涛，你怎么还不快点，袜子还没穿呢，还没刷牙洗脸呢，你不怕迟到啊？儿子刚开学上一年级，他根本没听见母亲的呼唤，还在父亲身后转来转去。妻子过来了：涛涛，听见没有？

陈晓时转了一下头：涛涛，洗脸去。

儿子恋恋不舍，挪了几步又在阳台门口站住不动了。

他说：涛涛，听妈妈话，抓紧点时间，吃了饭还要上学呢。儿子还是磨磨蹭蹭。妻子的气冲他来了：你不会不弄啊，先用放水果的塑料筐把它扣在冰箱上，回来再弄也不晚啊。

那怎么行？回来，它早渴死饿死憋死了。他还在弄他的麻雀，同时说着：涛涛，洗脸去。

你一直弄鸟，孩子能听话吗？我不管了，你弄孩子吃饭上学吧。

他火了，用力一拨拉儿子：你还站在这儿干什么？儿子怔怔地立在那儿，眼睛里转开泪珠了，父亲很少这样训斥他。

妻子也火了：你冲孩子厉害什么？你在这儿引得他不走。

他一下转过身：这样惯孩子有什么好处，大人就不能做大人的事了？

你这算什么事？

我这是爱护生命。

别说好听的了。

妻子言语的尖刻让他更冒火了：你要急着走就走吧，别误了你今天的重要事情。

妻子被饧在那儿了，嘴唇微微颤抖着。她昨天已说好，今天上午要去看一个过去的男同学，多少年前她曾和那个男同学很要好，她的话开始得很婉转，极力显得平淡自然：你知道吗？皮小军调回北京了，昨天给我来了个电话。是吗？陈晓时问，显得对往事毫无芥蒂。她放心些了，说：这两年他混得不太好，好像情绪也很灰。是吗？这话让陈晓时更宽和了：你有时间该去看看他。她看看他的表情：我不太感兴趣，不见面，还怀着点美好印象，真要见了，连那点好印象都破坏了。陈晓时笑了：哪有这么千篇一律？你还是该去看看。她说：十几年过去了，有几个人像你这样闯过来的？早都磨垮了。不过，你建议我去，我明天上午就去一趟吧……现在，陈晓时竟这样说话。

我去哪儿是我的自由。好一会儿，她说道。

陈晓时盯视她一会儿，沉默了。

一家三口人围着方桌无言地吃了早饭，儿子显得很乖，怯怯地察看着父母脸色。三人一同下了楼。"我还是别去了吧。"妻子观察着他的表情。他不自然地笑了一下："去吧，我有充分的自信。你见见他只会对我有好处，什么事引而不发才积聚能量。"

妻子转身走了。他牵着孩子小手，送他去学校。

自己怎么了？妻子不过是去看一个对自己毫无威胁的男人，她去看了他，只会使残存的一点感情释放掉，自己明白这些，自己是哲学家，给无数人咨询，从旁观角度能对此看得一清二楚，再轻松不过，能宽解许多人，可轮到自己为什么还这样难以忍受？他不是一再为妻子对自己的忠贞而感到骄傲满足吗？为什么一点刺激都受不了？要克制自己，不要胡思乱想，要有起码的涵养和风度，不是你自己让妻子去的吗？但内心的冲突如此剧烈，一个声音竟在嚷：自己要为风度付出如此高的代价吗？

儿子在旁边走着，小手很软很驯服，他禁不住把孩子揽贴在自己身上，相挨着走着。儿子不听话时，他总是格外严厉，甚至有一些专横；孩子听话时，他便充满了仁慈的爱，恨不能把他抱着，驮着。这就是父亲对儿子的典型态度吧？父亲的统治是人类一切统治的缩影和起点。爸爸再见。儿子在校门口挥着小手。涛涛再见。他也挥着手，心中涌上一股柔情。看着儿子小小的背影，他心中突然触动了，模糊的记忆中浮现出自己六岁时上小学的印象了。影影绰绰的街道，自己背着书包在街上走着，样子既认真又滑稽，有时是溜溜达达地走着，有时是蹦蹦跳跳地走着……

中午，他把儿子从学校接回来。妻子没有按时回来。他做饭，叮叮当当，捧捧打打，都好了，盛在碗里盘里端上桌了，还没她的脚步声。咱们先吃。他对儿子说。妻子的位置空着，他的心也被剜去一块。他脸色阴沉，对孩子缺乏耐心，动不动就训斥。儿子一声不响地吃着饭，不时小心地察看他的脸色。他自省到了，心疼儿子了。涛涛，好好吃饭吧，饭香吗？他抚摸着儿子的头，头发光滑滑的，很熨帖地在手掌下过着。他微笑了一下，慈祥便水纹一样漾出来，他心中的恼怒被融化了些。爸爸，你该刮胡子了。儿子看着他说，表情中有讨好的成分。他觉出来了，心被疚悔刺痛了：为什么要让孩子看自己的冷脸呢？他又轻轻抚摸着儿子的头；乖，你好好吃饭，爸爸准备留个大胡子，变个老头。他笑了，儿子也笑了。

一中午，他对儿子充满了爱抚，太阳一样暖暖地照着儿子。他让儿子坐在自己腿上，给他剪指甲，给他讲故事，逗他笑。他对怀中这个小生命充满了爱，心中溢满湿潮的温情。他笑着用下巴蹭着儿子的头：扎不扎？儿子咯咯地笑了：扎，爸爸的胡子扎扎。他们热闹地说笑着，他便在心中安抚着什么，宽解着什么，转移着什么，麻痹着什么。

爸爸，妈妈怎么还不回来吃饭呢？儿子仰头问。

他那愉快的、充实的节奏被打断了。妈妈有事，不回来吃了。不管她，来，涛涛，咱们去阳台看看咱们的麻雀。

他们却在阳台上呆住了。那只小麻雀被细绳头朝下地吊在案板下，身体僵僵的，死了。那绳太长了，使麻雀能飞出案板的范围；那绳又太短了，使麻雀没有飞一圈再转回来的余地。它肯定是扑腾腾飞出去，被绳子的拉力拉了回来，跌了下去，它一次又一次飞蹿着，挣扎着，一次又一次头朝下跌下去，终于筋疲力尽了，只能扑腾一两下翅膀了，最后头耷拉了，死了，僵硬了。

他把麻雀从绳上解下来。

爸爸，给我吧，放在我抽屉里。

把它扔在小树林里吧。

在他比儿子还小的时候。一天，一只麻雀飞到家里来，爸爸领着全家人关上窗捕捉它。麻雀在屋里扑腾腾飞来飞去，全家人举着衣服帽子乱成一片，最后捉住了。用细绳系住脚，捆在一个纸篓上养它玩，他非常喜欢这只小鸟。

第二天，发生了一个奇异的现象：房前的电线杆上停了许多麻雀，有一百多只吧，它们冲着他家的窗户叽叽喳喳叫个不停。把它们赶走了，一会儿又飞来了，仍排成一排不停地叫着。妈妈说：它们是叫它们的伙伴来了，是求我们把它放出去。

麻雀们叫了一整天，第二天又在电线上排队叫开了。

麻雀心很齐，咱们放了它吧。妈妈说。

窗户打开了，他们把麻雀脚上的绳解开，两天来麻雀已习惯了绳子的羁绊，不知道可以飞走。他用手轻轻托了托它，它才反应过来，扑棱棱飞出窗外与麻雀群汇合。

麻雀们叫得更厉害了，叽叽喳喳响成一片，是欢呼伙伴的归队，也是表示对人的感谢吧？全家人都站在窗前看着它们，早已分不清哪是那只麻雀了。

它们很快都飞走了，再也不到窗前叫了。一群鸟叫了两天之后，现在一只鸟也没有，院里静得出奇……

下午人生咨询所停诊，内部开会，气氛有些压抑。最近情况不佳：《人生咨询报》至今未办成；在青年报上开的"咨询信箱"专栏也因故被停了；有些堂堂皇皇的部门在告人生咨询所的状。

"先不管这些，咱们总结一下自己的工作。"陈晓时微笑着说，他要保持大家乐观的情绪。

"咱们工作也开展得不太理想。"白露扶了一下眼镜，白净丰腴的脸上一副煞有介事的神情，她念了一份"人生咨询追踪调查"，然后说道："那个叫谭秀妮的决心要和在劳改队的丈夫离婚，又不知受了什么影响，撤回了离婚起诉。还有环球出版社的编辑羊士奇，不是你（她看着陈晓时）给他咨询的吗，你不是给他制定了一整套行动计划，要像做手术一样，用一系列动作来解体他的死亡婚姻吗？但他什么进展也没实现，已经焦头烂额被撺回了工厂，老婆在告他虐待罪，很可能要让他去坐牢。"

方一泓永远像个医院的女护士长，她认真地说："我看羊士奇的老婆——她叫于粉莲吧——可能有点神经症。"

蒋家轩总是蹙着眉心带着深思的神情，这时讽刺地说道："哪种类型的精神神经症？焦虑型？分离型？恐怖型？强迫型？性格型？疲劳型？疑病型？转换型？九种类型，她算哪种，原因是什么，归结于她丈夫性功能低下？我认为，于粉莲的表演更主要的应该从社会性原因寻找，是一定的社会条件纵容她、鼓励她、支持她这样。她即使有精神神经症，也是因为她那样做有好处，许多精神异常都是这样。我可以下个定论：社会环境造成精神神经症。"

"不能这样绝对。"方一泓说。

"这怎么叫绝对？你让于粉莲来，如果她只是精神神经症，我可以用精神动力学治疗好她。她再健康，在这样的社会条件下，在这样的文化观念影响下，她还是要用她那病态的方法来控制丈夫，实现她的安全感，满足她的虚荣，这是没办法治好的。"蒋家轩永远像是在辩论，神情凛然。

"好了，还是讨论咱们下一步该怎么办吧。"陈晓时把大家的注意力集中起来。这样涣散地东一个题西一个题地争论，看似热烈，其实反映着对现实处境的一点茫然。

"我认为羊士奇的案例该重点讨论一下。"蒋家轩绷着嘴说道。

"羊士奇、于粉莲的情况，我们还有时间专门讨论。"陈晓时说，"你们刚才的看法综合起来，已接近真理。方一泓说得有道理，于粉莲不能不说有点精神神经症，这种神经症甚至就可能和他们夫妻性生活的不协调有关。但另一方面，从主要方面来讲，我同意蒋家轩的意见，于粉莲对丈夫那种近乎疯狂的控制欲、歇斯底里的不安全感，是由社会原因或者说整个文化观念造成的。她即使没有神经症，也难以改变，她的思想观念就是那样了。"

蒋家轩皱着眉想了想，说："陈晓时，你的思路常常很全面，可有时有些中庸，老使自己处在综合争论对立面的立场上。"

陈晓时笑了："剖析开我的思维方式来了，有时间我请你们专题剖析一下。"

"这不是思维方式的问题，我觉得……"蒋家轩蹙起眉心。

"觉得什么？"陈晓时问。

"你这种思维后面潜藏着一个动机，"蒋家轩放松了一下表情，"我这样说可能有些太突兀了。"

白露、方一泓看着这有些突兀的场面一时无语，陈晓时却更愉快地笑了："那你剖析一下。"

"你希望在整个社会中，或者说，你总企图在你周围的人群中处于一个中心的位置。"

陈晓时感到自己与蒋家轩之间出现了一点紧张，蒋家轩的话虽平常，但他的神情、口吻却有些异乎寻常，他于是更温和地说道："你分析下去，咱们用一点时间，解剖一下陈晓时。"说"陈晓时"，不说"我"，也是一种暖化气氛的幽默。

白露完全被这个话题吸引了，女人常常感觉不到男人之间的微妙对峙，她认真地说："陈晓时，我看你童年爬树的心理记录，感到你从小有一种优越感，一种俯瞰人的优越感。"

"是。"陈晓时乐意地承认道，"而且我想，人们从高的空间地位往下看时或多或少都会有这种优越感，这和我们从高的社会地位、高的智能地位看别人时的优越感本质是相同的。'高'和'低'本来是形容空间地位的，为什么我们也用它来形容社会地位、文化水准、智力水平呢？就是因为这里有一致性。我们常常把社会的、心理的、文化的衡量都予以空间化。什么叫'居高临下'？这不光形容我们站在高的空间俯瞰，也用来形容我们站在高的社会地位、心理地位俯瞰。什么叫上层、下层？这都是社会层次的空间化。"

"那你认为这种俯瞰他人的优越感是善的还是恶的？"白露认真地问。

"我们剖析别人，提供咨询，带有一种类似俯瞰的优越感，似乎是善的，为帮助人的，但细究，这里也含着一种恶的情感。优越感本身就是一种对人的不善，就是一种蔑视。当我们解剖人时，仔细反省，心理深处隐隐潜藏着一种冷酷的快感。解剖是什么？就是批判，就是用手术刀，就意味着一种形式的'宰割'。怎么会没有恶呢？虽然它的结果是为别人咨询，治疗心理疾病。"

"你不是说解剖你吗？"蒋家轩半幽默半认真地提醒道。

这是怎么了？蒋家轩平时对自己一贯敬重服从，今天怎么露出一种压抑不住的对抗情绪来？陈晓时说："我是非常愿意这种解剖的，譬如今天上午我妻子去看望一个男性，他们过去关系不错，我就心中很不自在，有些受不了。我一天到晚给别人咨询，可自己也是挺狭隘的。"

"你从小是一个被母亲宠爱的孩子吧？"蒋家轩垂着眼问。

"可以说是这样吧。"

"所以，你从来就习惯一个比他人更优越的地位。在对待女人的态度上，据我观察，"蒋家轩不自然地笑了一下，缓解一下说这话的不自然，"你是习惯于以自己为中心，让所有的女人都崇拜你的。"

陈晓时想了想，说："你可以分析下去，我不反感，我甚至很欣赏这种分析。"

"什么叫欣赏？这种口气又是一种居高临下的优越感，你一贯认为你是我们的领袖。"

"我觉得你分析得对。"

"所以你对待妻子的态度，据我们看来，"蒋家轩避开了"据我观察"这个词，"也不是一般的狭隘和嫉妒，而是和你整个对女人的态度相一致的。"

"我是希望获得女人崇拜的。"

"你这又是文饰，你总把别人对你的剖析限定在一个范围内。你不光希望崇拜，而是希望妻子以你为中心，为了你一点点心理上的平衡，就牺牲她的其他感情需要。"

"你再分析下去。"

"你对一切人，譬如在咨询所对我们吧，也明显有控制的欲望，你其实不允许别人在思想上偏离你的掌握。"

陈晓时有点明白蒋家轩的情绪是怎么回事了，蓄之已久，今天引发出来了。

"这个，我没看出来。"白露认真地接着蒋家轩的话。

"我希望你回顾一下童年,袒露你整个心理的背景材料,对自己作个分析。"蒋家轩继续说着。

"这个不是今天一时半时能做到的，以后可以做，我倒希望你接着刚才的话继续解剖下去。我承认我有某种控制欲，大概每个男人都有吧。我希望自己有民主精神，在思想上有兼收并蓄的宽容。"陈晓时说着感到了心中强烈的抵触情绪，不愿意解剖自己——那是不舒服的，难堪的，甚至是悻怒的。

　　蒋家轩垂眼凝神片刻，抬起头，"你这又是文饰。"

　　陈晓时想了想，说："是，我这又是文饰，我的潜意识反抗这种解剖，但我此刻的理智决心打破这抗阻。"自己说的是真话吗？心中更深一层的理智在审视：这是用承认文饰的方法进行更隐蔽的文饰。

　　"你似乎说过你有一点恐高症，对吧？还有，你为什么喜欢最后离开咨询所，一再检查水龙头，煤气，门锁？你有时对传染病也表现出过多的恐惧，这些都说明你也有些精神神经症。你也承认？但你如何解释这些呢？你总爱讲：人长期工作、生活紧张，感受时间的压力，也容易患精神神经症。这是不是你的潜意识在为自己开脱？我的意思是说，你的潜意识中是否压抑着真正令你恐惧、疚愧的罪过感呢？"

　　很静，恍惚中出现一堆线条锐利的岩石。蒋家轩不说了，因为他的情绪发泄完了，自己也感到气氛的尴尬了。自己想笑笑，和缓一下气氛，但却不自然，而自省的光亮立刻便照见了：自己又想文饰。

　　蒋家轩的话对自己是有震动的。为什么呢？那不是精神分析学的一些常规分析吗？莫非自己不知道？对了，自己的恐高症是从几年前和一个女朋友吵架开始的，那看来是确凿的事实，自己也那样认为，实质上呢？是否也是潜意识搞的目标转移呢？自己深层心理中是否有真正令自己恐惧、疚愧的罪过感呢？……他不愿意往下想，往记忆深处看，好像站在一个恐怖的深谷边，弥漫的白雾千万不要散去，峡谷深处如果真的显露出峥嵘怪石来，就太可怕了……这又是心理中的抗阻了？自己解剖了多少人，却没有这样解剖过自己。仅此一点就表明：人是多么的"保护"自己。

　　自己该是有勇气解剖自己的。他极力这样想，"证明"自己的无畏与彻底。然而，同时便觉得没有一点那种光明、愉快、优越、从容和有兴致的感觉——那是在解剖别人时都有的——只觉得多了一桩烦恼的、不快的、灰暗的事情。这又是文饰的力量。他感到蒋家轩令人厌恶，心中充满对他的憎恨。（这又是自己要文饰的心理。）要克制住自己，要笑笑，要讲点什么，立刻便觉得自己的情绪冻结在腮帮子的肌肉中了，笑得不自然。两种对立的情绪使肌肉处在困难的境地，然而，这只是一瞬间的事情，马上就能化为自然诚恳的笑了，就要张嘴说话了，门开了，有人进来了，是夏平。他顿时感到轻松了。（轻松什么？一瞬间理智的光照掠过：又是在"文饰"。）

"羊士奇自杀了。"夏平说。

众人都震惊了。

"他上吊了，今天凌晨发现的。"

羊士奇。每个人在世界上都占有一定体积：其身躯，其周围的空间。然而，他却越缩越小了，周围的空间已经没有了，只能容纳他的身躯，没有一点活动的余地。身躯也越来越缩小了，变成一个半尺高的小人蜷在肚子里，最后缩到丹田，只剩一个几何点了，体积等于零了。再缩下去，便是负数了。他不仅不该占有任何体积，而且他欠着世界的空间了。

他的自尊，他的地位，他的价值（他的劳动），都不复存在了，他的笔记，手稿，连同他编译好的几十万字的著作，还有资料书籍，都让于粉莲消灭了。他整日痴痴地走来走去，上班如同鬼影移进厂门，下班如同鬼影移出厂门。只有别人狐疑打量他的目光，再无他投向别人的目光了，这个世界与他毫无关系了。借过什么东西，欠过谁的债，都一一还清了；对他有过恩惠的人，他一一写好了感谢的信，封好了，准备一并寄出；还有什么没做的呢？

他坐在桌前一个人恍恍惚惚地想，许许多多的景象飘忽忽浮现出来。一双高筒皮靴；于粉莲的长脸，粗糙，难看；松柏树，浓荫下密密匝匝的人群，一本打开的书立在面前挡住一切，无数张脸，看不见人身，好像是脸谱；垃圾筒，楼房，垃圾堆上有一个马粪纸的饼干盒，红红绿绿的画，风吹过来，被撕裂的盖子在哗啦啦飘动；一根细竹竿抽打着马路，小男孩在跑，手里的风车在旋转；黑夜，青色的天空，高楼大厦般的黑色悬崖，一道瀑布也是青色的，无声地泻了下来，他在瀑布下淋浴着，凉透了，从头到脚，他自己变成冰了，也是青色的，从自己的整个身躯往外望着，黑魆魆冷清清的世界……

想到夏平了，她文弱而纤瘦的样子，善良的微笑。冰冷的世界中有一抹暖意，黑色悬崖上的冥冥天空似乎有了一笔淡淡的橘红？该给她写封信。

你翻译的文章我看了，已经挂号寄回了，收到了吧？你很有才华，翻译得很准确，而且很流畅，你的中文很优美，你的字也写得很清楚。我不能帮助你什么，我其实是个很软弱的人，我是该被人遗忘的。望你珍惜自己的才能，你是大有希望的，我相信整个社会的生活都是大有希望的……

好了，都没有了，干干净净了，清清爽爽了，只剩最后一个牵挂了，那是最大的牵挂。寒冬中，冰体透明，他却怀抱着一个暖暖的小熊猫一样的洋娃娃。

薇拉，来，到爸爸这儿来，爸爸忙完事了，该领你出去玩了，他在桌旁转过头说。五岁的女儿正乖乖地趴在凳子上用蜡笔画画，这时垂着手慢慢走来了。她用一种异样的目光看着父亲。你怎么了？他问。女儿今天一直用一种大孩子般的目光打量他，她看出什么了？薇拉，你为啥不说话？女儿贴在他身前，有些委屈地微微了摇身体。你画的什么画，薇拉？他拿起了女儿手中的画纸看着，目光凝冻了起来，他擦了擦眼睛。白色的土地，蓝色的天空，树林旁一幢棕色屋顶的小房子，门前一条路，弯弯扭扭伸向远方；有座小桥，桥上有个兔爸爸，背着行装回头向兔娃娃挥手告别；兔娃娃一手挥着一手擦着眼睛……你怎么想起画这个了？他抚着女儿的头发问。女儿不说话。是照小人书画的？他又问。女儿还是低着头。他感到心酸，他不该离开女儿，可他却勉强地笑了：你猜到爸爸要出差走了是吗？女儿抬起头观察着他的脸，他又笑了笑，感到自己眼睛的潮湿：今天爸爸还不走呢，要领你出去玩一整天，好吗？女儿咬住下唇点了一下头。

于粉莲今天去厂里顶别人上白班，还要接着上她的夜班，挺好，他可以从从容容安排一切了。给女儿穿戴好了，漂漂亮亮鲜鲜艳艳，领着上街了。动物园大不大，好玩吗？最喜欢哪种小动物，猴子和狗熊？会画吗？那边是天文馆，等你长大一点再去看，里面的世界好大。这些都记住了吗？好，咱们去紫竹院公园。儿童游乐场里，这儿好玩吗？他抱着女儿坐转椅，坐飞机。高不高？上天了吧，又下来了吧？女儿小脸上绽开笑容了，像花一样可爱。他牵着她走，女儿高兴了，一颠一颠地唱着歌。进商店了，花花绿绿，她东张西望着。你要什么？爸爸给你买。孩子懂事地摇摇头，她知道妈妈厉害，爸爸从来是没有钱的。可他今天有钱，他把这一生最后一篇文章的稿费预支了。一身漂亮的衣服，一个吹气的漂亮的塑料长颈鹿——女儿幸福地抱着它，脸贴着它，跟着父亲又进了一家新开的西餐馆。父女俩坐下了，像火车座位一样相对的椅子方桌，临街的玻璃窗。像坐火车一样吧？他要了沙拉，牛排，鱼，面包，奶油，果酱，汤。

好吃吗，薇拉？他把果酱抹在面包片上递到女儿手里，女儿咬了一大口，嚼着：好吃，爸爸你也吃。她舀了一勺沙拉送到他嘴边，他凑过去吃了。爸爸，好吃吗？女儿问。好吃，薇拉喂的还能不好吃？他笑了笑，和女儿脸离得很近，两个人相视着。爸爸，你真好。女儿说。薇拉也好。他说。这虽然不是自己的亲骨肉，可和亲生的一样亲。难道让她一个人在这个世界上生活吗？第一百次想到这个问题了，然而，黑色的悬崖，青色的瀑布，他淋浴着，又成透明冰体了。

夜晚了，女儿要睡了。爸爸，你睡吗？她看着他。不，爸爸要晚点睡。薇拉，爸爸如果真的出差走了，你会想爸爸吗？我不让爸爸走。薇拉带着哭音说。好孩子，你是爸爸的好孩子，爸爸现在不走，你睡吧。女儿睡了，他看着她。台灯光被他挡了一本《看图识字》，变得朦朦胧胧。女儿睡得很香，嘴角溢出一丝笑容，是到梦里去了。那是个虚幻的世界？或许梦境是个更高级的、现在还未被人认识的世界吧？

他要离开这个世俗的世界了，女儿醒来会哭的。然而她还会活下去，她经历了人生的苦难后会长成可爱的大姑娘，会结婚，会有幸福的小家庭。她不会忘记他，可多少会淡漠他。到那时，如果自己真的有灵魂，一定会游荡来看看的。二十年后了吧，女儿的房间里灯光明亮，隔着粉红色的镂花窗帘，有她做母亲的微笑，有摇篮，有冒着白汽的奶锅，有舒适的沙发软床，有穿着银灰色毛衣文质彬彬的丈夫——他正在往奶瓶里倒奶，有温馨的一切……他在黑夜中不禁深深地惆怅了……

这个世界，生着的人有无数困扰和折磨；但除此，他们还有一个简单而巨大的问题，那便是死。其实世界上原本只有两个问题：生与死。

如果自己能重新生活，该有一个什么样的妻子？什么样的家庭？眼前又飘动起粉红色的镂花窗帘，明亮的灯光，二十年后的女儿已做母亲……自己将翻译许多书，写许多书，将随代表团出访，将面对微笑与鲜花，将再有自己的女儿……

后半夜了，他再一次走到女儿床前，她酣睡着像一个春天。他把今天新买的衣服放在她枕边。又凝视了一会儿，俯身轻轻吻了吻她的小脸。再见了，我的好薇拉。爸爸要出差了，你乖点。爸爸刮了胡子了，这一下不会扎疼你的，好好睡吧，祝你幸福，我的好孩子。

他走到门口拉开门，又回过头停住了。他已经把钥匙解下留在桌上了，他迈出去，碰上门，就再也进不来了。他在门口犹豫着，他该不该再回到床边看女儿一眼？再轻轻吻她一下？不，他感到自己动摇了。内心冲突着——既剧烈又平常，既长久又短暂，还没来得及有任何明确的思考与结论，他已然把门轻轻拉上了，撞锁已咔地响过了，他和女儿永别了。人生中许多重大的抉择就是这样做出的吧？

秋天的深夜已经清寒，月亮好高，接近正圆，冷冷的照下来，让人想到宇宙浩渺。一块薄云浮在碧空，像一个头朝西的娃娃，又像个头朝东的熊猫，还像几个头朝南的小企鹅。世界人生都像这朵云，你看像啥就像啥。他又在空中看到于粉莲那张难看的大脸了。此刻，他对她什么感情？仇恨？厌恶？敌视？不知为何，他多少感到可以惩罚她一下的快感。他真想向空中发一声喊：你好好活吧，你发疯吧。

他没有喊，只是有些高一脚低一脚地走着。道路不平，整个城市，要不是明亮的月光，要不是黑暗的阴影。他钻出黑暗走入光明，又钻出光明走入黑暗。

好了，到了他选择的地方了。一个他视为神圣的地方，黑魆魆的楼影。空寂，冷清，树杈。他将在这里写下一生的句号。死是生命的否定。然而，死是否也能算生命的一部分呢？如果这样，他是在一生中做出最后一个勇敢的行动了。他要发一声呐喊……

晚上，妻子回来了，陈晓时原本以为自己克制得很好了，会有相当的风度与温和，连最初要讲的话与笑容都是反复准备好了的。但这一切表演没维持多久，他就发作了。

你们一天干什么来了？一定是他请你吃饭或者你请他吃饭了。你不要解释，你一见他就想起了许多难以忘怀的往事了。你又把他的弟弟妹妹拉出来干什么？纯粹是谎话。你见了他一定是缠缠绵绵了，他处境不好？哼，那才激起你的同情呢。同情不是爱？是不是爱，可有了爱再同情，那就是加倍的爱了。让我别丧失自信？我当然自信。我只是对你不相信。为了你那一点浅薄的感情享受——你还不承认那是你的享受？——你不惜伤害我们之间的关系。你太自私了，太拙劣了，我根本不相信你的解释。你别给我做解释，你不要把别人拉进来。你们俩在一起怕什么？他老婆不在，房间窗帘一拉，你们愿意怎么表达感情就怎么表达，你可以补偿夙愿。我胡说八道？我才不胡说八道。我没有涵养，没有胸怀，对了，我就是这样，你愿意去痴情就痴情吧。孩子可以丢在家里，一切都可以牺牲，你就要实现你那一点感情上的虚荣与快乐。我知道你好，对什么人都善。那是你初恋的对象，你更得善了。你要安慰他，鼓励他，你要让他感到温暖，感到人生的价值，你要让他永远为他过去失去你而痛苦，你要让他觉得你伟大，你要在一种又伤感又美好的情感中获得陶醉。那多刺激人心啊，我才不嫉妒呢。他算什么？不过是不值一文钱的伪君子。我骂他你急什么？我诬蔑你了？我蛮横无理了？我骂他你就是心疼嘛，要不你急什么？和那样一个痞子能在一块儿混一天。我看不起他，也看不起你。你和那些跳来跳去的女人没什么两样。你不惜破坏最宝贵的东西去满足自己的低级趣味，你根本没有想到过自己还有这个家，还有孩子。你去吧，你以后可以天天去，愿意去哪儿就去哪儿。我不想见你，根本不想你回来，你永远不回来才好呢。……

　　妻子解释，妻子屈辱，妻子顶撞，妻子不吃饭，妻子趴在床上痛哭失声，妻子长时间地抽泣着。他终于发泄完了，终于知道妻子受的折磨已超过他受的折磨了，终于明白自己是在冤屈妻子了，理智回来了，他平息了，开始在屋里走来走去，开始劝妻子吃饭，开始抚摸妻子抽动的肩背，开始认错，开始捧起妻子双眼哭红的脸来亲吻，开始有了温情。

　　晚饭后，很久。妻子铺好被子，坐在床边，看着他的背影，温柔地讽刺道：你还是哲学家，搞人生咨询呢。你真是太"理解"人了。

　　他正坐在写字台前发呆，略略醒悟过来，回了一句：再伟大的人，其实他也很渺小。

第十九章

京都的一些人在议论《参考消息》上的一篇消息："未来世界的动物"。五千万年以后的未来世界上，地球上的动物将变成什么样呢？英国地质学家及权威生物学家德格迪臣在《地理杂志》上对这个问题做出如下预见性描述：

五千万年后的地球，在动物的名单上，人类将会榜上无名，这实在是一件值得惋惜而又痛苦的事情。因为由于科学发达，说是进步，其实乃是退步，人类在那段时间之前，就已经被自己的科学毁灭。

可是在另一方面，许多动物却可以适应环境的改变，使它们自己在不断蜕变的气候与地理环境下继续生存，与此同时，它们的体积及官能同样地与现时大不相同。

德格迪臣博士认为，一直以来，人类控制了环境，使动物的变化停住了。但是，在未来的日子里，当人类把自己毁灭了之后，许多动物就会转变得很快。

在地理环境方面，五千万年以后，大西洋和太平洋都会比现今缩小了很多，东南亚会和大洋洲连接，非洲则保留得和现在差不多。人类科学家无法控制地壳的移动，他们的科学保护不了自己，终于首先被毁灭了。地球上的自然平衡受了影响，其他的生物也改变了，人类养的牲畜会追随人类死亡，能够适应环境的则逐渐改变。

长期受人类压抑的老鼠会迅速繁殖，体积会变得狼狗般大小，口里长着剃刀般锋利的齿，并且会成群结队猎取食物。不过鼠群对箭猪仍然没有办法，因为那时候的箭猪身上的刺会变成坚硬的甲，遇到了危险就会蜷缩起来，成为一个钢球。仍然爬行的蛇能够把致命的毒液喷射到十米以外，那时会有一些无翼的鸟被它们猎食。兔子会长出一对长脚，跑起来比现在更快。还有用两只脚行走的"兔猴"。骆驼也会跳而且跳得很远，能够几个月不进食仍然生存。

李向南又到医院做了 X 线钡餐检查。还做了一系列相应检查。这次是专门联系的最有经验的医生。

根本不是癌症！只是胃炎。

生活对他开了一个天大的玩笑。两个星期来的全部怅惘，人生伤感，对生死的考虑，各种超脱的开悟，现在都显出一些矫情和可笑来，他一时有些不敢相信检查的结果。但是现在结果的权威性、明确性是不容怀疑的。以前医生的种种说法显出了轻率和平庸。他如做梦一般恍恍惚惚地接受了新事实。他理应感到轻松。他也便真的感到轻松。癌症的阴影消失了，天空似乎从阴郁中明亮起来。

但他并没有为此欢欣鼓舞，并没有很好地品尝这种轻松。

当他走出医院时，只觉得自己从那种带有宗教情绪的人生哲学思考中走了出来，又像以前那样现实了，又考虑起各种要做的事，各种要开拓的功利了。他立刻审视到自己这个"世俗化"的思想变化，一瞬间又做了自我批判。癌症的阴影，死的可能性，这些天来毕竟促使自己做了超脱的思悟，这是非常宝贵的。一个人是该有越来越清醒的人生哲学。癌症的阴影消失了，他同时失去的是那种沉郁、自怜自爱的情绪环境。任何疾病都会给人带来一种可以沉溺其中的情绪环境，可以以此来博取别人的关心、安慰与同情。那是很容易腐蚀人的。

现在，他又必须像一个健康的强者面对现实的一切，只是比以前更达观而已。

后天就是十一国庆节了。

六岁的涛涛是个可爱的孩子。看到爸爸忙，自己便坐在一边玩，看小人书，等着。这个漂亮的大姐姐也在等着和爸爸谈话，他知道她叫陈小京，是个中学生。

陈小京今天要找陈晓时：陈老师，我们要举办科学节，我来送请帖，请您一定去。她说。看到又来了一群人，她便往后退了退：您先忙，我等会再和您谈。她便坐到一边，有了和陈晓时的儿子聊天玩耍的"义务"。

你长大愿意当科学家吗？陈小京问，她和这个小男孩并坐在大沙发上。

不。涛涛认真地回答。

喜欢当工程师吗？

不。

作家呢？画家呢？音乐家呢？

不，不，不。

那你愿意干什么？

开汽车。

开汽车？这真是六岁儿童的幼稚理想，他们还什么都不懂呢。你长大肯定就不愿意开汽车了。

愿意，就愿意。

她笑笑：还愿意干什么？

开摩托车也行。

还有呢？小京含着大姐姐的微笑。

他，最好有一辆小汽车，再有一辆摩托车，对，摩托车比汽车更好，像电视上看到的穿越大沙漠的那个人开的一样的，戴上一个亮闪闪的头盔，再背上一支猎枪，穿上黑皮靴，腰里最好再挂支手枪，胸前还挂个望远镜，像船长挂的那种，想开到哪儿就开到哪儿。摩托车带斗的，可以带上王荷和朱雅丽，她俩是班上最好看的女生。对了，手枪要连发的，猎枪最好像冲锋枪一样，下面有个梭子，一次可以装二十发子弹，开到大森林，打上老虎、鹿、野鸡，就升上篝火烤着吃，火上支个三脚架，吊个铝锅烧开水，带把刀子。要不当足球明星也可以，参加国际比赛，一个人带着球往前冲，过一个人，再过一个人，一脚灌门，进了。人们为他欢呼，好多姑娘给他扔鲜花。还要练远射，硬功夫，一过中线就抬脚射门，足球像炮弹，飞过去，打大门的四个角，射一个进一个。足球队有他就百战百胜。……

陈小京听着笑了：真有意思，幼年时的理想全和梦想一样，又好玩又可笑。他们说得还挺认真，你若反对他，他还和你争，连父母也说服不了他，等他们再大一点想法就会变化的。自己六岁时，还一直幻想成为小学生跳皮筋冠军呢。

黄昏时，小莉来找他了：向南，祝贺你走出了癌症的阴影。我的直觉没错吧。你根本不会得癌症。走，咱们去人大会堂参加国庆联欢晚会。她又是快乐的、生气勃勃的，周身放射着光热。天下最有意义的生活是什么？是有目标。最有吸引力的目标是什么？那就是既有光辉的价值，又有达到的希望，既有达到的希望，又要有一定的难度。人活着要有追求。她说。你这算什么深刻哲学？人们说俗了的一句格言。李向南笑笑。她也笑了：可你知道我的具体含义吗？生活就是追求，爱情也在于追求。爱情是没有最终结果的。把结婚当成爱情的目的，那结婚便是爱情的坟墓。爱情就是个过程，过程就是没完没了。一个痛苦完了，便来一个快乐，一个快乐过去了，又有一个痛苦。你明白我的所指了吗？李向南微微笑了笑：我的智力还略大于零。小莉活泼地一甩目光：你知道我此刻想的是什么吗？我今天要陪你去北京最热闹的地方，要让你感到快乐。你缩在家中有什么意思？她扫了一下屋里。窗外天半明半暗，屋内没开灯，是昏暗模糊的，李向南坐在桌前正在写着什么。

他站起来了：好。

俗话说："只有享不了的福，没有吃不了的苦。"真是百倍的深刻。有人说：福哪有享不了的，苦才有吃不了的。这句话应该颠倒过来。任何苦，只要必须吃，躲不过去，活着的人，想活的人，都必定能承受住。自己不是在仕途上困厄重重吗？疾病和死亡的危险不是笼罩过自己吗？万念俱灰的情绪不是一次又一次袭击着自己吗？然而一旦承受住了，也便获得精神上的平衡。此时与小莉一起往街上走着，看着熙熙攘攘的人流不感到一种宁静和平的心态吗？

狂热地追求过了，奋斗过了，激昂慷慨过了，叱咤风云过了，挫折过了，困难过了，大起大落过了，跌宕过了，仇恨过了，悲愤过了，嫉妒过了，疚愧过了，痛苦过了，煎熬过了，忐忑不安过了，恐惧过了，死去活来过了，惆怅过了，惘然若失过了，幻灭过了，甜酸苦辣都尝过了，红绿黑白都见过了，一切都纷纷扰扰经过了，现在有了一些超脱和达观。

他正在悟透人生。

下了公共汽车，换乘地铁。从前门地铁站口出来，面前已是人山人海。一排又一排警察在维持秩序，指挥交通，疏通着人流车流。往前走，天安门广场上更是波澜壮阔，几十万人聚集在这里。黄昏中，缤纷的色彩，喧嚣的声浪。再往前走，接近人大会堂了，警察及军人组成的防线把南来北往的人流都拦住了，只见一辆又一辆小轿车穿过防线驰到人大会堂门口。那里早已灯火通明。

我们要过去，小莉挽着李向南对警察说。警察神情严肃，一手横挡一手挥着，示意人们后退。我们要去参加人大会堂的国庆联欢晚会。小莉又说。有票吗？问。小莉拿出了票。警察放过了他们俩，又拦住后面的人流。

又过一道警戒线，这才进入人大会堂宽阔的门前区。

你看那些人。小莉一指，隔着马路，广场上无数双眼睛羡慕地朝这里遥望着。他们没票就过不来。这儿是"国会大厦"，这儿是中央权力的象征，这儿是丰富多彩的晚会，这里堂堂皇皇。小莉一边走着一边感到着自己的优越，在这个世界上，人就该有差别。

一步步登上人大会堂宽阔的台阶，探照灯从左侧贴地横射过来，加强着已经很光明的亮度。好高的台阶，到门口了，许多的大门，人流朝里涌着。李向南突然停住：咱们在这里站一站。他们转过身居高临下观看着，下面是一排排、一行行的小轿车，对面广场上人海稠闹。暮色开始降落下来，广场上彩旗飘动，天安门城楼红灯高挂，雄视着灯河般灿烂的东西长安街。

"你知道我想到什么了？"李向南说，"我想到昨天夜里的梦了。"

"讲讲。"小莉说。

他讲了。

"梦是没有实现的欲望。"小莉说。

他转过头看着小莉，思索了一下。自己现在不是很超脱、很达观吗？自己的夜梦是什么欲望呢？

凝望着浩瀚人海，他眼前又飘忽忽浮现出幻象：他乘坐探险的宇宙飞船失事了。两年后，他又创造了奇迹，返回地球了。降落场上欢迎的人群黑压压一片，那些曾经幸灾乐祸的人大惊失色，无地自容，那些曾弹冠相庆的人恐惧万分，那些为失去他而痛惜的人兴高采烈，那些为他痛苦悲伤的人挥着鲜花，其中有那么多可爱的女性。有林虹，好像也有小莉。小莉泪流满面，手中挥舞着鲜花迎面跑来。可她后面似乎还跟着一个翩翩男性。见到自己回来，她是万分欢喜的，然而在他失事的这两年中，她是否遗忘过他呢？……

陈小京仰起脸看着范丹林："您一定不记得我了吧？"范丹林耸耸他那很平的肩，故作惊讶地说："怎么会呢？"自从那天清晨与她进行了一场英语会话的较量后，他就记住了这个可爱的中学生。

陈小京笑了，她像男孩一样穿着牛仔裤，夹克敞开着，双手插在袋里，洒洒脱脱地斜伸着一条腿："那你怎么不知道'他'是谁啊？"

"知道，不是你初恋的男朋友吗？你们学校学生会的主席，他，还有你，你们，正在筹备第一个中学生的科学节，对吧，我没有遗漏吧？"

"可'他'就要去美国了，同他父母一起。"

"是去定居？"范丹林并不觉得有什么了不起，但他是姑娘最信任的人，就要表现导师的关心了。而他的关心、分析、指导过于不厌其烦了，最后，陈小京自己觉得这件事翻来覆去谈够了："就这样吧，他去也挺好的。"她用成年人的豁达口吻说道，好像是她在劝导范丹林。倒是一直为她费心思的范丹林觉得有些扫兴："那你的长远打算呢？你总该有长远打算啊。"

她对未来什么想法？人生应该有理想，应该创造性地生活，不该平平庸庸。她中学毕业上大学，大学毕业也争取去美国留学。她和"他"将在美国汇合。攻硕士，攻博士，再一起回国。他们可以在美国开往中国的海轮上结婚。他们要坐一次轮船，过太平洋。她要当个大翻译家，把中国的名著翻译出去，把西方的名著翻译进来，成为最权威的版本。"他"要当大外交家，参与最棘手的外交谈判。她和"他"要建立丰功伟绩，充实而幸福地生活一辈子……

范丹林含着宽容的微笑听着，十六七岁的女孩子对未来的理想简直是一片灿烂。她以后一定能出国留学？体验了初恋的她在七八年后还会与"他"热恋如初？"他"不会改变？她和"他"当真能在美国汇合？她真的能成为大翻译家，而"他"会成为大外交家？……他们的想法似乎很具体，但生活远不是这样，其中任何一步落空，一切就都成泡影了。人在青年时代都靠这种浪漫的理想支撑着生命的活力，而实际上，几乎没有一个人能实现（更不用讲完全实现）青年时为自己设计的蓝图的。像这个陈小京，未来会什么样很难说，他们太不了解生活的复杂性了……

一进入大会堂，前厅内热闹非凡，这里是有奖游艺。套圈，红红绿绿的藤圈向小熊、小兔、小狗、小鹿飞去，套圈的人往前探着身小心翼翼地抛着，套空了，围观的众人一声叹息。套中了，众人拍手。套完了，或兴高采烈地去领奖，或拍拍手再到后面去排队，蠕动的队伍便往前挪一步。掷球，一个个彩纹皮球向袖珍篮筐抛去，进了便是好球，不进便滚到一边。一个女篮球运动员，拍着小皮球掂量着，十发八中，好准，一片欢笑。高高大大的她挽着同样高高大大的男朋友领奖去了。射击，钓"鱼"，迷你高尔夫球，电子游戏……一摊一摊，项目繁多，数以千计的人在厅内喧哗玩耍，到处晃动着儿童的笑脸。

他们在厅内转了一圈，看中了猜谜：这最有意思。人们仰看着千百张彩纸条，上面写着谜语。你猜两个。小莉说。好，猜两个。他有了一点兴致。"上不上，下不下——打一个字"，这不是卡车的"卡"字嘛。"方方一座城，城上二十一个兵守城，城中十个兵巡城，城下八个兵扫城——打一个字"，这不是"黄"字嘛。……好了，够了，可以领两个奖了。一人一个。他们手拉手往领奖处走。人类为什么喜欢猜谜？他问。喜欢比智力呗。她答。他笑了笑：人类总是对未知的事情感兴趣。你想想，军事上的判断，政治上的预计，经济上的预测；生活中，对人的判断，对大自然、天文地理的调查，对社会的研究，上天入地，勘探海洋，研究微观世界，探索宇宙，人类始终是在猜各种谜语，始终是在求各种谜底。小莉快活地接着说：还有对人自身的研究。是。他点头：人要研究的谜太多了。未知是一大魅力，甚至可以说是生命的全部动力。人类是靠思想占有世界的。未知就是未占有，未占有才有吸引力，才有热情。你刚才讲的追求不也是如此道理吗？

你要当哲学家？小莉说。

我这些天想研究人生哲学。李向南说。

你再看这儿所有的游艺，几乎都可以看成人类生活的缩影。他又说。缩影什么？人生就是竞赛，就是争奖？小莉问。可以这样说，而且项目很多。你可以选择各种项目，首先选择就要恰当。选择对了，就最可能获得成功，选择错了，就才智枉费。他答。那你选择得对吗？小莉又问。我？我现在不想具体谈我。项目选择对了，你还要发挥得好，既有你的能力问题，也有你的机遇问题，你套圈呢，旁边人碰一下你的胳膊肘，你就不行了，必然性、偶然性都是有的。还有，失败了要有重新排队的耐心和勇气。他又说。那你呢？小莉又问。他笑了：有时光有耐心和勇气不行，如果队太长了，联欢晚会就要结束了，你就失去再排到的机会了。

过前厅，入大会堂，一万多座位几乎座无虚席。舞台上演歌舞节目，第一个是杂技"狮子滚绣球"，正是满堂红火热闹。站着看了看，出来，楼上楼下各厅里走走看看。桥牌厅内一片优雅闲淡，棋弈厅内围棋国手在进行表演赛，象棋则是在"国手应众"，一个国手同时与十个游客对弈。还有乒乓球厅，国家队运动员在进行表演赛。

你累吗？小莉看了看李向南的脸色，两个人并肩缓缓走着。

不累。

快乐吗？

不能用快乐来形容，不难过。

你现在想什么呢？

我现在挺安详挺淡泊的，好像对一切事物都看得很清醒，对一切人也挺宽容。像刚才那个人踩了我一脚，还蛮不讲理，我也不生气，只是笑笑。我现在好像是在看一部无声电影，自己与所有的人在上面活动。我看着自己，思想飘来飘去，想着各种道理。世界挺透明，自己也挺透明。

你能看透自己吗？

我想这样，我给你讲讲刚在人大会堂门口遥望广场时的一个幻想吧。我想象着自己乘飞船去宇宙探险了……他讲完了。

小莉惊愕了：我做过一个梦。和这相似。她把梦讲了。

两个人在厅内的一张长椅上坐下了。

你说，人有第六感觉吗，有相互感应吗？李向南说。

有，要不为什么咱俩做一样的梦？

我那不是梦，我只是幻想。

你那是昼梦。白日梦。

昼梦？他想了想，通了。既然是昼梦，它也该是"没有实现的欲望"了？人是需要有些梦的。神话是整个人类的梦；梦，是一个人的神话。然而，人活在世上不能靠梦生活，更多的要靠透彻的理智。人应该有的是理想，是切合实际的目标。

理想实现不了不就是梦想？小莉说。

他思想中感到一下有力的震动，一道白色的光柱斜着照进脑海。他一时来不及细细审视，只是又说了一句：那就该使理想更符合客观规律。

母亲去世一些天了，范丹林越来越觉得这是一个巨大的失去。母亲活着，那样迂腐，那样唠叨，那样烦聒，那样不讲情理，她一旦离开了，自己便觉得这个世界缺了一块，好像有一边塌陷了，不见蓝天，不见绿地，是个巨大的黑洞了。宇宙的黑洞意义是可以想象的，感觉上的黑洞呢？

另一方面，他又比较快地适应了这个现实。那天塌地陷的黑洞，他不往那儿看，不多想，让其在心中隐隐矗立着就罢了。母亲的逝世让他明确感到了自己的年龄，他已过了而立之年，他已不是青年——虽然社会上还称他为青年经济学家，该更加脚踏实地地思考和生活了。

他踏入父亲的书房准备和他谈谈，母亲的辞世，真正孤单的是父亲。他显得老了，憔悴了，常常独自坐在书房里发呆。自己和姐姐不管如何想办法陪他散步聊天，去公园，看展览，他的神情都是灰暗的。"满堂子孙不及半个夫妻"，这话是真理。几十年相濡以沫的生活已经使他们融合了，各自成为对方的一部分了。两个泥人打碎了揉在一起，再捏成两个新泥人，你中有我，我中有你了。

丹林，你该抓紧时间做点事了。父亲坐在写字台前说道。

我挺抓紧的。他说。

说说你具体的打算吧，不能一年年晃过去。

我准备再出一次国，攻取博士学位，同时更全面地考察一下西方的经济。然后准备受聘于某一家跨国公司工作几年，至少一两年吧，一边工作挣点钱一边发表一些论文。整个这个阶段是我从现在起的第一单元，奠定基础。准备用六至七年时间，到三十七八岁。噢，这期间准备解决婚姻问题。

找外国人？

那我倒还没多想，我可以找在外国的中国留学生嘛。这个单元结束后，如果我在国外有发展前途，就继续留在外国，加入所在国的国籍。然后我可以经常回国，利用我外籍人的身份和在外国的地位在国内取得影响。

你不准备回国来？

"曲线救国"嘛。你要学完了马上回到国内能怎么着？委任你什么要职？顶多当个高级研究员，要不当个研究所副所长。如果不出国，从现在起在国内混上六七年就更难了，连熬个副所长都没多大戏。

再然后呢？

我以一个外籍华裔学者的身份为中国做点事，回国讲学啦，提出一些好的经济发展建议啦。那样，国家首脑人物会一而再再而三地接见我，我可以乘机把我关于中国经济发展的战略建议一次次提给他们，他们会尊重，会采纳。采纳了有效益，就更重视我，尊我为上宾。我在国内有了与高层的普遍联系，又深知中国国情，就会在国外更提高我的地位，很多外国财团、实业家都会愿意聘请我。这样我可以两面得好，挟以自重。

你就这样"跨着国"？

如果有一天，当我露出想回国的考虑，中国方面愿意委我以重任，让我进入上层决策或咨询机构，那我就回国，从此一心一意在国内干。达到这个目的，可能又要用五年以上时间吧，第二单元。我不着急，那时我最多四十三四岁，正年富力强，可以大干一番。干上二十多年，到六十五岁，算第三单元。然后退休，写十年书，到七十五岁，第四单元。七十五岁以后，第五单元，我先不安排了。

范书鸿看着儿子半晌没说话，然后把一本打开的杂志递过去：你要抓紧时间，什么事别想得太容易，人一生没有那么从容，你看看这份小资料。

范丹林接过来了，"一生时间用途的统计"：

据西方统计学家指出，假如一个人的寿命为六十岁，那么他总共有二万一千九百天。一生时间的用途分别为：睡觉二十年（七千三百天）；吃饭六年（二千一百九十天）；穿衣和梳洗五年（一千八百二十五天）；上下班和旅行五年（一千八百二十五天）；娱乐八年（二千九百二十天）；生病三年（一千零九十五天）；等待三年（一千零九十五天）；打电话一年（三百六十五天）；照镜子七十天；擤鼻涕十天，最后只剩下三千二百零五天，即八年零二百八十五天用来做有用的事情。

哪有这么怕人，杞人忧天。范丹林笑着放下刊物：我穿衣梳洗绝用不了五年，也不会生三年病，娱乐，我也不会花八年时间。

他说完，起身走了。

范书鸿看着儿子的背影：他还年轻，虽然已成熟，但还有好多梦想。自己年轻时也曾雄心勃勃，可后来呢？人生如梦……

人大会堂的宴会厅布置成了舞厅，数以千计的人在起舞，在旋转，描绘着彩色的旋律。年轻人穿着文雅打扮入时；中年人穿着潇洒气质雍容；老年人是安详的，高贵的。一对年轻人在眼前舞过，小伙子又帅气又英俊，姑娘又活泼又鲜亮。

咱们走吧。李向南对小莉说，他们刚进来，站着观看了一下。小莉收回目光，她感到脚底下发痒了，乐曲的节奏已进入了她的血液，兴奋了她的神经。咱们跳跳吧。她说，你不会，我教你。

我不喜欢跳舞。

为什么？

我宁肯游泳，爬山，长跑。跳舞是贵族游戏，我不喜欢它。

这怎么是贵族游戏？舞蹈原本是劳动中来的，你看非洲，看那些少数民族，不都是底层劳动人民载歌载舞？

他笑笑：那你跳吧，我坐在边上看看。

小莉犹豫了，正好有个小伙子走上来邀她，她探询地看着李向南。李向南微笑着冲她挥了一下手，她犹豫了一下，和那小伙子舞入人群中了。

为什么自己不喜欢舞会？他自省着，今天他有着透彻的理智。刚才一踏入舞厅，像每次踏入一样，就感到一种"自卑"，他不是这种场合里的人。这里需要漂亮，需要风度翩翩，需要体态潇洒，需要现代派的帅气或古典派的绅士风度，需要油亮的背头，或时髦的长发，需要艺术的灵感，舞姿的洒脱，需要善于享乐的欢快轻松，需要风流，需要放荡，需要"多情"，这都是他没有的。他便有了受压迫感，转而有了敌意，便贬低它，批判它，蔑视它；同时又提起政治家的优越感来支撑自己。他是有思想的，有魄力的，有政治才干的，有领导艺术的，有组织手腕的，有讲演才能的，有幽默风度的，有在另一种场合感召人的魅力的。

自信与优越感，敌视与冷蔑，贬斥与批判，竟然都发自于自卑，都源于心理自卫与自我支撑。原来如此。人常常是多么不了解自己啊。

小莉在一圈圈舞着，时而出现朝这儿看看，时而又隐没在旋转的人群中，她脸上放着兴奋的红光。她是陪他来的，她想让他愉快，她为了他曾在起舞前犹豫过，然而她最终还是为了自己的快乐而活着的。这是一切人生活的出发点，自己该懂。倘若自己以后能重获健康，要和小莉这样的女性共同生活，就要有看着她一个人在快乐中跳舞的心理准备。他又想到刚才小莉的话了："理想实现不了，就是梦想。"自己该思悟一下，理想和梦想是什么关系？自己曾经有过多少理想，实现了吗？

现在一定要切合实际，要有一个个非常切实可行的、能够实现的计划。

他一生最重视的是计划，理想不过是一个个实现的和将实现的计划的指向，人生应该立在这个切实点上。这样想，透彻了吗？自己现在的计划是什么？

……

小莉从舞场下来了，脸上汗津津的，她边擦边兴奋地说笑着。她看着他目光闪动了一下，想到了什么："你生气了吗？"

他看着她，感到自己的宽和："我为什么要生气呢？"

范书鸿。几个出版社同时都来向他约稿，都非常迫切。这激起了他的工作热情。《佛教通史》、《佛教与儒》、《诸子百家》这三本书是确定了下来，准备先后写完，也可有所穿插。另外，他又有的写作计划是《孔子与孟子》，《先秦思想史》，《中国古文化概论》，还有几本名字没确定。过去是想写书不能写，写了没人出，出了受批判；现在形势好了，到处等着要他的书了，一生的学业没想到竟可以在晚年施展了。

他已年近古稀，可他身体还好，无大病，只要注意锻炼保养，再活十年、写十年恐怕没问题。那样，自己一年写一部书，篇幅长一点的，两年一部，在这有生之年大致可以把自己的计划都实现了。

每天早晨到公园散步活动，或玉渊潭公园，或月坛公园。秋天的清晨，公园里一片清爽。草黄绿相间，绿的更多。槐树有些黄了，柳还绿，松柏更常青，空气清清冽冽。据科学家测定，一公顷松柏一昼夜就要向大气分泌发散三十公斤有益物质，杀灭各种细菌。在这里散步吐纳，清洗自己的五脏六腑，里外凉彻，总可以避百病而长寿吧。再打打太极拳，多少年不打了，荒疏了，还可以再捡起来。打上一段时间，气血充沛了，那就更有写作精力了。仰看公园内这上百米高的铁塔，真有一股直冲云霄的雄奇力量。感到自己的身体也有劲些了，挺立些了。再活十五年也不是没有希望。那样，还可以再多写两本书。没有黄金的青年，也没有黄金的中年了，现在，可以有个硕果累累的晚年吧……

他们中途出了人大会堂，站在高高的石阶上望着广场。还是灯火通明，还是热闹非常。空气中有火药的气味，放过焰火，现正间歇。

你知道吗，我终于悟透了人生和梦。李向南说。

你讲讲。小莉说。

梦是没实现的欲望，完全不受理智的规范，理智睡着了。昼梦，还是没实现的欲望，但是在理智醒着、观照下显现在想象中的。理想，还是没实现的欲望，但它在理智的支配下，有了限制、设计和塑造，含着对客观条件的估计。计划，本质上仍然是没有实现的欲望。但是在理智更充分的支配下对客观有了更具体的估计、顺应，因其势对欲望作了更充分的限制、塑造和规定。总之，人活着就有欲望。而欲望只要其没有实现，就有心理能量。只要有心理能量，它就会显现。显现在经过理智不同程度的规范后，分为四个层次：梦，昼梦，理想，计划。从这个意义上说，人一生都在梦中、在理想中、在计划中生活。一个欲望实现了，有关这个欲望的梦、理想、计划才会完全消失。人的生命要宣告结束了，一切欲望才都死灭，梦也便彻底没了。

那你现在的理想和计划是什么呢？小莉问。

他想了想：我现在把人生看得很透，没有任何过高的奢望了。

她看着他，不言语了。很多时候语言也是不能达意的，在语言"末梢"达不到的浑然感觉中，有朦胧的体验和透彻宇宙的顿悟。

他们这样居高临下地凝望着广场上如山如海的人群，这样旁观，这样间离，这样超脱。不知在什么力量的裹挟下，他们如无声电影中的人物飘飘地走下了台阶，挤入了几十万人中，如两滴水汇入了海洋。海潮广阔起伏着，人群涌涌动动翻着浪花。他们察觉不到自己了，身不由己了，随着潮涌卷来卷去。温度越来越高。一群群外地人背着挎包手拉手在人海中挤来挤去，目光常常凝视着什么地方呆住了。一伙伙从市郊农村来的人，姑娘们大红大绿，小伙儿们穿着崭新得不自然的制服，也是天上地下地张望着。北京城内的人们欢欢闹闹地拥来挤去，一对对年轻人挽着搂着，低头絮语，在人潮中全无方向地走着，不管周围的稠闹与喧嚣，他们的快乐在自己。一群群中学生大学生说着笑着嚷着，手拉手像一条条长蛇在人海中扭动着游来游去，偶尔中间断了，便是惊呼：快拉上。耳边到处有人说：同志，请您稍微闪一闪好吗？广场上一堆堆鲜花旁，无数的人在拍照。无数的闪光，无数的笑脸。合家欢聚的大家庭更像是一团团大海蜇在海潮中蠕动着，老头老太太领着孙子孙女安详地走在中间，儿子儿媳、女儿女婿左右簇拥着，儿子或女婿手拿相机，挥着手不断调度着全家。还有许多人，一摊一摊席地而坐，多是些"爷们儿"，全不顾四周人涛汹涌。他们在等着看礼花？从容地吃着，喝着，聊着。最平常的话：单位里的事。人事关系啦，房子分配啦，谁和谁闹矛盾啦，谁昨天说什么啦，自己有啥想法啦，谁小子结婚啦，送什么礼啦。

他们俩和无数人碰撞过了，有如热空气中的两个分子。他们在一座由几万盆鲜花堆簇成的"花山"旁站住了。他们相互看了看，有着什么期待，有着什么预感。这时，响起一阵稠密的炮声，广场一亮，夜空中开满了红红绿绿的礼花。

他们在人海中抬起头并肩仰望着，他挽着她。

他们是宇宙中两个敏感而又混沌不觉的生命。

天上，是一个绚丽的、神话的世界，没有人透过它看到浩渺无际的宇宙。

地上，是一个现实的、欢乐的世界，没有人想到五千万年后地球将是什么样。

没有过宇宙大爆炸，没有过星云收缩，没有过太阳系形成，没有过地球童年，没有过冰川，没有过恐龙的绝灭。

礼花一朵又一朵盛开着；
礼花一朵又一朵衰灭着……

1986 年 7 月 1 日起笔于山西榆次
1987 年 10 月 21 日止笔于北京西三旗